La tentation de Noël

*

Fantasmes d'hiver

*

Délicieux frissons

SAMANTHA HUNTER

La tentation de Noël

Traduction française de
DIANE HAMILTON

Sexy

HARLEQUIN

Collection : SEXY

Titre original :
I'LL BE YOURS FOR CHRISTMAS

Ce roman a déjà été publié en 2015

HARPERCOLLINS FRANCE
83-85, boulevard Vincent-Auriol, 75646 PARIS CEDEX 13
Service Lectrices — Tél. : 01 45 82 47 47

www.harlequin.fr

ISBN 978-2-2804-4654-9 — ISSN 2426-7945

Chapitre 1

Abby Harper sourcilla en voyant l'hôtesse du restaurant s'approcher juste un peu trop près de Reece Winston, histoire de lui offrir une vue plongeante sur son décolleté plantureux.

Mais comment l'en blâmer ? Reece était si sexy !

D'ailleurs, plongé dans sa conversation avec la personne qui l'accompagnait — un homme de petite taille à l'allure de commercial —, il semblait avoir à peine remarqué l'hôtesse.

Abby en profita pour détailler à loisir son ancien voisin, qui se tenait à quelques mètres de sa table dans un élégant costume sur mesure mettant en valeur son torse puissant et ses longues jambes musclées.

Elle poussa un petit soupir.

Comme elle aurait aimé caresser les superbes fesses de Reece, moulées à la perfection dans ce tissu coûteux ! Oh oui, c'était si tentant !

A dire vrai, elle avait déjà failli céder à la même tentation il y avait bien longtemps de cela…

Mon Dieu, elle était pathétique ! Comment était-il possible que, huit ans plus tard, elle se souvienne encore des fesses de Reece Winston ?

Elle avait entendu dire que Reece était de retour en ville, mais ils ne s'étaient pas encore rencontrés, ce qui n'avait rien de surprenant.

Depuis qu'il était parti vivre en Europe, il rentrait plusieurs fois par an, mais leurs chemins ne se croisaient jamais. Quand il était là, soit elle se trouvait à l'université, soit elle était occupée à aider ses parents dans la gestion de leur vignoble, si bien qu'elle ne mettait quasiment jamais les pieds en ville. Reece, quant à lui, était devenu un pilote de Formule 1 chevronné, et sa carrière le menait aux quatre coins du monde. Autant dire que leurs vies n'avaient plus rien en commun. Bien que les propriétés viticoles de leurs familles respectives ne soient éloignées que d'un petit kilomètre, c'était comme si un gouffre les séparait. Habituellement, elle se contentait d'admirer son beau visage dans le journal local ou lors d'une émission sportive à la télévision.

C'était donc la première fois qu'elle revoyait Reece en personne. Et, sans l'ombre d'un doute, sa présence virile lui faisait toujours autant battre le cœur…

Elle n'allait tout de même pas réagir comme une collégienne énamourée !

Elle tourna la tête, observant la foule qui se pressait dans les boutiques, galeries d'art, bars et restaurants de l'Ithaca Commons, le centre commercial de plein air de la ville d'Ithaca, Etat de New York.

On était à peine à un mois de Noël, et elle venait de passer ce vendredi d'après Thanksgiving à faire l'inventaire des stocks. Depuis le début de la semaine, elle avait attendu avec impatience de retrouver Anna pour déjeuner ici, et de profiter de cette escapade en ville pour se changer les idées. Une douce neige tombait, commençant à se répandre sur les trottoirs, les vitrines enluminées rivalisant d'esprit festif.

Mais elle remarquait à peine tout cela à présent, tant ses pensées étaient tournées vers Reece Winston. A dire vrai, la présence de cet homme la troublait tant qu'elle était incapable de se concentrer sur quoi que ce soit.

Elle l'avait embrassé une fois, durant une folle soirée d'été au bord du lac, lorsqu'il était rentré de l'université le semestre précédant son départ en Europe. Et cependant, déjà à l'époque, il semblait vivre dans un monde si différent du sien !

Ils avaient été tous deux invités à une fête donnée par un

ami commun. Cette année-là, elle sortait avec Josh Martin, un étudiant diplômé de l'école vétérinaire de Cornwell venu travailler sur les terres de ses parents, où l'on élevait aussi des chèvres et des brebis. Le soir de la fête, elle s'était cachée à l'abri d'une épaisse haie, avec l'intention d'y attirer Josh et de s'y livrer avec lui aux ébats les plus fous.

Elle savait que ça le mettrait dans tous ses états — en fait, elle avait découvert assez tôt qu'elle aimait bien mettre un peu de piment dans ses relations sexuelles, et, pour elle, la timidité de Josh représentait un véritable défi. Faire l'amour en plein air, avec des invités qui passaient tout près de vous sans vous voir, cela l'excitait au plus haut point. Mais encore lui fallait-il convaincre son cavalier trop bien élevé.

A peine avait-elle attiré dans l'ombre l'homme qu'elle pensait être Josh, qu'elle l'avait embrassé avec ardeur sans lui laisser le temps de prononcer la moindre parole. Puis elle avait commencé à le caresser à travers son pantalon et lui avait susurré qu'elle était ravie qu'il soit partant pour un interlude torride. Qu'aimerait-il essayer là, en plein air ?

Son cavalier avait eu un rire léger et lui avait chuchoté à l'oreille qu'il était prêt à essayer tout ce qu'elle proposerait.

Aussitôt, elle avait reconnu sa voix... Et son erreur grossière.

C'était Reece Winston, et non Josh Martin, qu'elle venait d'embrasser à perdre haleine !

Quelle humiliation ! Aujourd'hui encore, ce souvenir la faisait rougir.

Elle s'était éloignée de la haie sans même arranger ses vêtements, au grand amusement de quelques invités qui passaient par là. Mais Reece l'avait suivie, laissant sa chemise grande ouverte et le premier bouton de son jean dégrafé — le bouton qu'elle était en train de défaire lorsqu'elle avait reconnu sa voix. Il lui avait expliqué que Josh avait reçu un appel urgent et avait dû quitter la fête précipitamment, et qu'il avait demandé à Reece de l'en informer. C'était pourquoi Reece était venu la retrouver.

Puis il lui avait dit de se détendre. D'après lui, elle aurait dû se réjouir qu'il n'ait pas laissé les choses aller trop loin.

Il avait voulu ajouter autre chose, mais elle s'était éloignée, furieuse. Déjà, elle l'imaginait raconter cet épisode à ses copains. Ils allaient sûrement bien rire d'elle ! Et le pire de tout, c'était qu'elle aurait bien aimé terminer ce qu'ils avaient commencé.

C'était la dernière fois qu'elle l'avait vu, jusqu'à aujourd'hui.

Dans leur enfance, Reece Winston n'avait cessé de la persécuter. Il lui cachait son panier-repas dans le mauvais vestiaire, lui tirait les nattes et prétendait toujours que le vignoble de ses parents était bien plus grand et plus rentable que la petite ferme biologique de sa famille à elle.

Cependant, si Reece ne cessait de la taquiner, il ne s'était jamais montré méchant. En fait, lorsqu'elle avait quatorze ans, il l'avait même défendue le jour où un élève s'était moqué de son appareil dentaire, la faisant pleurer. Reece avait failli donner un coup de poing à l'autre garçon. Elle détestait l'admettre, mais ce jour-là elle était tombée amoureuse de lui.

Reece connaissait les sentiments qu'elle éprouvait pour lui. Et elle savait qu'il savait, car le soir où ils s'étaient séparés après ces quelques secondes torrides derrière la haie, il lui avait souri d'un air entendu.

— Allô, la Terre ?

La voix d'Anna la tira de sa rêverie.

Anna Morgan, sa meilleure amie depuis le lycée, venait de regagner leur table.

Abby secoua la tête comme si cela pouvait effacer le passé.

— Désolée, j'étais perdue dans mes pensées.

— Oui, j'ai vu Reece assis là-bas… Tu as les joues en feu. J'imagine que tu l'as vu, toi aussi ?

— C'est juste parce qu'il fait chaud, ici.

Anna eut un large sourire.

— Et encore plus depuis que Reece est entré ! répliqua-t-elle en tournant la tête pour observer celui-ci. Il est sûrement revenu à cause de ce qu'il est arrivé à son père.

— Je suis quand même surprise de le voir ici. Il a eu un grave accident le printemps dernier, et il était en convalescence depuis, répondit Abby, frissonnant au souvenir des terribles images de l'accident qu'elle avait vues aux informations télévisées.

Reece était sur le point de devenir un des grands champions de la Formule 1 quand un accident avait brisé net son ascension vers le titre suprême.

Anna haussa les sourcils.

— Tu suis les courses de Formule 1, toi ?

— J'ai vu un reportage aux infos, voilà tout. Et j'ai dû lire un ou deux articles sur le Net.

— En tout cas, il m'a l'air en pleine forme, répliqua Anna en lorgnant Reece sans scrupules.

Abby savait qu'elle ferait sûrement mieux de ne plus regarder Reece, mais elle ne put s'en empêcher. Et, bien sûr, à peine lui eut-elle jeté un coup d'œil que Reece tourna la tête et la regarda droit dans les yeux.

Elle en eut quasiment le souffle coupé.

Les années passées s'étaient soudain envolées. De nouveau, elle se trouvait dans la peau de l'adolescente énamourée qu'elle avait été.

Reece plissa les yeux, et elle sut qu'il l'avait reconnue, même si elle avait perdu presque cinq kilos depuis leur dernière rencontre et si ses cheveux bruns, coupés à la garçonne à l'époque, étaient aujourd'hui longs, légèrement bouclés et délicatement méchés d'un blond couleur de miel.

— Pourquoi faut-il qu'il soit aussi sexy ? marmonna-t-elle, tentant de se concentrer sur sa salade.

Hélas, aussi délicieuses semblaient-elles, les délicates feuilles d'épinard, les poires juteuses, les noix et le fromage bleu ne parvenaient pas à enchanter son palais.

Tout ça à cause de Reece !

— Hé ! Je crois qu'il vient vers nous, chuchota Anna avant de plaquer un grand sourire sur son visage tandis que Reece s'approchait.

— Pardon ? bredouilla Abby.

Elle se hâta d'avaler et, quand elle se rendit compte qu'Anna avait raison, elle faillit faire tomber sa fourchette.

Manquant de s'étrangler, elle commença à tousser, et alors qu'elle allait saisir son verre d'eau, une main puissante lui agrippa l'épaule et une autre lui tapa dans le dos.

— Ça va, ça va ! s'exclama-t-elle.

Malgré le gilet qu'elle portait par-dessus son chemisier, elle sentait la chaleur des mains de Reece irradier en elle.

Comme il la lâchait, elle inspira à plusieurs reprises, tentant de reprendre contenance.

— Abby ? dit-il d'une voix plus grave que dans son souvenir.

Son souffle lui effleura la nuque, la faisant frémir.

Saisissant son verre d'eau, elle en but une gorgée, profitant de ces dernières secondes pour se calmer les nerfs. Puis, elle se retourna enfin et lui décocha un large sourire.

— Reece ! Quel plaisir de te voir !

Comme il la détaillait de ses grands yeux gris, elle fut soudain transportée à ce fameux soir d'été derrière la haie. Et, à la petite lueur qui dansait dans son regard, elle sut que lui aussi se rappelait ce moment.

— Merci d'avoir voulu me porter secours, mais tout va bien, dit-elle.

— Content d'avoir pu t'aider, et ravi de te revoir, moi aussi, Abby. Tu as bien grandi, plaisanta-t-il. Plus de nattes ni d'appareil dentaire.

Elle se sentit rougir.

— Je suis… Je suis désolée de ce qui est arrivé à ton père, répliqua-t-elle rapidement. J'espère qu'il va mieux ?

Comme Reece hochait la tête, elle remarqua un réseau de légères cicatrices récentes le long de son cou, et une autre derrière son oreille.

— Désolée pour toi aussi, continua-t-elle. J'ai vu ton accident aux informations. C'était horrible ! Je suis contente de te voir debout et en pleine forme.

Voilà. Là, au moins, elle n'avait plus l'air d'une adolescente rougissante. Ne se comportait-elle pas comme une adulte, une vieille amie contente de le revoir ?

Bizarrement, il avait l'air plus grand et plus musclé que dans son souvenir.

Bien sûr, tous les pilotes de Formule 1 devaient s'astreindre à un rigoureux programme d'entraînement afin d'être en parfaite forme physique pour supporter la pression due à leur métier. Cependant, lui, il était à tomber.

Elle se rappelait très bien ses magnifiques grands yeux gris bordés d'une épaisse frange de cils sombres, tout comme ses pommettes hautes et ses lèvres pleines. Elle avait toujours aimé ses mèches d'un noir de jais qui lui tombaient dans les yeux. Aujourd'hui, ses cheveux étaient coupés très court et mettaient parfaitement en valeur ses traits ciselés.

L'expression de Reece s'était faite plus sérieuse.

— Merci, répondit-il. Mon père se rétablit de mieux en mieux. Les médecins sont très optimistes.

A l'évidence, il n'avait aucune envie de discuter de sa propre condition physique, mais comment l'en blâmer ? La célébrité avait peut-être des avantages, mais elle comportait aussi des inconvénients. Voir votre vie privée s'étaler en première page des magazines en était un. Et non des moindres, sûrement.

— Il est toujours à l'hôpital ? demanda-t-elle. J'imagine qu'il a hâte de se remettre au travail ?

— En fait, non. D'ailleurs, mes parents sont déjà repartis chez mon frère Ben, en Caroline du Sud. Ce sont les médecins qui ont conseillé à mon père de continuer sa convalescence là-bas. Le climat lui est plus favorable, et ils seront plus près des hôpitaux. Pour l'instant, ils vont vivre avec Ben et sa famille durant quelque temps, ce qui rendra les choses plus faciles pour ma mère. Ensuite, ils ont l'intention de s'installer là-bas.

Abby sursauta, à la fois surprise et déçue. Les relations de voisinage entre leurs deux familles avaient toujours été des plus agréables. Elle aimait beaucoup M. et Mme Winston, et elle aurait souhaité pouvoir les saluer avant leur départ.

— Qui va s'occuper du vignoble ? demanda-t-elle. Toi ?

C'était ce qu'elle-même avait fait à Mapple Hills lorsque ses parents avaient pris leur retraite. Aujourd'hui, son père et sa mère profitaient des nombreux voyages qu'ils n'avaient cessé de repousser durant leurs années d'activité. Elle était toujours contente de recevoir une carte postale ou d'avoir de leurs nouvelles sur Facebook.

— Pas exactement, répondit Reece d'un ton prudent. En fait, nous pensons qu'il est préférable de vendre. Je suis en train de m'occuper de tous les détails, et j'ai déjà quelques acheteurs intéressés.

— Vous vendez votre vignoble ? l'interrompit-elle, choquée.

— Oui, j'en ai bien peur.

— Mais… Je pensais… Puisque tu ne participes plus aux championnats…

Elle vit aussitôt le regard de Reece se durcir, et elle eut aussitôt envie de se donner des gifles.

— J'ai bien l'intention de rejoindre le circuit l'an prochain, rétorqua-t-il d'un ton sec, et même le plus tôt possible, d'ailleurs. Alors, nous n'avons pas d'autre choix que de vendre.

Il jeta un coup d'œil en direction de sa table.

— D'ailleurs, je vais devoir vous laisser. J'étais juste passé vous dire bonjour.

— Oh.

Abby se maudissait. Décidément, soit elle parlait trop, soit elle ne savait que répondre.

L'expression de Reece s'adoucit, et elle vit de nouveau danser la petite flamme dans ses yeux.

— Ça m'a fait plaisir de te revoir, ajouta-t-il. On aura peut-être l'occasion de boire un verre ensemble durant mon séjour, et de parler du bon vieux temps. Je devrais rester dans le coin pendant un mois, pour m'occuper de la vente et finir deux ou trois trucs.

— Oui, avec plaisir, répondit-elle.

Mais Reece s'éloignait déjà.

Cette fois, elle remarqua qu'il boitait légèrement. Qu'en était-il vraiment de ses blessures ? Le grand public savait ce qui avait été révélé dans les médias, mais peut-être la vérité était-elle bien différente.

— Eh bien ! J'ai du mal à croire qu'il va vendre les terres de ses parents, dit-elle, encore stupéfaite par la nouvelle.

Certes, de nouveaux lotissements s'étaient érigés le long du lac, et plusieurs vignobles avaient fermé au fil des ans. Mais les vignobles de leurs deux familles étaient les plus anciens de la région !

— Les médias n'ont cessé de dire qu'il ne courrait plus, poursuivit-elle. Il paraît que son accident lui a causé des blessures qui ne lui permettent pas de reprendre le volant.

— Ce n'est pas du tout ce qu'il a l'air de dire, en tout cas, répondit Anna d'un air absent.

Abby suivit Reece des yeux, qui s'asseyait à sa table à l'autre bout de la salle, puis elle se retourna vers Anna qui avait l'air nerveuse.

— Qu'est-ce qu'il y a ?

— J'espère qu'il ne s'est pas déjà adressé au représentant de Keller Corporation, celui qui a racheté les vignobles Stevens et Harvets l'année dernière.

Abby posa sa fourchette. Autour d'elle l'air lui parut soudain glacial.

— Non !

— C'est une possibilité.

— Il… Il ne peut pas ! Non, il ne peut pas vendre son vignoble à ces gens-là ! Ce serait la fin de Mapple Hills !

La vente du vignoble de la famille Winston était déjà une catastrophe en soi, inutile que Keller en devienne l'acquéreur. Là, ce serait un véritable désastre.

Keller était un groupe immobilier qui avait racheté diverses propriétés en bordure du lac, les unes après les autres, et avait construit à leur place des habitations hideuses, gâchant tout le charme naturel de la région. Rien n'avait d'importance aux yeux de ces gens : pas plus la ligne de partage des eaux que les traditions anciennes des établissements viticoles du coin.

Non, tout ce qui comptait pour eux c'était de gagner de l'argent, toujours plus d'argent.

Les conséquences de ce développement immobilier étaient désastreuses. Les eaux de ruissellement des chaussées, les produits chimiques pour les pelouses, les eaux usées des nouvelles habitations, tout cela ne faisait qu'appauvrir les terres. Sans parler de la magnifique vue sur le lac qui serait à terme complètement bouchée.

— Tous les couples qui viennent se marier sur notre propriété tiennent à ce que la cérémonie se déroule dans le vignoble avec la vue sur le lac. Je vais perdre tous mes clients si je n'ai plus à leur offrir qu'une vue sur un lotissement ! s'écria Abby en secouant la tête.

Ces derniers temps, les mariages et autres cérémonies familiales lui apportaient un complément de revenus fort appréciable. Malgré la période de récession, les jeunes couples tenaient toujours à une belle cérémonie : la propriété de ses parents était parfaite pour cette occasion, et les réservations se faisaient de plus en plus nombreuses. Les revenus qu'elle en tirait représentaient une aide non négligeable lorsque les ventes de vin étaient en baisse. D'ailleurs, elle était en train d'organiser la réception d'un mariage qui devait avoir lieu deux jours avant Noël.

Tous les viticulteurs de la région s'efforçaient de maintenir la beauté du paysage, qui faisait leur fierté commune. Harvey Winston, le père de Reece, n'était pas un agriculteur biologique à proprement parler, mais il travaillait selon les dernières techniques manuelles en cours, et il veillait toujours à respecter une zone-tampon entre les vignes des deux domaines.

Hélas, il n'en irait pas de même avec Keller Corporation. Et si elle partait d'ici, déçue que la région ait perdu sa beauté agreste, nul doute que le groupe immobilier chercherait à faire également main basse sur sa propriété familiale.

— C'est impossible, Anna. Reece ne peut pas faire cela ! répéta-t-elle.

— Hélas, j'ai bien peur que si. Cela risque fort d'arriver, s'il veut vendre vite et à bon prix

Son ton était si catégorique qu'Abby se cala le dos contre sa chaise, ayant soudain perdu tout appétit.

— Il doit bien y avoir un autre moyen. Je devrais lui parler, nous pourrions peut-être trouver une solution.

— Je suis désolée, ma belle, mais je te rappelle que je suis ta comptable, et tu ne peux absolument pas te permettre d'acheter le domaine Winston. Je te parle en tant qu'amie. Sans Sarah, tu as déjà beaucoup trop à faire. Peut-être que si tu pouvais engager quelqu'un…

— C'est ce que j'ai prévu de faire durant l'été. Pour l'instant, je n'ai pas le temps de faire passer des entretiens mais j'avais prévu de m'y mettre. Sauf que si Reece vend son domaine, rien de tout cela n'aura plus aucune importance.

En véritable bras droit, Sarah l'avait aidée à diriger son affaire, dont elle connaissait par cœur tous les méandres, étant donné qu'elle travaillait au domaine depuis les premières années où la famille Harper avait commencé à l'exploiter. Cependant, quelques mois plus tôt, elle avait décidé de prendre sa retraite. Il était quasiment impossible de trouver un remplaçant à sa hauteur, et Abby avait donc été obligée de prendre tout en charge.

Soudain accablée, elle se tourna vers Anna, et sentit l'espoir lui revenir. Son amie avait un regard rêveur qu'elle lui connaissait bien.

— A quoi penses-tu ?

Anna eut un sourire malicieux.

— En fait, j'étais en train de me dire que Reece semblait particulièrement ravi de poser ses mains sur toi, même si, en l'occurrence, ce n'était que pour te porter secours.

— Qu'est-ce que tu racontes ?

— Je dis qu'il y a toujours eu une certaine alchimie entre vous, et que tu pourrais peut-être t'en servir.

— Tu te trompes !

— Non, et tu sais que j'ai raison. Tu m'as toujours dit que

Reece embrassait comme un dieu et que tu aurais bien aimé que ce petit épisode derrière les buissons aille plus loin. Alors…

— Tu es folle ! J'ai dit ça un soir où j'avais un peu trop bu.

— Et nous savons toutes les deux que l'alcool agit sur toi comme un véritable sérum de vérité. Donc, pourquoi ne pas tenter quelque chose avec Reece ?

— Es-tu sérieusement en train de me suggérer de coucher avec Reece Winston pour le faire changer d'avis à propos de la vente de son domaine ?

— Je ne dirais pas les choses comme cela, mais… Pourquoi ne pas tenter de réveiller votre ancienne amitié, flirter un peu avec lui et voir si tu parviens à l'intéresser à ta cause ? Même si tu ne vas pas… si loin, tu seras au moins au courant de ce qui se passe. Reece t'a proposé de boire un verre avec lui. Pourquoi ne pas accepter ?

Abby observa son amie avec attention.

— Mon Dieu ! J'ai du mal à croire ce que je viens d'entendre. On se croirait dans *Desesperate Housewifes* ! Tout ça ne me ressemble pas, tu le sais très bien. De plus, notre petit épisode torride derrière la haie était une erreur. Avant cela, il n'avait jamais été question d'alchimie entre nous. Reece n'a fait que me torturer, et ce depuis l'école primaire !

— Les garçons s'en prennent toujours aux filles qui leur plaisent.

— Je crois que tu regardes un peu trop les feuilletons télévisés, répliqua-t-elle avant que toutes deux n'éclatent de rire.

Elle poussa ensuite un profond soupir, et reprit la conversation d'un ton plus sérieux.

— J'ai bien peur que nous ne devions recourir à un autre plan.

— Peut-être que tous ces changements se transformeront finalement en quelque chose de positif, suggéra Anna. Je sais bien que l'expansion de la région n'est pas à notre goût, mais cela fait deux ans que tu n'as pas pris de vacances, et j'imagine que tu n'as pas eu non plus de rendez-vous galant depuis tout ce temps.

— Si, un, répliqua Abby.

Inutile de préciser que ce rendez-vous avait été un véritable désastre.

— Tu ne fais que travailler, insista Anna. Lorsque tes parents t'ont laissé les rênes de l'exploitation, ce n'était pas pour que tu travailles vingt-quatre heures sur vingt-quatre. En fait, si tu vendais, tu pourrais…

Abby la regarda d'un air horrifié.

— Je n'ai *aucune* intention de vendre ! Mes parents ont mis toutes leurs économies dans cette exploitation, et ils ont travaillé leur vie entière pour la développer en une affaire florissante, alors qu'à l'époque où ils ont commencé personne ou presque n'avait jamais entendu parler d'agriculture biologique. Comment pourrais-je vendre cet héritage ?

Anna haussa les épaules.

— Sentiments mis à part, je te suggère d'y penser d'un point de vue pratique. Les choses changent, et parfois il faut accepter de changer avec elles.

Abby se mit à jouer avec son verre, pensive.

Certes, elle travaillait beaucoup trop dur, surtout depuis que Sarah avait pris sa retraite, et Anna avait raison sur un point : ses parents avaient été contents de léguer leur affaire à leur fille unique, mais ils seraient aussi les premiers à lui dire de lever un peu le pied et de s'accorder du bon temps. Néanmoins, ils l'enjoindraient aussi de ne jamais vendre à quelqu'un comme Keller. Ça, elle en était persuadée au fond de son cœur !

Bon, elle pourrait essayer de discuter avec Reece pour trouver une solution ou l'amener à changer d'avis. Mais cela, évidemment, sans coucher avec lui — même si l'idée n'avait rien de déplaisant, bien au contraire.

Quelle femme n'aurait pas voulu passer une nuit dans les bras d'un homme aussi sexy !

— Oui, je pourrais envisager de parler avec lui, dit-elle sans conviction, tout en regardant Reece plongé dans une grande conversation avec son invité.

Malgré elle, elle se remémora une fois de plus les baisers passionnés qu'ils avaient partagés.

Qu'éprouverait-elle en sentant les mains de Reece lui caresser les seins ?

Et si Anna avait raison ? Pourquoi ne pas tenter quelque chose, après tout ? Reece et elle étaient en quelque sorte de vieux amis, mais surtout ils étaient désormais tous deux adultes. Et cela faisait des mois et des mois qu'elle n'avait embrassé aucun homme. Se retrouver entre les bras de Reece n'aurait rien d'un sacrifice, et si cela pouvait inciter son séduisant voisin à l'écouter…

Elle retrouva soudain tout son appétit, et, pleine d'espoir, planta sa fourchette dans sa salade.

Anna l'observait avec une moue dubitative.

— Tu es en train d'y penser, n'est-ce pas ?

Abby ne put retenir un sourire.

— Hé ! C'est toi qui m'incites à sortir avec Reece, après tout. De toute façon, je n'ai pas l'intention de laisser les choses aller trop loin. Je ne compte pas me servir du sexe pour inciter Reece à me vendre son domaine, ni faire quoi que ce soit d'aussi sordide. Mais tu n'as pas tort, passer des moments ensemble, voire flirter un peu avec lui, cela pourrait l'inciter à voir les choses de mon point de vue. Et puis, il embrasse divinement bien.

Ravie de sa décision, elle termina sa salade avec entrain.

Reece avait du mal à se concentrer. Non pas à cause des douleurs générées par ses blessures, qu'il supportait depuis neuf longs mois, mais à cause de la femme incroyablement sexy assise un peu plus loin dans la salle.

Difficile de croire que cette splendide créature était bien Abby Harper, l'ancienne fillette dont il tirait les nattes et qui portait à l'époque un horrible appareil dentaire. La revoir était la première surprise agréable depuis qu'il était revenu ici pour s'occuper des affaires de sa famille.

Depuis l'an passé, la vie ne lui avait apporté qu'une longue suite de malheurs. Tout d'abord, deux membres de son écurie de course avaient dû être remplacés au tout début de la saison, entraînant des retards dans les essais, puis l'équipe avait perdu l'un de ses plus importants sponsors, et pour finir il avait eu ce terrible accident, fin mars, alors qu'il s'apprêtait à franchir un cap décisif dans sa carrière.

Quand il était sorti de ses trois jours de coma, son traumatisme cérébral lui avait causé des pertes de mémoire et des problèmes d'élocution. Il avait dû subir six longs mois de rééducation physique, mais aussi de réapprentissage de la parole.

Aujourd'hui, il avait triomphé de toutes ces épreuves. Enfin, presque. Tout le monde lui disait qu'il avait de la chance d'être encore en vie et en un seul morceau, capable de marcher et de parler de nouveau.

C'était sûrement vrai. Certains des pilotes qu'il connaissait ne s'étaient pas sortis aussi bien d'accidents ayant causé moins de blessures que le sien. Mais parfois il avait l'impression que toute sa chance l'avait abandonné, surtout depuis que les médecins lui avaient dit qu'il ne pourrait plus piloter, pas avant qu'un neurologiste lui ait fait subir une myriade de nouveaux examens. Puis son père avait eu cette grave crise cardiaque. Les soucis s'étaient enchaînés les uns après les autres, et il avait l'impression d'être écartelé entre sa convalescence, son désir de se retrouver au volant d'une Formule 1 et son devoir de venir en aide à sa famille.

Ses parents avaient toujours été là pour lui, et il était hors de question qu'il les abandonne à leur sort, mais cette cascade de mauvais coups du sort rendait les choses de plus en plus difficiles à supporter.

Pendant des mois, son père et sa mère n'avaient cessé d'effectuer des allers-retours en Europe pour lui rendre visite lors des Grands Prix de Formule 1. A l'évidence, la gestion de leur domaine viticole entrecoupée de tous ces longs voyages avait eu raison de la santé de son père, d'où le malaise cardiaque. Il se sentait responsable, et, bien que ses parents l'aient tous deux assuré du contraire, sa culpabilité le forçait à rester ici pour les aider du mieux possible. S'il pouvait conclure pour eux la vente du domaine, ce serait une excellente chose pour toute la famille.

Cela faisait plusieurs semaines qu'il était dans la région, mais il avait passé le plus clair de son temps à l'hôpital et dans les hôtels avoisinants, puis il avait accompagné ses parents en Caroline du Sud chez son frère, et il avait la désagréable sensation d'être en train de passer à côté de sa propre vie. Il ne pouvait se permettre d'être absent trop longtemps du circuit professionnel. De jeunes et brillants pilotes piaffaient d'impatience de prendre sa place, et les sponsors avaient la mémoire courte. Rares étaient les pilotes qui revenaient en piste après un accident comme le sien.

A dire vrai, peu survivaient à un choc à une telle vitesse.

Quoi qu'il en soit, il n'était pas prêt à prendre sa retraite. Tout ce qu'il avait à faire, c'était vendre la propriété familiale puis retourner en France aussi vite que possible. A trente et un ans, il ne lui restait que peu d'années pour arriver au sommet de sa carrière et décrocher le titre suprême.

Même si certains pilotes approchant la quarantaine couraient encore, il y en avait de moins en moins, et il devait prouver à tous qu'il était toujours capable de gagner des courses. Les médecins étaient plutôt pessimistes, mais il comptait bien leur prouver qu'ils se trompaient. Il n'était pas parvenu à un tel niveau de sa carrière pour abandonner maintenant !

Abby Harper avait semblé stupéfaite et déçue lorsqu'il lui avait annoncé qu'il allait vendre le vignoble familial.

Ses propres parents n'étaient pas enchantés non plus, mais ils avaient accepté depuis longtemps que leurs deux fils aient leur propre vie. Cependant, la désapprobation qu'il avait lue dans les grands yeux bruns d'Abby le tracassait.

— Tu sais, insista Charles, je peux t'obtenir un rendez-vous avec le représentant de Keller Corporation dès demain, si tu veux.

Charles Tyler était l'un des plus importants agents immobiliers de la région, et c'était aussi un requin en affaires. Si quelqu'un pouvait vendre le domaine à un très bon prix, c'était bien lui.

— Il me semblait t'avoir dit que je ne ferais affaire avec Keller qu'en dernier recours.

Charles poussa un petit soupir.

— Si tu veux vendre vite et au prix que tu demandes, il n'y a qu'eux. Crois-moi, ils bondiront sur l'opportunité d'acheter une propriété aussi vaste que la tienne.

Reece fronça les sourcils.

Le groupe Keller avait peut-être les moyens d'acheter à très bon prix, mais ses représentants détruiraient la grande demeure dans laquelle il avait grandi et raseraient tout le vignoble, des rangs entiers de plants de riesling, de chardonnay et de pinot noir, pour les transformer en allées cimentées. Il avait vu les nombreux changements immobiliers le long du lac, et peu d'entre eux étaient plaisants à l'œil.

— Certains de ces raisins ont été plantés par mon grand-père, bien avant la naissance de mes parents, murmura-t-il, sans se rendre compte qu'il avait parlé à voix haute.

— Ecoute, tu pourrais peut-être vendre à un autre propriétaire viticole, mais avec la récession ambiante tu n'en tireras pas un si bon prix, dit Charles en poussant un nouveau soupir.

A l'évidence, il s'inquiétait à la perspective que trop de sentimentalisme de sa part lui fasse perdre une grosse commission.

— Et cela risquerait aussi de prendre bien plus de temps, ajouta-t-il.

Reece hocha la tête.

— Garde Keller sous le coude, mais je ne veux pas me précipiter. Si ce groupe est intéressé par ma propriété, il le sera toujours dans un mois, et d'ici là je verrai si d'autres opportunités se présentent, répondit-il, les yeux rivés sur Abby.

— Qui est cette jeune femme ? demanda Charles en suivant son regard.

— Abby Harper. C'est une vieille amie. Sa famille possède les vignobles Mapple Hills, juste à côté du nôtre.

— Elle est plus qu'une amie pour toi ? demanda Charles.

— Non, juste une fille que j'ai connue à l'école.

— Tu crois qu'elle serait intéressée pour vendre, elle aussi ?

Je pourrais vous obtenir un excellent prix auprès de Keller si vous vous décidiez à vendre ensemble.

— Je serais étonné qu'Abby veuille vendre le vignoble de ses parents. Et si elle vend un jour, ce ne sera certainement pas à Keller.

— Tu sais, Keller n'est pas l'ennemi juré, rétorqua Charles d'un ton sec. Ils construisent des lotissements plutôt agréables, et qui trouvent très vite des acquéreurs.

— Je sais *très bien* ce qu'ils font, répondit Reece d'un air absent, ses yeux toujours rivés sur Abby.

Charles comprit le message et changea de sujet, évoquant ses dernières ventes et le marché immobilier local.

Ce à quoi Reece ne prêta aucune attention, occupé qu'il était à observer Abby en grande conversation avec son amie, une petite brune qu'il se souvenait vaguement avoir vue au collège.

Bien qu'ils aient été voisins, Abby Harper et lui ne faisaient pas partie de la même bande de copains. Les parents d'Abby étaient différents des autres familles qui vivaient autour du lac. Ils étaient considérés comme de véritables iconoclastes à cause de leurs méthodes de culture biologique et de leur conviction qu'une agriculture durable était possible. Ils vivaient de façon très simple et élevaient même des chèvres et des brebis.

Aujourd'hui, tout cela était très à la mode. Le vignoble Mapple Hills pouvait d'ailleurs demander un prix élevé pour son vin, voire jusqu'à deux fois le prix demandé par les vignobles non bio. Alors que ce n'était à l'origine qu'une petite affaire familiale, le vignoble Mapple Hills avait nettement développé ses points de vente ces dernières années grâce à un marketing sans faille, à ce que lui avait appris son père.

Il sourit à demi.

Ça, ce devait être l'œuvre d'Abby, qui avait toujours été douée pour les affaires. A l'école, elle était souvent l'objet de moqueries : les autres gamins se gaussaient d'elle et de ses parents qui étaient considérés comme des hippies. Lui aussi, il aimait bien de moquer d'elle. Jamais il ne s'était montré méchant, mais il adorait la taquiner. C'était irrésistible. Dès qu'il la regardait, elle se mettait à rougir !

Il avait toujours trouvé cela adorable, mais jamais il n'aurait imaginé qu'elle devienne aussi sensuelle et sexy, et surtout aussi audacieuse qu'il l'avait découvert cette nuit-là, durant la fête au bord du lac, la dernière fois qu'il l'avait vue avant ce soir.

Même s'il avait embrassé maintes femmes dans sa vie, voire à l'occasion de célèbres top models ou des starlettes, le souvenir d'Abby Harper plaquée contre lui et l'embrassant avec passion était aussi vivace dans son esprit que si leur baiser avait eu lieu cinq minutes plus tôt.

Comme il aurait aimé la ramener derrière la haie, ce soir-là, et continuer ce qu'ils avaient commencé ! Il aurait mieux fait de se taire afin qu'elle ne découvre pas son identité. Hélas, elle s'était échappée avant qu'il puisse lui proposer un rendez-vous galant.

Il l'avait toujours appréciée, même si à l'époque du collège, comme pour tout adolescent, seule comptait pour lui l'opinion de ses copains. Ce soir-là, près du lac, plus rien de tout cela n'avait d'importance, et il aurait voulu se faire pardonner son comportement immature des années précédentes. Mais dès qu'Abby avait compris qui elle était en train d'embrasser, elle lui avait clairement montré qu'elle n'avait aucune envie de poursuivre cet échange torride.

Tout à l'heure, lorsqu'il l'avait vue commencer à s'étouffer avec sa salade, il n'avait pu résister à l'envie de poser les mains sur elle, même si elle n'était pas en réel danger. A peine l'avait-il touchée qu'il avait ressenti une vive excitation, surtout au moment où il l'avait agrippée et que ses mains avaient effleuré ses seins fermes.

Cela faisait des mois qu'il n'avait pas fait l'amour, depuis son accident, en fait. Mais à l'évidence, malgré les effets secondaires de ses blessures, une certaine partie de son anatomie était toujours prête à l'action.

Et s'il insistait auprès d'Abby pour qu'ils aillent boire un verre ensemble ?

Qui sait ? Peut-être pourraient-ils reprendre les choses là où ils les avaient laissées ce fameux soir ? A l'époque, elle n'avait pas paru intéressée, mais, tout à l'heure, il l'avait sentie frémir sous ses doigts, et pas parce qu'elle était en train de s'étrangler avec une feuille de salade.

Comment réagirait Abby s'il lui faisait part de cette remarque ?

Aujourd'hui encore, il avait du mal à résister à l'envie de la taquiner, mais il aimerait surtout jouer avec elle à des jeux beaucoup moins innocents.

Il retint un rire.

C'était si bon de se sentir de nouveau d'humeur légère, même pour quelques instants !

— Qu'y a-t-il de drôle ? demanda Charles.

— Rien, désolé. J'étais juste en train de penser à quelque chose…

— Bon. Eh bien, je vais commencer à mettre ta propriété en vente et voir ce que je peux faire pour freiner l'appétit de Keller durant un certain temps. Mais, à moins que tu n'aies envie d'attendre une éternité, ce sera le meilleur acquéreur que tu trouveras par ici, répéta Charles.

— Je parlerai à ces messieurs, mais je tiens à voir quelles autres offres on peut me faire. Je vais habiter au domaine, donc tu peux me joindre là-bas. Tu as mon numéro.

— Je vais faire de mon mieux pour te trouver quelqu'un, dit Charles en se levant.

Il lui serra la main avec une telle fermeté que Reece retint une grimace.

Non, décidément, inutile de se leurrer. Il n'était pas encore tout à fait remis de son accident.

Ne ferait-il pas mieux d'accepter la proposition de Charles et de vendre au groupe Keller ? Plus tôt il repartirait en Europe pour reprendre l'entraînement et les courses, mieux cela serait.

Mais Charles s'éloignait déjà.

Reece poussa un profond soupir.

Allons, tout irait bien. Il se rétablirait plus vite que les médecins ne s'y attendaient, et il serait de nouveau en piste dès l'été prochain.

Oui, plus vite il pourrait en terminer ici, plus vite il pourrait repartir, songea-t-il avec une pointe de regret en jetant un dernier coup d'œil à Abby Harper, avant de quitter les lieux à son tour.

Chapitre 2

Le lendemain, bien que l'on soit samedi, Abby se retrouva submergée dès le matin par une multitude de tâches.

En fait, les week-ends étaient toujours plus chargés pour elle que les jours de semaine, et ce matin ne faisait pas exception.

Elle avait attendu toute la matinée la venue d'un électricien qui était censé passer durant la semaine mais qui avait repoussé son intervention. En effet, les lumières de plusieurs plafonniers du grand salon ne cessaient de vaciller par intermittence, et mieux valait que ce soit réparé au plus vite pour éviter un incident.

Aujourd'hui, trois visites de groupes étaient prévues, accompagnées chacune d'une dégustation, à 10 heures, 14 heures et 16 heures. Entre chaque accueil, elle devait s'occuper des commandes en ligne sur leur site web, des préparatifs pour le mariage à venir et de la décoration des sapins de Noël qu'elle aurait dû achever depuis deux semaines.

Les touristes étaient moins nombreux en cette période qu'ils ne l'étaient durant l'été ou durant le week-end de la Saint-Valentin, lorsqu'elle organisait des dégustations de vins et de chocolats. Néanmoins, chacun des groupes était encore conséquent. Lors de la dernière dégustation, elle était si épuisée que son esprit ne cessait de s'évader en un million de directions, mais elle s'efforça de se concentrer sur ses visiteurs, leur souriant et leur expliquant de son mieux les origines et l'histoire de chaque vin.

Chaque breuvage avait son histoire, elle n'omettait jamais

d'évoquer l'âge des vignes, leur provenance, les personnes qui les avaient plantées, sans oublier des anecdotes sur la fabrication viticole. Cela personnalisait son récit, et les visiteurs se rendaient compte que le vin qu'ils dégustaient n'était pas un produit quelconque, mais un breuvage avec une histoire particulière, concocté par des gens qui avaient vécu là et foulé les mêmes terres qu'eux.

— Ce baco noir très poivré s'appelle *Promesse éternelle,* c'est l'un de nos grands classiques, dit-elle en terminant sa présentation. Durant une nuit d'été, il y a environ quarante ans, deux amoureux se promenaient dans les champs derrière nous, et l'homme a demandé à la femme qui l'accompagnait de l'épouser. Le jeune couple n'avait pas assez d'argent pour s'offrir des alliances, mais l'homme donna à sa bien-aimée un jeune plant de vigne, l'ancêtre de ces grappes dont notre baco est encore tiré, aujourd'hui. Ces personnes étaient mes parents. Je vous rassure, mon père a fini par pouvoir offrir une alliance à ma mère.

Un chœur de commentaires enthousiastes accompagnés de divers murmures à propos des alliances s'ensuivit.

Elle discuta des différentes nuances des vins, enseigna aux débutants les rudiments de la dégustation, puis se dirigea vers le bureau où les clients réglaient leurs achats de vin et des divers accessoires et souvenirs que leur proposait la petite boutique.

C'était une bonne journée, et les visiteurs avaient été charmants. Comme ses employés étaient rentrés chez eux et qu'elle n'avait pas de clients séjournant dans les chambres d'hôtes, elle put fermer la boutique à 18 heures.

Elle avait déjà envie d'aller se coucher. Cependant, il lui restait encore beaucoup à faire.

Tout d'abord, décorer les trois magnifiques sapins Fraser qui décoraient l'entrée, la salle de dégustation et le premier étage de la demeure.

Les sapins étaient installés, mais pour l'instant ils n'étaient garnis que de guirlandes électriques, ce qui donnait déjà une petite note pimpante à la maison. Elle devait rapatrier dans la demeure les cartons contenant les autres guirlandes et les divers ornements de Noël, entreposés dans l'une des granges.

Son chez-elle était construit à part des bâtiments principaux où se trouvaient la salle de dégustation, le grand salon et la boutique. A l'arrière de la propriété s'étendait le vignoble et les enclos pour les animaux, ainsi que les bâtiments où le vin était fabriqué, mis en bouteille et stocké.

Ses parents n'avaient plus ni chèvres ni brebis, mais jamais elle n'aurait renoncé à ses chevaux, deux poulains devenus grands que ses parents lui avaient offerts quand elle avait quinze ans. Une promenade à cheval autour du lac était l'un de ses moments de détente préférés.

Elle devait donc aussi aller nourrir les chevaux.

Cette journée n'en finirait-elle donc jamais ?

Tandis qu'elle se dirigeait vers la grange, la vue qui s'étira devant elle lui coupa le souffle, comme toujours.

Une légère neige était tombée durant la journée, et elle étincelait à la lueur de la nuit comme un manteau de diamants.

C'était son pays, sa terre ! Jamais elle n'en partirait. Comme ses parents, elle aimait voyager, mais elle n'aurait pas voulu vivre ailleurs qu'ici !

Lorsqu'elle pénétra dans l'écurie, elle fut accueillie par de doux hennissements. Elle attrapa un seau qu'elle remplit d'eau fraîche, répandit de la paille dans les stalles, puis brossa les chevaux tout en leur prodiguant des paroles caressantes. Une fois cela terminé, elle ferma l'écurie puis se tourna vers la maison.

Son regard s'attarda sur les vignes, puis elle contempla la demeure Winston, à l'arrière-plan. Reece allait-il vraiment vendre le domaine de ses parents ?

Elle frissonna, resserra sa veste et fixa les yeux sur l'étage, où quelques lumières étaient allumées.

Reece était-il seul ?

Comme les plaisanteries échangées la veille avec Anna lui revenaient à la mémoire, elle frissonna de nouveau, mais cette fois pour de toutes autres raisons.

A y repenser, elle était vraiment folle de croire qu'elle

pourrait séduire Reece pour l'inciter à… A quoi, d'ailleurs ? A ne pas vendre son domaine ? Quelle idiote !

Quoi qu'il en soit, elle devait lui parler. Elle ignorait encore ce qu'elle dirait pour le convaincre de patienter un peu, mais, si Reece ne se précipitait pas pour vendre au groupe Keller, peut-être pourrait-elle trouver un partenaire pour acheter le domaine avec elle. C'était un pari audacieux, mais pas impossible. Malgré ses économies, elle devrait à coup sûr hypothéquer sa maison, mais elle n'avait pas d'autre choix. Elle devait faire tout son possible pour protéger son domaine et ses revenus. Si Keller s'emparait de la propriété des Winston, cela gâcherait tout le secteur.

Bon, pour l'instant, tout ce qu'elle souhaitait, c'était rentrer au chaud, ouvrir une bonne bouteille de vin, et se préparer un dîner léger qu'elle mangerait devant la cheminée du salon.

Dire qu'elle devait encore décorer les sapins ! Ce serait bien plus agréable de ne pas le faire seule.

Et pourquoi ne pas s'occuper des décorations de Noël en galante compagnie ?

Se mordillant la lèvre, elle se hâta vers la maison.

Mieux valait agir sans réfléchir, sinon elle risquait fort de changer d'avis !

Lorsqu'elle pénétra dans la cuisine familiale, quasiment identique depuis son enfance, elle descendit avec précaution les quelques marches qui menaient au cellier où ses parents gardaient leur réserve personnelle de vin, et elle attrapa une bouteille qu'elle avait gardée pour une occasion spéciale. Une fois remontée dans la cuisine, elle prit deux verres à vin sur une étagère, puis un morceau de brie et d'autres victuailles dans le réfrigérateur.

Les sapins pouvaient attendre, mais pas sa discussion avec Reece. Si elle ne se décidait pas tout de suite, elle risquait fort de laisser passer l'occasion. Et qui sait si elle aurait de nouveau l'audace d'aller le trouver chez lui ?

Mettant ses doutes de côté, elle traversa les quelques centaines de mètres qui séparaient leurs deux domaines, les yeux rivés sur la lumière à l'étage.

Le croissant de lune qui illuminait le sol enneigé rendait le chemin plus facile.

Alors qu'elle approchait de la demeure Winston, elle remarqua une silhouette derrière la fenêtre d'une chambre éclairée.

Elle étouffa un cri et laissa tomber la bouteille de vin.

Dieu merci, celle-ci ne se brisa pas, la neige ayant amorti le choc. Elle la ramassa et reprit sa marche, la respiration courte.

C'était bien Reece qu'elle venait d'apercevoir. Il n'avait fermé ni les rideaux ni les volets, songeant sûrement que personne ne l'observerait. Il était entièrement nu. Bras étendus au-dessus de la tête, il s'étirait en ce qui ressemblait à des exercices de yoga. Elle ne le voyait que jusqu'à la taille, mais c'était déjà suffisant pour faire battre son cœur plus vite.

Il était magnifique.

Il avait un corps superbe : puissant, mais avec des muscles fins et élancés. La ligne ferme de son dos, les muscles de ses épaules et de ses bras étaient impressionnants.

Elle s'imagina malgré elle en train de le caresser.

Qu'éprouverait-elle en sentant ses hanches fermes plaquées contre ses cuisses ?

Mon Dieu ! Elle ferait mieux de se ressaisir.

Arrivée sur le seuil, elle hésita un instant.

Reece se trouvait chez lui seul et complètement nu, et elle, elle était là sous son porche, une bouteille de vin à la main ?

Soudain, son courage s'évanouit.

Ne ferait-elle pas mieux d'attendre une autre occasion, en plein jour, par exemple, et en tout cas dans un endroit public ?

Assez ! Elle se comportait comme une gamine, s'admonesta-t-elle.

Carrant les épaules, elle prit une profonde inspiration et sonna à la porte avant de risquer de changer d'avis.

Reece sortit avec précaution de la douche et noua une serviette autour de ses hanches, grimaçant à cause des élancements dans sa jambe gauche qui lui faisaient quasiment perdre l'équilibre.

La douleur était causée par les broches métalliques posées par le chirurgien, et chaque élancement lui rappelait qu'il n'était pas encore prêt à reprendre le volant d'une Formule 1 pour accomplir ce qu'il aimait le plus au monde.

Un peu plus tôt dans l'après midi, il avait été saisi de migraines, et il avait passé une bonne partie de la journée allongé sur le canapé avec de la glace sur le front.

Et si les douleurs ne cessaient jamais ? Et si les médecins ne l'autorisaient pas à reprendre les courses ?

Pour l'instant, ces derniers estimaient ses chances à cinquante-cinquante, mais il devait être en forme à cent pour cent et avoir récupéré tous ses réflexes avant de pouvoir courir.

Etre incapable d'amener son corps à réagir comme il le voulait le rendait fou. Il avait survécu au pire, mais à présent il n'avait pas d'autre choix que…

Quoi ? Rester ici ?

Non. Ça, c'était hors de question.

Il traversa le couloir et se dirigea vers la chambre d'amis où il se sécha avant de s'habiller.

Depuis longtemps, avec son accord, sa mère avait transformé son ancienne chambre en un petit salon où elle accomplissait ses travaux d'aiguille. Il ne revenait à la maison que pour de courts séjours, et pas assez souvent pour que ses parents gardent sa chambre inutilisée. Ce soir, il était content qu'il en soit ainsi.

Ces derniers jours il avait éprouvé une curieuse nostalgie vis-à-vis de la demeure familiale, ce qui ne lui ressemblait pas. Peut-être était-ce à cause de toutes ces discussions avec son père ? Tous deux avaient failli perdre la vie, ce qui l'amenait à voir les choses différemment. Il adorait sa famille, mais cette bâtisse n'était en fait qu'une vieille maison, et, quand il était adolescent, il n'avait eu qu'une envie : la quitter le plus vite possible pour découvrir le vaste monde.

Il commença à effectuer quelques étirements que son kinésithérapeute lui avait enseignés pour soulager ses douleurs. Il se concentra sur sa respiration, chassant au loin toute autre pensée.

La douche chaude l'avait aidé à se détendre, mais le début des exercices était toujours pénible. Par chance, les douleurs s'estompaient au fil des enchaînements.

Un peu plus tôt dans la matinée il avait discuté avec son neurologue, qui lui avait assuré que tout était normal.

Ça, c'était facile à dire !

Ayant terminé ses exercices, il attrapait un jean dans son armoire, quand on sonna à la porte d'entrée.

Qui pouvait bien venir lui rendre visite à une heure pareille ?

Certainement pas Charles accompagné d'un acheteur potentiel pour la maison. Personne n'avait téléphoné.

Il enfila son jean et attrapa une chemise, puis il descendit l'escalier et ouvrit la porte en grand.

Une surprise l'attendait sous son porche.

— Abby ?

Que faisait-elle là, une bouteille de vin et deux verres à la main ?

Il remarqua les joues rougies de sa voisine et ses cheveux emmêlés, et il fit un pas en arrière pour l'inviter à entrer, alors que l'air froid de la nuit effleurait ses pieds nus.

— Entre, il fait froid dehors !

— Merci, dit-elle en pénétrant dans le vestibule.

En la voyant poser ses yeux sur son torse, il prit conscience qu'il n'avait pas eu le temps de boutonner complètement sa chemise.

— Désolé, je sors juste de la douche.

Abby rougit un peu plus et détourna les yeux.

— Laisse-moi te débarrasser de tout ça. Qu'est-ce que tu nous as apporté ?

Lorsqu'il voulut saisir les verres, leurs doigts s'effleurèrent. Abby sursauta et faillit lâcher l'un d'eux, qu'il réussit tant bien que mal à rattraper.

Il fronça les sourcils, mi-amusé, mi-inquiet.

— Ça va ?

Abby esquissa enfin un sourire.

— Oui, ne t'inquiète pas. Désolée de venir à l'improviste comme ça, mais j'ai vu les lumières allumées, et j'avais envie d'un peu de compagnie. Et pour répondre à ta question… Eh bien, tu m'avais proposé de boire un verre, alors…

Elle lui tendit la bouteille.

— J'espère que je ne tombe pas à un mauvais moment ?

— Non, bien au contraire. Je suis ravi que tu sois là, dit-il en la débarrassant de la bouteille afin qu'elle puisse retirer son manteau. Mais dis-moi, tu as marché jusqu'ici dans le noir ?

— En fait, il ne fait pas très sombre. J'ai profité d'un magnifique clair de lune, répondit-elle en lui tendant son manteau.

De nouveau leurs mains s'effleurèrent, et il vit briller une petite lueur dans les yeux d'Abby. Puis elle se crispa et rougit de plus belle.

Il ne se souvenait pas l'avoir jamais vue ainsi.

Ah, il croyait comprendre ! En venant de chez elle, Abby avait une vue parfaite sur la chambre d'amis où il s'était installé. La chambre où il avait fait ses assouplissements, complètement nu et les rideaux grands ouverts. Il ne les fermait jamais, étant donné que, *a priori*, personne ne risquait de le voir.

Il retint un sourire.

Ainsi, Abby Harper avait des goûts pour le voyeurisme ?

Ça ne le dérangeait nullement. Il serait même ravi de s'exhiber de nouveau nu devant elle si cela lui faisait plaisir. Finalement, cette soirée allait peut-être se dérouler de façon plus excitante que prévu, songea-t-il en accrochant le manteau d'Abby à une patère.

— Prends ta bouteille et viens avec moi dans la cuisine pour chercher des plateaux. Ensuite, nous irons nous asseoir au coin du feu, dit-il d'un ton faussement détaché.

Ses soucis et ses douleurs semblaient avoir disparu comme par magie, laissant place au désir lancinant qu'il éprouvait pour Abby.

— Bonne idée, répondit-elle en le suivant dans la cuisine.

Ce soir, elle portait un jean et un pull-over qui moulait les courbes de ses seins.

Lorsque, se penchant vers elle, il retira quelque chose de ses cheveux, Abby retint soudain son souffle et se figea.

A quoi s'attendait-elle ? Déjà à un baiser ?

Il enleva de ses boucles blondes ce qui était en fait un brin de paille et le tint devant elle en souriant.

— Tu es passée faire un tour à l'écurie, on dirait ?

Abby se mit à rire, et il la trouva encore plus adorable.

Certes, elle avait toujours été mignonne, même lorsqu'elle était gamine. Mais à présent elle était sensationnelle. Elle avait toujours l'air si naturelle, si fraîche, si différente de toutes ces femmes trop sophistiquées qu'il rencontrait dernièrement !

Quel goût auraient ses lèvres lorsqu'il l'embrasserait ? Et sa peau ? Et… ?

— Oui, je suis allée fermer l'écurie pour la nuit, et c'est en revenant à la maison que j'ai vu les lumières allumées chez toi.

— Tu as toujours tes deux chevaux ? Buttercup et Beau ?

Elle le regarda bouche bée, l'air surpris qu'il se souvienne du nom de ses chevaux.

A dire vrai, lui aussi en était étonné.

— Tu te souviens de leurs noms ? dit-elle en prenant l'assiette qu'il lui tendait et sur laquelle trônait le brie.

— Qu'y a-t-il de si étonnant ? Nous sommes allés à la même école, et nous prenions tous les soirs le même bus, répondit-il. Je dois avoir gardé ça dans un coin de ma mémoire.

— Eh bien ! A l'époque, j'ignorais même que tu avais conscience de mon existence. Tu ne faisais que t'en prendre à moi quand bon te semblait. Mis à part ça, tu ne m'adressais jamais la parole.

Cette fois, ce fut à lui d'être surpris.

Pourvu qu'Abby n'ait jamais pensé qu'il lui voulait du mal !

— Mais je t'ai toujours appréciée, Abby, protesta-t-il. Bien sûr, je te taquinais souvent, mais ne me dis pas que tu avais l'impression que je te harcelais, quand même ?

Prenant les plateaux, ils se dirigèrent vers le grand salon

et disposèrent sur la table basse des assiettes contenant des grappes de raisin blanc, des biscuits salés, des pommes, et le gros morceau de brie.

Un en-cas parfait à déguster avec le baco, mais il attendit qu'Abby lui réponde avant de s'installer près du feu.

Elle poussa un petit soupir.

— Tu ne cessais pas de me taquiner ou de me tirer les cheveux. Comment aurais-je pu deviner que tu me portais un intérêt quelconque ?

— Eh bien, je me souviens très bien de certains détails prouvant mon intérêt, répondit-il en lui faisant un clin d'œil.

— Ah ! J'aurais dû me douter que tu y ferais allusion.

Par chance, Abby sembla plus amusée que fâchée qu'il évoque ce souvenir. A l'évidence, elle se rappelait aussi bien que lui ce qu'il s'était passé entre eux cette nuit-là au bord du lac.

Mais mieux valait laisser tomber ce sujet pour l'instant. Ils auraient tout le temps d'y revenir plus tard.

— Laisse-moi juste le temps de remettre quelques bûches dans le feu, et nous pourrons savourer tout cela. Je meurs de faim !

Et pour l'instant, à défaut de dévorer Abby de baisers, il devrait se contenter de ce qui se trouvait dans les assiettes.

Ils passèrent l'heure suivante à discuter de tout et de rien tout en grignotant devant le feu de cheminée, puis Abby regarda autour d'elle.

— Tu n'as installé aucune décoration de Noël. Pas même un sapin, fit-elle remarquer.

Il haussa les épaules.

— Non, je n'ai pas eu le temps. Et d'ailleurs, je crois que ça n'en vaut pas la peine. Je suis tout seul à la maison, et Charles, mon agent immobilier, pense que ce serait mieux de laisser les pièces le plus neutres possible. Selon lui, il faut que les acheteurs éventuels puissent se projeter dans les lieux.

— Oh ! dit-elle, l'air soudain sérieux. D'ailleurs, c'est ce dont je voulais te parler

— Des décorations de Noël ?

— Non, de la vente de votre propriété. J'espérais…

Aussitôt, il leva une main.

— Abby, je serais ravi d'avoir cette conversation avec toi, mais un autre jour. D'accord ?

— Mais…

— Ecoute, j'ai eu une rude journée. Pour l'instant, j'ai juste envie de me détendre en compagnie d'une vieille amie.

Oui, il préférait éviter de parler affaires avec Abby. Il savait d'avance qu'elle essaierait de le convaincre de ne pas vendre, ou en tout cas pas à n'importe qui, et il refusait d'en discuter avec elle. Une telle conversation gâcherait à coup sûr toute alchimie entre eux.

Abby mordilla sa lèvre inférieure délicieusement bombée puis, comme à regret, acquiesça d'un hochement de tête.

— Je comprends, dit-elle en contemplant son verre de vin. Je sais que les choses ont été difficiles pour toi cette année…

Elle ne termina pas sa phrase, comme pour l'inviter à en dire plus, mais il refusa de se laisser prendre au piège. Peut-être n'était-ce pas très fair-play de sa part, mais ce soir il ne voulait songer qu'au plaisir de l'avoir à ses côtés.

— C'est vrai, répondit-il, décidé à changer de sujet. Et toi, comment ça va ? Tu vis seule dans votre maison, à présent ?

Qui sait ? Abby était si sexy qu'elle avait sûrement un petit ami. Autant se renseigner avant de commettre une bourde.

— Oui, il n'y a que moi, répondit-elle, à son grand soulagement. Sarah a pris sa retraite, et mes parents voyagent aux quatre coins du monde. Bien sûr, j'ai toujours une petite équipe d'employés à temps partiel, mais je gère la plupart des choses seule.

— Tes parents ne reviennent pas pour les vacances ?

— Non, ce serait un peu compliqué pour eux. Ils m'envoient des cadeaux d'un peu partout, et nous discutons souvent via internet devant nos web caméras. L'année dernière, ils étaient en Inde pour aider la population locale à construire une école. Cet hiver ils sont allés aider à rebâtir un hôpital à Haïti.

— Vraiment ? Je croyais qu'à présent ils prenaient du bon temps et se contentaient de jouer les touristes ?

— Non, ils mêlent toujours le plaisir et les activités caritatives. Tu connais mes parents !

Il hocha la tête.

— Je me souviens très bien d'eux, oui, acquiesça-t-il, le sourire aux lèvres, en contemplant ses cheveux couleur de miel, légèrement bouclés, qu'elle avait repoussés sur ses épaules.

Comme il aurait voulu y plonger les doigts !

Elle ne portait pas de maquillage, et d'ailleurs elle n'en avait pas besoin. Sa peau était parfaite, ses joues légèrement rosées incitaient aux baisers. Quant à ses lèvres…

— T'es-tu déjà posé la question ? demanda-t-il avant même de s'en rendre compte.

De nouveau, Abby rougit. Ses lèvres s'écartèrent légèrement, et il sut aussitôt à quoi elle pensait.

— Quelle question ?

Il attendit un peu avant de répondre.

Ils étaient en train de passer une agréable soirée entre amis, à parler du bon vieux temps. Avait-il vraiment besoin d'aller plus loin ? Après tout, il n'était ici que pour un mois, ou à peine plus, juste le temps de vendre la propriété familiale. Et le plus tôt serait le mieux.

Il ne pouvait tout de même pas considérer Abby comme une distraction passagère. Contrairement aux autres femmes qui entraient et sortaient de sa vie, ne cherchant qu'une courte liaison avec un pilote déjà célèbre, elle n'était pas du genre à avoir une simple aventure avec lui. Elle était juste… Abby.

Quoi qu'il en soit, il devait la lui poser, cette question.

— Ne t'es-tu jamais demandé ce qu'il se serait passé si nous ne nous étions pas interrompus, cette nuit-là, au bord du lac ?

Cette fois, elle ne détourna pas les yeux.

— Bien sûr que je me suis posé la question.

— En fait, je voulais te proposer de sortir avec moi, mais tu t'es enfuie sans m'en laisser le temps, avoua-t-il.

— C'est vrai ? Tu comptais me demander d'être ta petite amie ?

— Oui. J'en avais vraiment envie. Je t'ai toujours appréciée, Abby, tu sais.

— Oh.

Elle ne répondit rien d'autre, mais c'était plutôt bon signe, non ?

Il décida de pousser le bouchon un peu plus loin.

— Tu n'aimerais pas reprendre les choses là où nous les avons laissées ? suggéra-t-il.

Abby écarquilla les yeux, posa son verre sur la table basse et se leva soudain.

— Je… Je crois que je ferais mieux d'y aller. Nous sommes tous les deux fatigués, et là, avec le feu de bois et le vin… C'est facile de se laisser rattraper par de vieux souvenirs, mais je ferais vraiment mieux de repartir, répéta-t-elle en se dirigeant vers la porte.

Il se leva aussitôt.

— Je suis désolé, dit-il en lui saisissant le bras. Je ne voulais pas te choquer.

En tout cas, il n'avait aucune envie qu'elle parte.

Elle leva ses grands yeux sombres vers lui.

— Ecoute, Reece… Aussi tentante que soit ta proposition, je crois que ce ne serait pas une bonne idée.

— Au moins, tu reconnais que tu es tentée…

Ils étaient proches, très proches. Abby se passa la langue sur les lèvres, et aussitôt une vive excitation le saisit.

— Qu'est-ce qui te tente, Abby ? Si je me souviens bien, l'idée de faire l'amour en public t'excitait. Ça te plaît toujours ?

Lui aussi, il avait des fantasmes qu'aucune de ses maîtresses n'avait jamais réussi à satisfaire.

Qu'est-ce qui pouvait plaire à Abby en matière de sexe ? Il connaissait déjà son penchant pour les lieux publics. Quelque chose de plus créatif ? Des jeux de rôle ?

Oui, il adorerait découvrir ses fantasmes. Déjà il l'imaginait ligotée à son lit, vêtue de cuir noir.

Et si jamais elle voulait l'attacher, lui ?

Il était prêt à partager toutes ses envies. Pourvu qu'elle le soit aussi !

— Si on se donnait une chance, Abby ? suggéra-t-il en l'attirant à lui tout en lui caressant le dos.

Ses boucles couleur de miel étaient si douces ! Il voulait sentir ce rideau de soie se répandre sur son ventre pendant qu'elle le chevaucherait, tout en se penchant pour lui prodiguer de fougueux baisers.

Il baissa la tête et l'embrassa, lui écartant les lèvres du bout de la langue puis pénétrant sa bouche.

C'était encore meilleur que le premier baiser qu'ils avaient échangé au bord du lac.

Abby lui posa ses mains autour de la nuque et répondit à son baiser avec ardeur tout en se serrant contre lui.

Leurs bouches et leurs langues apprenaient à se connaître sans se presser, mais, quand elle commença à lui déboutonner sa chemise, il la plaqua contre le mur, collant ses hanches aux siennes, prodiguant maintes caresses à ses seins aux pointes durcies.

Mais déjà les caresses ne lui suffisaient plus.

Glissant les mains sous le pull d'Abby, il écarta la fine dentelle de son soutien-gorge et se pencha pour prendre entre ses lèvres l'un des petits tétons bien fermes. Il le lécha et le suça avec avidité, tandis qu'elle se cambrait de plus belle contre le mur pour mieux l'attirer à elle.

Remplaçant ses lèvres, ses doigts agacèrent les pointes de ses seins alors qu'il plaquait de nouveau sa bouche sur la sienne.

Elle l'excitait tant qu'il aurait voulu la caresser et l'embrasser partout en même temps !

Il se redressa et contempla son doux visage.

Le désir qui l'animait se lisait dans les petites flammes qui dansaient au fond de ses yeux, et ses lèvres empourprées par leurs baisers étaient aussi rouges et brillantes que deux belles cerises charnues.

— Abby, j'ai tellement envie de toi…

Il laissa sa phrase en suspens.

Il la désirait, mais, si jamais elle refusait d'aller plus loin, il mettrait aussitôt un terme à leurs caresses, quelle que soit son envie d'elle.

— Moi aussi, susurra-t-elle, le souffle court.

Sa peau était incroyablement douce.

Il allait prendre tout son temps pour lui donner du plaisir, songea-t-il en glissant sa cuisse entre ses jambes, la plaquant contre le mur. Oui, il allait la faire jouir plusieurs fois avant de la pénétrer, parce que, une fois qu'il serait en elle, il aurait du mal à se retenir avant de s'abandonner à l'orgasme.

En tout cas, la première fois.

Il s'empara de nouveau de ses lèvres et continua de lui caresser les seins, frottant sa cuisse contre son sexe, la faisant gémir et gémir encore.

Soudain, elle se cambra et s'abandonna à l'orgasme, criant de plaisir.

Et dire qu'il ne lui avait pas encore retiré ses vêtements !

Il s'écarta légèrement et la contempla.

Elle paraissait surprise… et ravie, de s'être abandonnée ainsi. Elle qui avait parfois l'air si timide, elle ne semblait nullement embarrassée. Elle lui noua ses bras autour du cou pour lui mordiller les lèvres.

Il ne l'en désira que plus.

— Continue, chuchota-t-elle, en le regardant droit dans les yeux.

Il eut un léger rire.

— Petite gourmande !

Il la prit dans ses bras, prêt à la ramener devant la cheminée. Il allait l'allonger sur le tapis à la lueur des flammes pour lui retirer enfin son pull-over, quand quelque chose attira son attention au-dehors.

Que se passait-il là-bas ?

Soudain, une horrible sensation l'envahit, et il posa Abby à terre avant de s'approcher de la baie vitrée, fixant la nuit du regard.

— Reecc ? Qu'est-ce qu'il y a ?

Des sirènes hurlèrent au loin, et il comprit que cette lueur qui s'élevait dans les airs n'était pas un produit de son imagination.

La propriété d'Abby était en feu.

Chapitre 3

Abby posa la tête sur l'encolure de Buttercup.

Dieu merci, l'écurie n'avait pas été touchée par les flammes. Elle n'aurait jamais pu supporter une telle perte !

A la lumière du jour, il était impossible de se voiler la face : la maison était gravement endommagée. Les milliers de mètres cubes d'eau projetés par les lances à incendie avaient détruit ce que le feu avait épargné. Quant aux pièces principales du bâtiment viticole, elles étaient réduites en cendres.

Elle tenta en vain de retenir ses larmes.

Qu'allait-il se passer, à présent ?

Le capitaine des pompiers lui avait appris que les vacillements des lumières qu'elle avait constatés étaient en fait dus à des câbles qui devaient avoir été grignotés par des souris ou des écureuils. A cause des guirlandes électriques, le circuit général s'était trouvé surchargé. Cela avait déclenché le feu, qui s'était propagé dans les murs avant de ravager entièrement le bâtiment viticole.

Si elle s'était trouvée chez elle, elle aurait pu mourir dans son sommeil ou succomber à la fumée malgré les détecteurs à incendie. D'un autre côté, si elle avait été là, elle aurait pu appeler les pompiers beaucoup plus tôt, et les dégâts seraient moins considérables.

Au lieu de quoi, au moment de l'incendie, elle se trouvait dans les bras de Reece Winston, prête à succomber à ses désirs coupables pendant que son héritage familial partait en flammes !

Ce matin, les lieux grouillaient de monde. Même si l'incendie était officiellement maîtrisé, les pompiers restaient sur leurs gardes. Les gens de l'assurance et les enquêteurs prenaient des notes pour leurs rapports, et plusieurs voisins et amis étaient venus la réconforter.

Tout le monde voulait l'aider, mais la seule chose qui lui importait pour l'instant, c'était de rester seule quelques minutes. Elle avait besoin de réfléchir à ce qu'elle allait dire à ses parents.

Une vague de culpabilité l'assaillit.

Comment leur apprendre ce qu'il venait d'arriver ? Comment leur expliquer son absence ? Obsédée par l'idée de se retrouver en tête à tête avec Reece, elle n'avait pas songé un seul instant que les guirlandes électriques risquaient de poser problème sur un circuit déjà déficient. Quelle négligence de sa part !

Elle poussa un petit gémissement puis chassa ses larmes.

Inutile de s'apitoyer maintenant ! Elle devait s'occuper des détails administratifs concernant son assurance et prévenir les futurs mariés qui avaient prévu leur réception au vignoble qu'elle était contrainte d'annuler. Ils auraient sûrement du mal à trouver un autre lieu quelques semaines à peine avant leur mariage, mais, hélas, elle ne pourrait pas faire grand-chose pour eux. En revanche, à son grand désespoir, elle devrait les rembourser, ce qui n'arrangerait pas ses problèmes de trésorerie.

Peut-être pourrait-elle emménager chez Anna quelque temps, même si cela impliquait de nombreux allers et retours entre le vignoble et le centre-ville ? A moins que l'assurance ne lui accorde une chambre dans un hôtel du coin ?

— Je savais bien que je te trouverais par là, s'écria une voix familière derrière elle.

— Anna ! dit-elle, d'une voix qu'elle aurait voulu garder normale mais qui chevrota malgré elle.

Tout ce stress l'avait épuisée. Quand Anna lui tendit les bras, elle n'hésita pas une seule seconde. Elle se blottit contre son amie, juste pour un instant, même si c'étaient dans les bras de Reece qu'elle aurait voulu se lover.

Il l'avait gardée serrée contre lui durant tout le temps

qu'ils avaient observé les pompiers à l'œuvre, et sa présence rassurante avait été comme une bouée de sauvetage dans cette nuit d'horreur.

Comme elle aurait voulu qu'il l'enlace encore !

Non, non, non. Si elle n'avait pas été en train de céder à ses caresses, elle ne serait sûrement pas au milieu de tout ce gâchis à l'heure actuelle.

— Tu vas bien ? demanda Anna en s'écartant d'un pas pour l'observer.

— Oui. Je suis si contente que les écuries soient loin de la maison ! murmura Abby en caressant les naseaux de Beau. Au moins, les chevaux n'ont rien.

— Oui, acquiesça Anna, c'est une bonne chose. D'après ce que m'ont dit les pompiers, le feu est dû à un problème électrique, et ton agent d'assurances travaille déjà d'arrache-pied sur ton dossier. Les dégâts ne sont que matériels, et tout pourra être remplacé.

— C'est vrai, mais je ne sais pas si cela suffira, répondit Abby, trop déprimée pour se montrer optimiste. On ne pourra pas commencer la reconstruction avant la fin de l'hiver, ce qui signifie que, non seulement je ne pourrai pas organiser les réceptions prévues à la période des fêtes de Noël, mais, de plus, je vais perdre aussi tous les mariages et les séances de dégustation du printemps. Quasiment tous les tonneaux de riesling ont été détruits… Avec la vente du domaine de Reece, cet incendie pourrait bien marquer le début de gros ennuis !

Elle sentit sa gorge se serrer un peu plus.

— Et comment vais-je pouvoir expliquer tout cela à mes parents ? J'ai l'impression de les avoir complètement laissés tomber.

— En parlant de Reece, j'ai remarqué qu'il s'est beaucoup occupé de toi durant la soirée, dit Anna en lui faisant un clin d'œil. Tout comme je n'ai pu m'empêcher de remarquer que sa chemise était mal boutonnée. Tu sais, comme s'il l'avait enfilée en vitesse…

Abby poussa un gémissement.

Tout le monde avait-il donc compris où elle se trouvait durant la soirée et ce qu'elle faisait ?

Anna sembla lire dans ses pensées.

— Ne t'inquiète pas, il a juste dit qu'il avait vu le feu depuis chez lui et qu'il s'était habillé en hâte avant de se précipiter pour donner un coup de main. Mais je suis sûre que tu meurs d'envie de raconter certains détails à ta meilleure amie. Comme lui expliquer, par exemple, pourquoi Reece a eu besoin de se rhabiller ?

A sa propre surprise, Abby se mit à rire.

Malgré le désastre environnant, Anna était parvenue à lui faire oublier son chagrin ! Alors que seule l'écurie avait été épargnée par les flammes, elle avait réussi à amoindrir sa peine.

Reece avait eu un comportement exemplaire. Il ne l'avait pas quittée un seul instant jusqu'à ce qu'Anna arrive. Il avait parlé aux pompiers et aux policiers, ainsi qu'à toutes les personnes présentes sur les lieux, ouvrant même le salon de son bâtiment viticole pour que chacun puisse se mettre au chaud et boire une tasse de café. Puis il avait dû rentrer chez lui pendant qu'elle continuait de répondre aux diverses questions de l'enquêteur de sa compagnie d'assurances.

— Merci pour la minute de rigolade, dit-elle à Anna en se reprenant. Pour le reste… Je n'ai pas beaucoup de détails à raconter. Je suis allée chez Reece avec une bouteille de vin pour lui proposer de discuter, et une chose en entraînant une autre… Mais nous n'avons pas eu le temps d'aller bien loin, car Reece a remarqué le feu dehors. Voilà, c'est quasiment tout.

— Ça, ça m'étonnerait, rétorqua Anna.

— Tu te fais des idées, crois-moi. Reece et moi, nous sommes de vieux amis, et nous avons juste partagé en moment intime durant une soirée au coin du feu accompagnée d'une bonne bouteille de vin. Autant tout oublier. J'ai assez de soucis comme ça sur les bras !

Son attention fut soudain attirée à l'extérieur par la voix d'une femme en train de pousser les hauts cris.

Qui était-ce ? Et pourquoi tant de tapage ?

Sortant de l'écurie, elle vit Sandra Towers, la future mariée, plantée devant les décombres, horrifiée et en larmes. A peine Sandra remarqua-t-elle sa présence qu'elle se dirigea droit sur elle, apparemment prête à une dispute.

Abby retint un soupir.

Super ! C'était juste ce dont elle avait besoin. Elle commençait à regretter de s'être accordé quelques instants de répit dans l'écurie. Oui, mieux aurait valu qu'elle se précipite sur son téléphone pour limiter les dégâts.

Hélas, il était trop tard, songea-t-elle alors que Sandra se plantait face à elle.

— Sandra, je suis désolée. J'allais vous appeler…

Celle-ci l'interrompit.

— J'ai entendu ça aux informations, et je ne parvenais pas à y croire. Il fallait que je vienne voir moi-même. C'est un véritable cauchemar ! Comment avez-vous pu laisser ça arriver ? cria la future mariée.

Abby s'exhorta à la patience. La situation était déjà suffisamment accablante, et elle savait par expérience que les futures mariées étaient toujours très stressées.

Et, à l'évidence, Sandra n'en avait pas encore terminé avec elle.

— Qu'est-ce que je vais faire ? hurla-t-elle. Les invitations sont déjà toutes envoyées. Tout est programmé à la minute près. Comment allez-vous arranger tout cela ?

Abby prit une profonde inspiration.

— Sandra, je sais que c'est une catastrophe, mais ne vous inquiétez pas, je vais vous rembourser votre acompte, et je vais essayer de vous aider à trouver un autre…

— Ne dites pas n'importe quoi ! Mon mariage est dans trois semaines à peine. Il n'y a aucun autre endroit possible ! Je le sais, j'ai déjà vérifié, croyez-moi ! Je vous rappelle que certains membres de notre famille viennent d'Europe pour assister à notre mariage. Vous avez intérêt à arranger tout cela, sinon… Sinon, je vous fais un procès !

En temps habituel, Sandra Towers était une personne agréable. Ce devait être le stress qui la faisait parler ainsi. Enfin, mieux valait l'espérer. Elle n'avait pas sérieusement l'intention de la traîner en justice ?

Quoi qu'il en soit, Abby avait du mal à rester calme devant cet enchaînement de drames.

Soudain Reece apparut et lui posa une main sur l'épaule.

— Abby, j'aurais besoin de te parler une minute ou deux. Voulez-vous nous excuser quelques instants ? demanda-t-il à Sandra en lui décochant un éblouissant sourire.

Curieusement, celle-ci sembla perdre toute animosité.

Reece entraîna Abby à quelques mètres et lui mit entre les mains un gobelet empli de café fumant et odorant.

Elle but une gorgée et jeta à Reece un regard reconnaissant. Il avait des cernes bleuis sous les yeux. Visiblement, lui aussi était épuisé.

— Je venais t'apporter ça pour te réchauffer, et j'ai entendu les cris, expliqua-t-il. C'est à cause du mariage qui doit avoir lieu bientôt ?

— Oui, deux jours avant Noël.

— Et c'est donc la future mariée qui s'en prenait à toi ainsi.

Abby poussa un soupir.

— Oui. Je ne peux pas lui en vouloir d'être énervée, mais je ne m'attendais pas du tout à ce qu'elle débarque ici et me hurle dessus comme ça. Cela dit, c'est un véritable désastre pour elle aussi.

Reece hocha la tête.

— A l'évidence, elle oublie que, toi, tu as perdu beaucoup plus qu'elle dans cet incendie.

Songeuse, Abby but une autre gorgée de café.

Reece était en train de la défendre comme il l'avait fait le jour où un de ses camarades de classe s'était moqué de son appareil dentaire.

— Merci pour ta compassion, mais il va bien falloir que je la rembourse, et peut-être même que je l'aide à trouver un autre lieu pour son mariage. Autant en terminer maintenant avec elle. Ensuite, il faudra que je m'occupe de chiffrer exactement mes pertes, puis que j'appelle mes parents. Ça, ça va être le pire de tout…

En temps ordinaire elle pleurait rarement, pas même devant un film triste. Mais là, elle était dépassée par les événements et épuisée. Pourtant, elle devait se concentrer sur son travail !

— J'ai une idée, annonça Reece.

— Laquelle ?

— Pourquoi ne pas utiliser la propriété de mes parents pour le mariage et les autres événements prévus ce mois-ci ? Tu n'as qu'à transférer tes bouteilles dans nos caves, et nous pourrions même vendre nos vins en commun, si cela te convient. Je ferai un inventaire, et ensuite tu auras carte blanche.

Elle le fixa, sidérée.

Cela ne faisait que deux jours qu'ils s'étaient revus, et Reece Winston lui proposait d'utiliser ses bâtiments ?

— Mais… Tu es sur le point de vendre, remarqua-t-elle. Et si jamais tu trouvais un acheteur rapidement ?

— Ne t'inquiète pas pour la vente. Je pourrais toujours m'arranger avec l'acheteur pour que les lieux restent libres au moins jusqu'au mariage. Si tu as besoin de plus de temps, nous verrons comment nous débrouiller. Mais d'ici là, toi et tes vins êtes les bienvenus chez moi.

Stupéfaite, elle ne savait que répondre. Néanmoins, elle ne voyait aucune bonne raison de refuser.

Mis à part ce qu'il s'était passé entre Reece et elle la veille. Enfin, ce qui était *presque* arrivé. S'ils devenaient partenaires en affaires, même de façon temporaire, toute relation intime devrait être proscrite.

— C'est très généreux de ta part. Je ne sais pas trop quoi dire, avoua-t-elle. Ça m'arrangerait vraiment de ne pas avoir à rembourser l'acompte du mariage. Mais tu disais que ton agent immobilier tenait à ce que tu gardes l'intérieur de la maison le plus neutre possible. Si je m'installe chez toi, j'aurais besoin de décorer les lieux, et il y aura du monde en permanence.

Reece ne semblait pas inquiet outre mesure.

— Je sais, dit-il. Mais je suis certain que Charles pourra s'en accommoder.

Elle essaya de réfléchir, le cœur battant. Depuis ce matin, c'était la première fois qu'elle éprouvait une pointe d'optimisme.

Quoi qu'il en soit, cet arrangement lui donnerait l'occasion parfaite pour discuter avec Reece de la vente de son domaine. Et cela lui laisserait aussi le temps d'envisager plusieurs solutions. Oui, la proposition de Reece était une offre plus que bienvenue.

— Nous devrons garder des relations strictement professionnelles, déclara-t-elle.

— Comme tu voudras, Abby, admira-t-il. Je ne suis qu'un ami qui essaie de t'aider. Tout cela ne sera que temporaire et ne nous lie nullement l'un à l'autre.

La petite lueur qui dansait au fond de ses yeux indiquait pourtant clairement qu'il se souvenait aussi bien qu'elle des moments torrides qu'ils avaient partagés quelques heures plus tôt.

Qu'en était-il de son côté à elle ? Serait-elle capable de garder une relation strictement professionnelle avec Reece ?

— Je pense que je peux faire part de ta proposition à Sandra, dit-elle.

Il serait curieux que la future mariée refusât. Les salons des Winston étaient bien plus chic que sa salle de réception, et ils offraient la même vue magnifique sur le lac.

— Je pourrais essayer de réserver quelques chambres pour le mariage à l'hôtel Tandy, et une pour moi, aussi, ajouta-t-elle, réfléchissant à voix haute.

— Nous avons plusieurs chambres à l'étage, elles seraient parfaites pour les invités des mariés. Toi aussi, tu pourrais t'installer chez moi. Sache que tu es la bienvenue.

— Je ne crois pas que ce soit une bonne idée, répondit-elle vivement. Je ne veux pas te déranger. Tu te montres assez généreux comme cela.

Reece la regarda comme si elle avait perdu l'esprit.

— C'est une grande demeure, Abby ! Et tu serais à la fois proche de ton écurie et de tes chais. Il n'y a aucune raison que tu dépenses de l'argent pour séjourner à hôtel alors que nous avons six chambres vides à l'étage.

Elle se mordilla les lèvres, encore hésitante.

Sa propre maison ne serait pas habitable avant de longues semaines, et Reece n'avait pas tort. Séjourner chez lui serait bien plus pratique qu'à l'hôtel du village. Autant accepter.

— Merci beaucoup, Reece. Tu n'as pas idée de ce que cela représente pour moi.

— Ce sera un vrai plaisir de t'avoir chez moi, Abby. N'hésite pas à me demander tout ce qui te ferait envie.

Le plaisir ? Les envies ? Oh ! mon Dieu ! C'était vraiment une mauvaise idée que d'aller habiter chez lui.

Il lui caressa le bras un bref instant puis s'éloigna en direction de sa maison.

Là où elle passerait la nuit. Mais pas dans son lit.

Elle retint un gémissement puis se dirigea vers Sandra pour lui annoncer que la cérémonie de son mariage pourrait bel et bien avoir lieu avec vue sur le lac.

Quant à Anna, elle serait sûrement ravie des derniers rebondissements.

Reece s'arrêta et se retourna pour observer Abby.

Elle marchait d'un pas plus léger, ce qui lui fit chaud au cœur. Il la vit s'adresser à la jeune femme qu'il avait entendue crier un moment plus tôt. Toutes deux discutèrent quelques secondes, et la future épouse se jeta soudain au cou d'Abby.

A l'évidence, la solution qu'il venait de proposer lui convenait.

Satisfait, il se dirigea vers sa demeure.

A sa grande surprise, il était impatient qu'Abby s'installe chez lui. En général, la solitude ne lui pesait pas, bien au contraire, mais la perspective des semaines à venir le réjouissait absurdement.

Pourvu que leur cohabitation fonctionne ! Il l'espérait du fond de son cœur.

Il avait peut-être perdu la tête en lui faisant cette proposition.

A dire vrai, il n'y avait même pas songé jusqu'à ce qu'il entende la cliente d'Abby la menacer d'un procès. Mais quand il avait vu Abby s'efforcer de garder son calme malgré sa fatigue et les vociférations de sa cliente, il n'avait pu y tenir.

Comment aurait-il pu lui refuser son aide ? N'importe quel voisin ou ami de la famille aurait fait pareil, n'est-ce pas ?

Non, ce n'était pas une excuse pour passer plus de temps avec Abby ni pour l'attirer dans son lit, d'autant plus qu'elle l'avait prévenu qu'ils ne devraient en aucun cas mêler travail et plaisir.

Cela dit, il espérait bien lui faire changer d'avis, et très vite.

Il devait téléphoner à Charles. Celui-ci n'allait pas être ravi de la situation, mais il savait que ses parents, eux, apprécieraient son geste. En tant que voisin, c'était la seule chose à faire.

Surtout quand la voisine était aussi sexy qu'Abby, avec ses lèvres qui appelaient les baisers et son corps qui semblait fait pour le sien.

A peine eut-il franchi le seuil de la maison que son téléphone portable sonna.

Quand il vit que le numéro affiché sur l'écran était celui de son frère Ben, tous ses fantasmes s'envolèrent soudain.

Pourvu qu'il ne soit rien arrivé à son père !

— Ben, qu'est-ce qu'il se passe ?

— Hé, frangin, calme-toi. Tout va bien. Mais toi, tu as l'air sur les nerfs. Qu'est-ce qu'il se passe, chez toi ?

Depuis son enfance, Ben était passionné de golf, mais il n'avait jamais réussi à être autre chose qu'un joueur moyen. Cependant, il n'avait pas abandonné l'idée de placer ce sport au centre de sa vie. Ainsi, lorsqu'il avait entamé ses études d'architecte, il avait choisi de se spécialiser en conception de terrains de golf. Durant des années il avait travaillé dans les meilleurs cabinets, où il s'était forgé une excellente réputation, puis, lorsqu'il s'était senti prêt, il avait ouvert sa propre agence. Ensuite, il avait rencontré sa femme, et aujourd'hui Kelly et lui avaient deux magnifiques enfants.

Oui, Ben avait une vie très organisée. Comparé à lui, Reece

avait toujours mené une vie plus instable. S'il avait suivi les études qui l'avaient mené à l'obtention de son MBA, c'était surtout parce qu'il ne savait pas vraiment quoi faire dans la vie. Il clamait toujours qu'il préférait ignorer de quoi les lendemains seraient faits.

— Désolé, répondit-il. J'ai eu peur qu'il soit arrivé quelque chose à papa.

Depuis quand s'attendait-il à une nouvelle catastrophe chaque fois que le téléphone sonnait ? Ce pessimisme n'était-il pas le résultat post-traumatique de ses blessures ?

— Ne t'inquiète pas, papa va très bien, affirma Ben. Maman aussi, d'ailleurs. Mais tous deux se font du souci pour toi, seul là-bas, surtout avec Noël qui approche. Je leur ai dit que je pouvais te rejoindre. Si tu as besoin d'aide pour en terminer là-bas, pour t'occuper de la vente ou quoi que ce soit, je peux très bien réserver un vol dès aujourd'hui. On pourrait passer un peu de bon temps entre frères, aller pêcher ou se balader, rien que nous deux.

— Ce serait génial, mais je ne veux pas t'éloigner de Kelly et des enfants, surtout à la veille des vacances. Je vais très bien, et d'ailleurs la situation ici vient de prendre un tour inattendu.

Il lui raconta l'incendie puis mentionna la proposition qu'il avait faite à Abby.

Ben émit un sifflement.

— Effectivement, c'est une situation intéressante…

— Peux-tu expliquer tout cela à papa et maman ? Je suis sûr qu'ils n'auront rien contre le fait que j'aie invité Abby ici.

— Frangin, je suis même certain qu'ils vont être ravis !

— Ben ! Inutile de leur laisser penser qu'il y a quoi que ce soit entre Abby et moi.

— Bah ! Tu sais très bien que papa et maman adoreraient que tu t'établisses dans la région, que ce soit pour diriger le vignoble ou autre chose. J'ai rencontré Abby lorsque je suis revenu à Noël, l'année dernière. Elle est devenue plutôt mignonne, hein ?

— Oui, mais il n'y a rien entre nous.

Menteur !

— Vraiment ? insista Ben. Je te connais, Reece, et je sais que tu as toujours été plus ou moins amoureux d'Abby Harper depuis tes six ans.

— Qu'est-ce que tu en sais ? A l'époque, toi, tu n'en avais que quatre.

— Peut-être, mais ton béguin a continué durant des années, et je m'en souviens très bien. D'ailleurs, je n'ai jamais compris pourquoi tu n'avais jamais proposé à Abby de sortir avec toi. Tu sais, j'ai failli l'inviter juste pour te rendre jaloux, répliqua Ben en riant.

Reece esquissa une grimace.

Ben avait raison. Il aurait bel et bien été jaloux.

— Ben, sérieusement, contente-toi de dire à papa et maman que je vais très bien. Je vais m'occuper de la vente, puis je rentrerai en France. J'ai l'intention de reprendre l'entraînement très vite. C'est tout ce qui m'importe.

Il mentait encore. Abby comptait aussi pour lui…

Non, c'était faux. Bien sûr, il la désirait, mais sa vie n'était pas ici. Sa place se trouvait au-delà de l'océan.

Il continua durant quelques instants à discuter du domaine avec son frère, puis il reposa son téléphone sur la table en acajou à côté de la fenêtre.

Tout près du mur contre lequel il avait plaqué Abby hier soir, avec l'intention de lui faire l'amour toute la nuit.

Rien qu'une nuit, ou disons quelques nuits… Peut-être bien en fait jusqu'à son départ.

Mais leur relation n'irait pas au-delà, ça non — enfin, *a priori*.

Chapitre 4

Le surlendemain, après une journée passée à faire des emplettes, Abby emprunta la route du lac.

Le soleil descendait lentement vers l'horizon, mais il restait encore une bonne heure de plein jour. Même si les journées raccourcissaient, le manteau de neige qui recouvrait les terres rendait le paysage lumineux.

Par habitude, elle tourna dans son allée, oubliant qu'elle devait se rendre chez Reece pour déballer ses courses.

Bon, puisqu'elle était là, autant aller jeter un coup d'œil aux chevaux.

Elle fronça les sourcils en remarquant que la porte de l'écurie était ouverte.

Pourtant, elle l'avait bien fermée ce matin !

En descendant de voiture, elle ne put s'empêcher de retenir sa respiration à cause de l'odeur de fumée qui imprégnait toujours les lieux. Puis elle ouvrit la porte de l'écurie avec précaution.

Elle vit Shadow, son labrador noir, qui vint aussitôt à sa rencontre, et Buttercup dans sa stalle. Mais point de Beau, dont la porte du box était grande ouverte.

Elle se précipita à l'intérieur et remarqua tout de suite que la selle et les rênes de Beau avaient disparu aussi.

Aussitôt, elle saisit son téléphone portable dans sa poche.

— Anna ? C'est toi qui as sorti Beau ? demanda-t-elle dès que son amie eut décroché.

D'habitude, Anna la prévenait toujours quand elle partait

en promenade. De plus, elle préférait monter Buttercup, plus docile que Beau.

— Non. Pourquoi ?

Elle ferma les yeux un instant pour éviter de céder à la panique, puis elle sortit de l'écurie pour respirer un peu d'air frais et se calmer.

— Beau n'est pas là, et il manque aussi sa selle. Je n'étais pas là de la journée, et…

Elle s'interrompit au beau milieu de sa phrase en remarquant une silhouette qui s'approchait de l'autre côté de l'enclos.

— C'est Reece, annonça-t-elle, soulagée. Il l'a emmené faire un tour.

Puis elle raccrocha alors que cheval et cavalier avançaient tranquillement vers elle.

Jamais elle n'avait vu Reece à cheval. D'ailleurs, elle ignorait même qu'il savait monter. Sa famille avait eu des chiens, mais jamais de chevaux.

En cet instant, Reece ressemblait au cow-boy de ses fantasmes. Sa veste et son chapeau couleur fauve contrastaient avec la robe alezan foncé de Beau, qui poussa un hennissement en la voyant, comme pour la saluer.

Elle était si soulagée de le voir qu'elle se rendit soudain compte qu'elle tremblait.

— Reece ! appela-t-elle en lui faisant un petit signe de la main.

— Hé ! Qu'est-ce qu'il t'arrive ? demanda Reece en s'approchant.

— Je… J'ai vu la porte de l'écurie ouverte, et Beau avait disparu. J'ai eu peur qu'on ne me l'ait volé. La police m'a dit d'être prudente. Après les incendies, il y a souvent des vols…

Ses paroles s'évanouirent, et elle se mit à caresser les naseaux de Beau tout en poussant un soupir de soulagement.

— Mon Dieu, Abby, je suis désolé. J'ai vu que tu avais laissé la clé de l'écurie sur le plan de travail dans la cuisine, et comme je me sentais plutôt stressé aujourd'hui, je me suis dit qu'une balade à cheval me ferait le plus grand bien. En plus, je savais que tu n'avais pas le temps de sortir Beau et Buttercup pour qu'ils fassent un peu d'exercice, alors je me suis dit que j'allais m'en charger.

— C'est vraiment gentil à toi, Reece. C'est moi qui suis idiote de ne pas avoir pensé que tu avais pu l'emmener. En fait, j'ignorais que tu savais monter à cheval.

— J'ai appris en France. Cela faisait un bon moment que je n'avais pas monté, mais ça m'a fait du bien.

— Tu les as montés tous les deux ?

— Non, j'avais prévu de leur faire faire à chacun un petit tour. Justement, je ramenais Beau pour sortir Buttercup.

— Je vais seller Buttercup et me joindre à toi, si tu n'y vois pas d'inconvénient. A nous deux, on pourra les faire profiter d'une plus grande balade, et un peu d'air frais me fera du bien à moi aussi.

— Excellente idée.

Quelques instants plus tard, tous deux chevauchaient le long du lac.

Abby prit une longue inspiration.

Cette promenade venait vraiment à point nommé pour l'aider à oublier ses tracas !

— Merci d'avoir pensé à t'occuper d'eux, dit-elle à Reece. Je me sens vraiment coupable quand je ne peux pas les sortir. Hélas, ces derniers temps, le travail m'accapare à longueur de journée.

— Je te comprends. J'aurais voulu prendre un chien, chez moi, en France, mais je ne peux pas le mettre au chenil chaque fois que je m'en vais pour une course, ce qui arrive souvent.

— Où habites-tu, exactement ?

— A Talence, dans l'agglomération de Bordeaux. Il y a de nombreuses industries, là-bas, de grandes universités, de beaux vignobles… Et de superbes châteaux. J'ai trouvé une très belle maison ancienne juste à la sortie de la ville, mais je dois encore y faire des travaux.

— Bordeaux ? Tu as donc quitté une région viticole pour une autre ? dit-elle avec un léger rire.

— On dirait bien.

— C'est plutôt amusant.

Ayant repris le chemin de l'écurie, ils chevauchèrent un long moment en silence.

— Je vais ouvrir la porte, dit Abby en descendant de cheval.

Comme il faisait déjà sombre, elle alluma les lumières à l'intérieur de la grange, puis elle se retourna et observa Reece.

Celui-ci souriait, mais d'un air crispé. Pourquoi ne descendait-il pas de cheval ?

— Ça va ? demanda-t-elle.

Reece ne dit pas un mot, et Beau commença à s'agiter, visiblement impatient de retrouver son box et sa ration d'avoine, maintenant qu'il avait pris un peu d'exercice.

— Ça va, marmonna Reece entre ses dents, juste avant de passer sa jambe par-dessus la croupe de Beau pour descendre.

Mais, à l'instant où il voulut poser pied à terre, elle vit, horrifiée, que sa jambe d'appui le trahissait et que son autre pied ne parvenait pas à se défaire de l'étrier, tandis que Beau s'agitait de plus en plus nerveusement.

— Oh ! mon Dieu, Reece !

Aussitôt elle se précipita pour s'emparer des rênes de Beau, puis elle s'avança pour aider Reece à se dégager de l'étrier afin de retrouver son équilibre.

— Ça va ?

Reece était parvenu à se dégager, il saisit les rênes de Beau sans prononcer un seul mot pour le conduire à son box. Tout semblait rentré dans l'ordre.

Sauf que son visage reflétait la douleur.

Abby le suivit.

— Reece ? Tout va bien ? insista-t-elle.

Reece s'arrêta et se crispa.

— Tout va bien, Abby. Ma jambe était juste un peu engourdie.

— Oh ! Je croyais que c'était à cause de ton accident…

Tous deux savaient qu'elle essayait d'en savoir plus sur son état.

Reece prit une profonde inspiration puis se tourna vers elle.

— Je t'assure que ce n'est pas grave. Je suis resté trop longtemps dans la même position, c'est tout.

— Cela aurait pu être grave si tu n'avais pas pu te libérer à temps, ou si Beau avait paniqué. Il aurait pu te piétiner ! Est-ce que ce genre de problèmes t'est déjà arrivé ?

— Je n'ai pas besoin qu'on me fasse la leçon, Abby. J'aurais juste dû faire plus attention en descendant de cheval. Bon, on peut changer de sujet, maintenant ?

— Mais je me fais du souci pour toi !

Si l'incident était arrivé alors que Reece était seul, il aurait pu être gravement blessé.

— Je sais, dit-il d'un air épuisé. Mais cesse de t'inquiéter, tout va bien, maintenant.

Ça, Abby était loin d'en être certaine, mais elle préféra se taire. Elle hocha la tête en signe d'acquiescement, puis attrapa une brosse et se mit à panser Buttercup.

Une atmosphère tendue venait de remplacer la bonne humeur partagée durant leur promenade.

Reece n'ajouta pas un mot, et quand il quitta l'écurie elle remarqua qu'il boitait.

Elle lui aurait bien proposé de le raccompagner en voiture, mais cela ne ferait sûrement qu'accroître la tension entre eux. A l'évidence, l'incident lui avait rappelé ses blessures, et perdre ainsi l'équilibre devant elle avait dû être une offense à son ego.

Ah, les hommes !

Les jours précédents, Abby avait dû faire plusieurs allers-retours entre Ithaca et Syracuse afin de s'occuper de ses problèmes d'assurance et de s'entretenir avec différents entrepreneurs pour planifier les travaux à venir. Aujourd'hui, elle s'occuperait d'emplettes plus personnelles. Elle devait acheter des vêtements pour remplacer ceux qui avaient été brûlés par le feu, porter ce qui pouvait être sauvé au pressing, et aussi faire des courses pour garnir le garde-manger et le réfrigérateur de Reece.

Il n'y avait guère de provisions chez lui, certainement parce qu'il ne pensait pas rester très longtemps, et aussi parce qu'il devait souvent prendre ses repas à l'extérieur. Elle, elle aimait cuisiner et savourer un bon repas. De plus, il lui fallait aussi des produits pour ses séances de dégustation : des biscuits, des chocolats, du fromage.

Elle avait prévu de cuisiner un succulent dîner pour Reece : c'était la moindre des choses, étant donné sa générosité, et de plus elle voulait se faire pardonner ses trop nombreuses questions sur son état de santé, après sa chute devant l'écurie.

Flâner en faisant ses courses lui procura un bon moment de détente. Elle prit le temps de se promener, s'accordant un peu de répit après les événements de ces derniers jours.

Elle adorait la petite ville d'Ithaca. Celle-ci offrait tout ce dont on pouvait avoir besoin : des boutiques, des restaurants, des cinémas, des galeries d'art, et aussi plusieurs marchés biologiques où elle avait l'habitude de s'approvisionner. Mais le principal pour elle, c'était la beauté des paysages qui l'entouraient. Se dressant au sud du lac Cayuga, la ville était cernée de magnifiques collines verdoyantes, de vignobles, de gorges et de cascades.

Oui, c'était vraiment une région magnifique, belle et sauvage à la fois. Comment Reece avait-il pu avoir envie de partir d'ici ? Même si elle appréciait d'aller en vacances, revenir dans la vallée était toujours un véritable bonheur pour elle.

Ses inquiétudes quant à son séjour chez lui s'étaient révélées sans fondement. En fait, elle travaillait sans relâche, et Reece avait apparemment lui aussi de nombreuses choses à faire. Donc, depuis l'incident de l'écurie, ils ne s'étaient guère revus, se croisant juste le matin. Le soir, quand elle passait devant la chambre de Reece, elle s'efforçait de ne pas remarquer la lumière sous la porte.

Sa propre chambre faisait deux fois la taille de celle qu'elle avait chez ses parents. Elle lui offrait une magnifique vue sur le lac et tournait le dos à ses bâtiments détruits par les flammes.

Reece était vraiment attentionné de lui avoir épargné cet affligeant spectacle !

Néanmoins, malgré la vue somptueuse et le grand lit confortable, elle n'avait pas bien dormi depuis l'incendie. Il était difficile de ne pas songer à tous les soucis qui pesaient sur ses épaules. De plus, elle n'était pas parvenue à joindre ses parents au téléphone, ce qui la tracassait.

Et enfin, pire que tout, elle ne cessait de fantasmer sur Reece.

Une fois de retour dans la cuisine de la maison Winston, elle déballa ses courses, ne laissant sortis que les ingrédients dont elle avait besoin pour le dîner : un rôti de porc, des légumes verts et des pommes de terre.

Le repas idéal pour une soirée d'hiver.

Elle avait aussi prévu de cuisiner des hors-d'œuvre, et bien sûr d'ouvrir une bouteille de vin.

Pourvu que Reece apprécie son geste !

Le téléphone accroché sur le mur à côté d'elle sonna, et elle répondit sans réfléchir.

— Allô ?

— Heu… Allô ? répondit unc voix féminine à l'accent étranger. J'aimerais parler à Reece.

Visiblement, son interlocutrice était surprise d'avoir une femme à l'autre bout du fil.

— Il n'est pas là. Puis-je prendre un message ? demanda Abby en cherchant un stylo.

— Qui est à l'appareil ? demanda l'inconnue.

« Qu'est-ce que cela peut vous faire ? » eut envie de répondre Abby.

— Une amie de Reece. Puis-je prendre un message ? insista-t-elle.

— Une amie ? Très bien. Dites-lui que Danielle a appelé.

— Puis-je avoir votre nom de famille ?

— Ne vous inquiétez pas, il le connaît. Assurez-vous qu'il ait bien mon message, je vous prie.

— Mais bien sûr, répondit sèchement Abby, avant de raccrocher.

Elle poussa un soupir.

Pourquoi se sentait-elle brusquement en rogne ?

Vu l'accent, l'amie de Reece devait téléphoner d'Europe. Mais Reece devait avoir beaucoup d'amies là-bas en France, et ses relations ne la regardaient pas.

Elle enfouit le rôti dans le four avec un tel empressement qu'elle s'aspergea de sauce.

Bah ! Inutile de s'énerver.

Décidée à ignorer la vie sentimentale de Reece Winston, elle noua un tablier autour de sa taille pour éviter des dégâts supplémentaires, alluma la radio et commença à éplucher les légumes et à préparer les hors-d'œuvre. Lorsque la radio diffusa *All I want for Christmas is you*, la fameuse chanson de Maria Carey, elle fredonna à l'unisson.

Elle était sur le point de ranger le plateau de hors-d'œuvre au frigo lorsqu'elle remarqua soudain Reece, appuyé contre le chambranle de la porte, qui la contemplait d'un air amusé.

Surprise, elle faillit en lâcher le plateau.

— Reece ! Depuis combien de temps es-tu là ?

— Eh bien, depuis le premier couplet, je crois.

— Oh ! mon Dieu ! s'exclama-t-elle en riant nerveusement.

— Je dois reconnaître que ce petit tablier ajoute un certain panache à ta prestation, plaisanta Reece, en la détaillant de la tête aux pieds avec un regard appréciateur.

Elle baissa les yeux sur son tablier à l'imprimé à pois qu'Anna lui avait offert comme un gag pour son anniversaire.

Elle ne l'avait jamais porté, mais c'était l'un des rares objets de sa cuisine qui n'avait pas été ravagé par les flammes. Elle l'avait enfilé sans réfléchir, d'autant plus qu'elle n'avait pas l'habitude d'avoir des spectateurs quand elle cuisinait.

— C'est un cadeau d'Anna, expliqua-t-elle.

— Qu'est-ce qui sent si bon ? demanda Reece en s'approchant.

— J'ai eu envie de te préparer un bon dîner pour te remercier de tout ce que tu fais pour moi. Et aussi parce que j'adore cuisiner, ça me détend, expliqua-t-elle en essayant de garder un ton détaché alors que Reece lui effleurait le cou.

— C'est très gentil. Cela fait bien longtemps que je n'ai pas mangé un bon petit plat préparé à la maison, répondit-il, une lueur dansante au fond de ses yeux. Tu sais, poursuivit-il en tirant sur son tablier pour l'attirer à lui, tu es en train de me faire vivre l'un des fantasmes masculins les plus répandus : rentrer chez soi et trouver dans sa cuisine une femme hypersexy en train de préparer un bon dîner.

Elle leva les yeux au ciel.

— J'ai du mal à croire que tu aies des fantasmes aussi banals.

Pourquoi restait-il si près ?

Il se pencha et lui mordilla le lobe de l'oreille.

— Reece ! Qu'est-ce que tu fabriques ?

— Mmm, on dirait que tu t'es renversé quelque chose dans le cou. Je voulais juste goûter.

Elle tenta de le repousser.

— Si tu as faim, j'ai préparé des hors-d'œuvre !

— J'ai un autre menu en tête, chuchota-t-il.

— Je croyais que nous étions convenus de n'avoir qu'une relation strictement professionnelle ?

— Ça, c'est toi qui l'as dit. Moi, je n'ai fait qu'acquiescer par politesse. Rappelle-toi, j'ai dit que j'exaucerais tous tes désirs, répondit-il en lui effleurant les seins.

Elle poussa un petit gémissement.

— C'est ce que tu veux, Abby ? demanda-t-il en plongeant les yeux dans les siens.

« Oh oui ! ».

— Ce n'est pas une bonne idée, déclara-t-elle sans conviction, incapable de s'écarter.

Reece lui recouvrit les lèvres des siennes, la taquinant de baisers de plus en plus langoureux, jusqu'à ce qu'elle s'accroche à son cou et lui retourne ses baisers avec ferveur.

— J'ai l'impression que tu n'es plus fâché contre moi, susurra-t-elle.

— Je n'ai jamais été fâché, protesta Reece. J'étais frustré et gêné, c'est tout. Je suis désolé que tu aies cru autre chose. Laisse-moi me faire pardonner.

Tout en continuant de l'embrasser avec passion, il l'entraîna en arrière et, la soulevant par les hanches, l'assit sur le comptoir de la cuisine. Puis il se cala entre ses cuisses et approfondit leur baiser jusqu'à ce qu'ils soient quasiment incapables de respirer.

Alors, il s'écarta légèrement et lui prit le visage entre ses mains tout en la dévorant des yeux.

— Crois-moi, mon fantasme n'a rien de banal.

Il dénoua son tablier tout en déposant des baisers dans son cou. Lentement, ses mains vinrent se poser sur ses seins, avant d'écarter son chemisier.

Elle n'avait plus aucun argument à lui opposer. Elle voulait voir s'envoler tous leurs vêtements, sentir ses mains sur sa peau nue.

Il la débarrassa de son chemisier en un clin d'œil, et elle tendit aussitôt les mains derrière elle pour dégrafer son soutien-gorge.

Dès que ses seins furent délivrés de leur prison de dentelle, Reece les saisit à pleines mains. Baissant la tête, il prit l'un des tétons entre ses lèvres et le suça avec avidité, avant de s'attaquer à l'autre, ses doigts prenant chaque fois le relais de ses lèvres.

S'abandonnant à ses caresses, elle gémit de plus belle.

— Tu as la peau si douce, murmura Reece en posant ses lèvres un peu plus bas, sur son ventre, tout en lui saisissant les mains pour l'inviter à se caresser elle-même les seins.

Elle obtempéra tout en le regardant droit dans les yeux.

— Non, toi d'abord, protesta-t-elle, voyant qu'il commençait à lui dégrafer son jean. Tu es beaucoup trop vêtu à mon goût.

Reece acquiesça d'un hochement de tête et fit un pas en arrière. Puis, sans la quitter des yeux, il se débarrassa de sa veste qu'il jeta sur le comptoir à côté de lui, la faisant suivre de son pull.

Elle poussa un petit halètement d'admiration.

Reece était splendide. Il avait des muscles longs et fins, et sa peau bronzée indiquait qu'il passait la plupart de ses hivers au soleil. Ses épaules et ses biceps semblaient aussi durs que du marbre.

Soudain, elle remarqua qu'il s'était figé et qu'il la regardait bizarrement.

— Je suis désolé, j'ai oublié de te prévenir, dit-il en baissant les yeux.

Ce ne fut qu'à cet instant qu'elle remarqua les cicatrices, la trace de brûlure sur son épaule et ce qui semblait être les marques de son opération, un peu plus bas.

— Ce n'est pas cela que je regardais, dit-elle, brûlant de le toucher, cela ne compte pas pour moi. Viens ici, ordonna-t-elle.

Reece s'approcha, enfouit les mains dans ses cheveux et la serra contre lui.

C'était si bon d'être ainsi enlacés, comme s'ils ne faisaient qu'un !

Mais elle brûlait d'impatience de connaître la suite.

Elle posa ses mains sur sa braguette et commença à déboutonner son jean, puis elle glissa les doigts dans son caleçon.

Son sexe était dur et ferme dans sa main, et déjà il frémissait sous ses caresses taquines.

Cette fois, ce fut Reece qui se mit à gémir. Il interrompit leur baiser et posa son front sur son épaule.

— Non, arrête, l'exhorta-t-il, le souffle court.

— Qu'est-ce qu'il y a ?

— Si tu continues ainsi, je ne vais pas tenir très longtemps.

Il la regarda et lui écarta une mèche du visage.

— Cela fait des mois que je n'ai pas fait l'amour, expliqua-t-il. Depuis l'accident.

Rien ne l'aurait excitée davantage.

— Eh bien, on dirait que tu as du retard à rattraper, le taquina-t-elle en l'embrassant.

Elle continua à faire aller et venir sa main sur son sexe, un peu plus vite… Puis de plus en plus vite, sa langue suivant la même cadence dans sa bouche.

Reece jouit en quelques secondes. Il interrompit leur baiser et se blottit contre elle, le souffle court.

Lorsqu'il plongea son regard dans le sien, elle vit le plaisir qui se reflétait encore dans ses yeux.

— Je ne crois pas que je pourrais éprouver de nouveau un plaisir aussi fort, lui confia-t-il en s'efforçant de reprendre son souffle.

Elle eut un petit sourire taquin.

— Pourquoi ne pas monter à l'étage pour vérifier ?

Plus rien n'avait d'importance, et au diable les complications ! Tout ce qu'elle voulait à l'instant présent, c'était se retrouver au lit avec lui.

— Et le dîner ? s'inquiéta Reece.

— Ne t'en fais pas. Le rôti peut rester dans le four à feu très doux.

Et plus vite ils se retrouveraient dans sa chambre, mieux ce serait.

Soudain, le bruit d'un camion suivi d'un grand crissement de freins les fit sursauter. Ils tournèrent avec ensemble la tête vers la fenêtre puis se regardèrent, étonnés.

Tout à coup, elle remarqua l'heure à la pendule et comprit.

— Mon Dieu, j'avais complètement oublié ! Ce sont les sapins, s'écria-t-elle en se précipitant pour remettre son soutien-gorge et son chemisier avant que l'employé ne sonne à la porte.

— Les sapins ?

— Oui, j'avais oublié qu'on devait nous les livrer aujourd'hui, expliqua-t-elle.

Reece l'observa d'un air amusé, mais, suivant son exemple, il attrapa sa chemise et reboutonna son jean.

— Tu veux dire *le* sapin, n'est-ce pas ?

— Non, j'en ai commandé seize, dit-elle en enfilant son manteau.

— Seize ?

Elle lui sourit.

— Oui. Trois pour la salle de dégustation, une douzaine pour le reste du bâtiment, et un pour la maison. Allez, viens, tu vas m'aider !

Alors qu'elle sortait dans la cour où deux hommes étaient en train de décharger les sapins, elle ne put s'empêcher de penser qu'elle leur devait une fière chandelle.

L'arrivée de cette livraison lui avait évité de commettre une erreur. Même si elle désirait Reece plus que tout, céder à ses envies et faire l'amour avec lui ne ferait qu'ajouter des problèmes à sa vie déjà bien perturbée. Non, pour l'instant, elle n'avait pas besoin de cela.

Tandis que Reece et elle passaient les heures suivantes à installer les nombreux sapins, elle tenta de se convaincre que les choses étaient pour le mieux ainsi.

Chapitre 5

Reece fronça les sourcils en contemplant la marée de malles et de cartons qui envahissaient le salon.

Un immense sapin était installé dans un coin, près des baies vitrées, et là aussi traînaient des sacs de décorations de Noël qu'Abby avait achetées ces derniers jours.

Il observa de nouveau le sapin.

Il devait faire aux moins deux mètres cinquante !

Il leur avait fallu presque deux heures, aux livreurs et à lui, pour que tous les sapins sortis du camion soient installés ici et là selon les desiderata d'Abby. Deux heures durant lesquelles il avait installé les sapins pendant qu'Abby, qui avait apparemment oublié leur épisode torride dans la cuisine, s'occupait de répartir les décorations. Deux heures durant lesquelles ils auraient pu faire l'amour dix fois !

— Tu n'étais pas obligée de décorer le salon d'un sapin, grommela-t-il, essayant de se montrer diplomate.

S'il n'avait tenu qu'à lui, il s'en serait passé !

— C'est ton dernier Noël dans cette maison, il fallait bien un sapin, répondit-elle, comme si c'était la chose la plus logique au monde.

Par chance, la plupart des décorations appartenant à la famille d'Abby, qui étaient rangées dans des malles dans le sous-sol de leur demeure, avaient été épargnées par les lances à incendie.

Il avait téléphoné à sa mère pour savoir où elle stockait

leurs décorations, et il avait retrouvé dans les cartons maints ornements dont il se souvenait depuis l'enfance.

Après un succulent dîner, durant lequel ils s'étaient régalés du rôti de porc, ils avaient déballé toutes les boîtes, et le salon ressemblait à présent à un immense champ de bataille.

Quelle différence entre installer un angelot ou une guirlande, ici ou là ?

Mais à l'évidence Abby savait d'instinct où placer telle ou telle décoration. A la façon qu'elle avait de se concentrer, et à la manière à la fois sexy et attachante dont elle se mordillait les lèvres, nul doute que la perte de toutes ces boîtes aurait été un coup dur supplémentaire pour elle.

Il retint un soupir.

Ce n'était pas qu'il détestait Noël, il avait pensé pouvoir éviter les réjouissances de fin d'année en restant seul ici. Cependant, les festivités semblaient l'avoir rattrapé.

Quelques heures plus tard, après avoir installé toutes les guirlandes électriques, ils étaient en train de fouiller dans les cartons et de décider quelle décoration allait à quel endroit.

— Nous allons garder les blanches et argentées dans l'autre pièce, pour la réception de mariage, et les grappes de raisin iront dans le sapin de la salle de dégustation, déclara Abby en mettant quelques boîtes de côté.

— Les grappes de raisin ? Tu as des décorations en forme de grappes de raisin ?

— Oui. il y a une petite boutique dans le centre commercial, qui vend des décorations de Noël toute l'année, tu vois laquelle ? demanda-t-elle en lui jetant un coup d'œil.

— Non, je ne crois pas avoir jamais mis les pieds là-bas.

— Oh ! ils ont des décorations toutes plus inimaginables les unes que les autres ! Nous allions souvent avec mes parents voir ce qu'ils avaient de nouveau. Quand le propriétaire de la boutique avait un arrivage susceptible de nous plaire, il téléphonait à ma mère pour l'en prévenir. On a même trouvé des ornements en forme de petites bouteilles de vin, tu vas voir !

Il lui sourit, s'amusant de son enthousiasme.

— Je suis impatient !

— On pourrait commencer par ce sapin-là.

— Ce soir ? demanda-t-il, surpris.

— Oui. Nous aurons sûrement du mal à terminer les quatre, mais j'aimerais essayer. Je n'ai pas de séance de dégustation prévue avant vendredi, Dieu merci, même si j'ai tout un tas d'autres choses à faire d'ici là.

Alors, comme ça, ils allaient passer la soirée à décorer un sapin de Noël ?

Ce n'était pas du tout ce qu'il avait prévu. Il avait envisagé des distractions plus coquines.

Mais Abby avait l'air si excitée à l'idée de mettre toutes ces décorations en place…

Pourquoi pas, après tout ?

— D'accord, attelons-nous à la décoration, capitula-t-il.

Le sourire ravi dont Abby le gratifia valait bien tous les changements de programme.

Une fois que la destination de toutes les décorations fut décidée, ils portèrent les boîtes dans le salon de dégustation installé à l'écart de la maison, dans un bâtiment moderne aux belles poutres en chêne et aux immenses baies vitrées offrant une vue magnifique sur les vignobles.

De larges fauteuils de cuir étaient disposés en demi-cercle autour de petites tables, invitant les clients à profiter de la vue tout en savourant leur vin. Une haute cheminée trônait à côté du bar, derrière lequel étaient rangées les bouteilles, et des rampes de spots dissimulées dans le plafond donnaient à la pièce une ambiance chaleureuse. A l'autre bout de la pièce, des portes à double battant menaient dans le salon de réception et à une vaste véranda qui surplombait le lac.

— C'est tellement beau et spacieux, ici, s'extasia Abby en posant ses cartons. Ma salle de dégustation a l'air complètement minuscule à côté de la tienne ! J'espère que mes affaires vont être suffisamment florissantes pour justifier que je squatte tes locaux. Il va falloir que je fasse un tour des lieux avec toi, si ça ne te dérange pas, puis que je mette Anna et Carl au courant, et il faut aussi que j'organise les séances de dégustation, et…

Il l'interrompit en lui posant les deux mains sur les épaules.

— Abby, stop ! Une chose après l'autre. Pour l'instant, concentrons-nous sur les sapins. Tu auras tout le temps demain pour le reste.

— Je sais, mais il y a tant à faire…

— Je le sais aussi, mais nous ne pouvons pas tout terminer dans la soirée. Et puis, il y a bien longtemps que je n'ai pas décoré un sapin de Noël, et encore moins quatre !

Comme elle semblait sur le point de répliquer, il se pencha et la fit taire d'un baiser.

— Profitons de cette soirée, tu veux bien ?

Elle acquiesça d'un hochement de tête.

— Désolée, quand je commence à réfléchir, j'ai parfois du mal à m'arrêter, concéda-t-elle.

— Je connais cela. J'étais toujours comme ça avant une course. La veille et durant toute la nuit, je ne pouvais pas m'empêcher de penser à tout, de réviser dans ma mémoire chaque détail. Cependant, il a fallu que j'apprenne à faire confiance à mon équipe, et de toute façon je ne pouvais pas passer mes nuits à cogiter. J'avais besoin de sommeil. Un pilote épuisé n'est pas un bon pilote. En m'évertuant à tout contrôler, je ne mettais finalement pas toutes les chances de mon côté.

— Je comprends ce que tu veux dire. Les choses étaient plus faciles pour moi lorsque mes parents étaient là, ainsi que Sarah. Mais depuis leur départ j'ai l'impression de tout porter sur mes épaules, et j'ai pris l'habitude de penser à mon travail vingt-quatre heures sur vingt-quatre.

Abby jeta un coup d'œil en direction des bâtiments brûlés, comme si elle pouvait les voir malgré l'obscurité.

— Aujourd'hui, je ne sais plus que penser, murmura-t-elle.

— Tu vas t'en sortir, tu verras. Au fait, en parlant de tes parents, as-tu réussi à les joindre ?

Il la vit esquisser une moue chagrine et regretta aussitôt sa question.

— Non, répondit-elle, et je ne veux pas leur apprendre la nouvelle par e-mail. Je leur ai laissé des messages, et j'attends qu'ils me rappellent. En même temps, je redoute leur coup de fil. J'ai peur de leur réaction.

— Je suis sûr que tout ce qu'il leur importera sera de te savoir saine et sauve. Tout pourra être reconstruit, mais cet incendie est peut-être justement le signe que tu es surmenée, sinon tu aurais fait plus attention à ce problème électrique.

Une fois de retour dans la maison principale, Abby prit plusieurs ornements dans un carton et commença à décorer le sapin du salon, lui indiquant d'un geste de la main de faire de même.

— Je sais que tu n'aimes pas parler de ce qu'il t'est arrivé, dit-elle en détournant le regard, mais est-ce que ton accident était aussi dû au surmenage ?

Il se crispa malgré lui.

Entre leur épisode torride dans la cuisine, leur merveilleux dîner et la pagaille des décorations de Noël, il n'avait pas songé à son accident depuis plusieurs heures, et c'était la première fois depuis bien longtemps. Il n'avait aucune envie d'aborder le sujet.

Mais, puisque Abby lui avait posé une question, la courtoisie l'obligeait à lui répondre.

— Non, ce n'était pas le cas. Là, c'était une question de malchance… A dire vrai, je ne me souviens pas du moment de l'accident.

— Tu souffres d'amnésie ? demanda-t-elle, surprise.

Il hocha la tête.

— Les chirurgiens ont dit que c'était normal dans ce genre de situation, d'autant plus que j'ai eu de sérieuses blessures au crâne. Tu as dû apprendre que j'étais resté dans le coma pendant plusieurs jours ?

Elle acquiesça.

Jusqu'à présent il avait été incapable de parler du crash avec quiconque, mis à part ses médecins. Finalement, évoquer son accident tout en décorant le sapin, c'était plus facile qu'il ne l'aurait cru.

— J'ai regardé les vidéos de la course il y a seulement un mois, expliqua-t-il. Un de mes pneus a éclaté, et la piste était mouillée, mais je n'ai toujours pas compris comment j'ai pu perdre à ce point le contrôle, et je crois bien que je ne le saurai jamais. Mes pneus avaient été vérifiés avant la course. J'avais déjà subi des crevaisons lors de courses précédentes, mais cette fois…

Il s'interrompit et secoua la tête.

— J'ignore ce qu'il s'est passé.

Abby lui effleura le bras en un geste de réconfort, et il sentit aussitôt l'excitation le gagner.

Dès qu'Abby le touchait, plus rien ne comptait.

— Selon mon père, dit-elle, la seule chose que nous pouvons contrôler dans la vie, ce sont nos réflexes. Même si tu ne te souviens pas de ce qu'il s'est passé, je suis certaine que tu as fait tout ce qu'il fallait. Tu étais…

Elle s'interrompit, gênée.

— Tu *es* un pilote formidable, reprit-elle. D'ailleurs, tu étais bien placé pour décrocher le titre. Comme tu dis, c'est parfois juste une question de malchance.

— Tu me parais bien au courant de ma carrière, fit-il remarquer.

— Eh bien… C'est normal, non ? Tu es l'un des pilotes les plus célèbres, d'après les journalistes. Ils disent que tu pourrais devenir l'équivalent de Clark ou de Stewart.

— Tu suis la Formule 1 ? s'étonna-t-il.

Abby resta silencieuse un instant et se mit à farfouiller dans l'un des cartons. Apparemment, elle était embarrassée d'en avoir dit plus qu'elle ne l'aurait souhaité.

Jamais il n'aurait deviné qu'elle s'intéressait à sa carrière, et cela lui fit étrangement chaud au cœur.

— J'ai juste suivi les nouvelles à la télé, expliqua-t-elle enfin. Tu es devenu un héros, par ici. Le gamin du coin qui a réussi en Europe, ce n'est pas rien ! Et puis, il y a eu cette saison où tu es venu participer à la course du Watkins Glen.

La course en question avait été organisée en faveur d'une cause humanitaire.

— Tu l'as suivie ? demanda-t-il, étonné.

— Plusieurs amis avaient envie d'y aller, alors j'ai suivi le mouvement.

Ainsi, Abby y avait assisté ?

— Je vois…

— Qu'est-ce que tu vois ?

Il haussa les épaules, incapable de résister à la tentation de la taquiner.

— Tu suis ma carrière, tu viens assister à mes courses… A l'évidence, tu as toujours le béguin pour moi.

Abby resta bouche bée une seconde ou deux, puis elle marmonna quelque chose à propos de son « intolérable ego », avant de lui faire un clin d'œil.

— Tu aimes vraiment me faire marcher, n'est-ce pas ?

Il contourna le sapin pour s'approcher d'elle.

— Tu n'imagines pas à quel point, dit-il en se penchant pour l'embrasser.

— Tu es un vrai diable, murmura-t-elle, les lèvres contre les siennes.

— Je sais.

Et, en cet instant, il avait en effet des pensées des plus sulfureuses.

— Ça me plaît bien, répondit-elle avec un sourire qui le fit fondre. Mais… Je n'ai jamais fait ça.

Elle avait soudain l'air nerveuse.

De quoi parlait-elle ?

— Tu veux dire que tu n'as jamais…

— Oh ! bien sûr que si ! J'ai déjà eu des amants. Mais je n'ai jamais couché avec un homme en sachant que notre relation se terminerait avant même qu'elle n'ait commencé. Il y avait toujours l'espoir que… Tu sais… Enfin, que les choses se concrétisent, dit-elle d'un air embarrassé.

— Abby, toi et moi avons déjà une relation, et même un passé. Nous sommes amis. Rien ne changera.

Elle esquissa un sourire timide.

— Si, les choses ont changé, Reece. Au lycée, nous étions à peine amis, nous commencions tout juste à nous apprécier. Et là, nous sommes sur le point de devenir amants.

Elle avait raison, mais il ne répondit rien.

— J'ai envie d'être avec toi, avoua-t-elle au bout d'un moment, mais je ne sais pas si je suis prête à entamer une relation avec toi, sachant que tu vas vendre cet endroit et partir loin d'ici. Je sais que ça a l'air stupide, mais je…

« Je n'ai pas envie de souffrir », comprit-il sans qu'elle ait besoin de l'exprimer.

— Je sais, Abby, je comprends, dit-il avec réticence.

Rien au monde ne lui aurait fait plus plaisir que d'avoir une liaison avec elle — mis à part le fait de se retrouver derrière le volant d'une Formule 1. Mais il ne voulait pas la faire souffrir.

Abby Harper n'était pas comme les autres femmes qui passaient la nuit avec lui et dont il se séparait au petit matin. Elle ne le fréquentait pas pour connaître un court moment le frisson de la célébrité. Non, Abby était le genre de femme avec qui on se réveillait chaque matin durant… très longtemps.

Mais lui, il n'était pas ce genre d'homme. Peut-être un jour, mais pas à l'heure actuelle.

Il s'approcha un peu plus près et la prit dans ses bras.

— Je ne peux te faire aucune promesse, Abby. Moi aussi, j'ai envie d'être avec toi, mais le choix t'appartient.

Blottie contre lui, elle hocha la tête.

— Merci, Reece. J'aimerais tellement être capable de…

Ses mains qui lui caressaient le dos le rendaient fou, mais il s'efforça de contrôler son désir.

— Chut. Et si nous terminions de décorer ces sapins ? suggéra-t-il avec plus d'enthousiasme qu'il n'en éprouvait.

Avant de la lâcher, il posa un dernier baiser sur ses cheveux, et il sentit sa gorge se serrer.

Etait-ce la dernière fois qu'il venait de la tenir dans ses bras ?

Chapitre 6

Abby sursauta dans son lit. Un bruit étrange venait de la tirer de son rêve.

Comme le bruit sourd retentissait de nouveau, elle s'assit. Une main posée sur son cœur qui battait à tout-va, elle jeta un coup d'œil au réveil.

2 heures et demie du matin.

Que se passait-il ? Etait-il possible qu'un intrus ait pénétré dans la maison, ou son imagination l'avait-elle réveillée ?

Elle tendit l'oreille.

Non, ce n'était pas son imagination qui l'avait réveillée, se dit-elle en entendant un nouveau coup, suivi d'un bruit de verre.

Quittant son lit, elle se dirigea à pas de loup vers la porte, qu'elle entrebâilla pour jeter un coup d'œil dans le couloir vers la chambre de Reece.

Tout semblait normal. Où était Reece ? N'avait-il rien entendu ?

Sans bruit, elle s'approcha de sa porte, la main levée, prête à frapper, mais elle interrompit son geste.

S'il y avait un cambrioleur au rez-de-chaussée, il risquait de l'entendre !

Elle ouvrit donc la porte de Reece avec maintes précautions et passa sa tête dans l'entrebâillement.

— Reece ? chuchota-t-elle.

Un autre cri lui répondit.

Elle sursauta, puis entra dans la chambre et referma la porte derrière elle.

Malgré l'obscurité, elle voyait bien que le bruit qu'elle avait entendu n'était pas le fait d'un cambrioleur, mais de Reece qui se débattait dans ses draps, visiblement en plein cauchemar.

Inquiète, elle s'avança vers le lit en contournant sa lampe de chevet tombée par terre.

— Reece, tout va bien ?

Il se mit à murmurer, puis à crier de nouveau, avant de gémir comme s'il souffrait.

Elle se précipita de l'autre côté du lit et posa une main apaisante sur son épaule, tentant de le rassurer en prononçant doucement son nom.

Mais Reece s'agita de plus belle et se mit à marmonner des choses qu'elle ne parvenait pas à comprendre.

Etait-il en train de revivre son accident ?

La lune dardait sa lumière d'argent à travers la fenêtre, et elle voyait le visage de Reece se contorsionner de douleur.

Que pouvait-elle faire pour l'aider ?

Remarquant un petit flacon sur la table de nuit, elle s'en saisit et s'avança vers la fenêtre.

Apparemment, Reece avait pris des somnifères en se couchant. Elle aurait sûrement du mal à le réveiller. Pourtant, elle ne pouvait pas le laisser ainsi, même s'il ne faisait qu'un mauvais rêve.

Elle se glissa dans le lit à côté de lui, tout en sachant qu'elle jouait avec le feu, d'autant plus que Reece ne portait qu'un caleçon. Elle se blottit néanmoins contre son dos, espérant lui offrir ainsi un certain réconfort. Quand son cauchemar serait terminé, elle retournerait dans sa chambre, et Reece ne saurait même pas qu'elle s'était allongée à côté de lui.

Elle lui caressa le dos, espérant l'apaiser un peu, et au bout de quelques instants Reece commença à se calmer. Sa respiration revint à la normale, et, sous ses doigts, ses muscles étaient déjà moins crispés.

— Voilà, c'est mieux comme ça, chuchota-t-elle, songeant déjà à regagner sa chambre.

Mais elle était si bien là, tout contre lui…

La fatigue eut raison d'elle, et quelques minutes plus tard, elle s'endormait à son tour.

Abby ouvrit lentement les yeux et remarqua deux choses : l'aube se levait, et les grands yeux gris de Reece la scrutaient.

— Alors, tu as changé d'avis ? demanda-t-il.

Qu'est-ce qu'il racontait ? Et que faisait-il dans son lit ?

A moins que…

Elle ouvrit grand les yeux et repoussa les draps, mais Reece la retint et la serra contre lui.

— Du calme ! plaisanta-t-il.

Le cerveau encore embrumé, elle se mit à bredouiller, prenant de plus en plus conscience du corps nu de Reece blotti contre le sien sous les couvertures.

— J'ai cru qu'il y avait un intrus dans la maison, dit-elle enfin.

Il ne répondit pas tout de suite et l'attira à lui. Cette fois il était bien réveillé, comme le lui indiquait une certaine partie de son anatomie.

— Tu croyais qu'il y avait quelqu'un dans la maison, alors tu es venu te réfugier dans mon lit ? plaisanta-t-il.

— Non, je pensais effectivement qu'il y avait un cambrioleur, mais quand je suis venue te chercher j'ai vu que tu avais cassé ta lampe dans ton sommeil et que tu étais en train de faire un cauchemar. Tu t'en souviens ?

Il secoua la tête.

— Vaguement. Ce n'est pas la première fois que ça m'arrive, mais je ne me souviens jamais des détails.

— Tu gigotais dans ton lit. J'ai tout d'abord voulu te réveiller, mais comme tu ne m'entendais même pas, je me suis dit qu'en restant un peu à côté de toi je parviendrais à te calmer.

— Merci d'avoir voulu me réconforter.

— J'avais l'intention de retourner dans ma chambre, mais j'ai dû m'endormir.

— Je vois, répondit Reece en la dévorant du regard.

— Je ferais mieux de te laisser, maintenant.

— C'est vraiment ce que tu veux ?

Bien sûr, c'était ce qu'elle voulait, mais…

Toutes ses bonnes résolutions semblaient s'envoler.

Evidemment, en ayant une liaison avec lui, elle prenait le risque d'en souffrir, mais après tout elle n'était plus une petite fille. Certes, Reece n'allait pas tarder à vendre le vignoble, et il quitterait la région pour retourner en Europe. Peut-être ne le reverrait-elle jamais à part sur un écran de télévision. Cette perspective la faisait déjà souffrir, mais pourquoi ne pas s'accorder une chance ? Au moins, elle aurait de beaux souvenirs. Qui sait ? Peut-être était-il impossible de vivre un fantasme sans souffrir un peu ? Peut-être était-ce le prix à payer ?

— Non, je ne suis plus sûre de vouloir retourner dans ma chambre, avoua-t-elle.

— Parfait ! Parce que moi, je préfère que tu restes là avec moi.

Sa décision étant prise, elle sourit et lui noua ses bras autour du cou, tandis qu'il se plaquait contre elle d'un mouvement preste, lui faisant comprendre sans aucun doute possible à quel point il avait envie d'elle.

Son désir lui fit perdre toute raison. Leurs lèvres étaient proches, si proches…

Etait-elle en train de rêver, ou allait-elle vraiment faire l'amour avec Reece Winston ?

— Il y a une chose que tu dois savoir, chuchota Reece. Je me fiche complètement qu'un astéroïde tombe dans la chambre. Cette fois, rien ne nous interrompra.

— Je suis d'accord, dit-elle, juste avant qu'il ne l'embrasse et la renverse, la plaquant contre le matelas.

Il lui taquina les lèvres, les mordilla, les lécha de la pointe de sa langue, puis il la plongea entre ses lèvres pour l'embrasser avec passion.

Elle se cambra contre lui, répondant à son baiser avec toute la fougue qu'elle contenait depuis une éternité, se délectant de sa bouche comme il se délectait de la sienne.

Elle avait toujours aimé le sexe, mais jamais elle ne s'était sentie aussi vorace. Cramponnée à Reece, une jambe passée autour de ses hanches, se cambrant contre son sexe dur, elle ne cessait de gémir de plaisir, voulant plus, encore plus.

Et, surtout, elle voulait le sentir complètement en elle.

Elle se mit à tirer sur l'élastique de son caleçon.

Reece retira son sous-vêtement, puis il tendit la main vers l'ourlet de sa chemise de nuit, qu'il lui retira en la faisant passer par-dessus sa tête.

Enfin, ils étaient nus.

— Tu es magnifique, chuchota Reece d'un ton sensuel, tandis que ses mains partaient à la découverte de son corps.

— Je… heu… Je prends la pilule, et je suis en bonne santé. Il y a longtemps que je n'ai pas eu de rapports, dit-elle, un peu gênée.

Même s'ils se connaissaient depuis longtemps, ils n'avaient jamais été amants, et certains points devaient être clarifiés.

Reece hocha la tête tout en déposant une myriade de baisers sur son épaule, déclenchant en elle de délicieux frissons.

— Moi aussi. Comme je te l'ai dit, je n'ai eu aucune liaison depuis mon accident, et durant tout le temps que j'ai passé à l'hôpital, on m'a fait une série complète d'examens, chuchota-t-il contre son oreille.

L'idée d'être la première femme dans ses bras depuis si longtemps la ravissait.

— Parfait, ainsi nous sommes sûrs que nous n'aurons pas à nous interrompre, dit-elle en souriant.

Elle ne voulait aucun artifice entre eux.

Elle le lui fit comprendre en refermant ses doigts sur son sexe dur avec un petit soupir de satisfaction. Ecartant les cuisses, elle le guida jusqu'à l'orée de son sexe humide de désir et se cambra contre lui en une invite sensuelle.

— Tu m'as l'air bien pressée, plaisanta Reece, en effleurant ses lèvres intimes du bout des doigts.

Ce qui la fit frémir jusqu'au plus profond de son être.

— Je croyais que tu aimais la vitesse ? ironisa-t-elle.

— Avec toi, je préfère prendre mon temps, dit-il en faisant courir sa langue dans son cou.

Il continua à caresser son sexe et, penchant la tête, posa ses lèvres sur l'un de ses tétons, qu'il commença à sucer avec ardeur.

Elle gémit de plaisir, tâtonnant à la rencontre de son sexe érigé.

Mais Reece lui saisit les bras pour les plaquer au-dessus de sa tête.

— Ne les bouge plus, ordonna-t-il. Je veux te voir mourir de désir.

Puis il recommença à la caresser de ses mains expertes.

— Si tu bouges, je m'arrête, la prévint-il.

Elle acquiesça d'un hochement de tête.

Il commença à embrasser l'intérieur de ses cuisses puis remonta un peu plus haut, et sa langue vint se poser sur son clitoris, aussi légèrement que la caresse d'un papillon.

C'était si bon qu'elle faillit se mettre à crier.

— Reece, je t'en prie, prends-moi, haleta-t-elle.

Il la rendait déjà folle !

Mais il continua ses caresses.

Cette fois, sa langue se fit plus ferme sur son intimité tandis qu'il la pénétrait d'un doigt, puis deux. A sa grande surprise, un autre doigt vint titiller son autre petit canal, commençant même à le pénétrer en douceur.

Etonnée, elle se crispa d'abord, puis elle se détendit. Tout son corps frissonnait du plaisir que Reece lui donnait avec ses doigts et sa bouche.

— Mmm, c'est bon, gémit-elle.

— Et ça ? demanda-t-il, sa bouche tout contre son sexe.

— Oh oui, oui !

Elle se cambra contre lui, s'offrant sans pudeur, désirant le sentir en elle partout à la fois. Elle voulait ses lèvres, ses mains, son sexe.

Ils se connaissaient depuis des années, mais au fond elle ne savait rien de Reece. Or, il semblait deviner tous ses fantasmes sans qu'elle ait besoin de les lui dévoiler.

Il continua à la caresser, à lécher son sexe, à la pénétrer des doigts et de la langue jusqu'à ce qu'elle crie son plaisir et s'abandonne à l'orgasme.

Alors, se mettant à genoux devant elle, Reece lui attrapa les jambes et les posa sur ses épaules, puis il commença à faire aller et venir son sexe contre le sien jusqu'à la rendre folle. Lorsqu'elle fut sur le point de le supplier, il la pénétra enfin.

Enfin !

— Tu es toute mouillée… Et si chaude, susurra-t-il, avant de lui annoncer ce qu'il avait l'intention de lui faire avec des détails explicites qui l'excitèrent encore davantage.

Alors qu'il la pénétrait avec ardeur, elle n'y tint plus et lui effleura du bout des doigts les épaules et les hanches.

Chacun de ses muscles était aussi dur que du marbre.

— Tu as bougé les mains, fit-il remarquer, le souffle court. Tu mériterais un gage.

Tournant la tête, il lui embrassa le creux d'un genou, et ce simple baiser la fit frissonner jusqu'au cœur de son intimité.

C'était trop bon, mais elle voulait plus encore ! Elle voulait jouir avec lui.

Elle tendit la main et referma les doigts à la base de son sexe alors qu'il allait et venait en elle.

Il la regarda, comme envoûté, et quand elle posa son autre main sur son clitoris et commença à se caresser il devint frénétique.

— Abby… Tu me rends fou !

Il la pénétra de plus belle, allant et venant en elle de plus en plus vite, de plus en plus fort. Soudain, l'orgasme la submergea, et elle sentit que Reece s'abandonnait lui aussi au plaisir.

Jamais elle n'avait eu d'orgasme aussi fort.

Alors qu'ils essayaient de reprendre leur souffle, Reece relâcha ses jambes et s'allongea à côté d'elle, l'attirant à lui.

— Je crois que je ne serai pas capable de sortir de ce lit aujourd'hui, plaisanta-t-elle.

— Ce n'est pas moi qui t'y forcerai, répondit Reece avec un sourire malicieux.

Il se redressa sur un coude et la contempla, faisant courir son doigt de ses seins jusqu'à son ventre, s'arrêtant à l'orée de son sexe.

— Je pourrais passer des heures à te faire l'amour, Abby, dit-il en se penchant pour l'embrasser.

— Eh bien, je suis épuisée, mais j'avoue que je recommencerais volontiers, moi aussi, répondit-elle avec gourmandise.

Reece ne s'était jamais senti aussi bien depuis…

Une éternité.

Il s'était endormi après avoir fait l'amour avec Abby, et, pour la première fois depuis bien longtemps, il avait dormi d'un sommeil profond.

Lorsqu'il se rendit compte qu'il avait brisé la lampe ancienne qui trônait sur sa table de nuit, il se demanda de quoi il avait bien pu rêver.

Son seul souvenir était l'horrible sensation d'avoir été pris dans un piège, jusqu'à ce que quelqu'un le touche et le délivre de ses terreurs.

Abby…

Pendant qu'elle dormait encore, il ramassa les débris de la lampe puis sortit de la chambre.

Aujourd'hui il se sentait comme revitalisé. Il allait faire un peu d'exercice.

Piloter une Formule 1 nécessitait d'être en excellente condition physique, encore plus que le grand public ne pouvait l'imaginer, et pendant sa convalescence il devait s'entraîner deux fois plus. A cause de son repos forcé, il avait quelque peu abandonné son régime habituel, et il devait se reprendre en main après le riche dîner de la veille.

Il fit une première série d'exercices, mais la seconde fut interrompue par un coup de sonnette à la porte.

Il se précipita au rez-de-chaussée pour répondre, espérant que le bruit n'avait pas réveillé Abby.

A sa grande surprise, il trouva sur le seuil Charles, qui contemplait d'un air maussade l'énorme couronne de Noël qu'Abby avait accrochée à la porte.

— Qu'est-ce que ces arbres fichent là ? grogna l'agent

immobilier en indiquant d'un mouvement de tête les sapins qui trônaient sur la pelouse.

— Bonjour, moi aussi je suis ravi de te voir, répondit Reece d'un ton sec en le faisant entrer. A quoi dois-je cette visite imprévue de si bonne heure ?

— Elle n'est pas du tout imprévue. Je te rappelle que nous avons rendez-vous avec le représentant de Keller dans un quart d'heure à peine, et il me semblait que nous avions décidé de laisser la demeure en l'état. Qu'est-ce que c'est que tous ces sapins et ces décorations de Noël ? Que se passe-t-il ici ?

Reece se rembrunit.

Il avait négligé d'avertir Charles de l'installation d'Abby.

Il lui expliqua la situation, remarquant le teint de plus en plus courroucé de Charles au fur et à mesure de ses propos.

Lorsqu'il eut terminé, Charles ne prononça pas un seul mot, mais il s'approcha de la fenêtre et observa le domaine voisin, avec ses bâtiments incendiés.

— O.K., O.K., ne paniquons pas. Cela pourra peut-être nous servir.

— Qu'est-ce que tu veux dire ?

— Tu te souviens que je t'avais suggéré que vous vendiez tous les deux vos propriétés en un seul lot, n'est-ce pas ? Peut-être que la situation s'y prête encore mieux, désormais. De plus, cette écurie que j'aperçois là-bas pourrait ajouter encore plus de valeur à la propriété.

Reece leva une main pour l'interrompre.

— Je t'arrête tout de suite, Charles. Abby n'a aucune intention de vendre. Et Dieu sait qu'elle est absolument désolée de gêner tes projets à cause de sa maison qui a entièrement brûlé ! ajouta-t-il d'un ton sarcastique. Quoi qu'il en soit, j'ai décidé de la laisser occuper ma demeure jusqu'à la fin de la saison.

— Mais pourquoi tous ces sapins ?

— C'est pour ses séances de dégustation.

— C'est très joli, mais elle ne peut pas laisser tout ce bazar pendant que nous essayons de vendre ta demeure. Il faudra qu'elle dégage tout ça quand je ferai venir des acheteurs.

Reece n'eut pas le temps de répliquer, une voiture venait de se garer devant la maison.

Un homme solidement charpenté en sortit, vêtu d'un costume sombre. Il contempla les lieux d'un air conquérant, comme s'il était déjà en train de diriger ses bulldozers sur la propriété.

Reece attrapa une veste, et tous trois arpentèrent le domaine, qui, visiblement, plaisait beaucoup au représentant de Keller.

Reece aussi aimait ce qu'il avait sous les yeux. Cela faisait une éternité qu'il ne s'était pas promené dans la propriété, et il admira les eaux du lac Cayuga, d'un bleu aussi pur que le cristal. Non, il n'en avait pas vu de plus pures ailleurs…

Face aux coteaux de vignes et aux grands arbres aux branches lourdes de neige qui bordaient la propriété, il se demanda soudain pourquoi il n'avait jamais remarqué la similitude entre son domaine familial et la région où il vivait en France.

Les deux endroits étaient aussi majestueux et beaux.

— Nous pourrions vous en offrir un très bon prix, monsieur Winston, dit le représentant du groupe Keller. C'est une propriété magnifique, pas trop loin de la ville, et le fait de l'acheter à une célébrité ne peut que lui donner une valeur supplémentaire. Nous envisageons d'utiliser l'histoire de votre propriété comme thème pour notre lotissement, par exemple en donnant aux rues les noms de divers raisins. D'ailleurs, le lotissement en lui-même pourrait être baptisé d'un nom qui rappelle les vignes.

— C'est une question que je me suis toujours posée, rétorqua Reece. Pourquoi les entrepreneurs qui achètent des terrains ravagent-ils tout sur leur passage pour donner ensuite à leurs lotissements le nom de ce qu'ils viennent de détruire ?

Charles le fixa d'un regard outré, mais le représentant de Keller se mit à rire et lui donna une grande tape sur l'épaule, ne prenant nullement ombrage de sa remarque.

— Les affaires sont les affaires, que voulez-vous, répondit-il.

C'est vrai, cet homme était un homme d'affaires, il suivait sa propre logique. Pourquoi devait-il s'en sentir irrité ?

— La propriété voisine pourrait bien être en vente aussi,

ajouta Charles, alors qu'ils revenaient vers le porche. Peut-être pourrons-nous regrouper les deux ventes en une seule.

— Charles…, l'interrompit Reece.

Mais lui-même fut aussitôt interrompu par le représentant de Keller.

— Il faudrait que j'en parle à mon patron, ça pourrait être une excellente idée, acquiesça ce dernier. Je sais que vous tenez à vendre assez vite, et nous serions heureux d'acheter votre propriété. Comme nous sommes aussi intéressés par un très beau domaine du côté de Kueka, nous aurons besoin de votre réponse rapidement.

Reece acquiesça d'un hochement de tête.

Il venait de remarquer un mouvement derrière le rideau à l'étage, ce qui signifiait qu'Abby était réveillée. Il ne tenait pas à poursuivre cette conversation plus longtemps.

Le représentant de Keller leur serra la main, remonta dans sa voiture et s'en alla.

Charles se tourna vers Reece, l'air dépité.

— Reece, ce groupe est prêt à acheter ta propriété ! S'il te reste un minimum d'intelligence, demande à ta copine de quitter les lieux le plus tôt possible, et débarrasse-toi de ce domaine au plus vite, en incitant ton amie à vendre le sien en même temps. Dans le cas contraire, tu risques fort de rester avec cette propriété sur le dos un bon moment et de perdre beaucoup d'argent, l'avertit-il en se dirigeant vers sa voiture.

Reece resta planté sous le porche à le regarder s'en aller, toute sa bonne humeur envolée.

Certes, il devrait donner la priorité à la vente, mais il avait fait une promesse à Abby et il n'avait pas l'intention de la renier. Il était hors de question qu'il lui demande de partir avant que la saison soit terminée.

Pourvu cependant qu'il ne rate pas un contrat juteux…

Lorsqu'il retourna à l'intérieur, la douce chaleur à laquelle se mêlaient des effluves de café et les senteurs du sapin l'enveloppa comme un cocon, ainsi que la voix d'Abby qui parlait au téléphone dans la cuisine.

Il se sentait soudain si bien dans cette maison que c'en était presque déconcertant !

Peut-être Charles avait-il raison au sujet de la neutralité des lieux. Quand la maison était vide, sans ses parents ni aucune décoration, il pouvait la considérer juste comme un bien immobilier à vendre. Mais là, avec le manteau d'Abby posé sur le dossier d'une chaise, son sac sur la table, le sapin dans le coin du salon et les cartons de décorations alignés dans le couloir, la maison avait l'air… vivante.

Pourquoi ce qui lui semblait si évident dans les jours précédents, comme le fait de conclure la vente puis de retourner en France, lui semblait-il soudain si confus ? N'était-il pas en train de faire une énorme erreur ?

Chapitre 7

Abby s'éveilla avec langueur, aussi heureuse qu'un chat qui aurait paressé au soleil. Mais à peine eut-elle posé le pied à terre que les doutes l'assaillirent, et ils ne la quittèrent plus jusqu'à ce qu'elle se retrouve sous la douche.

Elle avait fait l'amour avec Reece Winston, et ces heures de passion partagée avaient été les plus fantastiques de toute sa vie. Mais le matin était venu, et la réalité allait reprendre ses droits.

Alors qu'elle préparait le café, le téléphone sonna, et elle entendit sur le répondeur la voix irritée de Danielle.

Aussitôt, la jalousie s'insinua en elle. Mais elle s'efforça de chasser ce sentiment qu'elle ne pouvait s'autoriser, et une vague de culpabilité le remplaça, pour avoir oublié de mentionner à Reece le premier appel de la jeune femme.

Allons, sa liaison avec Reece était purement sexuelle, les émotions n'entraient pas en ligne de compte. Dès qu'elle verrait Reece, elle l'informerait du coup de fil de Danielle.

D'ailleurs, où était-il ?

Le bruit de plusieurs voix masculines lui fit tourner la tête, et, s'approchant de la fenêtre, elle remarqua une berline noire sur la portière de laquelle s'affichait le logo du groupe Keller.

Une sensation déplaisante l'envahit lorsqu'elle vit Reece accompagné de deux hommes — dont le commercial qu'elle avait vu avec lui au restaurant — tourner au coin de l'allée et revenir vers la maison. Ils discutèrent un moment sous le porche, tout en contemplant la propriété en faisant de grands gestes.

Son estomac se crispa quand Reece échangea une chaleureuse poignée de main avec le représentant du groupe Keller.

A ce moment, son téléphone portable sonna, et elle répondit sans vérifier l'identité de l'appelant, l'esprit concentré sur Reece et ses visiteurs.

La soirée et la merveilleuse nuit qu'elle venait de passer dans les bras de Reece semblaient se transformer en une grosse, grosse erreur !

Mais ce que son interlocuteur était en train de lui annoncer eut soudain toute priorité.

— Pourquoi dites-vous que les indemnités de l'assurance ont été bloquées ? demanda-t-elle en posant précipitamment sa tasse sur le comptoir, tant la nouvelle était déconcertante.

— Le rapport d'enquête montre que, même si l'incendie a été déclenché par un court-circuit électrique, il est passé par une prise du mur contre lequel l'un de vos sapins était branché, ce qui n'a rien à voir avec le problème électrique que vous avez dans le plafond.

— Et alors ?

— Il semblerait que quelqu'un ait touché aux câbles durant l'installation des sapins.

Elle eut un hoquet de surprise.

Décidément, cette histoire tournait au cauchemar.

— Etes-vous en train de me dire qu'il s'agit d'un incendie criminel ?

— Rien n'est encore sûr pour l'instant, mais nous avons besoin d'une enquête plus approfondie avant de pouvoir vous indemniser. Nous devons nous assurer qu'il ne s'agit pas d'une fraude, vous comprenez.

L'agent d'assurances venait de prononcer ces quelques mots d'un ton détaché, comme s'il avait l'habitude de ce genre de faits. La croyait-il folle au point d'incendier elle-même sa propre maison ?

— Un autre enquêteur va se rendre sur les lieux pour établir un nouveau rapport, mais d'ici là tous les paiements sont interrompus. Vous m'en voyez navré, mademoiselle.

— Combien de temps cela prendra-t-il ? demanda-t-elle, crispée.

Tout retard dans les remboursements entraînerait des délais supplémentaires pour entamer les travaux de reconstruction. Et plus ceux-ci tarderaient, plus elle perdrait d'argent.

— Les enquêteurs seront chez vous dès lundi, mais leur rapport pourrait prendre plusieurs semaines. Avec les vacances et les fêtes de fin d'année, tout est ralenti, mais je suis certain qu'ils feront au mieux. Pourriez-vous les aider en leur fournissant le nom de la société qui vous a livré les sapins ?

— Vous croyez que ce sont les livreurs qui s'en sont pris à mes câbles électriques ? C'est impossible ! Mes parents sont clients de cette entreprise depuis des années. Jamais ces gens ne s'en prendraient à moi. Il doit s'agir d'un malentendu. Cet incendie était un accident, c'est tout.

— Quoi qu'il en soit, les enquêteurs interrogeront toutes les personnes susceptibles de leur fournir des informations, décréta l'agent d'assurances.

Lorsqu'elle raccrocha, elle était comme saisie de torpeur.

Qu'allait-il encore lui arriver ?

Soudain, elle entendit la porte d'entrée se refermer.

Reece.

N'ayant aucune envie de discuter avec lui de ses nouveaux problèmes, elle s'efforça de reprendre contenance. Mais à peine avait-elle fait un pas pour aller à sa rencontre que le téléphone sonna de nouveau.

Aussitôt, elle reconnut le numéro de son père sur l'écran.

Des larmes lui montèrent aux yeux.

Si seulement ses parents étaient là pour la réconforter !

Malgré la mauvaise nouvelle qu'elle avait à lui annoncer, elle fut heureuse d'entendre la voix de son père à l'autre bout du fil.

— Bonjour, papa.

Elle avait eu beau se promettre de rester stoïque, sa voix se brisa dès qu'elle commença à lui raconter le drame. Et malgré ses efforts elle laissa échapper quelques larmes en lui racontant sa discussion avec l'agent d'assurances.

Comme Reece et Anna le lui avaient prédit, la première inquiétude de ses parents fut de s'assurer qu'elle n'avait rien.

— Je pensais que tu serais beaucoup plus fâché, dit-elle à son père, confuse. C'est toi qui as donné naissance à cet endroit, et tu y as consacré toute ta vie.

— Ma chérie, ce qui nous préoccupe le plus, c'est que tu sois toute seule pour t'occuper de tout cela. Est-ce que tu veux que nous rentrions ?

— Non, non, surtout pas. Je ne suis pas seule, vous savez. Il y a Anna, et Reece s'est montré très généreux, dit-elle, désireuse qu'ils comprennent que, même s'ils lui manquaient beaucoup, elle était bien entourée. De toute façon, je ne peux pas faire grand-chose tant que l'assurance n'a pas commencé à me rembourser. Comme je te l'ai dit, ils veulent approfondir leur enquête.

— C'est absurde, dit sa mère à travers le haut-parleur. Ne t'inquiète pas, ton père téléphonera à Harold dès cet après-midi.

Harold était leur ancien agent d'assurances. Même s'il avait pris sa retraite, il aurait sûrement de bons conseils à leur donner.

— Je suis contente que vous preniez les choses aussi bien, avoua Abby. J'avais tellement peur de vous annoncer tout cela !

— Ma chérie, tout ce qui nous importe, c'est ta santé, et nous sommes aussi très contents que Beau et Buttercup aient été épargnés.

— Si tu as besoin de nous, dis-le, nous rentrerons tout de suite, ajouta sa mère. Tu sais que, pour nous, tu passes avant tout.

— Ne t'inquiète pas, maman, tout va bien, je t'assure. Je vais passer la fin de la saison chez Reece, et j'espère qu'après cela les choses commenceront à aller mieux. Je pourrai m'installer chez Anna jusqu'à ce que tout soit reconstruit.

— Reece s'est vraiment montré à la hauteur en t'invitant à séjourner chez lui, reprit sa mère. Remarque, il a toujours eu le béguin pour toi.

— Reece ? Le béguin pour moi ? Tu plaisantes.

— Non, pas du tout. Je me souviens que c'était un garçon adorable, continua sa mère. J'espère qu'il s'est bien remis de son horrible accident. Et au fait, comment va son père ?

Abby répondit à toutes les questions de sa mère — enfin, presque toutes.

Elle avait l'impression que ses parents soupçonnaient déjà que Reece et elle étaient plus que des voisins. Néanmoins, elle n'ajouta rien pour confirmer leurs doutes, étant donné que sa relation avec Reece n'était qu'une aventure qui se terminerait bientôt.

Son regard fut un instant attiré par la petite lumière rouge qui clignotait sur le téléphone à sa gauche.

Danielle.

Bah ! Inutile de se soucier d'une femme qui vivait de l'autre côté de l'océan. Ce que ferait Reece quand il serait reparti ne devait pas l'affecter. Pour l'instant, ils étaient ensemble, et c'était tout ce qui comptait.

Lorsqu'elle raccrocha, elle avait l'impression d'avoir un peu repris le contrôle des événements.

Après cette discussion avec ses parents, elle se sentait beaucoup mieux. L'annonce du drame avait été moins pénible qu'elle ne l'avait redouté. Comme ses parents le lui avaient fait remarquer, il y avait dans le monde des gens avec des problèmes beaucoup plus graves que les siens. Elle était en vie, en bonne santé, ce qui était à leurs yeux le principal.

Après avoir pris une profonde inspiration, elle avança à la rencontre de Reece.

Elle traversa le couloir et se figea à l'instant où leurs yeux se croisèrent.

Déjà elle se souvenait de toutes les caresses et les baisers échangés durant la nuit. Comme elle aurait voulu courir vers lui, se jeter dans ses bras, tout oublier ! Si seulement elle avait plus confiance en ses sentiments !

Reece la regarda d'un air intrigué tandis qu'elle le fixait sans rien dire.

— Abby ? Tout va bien ?

— Je viens de parler à mes parents, dit-elle.

Comme elle restait sans bouger, il s'approcha et la prit dans ses bras

— Comment ça s'est passé ?

Elle se blottit contre lui.

— Ils ont pris les choses beaucoup mieux que je ne le pensais. Je crois qu'avec toutes les horreurs auxquelles ils sont confrontés durant leurs missions humanitaires, ils voient les choses sous un autre angle.

C'était si bon de se lover contre Reece pendant qu'il lui caressait le dos !

Sauf que le réconfort procuré par ses caresses se transforma bientôt en un puissant désir.

Elle le repoussa doucement, essayant de canaliser ses émotions.

— Je ne sais pas si tu as remarqué, mais tu as un message sur ton répondeur. Et hier soir, avec tout… tout ce qui s'est passé, j'ai oublié de te dire qu'une certaine Danielle t'avait téléphoné.

— Danielle a appelé ? demanda Reece, d'un air un peu trop ravi à son goût.

Elle sentit son cœur se serrer.

Etait-ce à cause de cette Danielle qu'il souriait si béatement ?

— Oui, désolée d'avoir oublié de te prévenir.

— Inutile de t'excuser. Il m'arrive tout le temps de rater des appels. Mais je suis surpris qu'elle n'ait pas essayé de me joindre sur mon portable. Son forfait pour l'international devait être épuisé.

— C'est une amie à toi ? demanda-t-elle tout en se maudissant de le faire.

— Oui, répondit Reece. En fait, son frère Gérard était lui aussi pilote, et c'était l'un de mes meilleurs amis depuis que je suis parti vivre en Europe. Il a été tué dans un accident il y a déjà quelques années.

— Oh ! mon Dieu ! Je suis désolée.

— Ça a été très difficile pour nous tous. Gérard était vraiment un homme bien. C'est lui qui m'a permis de faire mes premiers pas en Formule 1. Danielle était son unique sœur, et nous avons passé beaucoup de temps ensemble après son décès. L'année dernière, après mon accident, elle m'a beaucoup aidé.

Il secoua la tête, perdu dans ses souvenirs.

— Certains jours, j'étais tellement abattu que je n'avais même plus envie de faire mes exercices. Si elle n'avait pas été là, il y a des moments où j'aurais tout laissé tomber. Elle ne cessait de me harceler pour que je continue mes séries d'exercices, dit-il en souriant.

Abby resta silencieuse.

Comment pourrait-elle rivaliser avec Danielle ? Cette femme avait aidé Reece à traverser la pire épreuve de sa vie, une période qu'il refusait d'évoquer avec elle.

Soudain, elle avait l'atroce impression d'être devenue une étrangère pour lui.

— Je suis contente que tu aies eu quelqu'un à tes côtés durant cette épreuve, dit-elle.

Et elle le pensait, bien que cela lui coûtât de l'admettre.

— Moi aussi, même si je n'ai pas toujours apprécié à l'époque qu'elle soit auprès de moi comme ça. Je crois qu'elle aurait aimé pouvoir aider son frère de cette façon, et c'est pour cette raison qu'elle a passé autant de temps avec moi. En tout cas, c'est ce que pense Thomas.

— Thomas ?

— Le mari de Danielle. Il plaisantait toujours en disant que sa femme passait tant de temps avec moi à l'hôpital qu'il avait l'impression d'être redevenu célibataire. Je suis content qu'elle ait autant insisté quand j'avais envie de tout laisser tomber. Elle a réussi à me convaincre que tout ne dépendait que de moi, même mon retour en course. En plus, mes parents étaient soulagés de savoir qu'elle était là.

Abby hocha la tête, pénétrée.

« Le mari de Danielle ».

Dire qu'elle avait cru que cette femme était la maîtresse de Reece ! En fait, Danielle avait l'air d'être une très bonne amie et une personne emplie de bonté. Quelle idiote de s'être fait des idées sans savoir !

— Qu'est-ce qui te tracasse ? demanda Reece en l'observant.

Elle n'allait tout de même pas lui confesser son accès de jalousie !

— Heu… rien. J'ai vu que tu avais rendez-vous avec quelqu'un de chez Keller ce matin, ainsi qu'avec l'homme avec lequel tu étais au restaurant l'autre jour ? ajouta-t-elle pour changer de sujet.

— Oui, le représentant de Keller est intéressé. Mais pour l'instant il n'y a rien de décidé.

— Pour l'instant, répéta-t-elle. Alors, quand ?

— Je n'ai pas encore reçu d'offre ferme. Il doit visiter d'autres propriétés.

— La mienne aussi ?

Reece écarquilla les yeux.

— Pourquoi est-ce que tu me demandes ça ?

— Parce que je vous ai tous vus regarder en direction de chez moi, et que l'homme qui est venu a même montré mes anciens bâtiments du doigt. Donc, je me suis demandé pourquoi.

Reece eut soudain l'air mal à l'aise.

— Ils m'ont posé des questions sur l'incendie, expliqua-t-il.

Comme elle ne disait rien, il poussa un soupir.

— D'accord, j'avoue : il a mentionné qu'il serait plus intéressant pour eux d'acheter nos deux propriétés en un seul lot. Il pense que, à cause de cet incendie, tu pourrais avoir envie de vendre, toi aussi.

— Ce n'est pas le cas.

— C'est ce que j'ai dit, répondit-il en la regardant dans les yeux cette fois. Je sais bien que tu n'as pas l'intention de vendre, Abby, et je sais aussi que la vente de ma propriété t'affecte. Je ne peux pas te promettre que je vendrai à quelqu'un qui aura ton approbation, mais…

— Tu as l'intention de vendre à Keller ?

— Peut-être. S'il y a d'autres options, nous pourrons en discuter.

— D'accord.

— Mais, Abby ?

— Oui ?

— En tout cas, dès que j'aurai conclu cette vente, je retournerai en Europe pour reprendre mon entraînement. Tu dois le savoir.

Oui, elle le savait. Mais elle savait aussi que, depuis qu'elle l'avait revu au restaurant... Elle ne savait plus ce qu'elle voulait du tout.

— Mais les médias ont dit... Enfin, je veux dire, il paraît que les médecins ont dit...

Elle s'interrompit, incapable d'exprimer à voix haute ce qu'elle avait cru comprendre.

Reece détourna le regard, l'air amer.

— Que mes blessures étaient trop sévères, je sais, termina-t-il en se passant la main dans les cheveux. Et que je ne retrouverai peut-être jamais tous mes moyens pour piloter.

Il avait l'air si tendu qu'elle s'approcha de lui, essayant de trouver des paroles réconfortantes et encourageantes.

— En tout cas, moi, je te trouve plutôt en pleine forme, dit-elle en lui offrant un large sourire.

Il la regarda et sembla se détendre.

— Malgré ma rééducation, j'ai des rechutes. Mes muscles ne répondent pas toujours comme je le voudrais, et mes réflexes ont diminué. Mais je sais que je peux revenir à mon meilleur niveau si je m'entraîne comme il faut. Seulement, plus je reste ici...

Elle hocha la tête, compréhensive.

— Et plus ce sera difficile pour toi de te remettre en piste ?

Reece poussa un soupir.

— Oui. Si je ne retourne pas bientôt en Europe, je serai très vite remplacé, et on m'oubliera. Je dois leur prouver ce que je suis capable de faire.

— Pourquoi ?

Pourquoi voulait-il retourner vivre dans cet univers dangereux qui avait failli le tuer et qui ne voudrait peut-être plus de lui ?

Il la regarda d'un air étonné.

— Parce que j'adore ça ! C'est la seule chose que j'aime vraiment faire et dans laquelle j'excelle.

Elle fronça les sourcils.

— J'ai du mal à te croire, répliqua-t-elle.

D'après ses souvenirs, Reece avait toujours été un excellent élève en même temps qu'un athlète de haut niveau.

— Pourtant, c'est vrai. J'ai toujours été bon dans de nombreux domaines, mais aucun ne m'a jamais passionné. Parfois, je me demandais même si j'éprouverais un jour une passion. Mon père disait toujours qu'il avait le vin qui courait dans ses veines, et qu'il se sentait lié à cet endroit. Ben, quant à lui, a toujours su qu'il voulait dessiner des terrains de golf depuis la première fois où il a posé le pied sur un green, alors qu'il n'avait que dix ans. Moi, je n'avais jamais rien vécu d'aussi intense jusqu'à ce que je découvre le milieu de la Formule 1. Je ne peux même pas envisager de vivre autrement. D'ailleurs, c'est tout ce que je sais faire.

— Je comprends, dit-elle.

Elle-même aimait sa maison, son métier, et elle ne pouvait pas imaginer vivre ou travailler ailleurs.

Elle ferma les yeux un bref instant.

— Laisse-moi une semaine. Je vais voir avec Anna si je peux liquider certains de mes avoirs et peut-être te faire une offre d'achat. J'ignore encore si c'est possible, mais on pourrait peut-être trouver un terrain d'entente, si tu es d'accord.

Reece acquiesça d'un hochement de tête.

— J'adorerais que tu deviennes la nouvelle propriétaire de cet endroit, et si nous pouvons trouver un terrain d'entente, comme tu dis, je serai tout à fait partant. Je sais que mes parents seraient ravis, eux aussi. Nous n'avons aucune envie de vendre au groupe Keller. Mais le marché est très faible en ce moment, et nous ne pouvons pas garder cette propriété inoccupée trop longtemps.

— Je vais voir ce que je peux faire, répondit-elle.

Hélas, si l'argent de l'assurance n'arrivait pas bientôt…

Elle se secoua.

— Mais si jamais nous ne trouvons pas de solution entre nous et que tu as l'opportunité de vendre à Keller, fais-le. Ça te permettra de partir d'ici plus vite et de reprendre ta vie en Europe, et surtout l'entraînement, déclara-t-elle, fière de garder un ton détaché alors que ces mots lui tordaient le ventre.

— Tu essaies de te débarrasser de moi, Abby ?

— Non, mais tu as besoin de retourner là-bas, à l'évidence. Le plus tôt sera le mieux, n'est-ce pas ?

Reece s'approcha.

— Et jusque-là ?

Elle résista à l'envie de le toucher et de se jeter dans ses bras, réfléchissant à toute vitesse.

Elle refusait d'en discuter. Inutile de chercher les complications ! Elle le désirait, et finalement, puisqu'elle avait la chance de passer du temps avec lui jusqu'à la fin de l'année, autant en profiter. Son départ lui briserait le cœur, mais elle serait bien trop occupée par la suite pour s'abandonner à son chagrin.

Elle se haussa sur la pointe des pieds et glissa ses bras autour de son cou, attirant ses lèvres jusqu'aux siennes.

— Jusque-là, profitons de la vie, répondit-elle, avant de l'embrasser à en perdre haleine.

Chapitre 8

Abby était en train de sortir cartons et matériel dans la cour où se trouvaient installés les sapins.

Il fallait qu'elle fasse vite. D'ici peu, la cour serait bondée de parents et d'enfants pour le concours de décoration de sapins. Tout devait être prêt avant midi.

Anna aurait dû arriver pour l'aider il y avait une heure déjà, mais elle avait téléphoné pour la prévenir qu'elle avait un pneu crevé. Elle serait donc en retard pour passer récupérer les employés intérimaires qui devaient leur donner un coup de main.

Voilà, constata Abby avec résignation, elle se retrouvait donc de nouveau seule.

Elle adorait son travail et n'avait aucune envie de se plaindre, mais ces derniers temps, avec tout ce qu'il lui était arrivé, les choses commençaient à lui peser.

Et puis, pourquoi Reece faisait-il tout pour l'éviter ?

Durant les trois jours qui avaient suivi leur dernier baiser, tous deux avaient été très occupés, et ils n'avaient plus partagé le même lit. Quand elle était à la maison, Reece était ailleurs, et même lorsqu'il était là elle consacrait tout son temps à préparer les salles de dégustation et à tout arranger pour le mariage de Sandra et les fêtes de fin d'année. Le soir, quand elle rentrait, soit Reece était déjà au lit comme l'indiquait le rai de lumière sous la porte fermée de sa chambre, soit il faisait ses exercices dans une autre pièce, et elle ne voulait pas l'interrompre.

Ses nuits solitaires la tenaient éveillée très tard, et elle était réveillée dès les premières heures de l'aube.

C'était aussi bien comme cela, après tout. Elle avait trop à faire pour perdre du temps à dormir !

Une séance de dégustation était organisée pour les parents, et le gagnant du premier prix du concours de décoration se verrait offrir une caisse de vin de Mapple Hills et une autre des vignobles Winston, ainsi qu'un week-end dans l'hôtel qu'elle comptait ouvrir l'été prochain, ce qui était une façon de se faire de la publicité. Les second et troisième prix auraient droit à une bouteille des deux vignobles. Les enfants recevraient des récompenses convenant à leur âge et pourraient aussi participer à un concours de bonhommes de neige. Elle était à l'œuvre depuis le début de la matinée, et, comme Anna et les autres n'étaient pas encore arrivés, elle aurait volontiers apprécié un coup de main de Reece.

La fourgonnette de celui-ci était arrêtée près de l'écurie, mais elle ne l'avait pas encore vu. Il était rentré tard cette nuit et devait être encore en train de dormir. De toute façon, il lui avait fait clairement comprendre qu'il ne voulait pas s'investir dans ses affaires quotidiennes. Il s'occupait de l'inventaire des vins de ses parents, mais à part cela il préférait rester en dehors.

A l'évidence, il n'avait aucune envie de lui parler.

Pourquoi ? Avait-il estimé qu'il avait fait une erreur en entamant une relation avec elle ? Ou peut-être était-il satisfait d'avoir obtenu ce qu'il voulait ?

Elle aussi avait eu ce qu'elle voulait, non ? Alors, pourquoi la situation la faisait-elle autant souffrir ?

Elle savait ce qu'elle faisait en se lançant dans cette liaison avec Reece, et ils ne s'étaient fait aucune promesse. Il lui avait rappelé qu'il partirait bientôt, et pourtant elle n'avait pas hésité à se jeter de nouveau dans ses bras.

Peut-être n'avait-elle pas compris. Etait-il possible qu'en

lui rappelant son départ il ait déjà voulu mettre un terme à leur relation ?

Dans ce cas, pourquoi ne clarifiait-il pas la situation, au lieu de l'éviter sans cesse ? S'il ne voulait qu'une coucherie d'une seule nuit, autant le dire !

Elle était sur le point d'attraper un autre carton pour l'emporter dans la cour, lorsqu'elle entendit des pas à l'étage : Reece venait de quitter sa chambre et descendait l'escalier.

Arrivé dans le couloir, il se figea en l'apercevant.

— Bonjour, dit-elle.

Elle était contente de le voir, mais aussi inquiète. Visiblement, lui non plus n'avait pas l'air d'avoir dormi de la nuit. Comme elle aurait voulu se jeter dans ses bras et se blottir contre lui !

Au lieu de quoi, elle attrapa un carton et le tint devant elle comme une barrière.

— Bonjour, répondit Reece en jetant un coup d'œil vers la cuisine.

— Il y a du café, si tu en veux.

— Merci, dit-il en s'éloignant déjà.

Aussitôt, elle remarqua qu'il boitait.

— Ça va ? demanda-t-elle.

— J'ai mal dormi, répondit-il d'un ton peu aimable.

Pourquoi s'en sentait-elle offensée ? Quelle idiote ! Reece avait mal dormi, et il était un peu bougon, c'est tout. Peut-être avait-il juste besoin de se reposer, ou de se distraire.

— Bon, c'est aujourd'hui qu'a lieu le concours de décoration de sapins, dit-elle. Je pense que tout le monde va bien s'amuser, et si tu veux te joindre à nous, tu es le bienvenu. D'ailleurs…

— Ecoute, Abby, je crois que c'est une très mauvaise idée. C'est beaucoup trop compliqué.

— Il s'agit juste de décorer des sapins, Reece. Nous avons…

— Je ne parlais pas que des sapins, répondit-il d'un ton brusque avant de se diriger vers la cuisine.

Elle emporta le carton dehors, espérant que l'air frais sécherait les larmes qui lui brûlaient les yeux.

Voilà. En fait, Reece avait bel et bien essayé de rompre, mais elle n'avait pas compris. Maintenant, les choses étaient claires. Toute complicité entre eux semblait s'être évanouie...

Peut-être était-ce aussi bien, après tout. Cela rendrait les choses moins difficiles quand il retournerait en Europe.

Oui, c'était bien mieux ainsi, décida-t-elle en posant son carton au pied d'un des sapins, avant de retourner en chercher un autre dans la maison.

Puis la colère s'insinua en elle.

Cela dit, il n'avait pas besoin de se montrer aussi brutal. Qu'avait-elle fait pour mériter cela ? Il n'avait aucune raison de la traiter aussi mal. D'ailleurs, elle allait lui dire deux mots !

Passant devant l'alignement de cartons dans le couloir, elle se dirigea droit vers la cuisine, mais, en entendant des voix, elle s'arrêta à la porte entrouverte. Elle aurait dû s'éloigner, mais elle avait l'impression d'être figée sur place.

Reece était au téléphone et avait branché le haut-parleur.

— J'en suis capable, Jo ! Donne-moi une chance, et tu verras, dit Reece d'une voix tendue.

— Si cela ne dépendait que de moi, je le ferais, mais tu sais qu'il n'en est rien. Si jamais il arrivait quelque chose à la voiture, surtout avant la saison, tu sais comme moi que nous en ferions les frais tous les deux. Je me ferais virer, et le boss nous assignerait tous les deux en procès. Ton médecin n'est pas d'accord pour que tu reprennes, mon vieux. Alors, désolé, mais c'est impossible.

— Je me fiche de ce que dit mon médecin. Comment peut-il savoir de quoi je suis capable ? répliqua Reece d'un ton amer.

Son interlocuteur poussa un profond soupir à l'autre bout du fil.

— Reece, il faut que tu acceptes la réalité. Il est hors de question que tu prennes le volant d'une Formule 1. Tu as déjà eu une sacrée veine de te sortir de cet accident, et tu sais pertinemment que tu n'es pas en état de piloter. Pourquoi risquer de te tuer ?

— Tout va bien. Laisse-moi juste faire les tests en janvier, et je te montrerai.

Abby sentit son cœur se serrer.

Reece mourait d'envie de passer ces fameux tests, mais apparemment personne ne le laisserait reprendre le volant d'une Formule 1.

— Je vais voir ce que je peux faire, Reece. Mais nous n'avons pas parlé de ton stress post-traumatique.

— Je vais bien, Joe, tu peux me croire.

— Pour te dire la vérité, les sponsors ont déjà l'œil sur un nouveau pilote dont les temps d'entraînement sont tout à fait remarquables, et…

Abby n'écoutait plus ce que disait l'homme à l'autre bout du fil. Tout ce qu'elle voyait, c'était l'immense frustration qui venait de se peindre sur le visage de Reece. Soudain leurs désaccords n'eurent plus aucune importance. Tout ce qui importait, c'était de le consoler.

Elle fit un pas en avant, puis un autre, et s'approcha de lui.

Elle voulait soulager Reece de sa peine, tout comme lui l'avait aidée quand elle en avait eu besoin.

Reece éprouvait tant d'émotions simultanément qu'il ignorait laquelle gérer en premier. Mais surtout il se sentait trahi.

Nom de nom, pourquoi ne l'écoutait-on pas ? Pourquoi les médecins n'avaient-ils pas confiance en ses capacités de récupération ? Dire que ses sponsors, ceux qui l'adulaient lorsqu'il leur offrait la victoire, étaient déjà en train de songer à le remplacer !

L'angoisse le saisit.

Bon sang ! Quel cauchemar ! N'aurait-il plus jamais l'occasion de tenir le volant d'une Formule 1 ?

Lorsqu'il remarqua Abby qui l'observait, l'air soucieux, cela ne fit qu'accroître sa frustration.

— Joe, je dois te laisser. Vois ce que tu peux faire, et on se rappelle, dit-il en raccrochant brutalement.

— Reece…, commença Abby.

— Alors, Abby, tu m'espionnes ?

— Bien sûr que non !

Elle ferma les yeux un bref instant et poussa un soupir.

— J'étais venue te parler, mais tu étais déjà au téléphone, et j'ai entendu, expliqua-t-elle.

— Je vois.

Il savait qu'il s'était montré peu aimable envers elle lorsqu'il était descendu dans la cuisine à son réveil, l'esprit encore embrumé des somnifères. Il était obligé de prendre ces saletés pour supporter la douleur qui le harcelait ces derniers jours dans la jambe gauche.

Il n'avait eu aucun geste tendre envers Abby depuis leur dernière conversation à propos de la vente du domaine, et il avait bien l'intention que les choses en restent là. Même si elle avait manifesté son désir de partager ses nuits, il préférait mettre un peu de distance entre eux, pour leur bien commun. Jusqu'à présent, il avait toujours évité les complications sentimentales avec les femmes. Peu importait qu'il continuât de la désirer. Tout allait beaucoup trop vite entre eux, ce qui ne ferait que rendre leur séparation encore plus douloureuse. Mieux valait qu'Abby souffre un peu maintenant, cela lui éviterait un plus grand chagrin plus tard.

Hélas, elle lui manquait beaucoup plus qu'il ne l'aurait cru possible, et ça le rendait fou.

Les nuits précédentes, il avait été incapable de dormir, il n'avait fait que penser à Abby. Il s'était tourné et retourné dans son lit, se levant même pour arpenter sa chambre, et au bout du compte l'anxiété et le manque de sommeil n'avaient fait qu'accentuer ses douleurs.

La nuit dernière, il avait donc décidé de reprendre des somnifères, et à présent il était d'une humeur massacrante.

— Je suis désolée, Reece.

— A quel sujet ?

— Désolée que ton équipe ne veuille pas te laisser reprendre le volant.

— Je n'ai pas besoin de ta pitié, Abby. Crois-moi, je serai bientôt de nouveau en course.

— Mais cet homme disait…

— Je sais très bien ce qu'il disait ! Ils s'intéressent peut-être déjà à un nouveau pilote, mais je suis capable de discuter moi-même avec mes sponsors. Je détiens un record de vitesse en piste, j'ai des millions de supporters, et les fans adorent voir leur pilote préféré revenir en course. Mon retour va déclencher une vague de publicité gratuite pour l'écurie, et je vais gagner bien plus de victoires qu'un débutant sur le circuit.

— Mais qu'en est-il du stress post-traumatique ?

— Ce n'est rien. Quelques cauchemars et insomnies, mais ça va passer.

— Tu en es sûr ?

Il leva une main pour l'interrompre.

Abby était une très bonne amie, et il savait qu'elle voulait l'aider, mais il n'avait aucune envie de discuter de tout cela avec elle.

— Abby, je tiens énormément à toi, et j'aimerais que nous restions amis, mais il y a beaucoup de choses que tu ignores à mon sujet.

— Il faut bien que tu discutes de tout cela avec quelqu'un, insista-t-elle.

— Pas avec toi.

— Et pourquoi ?

— Ecoute, ce n'est pas parce que nous avons couché ensemble que tu as le droit de t'immiscer ainsi dans ma vie. De plus, je ne crois pas que tu sois très objective. Plus je reste, mieux c'est pour toi, n'est-ce pas ? Ça retarde la vente.

A peine eut-il prononcé ces paroles qu'il les regretta.

Il n'avait pu résister au besoin de mettre encore plus de distance entre eux. Pourquoi agissait-il ainsi ?

Parce qu'Abby avait raison ? Comme Joe ?

Enervé, il se détourna.

Il en avait assez de toutes ces discussions qui ne menaient à rien !

Il s'apprêtait à quitter la pièce, quand il sentit la main d'Abby sur son bras.

Elle semblait furieuse, ses grands yeux verts lançaient des éclairs. Apparemment, elle n'en avait pas fini avec lui.

— Tu plaisantes, j'espère ? Tu crois que j'ai couché avec toi pour te faire changer d'avis à propos de la vente ?

Bien sûr que non, il n'avait jamais pensé cela.

Mais il n'en dit rien. Car, si elle en venait à le détester, cela rendrait les choses plus faciles pour la suite. Elle avait déjà assez de soucis sans avoir besoin de s'inquiéter de lui.

Abby secoua la tête d'un air stupéfait.

— Je me demande qui de nous deux doit se sentir le plus insulté, dit-elle.

— Ecoute, Abby, j'ai déjà connu ce genre de situation. Je sais que les femmes pensent parfois qu'une liaison peut se transformer en autre chose, et à mon avis c'est ce qu'il t'arrive.

Cette fois, Abby resta un instant bouche bée.

— Pour qui te prends-tu, Reece ? Figure-toi que je ne passe pas mes journées à penser à toi ! C'est vrai, je n'ai aucune envie que tu vendes au groupe Keller, mais j'ai accepté l'idée de cette éventualité. Et, pour ton information, je savais depuis le début que ce que nous partagions n'était que provisoire. Ne crois pas une seule seconde que j'envisage mon avenir avec toi. Mon avenir, il est là-bas ! s'écria-t-elle en tendant le doigt en direction du domaine de ses parents.

Elle était tellement en colère que sa main tremblait.

— Je suis désolé, Abby, mais je ne veux pas que tu te fasses de fausses idées. Je n'ai pas envie que tu penses que je finirai par rester, ou que le fait d'avoir couché ensemble signifie plus que…

— Ne t'inquiète pas, l'interrompit-elle en le regardant comme si elle le voyait pour la première fois de sa vie. En ce qui me concerne, notre petite aventure ne signifie rien du tout.

— Où est Reece ? demanda Anna à Abby, tout en souriant à une fillette qui attendait avec son père qu'on leur serve une tasse de chocolat chaud. Il y a du progrès entre vous ?

— Il doit être dans le coin, répondit Abby en faisant un vague signe de la main.

Il n'avait pas quitté la propriété, mais, la dernière fois qu'elle était rentrée dans la maison, il ne s'y trouvait pas.

Tant mieux ! Cela leur avait évité un moment pénible. Elle était encore furieuse de sa dispute avec lui. Comment avait-elle pu être aussi stupide ?

Elle entendait des bruits en provenance de l'écurie, comme s'il bricolait. Que pouvait-il bien y faire ?

Bah, peu lui importait. Il fallait qu'elle cesse de penser à lui en permanence. Elle ferait mieux de se concentrer sur la fête.

Elle ne put s'empêcher de sourire en constatant qu'Anna regardait la fillette et son père s'éloigner, les yeux rivés sur le postérieur de l'homme.

— Pourquoi tous les hommes mignons sont-ils déjà mariés ? soupira son amie. Alors, comment ça se passe entre Reece et toi ?

— Oh ! il n'y a plus rien à dire, répondit Abby, la gorge serrée.

— Mon Dieu ! Tu es tombée amoureuse de lui, c'est ça ?

— Pas vraiment. Enfin si, un petit peu, avoua-t-elle. Ce n'est pas que je sois complètement folle de lui, mais je croyais qu'il y avait… quelque chose entre nous, même si ce n'était qu'une histoire ponctuelle. Mais monsieur a décidé du contraire. Il y a déjà mis un terme.

— Peut-être qu'à sa façon, en te repoussant, il essaie de te protéger, suggéra Anna quand elle lui eut fait part de sa dernière conversation avec Reece.

— Peut-être, mais je trouve ça plutôt stupide comme méthode !

— Que veux-tu, ce n'est qu'un homme, répondit Anna avec fatalisme.

Abby gloussa malgré elle.

Décidément, Anna savait toujours lui remonter le moral.

— Enfin, reprit Anna, comme on dit, un de perdu, dix de retrouvés. Tu as vu celui-là ?

— Pardon ?

— Il y a un homme magnifique qui ne t'a pas quittée des yeux depuis qu'il est arrivé.

— Qu'est-ce que tu racontes ?

Anna fit un geste discret de la main, et Abby remarqua deux hommes, effectivement plutôt sexy, qui se tenaient au milieu d'un groupe vers l'un des sapins à moitié décorés. L'un des deux lui sourit.

— Tu les connais ? demanda-t-elle à Anna.

— Non, mais ils sont là depuis un bon moment, et celui-là ne t'a pas lâchée du regard, même si tu ne t'en es pas rendu compte. Heureusement que j'ai un radar à ta place ! répondit son amie en faisant un signe de la main à l'homme en question.

— Anna, non !

Mais l'inconnu s'avançait déjà vers elles.

— Pourquoi pas ? Ils sont deux, et nous aussi, déclara Anna.

Abby lui jeta un regard furieux. Puis, plaquant un sourire sur son visage, elle se tourna vers le jeune homme, qui se prénommait Dereck, et lui offrit un verre de baco.

Elle garda un ton strictement professionnel durant les premières minutes, mais Anna avait raison : Dereck était adorable, et elle avait l'air de lui plaire. Hélas pour Anna, l'ami de Dereck était déjà en train d'aborder une autre invitée.

Anna haussa les épaules puis les laissa seuls.

Dereck était propriétaire d'une boutique de logiciels. Il avait trois ans de moins qu'elle, mais cela ne semblait pas le déranger. Il était à croquer, avec des cheveux blonds et de beaux yeux bleus, et son jean lui allait à la perfection, moulant ses hanches de façon très sexy.

En fait, elle n'éprouvait aucun intérêt pour lui. Contrairement aux prédictions d'Anna, l'attirance n'était pas réciproque.

Néanmoins, elle continua de bavarder avec lui tout en

distribuant des tasses de chocolat chaud, soulagée de ne plus penser à Reece.

— Je suis bien content que nous ayons décidé de venir, dit Dereck en observant les groupes qui décoraient les sapins.

— Ravie que vous vous amusiez, répondit-elle d'un ton qu'elle espérait diplomate.

Comment, sans se montrer grossière, lui faire comprendre qu'elle préférait en rester là avec lui ?

— C'est le cas, répliqua Dereck. Je ne me suis jamais vraiment intéressé au vin. Après mon travail, je bois plutôt une bière.

Il avait un sourire craquant qui devait ravir bien des femmes.

— J'aime aussi la bière, répondit-elle. Certaines ont des goûts étonnants.

Ils se lancèrent dans une conversation sur le brassage de la bière. Sur ce point, Dereck en connaissait beaucoup plus long qu'elle.

— On dirait que tout le monde a terminé de décorer les sapins. Je vais devoir aller remettre les prix, dit-elle, espérant pouvoir ainsi mettre un terme à leur conversation.

Où diable était passée Anna ?

— Avez-vous besoin d'aide ? proposa Dereck.

Elle était sur le point de refuser, quand elle remarqua Reece qui sortait de l'écurie et se dirigeait vers la maison. Il s'arrêta un instant et l'observa.

Aussitôt, elle se tourna vers Dereck et lui adressa son sourire le plus éblouissant.

— Bien sûr, vous allez pouvoir m'aider à ramasser les votes, dit-elle en se rapprochant de lui pour lui expliquer la procédure.

En entendant la porte de la maison claquer, elle ne put retenir une petite moue de satisfaction.

Ainsi, son petit stratagème avait marché !

Dereck semblait ravi par l'intérêt qu'elle lui portait et l'aida à rassembler les votes.

Elle observa son nouvel ami qui discutait avec un groupe

d'enfants tout en réunissant leurs votes, et elle le vit chasser quelques flocons de neige de l'épaule d'un des petits garçons.

Que diable était-elle en train de faire ? Dereck était charmant, ce n'était pas correct de sa part de l'utiliser pour rendre Reece jaloux. Pourtant, elle n'avait pu s'en empêcher.

Pourquoi ne pouvait-elle transférer sur lui les sentiments qu'elle éprouvait pour Reece ?

— Vous avez l'air de bien vous entendre, tous les deux, dit Anna en apparaissant soudain à côté d'elle.

— Mais où étais-tu ?

— Je m'occupais du concours des bonshommes de neige, répondit Anna d'un air innocent.

— Ça, c'est Judy qui s'en charge. Tu as fait exprès de nous laisser seuls, n'est-ce pas ?

Anna esquissa un sourire.

— Il t'a demandé de sortir avec lui ?

— Pas encore.

— Tu vas accepter ?

— Je n'en sais rien.

— On dirait que mon petit plan fonctionne, plaisanta Anna.

— Reece nous a vus.

— Ah, c'était donc ça ! Je l'ai vu fixer quelque chose du regard, puis il a claqué la porte si fort qu'il a failli briser la vitre.

Abby secoua la tête.

— Oui, j'ai fait semblant d'être attirée par Dereck pour le provoquer, avoua-t-elle.

Cette fois, Anna eut un large sourire.

— Alors là, ça veut dire que mon plan a vraiment, *vraiment* bien fonctionné ! Reece avait juste besoin de te voir avec un autre homme pour comprendre qu'il tient à toi.

— Moi, je ne parierais pas trop là-dessus.

Dereck revint, et ils comptèrent les votes, puis ils récompensèrent les gagnants, s'assurant que chacun emporte un petit souvenir de la fête avant de partir.

La journée avait été parfaite sur le plan professionnel, mais

Abby était contente qu'elle se termine. Enfin, elle allait pouvoir se reposer un peu.

Avant de partir, Dereck l'invita à dîner plus tard dans la semaine, et elle déclina sa proposition, au grand désespoir d'Anna.

Dereck accepta son refus avec fair-play, mais il prit la peine de lui noter son e-mail sur un napperon en papier, au cas où elle changerait d'avis.

— Pourquoi ne l'ai-je pas rencontré il y a quelques semaines ? demanda-t-elle à Anna lorsque tout le monde fut reparti.

Elles étaient assises sur les marches de l'entrée, sous le porche, et elles contemplaient les sapins brillamment décorés et la longue rangée de bonshommes de neige dans la nuit qui commençait à tomber.

— Est-ce que cela aurait fait une différence ? demanda son amie.

Elle poussa un soupir.

— Probablement pas, tu as raison.

De toute façon, quoi qu'il advienne de leur relation, elle n'échangerait pour rien au monde les moments de passion que Reece et elle avaient partagés.

— Tu veux venir passer la nuit chez moi ? proposa Anna.

Abby secoua la tête.

Même si la situation avec Reece était délicate, elle refusait de baisser les bras.

De toute façon, elle n'avait pas le choix.

Chapitre 9

Les mains de Reece s'ouvrirent puis se refermèrent sur le volant gainé de cuir de la voiture de sport.

— Dieu, que c'est bon !

Son vieil ami Brody Palmer qui était assis dans le siège passager se mit à rire.

Brody était venu passer quelques jours en Floride pour voir sa famille, et Reece avait apprécié cette soirée entre hommes à boire de la bière et à discuter boulot. C'était aussi la première fois qu'il conduisait autre chose que la vieille camionnette de son père.

Il se sentait un peu nerveux, mais c'était normal, non ?

Il songea un instant à Abby.

Une semaine s'était écoulée depuis leur dernière discussion, et ils continuaient de s'éviter, ne s'adressant la parole qu'en cas d'absolue nécessité. Il l'avait vue discuter avec l'enquêteur envoyé pour établir un second rapport après l'incendie, et le stress qu'elle subissait était flagrant. Comment diable ces enquêteurs pouvaient-ils imaginer qu'elle ait mis le feu à sa propre demeure ?

Où allait-elle quand elle sortait ? Retrouvait-elle ce type avec lequel il l'avait vue flirter lors du concours de décoration des sapins de Noël ?

Il aurait volontiers flanqué un coup de poing à cet homme pour l'éloigner d'Abby. Mais après tout il n'avait aucun droit sur elle. Il n'en avait jamais eu et n'en aurait jamais.

Quoi qu'il en soit, quand il les avait vus ensemble, son sang n'avait fait qu'un tour. Il aurait voulu traverser la cour, prendre la main d'Abby dans la sienne et afficher leur relation au grand jour.

Depuis, cela ne cessait de le perturber.

— Arrête de rêver et fonce ! dit Brody en riant.

— Désolé, ça fait un bon moment.

Il mit le contact et quitta le parking du restaurant.

Comme c'était bon d'être assis dans ce siège de cuir et d'entendre le doux ronronnement du moteur !

Brody, qui faisait partie de la Nascar et participait aux courses de stock-car depuis plusieurs années, lui avait confié durant le dîner qu'il envisageait de mettre un terme à sa carrière.

— Ne t'en fais pas pour ta conduite, mon vieux, dit Brody. Tu verras, c'est comme le sexe. Tu es peut-être un peu rouillé, mais ça va revenir très vite.

— Tu es sûr que tu me fais assez confiance ? Et si jamais j'avais un accrochage ? demanda Reece sur le ton de l'humour.

Mais son émotion le trahit.

La nouvelle Dodge Charger SRT8 de Brody était une voiture magnifique, et la seule digne de ce nom qu'il ait conduite depuis son accident. Il avait les mains moites, et son cœur battait un peu vite. Non pas d'excitation, mais d'appréhension.

— C'est normal d'être nerveux après un accident, affirma Brody comme s'il lisait en lui. Si tu veux te remettre au boulot, tu vas devoir apprendre à gérer tes émotions. Il faut que tu y ailles par paliers, pour voir comment tu te sens. Et tu as aussi tout à fait le droit d'abandonner.

Ces quelques paroles atténuèrent son anxiété.

Brody avait raison. Comment pouvait-il envisager de prendre de nouveau le volant d'une Formule 1 s'il n'était pas capable de conduire une voiture classique ?

Il s'engagea sur la route et commença à se détendre.

Enfin, il retrouvait les sensations familières. Comme c'était bon !

— Tu vois, je te l'avais dit ! plaisanta Brody avec un large sourire.

Lorsqu'ils parvinrent à la route du lac qui menait à son domaine, il accéléra et sentit ses réflexes revenir.

Mis à part les moments où il avait fait l'amour avec Abby, il ne s'était pas senti vivant depuis bien longtemps !

A cette pensée, le visage d'Abby, son sourire, son odeur, tout lui apparut avec une incroyable clarté. Il oublia soudain ce qu'il était en train de faire et ralentit.

— Ça va ? demanda Brody.

— Oui. Désolé, j'ai été distrait un instant.

Bon sang ! Il brûlait d'envie de refaire l'amour avec Abby, mais s'il devait piloter de nouveau il ne pouvait se permettre aucune distraction. Non, aucune distraction féminine ! Il lui fallait oublier Abby.

Il se concentra sur la route qui bordait le lac puis tourna dans l'allée.

Il y avait plusieurs voitures sur le parking.

— On dirait que la fête n'est pas finie, mais on peut aller boire une bière à la maison, proposa-t-il à Brody en garant la voiture, avant de lui rendre les clés. Merci pour la conduite, ça m'a fait du bien.

Brody glissa les clés dans la poche de son blouson de cuir, et l'observa d'un air inquisiteur.

— J'ai entendu dire que le manager de ton équipe envisageait de recruter un nouveau pilote.

— Oui, il paraît. J'espère convaincre mon écurie et mes sponsors de n'en rien faire, mais c'est plutôt difficile, en étant bloqué ici.

— Je connais quelques gars à Daytona. Si tu es libre un jour ou deux, je pourrais organiser un test pour toi, si tu veux. On pourrait s'y rendre ensemble, s'entraîner, et tu verrais si ça te convient.

Reece savait qu'il aurait dû bondir sur cette opportunité, mais il eut soudain de nouveau les mains moites.

Bon sang, pourquoi réagissait-il ainsi ?

— D’accord, je suis partant, se força-t-il à répondre alors qu’ils se dirigeaient vers la maison.

Mais pourquoi était-il aussi nerveux ?

Sa jambe gauche continuait de le tracasser. Parfois il se demandait s’il retrouverait un jour tous ses réflexes. Cela dit, il savait qu’après avoir été assis en position de conduite, il était normal que ses muscles le fassent souffrir. Le temps et les exercices résoudraient ce problème.

Enfin, mieux valait l’espérer.

— Alors, qu’est-ce que c’est, cette fête ? demanda Brody en pointant du doigt les nombreux véhicules garés.

— Une fête d’enterrement de vie de jeune fille, répondit Reece en riant.

— Tu plaisantes ?

— Pas du tout.

Il expliqua à Brody le travail d’Abby et les divers événements qu’elle organisait sur les lieux. La fête d’enterrement du futur marié avait lieu dans un bar en ville, mais Sandra avait décidé de faire la sienne ici.

Brody s’arrêta et sembla réfléchir un instant tout en regardant en direction du bâtiment qui abritait la fête.

— Tu ne crois pas qu’on devrait s’inviter ?

Reece eut un sourire.

— Nous ferions mieux de les laisser seules. On n’a plus dix-huit ans, mon vieux.

Brody haussa un sourcil.

— De toute façon, à cette époque, nous n’aurions pas su quoi faire avec tout un groupe de filles plus ou moins éméchées et d’humeur à s’amuser.

Cette fois, Reece éclata de rire, toute nervosité dissipée.

— Parce que tu saurais quoi faire aujourd’hui ? répondit-il en donnant une tape sur l’épaule de Brody.

Mais Brody se dirigeait déjà vers la fête.

— On dirait que tu as perdu ton esprit d’aventure, mon pote, plaisanta-t-il.

Abandonnant toute idée de le ramener à la raison, Reece le suivit à contrecœur.

Ils dépassèrent les salons de dégustation et avancèrent dans le couloir sombre comme deux espions en mission, puis ils ouvrirent doucement la porte de la salle de réception.

Reece s'attendait à tout, sauf au spectacle qui s'offrait à leurs yeux.

— Tu es sûr qu'il s'agit d'une soirée d'enterrement de vie de jeune fille ? chuchota Brody, les yeux écarquillés.

— Oui.

Mais on aurait pu croire qu'il s'agissait d'un tout autre genre de soirée.

Les femmes étaient réunies à l'autre extrémité de la pièce, et Reece dut cligner des yeux plusieurs fois afin de s'assurer qu'il n'avait pas la berlue.

Chaque fois qu'il avait questionné Abby sur le thème choisi par la future mariée, Abby était restée vague. A présent, il comprenait pourquoi.

Il s'était imaginé que les invitées s'amuseraient, danseraient, voire applaudiraient un Chippendale recruté pour l'occasion tout en lui glissant quelques billets dans l'élastique de son slip. Mais rien de tout cela n'avait lieu.

Une mini-scène avait été installée à l'autre bout de la pièce. Une barre de danse s'étirait du sol au plafond, et toutes les femmes venaient successivement danser autour de cette barre sur des airs entraînants.

Bien sûr, elles gardaient leurs vêtements, et la plupart éclataient de rire en essayant d'imiter les strip-teaseuses professionnelles. Certaines invitées étaient plus douées que d'autres, et la salle retentissait de cris, d'applaudissements et de rires.

— Les femmes sont vraiment étranges, grommela Brody. D'habitude, elles poussent les hauts cris dès que nous manifestons la moindre envie de voir ce genre de spectacle !

Reece se mit à rire et ouvrit la porte un peu plus grand pour mieux profiter de la gaieté ambiante.

Les invitées s'amusaient si bien que personne n'avait

remarqué leur présence. Abby se tenait un peu à l'écart avec Anna. Toutes deux semblaient aussi se divertir du spectacle.

Quand la chanson se termina, Sandra monta sur scène, beaucoup plus joyeuse que le jour où il l'avait vue dans la cour en train de vociférer sur Abby. Elle avait l'air un peu éméchée, et son verre de Martini tanguait dangereusement dans sa main.

Elle s'approcha du micro et sourit aux spectatrices.

— Quel pied, mes amies ! Je vous rappelle que nos petits numéros sont filmés et atterriront dès demain matin sur You Tube. On verra laquelle d'entre nous remporte les suffrages des internautes !

Une vague d'éclats de rire retentit.

— Mais nous n'avons pas encore fini tous les Martini ! s'exclama Sandra.

Un chœur d'acclamations lui répondit.

— Et tout le monde n'a pas encore effectué sa prestation ! s'écria-t-elle en montrant du doigt Abby et Anna.

Un nouveau concert d'acclamations lui répondit.

— A présent, nous savons qu'Abby Harper est douée pour organiser des fêtes sensationnelles, mais sait-elle danser ? Vous aimeriez le savoir autant que moi, n'est-ce pas ?

Cette fois encore il y eut des cris enthousiastes et des sifflements.

Abby s'arrêta au beau milieu de sa conversation avec Anna, remarquant soudain que tout le monde la fixait. Elle écarquilla les yeux et secoua la tête.

— Oh ! mais ça devient de plus en plus intéressant, dit Brody en lorgnant du côté d'Abby et d'Anna.

Reece lui donna un coup de coude.

— Abby est la jeune femme de droite.

Apparemment, le ton de sa voix le trahit.

— Donc, celle de gauche est libre, c'est bien ça ?

Brody était un dragueur impénitent, et les journalistes s'amusaient toujours à lui demander s'il comptait plus de victoires en course que de conquêtes féminines ou le contraire. En fait, tout ce qui lui importait, c'était de piloter. Lorsqu'il tenait un volant de course entre ses mains, Brody était le plus sérieux des hommes, mais dès qu'il avait quitté la piste il ne songeait plus qu'à s'amuser.

— Oui, elle est libre, répondit Reece. A toi l'honneur.

Malheureusement pour Brody, il n'avait que peu de chance avec Anna. Reece connaissait Anna Morgan depuis presque aussi longtemps qu'Abby, et elle ne lui semblait pas du genre à se laisser courtiser facilement.

Abby était toujours en train de protester avec vigueur, mais Sandra réussit à l'entraîner sur la scène. Tout le monde riait et la mettait au défi de faire son numéro. Lorsqu'elle se retrouva seule sur la scène, les invitées se mirent à l'acclamer et à applaudir en rythme avec le morceau de rock qui commençait.

Abby se mit à rire et leva les yeux au ciel pour cacher son embarras.

— Oh, mon Dieu, elle va le faire ! s'exclama Reece, le souffle court.

Elle portait une simple petite robe noire qui semblait très classique à côté des tenues des invitées, mais lorsqu'elle retira ses talons hauts et attrapa la barre de danse il sentit son corps réagir.

Elle se laissa aller et venir à plusieurs reprises le long de la barre de danse, sa bretelle glissant sur son épaule. Puis elle plia une jambe et la leva bien haut, dévoilant ses cuisses.

Lorsqu'elle renversa la tête, lèvres entrouvertes comme si elle était en train de jouir, Brody poussa un sifflement.

Aussitôt, Reece donna un coup de coude dans les côtes de son ami, mais le mal était fait. Lorsque Abby se redressa, elle jeta un coup d'œil dans leur direction et fronça les sourcils.

Il lui sourit et lui adressa un petit hochement de tête.

Heureusement, mis à part elle, aucune des femmes présentes ne semblait avoir remarqué leur présence.

Alors, les lèvres d'Abby se plissèrent en une moue taquine. Elle garda les yeux rivés sur lui tout en recommençant à danser, se penchant en avant pour mettre en valeur ses seins superbes.

Mon Dieu, elle était fantastique ! Jamais il n'aurait cru qu'elle soit aussi souple ! Il avait hâte de découvrir jusqu'à quel point elle pouvait l'être…

— C'était ta petite amie au lycée ? demanda Brody.

— Non, nous sommes bien allés dans la même école, mais c'était juste une voisine, répondit Reece sans lâcher Abby des yeux.

— Et aujourd'hui ? Qu'est-ce qu'il y a entre vous ?

— Ça, je me le demande.

Si seulement Brody voulait bien se taire et le laisser profiter du spectacle !

Riant aux éclats, Abby tendit la main, et Anna s'approcha de la scène, vêtue d'une jupe noire et d'un chemisier blanc classiques.

Mais, à la grande surprise de Reece, la sage comptable se transforma soudain en une tornade sexy. Elle dégrafa son chemisier à outrance, lâcha ses cheveux, et ses lunettes cerclées de noir ajoutèrent une touche érotique à son personnage tandis qu'elle commençait à se déhancher.

Brody perdit tout contrôle et se mit à siffler avec ferveur, l'exhortant à se déhancher encore plus.

A cet instant, toutes les femmes se tournèrent vers eux, et soudain on n'entendit plus que la musique.

Tandis que Brody semblait ne s'apercevoir de rien, le regard rivé sur Anna comme si rien d'autre n'avait d'importance à ses yeux, Reece se crispa.

Comment toutes ces femmes allaient-elles réagir ?

Déjà, il s'apprêtait à présenter des excuses pour leur intrusion, quand des rires fusèrent. Plusieurs femmes s'approchèrent d'eux, insistant pour qu'ils participent à la fête et les prenant par la main pour les entraîner avec elles.

Reece n'en avait aucune envie, mais Brody était d'humeur festive. Saisissant un verre de Martini sur un plateau, il grimpa sur scène et entraîna Anna dans une danse.

Tandis que le public féminin s'enthousiasmait de plus belle, Reece tendit la main à Abby pour l'aider à descendre de la scène.

— Tu m'as manqué, dit-il quand elle fut près de lui.

— Toi aussi, avoua-t-elle.

Il la dévora des yeux, et soudain plus rien n'exista à part elle.

— J'ignorais que tu avais de tels talents, dit-il en désignant la scène.

Abby lui sourit.

— Il y a beaucoup de choses que tu ignores à mon sujet, plaisanta-t-elle, avant d'éclater de rire en regardant Brody faire un numéro autour de la barre.

En entendant fuser son rire, il eut soudain l'urgent désir de l'entraîner dans un coin et de lui faire l'amour là, tout de suite.

Il jeta un coup d'œil alentour.

Tout le monde s'amusait, personne ne remarquerait leur absence…

Comme Abby le regardait, les yeux brillants, semblant lire dans ses pensées, il lui prit la main avant qu'elle puisse changer d'avis et l'entraîna dans le salon de dégustation, derrière le bar.

Même si la fête se déroulait à quelques mètres, il y faisait sombre, et la pièce leur appartenait.

Il la plaqua contre le mur et l'embrassa avec fougue. Puis il glissa une main sous sa robe, et ses doigts effleurèrent à travers sa petite culotte de satin son sexe déjà mouillé de désir.

Oh oui, Abby était aussi excitée que lui !

— Ce n'est pas la haie, mais on s'y croirait presque, non ? chuchota-t-il.

L'odeur de son désir et sa peau chaude sous ses doigts le rendaient fou.

— Quelqu'un pourrait venir et nous surprendre, murmura Abby.

Mais le ton de sa voix indiquait clairement que la situation l'excitait. D'ailleurs, elle ne cherchait pas du tout à le refréner.

— Oui, alors nous ferions mieux de nous dépêcher, rétorqua-t-il en libérant son sexe de son jean.

Il saisit à pleines mains les hanches d'Abby pour la soulever afin qu'elle puisse nouer ses jambes autour de lui et la pénétra sans perdre une seconde, allant et venant en elle avec vigueur.

Elle se cambra pour s'offrir mieux encore. Puis, elle s'agrippa à ses épaules, retenant un cri de plaisir.

Son sexe était mouillé, chaud, brûlant même, et peu lui importait que quelqu'un arrive et les surprenne. Il la désirait tant ! Jamais il n'avait été aussi excité. Faire l'amour avec Abby était aussi vital que de respirer.

Normalement, étant donné ses responsabilités vis-à-vis de son équipe et de ses sponsors, jamais il ne se serait risqué à faire l'amour dans un lieu public, mais pour l'instant il ne voulait pas se soucier de tout cela.

Il se pencha en avant, bloquant Abby contre le mur, et saisit l'un de ses tétons entre les dents à travers le fin tissu de sa robe.

Abby défaillit de plaisir et se laissa emporter par son orgasme.

L'orgasme le submergea à son tour. Il plaqua ses lèvres sur celles d'Abby pour étouffer ses cris de plaisir, l'embrassant avec passion pendant qu'il jouissait en elle.

La vague de plaisir les laissa chancelants, et ils entendirent alors des voix distinctement.

Aussitôt, ils se cachèrent derrière le bar. Il attira Abby à lui et l'enlaça tandis que les voix d'un couple se faisaient plus nettes.

Le visage d'Abby était éclairé par le halo de la lune qui nimbait la baie vitrée. Ses yeux brillaient de plaisir, et ses cheveux étaient décoiffés par ses caresses. Elle se couvrit la bouche d'une main et retint un rire.

C'étaient Brody et Anna.

Abby gigota entre ses bras pour se libérer et jeter un coup d'œil, mais il la retint, posant un doigt sur ses lèvres jusqu'à ce que leurs amis s'éloignent.

Quelques instants plus tard, il entendit le moteur de la Charger.

— On dirait qu'Anna a déjà reçu son cadeau de Noël, dit Abby en rigolant.

Ils se relevèrent, surveillant les lieux tout en remettant leurs vêtements en ordre, puis ils se dirigèrent vers l'autre salle.

— Qui est l'homme avec Anna ? demanda Abby en se lissant les cheveux.

Comme il aurait aimé la décoiffer de nouveau, là, sur-le-champ !

— C'est mon ami, Brody. Brody Palmer.

— Brody Palmer ? Tu plaisantes ? Tu es en train de me dire que ma meilleure amie vient de partir avec le célèbre Brody Palmer ? Le pilote dont les fans tiennent le record de conquêtes ?

Reece esquissa une grimace.

— Oui, c'est bien lui.

Abby poussa un soupir.

— Je me demande si je dois appeler Anna pour la prévenir, ou pour la féliciter.

— Il ne faut pas croire tout ce que tu lis dans les médias, tu sais.

Elle lui jeta un regard de travers.

— Bon, d'accord, concéda-t-il. La plupart de ce que l'on peut lire sur Brody est vrai, mais je t'assure que c'est un homme bien. Je suis certain qu'Anna l'appréciera.

— Si tu le dis, répondit Abby en l'enlaçant. Après tout, Anna m'a confié l'autre jour qu'elle aimerait bien s'offrir une aventure torride. On dirait que son vœu est sur le point de se réaliser… Et toi ?

— Moi ? Qu'est-ce que tu veux dire ?

— Quel est ton record ? Plus de victoires en courses ou plus de conquêtes ? le taquina-t-elle.

— Personne ne tient de tels comptes pour moi, mais je suis presque sûr que ce sont mes victoires en Formule 1 qui l'emportent, répondit-il en lui caressant le cou. Je ne suis peut-être pas un saint, mais je ne suis pas non plus Brody Palmer.

Elle lui noua les bras autour du cou.

— Dieu merci !

Puis les lumières s'allumèrent soudain dans la pièce, et ils sursautèrent tout en s'écartant l'un de l'autre.

Sandra, passablement éméchée, les observait en souriant.

— Sandra, tout va bien ? s'enquit Abby.

— Très b… bien, bredouilla Sandra en s'approchant pour l'enlacer.

Abby vacilla sous l'assaut, tandis que Sandra lui marmonnait des remerciements pour la plus belle fête de toute sa vie, et maintes excuses pour l'avoir menacée d'un procès.

— Ne vous en faites pas, Sandra, je sais que vous étiez énervée ce jour-là et que vous n'avez jamais eu de telles intentions, la rassura-t-elle tout en la soutenant.

Reece courut à son secours. Il passa un bras autour de la taille de Sandra, et, à eux deux, ils entraînèrent la future mariée vers la cheminée et la firent asseoir dans l'un des fauteuils près de l'âtre.

— Qu'est-ce que tu vas faire d'elle ? demanda-t-il.

Abby poussa un soupir.

— Je vais aller voir lesquelles de ses amies ou de ses sœurs sont les plus sobres et leur demander de l'emmener dans sa chambre. J'ai les clés de tous leurs véhicules, alors personne ne partira d'ici ce soir. Gros dodo pour tout le monde, déclara-t-elle en riant. Demain matin, elles ont un brunch prévu en ville, alors une fois qu'elles seront couchées, j'en aurai terminé.

Il acquiesça d'un sourire.

— Qu'est-ce que je peux faire pour t'aider ?

Elle le regarda, étonnée.

— Tu ne peux pas t'occuper de toutes les invitées toute seule, et Anna ne reviendra pas ce soir, fit-il remarquer.

— Tu en es sûr ? demanda-t-elle.

Elle ne connaissait pas les talents de séducteur de Brody !

De toute façon, maintenant qu'ils étaient réconciliés, il n'avait aucune envie de la quitter.

— Absolument, répondit-il. Abby, je suis désolé de m'être comporté comme un idiot ces derniers temps. J'ai cru que les choses seraient plus faciles si je mettais un peu de distance entre nous, mais c'était tout le contraire.

— Reece..., dit-elle dans un souffle en posant son front contre le sien.

— Dis-moi, ce type avec lequel je t'ai vue pendant le concours de décoration de sapins... Tu es sortie avec lui ?

Bon sang ! Il avait l'impression de se comporter comme un adolescent, mais il devait savoir.

— Non, j'essayais juste de te rendre jaloux.

— Eh bien, ça a marché ! Tu sais, je n'avais pas l'intention de te faire souffrir. Mais tout est arrivé si vite entre nous que… Je ne savais plus comment réagir.

Elle déposa un léger baiser sur ses lèvres.

— Ne t'inquiète pas, j'étais dans le même état que toi.

Soudain le monde lui sembla de nouveau plus lumineux.

Il poussa un soupir de soulagement puis jeta un coup d'œil à sa montre.

— Va voir ce qu'il en est des invitées. Moi, si tu veux, je vais commencer à ranger, proposa-t-il.

— Merci. Je reviens tout de suite.

Il observa Abby pendant qu'elle s'éloignait.

Désormais, il était incapable de nier les sentiments qu'il éprouvait pour elle. Rien n'avait changé… Mais tout avait changé. Où tout cela allait-il les mener ?

— Abby ? appela-t-il avant qu'elle ne disparaisse dans l'autre salle.

Elle se retourna.

— Oui ?

— Pourquoi ne pas laisser cette barre de danse en place, juste une nuit ou deux ? suggéra-t-il, l'imaginant déjà en train de lui offrir un spectacle privé.

Son petit sourire malicieux lui apporta la réponse qu'il attendait.

Chapitre 10

Abby contempla rêveusement la place vide dans le lit à côté d'elle.

Reece avait dû se lever de bonne heure.

Elle avait l'impression que sa vie était aussi mouvementée qu'un train lancé à vive allure sur des montagnes russes. Du jour au lendemain, tout avait changé, et ce matin elle se réveillait dans le lit de Reece !

Elle en était ravie. Au diable tous ses doutes sur l'avenir de leur relation ! Reece et elle se sentaient bien ensemble, et leur désir était réciproque.

Elle frissonna de plaisir en se remémorant leur épisode torride, la veille, debout derrière le bar. Un moment d'une intensité inouïe.

Ensuite, alors que Sandra et ses invitées étaient parties se coucher, Reece l'avait aidée à tout ranger. Leur complicité était telle qu'ils se comprenaient sans avoir besoin de se parler. Cependant, une fois sa chambre regagnée, la fatigue l'avait emporté sur le désir. Ils s'étaient tous les deux écroulés sur le lit, épuisés, puis ils s'étaient endormis dans les bras l'un de l'autre.

Oui, après leur dispute des jours précédents, leurs retrouvailles avaient été délicieuses !

Elle s'étirait en soupirant d'aise, quand son téléphone portable sonna, interrompant ses pensées.

Anna.

— Bonjour ! dit Abby d'un ton léger. Je ne pensais pas avoir de tes nouvelles aujourd'hui, espèce de coquine !

— Tu me connais, je suis du genre matinal, même quand je me suis couchée très, très tard.

— Raconte-moi.

— Plus tard, promis. Pour l'instant, nous nous demandions si vous auriez envie de prendre un brunch.

— Nous ?

— Eh bien, Brody et moi. Nous comptions vous inviter tous les deux, mais si tu préfères tu peux venir toute seule.

Abby comprit la question silencieuse d'Anna. Son amie avait dû les voir partir ensemble, Reece et elle, et elle se demandait comment les choses s'étaient passées.

— Je suis sûre que Reece aura envie de venir aussi.

Anna se mit à rire.

— On dirait que votre dispute est terminée, plaisanta-t-elle

— Oui, complètement. Où est-ce qu'on se retrouve ?

Elles convinrent d'un endroit et d'une heure puis raccrochèrent.

Abby se dirigea alors vers la salle de bains, où elle entendait l'eau couler.

— J'espérais bien que tu allais venir me retrouver, dit Reece comme elle entrait.

— Waouw ! s'exclama-t-elle en refermant la porte.

Reece utilisait la salle de bains de la suite de maître qu'il occupait, alors qu'elle avait jusqu'ici utilisé celle contiguë à sa chambre. La sienne était ravissante, mais celle-ci était tout bonnement fabuleuse.

L'espace était tout de granit moucheté d'or, de noir et d'un rouge rubis qui donnait une touche chaleureuse. La surface du sol imitait la pierre brute, empêchant d'éventuelles glissades, tandis que les murs étaient lisses. Des plantes étaient alignées le long des fenêtres, formant un rideau de verdure.

Elle avait l'incroyable sensation d'avoir pénétré dans une grotte secrète au milieu de laquelle coulait une cascade.

L'espace comportait cinq jets de différentes hauteurs, et un banc de pierre courait le long de la douche, ainsi qu'une étagère garnie de divers savons, shampooings, huiles parfumées pour le corps, mais aussi d'éponges naturelles et de loofahs. En bref, quasiment tout ce dont on pouvait avoir envie. Un écran digital indiquait même la température de l'eau.

— Ce n'est pas juste une douche, mais un véritable paradis ! s'exclama-t-elle.

— Oui, mon père l'appelait son « lagon », expliqua Reece en riant.

— C'est tout à fait cela.

— Ma mère s'était mis en tête de créer la salle de bains parfaite. D'ailleurs, cette pièce a figuré dans un célèbre magazine de décoration. Elle en était folle de joie.

— Elle l'a mérité. C'est superbe, répondit Abby en venant se blottir contre lui sous le jet d'eau chaude.

Il lui caressa les seins et l'embrassa.

— A présent, c'est vraiment le paradis.

— Je suis d'accord, répondit-elle en caressant son sexe déjà dur.

Reece frémit, et plus encore lorsqu'elle descendit un peu plus bas, effleurant ses bourses puis l'intérieur de ses cuisses.

— Viens là, dit-il en s'asseyant sur le banc et en l'attirant sur ses genoux.

Ils échangèrent un baiser passionné alors que l'eau ruisselait sur eux, comme s'ils se trouvaient au beau milieu d'une cascade tropicale.

Elle commença à se tourner pour s'asseoir à califourchon sur lui, mais, secouant la tête, Reece lui fit comprendre que mieux valait éviter.

— Tu vas te faire mal aux genoux, dit-il en l'invitant plutôt à s'asseoir sur lui en lui tournant le dos.

— Ooh…, gémit-elle alors qu'il la pénétrait déjà.

Il la tint contre lui, lui embrassant la nuque tandis que ses mains saisissaient ses seins et en agaçaient les pointes déjà durcies jusqu'à ce qu'elle crie de plaisir.

— C'est bon, comme ça, murmura-t-elle, haletante, en se tournant pour lui jeter un regard mutin.

Il avait saisi ses fesses à pleines mains, et ses doigts effleuraient son intimité tandis qu'elle allait et venait sur son sexe dressé en s'agrippant à ses genoux.

— C'est plus que bon, renchérit Reece.

A coup sûr, il avait planifié ce petit jeu torride dans la douche, mais elle ne l'en appréciait que plus. La sensation de l'eau chaude qui déferlait sur elle pendant qu'il la pénétrait de plus belle lui fit crier son plaisir de plus en plus fort, jusqu'à ce que l'orgasme déferle sur elle comme un ouragan.

Au beau milieu de son plaisir, pendant qu'elle jouissait et jouissait encore, Reece lui chuchota des mots crus à l'oreille.

Lâchant son genou, elle insinua sa main entre ses cuisses et se caressa tandis qu'il la prenait de plus en plus vite, de plus en plus fort, si fort qu'elle se cambra de plaisir et cria son nom alors qu'il jouissait à l'unisson.

Elle se laissa aller contre lui, et, tournant la tête, enfouit le visage dans son cou.

— Oh ! Reece, c'est encore meilleur chaque fois, dit-elle en enlaçant ses doigts aux siens.

— C'est grâce à toi.

Il l'aida à se lever, puis il attrapa une éponge et du savon et entreprit de la laver avec une telle tendresse qu'elle en ronronnait presque de plaisir.

Jamais un homme n'avait pris soin d'elle à ce point.

Il lui lava les cuisses, puis l'entrejambe, déposant des baisers sur sa peau au fur et à mesure que l'eau chassait le savon.

Il ne s'était pas encore redressé que déjà elle sentait des étincelles de désir lui parcourir le corps.

— Tu aimes jouer, Abby ?

Un frisson de plaisir anticipé la traversa.

— Au Monopoly, par exemple ? demanda-t-elle d'un air innocent.

Reece esquissa un sourire puis l'attira à lui pour chuchoter à son oreille.

Elle eut un mouvement de surprise.

Comment leurs fantasmes pouvaient-ils se ressembler à ce point ?

— Oui, j'aime ce genre de jeux, répondit-elle, le souffle court.

— Dans ce cas, viens par là.

Il la fit venir au bord du jet, et, levant les yeux, elle remarqua les deux cravates de soie noire qui pendaient de la barre de douche.

Aussitôt, elle comprit.

— Tiens, on dirait que tu as oublié des affaires ici, plaisanta-t-elle, le cœur battant.

Déjà Reece lui saisissait un bras et attachait l'une des cravates à son poignet.

— J'espère qu'elles sont bien accrochées, dit-elle d'un air de défi lorsque ses deux mains furent attachées.

Leurs regards se croisèrent, et elle vit la lueur de désir qui animait celui de Reece.

— Ça ne te fait pas mal ? demanda-t-il en resserrant le nœud sur sa peau.

Elle agita les doigts et tira.

Elle était solidement attachée.

Une pointe d'appréhension la saisit, mais elle fut vite gagnée par la curiosité et l'excitation.

— Ça va, dit-elle, en regardant Reece faire quelques pas en arrière pour mieux la contempler.

— A présent, tu vas m'obéir, d'accord ?

— Oui, chuchota-t-elle.

— Parfait.

Le regard brûlant, Reece commença à se caresser.

Elle l'observa, fascinée, incapable de détourner les yeux.

Jamais elle n'avait vu un homme se masturber devant elle, et le désir inonda bientôt son sexe.

— Tu aimerais me voir aller jusqu'au bout, n'est-ce pas ? demanda Reece.

Elle commença à se débattre, cherchant à se libérer.

Il était loin, trop loin. Si au moins elle pouvait glisser une main entre ses cuisses et se caresser pendant qu'il continuait de se masturber !

— J'aime te regarder, mais il y a un léger problème, avoua-t-elle.

— Lequel ?

— Moi aussi, je voudrais me donner du plaisir.

— Bientôt, peut-être.

Elle fronça les sourcils.

— Peut-être ?

Reece avança jusqu'à elle et se pencha pour déposer un baiser dans son cou.

— Tu verras bien, fit-il, mystérieux.

Pourquoi n'allait-il pas plus loin ?

Il l'embrassa avec douceur, puis sa bouche descendit plus bas, déposant sur son passage une myriade de baisers aussi légers que des ailes de papillon, mais sans jamais s'attarder là où elle l'aurait tellement souhaité.

Remplaçant ses lèvres, ses doigts taquinèrent les pointes de ses seins tandis qu'elle le suppliait de la prendre.

Puis Reece descendit plus bas encore, et elle se cambra pour s'offrir à ses baisers.

Mais, hélas, il se contenta de caresser ses cuisses avec langueur, les mordillant de temps à autre.

Elle s'ouvrit à lui autant qu'elle le put, l'invitant à aller plus loin.

— Tu as envie de ma bouche sur toi, là, entre tes cuisses, Abby ?

— Oh oui ! gémit-elle.

Le désir grondait au creux de son ventre comme un ouragan prêt à se déchaîner.

— Alors, je vais exaucer tes désirs.

D'un doigt léger, il écarta ses lèvres intimes, mais plutôt que d'y poser sa bouche, il agaça son clitoris du bout de la langue, déclenchant en elle des sensations intenses, mais trop fugaces pour l'entraîner jusqu'à l'orgasme.

N'allait-il pas la prendre enfin ?

Elle poussa un cri de frustration.

— Reece, je t'en prie… Je n'en peux plus !

Il se redressa et plongea son regard lourd de désir dans le sien.

— Abby, je bande comme un fou. J'ai envie de te prendre et de te baiser là, sous l'eau, jusqu'à ce qu'on n'en puisse plus, ni toi ni moi.

Ces paroles crues l'excitèrent encore plus.

— Prends-moi, haleta-t-elle. Prends-moi comme tu veux. Vas-y !

Reece s'approcha, et déjà elle se délectait de ce qui allait suivre. Enfin, elle allait le sentir au plus profond d'elle !

Il lui sourit, et soudain, il fit la chose à laquelle elle s'attendait le moins : il lui donna une vigoureuse claque sur les fesses.

— Cesse de m'implorer ainsi ! Nous devons attendre. Voilà mes ordres, et tu as promis de m'obéir.

La sensation était cuisante sur sa peau, mais elle aurait supporté n'importe quoi — oui, n'importe quoi — pour soulager la tension sexuelle qui s'était emparée d'elle.

Ils venaient de faire l'amour, mais son corps était de nouveau en feu. Tout ce qu'elle voulait, c'était sentir le sexe de Reece en elle. Tout au fond d'elle.

Il lui caressa la fesse là où il l'avait tapée tout en effleurant ses lèvres des siennes, avant de l'embrasser avec passion. Mais il se tenait à légère distance d'elle et seules leurs bouches s'accouplaient.

— Reece, j'ai tellement envie de toi, dit-elle en interrompant leur baiser pour reprendre son souffle.

— Moi aussi, j'ai envie de toi, Abby.

Reece tendit la main vers la barre de douche et lui libéra un bras, puis l'autre.

Elle contempla ses poignets tandis qu'il fermait l'eau, puis elle le regarda, stupéfaite.

— Tu es sérieux ? Tu as vraiment l'intention de nous faire attendre ?

Il acquiesça d'un hochement de tête puis s'empara d'une serviette qu'il drapa autour d'elle.

— Oui, répondit-il en lui frottant le dos. Cela fait partie du jeu.

— Et si, moi, je ne veux pas attendre ?

— Tu as déjà accepté les règles, répondit Reece en attrapant une serviette pour lui-même. Tu sais, je suis tout aussi excité que toi. Mais parfois l'attente peut se révéler délicieuse. Tu ne m'as pas dit que nous devions rejoindre Anna et Brody pour un brunch ?

Ça, elle l'avait complètement oublié ! D'ailleurs, elle était beaucoup trop excitée pour prendre un brunch avec leurs amis.

Elle se frotta le poignet, pensive.

En fait, cette sensation d'être liée à Reece par un désir secret était follement excitante. Jamais elle n'avait connu cela de toute sa vie.

— Ça va ? demanda Reece, l'air soudain inquiet.

— Oui, j'ai beaucoup aimé notre petit numéro, et je l'aurais volontiers prolongé, avoua-t-elle.

Dire qu'il aurait suffi d'une simple caresse pour que l'orgasme déferle sur elle ! Mais pour l'instant…

Pour l'instant, elle se demandait combien de temps cette merveilleuse sensation pouvait durer. Combien de temps ils pouvaient laisser leur plaisir en suspens avant de capituler et de s'y abandonner. De plus, elle était impatiente d'inverser les rôles et d'imposer à Reece ses propres règles du jeu.

Il dut lire dans ses pensées, car il lui adressa un sourire taquin.

Oui, cette nouvelle intimité était un des sentiments les plus sensationnels qu'il ne lui eût jamais été donné de connaître.

Alors qu'ils s'habillaient, Reece se pencha et lui planta un baiser sur les lèvres.

— Crois-moi, cela vaudra la peine d'avoir attendu.

Oh oui, elle le croyait !

Reece s'agita sur son siège.

Durant tout le brunch, il n'avait cessé de désirer Abby presque douloureusement.

Quelle partenaire excitante ! Lorsqu'il lui avait dit qu'il voulait l'attacher et l'exciter jusqu'à ce qu'elle le supplie, elle s'était montrée aussitôt partante. Lorsqu'il lui avait expliqué qu'il tenait à ce qu'ils gardent leur désir inassouvi, elle avait tout d'abord douté qu'il soit sain d'esprit, mais finalement elle avait accédé à sa demande. Et à présent ce désir en suspens qu'ils pouvaient choisir de satisfaire ou pas semblait provoquer des étincelles entre eux.

Il avait lu plusieurs manuels d'érotisme, notamment un où l'auteur évoquait une technique de Tantra : créer une excitation qui dure des jours entiers et déclenche un orgasme inouï chez les deux partenaires.

Jusqu'à maintenant, il n'avait jamais eu envie d'expérimenter ce genre de pratique avec aucune femme, mais il s'était souvent imaginé avec Abby, faisant monter leur désir en prenant des bains coquins, en s'offrant mutuellement des massages et toutes sortes de petites caresses durant des jours entiers avant de faire l'amour.

Il s'était toujours demandé si elle apprécierait.

Aujourd'hui, il savait : Abby s'était très vite prise au jeu.

Il l'observa tandis qu'elle se frottait le poignet d'un air absent, non pas parce qu'elle souffrait d'avoir été attachée, mais parce que cette petite sorcière savait que, par ce geste, elle lui rappelait leur jeu érotique et le rendait fou.

— Bon, de toute façon…, commença Brody en s'étirant sur sa chaise, une main posée sur la nuque d'Anna.

Reece le regarda, interloqué.

Jamais il n'avait vu son ami avoir un geste aussi possessif envers une femme. D'ailleurs, il était déjà surprenant de voir Brody prendre le petit déjeuner avec une femme avec laquelle il venait de passer la nuit. Ce devait être une première. Certes, il ignorait la plupart des détails de la vie amoureuse de Brody, mais il savait que ses maîtresses se voyaient souvent remerciées dès les premières lueurs de l'aube.

Anna, elle aussi, avait l'air de bien meilleure humeur que d'habitude.

— De toute façon, poursuivit Brody, j'ai parlé à un ami de Daytona ce matin. Si tu es toujours intéressé, Reece, on peut prendre un vol dans quelques heures et faire des tests dès demain pour voir comment tu te sens.

Reece n'en revenait pas. Décidément, son ami était une mine de surprises ! Certes, il lui avait demandé d'organiser un test, mais il pensait que cela aurait lieu dans des semaines, et non dans quelques heures.

— Eh bien, c'est plutôt rapide ! s'exclama-t-il.

— Autant battre le fer tant qu'il est chaud, répondit Brody en se resservant du jus d'orange. Nous pouvons partir dès que nous voulons. Un de mes copains possède un jet privé avec pilote qu'il sera ravi de me prêter.

Reece resta interloqué. Il savait qu'il devrait se montrer plus enthousiaste, mais il resta quelques instants sans rien dire. Il aurait dû bondir sur l'occasion, mais il n'avait aucune envie d'abandonner Abby alors qu'ils venaient tout juste de se retrouver.

Quel idiot ! Il serait de retour d'ici à un jour ou deux, et Abby serait toujours là, non ? Alors, pourquoi cette hésitation ?

Brody l'observait, attendant sa réponse.

— Reece, il faut que tu te remettes à piloter avant que ton écurie se pose trop de questions à ton sujet, insista-t-il.

Abby posa sa main sur la sienne, comme pour l'encourager.

— Brody a raison, tu devrais y aller, dit-elle.

Il se tourna vers elle, et elle hocha la tête comme pour confirmer ce qu'elle venait de dire.

Etait-elle capable de le laisser partir aussi facilement ?

Et pourquoi en était-il aussi vexé ?

Après tout, depuis le début de leur liaison il n'avait fait qu'évoquer son futur départ.

— Tu devrais venir avec moi, dit-il avant même de s'en rendre compte.

Néanmoins, ce n'était pas une mauvaise idée. Tout d'abord, il se sentait beaucoup mieux quand elle était avec lui, et lorsqu'elle partageait son lit il dormait comme un bébé.

Peut-être était-ce à cause des moments torrides qu'ils avaient partagés ? Peut-être Abby avait-elle une baguette magique ? En tout cas, grâce à elle, il se sentait enfin bien. Et il avait besoin d'être détendu pour s'asseoir derrière le volant d'un bolide et pousser cet engin à une vitesse infernale, et ce pour la première fois depuis des mois.

— Je ne sais pas si je pourrai, répondit Abby en fronçant les sourcils. Le mariage de Sandra n'est que dans dix jours, et…

— Et tout est quasiment prêt, l'interrompit Anna. Tout le reste des détails, c'est la famille qui s'en charge. Sauf la décoration, mais tu n'as pas besoin de t'y atteler maintenant. J'ai déjà vérifié ton emploi du temps, et le prochain événement que tu dois superviser, c'est la soirée des chocolats de Noël, vendredi. Tu vois, tu peux bien t'accorder quelques jours de vacances. Allez, Abby, offrons-nous une petite virée avec ces messieurs !

— Vous y allez tous les deux ? demanda Reece en regardant Brody d'un air étonné.

— Oui. Anna m'a dit qu'elle avait besoin de mettre un peu de piment dans sa vie, je vais donc lui en offrir l'occasion. Elle va passer tout le mois des entraînements en ma compagnie.

Reece échangea avec Abby un regard déconcerté.

Anna avait les joues toutes rouges d'embarras, mais ses yeux brillaient de pure joie.

— J'espère que tu seras d'accord, Abby, intervint-elle. J'allais t'en informer juste avant que Brody ne me coupe l'herbe sous le pied, dit-elle en jetant un regard taquin à Brody. Le mois de janvier est toujours très calme, et, si tu veux, tu pourras t'installer dans mon appartement pendant les travaux de rénovation. Enfin, je veux dire, si tu n'es plus chez Reece après le nouvel an.

Abby hocha la tête, ignorant visiblement quoi répondre.

Reece posa une main sur la sienne et la regarda droit dans les yeux.

— J'aimerais vraiment que tu viennes avec moi, dit-il. Ça

signifierait beaucoup pour moi. Mais je comprendrais si tu ne peux pas.

Abby sembla tout d'abord éberluée, mais finalement l'idée parut la séduire.

— Anna a raison, je peux fermer quelques jours. De toute façon, il ne se passe pas grand-chose durant la semaine. Je demanderai à Judy de venir s'occuper de chevaux, elle l'a déjà fait plusieurs fois.

— Alors, c'est d'accord ? Tu viens ?

— Oui. Ce sera amusant, et je serai contente d'être là pour toi.

— Super ! Je vais tout de suite prévenir le pilote, déclara Brody.

Il saisit son téléphone portable dans sa poche et se leva.

Reece se pencha pour déposer un baiser sur la joue d'Abby.

— Merci, ce sera beaucoup moins éprouvant en t'ayant avec moi.

Abby parut surprise, pourtant il disait vrai. Il commençait à éprouver pour elle des sentiments qui allaient bien au-delà du désir.

Abby Harper était différente de toutes les autres femmes qu'il avait connues, et il ne voulait pas voir s'évanouir cet amour naissant. Ce qu'il adviendrait de leur relation sur le long terme, il l'ignorait encore, mais pour l'instant il ne voulait se priver d'elle à aucun moment.

Anna les observait en souriant.

— Je suis tellement contente de vous voir réconciliés ! dit-elle.

Il se crispa.

Evidemment, Abby avait dû évoquer leur dispute devant Anna et raconter à son amie à quel point il s'était comporté comme un idiot. Certes, il était prêt à reconnaître qu'il éprouvait de sérieux sentiments pour Abby, mais de là à ce que sa meilleure amie les considère comme un couple…

Ça, ça le mettait plutôt mal à l'aise.

— Alors, tu vas vivre avec Brody durant le mois des essais ? demanda-t-il à Anna, pressé de changer de sujet.

— Oui, j'ai besoin d'un peu d'aventure, et l'occasion me paraît parfaite.

— Tu t'intéresses à la course automobile ?

— Non, pas du tout, mais je vais apprendre, dit Anna, le sourire aux lèvres, en prenant un croissant dans la corbeille.

Il aimait beaucoup Brody. C'était un bon ami et un excellent pilote. Néanmoins, il ne put s'empêcher de prévenir Anna.

— Ecoute, Anna, j'espère que tu ne te fais pas trop d'illusions. Brody est un mec super, mais... Enfin, j'imagine que tu sais déjà ce que je veux dire. Je suis étonné qu'il accorde à une femme l'insigne honneur de partager son petit déjeuner, dit-il sans ménagement.

Abby lui jeta un regard furieux, mais Anna se contenta de le fixer quelques secondes, avant d'éclater de rire.

— Merci, Reece, mais Brody m'a déjà prévenue qu'il ne cherchait pas une relation à long terme. C'est parfait, parce que, de mon côté, comme il te l'a dit, je veux juste mettre un peu de piment dans ma vie. Un mois de liaison torride, ça me suffit bien, répondit-elle.

Reece faillit en lâcher sa tasse de café.

— Eh bien, on dirait que vous vous êtes trouvés, tous les deux, concéda-t-il.

Abby était étrangement calme, concentrée sur son petit pain au lait, mais il avait l'impression d'entendre les rouages de son cerveau fonctionner à toute vitesse.

Faisait-elle des comparaisons entre leur liaison et celle de Brody et Anna ?

Pour l'heure, tout ce qui lui importait, c'était qu'elle vienne avec lui. Ils allaient passer quelques jours agréables sous le soleil de Floride, et surtout, avec un peu de chance, ils auraient l'occasion de poursuivre leurs jeux érotiques.

Curieusement, même s'il était excité à l'idée de reprendre le volant d'une voiture de course, ses petits jeux avec Abby avaient soudain plus d'attrait que tout le reste.

Chapitre 11

Abby descendit les quelques marches qui menaient au tarmac.

C'était la première fois qu'elle voyageait en jet privé. Elle avait presque oublié à quel point elle aimait la phase de décollage, la vue des paysages qui s'étendaient tandis que l'avion s'élevait dans les airs, puis la joie de poser de nouveau le pied sur la terre ferme.

Le vol avait été agréable, le temps était clair, et la soirée ne faisait que commencer.

Elle était affamée, mais aussi très excitée. Leur cabine privée dans le jet leur avaient donné, à Reece et elle, maintes occasions de jouer à leur petit jeu secret en s'accordant quelques caresses furtives ou en se chuchotant des paroles torrides.

Une fois qu'ils seraient arrivés à l'appartement que Brody possédait non loin du circuit, elle pourrait aider Reece à se détendre avant sa série de tests.

Car, désormais, leur liaison n'était plus seulement sexuelle. Depuis le brunch, Reece l'avait remerciée au moins une dizaine de fois de l'avoir accompagné, et elle était ravie que sa présence signifie tant pour lui. Cependant, elle avait pleinement conscience de la tension qu'il ressentait. Ces tests représentaient un grand défi pour lui, et à dire vrai elle était peut-être encore plus inquiète que lui.

Mieux valait ne pas se demander où tout cela allait les mener.

Un nouveau lien s'était créé entre eux, une profonde intimité qui s'était épanouie à la vitesse de l'éclair, avant même qu'ils n'aient le temps de s'en rendre compte. Comme si, après leur dispute, ils étaient devenus soudain beaucoup plus proches.

A moins qu'elle ne se fasse des idées ?

De toute façon, quels que soient les doutes qui continuaient à l'assaillir, elle savait qu'elle pouvait avoir toute confiance en Reece, et elle tenait à être avec lui, quoi que l'avenir leur réservât.

Pour l'instant, leur petit groupe était en train de traverser le terminal et se dirigeait vers l'énorme 4x4 qui les attendait — Brody avait pensé à tout —, et elle mourait d'envie d'interroger Anna sur son petit arrangement avec Brody.

Qu'était-il arrivé à son amie pour qu'elle se lance dans une telle aventure ? Elle avait peut-être le temps d'interroger discrètement Anna, non ?

Comme les deux hommes marchaient en tête, elle ralentit l'allure.

— Alors... Tu vas passer un mois avec Brody ? demanda-t-elle.

Son amie rejeta par-dessus son épaule une mèche de ses longs cheveux blond vénitien.

— Oui, je sais que cela a l'air dingue. D'ailleurs, je voulais t'en parler la première, en privé, étant donné que nous travaillons ensemble. Mais tu as vu Brody, c'est une véritable force de la nature. Impossible de l'arrêter quand il a quelque chose en tête !

Abby esquissa un sourire.

— Oui, c'est une description qui lui convient tout à fait. Je suis certaine que tu as dû passer une nuit fantastique. Mais es-tu bien sûre de vouloir rester un mois avec lui ? C'est quand même un peu long avec une personne que tu connais à peine !

— Eh bien, je pourrai toujours rentrer plus tôt si les choses ne se passent pas comme je le souhaite. Mais, Abby, Brody est incroyable. Si le mois à venir se déroule aussi bien que la nuit que nous venons de passer, j'ai bien peur que cela ne suffise pas. Je pourrais devenir complètement accro !

Abby fronça les sourcils. Anna était quasiment comme une sœur pour elle, elle n'avait aucune envie de la voir souffrir.

— Ça, c'est un autre problème dont il faut quand même tenir compte. Tu sais, ce que Reece disait... Certains pilotes finissent par se caser, mais pas Reece ni Brody. Je n'ai pas envie de te voir le cœur brisé.

« Fais ce que je dis, mais pas ce que je fais »…

— Ne t'inquiète donc pas pour moi, répondit Anna. Je ne cherche pas une relation amoureuse. Tout ce que je veux, c'est me sentir libre quelque temps, sortir de ma routine et profiter un peu de la vie avant de me caser, comme tout le monde.

Abby hocha la tête.

Comment reprocher à Anna d'avoir envie de s'amuser un peu ? Elle ne la comprenait que trop bien. Certes, elle aimait la vie dans leur petite ville au bord du lac et au milieu des vignobles, mais c'était une vie on ne peut plus ordinaire. Reece et Brody, eux, menaient des existences qui faisaient rêver le commun des mortels, et ce genre de vie était encore plus attirant pour Anna que pour elle.

Car si Reece et elle avaient grandi au cœur des vignobles de leurs parents qui gagnaient suffisamment d'argent pour leur offrir des études dans des collèges privés et de belles vacances, cela n'avait pas été le cas d'Anna. Ses parents avaient autrefois possédé une ferme dont les revenus étaient insuffisants pour les faire vivre correctement. Durant son enfance, Anna avait vu son père travailler très dur et mourir d'une crise cardiaque lorsqu'elle n'avait que dix ans. Ensuite, sa mère avait dû elle aussi travailler sans relâche afin de conserver leur maison, qu'elle avait fini par vendre pour s'installer dans un appartement à Ithaca. Finalement, Anna avait pu suivre de brillantes études grâce à une bourse d'Etat et à un prêt étudiant, et désormais leur situation était bien plus florissante. Ce n'était pas un hasard si elle avait décidé d'étudier la comptabilité et si elle travaillait comme une forcenée. Elle appliquait la même logique à sa vie amoureuse, et jamais elle n'épouserait un homme dont le style de vie serait trop différent du sien.

Il était donc évident que Brody ne serait qu'une aventure pour elle.

Alors qu'elles se rapprochaient du 4x4, Abby décocha un sourire de connivence à son amie.

— Sois prudente, tout de même.

— Vous avez l'air d'être arrivés à un tournant important de votre liaison, Reece et toi. Je me trompe ?

Abby poussa un soupir.

— Je n'en sais rien. L'autre nuit, c'était… Franchement je ne sais pas. Je tiens beaucoup à Reece, et je sais qu'il tient à moi, mais, pour autant que je sache, rien n'a changé. De toute façon, c'est bien pour cela que nous sommes ici, non ? Pour qu'il se donne une chance supplémentaire de partir.

Anna lui passa un bras autour des épaules.

— Ne désespère pas. Vous trouverez bien une solution.

Abby ne voulait pas songer à tout cela, et elle ne tenait pas non plus à troubler la bonne humeur ambiante. Elle se contenta donc d'acquiescer d'un hochement de tête, décidée à se concentrer sur le présent.

Inutile de gâcher ce séjour qui s'annonçait si prometteur.

Anna sourit et la serra d'un peu plus près tout en contemplant leurs compagnons.

— C'est vrai qu'ils sont plutôt mignons, nos deux pilotes, hein ? lui glissa-t-elle alors qu'elles arrivaient au 4x4.

Effectivement, le jean de Reece le moulait de façon parfaite, et Brody n'était pas mal non plus.

— Tu as raison.

Elles éclatèrent de rire, et les deux hommes les observèrent d'un air intrigué tandis qu'elles montaient en voiture.

L'appartement de Brody était spacieux, moderne, et plutôt impersonnel. A l'évidence, c'était pour lui davantage un investissement qu'un port d'attache. Il comportait trois vastes chambres à coucher, et surtout une large baie vitrée qui surplombait le circuit de Daytona.

Abby était ravie de se trouver là. Pas seulement parce qu'elle était avec Reece et Anna, mais aussi parce qu'elle n'avait jamais imaginé un complexe aussi important, et elle ne se lassait pas ce matin d'observer l'animation constante sur le circuit.

Pour l'instant, seuls quelques stands étaient occupés, et des groupes de mécaniciens s'affairaient sur la piste, mais un peu plus tôt elle avait vu un pilote s'entraîner. Le bruit et la vitesse avaient envahi l'espace, et elle avait été hypnotisée.

Pouvoir contempler des essais d'aussi près était terriblement excitant. Soudain, tout devenait beaucoup plus réel.

Dire que, d'ici peu, Reece serait lui aussi assis derrière un volant et négocierait à haute vitesse les courbes du circuit...

— Tu as l'air d'une gamine dans un magasin de bonbons, dit celui-ci, visiblement ravi de son enthousiasme, en lui posant les mains sur les épaules.

— C'est formidable, dit-elle en se blottissant contre lui. Je suis contente d'être venue.

— Moi aussi, je suis content que tu sois là, murmura-t-il.

La veille, ils étaient sortis dîner en ville avec Anna et Brody. Après la soirée au restaurant, les deux hommes avaient joué pour elles les guides touristiques.

Quelle incroyable expérience que ce dîner ! Sur les murs du restaurant s'affichaient des portraits de Brody, et ils avaient été interrompus par des fans des deux pilotes qui leur réclamaient des photos et des autographes. Les deux hommes s'étaient montrés très amicaux envers leurs supporters, et Abby avait découvert un nouvel aspect de la personnalité de Reece. Certes, elle savait qu'il était célèbre, mais elle ne s'était jamais rendu compte à quel point il était populaire dans son milieu.

Et c'était elle qui dînait et dormait avec lui !

Mais pour combien de temps ?

Bah ! Elle devait cesser de penser aux jours à venir et se concentrer sur le présent. Et le présent, c'était Reece et elle, seuls dans cet appartement, debout devant cette grande baie vitrée au bord du circuit.

— Est-ce que tu ne devrais pas être sur la piste avec Brody ? demanda-t-elle.

Elle n'avait aucune envie qu'il la laisse, mais elle était venue pour l'encourager, pas pour le distraire.

Pourtant, Reece semblait avoir tout autre chose en tête que

sa séance d'entraînement. Il lui caressa les hanches, puis ses mains vinrent se poser sur ses seins.

Aussitôt une vague d'excitation la parcourut des pieds à la tête

A priori, personne ne pouvait les voir. Les personnes qui se trouvaient sur le circuit s'affairaient à leur tâche sans se soucier de ce qu'il se passait autour d'elles. Néanmoins, l'idée d'être ainsi exposée attisa son excitation.

— Tu dois aller t'entraîner, dit-elle en poussant un soupir de bien-être, alors que Reece lui mordillait le lobe de l'oreille.

— Je sais, mais j'ai besoin de dépenser un peu d'énergie avant de me retrouver en piste. Tu n'aurais pas des idées ?

Des idées pour l'aider à se dépenser ? Ça, oui, elle en avait !

— Et notre jeu ? suggéra-t-elle.

— Oui, on pourrait peut-être s'accorder un petit interlude, histoire de faire retomber un peu la pression ?

Déjà, il lui dévorait le cou de baisers et soulevait son chemisier, tout en plaquant son sexe dur contre ses fesses.

— Bonne idée, ronronna-t-elle, ravie de s'abandonner au désir qui la tenaillait sans cesse.

La nuit passée, ils s'étaient caressés et embrassés pendant des heures, et elle l'avait pris dans sa bouche, suçant son sexe avec avidité jusqu'à ce que Reece soit au bord de l'orgasme, mais il l'avait arrêtée juste avant que la vague du plaisir ne le submerge. Ils avaient continué de s'embrasser, puis ils s'étaient endormis, épuisés.

Ce jeu qu'elle avait tout d'abord trouvé frustrant se transformait peu à peu en une promesse constante de plaisir extrême.

Après que Reece lui eut retiré son chemisier et dégrafé son soutien-gorge, elle se retourna dans ses bras et attira son visage à elle pour déposer un baiser sur ses lèvres.

— Il me semble que l'un de nous a trop de vêtements sur lui, dit-elle en dégrafant sa ceinture.

La température de la pièce s'éleva soudain, et il lui fallut quelques instants pour comprendre que le bruit qui était en train de résonner était celui de son téléphone portable.

— Laisse-le sonner, suggéra Reece en lui caressant les seins.

— Non, c'est peut-être important, répondit-elle, le souffle court, en s'écartant. Laisse-moi juste regarder qui c'est.

Elle attrapa son téléphone. Comme l'écran indiquait le nom de son agent d'assurances, elle répondit aussitôt.

— Mademoiselle Harper ?

— Oui ?

Elle redoutait tellement ce que cet homme allait lui annoncer qu'elle était incapable de prononcer un seul mot de plus.

— Excellente nouvelle ! Le second enquêteur a confirmé que l'incendie était accidentel. Nous allons donc pouvoir vous indemniser comme prévu.

Elle était si soulagée que ses mains se mirent à trembler et que les larmes lui montèrent aux yeux.

— Merci beaucoup. Je suis contente que les choses soient allées aussi vite, répondit-elle la gorge serrée.

— Je vous en prie. Nous essayons de faire tout notre possible pour satisfaire nos clients, et le coup de fil de l'ami de votre père a aidé à accélérer votre dossier. Joyeux Noël, mademoiselle Harper. N'hésitez pas à me rappeler si vous avez des questions.

Elle raccrocha et tenta de reprendre contenance avant de se retourner.

Trop tard. Reece la saisissait déjà par les épaules, l'invitant à lui faire face.

— Abby ! Qu'est-ce qu'il y a ? Que s'est-il passé ?

Elle se mordilla la lèvre inférieure puis lui raconta tout.

— Mais pourquoi ne m'en as-tu jamais parlé ? Tu as dû te faire un sang d'encre ! s'exclama-t-il en la serrant dans ses bras.

— A dire vrai, je n'ai jamais eu l'occasion de te mettre au courant. Ce n'était jamais le bon moment. Au début, j'ai eu peur que tu te décides à vendre tout de suite à Keller si jamais tu pensais que je n'avais pas les moyens suffisants pour racheter ta propriété, puis nous nous sommes disputés… puis réconciliés, et… Tout va si vite ! expliqua-t-elle, espérant qu'il comprendrait.

Reece lui souleva le menton et plongea son regard dans le sien.

— Je peux comprendre pourquoi tu as pensé cela à une

certaine époque, mais j'espère qu'à présent tu as toute confiance en moi. Je ne ferai jamais rien qui puisse te blesser, Abby. Jamais.

— Je sais. En tout cas, lorsque la compagnie d'assurances m'aura indemnisée, je pourrai utiliser cet argent comme acompte pour racheter ta propriété.

Il hocha la tête.

— Rien ne me ferait plus plaisir que ce soit toi qui acquières notre domaine, mais que comptes-tu faire de ta propre propriété ?

— J'envisage de reconstruire notre maison de famille et de retourner y vivre, mais je ne reconstruirai pas les salons de dégustation. Les vôtres sont beaucoup plus beaux et spacieux. D'ailleurs, j'ai l'intention de transformer votre maison en hôtel, expliqua-t-elle en l'observant pour jauger sa réaction. Ainsi, je garderai la demeure et pourrai faire bon usage de toutes ces chambres.

— Ça, c'est une très bonne idée.

— Je suis contente qu'elle te plaise.

Déjà, elle se sentait plus légère.

— J'ai l'intention de conserver le vignoble aussi, mais je passerai sûrement à une viticulture biologique.

— Mes parents seront ravis par toutes ces bonnes nouvelles ! se réjouit Reece.

Enfin, tout s'arrangeait ! L'assurance allait bientôt la rembourser, et ce serait à elle que Reece vendrait son domaine.

Certes, sa trésorerie ne serait pas très florissante dans les années à venir, mais elle allait pouvoir conserver son héritage et celui de Reece. Tout cela en valait vraiment la peine !

— Au fait, où en étions-nous ? demanda-t-elle en glissant les mains sous son T-shirt. Il me semble que nous cherchions un moyen pour que tu sois suffisamment décontracté avant ton essai sur la piste, non ?

Déjà les yeux de Reece se faisaient lourds de désir. Mais il jeta un coup d'œil à sa montre et poussa un soupir.

— Hélas, je crois qu'il faut que j'aille retrouver Brody. Notre petit divertissement va devoir attendre.

Elle déposa un baiser sur ses lèvres, déterminée à l'aider

autant qu'elle le pouvait et à apprécier au mieux les instants qu'ils partageraient.

— D'accord. On s'offrira notre petit moment torride après ton test. Ça sera notre façon de le célébrer.

Les bonnes nouvelles de l'assurance n'avaient pas diminué son anxiété concernant le test de Reece, ni la crainte qu'elle éprouvait de son départ. Après tout, c'était à cause de son avenir qu'il était ici : il tentait sa chance de renouer avec sa vie de pilote, et peu importait qu'elle-même ne fasse pas partie de cet univers.

Mais seul comptait l'instant présent, et elle décida d'oublier tout le reste alors que Reece l'embrassait avec passion avant d'aller prendre le volant d'un bolide.

Reece flatta de la main le capot de la voiture de course.

C'était une véritable splendeur, il était impatient de s'élancer sur la piste à son volant.

Les véhicules qui couraient en stock-car étaient différents des Formule 1, pas aussi bas et bien moins aérodynamiques, mais cette merveille allait lui permettre de tester ses réflexes.

Il avait déjà essayé ce circuit une fois ou deux, et il connaissait plus ou moins les lieux.

Brody avait bien fait de lui suggérer cette épreuve. Il se sentait prêt.

— Ça va ? demanda celui-ci en s'approchant et en lui tendant un casque.

— Oui, super.

— Dans ce cas, allons-y, dit Brody en lui donnant une tape sur l'épaule. Tout est prêt. Les premiers tours ne seront pas chronométrés pour que tu prennes tes marques, tu nous feras signe dès que tu seras prêt.

Reece hocha la tête, essayant de garder un air détaché.

Plusieurs journalistes avaient eu vent de son essai et avaient demandé à pouvoir y assister. Il avait accepté. C'était peut-être un peu risqué, mais il n'avait rien à perdre.

— Parfait, répondit-il en enfilant son casque.

Il ajusta le micro, le vérifia et se prépara à s'installer dans l'habitacle.

Déjà des mécaniciens l'entouraient, prêts à ajuster ses sangles de sécurité. Cependant, avant de s'asseoir au volant, il tourna la tête et jeta un coup d'œil à Abby, postée aux premières loges avec Anna et quelques badauds.

Il lui fit un petit signe de la main, et Abby lui envoya un baiser en retour.

— Tu te décides, Roméo ? plaisanta Brody.

Reece acquiesça et se glissa sur le siège.

Quelques instants plus tard, après que les mécaniciens eurent tout vérifié une dernière fois, il s'apprêtait à s'élancer.

Désormais, la balle était dans son camp.

Soudain, le monde autour de lui n'exista plus. Seules comptaient la voiture et la piste qui se dessinait devant lui.

Une sensation proche de l'excitation sexuelle s'empara de lui. Il fit rugir son moteur.

Il se concentra sur son premier tour, l'abordant tout d'abord avec prudence, histoire de s'habituer à la voiture.

— Dieu que c'est bon de se retrouver là, dit-il dans le micro.

— Oui, ça a l'air de te plaire, confirma Brody.

Terminant son premier tour de piste, il accéléra, faisant grimper le régime du moteur à 7 000 tours par minute, puis 9 000, et il aborda le virage suivant avec aisance.

Piloter, c'était ce qu'il aimait le plus au monde.

Il fit quelques tours supplémentaires puis signala à l'équipe qu'il était prêt à se faire chronométrer.

Quelques instants plus tard, il s'élançait pour de bon, poussant la vitesse au maximum, testant la voiture, ses réflexes, ses muscles.

Tout semblait fonctionner à la perfection, et il s'arrêta quelques minutes plus tard, écoutant le temps qu'on lui indiquait par radio.

— Je peux faire mieux, dit-il, autant pour lui que pour l'équipe qui l'écoutait dans le stand.

Cette fois, il donna tout ce qu'il pouvait, et le moteur vrombit de plus belle.

C'était si bon d'être de nouveau au volant d'un tel bolide !

Il accéléra encore un peu, entama le dernier virage, et retint un juron en sentant la douleur l'envahir de la cheville au genou.

L'espace d'un instant il perdit sa concentration, et la voiture zigzagua sur la piste. Puis il reprit le contrôle en essayant d'ignorer sa douleur, tandis qu'une sueur glacée lui glissait le long du dos.

— Pas encore, grommela-t-il dans le micro, alors que Brody l'enjoignait de s'arrêter. Je fais un tour de plus.

Il fit un autre tour et réalisa un bon temps, mais moins rapide que ce qu'il avait espéré.

Néanmoins, cette fois, il devait s'arrêter, car la douleur était si forte qu'il ne sentait plus la pédale d'accélérateur.

La frustration était plus pénible encore que la douleur, admit-il en dégrafant sa ceinture de sécurité.

Les mécaniciens l'aidèrent à s'extraire de l'habitable, mais à peine eut-il posé pied à terre que sa jambe gauche vacilla.

Par chance, il s'en rendit compte assez vite et s'appuya nonchalamment sur le capot pour s'épargner une humiliation publique. Mais cette faiblesse n'avait pas échappé au regard acéré de Brody, qui s'empressa de distraire les hommes qui les entouraient.

Abby l'avait vue également. Elle était pâle comme un linge et le regardait d'un air inquiet.

Une seconde plus tard, néanmoins, elle se jetait dans ses bras.

— Tu as été génial ! s'exclama-t-elle avec enthousiasme.

Pourtant, elle tremblait de la tête aux pieds.

— Pourquoi pleures-tu ? demanda-t-il.

— Je suis si contente pour toi ! Quand tu es parti en zigzag, j'ai eu tellement peur. Mais tu as tout de suite repris le contrôle. C'était fantastique, continua-t-elle en le serrant très fort.

— C'est ma jambe qui m'a trahi. J'aurais pu faire beaucoup mieux !

Voilà, il avait effectué son test. Mais, même si son temps de course était honorable, tout le monde allait se focaliser sur cet incident qui lui avait fait perdre le contrôle à peine une seconde. Hélas, cette erreur serait suffisante pour convaincre les sponsors de ne pas miser sur lui.

— C'était tout de même plutôt bon, avant ça, l'interrompit Brody. Qu'est-ce qu'il s'est passé ?

— Mes broches me faisaient tellement souffrir que je n'ai pas pu accélérer autant que je voulais, et j'ai perdu un instant ma concentration, avoua Reece.

Sa jambe le faisait moins souffrir maintenant qu'il était sorti de l'habitacle, mais elle le tiraillait toujours.

— Mais tu as réussi à contrôler la voiture, et ton chrono était bon. Cela dit, les Formule 1 sont différentes et beaucoup plus lourdes à piloter que ces machines-là, dit Brody en se frottant la nuque.

A l'évidence, il ne savait pas trop que penser.

— Peut-être que si tu t'accordais encore quelques mois de repos et de rééducation, tu serais en meilleure forme pour la prochaine saison ?

— Je ne peux pas faire cela, Brody, et tu le sais, le coupa Reece. On verra bien si ce test les convainc ou non, ajouta-t-il en serrant la main de son ami pour le remercier.

Hélas, il savait que l'épreuve ne s'était pas déroulée aussi bien qu'il l'avait espéré. Pas assez en tout cas pour que des sponsors soient prêts à risquer des millions de dollars sur lui.

Quoi qu'il en soit, il avait enfin passé ce test, et il allait fêter cela avec Abby, comme promis.

— Anna et moi, nous avons des plans pour ce soir. Ça ne vous fait rien de rester seuls ? demanda Brody un peu plus tard, alors que leur petit groupe quittait le circuit.

— Non, ne t'inquiète pas. Amusez-vous bien. On repart de bonne heure, demain ?

— Oui, j'ai prévu un vol assez tôt dans la matinée.

Une fois arrivés au parking, ils se séparèrent.

— Alors, tu veux sortir pour célébrer le fait que je n'ai pas tout foiré ? demanda Reece avec un humour qu'il n'était pas certain d'éprouver.

Abby lui caressa la joue.

— Tu as fait bien mieux que cela. Tu n'as eu qu'une légère défaillance, et on voit des pilotes en pleine forme faire bien pire. Alors, oui, nous devrions fêter cela.

Sentant sa gorge se serrer, il l'attira contre lui. Pour chasser tous les doutes qui montaient en lui, il s'empara de sa bouche et se laissa envahir par les merveilleuses sensations qu'elle lui offrait. Il aurait voulu que cet instant dure à jamais.

Soudain, il comprit ce qui était en train de lui arriver : il aimait Abby !

Cela faisait des jours et des jours qu'il bataillait ferme contre ses sentiments. Comme il était bon de les accepter enfin !

Il ignorait encore si sa passion pour la Formule 1 pourrait laisser une place pour l'amour dans sa vie, mais il était impatient de le découvrir.

Chapitre 12

De retour à l'appartement, Abby constata avec soulagement que ses mains ne tremblaient plus.

Elle ne s'était pas rendu compte à quel point elle était inquiète pour Reece jusqu'à ce qu'il prenne le volant. Quand il avait entamé ses premiers tours de piste dans cette voiture bleue couverte de logos, elle avait commencé à se détendre, et l'avait même encouragé, jusqu'à ce terrible instant où il avait semblé perdre le contrôle de son véhicule.

Alors, elle avait poussé un cri d'effroi, et la vérité lui était apparue en lettres de feu.

Non, Reece n'allait pas mourir sous ses yeux ! Jamais elle ne pourrait vivre sans lui. Elle l'aimait.

C'était peut-être une erreur, mais elle l'avait compris au plus profond de son âme à l'instant même où la voiture avait commencé à déraper sur la piste.

Elle ne pouvait supporter l'idée de perdre Reece, ni qu'il soit de nouveau blessé.

Perdue dans ses pensées, elle pénétra dans l'appartement et se dirigea vers la chambre dans l'idée de se rafraîchir un peu, et peut-être de faire une petite sieste, lorsqu'elle vit plusieurs paquets joliment emballés posés sur le lit.

— Qu'est-ce que c'est que tout ça ? demanda-t-elle à Reece.

— C'est pour toi, ouvre-les. Tiens, commence par celui-là, dit-il en lui tendant une grande boîte plate.

— Mais… Ce n'est pas encore Noël, et je ne t'ai rien acheté, remarqua-t-elle.

— Ouvre-le, Abby.

Elle reposa la boîte sur le lit, et obtempéra, découvrant la plus magnifique robe de soie vert émeraude qu'elle eût jamais vue. C'était une splendide création au bustier légèrement décolleté et retenu par de fines bretelles spaghettis, qui marquait la taille puis s'évasait en corolle autour des jambes.

— Reece, elle est superbe…

Elle retint son souffle en remarquant le nom du couturier sur l'étiquette.

— Oh ! Non, je ne peux pas accepter, c'est beaucoup trop.

— Abby, dès que je l'ai vue en vitrine hier, j'ai su que cette merveille était faite pour toi. En plus, il fait assez chaud ce soir pour que tu puisses la porter.

— Tu veux dire… maintenant ?

— Rappelle-toi que nous avons prévu de sortir ce soir. C'est comme… notre premier rendez-vous.

— Oh ! Reece, je suis tellement…

Elle ne parvenait plus à trouver ses mots. Les émotions se bousculaient en elle sans qu'elle puisse les analyser. Qu'est-ce que tout cela signifiait ?

— Ouvre les autres boîtes, suggéra Reece.

— C'est beaucoup trop, Reece ! La robe est amplement suffisante.

— Et comment comptes-tu la porter ? Pieds nus, ou avec tes bottes ? plaisanta Reece.

Elle adorait les chaussures, et Reece avait raison, il lui en fallait bien une paire adéquate avec cette merveilleuse robe.

Remarquant qu'une des boîtes avait la taille parfaite pour contenir une paire de souliers, elle l'ouvrit.

Lorsqu'elle en sortit les sublimes sandales aux talons vertigineux, elle eut un sourire extasié.

— J'ai l'impression de vivre un rêve !

— J'ai hâte de voir ça sur toi, dit Reece, malicieux, en lui tendant une autre boîte.

A l'évidence, il prenait autant de plaisir à la voir ouvrir les paquets qu'elle en avait à les déballer.

Cette fois, le paquet contenait une boîte de cuir sur laquelle était inscrit « *Vilaine* ».

Elle retira le couvercle de la boîte et découvrit une paire de menottes dorées.

Son cœur se mit à battre la chamade.

— J'aimerais que tu les portes ce soir, dit Reece. Enfin, un peu plus tard, évidemment, corrigea-t-il.

Elle leva les yeux vers lui.

— Avec plaisir.

Sur le couvercle de la dernière boîte était inscrit : « *Gentille* ».

Elle esquissa un sourire.

— C'est un cadeau aussi sexy que l'autre ?

— Ouvre-le, et tu verras.

Cette fois, son cadeau était un petit flacon d'huile de massage parfumée à la cannelle. Lisant sur le flacon qu'elle était comestible, elle esquissa un sourire, ouvrit la bouteille et en fit couler une goutte sur son doigt. Puis, d'un air mutin, elle porta son doigt à sa bouche tout en regardant Reece dans les yeux.

— Hmm. Je suis sûre que nous allons nous régaler, « plus tard ».

Mais il y avait encore autre chose dans la boîte.

Elle renversa le petit étui de satin noir, et une longue chaîne en argent lui tomba dans la main. Lorsqu'elle la souleva, les doigts tremblants, une émeraude taillée en forme de larme brilla de tous ses feux sous ses yeux ébahis.

— Elle est magnifique, mais je ne peux absolument pas l'accepter, Reece !

Il la prit dans ses bras et lui donna un baiser passionné.

— S'il te plaît, porte-la pour moi, dit-il enfin. Je veux te voir dans cette robe avec ce bijou autour du cou, et lorsque nous rentrerons ce sera à mon tour de te déballer comme un cadeau.

Quand Abby et lui étaient entrés dans le restaurant, Reece avait éprouvé une énorme vague de fierté. Tous les hommes avaient les yeux rivés sur sa compagne et l'enviaient. A présent, ils étaient assis à une table dans un coin discret, entourés de magnifiques bougainvilliers et de palmiers.

Oui, Abby était sublime dans cette robe. L'émeraude s'accordait à merveille à ses yeux, et il sentait son sexe durcir chaque fois qu'il pensait à l'usage qu'ils feraient ce soir de l'autre cadeau.

Il savait qu'il jouait avec le feu, car il se passerait des heures avant qu'ils retournent à l'appartement et qu'il puisse faire l'amour avec Abby comme il en rêvait.

— Tu veux danser ? proposa-t-il alors que l'orchestre entamait un slow.

Comme elle lui souriait sans répondre, il se leva et s'inclina devant elle.

— Danse avec moi, Abby, demanda-t-il, ému comme un adolescent pour son premier slow.

Il avait envie de tout partager avec elle.

Pourtant, d'ici peu, il retournerait en Europe. Quel dilemme !

Abby mit sa main dans la sienne, et lorsqu'ils se retrouvèrent sur la piste de danse, au milieu des autres couples qui dansaient sous les décorations de Noël de la salle, il eut l'impression de vivre un fantasme.

Ils s'abandonnèrent à une version jazzy de *Have Yourself a Merry Little Christmas.*

Sa robe n'était qu'une mince barrière entre eux, et les pointes de ses seins se dressaient sous la soie.

Il serra Abby contre lui, lui faisant sentir à quel point il était excité. Puis, se mouvant au rythme de la musique, il frotta le torse contre ses seins.

— Reece, gémit-elle, en enfouissant son visage au creux de son épaule, comme si déjà son désir était trop fort.

Tout en se penchant pour l'embrasser dans le cou, il lui caressa les seins de plus belle.

Elle jouit dans ses bras tandis qu'ils dansaient, au milieu de cette foule d'inconnus. Il captura son petit cri de plaisir d'un baiser, la musique dissimulant leur petit jeu.

C'était le moment le plus sexy de toute sa vie.

Abby leva vers lui un regard chaviré, et il remarqua ses joues empourprées.

— Reece, c'était…

— Merci, ma chérie, murmura-t-il en se penchant pour l'embrasser de nouveau.

Jamais il n'oublierait cette journée.

Son test sur la piste était plutôt bon, même s'il avait eu cette petite défaillance. Mais c'était surtout la présence d'Abby qui avait de l'importance à ses yeux.

C'était incroyable. Elle avait beau savoir qu'il retournerait bientôt à sa vie de pilote, elle se réjouissait de chaque moment passé avec lui et le soutenait de tout son cœur !

Avec elle, il se sentait capable d'accomplir des exploits. Il l'aimait, et il tenait à ce qu'elle fasse désormais partie de sa vie. Oui, il voulait tout : les courses en Formule 1 et Abby.

Il n'avait même pas remarqué que la musique s'était arrêtée jusqu'à ce que les applaudissements le tirent de sa rêverie.

— C'était une soirée magnifique, dit Abby, mais si nous rentrions, à présent ? J'ai envie d'aller au lit avec toi.

Sa demande attisa son désir et il acquiesça d'un hochement de tête.

Abby était le seul cadeau de Noël dont il rêvait.

Le visage entre les cuisses d'Abby, Reece se régalait de ses gémissements de plaisir.

Abby était la femme la plus sexy qu'il n'ait jamais rencontrée, en particulier à cet instant, quand elle enfouissait les doigts dans ses cheveux pour le diriger là où sa langue et ses lèvres lui faisaient le plus d'effet.

Il la prit dans ses bras, toute languide de ses baisers intimes, et l'allongea sur le lit. Avec une lenteur extrême, il lui retira ses sandales à talons, embrassant ses chevilles et lui massant les pieds avec délicatesse, avant de se lever pour retirer ses propres vêtements et la rejoindre sur le lit.

— Ne dis rien, demanda Abby en lui posant un doigt sur les lèvres. Fais-moi juste l'amour, d'accord ?

Obtempérant volontiers, il s'allongea en silence sur elle avant de la pénétrer. Leurs corps ondulèrent en rythme, et leur patience des derniers jours fut récompensée par une série de puissants orgasmes, tous plus fabuleux les uns que les autres, qui les laissèrent haletants.

— Je t'aime, Abby, déclara-t-il quand il eut repris son souffle.

Elle l'observa d'un air intrigué durant quelques secondes.

— Moi aussi, je t'aime, Reece, répondit-elle enfin.

Une immense onde de joie déferla en lui.

— En fait, je t'ai toujours aimée, mais il m'a fallu une éternité pour le comprendre, expliqua-t-il en se penchant pour l'embrasser. Je t'en prie, viens avec moi en France.

Sa question resta suspendue dans l'obscurité, et il sut, avant même qu'elle ne la formule, quelle allait être la réponse d'Abby.

— Je ne peux pas, Reece… Et tu le sais. Bien sûr, je pourrai venir te voir de temps à autre, mais je ne peux pas abandonner le vignoble.

— Bien sûr que si. On doit faire en sorte que notre histoire marche.

Ils s'écartèrent l'un de l'autre et se firent face, chacun appuyé sur son oreiller.

Il fallait absolument qu'il parvienne à la convaincre.

— Reece, tu te souviens quand tu m'as expliqué que piloter était une vraie passion pour toi ?

— Oui.

— C'est ce que je ressens envers les vignobles, expliqua-t-elle. J'aime vivre là-bas. C'est chez moi, et il est important pour moi de préserver mon héritage pour lequel j'éprouve une véritable passion. Mes parents m'ont confié cette affaire qu'ils ont passé leur vie à construire. Je ne peux pas abandonner tout cela.

— Mais… Il doit bien y avoir une solution. Tu pourrais

embaucher un directeur, nous reviendrions aussi souvent que nous en aurions envie…, commença-t-il.

— Et qu'est-ce que je ferais en Europe ? l'interrompit Abby. Je passerais mon temps à te suivre sur les circuits, les uns après les autres ? Même si j'adorerais être avec toi, ce n'est pas la vie que j'ai envie de mener. Et puis… je ne sais pas si j'en serais capable. C'était très difficile de te regarder piloter, tout à l'heure. J'étais fière de toi, heureuse pour toi, mais si jamais quelque chose de grave t'arrivait de nouveau… Non, je ne pourrais pas.

Il l'attira à lui, désireux de lui cacher à quel point il était déçu.

Pourtant, elle avait raison. Il ne pouvait lui demander un tel sacrifice.

— Tu as raison, c'est égoïste de ma part de te demander de tout quitter pour moi, et je suppose qu'il est temps que j'affronte la réalité. Mon écurie ne va pas me reprendre. Brody avait raison : peut-être qu'en attendant la saison suivante… Mais peut-être pas. Comment savoir ? En fait, tout ce qu'il m'arrive signifie sûrement qu'il est temps pour moi de passer à autre chose.

— Qu'est-ce que tu veux dire ?

— Que je reste, Abby. Je veux être avec toi, et aujourd'hui j'ai compris que tu es tout ce qui m'importe.

Comme elle ne disait rien, il lui souleva le menton d'un doigt.

— Eh bien ? Je pensais que tu serais contente d'entendre cela.

— C'est le cas, répondit-elle en plantant son regard dans le sien, mais je ne veux surtout pas que tu abandonnes tes rêves pour moi.

— En fait, je crois qu'il est temps pour moi de m'attaquer à un nouveau rêve. Un rêve que nous puissions partager, si tu le veux aussi ?

Cette fois, elle sourit et tendit le cou pour l'embrasser.

Il se laissa emporter par la passion, repoussant ses doutes. Il aimait Abby, et il venait de prendre la bonne décision.

En tout cas il l'espérait.

Chapitre 13

Abby eut un instant de panique en prenant conscience qu'une odeur de fumée emplissait l'air.

Elle se précipita hors de la cuisine en direction de l'odeur et découvrit Reece derrière la grange.

Il avait allumé un feu et installé un arsenal qui maintenait un tonneau neuf en place.

— Je me demandais ce que tu faisais, dit-elle.

Depuis leur retour de Daytona la veille, Reece avait passé presque tout son temps là, et elle avait été trop occupée pour s'enquérir de ce qu'il fabriquait.

— C'est un fût, expliqua-t-il.

— Je vois bien. Je savais que ton père fabriquait ses propres tonneaux, mais j'ignorais que tu en faisais autant.

— Ce n'est pas le cas, précisa Reece en se penchant pour l'embrasser. Mon père a toujours essayé de m'y initier, mais ça ne m'intéressait pas. J'avais oublié qu'il avait un atelier dans cette grange. J'essayais de voir ce dont je pouvais me souvenir.

Il vérifia le baril fumant suspendu au-dessus du brasero.

— C'est mon premier, on va voir ce que cela donne.

— Eh bien ! Je suis impressionnée. Tu es un homme aux talents multiples, répondit-elle en se haussant sur la pointe des pieds pour l'embrasser de nouveau.

Elle huma la fumée qui embrasait l'air autour d'eux.

Comme elle aimait cette odeur ! Les délicieux arômes de

bois fumé s'accorderaient à la perfection avec les vins qui se bonifieraient dans ce tonneau pendant des années.

Quoi qu'il en soit, et quel que fût le plaisir que Reece semblait prendre à retrouver les gestes de son père, quelque chose avait changé, elle l'avait senti dès les premières heures de leur retour.

Oui, depuis que Reece lui avait dit qu'il restait, elle savait. C'était ce qu'elle voulait. Elle l'aimait, et, plus que tout, elle désirait le voir vivre ici.

Mais une légère tension subsistait entre eux, et, même si elle trouvait qu'il était bon pour Reece de renouer avec ses traditions familiales, elle savait bien que la viticulture n'avait jamais été sa passion.

Sa passion, c'était de piloter des voitures de course, et il était en train d'y renoncer pour elle.

Elle avait donc décidé de passer plusieurs coups de téléphone, dont un à Joe, l'homme avec lequel elle avait entendu Reece discuter.

Son numéro était noté dans un carnet à côté du téléphone de Reece. Elle l'avait donc appelé pour découvrir quelles étaient les chances de Reece de courir de nouveau en Formule 1.

Son écurie l'avait-elle définitivement écarté des circuits ? lui avait-elle demandé.

En fait, il n'en était rien, bien au contraire. Les nouvelles du test de Reece s'étaient répandues dans les médias, et ses supporters se réjouissaient déjà de son retour en course. Les sponsors étaient au courant de tout cet emballement et voulaient qu'il passe des tests en Europe en Formule 1 afin de voir de quoi il était capable. Son écurie voulait le revoir très vite, et Joe était d'ailleurs sur le point de l'appeler lorsqu'elle avait pris le taureau par les cornes et devancé cet appel.

La gorge serrée, elle s'écarta légèrement de Reece.

— J'ai quelque chose à t'apprendre, dit-elle d'une voix qu'elle aurait voulue normale.

Son cœur battait la chamade, mais elle savait que c'était la meilleure chose à faire. Elle l'aimait, et son amour impliquait que Reece ne renonce pas à ses rêves pour elle.

— Ça ne peut pas attendre ? protesta Reece en se penchant pour lui voler un autre baiser.

Elle planta les ongles dans ses épaules afin qu'il écoute ce que Joe lui avait révélé durant leur conversation téléphonique.

Toutes sortes d'émotions se peignirent alors sur le visage de Reece, de la confusion à l'incrédulité jusqu'à l'excitation.

Finalement, il secoua la tête et la serra dans ses bras.

— Je ne parviens pas à croire que tu aies fait cela pour moi, s'étonna-t-il.

— Je n'ai rien fait de spécial. De toute façon, ils allaient t'appeler. Maintenant, tu sais que tu dois partir, Reece. Il le faut. Il est hors de question que tu restes ici et laisses tout tomber.

Il ne répondit rien, mais elle vit la lueur d'espoir dans son regard.

— Mais alors, que faisons-nous ? demanda-t-il enfin, d'une voix émue. Je ne veux pas te perdre.

— Je crois que le mieux est d'attendre et de voir comment les choses se passeront. On pourra toujours se rendre visite, et on discutera au téléphone autant qu'on voudra.

Mais comment pourraient-ils maintenir une telle relation à distance ? Leur amour serait-il plus fort que la passion de Reece pour la Formule 1 ?

— On verra bien d'ici un an ou deux où nous en sommes, poursuivit-elle. Il sera toujours temps de prendre d'autres décisions, tu ne crois pas ?

Pourvu que sa voix ne trahisse pas son désespoir !

Reece tenait Abby serrée contre lui, la tête dans les nuages. Confus, il ne savait quoi répondre à sa question.

Les managers de son écurie attendaient son retour. Quelle nouvelle formidable !

Mais il allait être sur le circuit durant des mois. Or il voulait passer ses jours et ses nuits avec Abby.

La plupart des familles des pilotes restaient à leur domicile, surtout lorsque les enfants étaient scolarisés. Quelques-unes des épouses voyageaient avec leurs maris, mais très peu. De toute façon, ces couples vivaient ensemble depuis de longues années et avaient déjà fondé une famille.

Ce qu'il vivait avec Abby était peut-être trop récent pour supporter ce genre de séparation. Qu'allait-il advenir de leur couple ?

Il lui souleva le menton et se pencha pour l'embrasser.

— Abby, ma chérie, je t'en prie, ne pleure pas.

— Je ne peux pas m'en empêcher. Nous nous aimons, mais je ne vois vraiment pas comment trouver une solution à tout cela, dit-elle d'une voix étranglée. Je le voudrais tant, mais…

Il la tint serrée dans ses bras, incapable de supporter qu'elle souffre à cause de lui.

Alors, la solution s'imposa dans son esprit.

Non, leur histoire ne se terminerait pas. Il allait retourner en Europe, et il ignorait de quoi son avenir professionnel serait fait, mais il était certain de deux choses : il voulait s'accorder la chance de piloter de nouveau, et il ne voulait pas perdre Abby.

La solution était donc on ne peut plus claire.

— Abby ? demanda-t-il, le cœur battant à tout rompre.

— Oui ?

— Est-ce que tu veux m'épouser ?

Deux jours avant Noël, Abby était plongée jusqu'au cou dans le satin et les fleurs.

Elle avait travaillé sans relâche pour s'assurer que tout serait parfait. La décoration du grand salon était terminée, et tout était prêt pour la réception du mariage. Les pièces avaient un air féerique. Un feu brûlait dans la cheminée. Les tables étaient dressées avec de la fine porcelaine de Chine blanche, le cristal des verres brillait de mille feux, et des bouquets de houx et de poinsettias mêlés de roses blanches décoraient chaque table. Des bouteilles des deux vignobles, Maple Hills et Winston, pour lesquelles elle avait fait fabriquer des étiquettes à l'effigie du jeune couple et mentionnant la date du mariage, trônaient sur les tables. Chaque invité s'en verrait offrir une en souvenir. Des décorations de Noël étaient accrochées aux plafonds du salon de réception et de l'entrée.

C'était Reece qui l'avait aidée à les mettre en place avant son départ. Il n'y avait que quatre jours qu'il était parti, mais elle avait l'horrible impression que cela faisait une éternité !

L'orchestre choisi par les futurs mariés commençait à s'installer. Les seuls éléments manquants au décor étaient la mariée et son époux, qui semblaient prendre tout leur temps pour arriver.

Pour patienter, les demoiselles d'honneur et certains des garçons d'honneur, très élégants dans leurs smokings, admiraient la décoration tout en picorant des amuse-gueules.

En regardant les demoiselles d'honneur vêtues de leurs élégantes robes en satin rouge, elle songea un instant à la magnifique robe de soie qu'il lui avait offerte.

La robe était beaucoup trop légère pour la porter sous ce climat, même à l'intérieur. Aujourd'hui, elle avait revêtu une robe stricte en lainage noir.

Levant la main, elle effleura l'émeraude qui reposait à la base de son cou et qu'elle n'avait pas retirée un seul instant depuis que Reece la lui avait passée, ce soir-là, en Floride.

La gorge serrée, elle tenta de refouler les émotions qui l'assaillaient depuis que Reece s'était envolé pour la France.

Elle avait beau se trouver dans une pièce bondée, elle se sentait désespérément seule.

Pourtant, il devait partir. Ses sponsors attendaient son retour. Ils ne lui avaient fait aucune promesse, mais au moins lui offraient-ils une chance. C'était exactement ce que Brody avait prédit : dans ce milieu, tout le monde aimait les come-back.

Elle refusait de se mettre en travers de sa carrière, comme elle le lui avait fait comprendre en refusant sa demande en mariage. C'était la chose la plus difficile qu'elle n'eût jamais eue à faire.

Reece ne s'était pas fâché, il l'avait seulement avertie qu'il ne cesserait de renouveler sa demande.

Oh ! il le ferait sûrement, au moins durant un certain temps. Puis sa carrière de pilote reprendrait le dessus, et il comprendrait qu'ils avaient fait le bon choix. Peut-être dans quelques années les choses seraient-elles différentes ?

Mais comment le croire ? Tant d'événements pouvaient survenir d'ici là.

Pour couronner le tout, Anna n'était plus là, elle filait le parfait amour avec Brody en Floride. Son amie lui avait proposé de revenir, au moins pour l'aider quelque temps, mais elle l'avait déchargée de ses responsabilités.

Finalement, elle était contente d'être submergée de travail, cela l'empêchait de trop réfléchir. Le chagrin aurait bien le temps de s'abattre sur elle après le mariage de Sandra, lorsqu'elle fermerait l'établissement jusqu'au nouvel an.

Que ferait-elle d'ici là ? Et avec qui passerait-elle les fêtes de fin d'année ? Elle ne pouvait même pas faire des plans pour la reconstruction des bâtiments, étant donné que la plupart des entreprises fermaient entre Noël et le 1er janvier.

Au moins, elle avait Beau et Buttercup…

Reece lui avait demandé de venir passer Noël avec lui en France, et elle avait été tentée. Elle ne connaissait pas le pays. Mais finalement cela ne ferait que rendre les choses encore plus difficiles entre eux, non ? Si elle partait le retrouver là-bas, elle ne serait peut-être plus jamais capable de le quitter.

Le problème était que, malgré l'amour qu'ils partageaient, leurs passions respectives prenaient le pas sur tout.

Qui changerait d'avis le premier ? Qui abandonnerait ce qu'il aimait pour l'autre ? Et quelle base serait-ce pour un mariage ? D'ailleurs, comment pouvaient-ils envisager de se marier alors qu'ils n'étaient amants que depuis un mois, à peine ?

Si elle continuait à réfléchir ainsi, elle allait devenir folle ! La situation était à l'encontre de toute logique. Pourtant, Reece Winston était l'homme de sa vie.

Elle fut soudain tirée de ses rêveries par la vague d'applaudissements qui éclatait autour d'elle.

Des cris et des sifflements accueillaient le jeune couple, et elle se joignit aux applaudissements.

Sandra était magnifique.

Alors que la fête commençait, Abby se mêla aux employés du traiteur et surveilla le bon déroulement des opérations.

Voir Sandra et son mari si heureux la plongeait dans le doute.

Avait-elle fait le mauvais choix ?

Mais que pouvait-il y avoir de plus important que d'encourager Reece alors qu'il faisait son retour en Formule 1 ? Il ne serait pilote que durant quelques années. Ensuite, ils pourraient ouvrir leur établissement vinicole où bon leur semblerait.

Mais diriger le vignoble familial était ce dont elle avait toujours rêvé, non ? Elle avait tant d'idées pour faire revivre cet endroit, et, de plus, elle devait être là pendant la reconstruction…

Elle ne savait plus que penser. Elle avait le cœur lourd, et elle était épuisée.

Les heures s'écoulaient, et la fête battait toujours son plein, mais elle n'avait plus rien à y faire. Elle avait besoin d'être seule et de réfléchir.

Alors qu'elle se dirigeait vers la maison, elle vit des phares briller dans la nuit.

Une voiture venait de s'engager dans l'allée. S'agissait-il d'un retardataire à la fête ?

Quand la voiture s'approcha, elle poussa un cri de joie en reconnaissant le conducteur. Elle se précipita alors que les portières s'ouvraient.

— Maman ! Papa ! Je suis si contente de vous voir !

Elle se jeta dans les bras de ses parents et fondit en larmes.

Reece s'adossa à son siège et, pensif, jeta un coup d'œil par la fenêtre de la salle de conférences à la neige qui tombait sur Paris.

Les sponsors voulaient qu'il revienne. Il aurait dû en être plus que ravi.

Même si le jeune pilote qui avait été approché par son écurie avait bien failli prendre sa place, les médias avaient largement relayé son test en Floride, ainsi que les quelques courtes interviews qu'il avait accordées aux journalistes présents à Daytona. En France et aux Etats-Unis, ses supporters s'activaient sur les forums du web et les divers blogs consacrés à la Formule 1, et ils insistaient pour qu'il revienne. L'enthousiasme était impressionnant, il avait parfois même du mal à croire que le ciel lui accordât une telle chance.

Il était assis autour d'une table avec son manager, le propriétaire de la voiture, le représentant des sponsors et Dieu savait encore qui. Ils n'avaient cessé de discuter de nouvelles méthodes d'acupuncture, avaient insisté pour engager un préparateur physique qui ne s'occuperait que de lui. Oui, ils semblaient prêts à tout pour qu'il reprenne le volant et gagne de nouvelles courses.

C'était ce qu'il voulait, lui aussi, non ?

Mais alors, pourquoi ne cessait-il de penser à Abby et à ce qu'elle pouvait être en train de faire ?

Le mariage de Sandra avait lieu aujourd'hui, elle devait être si occupée qu'elle n'avait sûrement même pas le temps de penser à lui. Il lui avait envoyé un e-mail, et laissé un message sur son répondeur un peu plus tôt, mais elle n'avait pas répondu.

Il avait encore du mal à croire qu'elle eût téléphoné à Joe. Certes, son retour en Formule 1 ne dépendait pas d'elle, mais qu'elle eût voulu l'aider à ce point, qu'elle eût fait passer ses rêves en premier, cela l'impressionnait, et il ne l'en aimait que plus.

Il ignorait comment il allait s'y prendre, mais il était hors de question qu'il la perde. Elle avait refusé sa demande en mariage, et même si elle avait dû en souffrir terriblement, il fallait admettre qu'elle avait fait le bon choix. C'était beaucoup trop tôt, et peut-être sa demande n'était-elle pas fondée sur de bonnes raisons.

En fait, il avait désespérément cherché un moyen de faire durer leur couple, car Abby était la femme de sa vie.

Peut-être que la prochaine fois elle accepterait sa demande en mariage ? Ou la fois d'après ?

Il le lui demanderait jusqu'à ce qu'elle dise oui.

— Reece, est-ce que tu penses pouvoir te rendre en Italie dans deux jours ? Tu vas pouvoir commencer à t'entraîner. Nous te voulons en pleine forme aussi vite que possible, déclara son manager.

Reece appréciait beaucoup Tony, mais il le soupçonnait de penser plus aux résultats financiers de son écurie qu'à autre chose. En fait, pour tous les gens qui se trouvaient dans cette pièce, il n'était pas une personne, un être humain, mais un investissement. Un pilote qui gagnait des courses et qui leur rapportait beaucoup, beaucoup d'argent. Il les avait suffisamment écoutés discuter des différentes responsabilités, de combien ils perdraient s'il avait un nouvel accident, et des risques vis-à-vis des assurances si quiconque pensait qu'il n'était pas complètement prêt pour piloter.

Il l'était. Malgré ce léger problème à Daytona, il savait qu'il pouvait de nouveau remporter des victoires. Non, il ne redoutait plus de prendre le volant.

Mais si jamais le pire arrivait ?

La voiture et tous les problèmes administratifs ne lui importaient guère, et il n'avait pas non plus peur de mourir en course, mais il redoutait de ne plus jamais revoir Abby.

Pourrait-il vivre sans elle ?

Non.

— Reece ? insista Tony d'un air irrité. J'espère que tu seras un peu plus concentré quand tu auras le volant entre les mains !

Il y eut quelques rires et commentaires à son sujet, et Reece esquissa un sourire.

Il avait du mal à croire à ce qu'il s'apprêtait à faire.

— Après-demain ? Le jour de Noël ? demanda-t-il.

Il y eut des regards gênés autour de la table

— C'est Noël ? Et alors ? Il faut que tu te remettes à piloter aussi vite que possible, et au moins huit heures par jour, si on veut que ça marche. Les médecins vont tout faire pour que tu sois en forme, mais il faudra que tu signes un contrat t'engageant à suivre l'entraînement et un régime à la lettre.

Il contempla la neige qui tombait au-dehors, songeant à maintes choses qui n'avaient rien à voir avec la Formule 1, comme le délicieux rôti de porc qu'Abby lui avait concocté là-bas, chez eux.

Il avait prévu de lui demander de lui en cuisiner un si elle venait à Paris, mais, à l'évidence, un tel plat ne ferait pas partie de son régime. Il voulait l'inviter à venir lui rendre visite la semaine suivante, mais, d'après Tony, il serait sur le circuit durant des heures et des heures, tous les jours.

Non, il ne pouvait pas demander à Abby de faire un tel effort. Il était hors de question qu'elle abandonne tout et traverse l'océan pour s'adapter à un emploi du temps complètement dingue qui ne leur laisserait que quelques heures grappillées ici ou là.

C'était bien à cause de la vie folle qu'il menait qu'il ne s'était jamais engagé dans une relation jusque-là.

— Reece, qu'est-ce que…, commença Tony.

— Désolé, Tony, mais cette semaine, c'est impossible. J'ai déjà des choses prévues pour Noël.

Finalement, c'était plus facile qu'il ne l'aurait cru. Abby lui avait offert la chance de pouvoir accomplir ses rêves, et c'était bien ce qu'il allait faire.

— Tu… *Quoi ?* croassa Tony.

— Ecoutez, je vous remercie tous de votre offre, c'était exactement ce dont je rêvais. Mais je dois rentrer chez moi pour Noël.

— Chez toi ? Mais c'est ici, chez toi ! s'écria Tony. Au sein de l'écurie.

Au moment où il allait torpiller sa carrière, Reece se sentit incroyablement léger.

— Non. Chez moi, c'est là où se trouve Abby.

— Qu'est-ce qui vous a poussés à revenir ? demanda Abby, enroulée dans une couverture sur laquelle elle percevait l'odeur de Reece, tout en buvant une tasse de chocolat chaud avec ses parents à cette heure tardive de la nuit.

Sa mère et son père échangèrent un regard coupable.

Elle leur jeta un coup d'œil par-dessus sa tasse.

— Dites-moi.

— Eh bien, ma chérie, à dire vrai, Anna nous a téléphoné.

Abby poussa un soupir.

— Je suis désolée. Elle n'aurait pas dû vous inquiéter. Tout va bien.

Sa mère la regarda droit dans les yeux, et Abby eut tout à coup l'impression d'avoir de nouveau dix ans.

— Elle nous a dit que Reece t'avait demandée en mariage.

Abby poussa un nouveau soupir et ferma les yeux, imaginant déjà le savon qu'elle allait passer à Anna la prochaine fois qu'elle la verrait.

— Nous ignorions que Reece et toi étiez en couple, et à quel point c'était sérieux, dit son père.

— Nous… C'est compliqué. Reece a sa vie et moi la mienne, et les deux ne sont pas vraiment compatibles.

— Comment cela ?

— Eh bien, Reece doit vivre en Europe pour ses courses de Formule 1, et moi je dois être ici pour tout reconstruire et gérer le vignoble.

— Mais est-ce ce que tu veux vraiment, ma chérie ? demanda sa mère comme si elle voyait clair en elle. Vu la façon dont tu t'es mise à pleurer tout à l'heure, il est évident que tu es profondément malheureuse sans Reece. Alors, comment se fait-il que tu ne passes pas Noël avec lui en France, avec une magnifique bague de fiançailles au doigt ?

Abby ouvrit la bouche et resta un instant sans rien dire.

— Maman, dit-elle enfin, j'aime vivre ici. Et j'ai des responsabilités, et…

— Tout cela ressemble plutôt à des excuses qu'à des raisons, l'interrompit son père.

— Attends ! s'exclama-t-elle en levant une main pour qu'il l'écoute. Vous savez très bien le travail que le vignoble implique, et c'est encore plus difficile à cause de l'incendie et de tout ce qu'il y a à réorganiser. Je dois être ici, un point c'est tout. De toute façon…

Elle ne termina pas sa phrase.

— De toute façon, quoi ? insista son père.

— Je ne sais pas. En fait, durant quelques instants, Reece a perdu le contrôle de son véhicule sur le circuit de Daytona.

— Oui, nous l'avons vu à la télévision. Mais il s'est vite repris, n'est-ce pas ?

— Je sais, mais il m'a fichu une peur bleue. Et si jamais il n'était pas parvenu à redresser la voiture ? S'il était mort là, juste devant moi ? Jamais je n'aurais pu le supporter.

— Tu préférerais que cela arrive quand tu n'es pas avec lui ? rétorqua sa mère. Que tu ne sois pas la dernière personne qu'il ait vue avant d'entamer sa course ? La femme avec laquelle il se réveille chaque matin ? Je suis désolée d'être aussi brutale, ma chérie, mais ton père et moi avons vu tant de misère et de vie brisées ces derniers mois que je peux te dire une chose : tu ne peux pas éviter le destin. Si jamais Reece devait mourir en course, est-ce que cela allégerait ta peine de ne pas avoir été avec lui ? Préférerais-tu ne pas l'avoir épousé et ne pas avoir passé autant de temps que possible avec lui ?

Abby resta bouche bée, ne trouvant rien à répondre.

Imaginer un seul instant que Reece ait un nouvel accident, qu'il soit blessé ou pire, tout en sachant qu'elle avait refusé d'être avec lui, de l'épouser. Qu'elle l'avait laissé partir…

Et qu'en serait-il lors de ses victoires ? Quand il aurait envie de fêter ses trophées ? Ne voulait-elle pas partager avec lui le meilleur et le pire ?

Sa mère venait de l'aider à le comprendre

— Oh ! maman, tu as raison, murmura-t-elle alors qu'une nouvelle vague de larmes affleurait à ses paupières.

— Je sais, ma chérie. Parfois, on a besoin qu'une autre personne nous mette les points sur les « i ».

— Mais si je pars, qu'adviendra-t-il de notre propriété ? Le vignoble, les bâtiments à reconstruire ?

— Tu vois qu'Anna a bien fait de nous appeler. Elle nous a donné une bonne excuse pour rentrer.

— Elle… Quoi ? Je croyais que vous aimiez voyager aux quatre coins du monde. Et toutes ces causes dont vous vous êtes occupés ?

— Oh ! ne te méprends pas, nous avons aimé chacun de nos séjours. Mais nous avons aussi compris combien cette terre nous est précieuse. Cela fait déjà un bon moment que nous avons quitté la région, et nous avions envie de revenir nous occuper du vignoble. Mais nous ne voulions pas que tu penses que nous tentions de te reprendre ce que nous t'avions légué, ni que tu croies que nous ne te jugions pas à la hauteur de nos espérances. Lorsque Anna nous a téléphoné, nous avons compris que c'était le bon moment pour revenir. Aussi bien pour nous que pour toi.

— Vous voulez recommencer à gérer le vignoble ?

— Oui, et grâce à nos placements et à l'argent que la compagnie d'assurances va nous rembourser, nous pourrons racheter le domaine de Reece, au lieu que ce soit toi qui t'en charges et que tu te retrouves le cœur brisé en deux.

Sa mère secoua la tête.

— Vraiment, Abby, je pensais que nous t'avions mieux appris à équilibrer ta vie.

Abby ne put s'empêcher de sourire.

— Anna vous a vraiment tout raconté, n'est-ce pas ?

— Oui.

— Rappelez-moi de la remercier.

Ses parents eurent un large sourire.

Comme elle était soulagée de se savoir aussi bien comprise !

— Nous le ferons, dit son père, mais pour l'instant tu dois te préparer.

— Me préparer ? Pour quoi faire ?

Ses parents échangèrent un regard complice, et son père lui tendit une enveloppe entourée d'un joli ruban rouge.

— Voici ton cadeau de Noël, ma chérie : un billet d'avion

pour Paris. Ton vol part demain matin, dépêche-toi d'aller préparer tes valises !

Reece tourna dans l'allée et se gara à côté d'un véhicule inconnu.

Apparemment, les invités de la noce n'étaient pas tous partis.

C'était le matin de Noël, et il avait réussi à rentrer chez lui juste à temps. Il était impatient de se glisser dans sa chambre et de réveiller Abby. Il avait l'intention de lui faire l'amour jusqu'à ce qu'elle accepte la bague de fiançailles qu'il avait dans sa poche.

Oui, telle était sa mission du jour.

Il grimpa les marches du porche puis se retourna et contempla les terres enneigées qui s'étendaient le long du domaine.

L'ambiance de Noël flottait dans l'air. Les guirlandes électriques des sapins de la cour clignotaient joyeusement comme pour fêter son retour.

Jusqu'à présent, il n'avait jamais vraiment compris pourquoi les gens se réjouissaient autant de cette période, mais aujourd'hui il ressentait lui aussi cette joie. La magie de Noël opérait sur lui, et ce, grâce à Abby.

Entendant la porte s'ouvrir derrière lui, il se retourna vivement, s'attendant à voir Abby.

Mais c'était un homme âgé qui lui faisait face.

— Euh… Bonjour, dit-il en observant l'homme dont les traits lui semblaient vaguement familiers. Je suis Reece Winston, j'habite ici, et…

— Oh ! je sais qui vous êtes, répondit l'homme en riant.

Soudain une femme apparut à son côté et le dévisagea d'un air étonné.

Il fit de même et se mit à rire, comprenant enfin à qui il avait affaire.

— Monsieur et madame Harper ! Quelle surprise !

Oui, ça, c'était une surprise ! Et les moments passionnés qu'il comptait vivre avec Abby devraient sûrement attendre un peu.

— Je suis ravi de vous voir ici pour Noël. Mais dites-moi, où est Abby ?

Passer sa journée de Noël à l'aéroport international d'Hancock n'était pas exactement ce qu'Abby avait prévu, mais son vol était en retard à cause du mauvais temps, et elle ne pouvait donc que patienter.

Elle mourait d'envie de téléphoner à Reece pour l'avertir de sa venue… Mais, dans ce cas, ce ne serait plus une surprise.

Enfin, comme il l'avait invitée à venir passer du temps à Paris avec lui, elle espérait qu'il serait content de la voir.

Elle se leva pour laisser son siège à une jeune mère qui tenait un bébé dans les bras et alla vérifier le tableau annonçant les horaires d'embarquement, au cas où le retard prévu aurait un peu diminué.

De toute façon, elle était incapable de rester assise. Non seulement elle avait à peine dormi, mais elle était surexcitée de partir à Paris.

Autour d'elle, l'aéroport était bondé de voyageurs. Les enfants s'endormaient sur leurs sièges et les parents semblaient épuisés.

Elle passa devant un distributeur de friandises, y choisit une barre chocolatée puis se dirigea vers le Starbucks pour s'octroyer une nouvelle double dose d'expresso.

Son téléphone portable sonna et elle contempla l'écran.

Reece.

Elle répondit, le cœur battant.

Etait-ce la caféine qui faisait trembler ses mains, ou l'impatience de le revoir ?

— Abby, c'est Reece.

Elle rit.

— Je sais.

— Ecoute, je voulais te prévenir que j'avais changé mes plans et que je ne pourrais pas t'accueillir en France cette semaine.

Elle resta bouche bée.

— Pardon ?

— Oui, je sais que tu avais sûrement prévu de venir, mais je dois partir en voyage, et je ne voulais pas que tu arrives à Paris pour découvrir que je n'étais plus là.

Son cœur se serra. Elle contempla les voyageurs qui s'agitaient soudain et se dirigeaient vers les guichets d'embarquement.

L'heure du départ était enfin arrivée.

Elle prit une profonde inspiration.

— Où vas-tu ? demanda-t-elle, déterminée à passer cette semaine avec lui. Dis-le-moi, et j'irai changer mon billet pour te retrouver là-bas, où que tu sois.

— Tu es sûre que c'est ce que tu veux ?

— Oui. J'ai tant de choses à te dire, mon chéri, et… Je veux passer Noël avec toi et te raconter tout ce qui est arrivé ces dernières vingt-quatre heures. Peu importe où tu es, j'ai juste envie d'être avec toi.

— Je suis impatient, dit-il.

Mais, cette fois, le son de sa voix ne venait plus du téléphone, mais juste de derrière elle.

Elle se retourna et se retrouva nez à nez avec Reece.

Le cri qu'elle laissa échapper retentit dans le hall. Elle se jeta dans ses bras, manquant de les faire tomber tous les deux, jusqu'à ce qu'il reprenne son équilibre et la repose à terre.

Ils ne prononcèrent pas un seul mot avant de s'être embrassés avec passion.

— Bonjour, ma chérie.

— Mais… quand es-tu rentré ? Et comment savais-tu… ?

Il sourit.

— Je ne savais rien. Je suis arrivé à la maison, et tes parents m'ont dit que tu t'apprêtais à embarquer pour Paris. Je crois que j'ai battu mes records de vitesse, tant je ne voulais pas te rater.

— Tu veux dire que… tu étais chez nous ? demanda-t-elle, commençant à comprendre.

— Oui, je suis de retour. Je ne voulais passer ni Noël ni le reste de ma vie sans toi.

Stupéfaite par le nouveau cours des événements, elle restait bouche bée.

— Respire, ma chérie, dit Reece en l'embrassant de nouveau.

Elle se demandait si elle était en train de rêver, mais il l'assura du contraire.

— A Paris, tout s'est déroulé comme je l'espérais, expliqua-t-il, mais soudain cela n'avait plus aucune importance à mes yeux. C'était comme une révélation pour moi. Mon écurie m'offrait tout ce que je désirais, mais je ne pensais qu'à toi. Je voulais être avec toi et me réveiller avec toi le matin de Noël, et tous les autres matins de ma vie. Je t'aime, Abby, ajouta-t-il d'une voix lourde d'émotion. Alors, si tu veux de moi…

— Moi aussi, je t'aime, Reece. Et passer Noël au lit me semble une excellente idée, chuchota-t-elle en se blottissant entre ses bras.

Épilogue

Abby s'affairait en cuisine pour préparer à Reece un magnifique dîner d'anniversaire.

Ils prenaient si souvent leurs repas au restaurant lorsqu'ils étaient sur la route avec la nouvelle équipe de pilotes qu'elle voulait lui concocter quelque chose de spécial.

Ses parents étaient partis en vacances à Talence, dans la demeure de Reece, les laissant seuls au domaine pour s'occuper des vignobles et fêter leur premier anniversaire en tête à tête.

Un anniversaire qu'ils pourraient bien célébrer dans leur magnifique salle de bains, songea-t-elle, un sourire aux lèvres.

Elle aimait cette maison, ainsi que leur nouvelle vie qui les amenait à se déplacer de circuit en circuit dans tous les Etats-Unis, et à revenir pour travailler aux vignobles entre deux courses.

Reece et Brody étaient maintenant copropriétaires d'une nouvelle écurie de course, et ils étaient la plupart du temps très entourés, mais ce soir elle voulait son mari pour elle toute seule.

Brody leur avait promis de s'occuper de tout pendant qu'ils s'accordaient une semaine de vacances pour leur premier anniversaire.

Elle se tourna vers la fenêtre et admira la campagne environnante enneigée, radieuse sous le ciel lumineux.

Elle adorait la période de Noël, même si elle était heureuse de s'être mariée au beau milieu de l'été — les vignobles étaient splendides à cette époque, et la cérémonie avait eu lieu au cœur du domaine de leurs ancêtres, face à cette vue magnifique sur le lac.

Elle avait une surprise pour son mari, qui n'avait cessé de la taquiner depuis une semaine, ne lui accordant ses faveurs qu'avec parcimonie afin de la maintenir dans un état d'excitation totale.

Ce soir, elle avait bien l'intention de le faire craquer.

Elle vérifia une dernière fois que le dîner était prêt, et jeta un coup d'œil au gâteau préféré de Reece, mis au frais dans le frigo.

Elle pouvait partir le rejoindre.

Retirant tous ses vêtements, elle attrapa le tablier de cuisine à l'imprimé à pois dans lequel Reece l'avait surprise lors de leur première soirée, et elle l'enfila sur son corps nu. Puis elle mit son manteau et se dirigea vers l'atelier où Reece avait pris le relais de son père pour fabriquer des tonneaux dans lesquels leurs vins se bonifiaient.

Elle pénétra dans l'atelier et attendit quelques instants que Reece ait terminé ce qu'il était en train de faire.

Quelques secondes plus tard, il levait les yeux vers elle.

— Salut, dit-il en retirant ses lunettes de protection et en se dirigeant vers l'évier, où il retira ses gants et se lava les mains avant de venir l'embrasser.

— Ça fait longtemps que tu es là ? demanda-t-il.

— Juste une minute. Le dîner est presque prêt.

— Nous avons quelques instants ?

— Bien sûr.

— Dis-moi, il ne fait pas un peu trop chaud pour porter un manteau ? plaisanta-t-il en contemplant ses jambes nues

Elle lui sourit d'un air malicieux.

— Je ne crois pas que tu aurais aimé me voir sortir de la maison en ne portant que cela, dit-elle en retirant son manteau.

Aussitôt, elle vit le désir se peindre dans ses yeux.

— Tu es ravissante… Mais, avant tout, j'ai un cadeau d'anniversaire pour toi.

— Ah oui ? Qu'est-ce que c'est ?

— Oh ! il peut attendre, finalement, répondit-il en se penchant pour l'embrasser.

Elle l'interrompit en lui donnant de petits coups taquins sur le torse.

— Trop tard ! Tu m'as mis l'eau à la bouche. J'ai envie de le déballer tout de suite.

— D'accord, petite sorcière, viens avec moi, répondit-il en l'entraînant dans un coin de l'atelier.

Il ouvrit une bouteille, saisit deux verres sur l'étagère et y versa le vin, qu'il huma et goûta avant de l'inviter à faire de même.

— Il est parfait, tout comme toi, dit-il en jouant avec la lanière du tablier nouée dans son cou.

Elle avala une gorgée du vin et eut un petit geste d'appréciation pendant que les saveurs se répandaient dans sa bouche. C'était un vin riche et fruité, à l'arôme quasiment sensuel, et elle en but une nouvelle gorgée alors que Reece dénouait complètement son tablier.

— Je ne crois pas avoir jamais goûté un vin aussi complexe. Comment as-tu réussi à obtenir des notes à la fois aussi douces et intenses ?

— J'ai fait plusieurs essais en mélangeant nos deux cépages. Ce vin, ma chérie, c'est le nôtre. Comme tes parents l'ont fait avant nous, je lui ai donné un nom qui nous ressemble et qui raconte notre histoire. Joyeux anniversaire, mon amour !

— Oh ! Reece, quelle délicate attention ! Comment l'as-tu appelé ?

Reece posa son verre et l'attira contre lui tandis que son tablier glissait à terre.

— *Noël au fond du lit*, répondit-il.

Elle lui sourit et se laissa emporter par ses baisers.

Reece avait raison. Ce vin était parfait, tout comme leur vie, désormais.

DEBBI RAWLINS

Fantasmes d'hiver

Traduction française de
ALBA NERI

Sexy

HARLEQUIN

Titre original :
WHAT SHE REALLY WANTS FOR CHRISTMAS

Ce roman a déjà été publié en 2009

Chapitre 1

« D'après la rumeur, "*Juste entre nous*", l'émission qui électrise chaque après-midi depuis trois ans les ondes de CATL-TV, notre télévision locale ici à Atlanta, jouera bientôt dans la cour des grandes chaînes nationales. Le magazine, un talk-show mené avec brio par la très dynamique Eve Best, traite des questions liées au sexe côté femmes, et il capte l'intérêt d'une audience de plus en plus large, ce qui n'a pas manqué d'attirer les grands annonceurs. L'énergie et la spontanéité de Mlle Best ont réussi le miracle de coller ensemble devant le poste ménagères et adolescentes.

» Ces derniers temps, cependant, un autre type de publicité s'est abattu sur l'émission, moins flatteuse. En effet, comme la plupart de nos lecteurs le savent déjà, un groupe de six membres de la production, dont Mlle Best, a gagné une cagnotte historique au Loto. D'après une source proche de l'équipe, le prix n'a pu être encore perçu par les gagnants, du fait d'une poursuite légale entamée par l'ancienne productrice de l'émission, Liza Skinner.

» Toujours selon cette source, Mlle Skinner faisait partie du petit groupe qui jouait chaque semaine les mêmes numéros, il y a un an de cela. Il reste à établir si elle avait encore de l'argent en jeu au moment de son départ, mais le fait est que le numéro treize, celui qu'elle avait choisi, est présent dans la combinaison gagnante et, qu'à ce titre, elle réclame sa part du gâteau. »

Liza abandonna la lecture du journal et le jeta avec dépit sur le siège passager de sa petite voiture.

Ce n'était pas la peine de continuer à se torturer, songea-t-elle. Les choses avançaient inexorablement, et bientôt tout serait fini. Elle l'espérait, en tout cas.

D'une main tremblante, elle repoussa en arrière ses cheveux mal coiffés et tenta de trouver une position confortable pour ses jambes, beaucoup trop longues pour cet habitacle minuscule.

Elle ne devrait pas être là, planquée dans sa voiture, sur le parking de CATL-TV où l'on tournait en ce moment *Juste entre nous*. Son avocat lui avait enjoint de se tenir loin de quiconque ayant le moindre rapport avec l'émission, du moins le temps que durerait l'action judiciaire. Quelle que soit l'issue du procès, Eve et Jane, elle en était consciente, ne lui adresseraient plus jamais la parole. Toutefois, elle faisait le guet, dans l'espoir insensé d'apercevoir ses deux amies, même de loin.

Et qui pourrait leur en tenir rigueur ? Depuis un an, elle n'avait pas cessé de leur causer du tort. Pourquoi, mais pourquoi, avait-elle refusé de les écouter lorsqu'elles l'avaient mise en garde contre Rick ? Dans quel état d'envoûtement se trouvait-elle pour oublier que ses deux meilleures amies depuis le collège ne voulaient que son bien ? Elle s'était comportée comme une gamine stupide.

Elle abandonna sa tête contre le repose-tête usé et se força à prendre une grande inspiration.

Ah, le Rick des premiers temps ! Pile son type, sexy, rebelle et un peu dangereux. Elle avait cru que c'était l'homme de sa vie… Jusqu'à ce qu'il se révèle beaucoup plus dangereux que ce qu'elle aurait jamais pu imaginer.

Une silhouette sortant des studios attira son regard.

Une femme blonde, dont les cheveux brillaient au soleil, et qu'elle reconnut comme Nicole, la productrice qui l'avait remplacée dans l'équipe, et qui allait aussi toucher sa part de la cagnotte du Loto… Sauf si la justice en décidait autrement.

Bon sang, mais pourquoi ne lâchaient-ils pas le morceau ?

Même en lui cédant *sa* part du prix, ils allaient tous se retrouver riches comme Crésus !

Elle ferma les yeux pour ne plus voir cette femme qui marchait vers un coupé rouge sport flambant neuf. Encore un rappel douloureux de tout ce qu'elle avait perdu.

Un mois, encore un mois à tenir, et ce calvaire serait fini.

Sauf si, là, tout de suite, elle prenait son courage à deux mains et allait avouer toute la vérité à Eve et à Jane.

L'idée s'empara de son esprit, sa respiration devint plus lourde. Elle rouvrit les yeux, lentement.

Etait-ce aussi simple que ça, finalement ? Après presque un an à vendre son âme au diable ? Avouer soulagerait sa conscience, sans doute, mais ça ne résoudrait rien. Eve risquerait toujours de souffrir une humiliation publique. A cause d'elle.

Abattue, elle s'abîma dans la contemplation de ses ongles.

Ces temps-ci, elle ne pouvait même pas se permettre le luxe d'une manucure. Il ne lui restait plus grand-chose du petit héritage qu'elle avait perçu à la mort de son père l'année précédente, et il fallait encore payer le loyer, l'avocat et tout un tas d'autres frais. Et aussi, et c'était là que le bât blessait le plus, les cigarettes, l'alcool et la drogue que réclamait Rick. Une somme d'argent non négligeable, qu'elle aurait bien préféré investir dans une meilleure voiture ou dans un appartement mieux situé.

Lorsque l'orage serait passé, elle pourrait peut-être encore trouver un job décent. Rien qui puisse approcher même de loin ce qu'elle avait eu sur *Juste entre nous*, elle n'en demandait pas tant. Son poste de productrice avait été un travail de rêve, de ceux qui ne se présentent qu'une fois dans la vie. Elle en était certaine, car elle avait vécu l'aventure depuis le début : quinze heures quotidiennes de folie, où chaque membre de l'équipe travaillait d'arrache-pied sans poser de questions, sans vraiment savoir où il allait, acceptant chaque tâche qui lui était imposée, compensant avec sa passion le manque d'expérience. Leur dévouement avait été récompensé. L'émission était devenue un grand succès, auquel elle aurait dû participer…

Mais cela lui était désormais interdit. Elle se trouvait désormais exclue de la vie de ses amies et du monde de la télévision. A cause de son manque de discernement. Et même si Eve et Jane arrivaient un jour à lui pardonner, elle doutait qu'elle puisse un jour se pardonner elle-même.

Juste à cet instant, elle aperçut Eve qui sortait du bâtiment en brique rouge, le visage rayonnant, accompagnée d'un beau brun qui posait avec naturel sa main sur sa taille.

D'après ce que Liza avait entendu, Mitch Hays, chasseur de talents pour une chaîne nationale, était venu à Atlanta dans l'intention de faire signer Eve pour le compte de ses patrons… Avant que Cupidon ne s'en mêle.

Eve semblait heureuse, plus heureuse qu'elle ne l'avait jamais vue auparavant, songea-t-elle, le cœur serré. Non, il était hors de question qu'elle débarque maintenant dans la vie de son amie, pour tout gâcher avec ses problèmes à elle. Elle allait attendre l'issue du procès, filer l'argent à Rick le cas échéant, et ensuite elle disparaîtrait pour repartir de zéro ailleurs, quelque part où elle ne serait pas considérée comme la lie de la terre.

Et plus jamais elle ne reverrait ses amies.

Elle lutta pour chasser les larmes qui lui montaient aux yeux. Au moins, songea-t-elle, elle aurait épargné l'opprobre à Eve. Une goutte traîtresse coula sur sa joue, qu'elle balaya d'un geste impatient. Les larmes ne résolvaient rien, elles ne l'avaient jamais fait et ne le feraient jamais. Elle se frotta les yeux, fâchée de se laisser ainsi aller à un geste de faiblesse.

Un frappement léger sur la vitre de sa portière la sortit de ses pensées, et elle tourna la tête en direction du bruit.

Un homme au regard prévenant la fixait, penché sur sa voiture.

Quelques secondes passèrent avant qu'elle n'identifie ce visage. Mais oui, c'était ce médecin qui exerçait comme consultant pour *Au cœur de l'action,* un feuilleton en milieu médical qui se tournait dans le studio à côté. Le Dr Evan Quelquechose. Il l'avait invitée à déjeuner une fois, et elle avait décliné sans hésiter. Trop classique, trop gentil à son goût. Pas du tout son type.

Elle essuya encore ses yeux, ennuyée qu'il ait pu la voir pleurer. Lorsqu'il mima le geste de baisser la vitre, elle fut tentée de l'ignorer. Mais il risquait d'insister, et elle n'avait aucune envie de se faire remarquer. Elle tourna donc la poignée qui actionnait le mécanisme.

Il lui sourit, mais elle ne daigna pas lui rendre la politesse.

— Salut, Liza, dit-il, ayant marqué une petite pause. Vous souvenez-vous de moi ?

Sciemment, pour l'embarrasser et qu'il lui fiche la paix, elle fit mine d'hésiter avant de secouer la tête, comme si son visage ne lui revenait pas.

— Evan Gann, dit-il en se présentant. Je travaille pour *Au cœur de l'action*.

— Ah, oui. Vous êtes le consultant.

— C'est ça. Il y a longtemps que je ne vous avais pas vue.

— Je suis *persona non grata* dans ces parages, vous n'êtes pas sans le savoir, je pense.

— Ah oui, le procès, dit-il, fronçant les sourcils. Je ne connais pas les détails…

— Vous vouliez quelque chose ?

Il sourit d'un air compréhensif qui eut la vertu de l'agacer.

— J'ai été surpris de vous voir. Dites-moi, voudriez-vous aller boire un verre un de ces quatre ?

— Pourquoi ?

Il rit brièvement.

— Parce que vous êtes attirante et que vous m'attirez.

Elle n'en revenait pas. Ce type était marteau ou quoi ? On pourrait le bannir de la chaîne rien que pour lui avoir parlé ! Sauf qu'il n'avait pas du tout l'air fou. Il semblait sain d'esprit et bien dans sa peau. Un type normal.

— Je suis débordée en ce moment, dit-elle, tentant de remonter la vitre.

Sauf que le bras appuyé sur sa portière l'en empêchait.

— Vous permettez ? insista-t-elle.

— Je pourrais vous laisser mon numéro, pour le jour où vous serez plus disponible, dit-il. Je vous invite à dîner.

— Ecoutez, Evan, vous êtes un chic type, mais…

— Je croyais que vous ne vous rappeliez pas de moi ? rétorqua-t-il en lui décochant un sourire séduisant.

Qui ne manqua pas de produire un certain effet, constata-t-elle, étonnée. Elle avait même failli sourire.

— A bientôt, dit-elle, se penchant de nouveau pour actionner la manette.

Cette fois-ci, il la laissa faire.

Sans lui octroyer le moindre regard, elle démarra et quitta le parking.

Evan fouilla dans ses poches pour sortir les clés de sa Ford Mondeo.

Il était garé à côté de la place que Lisa Skinner avait occupée, c'était pourquoi il avait surpris celle-ci, pleurant à l'intérieur de sa petite voiture blanche. Il s'était bien gardé de lui en demander la raison. D'après le peu qu'il savait d'elle, Liza n'était pas du style à pleurer pour un oui ou un non. Au contraire, si les bruits de couloirs disaient vrai, elle était plutôt une battante à la langue bien pendue.

En revanche, il n'arrivait pas à comprendre pourquoi elle s'était lancée dans cette déroutante action en justice, cela ne collait absolument pas avec sa personnalité.

A peine un an auparavant, Liza, Eve et Jane étaient connues comme un trio inséparable, et l'on attribuait le succès de l'émission à la synergie entre le charisme d'Eve, l'énergie de Jane et le génie créatif de Liza. Jusqu'à ce que cette dernière disparaisse de façon soudaine, sans plus donner de nouvelles.

L'affaire avait piqué sa curiosité. Avant tout, il devait l'avouer, parce que Liza lui avait plu dès la toute première fois qu'il l'avait vue. Il s'en souvenait comme si c'était hier : il se dirigeait vers le plateau d'*Au cœur de l'action* lorsqu'elle lui était rentrée dedans. Littéralement. Elle discutait avec quelqu'un par-dessus son épaule tout en marchant et ne l'avait pas vu avancer dans le couloir. La collision avait été inévitable, et, pas de chance pour lui, elle portait à la main un gobelet de café.

Elle s'était empressée de réparer les dégâts avec une serviette en papier sans faire attention à la zone du corps qu'elle nettoyait. Lorsqu'elle s'était aperçue qu'éponger du café sur la braguette d'un collègue pouvait passer pour un geste déplacé, elle l'avait regardé dans les yeux sans l'ombre du moindre embarras, s'était excusée et l'avait prié de lui envoyer la note du pressing. Il se rappelait encore qu'elle n'avait pas bredouillé ni rougi, ce qui la différenciait de la plupart des femmes qu'il rencontrait au travail ou lors des dîners que certains amis bien intentionnés et décidés à lui trouver une femme lui organisaient de façon récurrente. Liza était franche du collier, il aimait ça. Son attirance pour elle était d'autant plus étonnante qu'elle était une grande liane dotée d'une indomptable chevelure châtaine, tandis qu'en matière de femmes, il penchait en général pour les petites blondes bien en chair.

Peu importait, cependant. Il lui avait proposé une fois de déjeuner. Elle avait décliné son invitation purement et simplement, sans prendre de pincettes ni donner de fausses excuses, le type de « non » qui indiquait clairement de ne plus jamais revenir à la charge. A partir de ce jour, leur relation s'était limitée aux salutations de rigueur lorsqu'ils se croisaient dans les couloirs.

Il secoua la tête en s'apercevant qu'il se trouvait encore en train de regarder dans la direction où sa voiture était partie. Il s'installa au volant de la sienne, en se demandant pourquoi Liza se trouvait sur ce parking aujourd'hui. Eve était sortie de l'immeuble quelques secondes avant lui sans qu'elle l'accoste, donc ce n'était pas celle-ci qu'elle était venue voir. Alors, pourquoi ?

Mais, plus important, pourquoi se posait-il toutes ces questions ? Elle venait, une deuxième fois, de l'envoyer sur les roses sans ciller.

Il était si tard, lorsque Liza rentra chez elle, qu'il ne restait plus aucune place pour se garer dans l'enceinte de son immeuble, et elle dut se résigner à laisser la voiture deux pâtés de maisons plus loin.

Avec un soupir, elle coupa le moteur et récupéra le sac du fast-food où elle s'était arrêtée en route.

Elle détestait stationner dans la rue de ce quartier si mal fréquenté, mais en même temps, pensa-t-elle, n'importe quel voleur pencherait sans hésiter pour la superbe berline noire rangée devant la sienne.

Non qu'elle tienne spécialement à cette vieille cafetière, mais si jamais il lui arrivait quelque chose, elle ne pourrait pas se permettre d'en acquérir une nouvelle. Rick ne s'était pas gêné pour s'acheter une Harley Davidson flambant neuve. Avec son argent à elle, bien sûr. C'était étonnant, d'ailleurs, qu'il ne l'ait pas encore bousillée lors d'une de ses virées en état d'ébriété… Et lui avec. L'idée ne la rendait pas particulièrement triste, et à vrai dire, certaines fois, sous la pression du stress, elle en arrivait à le souhaiter. Pas un accident mortel — non, elle n'allait pas aussi loin —, mais elle ne pleurerait pas s'il tombait dans un coma qui le mettrait hors circuit pour un an ou deux.

Le cœur lourd et le pas réticent, elle pénétra dans l'immeuble sans cesser de craindre que Rick la surprenne. Il occupait l'appartement à côté du sien, et les logements étaient disposés autour d'une cour entourée de galeries qui longeaient chaque étage. Si par hasard il se trouvait à la fenêtre, il ne manquerait pas de sortir pour se lancer dans une de ces scènes épouvantables où il la harcelait de questions dans un langage ordurier, sans s'inquiéter des voisins qui pouvaient tout entendre.

Elle entama la dernière volée de marches, osant à peine respirer, lançant des regards inquiets vers la porte de Rick. Elle croisait les doigts pour qu'il soit déjà dans le coltard. Qu'elle puisse avoir un moment de paix, au moins jusqu'au lendemain.

C'était trop demander.

La voix haut perchée de Mary Ellen, sa voisine, l'appela.

— Hey, Liza. Qu'amènes-tu dans ce sac ?

Liza porta l'index à ses lèvres pour lui demander le silence et finit de monter, le cœur serré.

Appuyée sur la rambarde décorée d'une guirlande lumineuse — Noël approchait, qui l'aurait cru ? songea-t-elle avec tristesse —, Mary Ellen l'attendait, les lèvres serrées pour bien montrer qu'elle avait capté le message.

— Je crois qu'il est stone, annonça la jeune femme avec son élocution traînante.

Celle-ci lui avait expliqué qu'elle et sa fille venaient du Mississippi, mais Liza en doutait. Cependant, elle n'avait pas poussé plus loin la curiosité. C'était le genre de voisinage où personne ne posait de questions. Au moins une fois par semaine, on entendait des coups de feu, et il n'était pas rare de voir la police intervenir dans une bagarre conjugale. Mais la location n'était pas chère, et elle n'avait pas eu le choix, puisqu'elle devait payer son loyer et celui de Rick. Celui-ci arguait que c'était stupide d'habiter dans deux appartements séparés, que c'était de l'argent jeté par les fenêtres, mais la véritable raison, c'était qu'il voulait avoir la mainmise sur elle. Donc, là-dessus, elle ne céderait pas, aussi fauchée et au bout du rouleau qu'elle soit. Elle avait besoin d'un minimum d'espace vital pour garder sa santé mentale, et elle n'en démordrait pas. C'était déjà largement assez qu'il ne cesse d'épier chacun de ses mouvements, pour l'avoir en plus dans les pattes dès le réveil.

Elle passa sur la pointe des pieds devant la fenêtre ouverte de Rick qu'elle aperçut, vautré sur son vieux canapé sale, au pied duquel elle distingua une bouteille de vodka vide. Elle se doutait cependant qu'il avait pris aussi d'autres substances.

Peut-être qu'elle allait pouvoir dîner en paix avec Mary Ellen et sa gamine ?

— Je te l'avais dit, dit sa voisine, qui ne quittait pas de l'œil le sac du fast-food derrière sa mèche filasse de cheveux blond sale.

— Tu as faim ?

— Je crève la dalle.

— J'ai pris des hamburgers pour Freedom et toi.

— Cool, dit Mary Ellen avec l'étrange grimace qui chez elle faisait office de sourire. Je croyais qu'on allait encore bouffer des pâtes au fromage.

Liza tressaillit au sifflement perçant que lança Mary Ellen et recula d'un pas pour surveiller la réaction de Rick. Heureusement, celui-ci dormait profondément.

En revanche, Freedom avait bien entendu l'appel, elle déboula sur la galerie avec sa dégaine de garçon manqué, les vêtements couverts de poussière. Elle fixa aussitôt de ses grands yeux bleus le sac du fast-food.

— Salut, Liza, la salua-t-elle. On dîne ?

— Liza nous a apporté des hamburgers, expliqua sa mère.

— Chouette. Et des frites, aussi ?

— Elles ont dû refroidir maintenant, dit Liza comme elle ouvrait la porte de son appartement.

— Peu importe, non ? Les hamburgers sont froids aussi, non ?

— C'est vrai, ça, corrobora sa mère, avec une moue qui accentuait la cicatrice qui marquait son menton sous la lèvre inférieure.

Avec un soupir, Liza les fit entrer et mit en marche le micro-ondes.

Manger les frites froides, ce n'était pas la même chose, mais elle n'allait pas entrer dans la discussion. D'ailleurs, elle aurait préféré leur donner les sandwichs pour pouvoir se retrouver enfin seule, mais elle avait un faible pour elles. Son appartement, avec sa peinture écaillée et ce vieux tapis verdâtre, n'était pas très confortable, mais le logement qu'elles occupaient était un véritable taudis. Mary Ellen devait deux mois de loyer, les aides sociales ne suffisaient pas, et Liza doutait qu'elle arrive, avec son boitement prononcé, à trouver un travail avec un salaire décent. Elle ne lui avait jamais demandé dans quelles circonstances sa jambe avait été blessée, mais elle se doutait qu'un triste événement en était l'origine.

Elle sortit les hamburgers réchauffés du four et les posa sur la table, où Mary Ellen avait disposé les serviettes en papier. La table était si petite que seulement deux personnes pouvaient s'y installer, et Freedom prit place sur le genou sain de sa mère. La petite avala son hamburger en deux bouchées et regarda de ses yeux affamés ceux qui restaient sur la table. Liza lui en tendit un, regrettant de n'en avoir acheté que cinq, et lorsque Mary Ellen eut fini le sien, elle lui laissa le dernier.

— Et Rick ? demanda celle-ci. Il ne mange pas ?

— Je ne sais pas, et je m'en fiche.

La seule mention de ce nom suffisait à lui nouer son estomac et lui donner de désagréables frissons dans le dos.

— Alors, pourquoi tu restes avec lui ? s'enquit Mary Ellen.

— Je ne suis pas *avec* lui, répondit Liza, ramassant les papiers gras qui couvraient la table comme elle se relevait.

Elle n'allait pas raconter ses problèmes à Mary Ellen. Ni à elle ni à personne d'autre, d'ailleurs.

— Mais alors, pourquoi vous vivez l'un en face de l'autre ?

— C'est compliqué, finit-elle par répondre.

— Ça veut dire que tu ne veux pas en parler, hein ? intervint Freedom, la bouche pleine.

— Freedom, c'est une conversation entre adultes, la réprimanda sa mère. Mange en silence.

Liza ne put s'empêcher de sourire. Cette petite, langue bien pendue et trop maligne pour son propre bien, allait lui ressembler en grandissant.

— Tu es allée à l'université, non ? continua Mary Ellen. Tu es si jolie et si intelligente que je ne comprends pas comment tu te retrouves à vivre dans ce trou à rats.

C'est ça. Si intelligente qu'elle avait fourni toute seule à Rick les armes pour la faire chanter.

— Ecoute, Mary Ellen, je ne pense pas qu'on ait envie, ni toi ni moi, de discuter de nos vies.

— Non, tu as raison, dit l'autre femme, le regard concentré sur ses mains rougeâtres. On y va, Freedom. Merci pour le dîner, Liza.

— A plus tard, répondit-elle, les laissant partir.

Elle aurait pu se montrer plus gentille, regretta-t-elle. Sa voisine pensait pas à mal en posant des questions, elle passait la journée seule, sans sortir, elle avait simplement envie de parler à quelqu'un.

Sauf que Liza n'avait pas la force, pas aujourd'hui, après cette journée où tout avait marché de travers. Elle avait toujours mené sa vie tambour battant, et maintenant elle n'arrivait plus à prendre de décision. Jamais elle n'aurait dû permettre que le chantage prenne de telles proportions, mais elle avait paniqué, et avant qu'elle comprenne ce qui était en train de lui arriver, la situation lui avait échappé. Une issue favorable du procès pourrait sauver sa tête, c'était son seul espoir. Mais pour cela, il fallait encore qu'elle joue correctement ses cartes.

Elle se laissa tomber sur le petit canapé aux ressorts malveillants et plongea la tête entre ses mains. Bon sang, cette affreuse migraine n'allait donc pas se calmer ? Il ne restait plus d'aspirine, et descendre en chercher impliquait de ressortir et de passer devant la fenêtre de Rick. Elle s'en passerait.

Retourner aux studios n'avait pas été une idée brillante, elle le savait déjà au moment de prendre sa voiture. Malheureusement, ces temps-ci, elle n'arrivait plus à contrôler ce type de comportement compulsif et irrationnel. Et qu'en avait-elle tiré, à part ce mal de tête insoutenable ? Rien. Elle n'était même pas arrivée à sortir de la voiture. A cause de cet Evan Gann. Pourquoi les gens aimaient tant se mêler de ce qui ne les regardait pas ?

Si au moins elle avait réussi à entrer ! Elle aurait pu peut-être extorquer quelques bribes d'information à Zach Hass, la dernière recrue de l'équipe, le seul qui ne la connaissait pas. Elle avait besoin de savoir si ses anciens amis réfléchissaient à un nouvel arrangement, maintenant que Rick avait refusé la dernière offre de leur avocate. En même temps, ce n'était pas dit que les gars de la sécurité lui permettent d'accéder au bâtiment. Sauf si…

Elle se redressa soudain.

Evan Gann ! Par son biais, elle pourrait s'introduire dans les locaux. Personne ne pourrait l'empêcher d'entrer si elle avait rendez-vous avec lui. Et zut, pourquoi n'avait-elle pas pris son numéro ?

Elle se leva d'un pas fatigué pour aller chercher son portable. Pourvu qu'elle le trouve dans l'annuaire.

Chapitre 2

15 h 45. Le temps avait passé très lentement aujourd'hui, pensa Evan en sortant du plateau pour appeler son cabinet.

A cause de son travail sur la série, il n'y assurait plus les consultations que trois jours par semaine. Cependant, le plus souvent, une urgence l'obligeait à se rendre chez un patient, ce qui réduisait son temps libre à la portion congrue.

Heureusement, pensa-t-il en raccrochant, ce n'était pas le cas aujourd'hui. Il avait rendez-vous avec Liza, et il aurait été très contrarié de devoir annuler.

Son coup de fil de la veille l'avait laissé sous le choc. Pourquoi l'avait-elle appelé alors que, sur le parking, elle n'avait pas daigné noter son numéro ? Et pourquoi tenait-elle à ce qu'ils se rencontrent au studio ? Au vu des circonstances, c'était pour le moins étrange qu'elle ose s'y montrer. Ces questions tournaient en boucle dans sa tête, l'empêchant de se concentrer sur les détails du scénario. Cela ne lui ressemblait pas, mais il ne pouvait s'empêcher de s'interroger à propos de sa propre attitude. Pourquoi cette femme l'intéressait-elle autant ? Il ne s'expliquait pas l'attrait qu'elle exerçait sur lui. D'autant plus que Noël approchait, et que, depuis sa rupture catastrophique avec Angela, il n'était pas à la fête à cette période. C'était peut-être chimique, songea-t-il, un truc de phéromones ou quelque chose dans le genre. Ou peut-être que c'était à cause de ses larmes ? Il avait une fâcheuse tendance, dès qu'il voyait une femme en détresse, à venir à sa rescousse.

Il secoua la tête et expliqua aux acteurs comment se placer autour de la table d'opération. Il semblait que le hasard s'amusait à jouer avec ses nerfs, car rien ne se passait comme escompté sur le tournage. Il avait fallu reprendre chaque scène un nombre incalculable de fois, et alors qu'il ne manquait que vingt minutes pour l'heure du rendez-vous, ils étaient loin d'avoir terminé les prises prévues pour la journée.

Tant pis, décida-t-il. Il prit à part l'assistante du réalisateur et lui annonça qu'il devait partir absolument à 16 heures, qu'on ait besoin de lui ou pas.

Dix minutes plus tard, celle-ci lui indiquait d'un geste qu'il pouvait disposer.

Il ne se fit pas prier.

Il lui restait encore assez de temps, calcula-t-il, pour se passer sur le menton le rasoir électrique qu'il gardait toujours dans la boîte à gants de la voiture. Il avait la barbe si drue qu'il était obligé de se raser deux fois par jour s'il ne voulait pas avoir l'air d'un voyou.

Il traversait le hall d'entrée lorsqu'il entendit la réceptionniste l'appeler. Elle ne se trouvait pas à sa place habituelle derrière le standard. Il la chercha du regard pour la découvrir à l'autre bout de la pièce, perchée sur un escabeau, en train de décorer un sapin de Noël.

Melissa était une jolie blonde qui ne se gênait pas pour lui montrer l'intérêt qu'elle lui portait. En ce qui le concernait, il la trouvait trop jeune et trop effrontée. Sans compter qu'elle lui rappelait son ex-fiancée.

— Tu tombes à pic, s'exclama-t-elle d'un ton enjoué. Je n'arrive pas à accrocher l'étoile. Regarde.

Pour montrer qu'elle ne mentait pas, elle s'étira sur la pointe des pieds, de sorte que quiconque en passant aurait pu voir qu'elle portait une petite culotte en dentelle rose.

— Où est Leroy ? demanda-t-il sans se dévier de son chemin, le regard fixé sur la zone de parking visible à travers la porte vitrée.

Le garde de sécurité, ex-joueur de basket, pourrait même se passer de l'escabeau pour atteindre de sommet de l'arbre.

— Je ne sais pas, répondit-elle avec impatience. Allez, aide-moi.

— Je suis déjà en retard… D'accord, se résigna-t-il. Donne-moi ça.

Elle lui sourit et lui tendit la décoration avant de descendre de son perchoir avec un déhanchement suggestif.

Il avait beau mesurer près d'un mètre quatre-vingt-dix, il ne pourrait pas fixer l'étoile sans l'escabeau, calcula-t-il.

Il se hissait sur la deuxième marche lorsqu'il sentit la main de Melissa frôler sa cuisse droite. Il la regarda avec un froncement de sourcils.

— Je tiens l'échelle pour toi, dit-elle avec un clin d'œil.

Il préféra ne pas faire de commentaires, finit d'accrocher l'étoile et se dépêcha de descendre.

— Tu pars très tôt, aujourd'hui, commenta Melissa.

Mais quelle pipelette indiscrète, franchement !

A travers la porte, il aperçut Lisa en train de se garer à l'extérieur.

— Je dois y aller, dit-il.

— Ooh, tu as un rendez-vous ?

— Oui, dit-il, cassant.

Et sans même lui octroyer un autre regard, il quitta l'immeuble à grandes enjambées. L'air froid de décembre l'obligea à fermer sa veste.

Il avait vu une minute plus tôt Liza se garer derrière ce grand tout-terrain…

Comme avertie de sa présence, elle surgit à l'instant de derrière la voiture. Elle portait un jean et un grand pull rouge qui cachait malheureusement ses courbes remarquables.

Il leva le bras pour attirer son attention.

— Que fais-tu là ? demanda-t-elle en guise de salutation.

— Nous avions rendez-vous à 16 h 15, non ? répondit-il, surpris.

— Et tu préfères peut-être éviter que tes collègues te voient avec moi ? rétorqua-t-elle.

Il décela le ressentiment dans sa voix.

— Loin de moi cette idée ! J'avais fini et je suis sorti pour te rejoindre. Cela te pose un problème ?

— Non, dit-elle, les yeux fixés sur l'entrée de l'immeuble.

— Nous pouvons prendre ma voiture.

— Si tu veux.

Son ton d'indifférence l'agaça.

— Ecoute, si tu as changé d'avis, tu peux le dire.

— Non, pas du tout, dit-elle. Ça me fait plaisir de prendre un verre avec toi. Où tu voudras, choisis l'endroit.

Il contint un sourire de satisfaction. Au téléphone, elle lui avait proposé juste de boire un café, mais un verre était une perspective beaucoup plus alléchante. Avec un peu de chance, ils pourraient même finir par dîner ensemble.

— Que dirais-tu du Sardis ?

— C'est à deux pâtés de maisons d'ici, non ?

Il opina.

— On peut y aller à pied, alors.

— Si tu n'as pas froid…

Elle rit doucement. Un joli rire grave, remarqua-t-il.

— On n'est que début décembre ! Demande-moi le mois prochain.

Mais serait-elle encore dans les parages, alors ?

Il se garda bien de poser la question à voix haute et se mit à marcher.

Lorsqu'ils sortirent dans la rue, il se glissa promptement sur le côté extérieur du trottoir.

Elle ébaucha une moue amusée.

— Le parfait gentleman du Sud, à ce que je vois.

— Mon grand-père m'a fait promettre un jour que je ne laisserai jamais une femme marcher côté rue sur un trottoir. Sais-tu d'où vient cette coutume ?

— Non.

A l'évidence, elle se fichait pas mal de la petite histoire, comprit-il. Mais il ne se démonta pas.

— Cela a commencé à l'époque de l'Ouest sauvage. Les rues boueuses, les flaques partout… Tu vois le décor ?

Elle roula des yeux, mais il ne manqua pas le petit sourire qui courbait les coins de sa jolie bouche.

— Donc, un gentleman se devait de marcher toujours sur le côté extérieur du trottoir pour éviter aux dames et leurs longs jupons les éclaboussures.

Quand elle riait, ses yeux en amande étincelaient, remarqua-t-il, comme il observait son profil, si parfait qu'on aurait pu penser qu'il s'agissait de l'œuvre d'un artiste du bistouri. Sauf que Liza ne lui semblait pas du genre à céder aux sirènes de la chirurgie esthétique.

— Et maintenant, tu sais, conclut-il.

— Mais c'est vrai ?

— Aucune idée.

— Tu viens de l'inventer ?

— Pas du tout ! C'est mon grand-père qui m'a raconté ça. J'imagine qu'il l'avait lu quelque part. Je l'ai toujours vu avec un livre ou un journal dans les mains.

— Je n'ai aucun souvenir de mes grands-parents, j'étais enfant lorsqu'ils sont décédés.

— Les quatre ?

— Oui…, dit-elle, montrant un intérêt soudain pour le Père Noël gonflable qui égayait une vitrine.

Le sujet semblait la mettre mal à l'aise. Il valait mieux changer de conversation.

— Tu es jolie, tu sais ?

— Nous allons juste prendre un verre, dit-elle avec une œillade peu amène. Ne commence pas à imager des choses.

— J'ai fait vœu de chasteté, ne t'inquiète pas, rétorqua-t-il aussitôt, prenant sur lui pour qu'elle ne devine pas son dépit.

Heureusement pour lui, ils étaient arrivés devant le bar. Il prit les devants pour lui tenir la porte.

— Abstinent et gentleman… Ça promet, murmura-t-elle en passant devant lui.

Il la suivit, troublé par les changements qu'il venait de remarquer dans sa silhouette. Le grand pull ne cachait pas ses courbes. En fait, elle avait tellement maigri depuis la dernière fois qu'il n'y avait plus de courbes à cacher. Elle avait perdu au moins dix kilos, calcula-t-il. Etait-elle malade ? Etait-ce la raison de sa disparition soudaine ? C'était à cause de ses problèmes de santé qu'elle réclamait l'argent du prix ?

La subtile note de vanille que dégageaient ses cheveux l'étourdit. Sans penser à ce qu'il faisait, il se pencha sur elle, irrésistiblement attiré. Comme elle se retournait brusquement, avec un geste de surprise, il s'écarta ostensiblement, avec l'impression d'avoir commis un impair.

— Il y a une table libre au fond, commenta-t-il à mi-voix.

Liza scruta avec un regard inquiet la salle faiblement éclairée. Des photographies signées et des souvenirs de courses automobiles tapissaient les murs. Le comptoir de bois massif avait été orné de guirlandes artificielles aux lumières clignotantes, et un sapin de Noël attendait son tour d'être décoré dans un coin de la pièce. Il y avait plus de monde qu'il ne l'aurait cru pour une fin d'après-midi en semaine. Liza devait penser la même chose, se dit-il en la voyant passer en revue les visages animés autour des tables. Il repéra un visage connu, un caméraman qui travaillait aux studios, mais sur une autre émission. Et s'il se rappelait bien, il était arrivé après le départ de Liza.

— Tout va bien ? demanda-t-il, tout près de son oreille.

— Oui. Je me passerais volontiers de la déco de Noël, mais je ne pense pas qu'on puisse y échapper.

— Donc tu n'aimes pas Noël.

— Pas spécialement.

— Moi non plus.

Ils avaient une chose en commun, c'était déjà ça, se dit-il, comme ils avançaient vers la table qu'il avait choisie. Une serveuse leur emboîta le pas pour débarrasser les verres des clients qui venaient de partir, leur promettant de revenir aussitôt pour prendre leur commande.

Un silence tendu s'installa entre eux dès qu'ils se trouvèrent face à face.

Il décida de prendre le taureau par les cornes.

— Tu peux m'envoyer paître, je le comprendrai, mais il faut que je te pose la question qui tue, commença-t-il, pour briser la glace. Où étais-tu passée ces derniers mois ?

— Cela a-t-il vraiment de l'importance ? demanda-t-elle, se laissant aller contre le dossier de sa chaise.

La nonchalance dans son ton l'étonna.

— Non, pas vraiment.

— Bien, dit-elle, esquissant l'ombre d'un sourire. Comme ça, je n'ai pas à t'envoyer paître.

— Vas-y, j'ai les épaules assez solides.

— J'en ai l'impression, en effet, dit-elle, lui lançant une œillade appréciative.

— Attention à ce que tu dis, ou je vais croire que tu flirtes avec moi.

— Ah non, je ne ferais pas ça à un homme avec de telles résolutions, rit-elle.

— Merci de ta prévenance, dit-il, encaissant la pique en bon joueur.

Pourtant elle avait visé juste : sa vie n'était pas si différente finalement de celle d'un moine.

La serveuse interrompit leur conversation. Liza changea deux fois d'avis à propos de ce qu'elle voulait boire, et se décida pour un Tequila Sunrise avec deux cerises.

Le choix d'un cocktail sucré le surprit, car Liza lui avait semblé plutôt le genre de femme qui boit du scotch ou de la bière. Comme quoi, il ne fallait pas se fier aux apparences.

Une fois la serveuse repartie, il attendit que Liza reprenne la parole, mais elle se contenta de le regarder en silence. Il osa de nouveau une question sensible.

— Donc, qu'as-tu fait tout ce temps ?

La question ne manqua pas de l'embarrasser, observa-t-il.

Cependant, elle tenta de cacher son malaise en observant l'affiche du Grand Prix accrochée au-dessus de leurs têtes.

— Pas grand-chose, répondit-elle enfin.

— Tu travailles ?

— Je suis à la recherche d'un emploi.

— Dans ton domaine ?

— Pourquoi tant de questions ? se rebiffa-t-elle.

— O.K., pas de souci. Nous pouvons aussi parler du temps qu'il fait.

— A vrai dire, je ne sais même pas ce que je veux faire…

— Pour commencer, j'imagine, attendre le résultat du procès.

— Je ne le fais pas pour l'argent, se défendit-elle, soudain piquée à vif.

— D'accord, d'accord…

Bon sang, ce qu'elle était à cran ! Il voulait juste discuter un peu.

— As-tu entendu quelque chose à ce propos, d'ailleurs ?

— Disons que ton nom revient régulièrement dans les conversations, hasarda-t-il, prudent.

— Autrement dit, tout le monde me considère comme une garce.

— Tout le monde ne pense pas ça.

— Tu n'as pas à me ménager, dit-elle avec un sourire crâneur. Je m'en fiche, crois-moi.

— Je pensais au concierge : il ne parle pas l'anglais, et je doute même qu'il connaisse ton existence.

Elle rit de bon cœur.

— Très bonne, celle-là, docteur Gann.

— Mais je vous en prie.

Que c'était bête, de se sentir si fier d'avoir réussi à la faire rire ! Mais ce qui le réjouissait le plus, c'était de la voir enfin détendue. Elle était encore plus belle.

— Et voici, annonça la serveuse.

Elle posa devant Liza son cocktail ainsi qu'un petit bol de griottes et un autre de bretzels qui accompagnaient la bière pour Evan.

— Merci beaucoup, murmura Liza, avec une drôle d'expression sur le visage.

Il la regarda, déconcerté. On aurait cru que tant de gentillesse la désarmait.

— Je me demande si la bande traîne encore au Latitude 33, prononça-t-elle comme à elle-même, picorant dans les bols d'apéritifs, lorsque l'employée fut partie.

— Il me semble. Si tu veux, nous pouvons y aller tout à…

— Non ! dit-elle, prenant une gorgée de sa boisson. Personne de l'équipe ne veut me voir…

— Qui ou quoi attendais-tu hier, sur le parking ?

— On ne peut pas parler d'autre chose ? demanda-t-elle, les yeux assombris.

— C'est à toi de jouer, alors. Apparemment, moi je n'arrive pas à trouver le bon thème pour toi.

— Je n'arrive pas à te cerner, toi, dit-elle, le regardant avec les sourcils froncés.

— Moi ? Je suis un livre ouvert.

— Es-tu marié ?

— Je ne serais pas ici avec toi si je l'étais.

— Mais c'est juste un verre en tout bien tout honneur ! Et si tu as fait vœu de chasteté…

Il ne put s'empêcher de sourire.

— Ça, c'était il y a dix minutes.

— D'accord. As-tu déjà été marié ?

— Non.

— Hum.

— Que veux-tu dire par « hum » ?

— Je te rangeais dans le type d'homme qui se marie, qui a des enfants et qui vit dans une maison avec une barrière de bois peinte en blanc. Stable, sérieux… Tu vois ce que je veux dire.

Il voyait parfaitement. Lui aussi avait une certaine image d'elle. Il la voyait comme le genre de fille qui vit sur le fil du rasoir et qui, en conséquence, lorsqu'elle disait « stable » pensait en réalité ennuyeux, barbant. Cela dit, elle avait vu juste. Il était ce type d'homme, et il serait marié, et probablement avec des cnfants, si Angela ne l'avait pas baisé… Lui et, littéralement, deux de ses amis.

— J'ai en effet une barrière de bois blanc. Viens chez moi, je te montrerai.

— Tu as donc la totale : la maison et le crédit qui va avec…

— Il faut bien vivre quelque part.

Soudain il vit l'expression de la jeune femme s'assombrir.

— Je crois que j'aimerais avoir une maison un jour, dit-elle doucement. Avec un porche et un jardin. Vivre dans un appartement n'est plus à la mode…

— Où habites-tu, en ce moment ?

— Tu ne veux pas le savoir, dit-elle avec un regard amer. Quoi qu'il en soit, je ne suis même pas sûre de vouloir rester à Atlanta. Je ne crois pas, en fait. Trop chaud et trop humide, pour moi.

— C'est le climat idéal pour cultiver un jardin.

— Je ne suis ni une femme d'intérieur ni un as du jardinage, dit-elle. Je voulais juste faire la conversation.

Il sentit que Liza la coriace était de retour.

— Je comprends.

Sauf qu'il ne comprenait rien, à part qu'il valait mieux laisser courir.

— Mais tu dois avoir quelque chose en tête, continua-t-il, au cas où tu gagnerais le procès.

Le verre qu'elle venait de saisir lui glissa des mains, et la moitié de la boisson se déversa sur son pantalon avant qu'elle ait eu le temps de réagir.

— Zut alors.

— Je vais demander un torchon au bar, proposa-t-il promptement.

— Non, ce n'est pas la peine, dit-elle.

Cependant, il voyait bien que deux petites serviettes en papier n'allaient rien éponger.

— Je vais te chercher quelque chose, insista-t-il.

— Mais non ! regimba-t-elle.

Il la regarda essuyer sa tenue avec une rage qui ne pouvait

pas venir d'un simple verre renversé. Elle mordait sa lèvre inférieure avec une telle intensité qu'il n'aurait pas été surpris de voir perler une goutte de sang. Il aurait voulu la calmer, mais il lui sembla plus prudent de rester à l'écart.

Il avait l'impression, infondée mais puissante, que Liza Skinner devait lutter seule contre ses propres démons.

Oh, que c'était bête. Comme si elle allait réussir à nettoyer son pantalon avec quelques serviettes taille cocktail ! Mais au moins elle n'avait pas à affronter le regard d'Evan. Il devait regretter amèrement de l'avoir invitée à sortir, maintenant. Eh bien, tant pis pour lui. Ça lui apprendrait à s'entêter.

— Excuse-moi, dit-elle finalement. Je vais aller aux toilettes, voir si un peu d'eau m'aide dans cette catastrophe.

Elle lui lança un regard furtif comme elle se faufilait hors de son siège.

Il n'y avait pas de pitié dans ses yeux, s'étonna-t-elle, même pas de curiosité. Elle ne savait quoi penser de l'expression neutre qu'il arborait.

— Veux-tu que je te commande un autre cocktail ? demanda-t-il d'une voix tout aussi neutre.

— Non, merci, murmura-t-elle.

Elle marcha avec hâte vers le fond de la salle. Elle n'avait aucune idée d'où se trouvaient les toilettes et elle n'en avait rien à faire de cette tache sur son jean, mais elle devait à tout prix fuir cette situation gênante.

Par chance, les toilettes se trouvaient effectivement au bout du couloir, et elle s'y engouffra comme si elle avait le diable à ses trousses. Pour se calmer, elle se pencha sur le lavabo et aspergea son visage d'eau, se rappelant trop tard qu'elle y avait appliqué un peu de maquillage avant de sortir.

De toute façon, elle s'en fichait. Il y avait très peu de chances pour qu'elle revoit Evan de nouveau. A sa place, elle aurait été impatiente de lui brûler la politesse, et elle ne serait pas surprise, à son retour, s'il avait déjà réglé pour pouvoir filer au plus vite.

Tandis qu'elle, paradoxalement, avait trouvé fort agréable le moment passé avec lui. Il n'était toujours pas son type, ça non, mais il n'était pas non plus le type gentillet et sans relief qu'elle s'était imaginée. Et fin, avec ça. Pas une seconde il ne s'était laissé berner par ses faux-fuyants. Un fait rare, ces temps-ci. En revanche, elle n'avait rien appris de nouveau à propos du procès. Pourtant, elle ne savait que trop que ses anciens collègues raffolaient du moindre ragot, et ils devaient s'en donner à cœur joie sur son affaire dans les conversations de couloir. Donc, même si Evan ne semblait pas du genre à écouter ou colporter des rumeurs, il avait pu entendre quelque chose d'utile pour elle.

Découragée, elle observa son reflet dans la glace. Les cernes sous ses yeux semblaient maintenant faire partie de son visage, et à deux ans à peine de ses trente ans, les pattes d'oie pointaient déjà leur vilain nez. Pâle et sans maquillage, elle ne ressemblait à rien.

Elle tenta de redonner un peu de couleur à ses pommettes en se pinçant les joues, comme elle avait vu sa mère le faire des centaines de fois dans une autre vie.

De mieux en mieux ! On aurait dit qu'un moustique en colère s'était acharné sur elle.

Exaspérée, elle finit d'essuyer son pantalon et se lava les mains. Elle allait regagner la salle et demander franchement à Evan s'il avait entendu quelque chose à propos de son affaire. Si tant est qu'il n'ait pas déjà pris la poudre d'escampette ou qu'il ne l'envoie pas « paître », comme il disait. Cela dit, elle doutait qu'il le fasse, car il était gentleman. Et maintenant qu'elle avait eu sa dose de *bad boys*, elle pouvait bien admettre qu'elle aimait assez.

Chapitre 3

A son retour à la table, Evan lui adressa un sourire amical qui mit du baume au cœur à Liza.

Il portait les cheveux trop courts pour son goût, certes, mais avec sa barbe naissante de fin de journée, il avait l'air moins sage que d'habitude. Pas si mal que ça, reconsidéra-t-elle, remarquant pour la première fois la fossette qui fendait son menton résolument viril. Et il avait des yeux magnifiques.

La serveuse venait d'essuyer la table, observa-t-elle, et elle avait aussi apporté un autre Sunrise, ainsi qu'une deuxième bière pour Evan. Elle ne l'avait pas fait fuir, finalement.

— Je vois que tu t'es dit que j'avais besoin de ce verre, commenta-t-elle, sans faire allusion au fait qu'elle venait de dire le contraire.

— Je t'aurais bien commandé un joint d'herbe, ça détend, mais il se trouve que c'est illégal.

Elle sourit malgré elle. Ou elle était vraiment en manque de compagnie masculine, ou bien ce Dr Gann se révélait bien moins ennuyeux que ce qu'elle avait imaginé.

— Quelle est ta spécialité en tant que médecin ? demanda-t-elle avec un intérêt sincère.

— Entérologie.

— Et comment as-tu atterri sur le plateau d'*Au cœur de l'action* ?

— Le producteur est un vieil ami, nous appartenions à la même fraternité d'étudiants.

— Quand tu étais en fac de médecine ?

— Oh, non, l'année de prépa. Lorsque j'étais à la fac, entre le travail et les études, j'étais déjà content si j'arrivais à dormir quatre heures par nuit.

— Et moi qui croyais que tu étais un de ces fils à papa avec un fond d'épargne à disposition…

— Figure-toi que je viens de finir de payer mon prêt étudiant grâce justement à mon salaire comme consultant sur la série.

— Et moi, je dois encore dix mille dollars à la banque…

Cela la surprit elle-même d'avoir révélé de façon spontanée une information aussi personnelle. D'autant plus qu'elle essayait d'oublier qu'elle aurait pu solder une bonne partie de ses dettes si Rick ne l'avait pas forcée à acheter la fameuse moto.

— Il n'y a pas de quoi avoir honte, la rassura-t-il.

— Je sais, mais je n'aime pas devoir de l'argent, même à une banque.

— Moi non plus. J'ai vu mes parents travailler d'arrache-pied pendant des années pour payer le crédit de notre maison. Le jour où ils l'ont soldé, ils ont organisé un barbecue géant et invité toute la famille et les voisins.

— Tu as une grande famille ? demanda-t-elle, touchée par la chaleur qui animait sa voix.

— Deux frères et plein de cousins, dont la plupart ici, à Atlanta. Et toi ?

— Pas de frères ni de sœurs. Sauf Eve et Jane, elles sont…

Elle s'interrompit, horrifiée de s'entendre aller aussi loin dans la confidence. Mais c'était tellement facile de discuter avec lui…

A son grand soulagement, Evan choisit poliment de remplir le blanc dans la conversation.

— Mon père prend sa retraite dans trois mois. Son grand projet, avec ma mère, serait de partir maintenant quelque part en Floride pour passer leurs vieux jours au soleil. Il me semble que tu viens de Jacksonville, n'est-ce pas ?

— J'y ai vécu enfant, mais je suis partie après le lycée, dit-elle.

Evan n'avait nul besoin de renseignement sur la Floride, c'était évident, pensa-t-elle avec gratitude. Il avait préféré changer de sujet plutôt que de lui poser des questions indiscrètes. C'était adorable de sa part.

— Tes parents habitent encore là-bas, à Jacksonville ?

— Mon père est décédé l'année dernière, mais ma mère, oui, elle y est encore.

En tout cas, elle y était aux dernières nouvelles. Où exactement, c'était une autre paire de manches, mais ce n'était pas le type de question qu'on aborde avec un quasi-inconnu. D'après ce qu'il venait de lui raconter à propos de sa famille, Evan ne pouvait pas imaginer l'enfer d'une enfance entre un père alcoolique et une mère accro aux antidépresseurs.

— Désolé, pour ton père.

— Il l'avait bien cherché, tu sais.

Aïe. Elle devait l'effrayer avec sa dureté. Mais comment lui expliquer qu'une vie d'alcoolique mène rarement à un âge avancé ? Lorsqu'elle regarda de nouveau Evan, cependant, elle ne le sentit pas effrayé, au contraire : une expression compatissante teintait son regard.

Pourquoi était-il si gentil ? Qu'attendait-il d'elle ? Elle ne méritait pas sa gentillesse, ni celle de personne.

— As-tu faim ? demanda-t-il.

— Pourquoi me demandes-tu ça ?

— Que cela reste entre nous, dit-il avec un ton de mystère, mais lorsque la nuit tombe, la tradition veut que les gens prennent un repas. Cela s'appelle le dîner !

— Je ne suis pas très traditionnelle.

— J'avais remarqué, dit-il, en desserrant le nœud de sa cravate. Et c'est pour ça, entre autres, que tu me plais.

— Hum, dit-elle.

Elle se trouvait à court de repartie acérée. C'était qu'elle venait de remarquer ses longs doigts et ses belles mains masculines à la peau tannée… Celles-ci semblaient appartenir à quelqu'un habitué à la vie au grand air plus qu'à un médecin de ville. Il dcvait sans doute être un assidu des cours de tennis ou des terrains de golf.

— Liza ?

— Quoi ?

— Je viens de te demander si tu veux qu'on aille dîner.

— Dîner ?

— Oui, tu sais, manger le soir.

Elle consulta sa montre, surprise.

Zut. Ils étaient ensemble depuis bientôt deux heures, et elle n'avait pas encore réussi à lui soutirer un seul mot à propos de ce qui se disait à CATL-TV. Pourtant, elle allait devoir partir. Rick dormait lorsqu'elle avait quitté la maison, et elle avait intérêt à se dépêcher si elle voulait regagner son appartement avant qu'il ne se réveille.

— Je ne peux pas, merci. Je finis mon verre et j'y vais.

— D'accord.

Il avait l'air désappointé mais n'insista pas. Ses épaules étaient vraiment larges, remarqua-t-elle, se demandant de quoi il avait l'air sans sa veste.

— Une autre fois, peut-être ? s'enquit-il.

Elle hocha la tête, distraite. Trop occupée à se demander pourquoi elle se sentait si bien avec ce type à l'air sportif qui n'était pas son genre.

— Tant d'enthousiasme fait chaud au cœur.

— Pardon ?

— Une autre chose que j'aime chez toi, c'est ta franchise, dit-il avec un sourire triste. Si tu ne veux pas me revoir, dis-le, je ne me vexerai pas.

— Ce n'est pas ça, répondit-elle, profitant de la perche qu'il lui tendait pour amener la question qui la tracassait. C'est la procédure judiciaire, ça va me rendre folle. Je ne suis pas moi-même.

— Je comprends.

— As-tu entendu quelque chose ? demanda-t-elle comme si de rien n'était.

— A propos de quoi ?

— De mon affaire. Mon avocat pense qu'ils vont faire une autre offre.

— Tant mieux, non ? J'imagine que tout le monde veut en finir au plus vite.

— Mais tu n'as rien entendu ?

Il la regarda droit dans les yeux.

— C'est pour ça que tu m'as rappelé ? Pour me soutirer des infos ?

— Oui.

La brutalité de sa réponse ne sembla pas le choquer.

— Désolé de t'avoir fait perdre ton temps, dit-il, le visage fermé. Et d'avoir perdu le mien.

— Attends. C'est vrai qu'au début, je voulais te voir juste pour ça, mais…

Il laissa sur la table quelques billets et ramassa le ticket que la serveuse avait déposé devant lui. Elle le lui prit des mains.

— C'est moi qui t'ai appelé, dit-elle. C'est moi qui paye.

— C'est pour te sentir moins coupable ?

— Tu ne m'as pas laissée finir. J'ai dit « au début », c'est-à-dire avant de savoir que j'allais vraiment apprécier ta compagnie.

Il lui lança un sourire condescendant.

— Ecoute-moi, Evan : je suis ravie d'être venue, d'accord ?

Elle fouilla dans son sac à la recherche de son porte-monnaie, une excuse toute trouvée pour ne pas avoir à affronter ses yeux.

Qu'il aille au diable s'il ne voulait pas la croire, elle avait été sincère. Elle aurait pu minauder et battre des paupières pour arriver à ses fins, mais jouer des armes dites féminines n'était pas dans ses manières. Et ne l'avait jamais été.

— Liza ?

Elle s'obligea à le regarder, et la gentillesse dans son sourire la désarma.

— Je suis ravi aussi que tu sois venue.

— Très bien. Maintenant que notre admiration mutuelle a été bien établie, nous pouvons partir.

Ouch ! Même la bière était hors de prix dans ce bar ! Elle

fouilla encore dans son porte-monnaie, où il n'y avait, et elle ne le savait que trop bien, qu'un billet de vingt dollars.

— Laisse, dit-il s'emparant de nouveau de la note. C'est pour moi.

— Donne-moi ça.

— Nan.

Avant qu'elle ait pu réagir, il avait déjà payé à la serveuse qui passait juste à ce moment.

— Nous sommes au XXIe siècle, dit-elle, au cas où tu viendrais de te réveiller.

— La galanterie est intemporelle.

— C'est ça.

— Tu es prête ?

— Tu peux rester, si tu veux.

— C'est ça, comme tu dis.

— Et maintenant tu vas insister pour me raccompagner à ma voiture.

— Tu peux parier.

— Tu es vraiment quelque chose, dit-elle comme ils quittaient la table.

Avec un clin d'œil, il lui tendit le bras, comme il avait dû le voir faire à son grand-père.

— Que vais-je faire avec toi ? répondit-elle sans pouvoir contenir un rire enchanté.

— Tu admets quelques suggestions ?

Et là, son beau sourire était tout sauf condescendant.

Elle avait vraiment maigri, observa Evan au moment où il posait une main protectrice sur la cambrure de Liza pour se placer, encore une fois, sur le côté extérieur du trottoir. Il l'examina d'un œil professionnel. Cependant, elle n'avait pas la peau d'une personne malade, et bien que l'air fatiguée, son niveau d'énergie semblait acceptable.

— Tu as perdu quelques kilos, commenta-t-il.

— Tu trouves ?

— Ce doit être lié au stress de la procédure.

— J'imagine, dit-elle, les bras serrés autour d'elle-même.

— As-tu froid ? Veux-tu ma veste ?

— Non, merci, c'est gentil.

— Sinon, je n'ai rien entendu à propos de ton affaire.

— Rien ? dit-elle, montrant de nouveau de l'intérêt.

— Nada. Mais il faut dire que je ne traîne jamais dans les couloirs. Je file dès que j'ai fini mon boulot.

Il sentit sa déception.

— Je suis désolé.

— Il n'y a pas de quoi.

Mais si, il y avait de quoi. Maintenant qu'elle savait qu'il ne lui apprendrait rien de nouveau, voudrait-elle le revoir ?

— Je te souhaite bonne chance, en tout cas.

— Tiens donc. Et pourquoi ?

— Parce que, apparemment, tu te sens lésée et tu penses avoir droit à une réparation. Je ne connais pas les détails, mais…

— Tu ne lis pas les journaux, alors. Ils ont fait des gorges chaudes avec chaque détail…

— Parce que tu crois tout ce que tu lis ? rétorqua-t-il, enchanté de voir dans son expression interloquée qu'il avait fait mouche.

Elle s'arrêta pour le regarder longuement.

— Je n'arrive pas à te cerner, marmonna-t-elle, en recommençant à marcher.

— Il me semble que tu l'as déjà dit.

Il adorait être celui qui surprenait, pour une fois.

— Eh oui, mais cela n'a pas changé depuis tout à l'heure.

— Que dirais-tu de demain soir, alors ? poursuivit-il, dans sa lancée.

— Demain soir ?

— Oui, pour dîner. Et peut-être pour arriver à mieux me cerner.

Il crut qu'elle allait accepter, car elle ébaucha un sourire… Avant de laisser échapper un soupir contrit.

— Je ne peux pas.

— D'accord. Et jeudi ?

— Je ne peux pas.

— Autrement dit, je devrais cesser de demander.

Si elle ne voulait pas le revoir, c'était que, aujourd'hui, elle était venue uniquement par intérêt. Mais il ne voulait pas se résigner à le croire.

— J'ai été vraiment surprise de passer un moment si agréable, ce soir..., commença-t-elle, les yeux fixés sur le bitume.

— Merci, c'est flatteur.

— Je suis affreusement maladroite, je sais. Mais c'est la vérité. J'avais une image de toi complètement erronée.

— Je sens venir un « mais ».

— Je ne peux pas te revoir.

— D'accord. Tu vois quelqu'un d'autre ? lâcha-t-il.

— Non.

Il aurait pu se donner des baffes ! Quand une femme dit non, elle ne doit ni excuse ni explication. Son bon vouloir suffit. Mais il n'avait pas pu s'empêcher de poser la question. Quel rustre ! Si son grand-père le voyait.

Il marcha à ses côtés le long du trottoir.

Les décorations de Noël semblaient avoir envahi chaque recoin de la rue. Les guirlandes clignotaient, accrochées aux branches des arbres, et des Pères Noël dans leur traîneau saluaient les passants depuis chaque vitrine. Juste ce dont il avait besoin pour finir de plomber son moral soudain chancelant.

Bon sang, si au moins ses parents avaient décidé de partir en Floride, au lieu d'insister pour passer Noël en famille ! Et dire qu'ils se pliaient à la tradition dans l'idée de lui servir de soutien moral ! S'ils savaient que la dernière chose dont il avait envie, c'était de fêter quoi que ce soit. Il aurait mieux aimé rester dans son coin, à écouter un peu de musique, lire un bon livre... Et s'efforcer d'échapper au souvenir d'Angela et au fait qu'ils auraient dû célébrer leur dixième anniversaire de rencontre le soir du réveillon.

— Eh bien, voilà.

Liza avait cessé de marcher et le regardait, curieuse. Perdu dans ses pensées, il ne s'était pas aperçu qu'ils étaient enfin parvenus au parking, devant sa propre voiture.

— Merci, Evan. J'ai passé un très bon moment. Vraiment.

— Mais j'ai dit que je t'accompagnais jusqu'à ta voiture…

Il sentit qu'elle allait protester, mais finalement, elle pressa ses lèvres si désirables en une moue de résignation.

Au moins, elle avait compris qu'il l'escorterait jusqu'au bout, que cela lui plaise ou non. D'autant plus que le parking était désert aujourd'hui.

Elle ouvrit la porte de sa vieille voiture garée à une vingtaine de mètres de la sienne et le regarda.

— J'aurais aimé que tu me laisses t'inviter, dit-elle.

— C'était un plaisir.

— Et maintenant, je vais entrer dans ma voiture, et tu vas pouvoir partir avec la satisfaction d'avoir accompli en bonne et due forme ton devoir de gentleman.

Il ne répondit pas mais lui tint la porte jusqu'à ce qu'elle soit installée au volant. Il dut faire appel à une bonne dose de volonté pour ne pas se pencher pour l'embrasser et déposer sur ses lèvres un bref baiser. Rien de plus. Sauf qu'il avait l'impression que son geste ne serait pas bien reçu, et ce n'était pas dans ses habitudes de forcer la main aux femmes.

— Conduis prudemment, conseilla-t-il en fermant la portière.

Il ne s'était pas encore retourné qu'elle baissait la vitre avec promptitude. Il admira la nuance noisette de ses yeux, scintillant sous les projecteurs qui éclairaient la porte du studio.

— J'ai passé un très bon moment, répéta-t-elle. Vraiment.

— Qui essayes-tu de convaincre ?

— D'accord, je l'ai mérité, dit-elle avec un sourire.

— Moi aussi, si tu veux savoir la vérité, dit-il, tournant les talons avant que l'envie de l'embrasser ne l'emporte sur les bonnes manières.

Elle n'était pas intéressée, elle le lui avait fait bien comprendre, et il était assez grand pour accepter qu'il ne soit pas son type. Que cela le mette en rogne, c'était autre chose, mais il devait l'accepter.

Il actionna l'ouverture automatique des portes.

Pff, de toute façon, il n'avait pas vraiment le temps pour ces rendez-vous galants. Sa secrétaire ne cessait de lui demander d'élargir ses horaires, elle commençait à se lasser de refuser des patients. Il avait calculé que, dans trois ans, il pourrait quitter son travail de consultant, avancer dans sa carrière, mettre les bouchées doubles et, éventuellement, prendre sa retraite assez jeune. Bien qu'il en doute. La pratique de la médecine le passionnait.

Il jeta sa veste sur la banquette arrière et s'installa au volant. Il faisait quand même froid, pensa-t-il, lançant en même temps le chauffage et la radio. Le soleil venait de se coucher, et seule une ligne de lumière rosée à l'horizon éclairait le ciel.

Il regarda dans le rétroviseur pour s'assurer que Liza était parvenue sans accroc à quitter sa place.

Sa petite voiture était toujours au même endroit… Mais pas elle. Que diable se passait-il ?

Sans y réfléchir à deux fois, il quitta en trombe sa voiture. Il sortit si vite qu'il faillit bousculer Liza, qui se tenait, sans qu'il s'en soit aperçu, tout près de son véhicule.

— Liza, dit-il, alarmé, en la saisissant par le bras. que t'arrive-t-il ?

— Rien, je vais bien, répondit-elle avec un sourire nerveux. Je t'assure.

Il ne desserra pas sa prise. Il était bien, si près d'elle qu'il pouvait sentir le parfum de vanille de ses cheveux.

— Evan, c'est mon bras, là. Tu me fais mal.

— Oh, mon Dieu, pardon, dit-il en s'écartant d'elle. Qu'est-ce qu'il s'est passé ? Ta voiture est en panne ?

— Elle n'a rien, ma voiture. Enfin, à part trop d'années et encore plus de kilomètres. Puis-je changer d'avis à propos de demain soir ?

S'il s'attendait à ça !

— Bien sûr, répondit-il, déconcerté.

— Tu connais le restaurant Simone's ?

— Non. Si. Enfin, je n'y suis jamais allé, mais je connais.

— 19 heures ?

— C'est parfait pour moi.

— Très bien, dit-elle en reculant d'un petit pas. Et merci encore pour la soirée.

— Tout le plaisir était pour moi.

Prenait-il ses désirs pour des réalités, ou avait-elle bel et bien du mal à partir ?

— Je vais attendre que tu sois dans ta voiture.

— D'accord, dit-elle en levant les yeux au ciel. Bonsoir.

— Bonsoir.

Il ne sut interpréter le petit soupir agacé que Liza laissa échapper, mais il ne tarda pas à comprendre lorsqu'elle l'attrapa par la chemise pour l'attirer vers sa bouche.

Elle hésita, le temps d'un battement de cœur.

Sentant son hésitation, il se pencha et posa ses lèvres sur les siennes.

Elle se laissa embrasser, la tête renversée. Leurs langues s'entremêlèrent timidement, faisant connaissance.

Lorsqu'elle s'écarta doucement, il ne la retint pas. C'était très bien comme cela, pensa-t-il, le cœur léger. Pour l'instant.

Chapitre 4

— N'essaye pas de me fuir, espèce de sale garce !

Le beuglement l'effraya tellement qu'elle s'arrêta à un mètre à peine de la porte de l'appartement. Grossière erreur, comprit-elle trop tard, en sentant la main lourde de Rick lui agripper l'épaule. Il la bouscula si violemment qu'elle manqua de tomber.

C'était la deuxième fois qu'il s'en prenait à elle physiquement.

— Ne t'avise pas de relever la main sur moi, le prévint-elle d'une voix ferme. Jamais !

— Ou alors quoi ?

Ses yeux bleus qu'elle avait trouvés si beaux par le passé étaient injectés de sang, et ses longs cheveux blonds qui l'avaient tant attirée pendouillaient sur les côtés comme de la paille.

— Ou alors je laisse tomber le procès, et tu peux commencer à te trouver un autre chien à parasiter.

— Que de la gueule. Tu en serais incapable, ricana-t-il.

— A ta place, je n'en serais pas si sûr.

Elle n'en pouvait plus de lui, ni de leur vie ni de mentir tout le temps. Et Rick semblait l'avoir compris, car pour la première fois elle décela une crainte dans ses yeux.

— Allez, Liza, dit-il, tentant de l'enlacer par la taille.

Elle esquiva.

— Je suis sérieuse, Rick. Je t'interdis de me toucher.

Elle regarda le tas de linge sale oublié dans un coin de la pièce, les bouteilles vides qui le disputaient aux canettes de bière et aux emballages gras de fast-food sur le sol et les meubles. Et ces éclaboussures brunâtres qui tachetaient la moquette autrefois beige… Elle préférait en ignorer l'origine.

Il pointa un doigt menaçant contre son nez, prenant soin cependant de ne pas la toucher.

— Surveille tes mots, salope. On dirait que tu as oublié qui détient ces journaux intimes.

Elle recula, non de crainte mais de dégoût.

Rick empestait, elle le voyait porter ce même T-shirt répugnant depuis une semaine, et elle doutait fort qu'il soit passé sous la douche entre-temps. Mais par-dessus tout, ce qui l'écœurait le plus, c'était de penser qu'elle s'était éprise de lui un jour. Moins d'un an plus tôt, elle avait été si folle de lui qu'elle aurait fait n'importe quoi pour le garder. Elle avait même cru qu'il était l'homme de sa vie, celui qui saurait la rendre heureuse, panser les blessures de son enfance, lui donner l'amour que ses parents n'avaient pas été capables de lui offrir. Les premiers temps, certes, il s'était montré adorable et prévenant. Si sexy, avec ce je-ne-sais-quoi de dangereux… Mais lorsque le masque était tombé, elle s'était retrouvée seule face à un alcoolique accro à l'héroïne. Comme ses parents.

Comment avait-elle pu se montrer si aveugle, si stupide ?

— Ecoute, dit-elle finalement, nous allons accepter la prochaine offre qu'ils nous feront.

— C'est ce que dit cet imbécile d'avocat de mes deux ? hurla-t-il en balançant la canette qu'il avait à la main contre un mur. Parce que tu crois que je peux vivre avec cinq cent mille dollars ?

Pas avec tout ce qu'il s'envoyait dans les veines, non. Mais ça, c'était son problème à lui, pas le sien.

— Je n'ai pas parlé à l'avocat. C'est *mon* choix. Je ne peux pas continuer à vivre comme ça.

— Comment ça, tu ne lui as pas parlé ? !

Trop tard, elle se rappela que la veille elle avait utilisé l'excuse de l'avocat pour lui cacher son rendez-vous avec Evan.

— Je me suis emmêlé les pinceaux avec les dates.

— Tu couches avec lui ? Tu n'as pas intérêt à coucher avec lui, tu le sais.

L'artère qui courait le long du cou de Rick battait de façon visible. C'était mauvais signe, elle le savait. Il était sur le point de perdre le contrôle. Il devait être en manque.

— Grandis un peu, Rick. Tout ce que je veux, c'est qu'il rafle le magot pour que je puisse me débarrasser de toi. Et si tu veux en voir la couleur, tu as intérêt à me rendre les journaux, dit-elle, tournant les talons.

Cette fois-ci, il la laissa partir : il avait besoin de sa dose.

Elle courut se réfugier chez elle, la tête rentrée dans les épaules.

Aussitôt qu'elle claqua la porte, l'impact d'un objet lourd contre le contreplaqué se fit entendre. Dans quelques minutes, Rick serait stone, et elle pourrait jouir d'un peu de paix, mais ce ne serait qu'un moment de répit. Elle devait regarder la situation en face : elle commençait à avoir peur de lui. Son besoin d'héroïne devenait insatiable, et tout ce qu'elle pouvait faire, c'était espérer que son cerveau ne soit pas trop grillé avant qu'il ne lui ait rendu les journaux d'Eve.

La prochaine fois qu'elle devrait lui filer de l'argent, elle lui glisserait les billets sous la porte, décida-t-elle. Elle ne se risquerait plus à poser un pied dans son affreux appartement. Et s'il lui cherchait des noises dans le couloir, elle le menacerait d'appeler la police. Assurément, il ne prendrait pas le risque de se faire arrêter et de ne plus utiliser les journaux pour son sale chantage.

Elle se laissa tomber sur le lit encore défait. Dans une heure, elle devrait commencer à se préparer pour le dîner, mais un petit somme lui ferait d'abord le plus grand bien. Ensuite, elle pourrait partir sans que Rick ne la poursuive jusqu'au parking, comme il l'avait fait la semaine dernière alors qu'elle s'apprêtait tout simplement à faire les courses.

Elle se blottit sous les couvertures et ferma les yeux.

Peine perdue. Dix minutes plus tard, elle ne s'était même pas assoupie.

Rien d'étonnant à cela. Même le sommeil lui était devenu un luxe inaccessible. Encore une chose que Rick lui avait volée. Lorsqu'elle travaillait comme productrice, elle avait connu le stress et la fatigue, mais ce n'était rien, comparé à ce qu'elle traversait depuis un an. Quand la crainte que les journaux d'Eve soient éventés dans la presse ne la tenait pas en éveil, c'était le souci de faire durer ses maigres économies qui la taraudait. Sinon, elle s'angoissait sur la suite des événements dans l'éventualité où ils ne toucheraient pas d'argent à l'issue du procès, car alors elle devrait affronter la colère de Rick, qui ne manquerait pas de la harceler.

Et elle n'avait pas la moindre idée de ce qu'elle pourrait faire dans ce cas, à part s'adresser à Eve et à Jane et tout leur avouer.

Sauf qu'elle ne voulait même pas envisager cette solution, car cela impliquait d'admettre qu'elle avait laissé Rick l'accompagner pour l'aider à vider la maison de Grammie à la mort de celle-ci, chose qu'Eve lui avait expressément défendue. Et ce saligaud avait profité de l'occasion pour s'emparer des cahiers intimes qui relataient une période assez trouble de la vie de son amie.

L'enfance enchantée d'Eve avait pris fin l'année de ses onze ans, lorsque ses parents avaient trouvé tragiquement la mort dans un accident de la route. Elle avait alors été accueillie par son adorable grand-mère.

Le cœur de Liza se serra en pensant à Grammie, cette femme bienveillante et généreuse qui l'avait prise elle aussi sous son aile. La vie chez ses parents était une horreur, et la maison de Grammie avait été son seul refuge. Grâce à celle-ci, elle avait connu pour la première fois le goût d'un véritable repas fait maison, elle qui, jusque-là, ne s'était nourrie que de plats surgelés et de conserves à même la boîte. Et ces histoires que savait raconter Grammie ! De belles histoires, si vivantes, si réelles, que Liza en rêvait toute la nuit.

Même après leur départ pour l'université, les trois amies revenaient chez Grammie pendant les vacances. Sa mort soudaine avait été un coup terrible pour elle, se rappela-t-elle, le cœur serré. Plus douloureux, sans comparaison avec le bref chagrin que lui avait causé la mort de son propre père. Eve avait été tellement abattue à l'époque qu'elle s'était sentie incapable de s'occuper des affaires de Grammie, c'était pourquoi elle lui avait demandé à elle, Liza, sa meilleure amie, d'en prendre la charge. Cependant, elle-même était si peinée qu'elle avait prié Rick de venir la soutenir. C'était la seule excuse qu'elle pouvait arguer pour expliquer pourquoi elle avait demandé à Rick de l'accompagner ce week-end-là.

Ciel, qu'elle avait été naïve, qu'elle avait été bête !

Elle enfouit son visage contre l'oreiller.

Eve s'était toujours montrée l'amie la plus loyale, et elle l'avait trahie. Depuis, sa vie était un cauchemar. Et ce n'était que justice : elle avait l'enfer qu'elle méritait.

Mais non, si justice avait été faite, le hasard n'aurait pas mis Evan Gann sur son chemin.

Pour la première fois de la journée, elle sourit en pensant à ses manières démodées de gentleman. Et ce baiser ! Qui diable aurait pu prédire que ce type embrassait comme un dieu ?

En fait, elle avait hâte de le revoir. La pensée était pour le moins troublante. Il n'était absolument pas son genre, et le moment était affreusement mal choisi. Mais pourquoi s'arrêter à ces détails ? Ce qu'elle voulait, ce dont elle avait besoin, c'était de discuter avec lui en toute simplicité, entre adultes. Une joie simple, à laquelle elle n'avait plus accès depuis trop longtemps.

Enfin détendue, elle se laissa aller avec délice dans les bras de Morphée. Saurait-il apprécier le compliment, si elle lui expliquait tout à l'heure que son souvenir l'avait fait dormir ? se demanda-t-elle avec un sourire, aux portes du sommeil.

Evan n'eut pas besoin de regarder l'heure pour comprendre que Liza lui avait posé un lapin.

Quel manque de considération ! rumina-t-il. Elle aurait pu au moins trouver un moyen de le prévenir qu'elle ne viendrait pas, au lieu de le laisser poireauter trois quarts d'heure devant son verre de vin. Pourtant, la veille, il avait failli lui donner son numéro de portable pour qu'elle puisse annuler en cas d'empêchement. Mais, se rappela-t-il avec ironie, il avait écarté l'idée, pour qu'il ne lui soit pas trop facile de décommander à la dernière minute.

De toute évidence, il ne s'était pas trompé à son sujet : Liza était une femme très affirmée. Si pour d'autres cela pouvait être rédhibitoire, lui ne se sentait pas menacé par une femme de caractère. Mais il n'allait pas souffrir tant de désinvolture. Il en avait sa claque de Mlle Skinner.

Il finit son verre et chercha du regard la serveuse.

La salle était petite, dix tables, compta-t-il, dont seulement trois occupées. S'il y avait eu un peu plus de monde, il serait déjà parti à l'heure qu'il était. La décoration était d'une banalité assommante, avec ces affiches de fleurs géantes accrochées aux murs vert pâle et des soliflores sur chaque table. Ce n'était pas ce qu'on pouvait appeler un lieu à la mode, et surtout ce n'était pas le style de lieu qu'il aurait attendu qu'une femme comme Liza choisisse.

Enfin, au point où il en était, autant rester dîner.

Il jeta un œil au menu qui proposait des plats traditionnels à un prix raisonnable, sans se donner la peine de regarder vers la porte lorsque celle-ci s'ouvrit.

Liza ne daignerait pas l'honorer de sa présence ce soir, il avait compris. Pourtant, il connaissait une demi-douzaine de femmes qui auraient accepté une invitation de sa part avant qu'il ait fini de la formuler. Mais il n'en tirait aucune fierté : il ne savait que trop bien qu'elles étaient moins attirées par sa personne que par son titre de médecin obtenu à Harvard.

Ce n'était pas le cas de Liza, elle semblait insensible à ce type d'atout. Etait-ce à cause de son indifférence, voire son rejet à cet égard qu'il s'était d'abord senti attiré par elle ?

Non. Plus probablement, il l'avait remarquée parce qu'elle était l'exact opposé d'Angela.

Puis Liza entra dans son champ de vision, et le reste de l'univers s'effaça.

Sa longue chevelure brune lui donnait cet air un peu sauvage qu'il aimait tant chez elle. La minijupe en jean mettait en valeur ses longues jambes élancées, mais le reste de son corps était occulté, comme la veille, par un large chandail, noir cette fois-ci. Et elle ne portait toujours pas de manteau.

Il aurait dû se montrer fâché, mais il était trop heureux de la voir pour bouder son plaisir.

— Je m'étais dit que tu ne viendrais pas. J'étais sur le point de partir, dit-il lorsqu'elle fut assise en face de lui.

— Je suis désolée, vraiment désolée. Je me suis allongée un moment et… je me suis endormie.

— Tu aurais pu appeler à mon cabinet. J'ai un service de secrétariat permanent, ils m'auraient fait parvenir le message.

— Je sais, dit-elle, jouant avec la serviette. Mais si j'appelais, je risquais de me dégonfler et de faire machine arrière.

— Mais pourquoi aurais-tu fait cela ?

— J'ai beau être cavalière, je connais la différence entre un léger retard et le manque d'éducation.

Elle avait surtout l'air à cran, se dit-il, remarquant pour la première fois les étincelles vertes qui illuminaient ses iris noisette.

— Tu es superbe.

— Merci, dit-elle doucement.

Elle porta son attention sur le menu, comme si le compliment l'avait mise mal à l'aise.

— As-tu jeté un œil à la carte ? demanda-t-elle.

— Une douzaine de fois.

— Ecoute, j'étais en retard, ce n'est pas sympa, et je me suis excusée. Mais si tu n'es pas capable de passer outre…

— Doucement, là. Je te taquinais.

— Désolée. Je n'ai pas le réveil gracieux.

Un fracas de vaisselle cassée provenant de la cuisine la fit sursauter. Elle porta une main angoissée à sa poitrine.

— Bon sang ! Ils m'ont fait peur.

— J'ai remarqué.

Il avait le sentiment assez net que ce n'était pas le bruit soudain qui la rendait si nerveuse, mais autre chose.

— Tu viens souvent ici ?

— A vrai dire, c'est la première fois que je viens.

— Il me semblait que ce n'était pas ton style.

— Ah bon ?

— Ça l'est ?

— Développez votre diagnostique, docteur Gann.

— Même un étudiant de première année serait parvenu à cette conclusion. Trop banal, trop fade.

— Alors ça. Très bien, dit-elle, s'accoudant sur la table pour le fixer de plus près. Décris-moi l'endroit que tu crois être mon style.

— Et si je te le montre, au lieu de te le décrire ? répondit-il, en imitant son geste.

— Je t'écoute, insista-t-elle.

— Assez parlé. C'est à moi de jouer. Mais tu dois me faire confiance.

— Et si je ne veux pas ?

— Tu perds.

La serveuse arriva, prête à prendre la commande. Liza le regarda, hésitante.

— C'est à toi de voir, la défia-t-il.

— Merci, je ne vais rien prendre.

— Très bien, alors, dit la serveuse. Vous voulez manger tout de suite ?

— Finalement, nous n'allons pas dîner. Amenez-nous la note quand vous le pourrez.

Il tira de sa poche sa pince à billets en argent, celle-là même qu'Angela lui avait offerte pour ses vingt-six ans et le seul souvenir qu'il avait gardé d'elle. La voir chaque jour lui servait à se rappeler qu'il ne devait plus jamais se laisser berner par une femme.

— Tu es prête ?

Ils marchèrent ensemble vers la porte, et lorsqu'il s'arrêta vers le portemanteau, il observa Liza à la dérobée.

Son regard anxieux semblait guetter un danger inconnu dans la rue.

— Quelque chose ne va pas ?

— Eh ? Non. Pourquoi ?

— Je ne sais pas. On aurait dit que quelqu'un était en train de voler ta voiture, ou quelque chose comme ça.

— Ils me rendraient service, franchement.

Avec un geste d'une familiarité qui le troubla, elle lui ajusta son col.

— Toujours pas de manteau ?

— A ton avis ?

— Prenons ma voiture, si tu es d'accord, dit-il comme il lui tenait la porte.

— Je pourrais prendre la mienne et te suivre.

— Tu n'auras qu'à dire un mot et je te ramènerai. Promis.

Elle sembla hésiter mais accepta finalement. Il la devança pour lui ouvrir la portière et elle plissa le nez, amusée. Certes, avec l'ouverture automatique, le geste n'était plus nécessaire, mais la galanterie était trop enracinée en lui. Gentleman ou pas, il ne put cependant s'empêcher de remarquer que la jupe de Liza était remontée à une hauteur vertigineuse lorsqu'elle s'installa dans le siège.

Mmm.

Il faisait un froid de canard, ce qui risquait de gâcher ses plans, pensa-t-il en démarrant. Heureusement qu'il avait toujours dans le coffre une couverture, il pourrait s'en servir, car quoi qu'elle en dise, Liza devait être gelée.

Ou non ? A son grand étonnement, elle venait d'appuyer sur le bouton d'ouverture de sa vitre.

— Waw, dit-elle, remontant la vitre aussitôt. Une vraie voiture de grand, avec toutes les options.

— Le toit aussi est coulissant, si tu veux jouer avec, dit-il, déjà sur la route.

— Est-ce bien raisonnable ?

— Lorsque tu auras gagné ton procès, tu pourras t'offrir la voiture de tes rêves.

— Je ne le fais pas pour l'argent, répondit-elle, soudain assombrie.

— Bien sûr, ça te regarde, convint-il, s'en voulant de sa maladresse.

— Mais où va-t-on donc ? dit-elle après un long silence.

— Tu aimes la cuisine chinoise ?

— J'aime les nouilles et le poulet sauce aigre-douce.

— Parfait, alors.

— Alors, où est-ce…

— Tu n'as plus le droit de poser d'autres questions.

— Et qui a dit cela ? demanda-t-elle, moqueuse.

Sans répondre, il se gara devant le boui-boui asiatique où il prenait le plus souvent son dîner à emporter. Le choix était restreint : trois entrées, trois plats. Mais heureusement, vérifia-t-il d'un coup d'œil, ce soir ils proposaient des nouilles sautées et du poulet.

— Tu viens ? dit-il.

— J'ai un coup de fil à passer. C'est important. Et privé.

Pourquoi le regardait-elle avec un air de défi ? La chose n'aurait eu aucune importance si elle n'avait pris aussi cet air coupable. Que diable cela signifiait-il ? Etait-ce encore l'histoire d'Angela qui se répétait ?

Evan n'avait pas apprécié, se dit Liza. Et elle le comprenait.

Cramponnée à son portable, elle le regarda commander au comptoir pendant qu'elle écoutait le téléphone sonner dans le vide puis, comme elle l'espérait, la boîte vocale de Rick.

Parfait, il était hors-jeu. Elle pouvait maintenant se détendre, il ne l'embêterait plus pour ce soir.

A moins qu'il ne l'ait suivie ?

Ces temps-ci, elle ne pouvait plus sortir sans avoir l'impression qu'il la surveillait. Elle était sans doute en train de virer paranoïaque, à force. D'autant plus qu'aujourd'hui ils avaient eu une engueulade monstre qui avait épuisé ses nerfs, juste au moment où elle sortait pour rejoindre Evan. C'était là la véritable raison de son retard. Rick l'avait prise au dépourvu. Elle ne s'attendait pas à le trouver debout, compte tenu de la quantité d'alcool et d'héroïne qu'il pouvait consommer dans une journée. Pourtant si, il avait encore assez de force pour s'en prendre à elle. Mais aujourd'hui, pour la première fois, elle l'avait remis à sa place sans ménagement.

Ce qui n'était pas une manœuvre intelligente, hélas. Si jamais Rick se sentait acculé, il serait capable de faire n'importe quoi avec les journaux d'Eve, ce qu'elle voulait éviter à tout prix. Le mieux, à partir de maintenant et jusqu'au résultat du procès, c'était de rester calme et de lui donner l'argent qu'il réclamait.

Evan était décidément un chic type, pensa-t-elle comme celui-ci revenait vers la voiture. Toujours pas son style, mais le peu de temps qu'ils avaient passé ensemble lui avait rappelé à quoi ressemblait une vie normale, dans laquelle elle avait le droit de dîner avec un ami sans surveiller sa montre, comme si elle était encore une adolescente sans permission de minuit.

Il ouvrit la voiture et lui posa sans mot dire un grand sac en papier sur les genoux.

Si elle voulait éviter que la soirée tombe à l'eau, il fallait qu'elle trouve un moyen de se faire pardonner. Mais comment faire, sans tout lui expliquer ? Ou sans craquer et se mettre à pleurer sur son épaule ? Car ça, elle ne pouvait pas se le permettre.

— Ça sent bon, dit-elle une fois qu'il eut démarré.

Il hocha la tête, toujours en silence, sans daigner la regarder.

Elle inspira profondément. D'accord, il tenait à faire la tête. Tant pis.

— Ecoute, si tu voulais une soirée peinarde avec un verre de lait et des cookies, il fallait appeler ta maman.

Cette fois, elle avait capté son attention. D'ailleurs, à son expression, on aurait cru qu'il la prenait pour une folle.

— Tu es vraiment quelque chose. Tu le sais, ça ?

— « Quelque chose » n'étant pas un compliment, si j'entends bien.

— A vrai dire..., commença-t-il en tapant sur le volant en un geste de frustration. A vrai dire, je n'en sais rien.

— Ça me laisse une chance sur deux que ce soit un compliment. Ce n'est pas si mal.

Il secoua la tête avec une moue de censure, mais elle ne manqua pas de voir qu'il contenait l'envie de sourire.

Satisfaite d'elle-même, elle s'adossa contre le confortable siège en cuir.

Evan était un chic type, oui. Et il embrassait bien, très très bien.

Chapitre 5

Qu'avait-il en tête ? se demanda Liza lorsque Evan arrêta le moteur.

Dans le confortable silence de la voiture, perdue dans ses pensées, elle n'avait pas vu le temps passer. En revanche, elle constatait qu'ils ne se trouvaient pas dans une zone résidentielle, et donc qu'il ne l'avait pas emmenée chez lui, comme elle l'avait imaginé lorsqu'il lui avait proposé un dîner à emporter.

— Où sommes-nous ?

— Dans un parc.

— Je vois ça.

— Veux-tu manger ici ou dehors ?

Elle scruta l'espace environnant. La seule chose qu'elle pouvait distinguer, c'était une table de pique-nique à une centaine de mètres de la voiture. Quelques arbres caressaient le ciel de leurs branches dénudées au milieu de grands sapins qui habillaient de leurs couronnes coniques le paysage, à peine éclairés par quelques lampadaires. Personne.

Rien d'étonnant, les gens normaux ne pique-niquaient pas souvent le soir au mois de décembre.

— J'ai une couverture dans le coffre, mais c'est toi qui décides.

— Oh, le coquin, plaisanta-t-elle. Toujours prêt ?

— Elle fait partie de mon kit de premiers secours, figure-toi. Qui, en effet, est toujours prêt, répondit-il, sec.

— Bien sûr, répondit-elle sur le même ton.

Ça lui apprendrait à s'imaginer des choses. Evan ne l'avait même pas conduite chez lui comme elle l'avait cru.

Après le baiser de la veille, elle avait pensé que ce M. Gentil-bien-comme-il-faut avait en lui la fibre sauvage et qu'il oserait même faire une entorse au *Code du preux chevalier* qu'il gardait sans doute en permanence sur sa table de chevet. Un baiser sur la joue après le deuxième rendez-vous, et un bécot sur les lèvres le troisième jour, mais sans aller plus loin. Vers le huitième rendez-vous, peut-être qu'il se lâcherait et arrivait même à tenter un câlin un peu plus poussé.

Mais ils n'auraient pas le temps de se fréquenter aussi longtemps. Donc, si elle voulait le mettre dans son lit, elle allait devoir faire le premier pas.

L'idée de le séduire et par la même occasion de le choquer un peu lui parut fort attirante.

— Allons dehors, proposa-t-elle enfin. Nous pouvons partager la couverture.

— Vendu.

Elle attendit à l'intérieur de la voiture, l'observant dans le rétroviseur pendant qu'il allait ouvrir le coffre. Lorsqu'elle le vit revenir avec la couverture pliée sous le bras, elle saisit le sac avec leur dîner et le rejoignit.

Marcher dans l'obscurité sur le petit chemin irrégulier tapissé d'aiguilles de sapin n'était pas une tâche aisée, encore moins en escarpins à talons, et si elle n'avait pas senti la main d'Evan qui la tenait doucement par le coude, elle aurait eu peur de tomber. Et Dieu qu'elle avait froid ! pensa-t-elle, commençant à grelotter. Surtout aux jambes, à cause de la minijupe. Sauf qu'elle se laisserait pendre plutôt que de l'admettre à voix haute, après ses commentaires crâneurs pour justifier l'absence de manteau. Elle frissonna.

Avec la prévenance qui le distinguait, Evan posa la couverture sur ses épaules pour la protéger de la bise, et ses mains avec.

Elle ne protesta pas, car, malgré ses ricanements, elle aimait ses attentions. Ça la changeait, et c'était très agréable. Vraiment chouette.

Elle posa le sac de victuailles sur la table, et regarda au-delà des arbres. A leurs pieds scintillaient les lumières rouges et dorées de la ville.

— Waoh !

— Joli, n'est-ce pas ?

— Qui l'aurait cru ? Mais, où sommes-nous au juste ?

— C'est un lieu secret.

— Impressionnant… Que dirais-tu de manger avant que ce dîner n'ait trop refroidi ? dit-elle en commençant à disposer les barquettes sur la table.

Elle s'installa sur le coin du banc qu'Evan avait soigneusement épousseté pour elle et qu'il lui offrait maintenant d'un geste gracieux de la main.

— Dès qu'il fait trop froid pour toi, nous retournons dans la voiture.

— J'en prends note. A vrai dire, je croyais que tu nous conduisais chez toi.

— J'y ai pensé, mais…

— Mais ?

— Je ne voulais pas que tu l'interprètes mal.

— Dans quel sens ?

Evan pouffa, et elle tenta de discerner son expression.

Mais le seul lampadaire de la zone se trouvait derrière lui, de sorte que son visage restait à contre-jour. Donc, il pouvait voir sa tête alors qu'elle ne pouvait distinguer la sienne. Pas juste.

— Après tout, tu es un mec, dit-elle.

— Tu as remarqué aussi ?

Il vint s'asseoir tout près d'elle, et un frisson d'une nature très différente lui parcourut le corps. Elle sentit la chaleur de sa cuisse réchauffer la sienne, et son avant-bras frôler son sein. Finalement, il ne faisait pas si froid que ça.

— Tiens, dit-il en lui proposant une paire de baguettes.

— Je ne sais pas m'en servir. J'ai déjà essayé, et ce n'était pas beau à voir.

— Alors tu vas avoir besoin de ça. Des serviettes en papier pour la demoiselle. Prends-en bien soin, qu'elles ne s'envolent pas. Je n'ai pas envie de me casser le cou en les pourchassant dans le noir.

— Attends, dit-elle après avoir vérifié dans le sac que, en effet, il n'y avait pas de couverts en plastique. Tu veux dire qu'il faut que je mange avec les doigts ?

— Sauf si tu n'as plus faim.

— Je peux toujours piquer le poulet avec ces trucs.

— Mais non, regarde, c'est très facile ! protesta-t-il. Je vais te montrer. Vas-y, prends les baguettes.

Ce disant, Evan l'entoura avec son bras droit et la serra contre sa poitrine pour pouvoir guider sa main avec la sienne.

Ce qu'elle était idiote ! se dit-elle, sentant son pouls s'affoler. Sa main tremblait, ce qui rendait encore plus difficile l'exploit de saisir ces stupides baguettes. Elle dut s'y prendre à deux fois avant d'arriver à les tenir correctement. Pourvu qu'il pense que c'était à cause du froid !

— Pose-en une le long de ton majeur, comme ça, dit-il en guidant ses doigts. Et maintenant, il faut que tu tiennes l'autre entre le pouce et l'index.

Et zut ! L'une des baguettes s'échappa et disparut sous la table.

— Laisse, je la prends, dit Evan.

Son souffle chaud lui frôla la jambe, et elle sentit le toucher rugueux de sa joue contre son genou gauche. Elle réprima le besoin urgent de serrer ses cuisses et inspira profondément. Ce n'était pas comme s'il allait fureter sous sa jupe. Ce qui était dommage, d'ailleurs.

Il se redressa très vite et toussota, soudain très intéressé par le contenu du sac. Etait-il embarrassé ?

— La voici. Par chance, j'en ai pris trois paires, dit-il.

— J'aurais pu parier.

— Que veux-tu dire par là ?

— Que tu es le parfait boy-scout, et que tu es donc toujours prêt.

— Et c'est censé être un problème ? Mais maintenant que j'y pense, dit-il avec un sourire malicieux qui capta la lumière des réverbères.

Il l'embrassa à brûle pourpoint.

Prise au dépourvu, elle laissa échapper la couverture qui glissa de ses épaules. Mais la chaleur délicieuse qui l'envahissait de fond en comble valait tous les manteaux du monde.

Le baiser électrisant de la veille n'avait été qu'un pâle avant-goût. La langue d'Evan, audacieuse, explorait l'intérieur de sa bouche avec détermination et adresse, attisant ses sens engourdis après tant de mois sans goûter à la compagnie d'un homme. Il prit son visage entre ses mains, et elle se cramponna à ses épaules sans se soucier de sa jupe qui montait vers ses hanches à une hauteur indécente.

Elle avait envie qu'il glisse ses mains là où la jupe n'était plus.

D'habitude, elle n'hésitait pas à formuler ses désirs de façon explicite, mais avec Evan, elle n'osait pas. Elle ne voulait surtout pas le brusquer. Pas maintenant qu'il semblait décidé à prendre l'initiative.

Il s'écarta légèrement, mais elle le retint contre sa bouche, plaquant sa poitrine contre son torse, aguicheuse. Elle voulait qu'il continue. Comme s'il avait deviné sa pensée, il fit glisser sa main jusqu'à sa cuisse et joua avec le bord de sa jupe du bout des doigts, jusqu'à frôler le bord de sa petite culotte. Doucement ensuite, il rebroussa chemin jusqu'à caresser son visage, pour se détacher d'elle et la regarder.

— Tu dois être frigorifiée.

— Pas tant que ça.

— Où est passée la couverture ? dit-il, se penchant sur le côté pour aller la chercher.

— Oublie cette couverture.

— Mais…

— Oublie que tu es un gentleman, pour une fois, murmura-t-elle en l'attirant de nouveau vers elle par les pans de sa veste.

Le sourire d'Evan étincela une seconde dans la pénombre, juste avant qu'il ne se penche sur elle pour l'embrasser à pleine bouche, dans un baiser exigeant et passionné. Il chercha avec sa main le bord de la culotte qui remontait vers la hanche et

— Oh délicieuse surprise ! — l'accrocha avec son doigt, pour le faire descendre le long de ses cuisses.

Apparemment, elle ne l'avait pas brusqué, se dit-elle, descendant à son tour les mains le long de son torse jusqu'au-dessous de sa ceinture. Elle joua là un bref instant et sourit, la bouche contre la sienne, en sentant la réponse immédiate et flagrante du sexe d'Evan à sa main baladeuse.

— Continue comme ça, et nous allons finir chez moi, chuchota-t-il.

— Ce n'est pas moi qui vais me plaindre.

Evan lui mordit avec une douce violence la lèvre inférieure.

— Hé, dit-elle, posant sa main maintenant sur le renflement de son pantalon. Qu'est-ce que nous avons…

Elle s'interrompit en entendant quelqu'un s'éclaircir la gorge derrière eux, en même temps que le faisceau lumineux d'une lampe de poche se braquait sur le visage d'Evan.

— Bonsoir, les amis. Il fait un peu froid pour pique-niquer, vous ne trouvez pas ?

— Bonsoir, monsieur l'agent, répondit Evan, retirant la main de sous sa jupe. Y a-t-il un problème ?

Elle plissa les yeux, éblouie par la lumière que le policier dirigeait maintenant sur son visage. Elle s'en protégea d'une main.

— Eteignez ça, ordonna-t-elle d'un ton agressif. Ce n'est pas nécessaire.

— Que faites-vous ici ? demanda l'agent.

— Un fichu pique-nique, comme vous venez de le dire.

— Liza, c'est bon, tempéra Evan.

— Non, ce n'est pas bon. Ce type nous harcèle sans motif.

Elle fixa le vieil homme, dont la grimace retorse lui rappelait le visage vicelard de son père.

— Maintenant que vous avez vérifié que nous n'allions pas voler les arbres, continua-t-elle, vous pouvez nous ficher la paix.

— Vos papiers, s'il vous plaît, mademoiselle, rétorqua le policier, défiant. Les vôtres aussi, monsieur.

— Pas de problème, dit-elle se relevant d'un bond. Mon

sac est dans la voiture, et je vais vous demander votre numéro de plaque.

— Allons, Liza, dit Evan, tentant de la retenir par le bras. Calme-toi.

Elle fila vers la voiture sans consentir un regard, trébuchant dans le noir.

Oh, ce qu'elle détestait ces policiers qui abusaient de leur petit pouvoir ! Ces aigris qui n'avaient pas été fichus de réussir leur examen de lieutenants et continuaient à patrouiller les rues jusqu'à l'âge de la retraite, déversant leur frustration sur les citoyens qui avaient la malchance de croiser leur chemin.

Elle sentait au fond de sa gorge le goût amer du ressentiment cumulé depuis son enfance. Alors que la police était censée protéger les gens, ces braves bonshommes en bleu se protégeaient d'abord entre collègues, et leur satané esprit de corps les empêchait de venir en aide à une épouse ou à un enfant dès lors que le tortionnaire était l'un des leurs.

Heureusement qu'Evan n'avait pas fermé à clé, se dit-elle, récupérant son sac. Elle y fouilla d'abord pour trouver un stylo et ensuite elle sortit sa carte d'identité de son portefeuille.

— Mademoiselle, avez-vous bu ? demanda l'agent.

Surprise, elle se tourna, et le type pointa de nouveau la lumière sur son visage, geste intimidant et superflu sous l'éclairage du parking. Elle réprima l'envie de lui arracher cette satanée torche des mains.

— Non, mais j'aurais dû. Tenez.

L'agent prit son temps pour examiner le document, dans l'idée sans doute de l'apeurer.

Sombre crétin ! Elle allait noter son numéro et comptait adresser dès le lendemain une lettre bien sentie au commissaire. Rien que l'idée la soulageait déjà.

Evan les rejoignit à cet instant, chargé de la couverture et du sac de victuailles froides. Il la regarda avec un mélange de curiosité et d'agacement.

Ce qui eut la vertu d'attiser sa colère. Il ne pouvait pas

comprendre. Elle n'en attendait pas tant, et elle ne voulait même pas qu'il essaye.

Elle se redressa, défiante, le stylo prêt dans sa main tremblante, non de peur, mais de rage. Et elle ne laisserait personne, surtout pas ces deux-là, se méprendre à ce sujet.

— Mademoiselle, j'imagine que vous êtes au courant que cette carte expire aujourd'hui ?

— Qu'est-ce que vous racontez ? dit-elle, s'emparant de la carte. Elle est valable jusqu'au jour de mon anniversaire.

Le policier prit Evan à témoin avec un froncement de sourcils.

— C'est aujourd'hui.

Elle les regarda tous deux, soudain interdite.

— Ah bon ?

Le regard fixe devant lui, Evan conduisait. Ils avaient laissé le parc loin derrière eux, et aucun d'eux n'avait brisé encore le silence. A quoi bon ?

Il en fallait beaucoup pour le mettre en colère, mais le comportement de Liza face au policier dépassait les bornes. Elle l'avait agacé au plus haut point, et il était prêt à la déposer vers sa voiture et à tourner les talons à jamais. Sans regret.

Comment pouvait-elle se montrer si bornée ? Si elle s'était montrée polie, l'agent serait parti aussitôt, et ils auraient pu continuer à s'embrasser comme deux adolescents en rut.

Mais l'expression perplexe de son visage lorsqu'elle avait appris que c'était son anniversaire l'avait quelque peu radouci. Il ne savait pas qu'en penser. Comment pouvait-elle l'avoir oublié ? Lui-même se souciait peu des fêtes, mais bon sang, il se souvenait de son propre anniversaire. Il se rappelait aussi celui de ses parents et de chacun de ses frères, et si jamais il venait à l'oublier à cause de ses nombreuses occupations, sa mère prenait soin de le prévenir par un coup de fil. Il n'arrivait pas à croire que Liza n'ait personne dans sa vie pour lui souhaiter son anniversaire.

— Donc, dit-il enfin, il faut que je pose la question. Comment pouvais-tu ne pas savoir que c'était ton anniversaire aujourd'hui ?

— La plupart du temps, je ne sais pas quel jour nous sommes, répondit-elle évasivement.

— Bon anniversaire, alors.

— Merci, marmonna-t-elle, le visage obstinément tourné vers sa vitre.

— Pourquoi cette tête d'enterrement ? C'est parce que tu as eu trente ans ?

— Non. Pas encore.

— Ce ne serait pas si grave que ça, en tout cas. Moi-même, je suis à mi-chemin de mes quarante.

— Tu as trente-cinq ?

— Oui, madame.

— Waoh, je n'étais jamais sortie avec un mec aussi vieux.

— Très drôle, dit-il comme il arrêtait la voiture sur le bord de la route.

— Que fais-tu ?

Il passa son bras par-dessus le siège de Liza, sans se soucier des voitures qui défilaient à vive allure.

— Qu'est-ce qu'il t'a pris tout à l'heure, avec l'agent ?

— Je n'aime pas les flics, dit-elle avec une expression de défi.

— Tu as monté en épingle un fait anodin. Ce type faisait son travail, c'est tout.

— Il nous a harcelés sans raison.

— Il a réagi à ton attitude.

— Ça ne te regarde pas, coupa-t-elle.

— Comment ça ? J'y étais, bien sûr que ça me regarde, dit-il, haussant le ton.

— Mon père était flic, lâcha-t-elle.

— Et comme tu ne t'entendais pas avec lui, maintenant tous les flics sont des méchants.

— Il n'était pas que flic, il était aussi ivrogne, d'accord ?

— Je vois.

Même dans la lumière incertaine de la voiture, il pouvait déceler la colère dans son regard.

— Tu vois ? C'est ce que tu crois ? s'emporta-t-elle. Tu as fait une fois un stage avec un psychiatre, et maintenant tu sais tout sur moi ?

— Et ça recommence.

— Quoi ?

— Tu me traites comme si j'étais ton ennemi.

— C'est ton attitude supérieure.

— Mais *quelle* attitude supérieure ? s'irrita-t-il, sentant qu'il allait perdre patience. Peux-tu m'expliquer quand et comment je me suis montré supérieur ?

Liza ouvrit la bouche comme si elle avait une réponse cinglante toute prête, mais la referma sans rien dire.

— Et tu ne peux pas m'expliquer parce que ce n'est pas vrai, en revanche, tu peux présenter des excuses.

Le visage fermé, elle fixa la route quelques secondes, avant de se retourner vers lui avec une mine contrite.

— Tu as raison. Je suis désolée.

La simplicité des mots le désarma.

Cette femme allait le rendre fou. Elle était la contradiction incarnée, et la fréquenter ne manquerait pas de lui attirer des ennuis. Paradoxalement, cela la rendait parfaite à ses yeux, car ce n'était pas avec elle qu'il serait tenté d'établir une véritable relation.

— Ce n'est pas une excuse, je sais, continua Liza sur la défensive, mais l'homme qui me servait de père n'avait pas à proprement parler le vin agréable.

— Il te battait ?

— Il a failli à maintes reprises, mais non.

— Il battait ta mère ?

— Elle a été moins chanceuse que moi, murmura-t-elle, le regard ailleurs. Mais personne ne semblait s'en soucier.

C'était donc ça ! Malheureusement, au cours de sa pratique, il avait souvent l'occasion de rencontrer des adultes enfants d'alcooliques, et il savait que leur enfance malheureuse conditionnait leur comportement, notamment en ce qui concernait leur capacité à contrôler leurs émotions. Liza portait un lourd bagage. Mais que diable, c'était le cas de la plupart des gens. Lui le premier.

— Et je tiens à dire que je ne cherche pas ta pitié, ajouta-t-elle. Beaucoup d'enfants grandissent dans des conditions bien pires.

— Tant mieux, car je ne comptais pas te plaindre, dit-il, reprenant la route.

— Tu ne cesses pas de me surprendre, dit-elle avec un doux éclat de rire.

— Et c'est bon ou c'est mauvais ?

— Je ne sais pas encore.

— As-tu encore faim ?

— Le dîner a dû refroidir, je le crains.

Elle souriait, et il adorait son expression lorsqu'elle le regardait comme ça. Finalement, il décida qu'il n'avait plus envie de la déposer à sa voiture.

— Eh, où va-t-on ? demanda-t-elle comme ils dépassaient le restaurant où ils s'étaient donné rendez-vous.

— Chez moi.

Chapitre 6

Les yeux à peine ouverts, Rick se rassit sur le canapé, trempé de sueurs froides et secoué de frissons. Il tenta de voir l'heure sur le réveil, mais ne distingua qu'un flou rouge à la place des chiffres.

Et cette fichue lampe ne marchait plus depuis trois jours. Liza. Qu'est-ce qu'elle glandait ? Cette garce était censée s'occuper de ce genre de trucs.

Sa bouche était si sèche qu'il n'arrivait même pas à avaler sa salive. Il allongea le bras pour prendre la bouteille de bière sur la table basse. Vide. Furieux, il la lança contre le mur mitoyen avec l'appartement de Liza.

Le lourd impact fut suivi du fracas des tessons tombant au sol.

Il espérait que le bruit l'avait réveillée. C'était quoi, cette foutaise de payer deux appartements ? Il avait besoin de ce fric ! Elle devenait de plus en plus difficile, au point qu'elle ne lui achetait même plus ses cigarettes.

— Hey, cria-t-il.

Pas de réponse.

Avec difficulté, il se mit debout et jura tout ce qu'il savait lorsqu'un éclat de verre s'enfonça dans la plante de son pied. Hurlant de plus belle, il se traîna vers le mur qu'il commença à frapper de sa main.

— Hey, toi !

Toujours pas de signe de vie de l'autre côté. Il cogna si fort contre la cloison qu'il faillit tomber en arrière. Qu'elle aille en enfer ! Il devait avoir des clopes encore quelque part. A la cuisine, ouais. Il avait besoin d'une dose de quelque chose, la nicotine ferait l'affaire pour l'instant.

Un autre bout de verre le blessa au talon.

— Merde !

Le lendemain, il irait discuter lui-même avec ce crétin d'avocat. Il en avait assez de dépendre des bakchichs minables de Liza, d'autant plus qu'il la soupçonnait de vouloir l'entuber. Elle avait les sous de l'assurance de son vieux, et il voulait bien s'arranger avec ça, le temps que le vrai jackpot tombe.

Une fois dans la cuisine, il décapsula une bouteille de bière.

Il n'aimait pas la façon dont Liza se comportait ces temps-ci, elle la ramenait beaucoup trop, pour une nana qu'il était censé avoir à sa botte. La bière, c'était bien pour la soif, mais il avait besoin de quelque chose de plus fort.

Il dénicha parmi les cadavres de bouteilles un reste de vodka, qu'il finit d'une seule lampée.

Il y avait anguille sous roche, avec Liza. Elle ne sursautait plus lorsqu'il lui parlait, et elle le négligeait. Jusque-là, il n'avait pas eu à demander pour qu'elle le ravitaille en clopes et en gnole. Mais maintenant... Une garce, comme l'autre sainte-nitouche d'Eve. Toutes des salopes. Peut-être qu'elle pensait se tirer avec le magot du procès ?

La simple idée le survolta. Si jamais elle s'avisait de le rouler...

Il se précipita dans l'allée, mû par la rage.

Il n'y avait pas de lumière dans l'appartement d'à côté, il devait être minuit passé. Rien à cirer si elle dormait. Il allait lui rappeler qui commandait ici.

Il cogna avec les poings contre la porte.

— Liza !

Pas de réponse. Il tenta de distinguer l'intérieur à travers la fenêtre, mais les rideaux étaient tirés.

Il redoubla ses coups.

— Ouvre-moi, sale garce !

Et toujours rien.

Une lumière s'alluma dans l'appartement d'à côté. La porte

s'ouvrit violemment, et il vit apparaître sur le seuil le voisin, complètement nu. Son visage cramoisi ne présageait rien de bon.

— Ferme-la tout de suite, ou c'est moi qui viens te la fermer ! T'as compris, mec ?

Il recula sans oser riposter.

Il scruta le parking en bas, mais ne put distinguer la voiture de Liza. Mais peut-être qu'elle s'était garée ailleurs. En revanche, si elle était sortie, l'autre brindille, sa copine, saurait lui dire où elle était allée.

Agrippé à la rambarde, il rampa jusqu'au bout du couloir. Il n'était pas tout à fait sûr de l'appartement, mais il avait vu souvent la gamine jouer devant celui du bout. Là non plus, aucune lumière. Il frappa avec précaution, pour ne pas énerver davantage le type à poil.

Cette fois-ci, il n'attendit pas longtemps. Il entendit des bruits à l'intérieur, et la porte s'entrouvrit. Bingo, se dit-il, distinguant à travers la fente les mèches sales de l'amie de Liza. Il avait frappé à la bonne porte.

— Que voulez-vous ? demanda la jeune femme.

— Où est-elle ?

— Qui ?

— Bordel, fais pas la maligne avec moi. Tu sais parfaitement de qui je parle.

Il lut la peur dans ses yeux. Tant mieux.

— C'est qui, maman ?

C'était la gosse, qui recula, effrayée, aussitôt qu'elle le vit.

— Retourne au lit, Freedom, dit sa mère. Tout de suite. Et je ne sais pas où se trouve Liza. Elle doit dormir. Il est tard.

Pas si mal que ça, finalement, cette gonzesse, maintenant qu'il y regardait de plus près. A part la cicatrice. Mais qui s'arrêtait à ça ? Il n'avait pas tiré un coup depuis un bon moment. Il glissa la main par l'ouverture et porta un doigt crocheté sous son menton.

La peur dans les yeux bleuâtres redoubla, et elle fit un bond en arrière.

— Va en enfer, cria-t-elle, fermant la porte sur son poignet.

— Merde !

La douleur l'obligea à lâcher sa proie, et elle en profita pour fermer.

— Espèce de garce ! Tu vas me le payer. Toi et Liza.

Le bruit avait sans doute alerté les voisins car les lumières se multipliaient aux fenêtres. Damnée Liza. Elle ne lui échapperait pas comme ça. Dorénavant, il n'allait pas la quitter d'une semelle. Et on verrait lequel des deux était le plus malin.

Liza ne connaissait pas la zone de la ville qu'ils étaient en train de traverser.

Quand elle était arrivée à Atlanta, quatre ans auparavant, elle avait occupé un appartement en centre-ville, à quelques pâtés de maisons des studios. Elle travaillait à longueur de journée, et lorsqu'elle sortait, elle se rendait la plupart du temps dans le même bar près de CATL-TV, où tout le monde se connaissait. Elle avait imaginé qu'Evan, un médecin avec son propre cabinet, qui travaillait de plus pour une série très populaire, habiterait du côté de Buckhead, la banlieue chic de la ville. Pourtant, ce n'était pas là qu'ils se trouvaient.

Le quartier était assez agréable, mais pas aussi cossu qu'elle l'avait envisagé. Elle fut aussi surprise lorsque Evan emprunta l'allée d'une petite maison de plain-pied, jolie mais modeste. Il actionna l'ouverture automatique des portes d'un garage double qui, constata-t-elle avec ironie, était plus propre et mieux rangé que son propre appartement. Il y avait une batte de base-ball dans un coin et des outils de jardinage pendaient sagement d'un portant.

C'était tellement Américain moyen. Tellement pas son genre.

Cela dit, s'en prendre comme une enragée à un agent de police qu'elle ne connaissait même pas, ce n'était pas elle non plus. Qu'est-ce qui ne tournait pas rond dans sa tête ? Et tant qu'elle y pensait, qu'est-ce qui ne tournait pas rond dans celle d'Evan ? S'il avait un tant soit peu de cervelle, il aurait dû la déposer à sa voiture. Pourquoi s'entêtait-il ?

Probablement parce que, au fond, c'était un looser. Comme tous les mecs qui l'attiraient.

Evan avançait encore la voiture avec précaution lorsqu'un panneau réfléchissant éclaira soudain sur le mur devant eux.

— Très chouette, dit-elle.

— Ingénieux, surtout. Tu n'imagines pas le nombre de murs que j'ai pu emboutir, répondit-il, coupant le moteur.

— Toi ?

— C'est l'une de mes nombreuses qualités.

Elle observa deux V.T.T. couverts de boue comme elle descendait de la voiture.

— Ils sont à toi ?

— Un est à mon frère. Mais entre, je t'en prie, dit-il en lui ouvrant la porte qui communiquait avec le reste de la maison. La femme de ménage est venue aujourd'hui, tu as de la chance.

Elle regarda les dalles étincelantes qui couvraient le sol et soupira.

— Je *veux* une femme de ménage.

Il sourit.

— Après des années de cité U et d'appartements en colloc, c'est un luxe dont je ne suis pas près de me passer.

Elle s'avança dans le couloir. La première pièce à gauche était la cuisine, dont les meubles en cerisier et acier brossé semblaient sortis d'un catalogue haut de gamme. Sur l'îlot qui servait de plan de travail, une grille gardait à portée de main une batterie complète de casseroles en cuivre.

— Tu cuisines souvent ? demanda-t-elle.

— Presque jamais. Mais mes sandwichs au thon sont à tomber par terre.

— Mais tu es équipé comme un cordon-bleu ?

— Tout était déjà dans la maison lorsque je l'ai achetée. Gladys, ma femme de ménage, me prépare à manger trois fois par semaine. Que veux-tu boire ? demanda-t-il devant le Frigidaire ouvert.

— Surprends-moi.

— J'ai horreur de ça. Donc, ramène ici ton joli derrière et dis-moi ce qui te fait envie.

Avec un déhanchement prononcé et un sourire séducteur, elle obtempéra. Une fois près de lui, elle se baissa pour feindre d'examiner le contenu des clayettes. Elle ne savait que trop bien qu'ainsi penchée, sa minijupe ne laissait plus grand-chose à deviner.

— Alors, tu trouves ton bonheur ? dit-il, posant sa main sur sa croupe avec un naturel désarmant.

Elle se tortilla, commençant à se demander lequel des deux aguichait l'autre.

— Je ne sais pas…

La main d'Evan glissa entre ses cuisses, et elle fit un effort pour contrôler le rythme de sa respiration. Il caressa dans un va-et-vient délicieux le fin voile de tissu qui couvrait son sexe, et elle contint son souffle. Lorsqu'il passa un doigt sous l'élastique, elle se cramponna à la porte pour garder l'équilibre.

— Moi, j'ai trouvé, dit-il, continuant l'exploration de ses doigts savants.

Elle ferma les yeux… Et faillit vraiment perdre l'équilibre.

Quand Evan retira sa main, elle grogna de frustration. C'était tellement bon. Il lui semblait que des siècles s'étaient écoulés depuis la dernière fois qu'on l'avait touchée de la sorte.

Mais Evan l'obligea à se tourner face à lui et, la prenant doucement par les épaules, déposa sur ses lèvres un tendre baiser. Oh qu'elle avait envie de lui, pensa-t-elle, portant sans délai sa main sur sa braguette enflée.

Evan l'arrêta lorsqu'elle commença à défaire la fermeture Eclair.

— Viens, dit-il d'une voix rauque, la prenant par la main.

Ils traversèrent un salon à la décoration spartiate mais doté d'un large écran plasma sur l'un des murs. Un bref couloir menait vers la chambre, très masculine, toute en tons café et taupe.

Le lit lui sembla énorme. Si c'était un king-size, le roi en question devait mesurer dans les deux mètres, songea-t-elle. Un téléphone au design futuriste se trouvait sur l'une des tables de chevet simples et sobres, couronnées chacune d'une belle veilleuse en cuivre.

— Heureusement que Gladys a changé les draps ce matin, dit Evan en posant sa veste sur le valet de nuit.

— Pourquoi ? As-tu eu une invitée hier soir ?

— Mais d'où sors-tu ce genre d'idées ? demanda-t-il, l'air peu amène.

— Allons donc, Evan. Ce n'était qu'une façon un peu cavalière de te dire que je sais qu'entre nous, ce n'est que du sexe, et que ça me va.

Elle vint vers lui pour commencer à défaire sa cravate, qu'elle lança à son tour sur le valet.

— Tu es vraiment désinvolte, soupira-t-il.

— Pour l'instant, cela ne t'a pas arrêté.

— Et ce n'est pas près de m'arrêter, rétorqua-t-il avec un sourire carnassier qu'elle ne lui connaissait pas.

Il la saisit par le poignet avant qu'elle n'ait pu défaire la boucle de sa ceinture et, l'enlaçant d'une main de fer par la taille, glissa la main sous sa jupe.

Prise au dépourvu, elle retint son souffle.

— Que faites-vous, docteur Gann ? ronronna-t-elle.

— Ne bouge pas.

Comme si elle en était capable ! Immobile, elle le laissa faire.

Il se pencha pour faire glisser sa petite culotte le long de ses jambes jusqu'au sol, et, les jambes chancelantes, elle fit un pas de côté pour s'en débarrasser.

— Et toi ? demanda-t-elle avec une voix qui ne semblait pas la sienne.

Pour toute réponse, Evan sourit. Il remonta les mains du haut de ses mollets vers ses cuisses, jusqu'à envelopper la courbe de ses fesses qu'il pétrit avec délice, puis, délicatement, il happa le bord de sa jupe entre ses dents.

Elle crut qu'elle allait tomber en arrière. Heureusement, le lit était assez proche et elle n'allait pas se retrouver sur les fesses. Cet homme ne savait-il pas qu'il y avait un certain ordre pour certaines choses ?

Non qu'elle ne soit pas portée sur l'innovation, loin s'en fallait. Mais ce n'était pas le type d'attitude auquel elle s'attendait de la part de M. Bonnes-Manières. Ses a priori sur les médecins devaient être erronés, finalement ! A l'évidence, tous n'étaient pas des bêcheurs plan-plan.

Evan souleva la jupe juste assez haut pour dévoiler le petit triangle châtain de sa toison et pressa ses lèvres contre sa chair sensible.

Bien sûr, pensa-t-elle, cramponnée à ses épaules, il s'y connaissait en anatomie. Frissonnant de tout son corps, elle tenta de se concentrer sur son équilibre.

— Je vois que tu n'es pas un homme à seins, dit-elle, pour se donner une contenance.

— Je vais y venir.

Ce disant, il glissa les mains sous son pull.

— Eh, je veux que tu enlèves d'abord ta chemise, protesta-t-elle.

— Dommage, murmura-t-il, couvrant son dos de caresses.

— Je n'ai pas mon mot à dire ?

— Eh non.

— Mais ce n'est pas comme ça que ça marche ! dit-elle en riant.

— Liza, détends-toi, murmura-t-il, la poussant doucement sur le matelas. Tu n'es pas obligée de toujours tout contrôler.

— Que veux-tu di…

Il l'empêcha de continuer avec un baiser si affolant qu'elle se rendit à peine compte qu'il avait remonté son pull au-dessus de sa poitrine et qu'il défaisait d'une main dangereusement habile l'agrafe de son soutien-gorge. Tout son corps s'éveilla en sentant ses paumes chaudes envelopper ses seins, et lorsqu'il commença à en aguicher la pointe avec ses pouces, elle oublia de respirer.

Cet homme lui coupait littéralement le souffle, songea-t-elle, perdue dans ses sensations. Il savait exactement quoi faire et comment pour la rendre folle, ou était-ce son corps affamé de câlins qui réagissait de façon excessive à ses caresses ? Personne ne l'avait touchée depuis un an. Rick. Beurk ! Le souvenir de leurs étreintes passées lui donnait la nausée. Il était hors de question que Rick lui gâche ce moment.

Elle repoussa Evan avec toute la force de ses bras.

Pris au dépourvu, il roula sur le lit et la regarda, interloqué.

— Liza, qu'est-ce qu'il se passe ?

— Enlève ta chemise, ordonna-t-elle.

Il ne bougea pas.

— Je suis sérieuse, enlève-moi cette chemise.

— Débrouille-toi, alors, dit-il avec un sourire au coin des lèvres.

On jouait au malin, hein ? Très bien, docteur Gann, on allait voir qui était le plus fort.

Elle se redressa sur les genoux, laissant le pull recouvrir son buste.

Evan esquissa une moue boudeuse.

Très bien. En un tour de main elle se débarrassa du chandail et laissa glisser son soutien-gorge d'un simple mouvement d'épaules.

La bouche entrouverte, les yeux noircis par le désir, Evan porta une main vers l'un de ses seins.

Pas si vite ! Elle l'en empêcha avec une petite tape.

Il haussa un sourcil, visiblement amusé.

Et il n'avait encore rien vu ! Elle passa une jambe par-dessus lui pour le chevaucher et, se penchant en arrière, posa une main sur son sexe, qu'elle sentit se dresser davantage à son contact. Sa jupe remontée au niveau de ses hanches ne cachait plus rien, et Evan avait l'air d'apprécier la vue. Le temps d'une seconde, l'idée qu'elle en montrait beaucoup trop lui traversa l'esprit, et elle faillit changer de position. Trop tard. Evan avait glissé un doigt entre les plis de son sexe humide, très exactement sur le point le plus sensible de son anatomie.

Trop bon. Dément. Mais trop tôt. Elle ne voulait pas jouir si vite.

— Non, s'il te plaît, susurra-t-elle. Pas encore.

Il continua à jouer avec son clitoris sans la regarder, concentré sur ce qu'il faisait.

— Liza, veux-tu vraiment que j'arrête ?

— Je… Non, je ne veux pas.

Car c'était trop tard. Vaincue, elle se laissa tomber en avant et s'agrippa au couvre-lit. Le plaisir devint si puissant qu'elle dut fermer les yeux, aveuglée par la force de ses sensations. Les spasmes la secouaient par vagues de plus en plus intenses, envahissant son corps en feu. Elle jouit comme jamais auparavant, comme si elle allait se consumer tout entière dans ce bûcher de volupté.

Elle ne savait pas combien de temps s'était écoulé lorsqu'elle se sentit capable de rouvrir les yeux.

La vue encore trouble, elle regarda Evan, qui dégagea sa main lentement pour commencer à déboutonner sa chemise. Elle aurait voulu l'aider, mais une mollesse infinie s'était emparée d'elle.

— Tu pourrais aider, non ? dit-il.

— Je ne sais pas, tu m'as mise hors-jeu.

— Si j'avais su…

Un petit rire lui échappa lorsqu'elle découvrit qu'il portait un débardeur en dessous. Evan, évidemment ! Un homme comme lui ne portait pas sa chemise à même le corps.

Elle défit le dernier bouton et, pour éviter que son sexe exposé ne lui donne d'autres idées, elle s'assit sur le lit pour défaire sa ceinture dans la foulée. Elle eut du mal à baisser sa braguette, tellement le tissu était tendu sur son érection.

Une nouvelle vague d'excitation roula au fond de son ventre comme elle repoussait le pantalon pour le lui ôter. Finis, les jeux de pouvoir. Nus tous les deux, ils se trouvaient à égalité. Le sexe d'Evan, si dressé qu'il semblait collé à son ventre, lui mettait l'eau à la bouche. Il n'avait pas le corps d'un stakhanoviste de la musculation, mais ses abdos toniques indiquaient qu'il tenait à rester en forme. Sa poitrine n'était pas mal, non plus, avec ce triangle de duvet joliment dessiné au-dessus de ses pectoraux.

Elle fit courir la paume de sa main sur son torse et vers le bas de son ventre, et il se laissa faire sans opposer de résistance, mais lorsqu'elle frôla son sexe avec ses doigts, il riposta, s'emparant de ses seins pour faire rouler entre ses doigts le bout tendu de ses mamelons. Elle sentit qu'elle perdait tous ses moyens.

Il semblait prêt à aller jusqu'au bout sur-le-champ, sans prendre la peine de retirer le couvre-lit, mais à sa propre surprise, ce fut elle qui eut envie de se blottir entre les draps.

— Ce serait un gâchis de ne pas utiliser cet énorme lit, murmura-t-elle.

Il profita de son mouvement pour l'attraper par la taille, et elle gloussa, se tortillant pour échapper aux chatouilles. La dernière fois qu'elle avait joué dans un lit avec un homme semblait appartenir à une autre vie, songea-t-elle, roulant sur le dos jusqu'à l'autre bout du matelas pour le fuir. Il se glissa tout près d'elle, et avant qu'elle ait pu comprendre ce qu'il comptait faire, elle sentit de nouveau sa main chaude entre ses cuisses et deux doigts audacieux à l'intérieur de son sexe.

— Hé, protesta-t-elle en riant. Ce n'est pas parce que c'est toi le docteur que tu es le seul à avoir le droit de jouer.

— Mais je t'en prie, fais-toi plaisir.

Se couchant sur le dos, il repoussa les draps d'un coup de pied impatient.

Elle ne put pas s'empêcher de sourire. Imprévisible Evan ! Glissant une main vers sa virilité, elle en caressa le bout soyeux avec son pouce.

Il contint son souffle, et lorsqu'elle se pencha pour le frôler avec sa langue, il s'arc-bouta contre le matelas, murmurant quelque chose qu'elle n'arriva pas à discerner. Elle s'en fichait, d'ailleurs. Maintenant qu'elle avait commencé, elle irait jusqu'au bout. S'étant humecté les lèvres, elle s'empara doucement du gland pour le sucer, avec délicatesse au début, puis avec de moins en moins de retenue au fur et à mesure que son excitation grandissait.

Evan se releva et l'attira vers lui pour lui donner un baiser aussi fugace que fougueux.

— Deux secondes, murmura-t-il sur sa bouche.

Il sortit quelque chose du tiroir de la table de nuit et revint vers elle pour continuer à l'embrasser à pleine bouche. Elle entendit le bruit caractéristique du latex se déroulant sur un sexe en érection et, un battement de cœur plus tard, se retrouva culbutée contre le matelas, Evan au-dessus d'elle.

Il la pénétra très lentement, le visage concentré et les muscles du cou tendus comme sous la pression d'un effort surhumain.

Il luttait pour se maîtriser, comprit-elle, mais elle avait envie de lui faire perdre le contrôle. D'un déhanchement impérieux, elle chercha à augmenter la cadence. Elle le voulait en elle brut, fort, déchaîné. Sauf qu'il poursuivait à son rythme langoureux, plongeant en elle complètement et se retirant, plongeant et sortant, une fois, une autre, et encore, jusqu'à ce que ce soit elle qui ne puisse plus se contrôler. Elle cria de plaisir et d'impatience.

— Détends-toi, dit-il doucement. Relax.

— Tu es fou, Evan.

Il s'enfonça en elle profondément et y resta, immobile, cherchant son regard avec le sien.

— Bon anniversaire, ma belle.

Chapitre 7

Liza remonta la couverture jusqu'à son menton et se pelotonna avec délice sous les draps.

Le mouvement ne dérangea pas le sommeil d'Evan, dont le bras reposait pourtant sur le bas de son dos.

Elle regarda le visage détendu à seulement quelques centimètres du sien, la barbe plus que naissante qui couvrait son menton déterminé, ses longs cils, qu'elle n'avait pas remarqués jusqu'à ce moment. Vraiment enviables, ces cils si épais, qui rebiquaient au coin de l'œil. En revanche, ses cheveux lui semblaient toujours trop courts. Si courts que, même après une nuit de sexe, il n'était pas décoiffé. Elle découvrit sur son épaule une flopée de taches de rousseur. Curieux, ça, il n'avait pas la peau si claire… Elle était prête à parier dix contre un qu'il les détestait.

Ciel, qu'il lui semblait différent maintenant ! Rien à voir avec le bêcheur qu'elle s'était imaginé lorsqu'elle le croisait à la télévision un an auparavant. Ou il avait changé du tout au tout, ou bien c'était elle qui avait changé.

Malheureusement, elle n'avait pas le temps de rester à le regarder durant des heures. A vrai dire, elle avait plutôt intérêt à se dépêcher. Une lumière très ténue éclairait la pièce, provenant de la veilleuse qu'Evan avait laissée allumée dans la salle de bains mitoyenne. Elle s'était moquée de lui, lui demandant s'il avait peur du noir, mais maintenant elle lui était reconnaissante de cette lumière qui la guidait dans un espace inconnu.

Elle retira avec délicatesse le bras d'Evan et quitta le lit sans faire un bruit. Certaines parties de son corps dont elle avait presque oublié la fonction lui faisaient mal d'une façon délicieuse. Evan s'était évertué à lui en rappeler l'usage. Et comment ! C'était vraiment un crack en anatomie. Il n'avait rien d'un coincé, et pas une once de pudibonderie dans ses gènes. Il n'avait pas cessé de la surprendre, heure après heure. Une sacrée endurance. Elle s'était plantée de bout en bout à son sujet. Bon, pas tant que ça, pensa-t-elle comme elle traversait la chambre parfaitement rangée. Il était quelque peu obsédé par l'ordre. Il avait dû rendre marteau ses colocataires, dans le temps, songea-t-elle avec un sourire.

Elle ferma la porte de la salle de bains avec soin et se regarda dans la glace.

Horreur ! Des suçons d'un rouge proche du pourpre ressortaient sur sa peau au niveau du sein droit et sur le côté du cou, et elle avait le menton écorché d'une fille qui s'est fait embrasser longuement par un homme à la barbe drue. Juste ce qui lui fallait. Bon, avec un peu de chance, le maquillage couvrirait les dégâts.

Elle se rafraîchit le visage et frissonna.

Loin de la chaleur du corps d'Evan, elle avait froid. Qui aurait imaginé qu'il dégagerait une telle énergie ? Elle pourrait peut-être passer encore quelques minutes lovée contre lui ? Et pas seulement parce qu'il avait ce magnifique corps si chaud. Cette nuit, dans ses bras, elle s'était sentie en sécurité. Ce qui était à tout point de vue un sentiment ridicule. Il n'y avait rien de sérieux entre eux, ils étaient simplement des adultes consentants qui avaient partagé un moment de plaisir. Point. Il y avait peu de chances que la chose se reproduise. D'ailleurs, il serait peut-être intelligent de le signaler à Evan. Il commençait à occuper dans ses pensées plus de place qu'elle ne pouvait lui en donner.

Cela dit, une autre nuit ne nuirait à personne. Si ?

Elle éteignit la lumière, ouvrit la porte et se figea sur place.

Cette lumière douce qui dardait à travers la fenêtre, c'était le jour qui se levait.

Oh non ! C'était déjà le matin !

Sans perdre une seconde, elle traversa la chambre à pas de chat et ramassa ses vêtements. Ensuite, sans un regard pour Evan, elle se faufila vers la cuisine, récupéra son sac et, avant même de se rhabiller à la hâte, appela un taxi.

Liza arriva aux bureaux de son avocat encore secouée par l'horrible scène qu'elle venait de subir.

Une heure après qu'elle soit rentrée, Rick avait déboulé chez elle, hurlant comme un malade. Il l'avait harcelée de questions pour savoir où elle avait passé la nuit. Par chance, un voisin avait menacé d'appeler la police, et cela l'avait calmé.

Mais il reviendrait à la charge, elle ne le savait que trop. Donc elle ne pouvait pas se risquer à revoir Evan. C'était un chic type, certes, et il avait des mains démentes qui lui faisaient tout oublier. Mais Rick devenait de plus en plus incontrôlable, et s'il découvrait qu'elle fréquentait quelqu'un, il perdrait la tête. Evan ne méritait pas d'être la cible de ses attaques, et la triste vérité était qu'elle, elle ne méritait pas quelqu'un d'aussi bien qu'Evan Gann.

Juste avant de couper le moteur, elle s'aperçut que le niveau d'essence pointait la zone critique. Génial. Il ne manquait plus que ça. Après avoir payé le taxi ce matin, elle se trouvait à court de liquide.

Avec un soupir, elle sortit de la voiture et lissa son pantalon.

Elle s'était habillée et maquillée avec soin. Convaincre l'éminent avocat Kevin Wade de s'occuper de son cas n'avait pas été facile. Elle se doutait qu'au début, il l'avait prise pour une escroqueuse sans scrupule, et elle se sentait plus à l'aise avec lui si elle présentait bien.

Les bureaux de Kregel, Fitch & Devine se trouvaient au vingtième étage. Impatiente qu'elle était d'entendre les nouvelles, elle eut l'impression que l'ascenseur s'était arrêté à chacun d'eux. Comble des combles, la première chose qu'elle vit en arrivant à l'accueil fut un gigantesque arbre de Noël. Dieu, ce qu'elle avait hâte que les fêtes et tout leur tralala en finissent !

Elle n'eut pas à se présenter auprès de la réceptionniste, car celle-ci la reconnut et prit aussitôt le téléphone pour prévenir la secrétaire de Me Wade. Elle avait fait tellement de grabuge ces deux derniers mois que tout le personnel de la firme la connaissait par cœur. Elle n'en était pas fière.

— Vous êtes attendue, mademoiselle Skinner, annonça d'un ton neutre l'employée avant de retourner à son standard.

Liza emprunta le couloir qui menait vers le bureau de son avocat. En passant devant l'un des bureaux des autres associés, elle entendit une voix familière. Elle jeta un œil à la dérobée et reconnut Jenna Hamilton, l'avocate de CATL-TV, qui s'occupait aussi de défendre la cause d'Eve, Jane et les autres gagnants du Loto.

Qu'impliquait donc sa présence ici ce matin ? Y avait-il une nouvelle offre sur la table ?

Son cœur battait à tout rompre comme elle entrait dans le bureau.

Kevin Wade leva les yeux de son écran pour l'accueillir avec un sourire.

Aïe. Ce n'était pas le type de sourire qui impliquait de bonnes nouvelles.

Elle prit place dans le fauteuil club qu'il lui indiqua courtoisement et inspira profondément, prête à encaisser…

— Il y a du nouveau, dit-il. La date du procès a été fixée.

— Oh. J'avais cru… Je viens de voir Jenna Hamilton.

— Oui, elle est là ce matin, mais cela n'a rien à voir avec votre cas.

— Ils ne font pas une nouvelle offre ?

— Quelle nouvelle offre voulez-vous ? Vous avez refusé leurs propositions en bloc.

La migraine qu'elle avait réussi à enrayer semblait revenir. Trop peu de sommeil pour tant de stress.

— Je sais, dit-elle, mais j'avais pensé que peut-être ils proposeraient une autre somme...

— Vous ne pouvez pas espérer qu'ils négocient alors que vous restez sur vos positions, répondit-il sans ménagement. Et vous m'avez dit que vous n'accepteriez jamais moins du septième du prix.

— Vous avez raison.

Elle toussota pour tenter de chasser le nœud de larmes qui lui obstruait la gorge. Eve et Jane ne voulaient pas négocier, elles étaient prêtes à la traîner en justice. Comment pouvait-elle prétendre à autre chose ? De leur point de vue, qu'elle pouvait comprendre, elle les avait trahies, et leur amitié appartenait désormais au passé.

— A quelle date aura lieu le procès ? demanda-t-elle.

— Le 22.

— De ce mois ?

L'avocat opina.

— D'après vous, passer devant un juge si peu de temps avant Noël, c'est une bonne chose pour nous ?

— Je ne peux pas vous dire, franchement. En revanche, vous aviez insisté pour qu'on en finisse au plus vite, dit-il avant de marquer une pause. Votre ami Rick a appelé.

— Quoi ?!

Oh, non ! Elle avait pris soin de ne laisser à sa portée aucun indice à propos du nom du cabinet. Mais à l'évidence, elle l'avait sous-estimé. Que Rick ait appelé était un très mauvais signe. Cela voulait dire qu'il commençait à perdre patience, et avec, les pédales. Elle devait éviter qu'il se sente menacé ou en danger.

— Quand a-t-il appelé ?

— Hier.

— Que lui avez-vous dit ?

— Absolument rien, évidemment. Ma cliente, c'est vous, pas lui.

Derrière son énorme bureau, Kevin Wade porta sur elle un regard qu'elle ne lui connaissait pas, empli de gentillesse.

Sans qu'il ait besoin de le dire, elle comprit que Rick s'était comporté de façon outrageuse.

— Cet homme pourrait vous nuire, Liza. Je vous recommande vivement de ne pas vous présenter devant la cour avec lui.

Les sarcasmes, la colère, la méchanceté, elle savait les gérer. Mais la gentillesse… elle n'avait plus l'habitude.

— J'espère que vous ne m'avez pas fait venir juste pour me dire ça ?

— Pour être sincère, je voulais vous rencontrer pour savoir comment vous vous en sortiez, dit-il calmement.

— Très intéressant.

Non, mais ! Quel toupet !

— Vous semblez au bout du rouleau, continua-t-il.

— Eh bien, je vous remercie, dit-elle en se relevant.

— Je suis sérieux, Liza, et je le dis pour votre bien. Il vous serait très préjudiciable de paraître aux yeux du juge comme une droguée qui, après des mois sans donner signe de vie, refait surface pour poursuivre ses amis en justice.

— Mais je ne me drogue pas !

— Les apparences comptent, et beaucoup. Habillez-vous bien, semblez alerte. Prenez soin de vous.

Elle avala avec difficulté. D'accord, elle n'avait pas dormi de la nuit et elle avait perdu du poids, mais cela ne le regardait pas du tout. Elle passa la main dans ses cheveux pour se donner une contenance, mais ils étaient si emmêlés qu'elle ne put finir le geste.

— Je vais bien et vous n'avez pas de souci à vous faire pour moi, dit-elle. Tout ce que je vous demande, c'est de gagner le procès.

Que Liza soit partie la veille sans lui laisser un mot, passe encore, pensa Evan. Mais que, depuis, elle ne se soit pas donné la peine de se manifester… Comment devait-il l'interpréter ?

Si elle avait voulu le joindre, elle aurait pu y parvenir

sans grande difficulté. Elle aurait pu appeler aux studios ou même venir l'attendre sur le parking. Mais elle avait choisi de le laisser sans nouvelles, et ce manque de considération commençait à entamer sa patience. A vrai dire, il se sentait blessé. Leur nuit lui avait laissé un souvenir merveilleux, et pas seulement parce que le sexe avait été incroyable. Il avait senti une sorte de connexion plus profonde entre eux, il avait été touché qu'elle se confie à lui à propos de son père. Et ensuite, pop ! Portée disparue. A quoi jouait-elle ?

— Docteur Gann ?

Il leva les yeux du dossier qu'il était censé étudier.

Sur son bureau, d'habitude rangé dans un style minimaliste, s'entassaient les pochettes et les journaux professionnels en vrac. Il n'avait même pas pris la peine d'accrocher sa veste sur la patère ad hoc, mais l'avait jetée en travers d'une des chaises chromées destinées aux patients.

— Quelque chose ne va pas ? s'enquit son infirmière, le regard inquiet.

Betty travaillait pour lui depuis le début, il avait joué au tennis de nombreuses fois avec son mari et ne manquait pas les anniversaires de leurs enfants. Elle n'était pas une simple employée, mais une amie proche.

Sauf qu'il ne pouvait pas lui parler de Liza, ou elle s'emballerait et demanderait à la rencontrer, ce qui risquait de ne jamais arriver.

— Je suis un peu fatigué, c'est tout. Que se passe-t-il ?

Il n'avait guère été convaincant, mais Betty savait quand ne pas insister.

— Les analyses de Mme Gardner sont arrivées, vous voulez peut-être y jeter un œil avant le déjeuner ? Elle a rendez-vous dans deux heures.

— Déjeuner ?

Il regarda sa montre. 14 heures passées. Où avait-il la tête ? Il avait prévu de prendre une heure pour tenter de joindre Eve aux studios.

— Voulez-vous que je vous commande quelque chose ?

— Non, je n'ai pas faim, merci. Montrez-moi ces résultats.

— Ah, j'ai failli oublier, dit-elle comme elle posait le document devant lui. Une femme a appelé tout à l'heure…

Il se redressa, alerte. Son pouls monta d'un cran, il sentit ses mains moites. Liza. Enfin.

— Recommandée par Carolyn Sager. Elle espérait que vous pourriez lui trouver un créneau aujourd'hui.

— Quelque chose de grave ?

— Pas vraiment. Je lui ai dit que vous aviez un agenda très serré et lui ai donné rendez-vous pour la semaine prochaine.

— Merci, Betty. Je voudrais partir vers 17 heures, si c'est possible.

Il se plongea dans les analyses pour éviter le regard inquisiteur de Betty. D'habitude, il restait jusqu'à 19 heures, voire plus si nécessaire.

Mais pas ce soir. Il fallait qu'il trouve une réponse à l'énigme Liza. Il n'arrivait pas à comprendre qu'elle le largue comme ça. S'il lui était arrivé quelque chose, ou si elle ne voulait pas de lui, il voulait le savoir. Eve devrait pouvoir éclairer sa lanterne. D'ailleurs, il avait une petite liste de questions à lui poser.

— Evan ! C'est une chance que tu aies appelé, tu m'aurais loupée, dit Eve. Malheureusement, je n'ai que dix minutes à t'accorder.

Elle était jolie comme un cœur, avec un charisme saisissant et un sourire irrésistible. Il n'avait pas de mal à comprendre pourquoi son émission était devenue un tel succès, même s'il n'avait eu d'yeux que pour Liza depuis le début. Là-dessus, il n'avait aucune explication rationnelle. Certains de ses collègues étayaient des théories sur les réactions chimiques entre un homme et une femme, mais lui n'y croyait pas.

— Comme je te l'ai dit au téléphone, je voulais parler avec toi de Liza, dit-il, prenant place en face d'Eve.

Elle hocha la tête avec une expression neutre, à l'exception d'une ombre de tristesse qu'elle ne parvint pas à dissimuler dans ses yeux verts.

— Je ne suis pas sûre de pouvoir t'aider. Je ne l'ai pas vue depuis un bon moment.

— Je sais, elle me l'a dit.

— Donc tu lui as parlé, déduisit-elle.

— Nous nous sommes vus cette semaine à deux reprises.

Cette fois-ci, Eve ne cacha pas son étonnement.

— Comment cela s'est-il fait ?

— Je l'ai croisée sur le parking un après-midi, et ensuite elle m'a appelé.

Malgré les efforts d'Eve pour rester impavide, il put lire la douleur dans ses yeux.

— Ce jour-là, je crois qu'elle t'attendait, en fait, hasarda-t-il, tentant de mitiger l'effet de ses mots.

— Je ne pense pas, nous n'avons rien à nous dire.

— Vous avez été amies pendant longtemps.

— Depuis nos onze ans, sauf que cela ne semble pas signifier grand-chose pour elle, dit Eve avec un regard où la colère remplaçait la tristesse. C'est elle qui t'envoie ?

— Non, absolument pas. A vrai dire, je tente de la joindre.

— Elle a joué les filles de l'air avec toi aussi ? Je te déconseille d'espérer quoi que ce soit. Apparemment, c'est une tactique qu'elle affectionne.

— J'imagine que tu n'as pas son numéro de portable ?

Eve le regarda comme s'il lui avait proposé de se déshabiller en direct devant les téléspectateurs.

— Je n'ai plus rien à lui dire, donc non.

— J'ai l'impression qu'elle baigne dans quelque chose de pas très net, dit-il en la dévisageant.

Il ne croyait pas se tromper en affirmant qu'Eve était moins en colère que triste ou déçue. Elle ouvrit la bouche comme si elle comptait dire quelque chose, mais elle se ravisa.

— Je dois y aller, dit-elle, sans vouloir affronter ses yeux inquisiteurs.

— Dis-moi d'abord pourquoi vous vous êtes fâchées, s'il te plaît.

— Et pourquoi ne lui as-tu pas posé la question, à elle ?

— Tu connais Liza.

Elle ébaucha un petit sourire triste.

— Franchement, je ne sais pas. L'émission faisait un tabac, en grande partie grâce à ses idées toujours très créatives. Puis un jour, nous nous sommes pris la tête à propos d'un sujet — ce qui arrivait très souvent —, et elle s'est mise dans une colère épouvantable, comme si on l'avait attaquée personnellement. Je ne l'ai pas appelée, je n'ai rien fait. C'était un vendredi, j'ai préféré laisser passer le week-end, pensant que le lundi, tout serait rentré dans l'ordre.

— Et depuis, tu ne l'as pas revue.

Elle ricana.

— Je n'ai rien entendu d'elle pendant des mois, jusqu'à ce qu'on gagne au Loto, dit-elle, avant d'ajouter, pensive : Si elle a des soucis, c'est sans doute à cause de Rick.

— Rick ?

— Son petit ami. C'était un mec à embrouilles, nous l'avons tous vu dès le début. Tous, sauf elle. Au bout d'un moment, on s'est doutés qu'il devait frayer avec la drogue ou qu'il avait un problème d'alcoolisme. Ou les deux.

— Elle m'a dit qu'elle ne voyait personne.

— J'aimerais croire que tu as raison, dit-elle, en se levant. Maintenant je dois vraiment partir, désolée.

— Je te remercie d'avoir pris le temps de me parler, dit-il en l'imitant.

— Contacte Kevin Wade, son avocat, proposa-t-elle comme elle le raccompagnait. Il devrait savoir où la trouver.

— Je prends note, merci. A bientôt.

— Je n'ai pas son numéro, mais il travaille dans le cabinet Kregel, Fitch & Devine, dit Eve avant de fermer la porte du bureau.

Il s'éloigna dans le couloir, déjà en train d'appeler les renseignements depuis son portable.

Avec un peu de chance, pensa Liza en garant sa voiture sur une place près de l'escalier qui menait chez elle, Rick voudrait bien croire qu'elle avait passé la nuit chez elle et se calmerait.

Plus que deux semaines à tenir, se répéta-t-elle en chargeant les sacs de courses. Dans deux semaines, un juge déciderait de son sort. Elle était dans un tel état d'épuisement que la sentence lui importait peu. Elle voulait juste en finir avec ce calvaire.

— Hé, appela Mary Ellen dès qu'elle se trouva à mi-escalier.

La jeune femme la guettait, penchée sur la rambarde, et elle lui indiqua d'un geste silencieux de la suivre dans son appartement.

Liza jeta une œillade nerveuse vers la fenêtre de Rick.

Heureusement, il faisait trop froid pour qu'il l'ait laissée ouverte, mais il devait l'attendre à l'intérieur, prêt à continuer la dispute du matin. Sauf qu'elle n'était pas d'humeur. Même si elle se doutait que la nouvelle à propos du procès le calmerait pour un moment, elle n'avait aucune envie de lui parler. Aucune.

Elle se faufila avec précaution chez Mary Ellen, qui l'attendait sur le pas de la porte sans quitter de ses yeux craintifs l'appartement de Rick.

— Qu'est-ce qu'il se passe ? s'alarma Liza.

Mary Ellen porta un index sur ses lèvres et ferma la porte sans faire de bruit.

— Il est venu l'autre nuit. Il te cherchait.

— Je sais, dit Liza, sentant la nausée l'envahir. Est-il venu ici ?

— Oui, il semblait penser que je savais où tu étais.

Elle jura entre ses dents et s'approcha de sa voisine pour prendre sa main entre les siennes.

— Je suis navrée, Mary Ellen.

— Ce n'est pas de ta faute, et il ne nous a pas fait de mal. Bill Ray, qui habite de l'autre côté, l'a menacé de lui ficher une raclée, et ça l'a calmé, expliqua-t-elle avec un petit sourire. Mais il devient vraiment grave, Liza. J'ai peur pour toi.

— Ne t'inquiète pas. Il ne me fera rien, je te le promets.

— Tu ne peux pas promettre ça, rétorqua Mary Ellen d'un ton solennel.

— Je ne lui donnerai aucune raison de se mettre en colère, d'accord ? Quoi qu'il en soit, ce sera bientôt fini.

— De quoi parles-tu ?

— Ecoute, d'ici deux semaines, il va déménager.

Quelle que soit l'issue du procès, elle en avait sa claque de lui. S'ils gagnaient, elle ne voulait même pas toucher à l'argent. Tout ce qu'elle voulait, c'était se débarrasser de ce type à jamais.

— Et toi ? demanda Mary Ellen, anxieuse.

— Moi aussi.

— Mais tu es la meilleure amie que j'ai jamais eue !

Liza sentit un pincement au cœur. C'était à peine si elles se connaissaient.

— Nous resterons en contact, va.

La porte s'ouvrit soudain, et toutes deux sursautèrent.

— C'est l'heure du dîner ? Salut, Liza !

La petite avait la frimousse rougie à cause du froid, cependant, observa Liza, elle ne portait sur le dos qu'un sweater à peine à sa taille.

— Ferme la porte, ma puce, demanda sa mère.

— T'inquiète ! Il est encore stone.

Liza échangea un regard plein de sous-entendus avec Mary Ellen.

Cette gamine n'avait que huit ans, elle ne devrait même pas connaître l'existence de ce mot. Bien que, songea-t-elle, elle aussi, au même âge, connaissait trop bien le mot et ce qu'il signifiait. Elle espérait seulement qu'en grandissant, Freedom s'en sorte mieux qu'elle.

— Ecoutez, dit Liza. La prochaine fois, vous appelez la police.

— Je n'ai pas le téléphone, lui rappela Mary Ellen.

— Tiens, dit Liza, commençant à fouiller dans son sac à la recherche de son portable.

Elle trouva son portefeuille et ses lunettes de soleil. Des bonbons à la menthe et une lime à ongles. Un stylo. Elle vérifia de nouveau. Son portable n'était pas là.

Mais enfin ? Elle vida le sac sur la table basse. Elle l'avait sur elle ce matin, juste avant de se rendre à l'épicerie…

Oh, non ! La dernière fois qu'elle l'avait eu dans les mains, c'était dans l'appartement de Rick.

Chapitre 8

La petite voiture blanche attira le regard d'Evan dès qu'il sortit sur le parking des studios, le lendemain de son entretien avec Eve.

Son cœur se mit à battre plus fort dans sa poitrine. Ah, ce que c'était agaçant ! Il aurait dû être en colère, et d'ailleurs une partie de lui ne décolérait pas : Liza n'avait répondu à aucun de ses appels. Cependant, cela n'amenuisait pas son envie de lui parler. Au contraire, presque. Il avait besoin de comprendre ce qu'il avait pu faire pour qu'elle parte de chez lui au milieu de la nuit, comme une voleuse.

Il n'avait pas encore parcouru la moitié de la distance qui le séparait du véhicule lorsque Liza en sortit. Elle regarda par-dessus son épaule comme pour vérifier que personne ne les observait. Les joues en feu, elle s'avança vers lui,

— Je peux savoir à quoi tu joues ? demanda-t-elle à mi-voix mais évidemment furieuse.

— Liza…

— Tu n'as pas le droit de contacter mon avocat ! fulmina-t-elle.

— Calme-toi, Liza.

La main qui repoussait ses cheveux en arrière tremblait. Il tenta de la prendre entre ses mains, mais elle refusa d'un geste brusque. Elle était hors d'elle.

— Ne me dis pas de me calmer !

— Je n'ai rien fait. Je lui ai simplement laissé un message.

— Qu'est-ce qui t'a fait croire que je voulais avoir de tes

nouvelles ? L'autre jour, au lit, c'était génial. C'était ça que tu voulais entendre ?

— Bon sang, Liza…

Il jeta un coup d'œil alentour. Deux techniciens marchaient dans leur direction, mais ils ne semblaient pas les avoir entendus.

— Peut-on avoir cette conversation ailleurs qu'ici ? demanda-t-il, commençant à son tour à perdre patience.

— Nous n'avons rien à nous dire, dit-elle, plus bas. C'était une aventure d'une nuit, tu comprends ?

— A vrai dire, non.

Et au point où ils en étaient, il commençait à penser que cela n'avait plus d'importance. Cette fille était un fichu sac d'embrouilles ! Pourquoi diable faisait-il une telle fixation sur elle ?

— S'il te plaît, Evan, implora-t-elle d'une voix tremblante. Je ne peux pas.

Il la regarda, désorienté. Il ne comprenait plus rien. Cette femme se montrait dure et froide une seconde, et la seconde d'après elle semblait sur le point de se briser en mille morceaux. Etait-ce cette fragilité imprévisible qui le rendait si accro ?

— Liza, je t'en prie, dis-moi ce qui ne va pas.

— Rien. Ma vie est compliquée en ce moment, c'est tout.

Il la suivit jusqu'à sa voiture. Elle avait beau le nier, il pouvait voir qu'elle ne se sentait pas en sécurité. Cette façon constante de regarder par-dessus son épaule… Elle craignait quelque chose, ou quelqu'un.

— Donne-moi dix minutes, insista-t-il. Juste dix minutes.

— Je ne peux pas, Evan. Je ne peux pas faire ça maintenant.

— D'accord, dit-il, levant les mains en signe de reddition.

— Tu es un homme bien, dit-elle, les yeux pleins de regret. J'aurais voulu…

Elle laissa la phrase en suspens et se tourna brusquement vers sa voiture. Ses clés tombèrent à terre.

Il se pencha promptement pour les ramasser et les lui tendit.

— Si jamais tu as besoin de parler à quelqu'un…

— Tu ne me facilites pas les choses, soupira-t-elle, posant sa main une fraction de seconde sur la sienne.

— Tant mieux !

— Tu es fou, dit-elle avec une esquisse de sourire.

— Je croyais que j'étais ennuyeux ?

Elle prit un air indécis.

— C'est moi qui dois être folle, marmonna-t-elle enfin, comme si elle pensait à voix haute. Allons-y.

— Où ?

— Je ne sais pas. N'importe. Mais prenons ta voiture.

— Soit, dit-il, pressant le pas vers la Ford.

Il ne savait pas de quoi il retournait, mais en revanche il avait compris qu'elle souhaitait quitter les lieux au plus vite.

— Chez moi ? s'enquit-il.

— Non.

Il ouvrit les portières.

— J'ai d'autres pièces, en plus de la chambre, tu sais ?

— C'est ça, dit-elle avec un sourire lutin. Emmène-moi dans un endroit où je ne suis jamais allée.

Il ne put que rire.

— Tu ne veux pas me donner d'autres indications ?

— Non.

— Très bien. Je connais l'endroit parfait.

Elle devait avoir perdu la tête, songea Liza. Si Rick revenait à lui et découvrait son absence, il serait fou furieux.

Au moins, Mary Ellen et Freedom n'avaient rien à craindre, et c'était le principal. Billy Ray avait promis de veiller sur elles. Sous ses airs patibulaires et ses cent cinquante kilos de muscle, le motard cachait un cœur en or.

Encore heureux que Kevin Wade lui ait laissé un message lui demandant de le rappeler plutôt que de donner son numéro à Evan, car Rick avait écouté sa boîte vocale avant qu'elle n'ait réussi à récupérer son portable. Il l'avait harcelée de questions pour savoir pourquoi Kevin cherchait à la joindre, mais elle les avait contournées sans souci. Une année de pratique du mensonge, ça aidait. Oh, qu'elle détestait devoir rendre des comptes à ce sale type !

Ce matin, elle avait réfléchi longuement, pour en conclure que la stratégie la plus sage dans les deux semaines à venir serait de garder profil bas et de ne donner à Rick aucune raison de la soupçonner ou de paniquer. La peur le rendait dangereux. Elle s'était juré de ne plus revoir Evan.

Et pourtant, voilà.

Qu'avait ce type de si spécial, pour qu'elle prenne des risques stupides en montant dans sa voiture ? Peut-être que ce n'était pas lui, peut-être qu'elle était si désespérée qu'elle perdait la tête dès qu'elle voyait un pantalon ?

Non, ce n'était pas ça. Rester seule ne lui posait aucun problème, envoyer balader un mec encore moins. Mais Evan était différent. Il la faisait rire. Avec lui, elle se sentait en sécurité. Ce qui en soit était une pure illusion. Il n'existait pas sur terre de lieu sûr, en tout cas, pour quelqu'un comme elle.

— Cette fois-ci, nous allons réussir à dîner, annonça Evan. Tu aimes les travers de porc ?

— Sans sauce barbecue.

— Comment ça, sans sauce barbecue ? Et tu te dis une fille du Sud ?

— Techniquement, je suis yankee.

— C'est pas vrai !

— Eh si. Je suis née à New York.

— Je croyais que tu venais de Floride.

— Nous y avons déménagé lorsque j'avais onze ans. Avant ça, j'ai vécu au Connecticut, dans le New Jersey et en Pennsylvanie.

— Tout ça avant onze ans ? !

— Ne me regarde pas comme ça !

— De quoi tu parles ? J'attendais que le feu passe au vert, dit-il. Et voilà.

Elle ne pouvait s'en prendre qu'à elle-même si Evan la prenait en pitié maintenant, rumina-t-elle, feignant de s'intéresser aux rucs qui défilaient. Elle lui avait révélé beaucoup trop de détails sur son passé, sans parler de son comportement incohérent, et il n'avait eu qu'à les mettre ensemble pour percer à jour la triste vérité sur son enfance. Son père était un ivrogne, et sa mère une pauvre femme sans aucun caractère. Les mères n'étaient-elles pas censées protéger leurs petits bec et ongles ? A l'évidence, Berverly Skinner n'était pas taillée dans le bois d'une mère courage.

Avec une profonde inspiration, elle s'enfonça dans le siège et lutta pour chasser ces pensées sinistres qui ne manqueraient pas de la rendre furieuse ou, pire, de la plonger dans un abîme de tristesse. Elle ne pouvait pas se permettre de passer le peu d'énergie qu'il lui restait dans des émotions négatives. Kevin Wade avait raison : elle devait se ressaisir pour être au mieux de sa forme au moment du procès.

— Tu es bien silencieuse, commenta Evan au bout de cinq minutes.

— Profites-en, alors.

— J'aimerais autant discuter avec toi, déclara-t-il, grave.

Oh, mais pourquoi était-elle montée dans cette voiture ?

— Franchement, je n'ai rien à dire. J'essaie de me détendre.

Le silence pesa de nouveau dans l'habitacle.

— J'ai parlé avec Eve, annonça-t-il.

— Quand ?

— Hier après-midi. Je croyais qu'elle pourrait me donner ton numéro.

Son cœur saignait rien qu'à entendre prononcer ce prénom. L'amitié avec Eve et Jane était le seul cadeau que cette chienne de vie lui avait fait, et elle avait permis qu'un sale type l'en détourne. Elle n'était pas digne de leur amitié.

Elle se contint pour ne pas éclater en sanglots.

— Et pourquoi diable as-tu pensé une telle chose ?

— Parce que vous étiez amies.

— « Etiez », au passé.

Là, elle n'en pouvait plus. Dès qu'il arrêterait la voiture, elle allait prendre la porte et partir.

— J'ai l'impression que tu lui manques.

— Laisse tomber.

Comment pourrait-elle manquer à Eve ou à Jane ? Elles devaient la considérer comme la lie de la terre, et elle ne saurait leur en tenir rigueur. Elles lui manquaient, en revanche. Affreusement. L'ironie la plus douloureuse, c'était qu'elle s'était toujours débrouillée toute seule avec ses problèmes, mais sans oublier un instant que si elle se trouvait un jour au pied du mur, elle pourrait compter sur elles. Et maintenant, alors que sa vie ressemblait à un pays en guerre, elle n'avait plus personne à qui faire appel.

Evan se gara à cet instant au milieu d'une longue rangée de véhicules stationnés sur le côté d'une rue. Elle ne reconnut pas le quartier, plutôt banal et dépourvu de charme. Des maisons quelconques, une épicerie à l'angle, une station d'essence en face. L'amenait-il à une fête ? Ce serait absurde.

— Je ne pense pas qu'on puisse s'approcher davantage. C'est chouette qu'il fasse si beau pour la saison, ce soir.

Il coupa le moteur et jeta un œil à ses pieds.

— Des basquets, parfait.

— Où sommes-nous ?

— Tu vas aimer, fais-moi confiance.

— Te faire confiance ?

Il plaisantait ou quoi ? Elle n'avait plus confiance en rien, ni personne.

— Ne peux-tu faire un effort ?

Elle plongea dans ses yeux châtains, nobles, francs, et se rappela l'apaisement qu'elle avait ressenti dans ses bras. Il ne fallait pas qu'elle baisse la garde une seconde, elle ne pouvait pas se le permettre.

— Allons-y, dit-elle, la main déjà sur la poignée de la portière.

— Attends.

Elle le regarda, impatiente. Elle n'avait pas envie de poursuivre la conversation. C'était tellement facile de parler avec lui qu'elle risquait de lui avouer encore une horreur qu'elle regretterait ensuite. Mais Evan, comprit-elle aussitôt, n'avait aucune conversation en tête. Il posa sa main sur sa nuque et l'embrassa.

Elle tenta de résister, elle n'avait pas la tête à ça. Et en même temps… C'était mieux que de répondre à ses questions. Et surtout, il embrassait tellement bien qu'il lui était impossible de ne pas répondre aux demandes pressantes de sa langue.

Elle se rapprocha de lui et mit sa main sur sa cuisse pour garder l'équilibre, et lorsqu'il se tourna vers elle, elle sentit sous ses doigts le renflement de son sexe sous le pantalon. La main d'Evan quitta sa nuque pour glisser le long de son bras et lui saisir la main. Ses doigts entrelacés aux siens, il s'écarta doucement.

— J'attendais ça depuis deux jours, murmura-t-il avant de l'embrasser brièvement de nouveau.

— Ravie que tu aies pu t'exprimer, plaisanta-t-elle.

Sauf que, elle le savait, sa voix qui tremblait démentait sa désinvolture.

Ils se sourirent tous deux en silence avant de quitter la voiture.

— J'espère que tu ne m'emmènes pas à une fête, dit-elle comme ils avançaient sur le trottoir.

— Tu es censée me faire confiance, rappelle-toi.

— Ah non, je n'ai jamais dit ça. Je ne fais confiance à personne.

Elle détourna le regard pour ne pas affronter la déception qui se dessina sur le visage d'Evan. Tant pis pour lui, elle n'était pas responsable de ses sentiments à lui.

Ils longèrent un pâté de maisons après l'autre. Elle ne pouvait pas s'empêcher de ressentir une grande curiosité. Elle n'entendait pas de musique provenant d'une des maisons, donc si c'était une soirée, elle était bien calme. Connaissant Evan, il devait s'agir d'une lecture de poèmes ou d'un club de débat. Elle ne s'opposait pas au principe, sauf que ce n'était pas du tout son style.

Eve se présenta de nouveau dans ses pensées. Son ancienne amie avait-elle mentionné Rick au cours de sa conversation avec Evan ? et dans ce cas, elle avait dû exprimer tout le mal qu'elle pensait de lui et le manque de jugeote dont elle-même avait fait preuve en supportant son arrogance et ses mauvaises manières.

Elle mourait d'envie de poser la question à Evan, mais sa fierté l'en empêcha.

Au bout de la rue, elle distingua une maison isolée des autres, éclairée comme un sapin de Noël. Même les arbres qui ornaient l'allée étaient parés de guirlandes clignotantes enroulées autour de leurs troncs. Des gens devisaient en petits groupes dans la cour. Elle observa qu'une colonne de fumée montait au ciel derrière la maison, et bientôt une odeur alléchante de grillades lui emplit les narines.

Elle se tourna pour regarder Evan.

— Ce n'est pas une fête, dit-il avec un sourire malicieux. C'est moitié resto, moitié bar. Un endroit public.

— Tu as peur que je te frappe, hein ?

— Ouais.

— Dans tes rêves.

— Ouais.

Il la faisait rire, et elle n'y pouvait rien.

— Sérieusement, Evan. Un restaurant ici, au milieu d'une zone résidentielle ?

— Pas tout à fait. J'ai dû me garer loin parce que je savais que je ne trouverais pas de place plus près, mais la maison donne sur une grande artère, dit-il, pointant du doigt les voitures qui passaient de l'autre côté.

— Je parie que les voisins adorent.

— Le plan d'urbanisme laisse à désirer, je te l'accorde. Inadmissible, appelez-moi le maire !

— Et moi qui t'imaginais en bourge coincé, charria-t-elle.

— Peut-être que je le suis.

— Hé, Evan, appela un homme depuis le jardin. Eric te cherchait.

— Il est derrière ? demanda-t-il, le saluant d'un geste informel.

L'inconnu opina avant de reprendre sa conversation avec

deux femmes, qui, chose curieuse, semblaient insensibles au froid dans leurs petites robes légères.

Consternée, elle prit conscience qu'elle portait un vieux jean et un pull noir défraîchi. Elle n'avait pas prévu de sortir, encore moins de se montrer avec Evan dans un lieu bondé.

Et alors ? se ressaisit-elle. Elle ne cherchait à impressionner ni Evan ni personne d'autre. D'un geste résolu, elle jeta ses cheveux en arrière et leva fièrement le menton comme ils entraient dans la maison.

Des tables et des chaises de formes et de styles variés s'entassaient dans ce qui, un jour, déduisit-elle, avait dû être le salon de la maison. On avait abattu la cloison qui séparait la pièce de la cuisine, et à la place on avait construit un comptoir où des assiettes garnies attendaient d'être servies. Sur chaque plat de salade et de frites, elle put voir un ticket.

Le niveau sonore lui sembla très élevé pour ce qu'elle croyait être le goût d'Evan, sauf qu'il n'avait pas l'air d'en être gêné. Au contraire, il paraissait un habitué des lieux, constata-t-elle alors qu'il s'arrêtait une cinquième fois pour saluer quelqu'un. A chaque occasion, il prenait le temps de la présenter, et elle put remarquer la curiosité que sa présence suscitait. Apparemment, s'il venait ici souvent, il ne devait pas le faire en compagnie féminine.

Une grande porte donnait sur un large patio entouré d'une palissade. Dans l'un des angles, un trio jouait des tubes des années 80, juste assez fort pour rendre l'ambiance vivante. A l'autre bout, deux maîtres queux s'occupaient de faire rôtir des travers de porc sur deux bidons fendus qui faisaient office de barbecue. Le reste de l'espace était occupé par des tables de jardin où des bandes d'amis discutaient et riaient en buvant de la bière.

Il y avait un monde fou dans ce coin perdu, se dit-elle, comme Evan la guidait vers une table à droite de la scène. Elle le suivit, sentant de nouveau tous les regards posés sur eux. Ici, Evan semblait aussi connu que le loup blanc.

Ils n'avaient pas attendu cinq minutes qu'une serveuse dont

le T-shirt semblait tatoué sur la poitrine vint poser sur leur table deux bouteilles de bière.

— Salut, doc, salua-t-elle. Vous dînez ?

— Plus tard, dit-il avant de se tourner vers Liza. Cela te convient ?

— C'est parfait.

— Déjà venue ici, ma chérie ? lui demanda la serveuse.

— Non, je suis vierge.

La femme lâcha un éclat de rire qui devait faire partie de son attirail professionnel au même titre que son bloc de commandes.

— Je reviens plus tard vers vous. A toute, doc.

— Comment as-tu trouvé ce bouge ? s'enquit Liza.

— Je viens ici depuis des années. D'ailleurs, ils ont aussi des sodas et du vin, si tu préfères.

— Non, la bière me va, dit-elle, en prenant une gorgée au goulot.

— Si tu veux un verre, il faut le demander. Tu auras droit à un regard noir et à un verre propre. Ils excellent dans la bonne franquette.

— Des gens selon mon cœur, alors.

— Et pourquoi ne viens-tu pas t'asseoir de ce côté, tout près de moi ? demanda-t-il en lui frôlant le bout des doigts.

— Et comment pourrais-je alors te regarder dans les yeux ? le taquina-t-elle.

— Je peux te donner d'autres choses à regarder.

— J'adore quand tu la joues canaille.

— Canaille, tu dis ? Amène par ici ton joli derrière, que je te montre.

— Tu n'oseras pas.

— Mais tu ne le sauras jamais, si tu n'approches pas.

Elle rit. Elle n'était pas si sûre qu'Evan bluffe, car plus elle passait de temps avec lui, moins elle avait l'impression de le connaître.

Non, ce n'était pas tout à fait vrai. Elle savait certaines choses, les plus essentielles : qu'il était gentil, patient et compréhensif, et qu'il avait un grand sens de l'humour. Mais ensuite, il y avait cet autre visage, la facette cachée qui contredisait son image lisse de médecin compétent…

Ou bien, c'était elle qui avait trop d'a priori sur les médecins. Pour elle, c'étaient des bêcheurs, qui avaient passé leurs études entre la bibliothèque et le labo, alors qu'elle ne manquait pas une fête et brûlait les nuits dans les clubs. Si un type roulait à moto, de préférence une Harley, on pouvait parier à coup sûr qu'elle le ramènerait à la maison. Elle perdait la tête pour les voyous au cœur tanné et se moquait éperdument des doux capables d'explorer des heures durant la teneur de leurs sentiments.

— Que penses-tu de la musique ? demanda Evan.

— Ils sont bons, et c'est la musique que je préfère.

Sans cesser de sourire, elle se leva pour se poster devant lui.

— Bouge.

— A vos ordres, madame, dit-il sans pour autant lui faire vraiment de la place.

Elle se pencha pour saisir sa bouteille de bière et s'assit, profitant du mouvement pour l'aguicher avec un petit coup de hanche.

A sa surprise, Evan rétorqua en prenant sa main, qu'il embrassa et garda ensuite entre les siennes. Elle aimait ça.

— Ça va, je ne te colle pas trop ? le provoqua-t-elle.

— Franchement, maintenant que tu le dis…

— Je ne compte pas bouger, je te préviens.

— Parfait, murmura-t-il, les yeux fixés sur ses lèvres.

Elle s'apprêtait déjà à goûter l'un de ses baisers renversants, lorsque le groupe cessa de jouer. Evan détourna son attention vers la scène.

Elle suivit son regard, mais ne vit que les musiciens qui posaient leurs instruments.

Le batteur, un brun aux cheveux longs, s'avança vers eux d'un pas décidé et prit place sur le banc qu'elle venait de quitter.

— Il était temps que tu arrives, frangin.

— Liza, je te présente Eric.

— Salut, Liza, j'ai entendu parler de toi, dit le dénommé

Eric. Je suis content que tu aies pu venir et j'espère que tu voudras bien m'excuser de te voler Evan pendant une heure.

— Oublie, intervint Evan.

Elle observa les deux frères face à face. Ils avaient les mêmes yeux noisette, mais la ressemblance s'arrêtait là. Sans parler de sa tignasse, Eric n'avait pas dû se servir d'un rasoir depuis au moins une semaine, il portait un jean déchiré et un t-shirt des *Grateful Dead* qui semblait au moins une taille trop petite pour lui. A une époque, elle l'aurait dragué sans vergogne si elle l'avait croisé dans une soirée.

— Allez, insista Eric, piquant la bière de son frère pour en prendre une longue lampée. Juste le temps que Tony arrive. Tu sais bien que la batterie n'est pas tellement mon truc.

Une fausse blonde platine habillée de cuir noir arriva derrière lui et l'entoura de ses bras d'un geste possessif.

— Moi, je t'ai trouvé très bon, roucoula-t-elle à son oreille de ses lèvres rouge sang.

Eric ne sembla pas s'émouvoir.

— Tu permets ? Je discute avec mon frère.

— Je peux m'asseoir avec toi pendant la pause ? demanda-t-elle sans attendre sa réponse pour se poser sur le banc.

— Plus tard, Stephanie.

— C'est Melanie, maugréa la blonde, se relevant pour aller discuter avec le bassiste.

Liza la suivit du regard, toute retournée.

Avait-elle été aussi pathétique, dans le temps ? Non, se rassura-t-elle, elle avait toujours eu son amour-propre pour la sauver. Au moins jusqu'à ce que Rick débarque dans sa vie.

— Liza, demanda Eric, cela te dérange si je te l'emprunte pendant une heure ?

— Dis-moi, sais-tu ce que « non » veut dire ? rouspéta Evan.

— Excusez-moi, intervint-elle. Je peux savoir de quoi il s'agit ?

Eric regarda son frère, puis elle, avec un large sourire.

— Je parie que tu meurs d'envie d'écouter le meilleur batteur d'Atlanta mettre le feu à la baraque.

Chapitre 9

Liza se tourna vers Evan, sidérée.

— Tu joues de la batterie ?

— Pas vraiment. Disons que je me débrouille.

— Trop modeste, mon frangin, le contredit Eric avec un ricanement. Il a payé la moitié de ses études grâce à ses baguettes magiques.

— C'est vrai ?

— J'avais un groupe, expliqua Evan, résigné. Nous jouions en général les week-ends et je travaillais aussi en semaine dans un labo.

— Quel était le nom de votre groupe ? Peut-être que je le connais.

— Ça m'étonnerait.

— Dis toujours.

— *Sinistre Total.*

— Très intéressant, rit-elle.

— On avait vingt ans.

— Il aurait pu faire carrière s'il avait voulu, dit Eric, en entamant la bouteille de bière que la serveuse venait de lui apporter.

— Oui, alors que la médecine n'est pas une carrière, lui décocha Evan.

— Je dis juste qu'on te réclamait partout.

— Allez, joue ! s'exclama-t-elle.

— Je voulais dîner, moi…, protesta-t-il.

— S'il te plaît, pria-t-elle, serrant sa main. J'ai vraiment envie de t'entendre !

— Tu l'auras voulu, alors, soupira-t-il.

— Va t'échauffer un peu, si tu veux, conseilla Eric avec un sourire de triomphe. On reprend dans quinze minutes.

— Même si Tony ne vient pas, je joue une heure, pas plus. Compris ?

— Compris, affirma Eric avec un clin d'œil à l'intention de Liza. Je savais qu'il ne me laisserait pas tomber.

Elle sentit un pincement au cœur, enviant de tout son cœur la complicité entre les deux hommes. Ça devait être bien, d'avoir un frère sur lequel compter. Elle plia avec soin la veste qu'Evan avait quittée et le regarda retrousser ses manches, l'air concentré.

— Quelle est ta place dans la fratrie Gann ? demanda-t-elle à Eric.

— Je suis le deuxième, nous avons un frère plus jeune, Elton, encore en fac de droit.

— Un trio doué, dis donc.

— Moi, j'ai une maîtrise de lettres, mais je n'en fais pas grand-chose.

— Waoh, que des talents cachés dans la famille !

— Et tu n'as pas encore entendu mon frérot sur scène, dit-il, arborant un sourire identique à celui d'Evan. Ça décoiffe, tu verras.

La chaleur, la fierté dans sa voix la touchèrent infiniment. Elle chassa le sentiment d'injustice qui l'envahissait. Elle n'avait eu ni frère ni sœur, et c'était tant mieux. Au moins, il n'y avait eu qu'elle pour souffrir de la cruelle indifférence de ses parents.

Un des membres du groupe vint chercher Eric, qui prit congé d'elle en s'excusant. Mais rester seule ne la dérangeait pas, elle pourrait ainsi concentrer toute son attention sur Evan. Il était le seul sur scène à porter des cheveux courts et une chemise qui ne semblait pas sortir d'une friperie. Cela semblait cependant ne lui poser aucun problème, et elle admira son aplomb.

Eric s'avança sur la scène, une guitare dans les mains, en même temps que le bassiste, un brun trapu, accordait sa basse. Le chanteur, dont les cheveux dépassaient la taille, régala de son sourire de tombeur un essaim de groupies à forte poitrine avant de rejoindre le reste du groupe.

Quelques minutes plus tard, lorsqu'elle entendit les premières notes de *Conga*, de *Miami Sound Machine*, elle comprit un peu mieux l'assurance dont Evan faisait preuve. Ce type était incroyable. On aurait cru qu'il s'était transformé en une personne complètement différente. Il avait un sens du rythme époustouflant, semblait possédé par la musique.

Elle adorait la musique, notamment le rock classique, sans pour autant se prendre pour une connaisseuse. En revanche, elle savait ce qu'elle aimait. Mais Evan, sur scène, venait de chambouler l'échelle de ses préférences. Si cette soirée n'était qu'un plan ourdi aux seules fins de la conquérir, il atteignait son but de plein fouet. Vers la quatrième chanson, elle dut se contenir pour ne pas monter sur scène pour l'attraper et le traîner chez lui. Lorsqu'il joua un solo magistral, elle crut qu'elle allait fondre sur le banc. En fait, l'heure passa à une vitesse excessive, et lorsque le set prit fin, elle ne savait plus si elle était contente ou déçue.

— Tu as été génial, dit-elle comme il revenait vers la table. Où as-tu appris à jouer comme ça ?

— J'ai eu ma première batterie pour mes neuf ans.

— Tes parents ne sont pas devenus fous ?

— Je n'avais le droit de jouer que dans le garage. J'ai toujours soupçonné qu'ils détestaient nos voisins de gauche.

— Avoue, ils ont regretté amèrement de te l'avoir offerte, cette batterie.

— Absolument pas. J'ai une faim de loup, dit-il, faisant signe à la serveuse. On va commander quelques-uns de ces travers de porc.

Quelques personnes vinrent à leur table féliciter Evan de sa performance. S'il sut rester chaleureux, il leur fit sentir qu'il n'avait pas envie de bavarder, qu'il souhaitait se retrouver en tête à tête avec elle.

La sensation lui réchauffa le cœur, et inévitablement la chaleur se déplaça vers le bas de son ventre… Mais elle décida de ronger son frein, elle doutait qu'il veuille rater le dîner pour la troisième fois.

Lorsque la serveuse arriva, Evan lui avait déjà expliqué qu'il n'y avait que deux plats : travers de porc ou poulet, et que pour la garniture, elle pouvait demander de la salade de pommes de terre, des haricots rouges ou des frites. La salade de chou, le pain de maïs et les cornichons allaient de soi, qu'elle les veuille ou non. La serveuse ajouta que de temps en temps, des malins essayaient de lui soutirer quelques cornichons extra. Il lui dédia un sourire à faire fondre une pierre, et la jeune femme gloussa comme une collégienne.

Lorsque celle-ci fut partie, Liza envoya à Evan une bourrade bien sentie dans les côtes.

— Hé, quoi ? s'écria-t-il.

— Espèce de charmeur !

— Avec Colleen, tu veux dire ? C'est une gamine !

— Une gamine ?

— Elle est encore à la fac. Pour moi, c'est une gamine.

— C'est vrai que tu es vieux.

— D'accord, je le reconnais.

— Mais pas pour les choses importantes, dit-elle, glissant sa main sous la table pour lui caresser le haut de la cuisse.

— Dois-je prendre ce geste comme une invitation ?

— Les batteurs m'ont toujours tourné la tête.

— Si je l'avais su plus tôt, dit-il, contenant sa main baladeuse qui s'avançait un peu trop.

Elle rit et posa sa main sur son genou.

— J'ai été ravie de rencontrer ton frère.

— C'est un mec bien, et le cadet aussi. Il est très brillant, il ira loin.

— Elton.

— Je vois que tu as eu le temps de discuter avec Eric.

— Un petit peu.

— Que t'a-t-il raconté ? demanda-t-il, apparemment piqué à vif.

Curieuse réaction, songea-t-elle. Avait-il peur qu'Eric ait pu révéler un secret de famille ?

— Pas grand-chose, franchement. Qu'Elton étudiait le droit. Quelque chose ne va pas ?

— Mais non, bien sûr que non.

— Eric m'a raconté aussi qu'il avait une maîtrise de lettres, ce qui, je te l'avoue, m'a sciée.

— C'est une source intarissable de surprises, ce garçon, même pour moi. Je pense qu'il finira prof, mais pour l'instant, il est jeune, célibataire et sans enfant. C'est bien qu'il profite de la vie.

— Et toi ?

Evan s'obstina à regarder vers la scène, bien que le groupe ne soit pas encore revenu.

— Moi ?

— Tu n'as jamais failli faire le grand pas ?

Il mit si longtemps à répondre qu'elle crut qu'il allait esquiver la question.

— Une fois, en fait.

— Quand était-ce ?

— A la fin de mes études, dit-il, soudain attiré par une silhouette qui venait de franchir la porte. Bien, voilà Tony, leur batteur.

Quelqu'un de poli aurait laissé tomber le sujet, mais…

— Etiez-vous fiancés, je veux dire, officiellement ?

— Oui.

— Comptes-tu me raconter ce qui s'est passé, ou tu préfères que je la ferme ?

Evan serra les mâchoires, et elle regretta d'avoir soulevé un sujet à l'évidence douloureux.

— Ne dis rien. Oublie ce que j'ai demandé.

— Non, ça va. C'était il y a longtemps, et ce n'est pas comme si j'étais encore amoureux, loin s'en faut. Tous les sentiments que j'avais pour Angela se sont effondrés au moment même où je l'ai surprise dans mon lit avec l'un de mes amis.

— Aïe.

— Oui, à l'époque.

Elle ne savait pas quoi dire et préféra lui laisser le choix de continuer ou de changer de sujet.

— Le plus drôle, c'est qu'elle voulait toujours qu'on se marie, raconta-t-il d'un ton neutre. Elle persistait à dire que c'était juste du sexe, que ça n'avait rien à voir avec nous.

— Parfois, c'est juste du sexe, commenta-t-elle.

Ça lui avait échappé. Elle aurait pu se donner des baffes.

— Sans doute, dit-il, la regardant droit dans les yeux. Mais alors, on ne parle pas mariage.

— C'est vrai.

Il fallait qu'elle surveille ses paroles, elle n'arrêtait pas de gaffer. Cette Angela s'était comportée comme une parfaite idiote. Evan ferait un mari fantastique. Enfin, ce n'était pas qu'elle-même soit intéressée.

— Excuse-moi, je ne voulais pas…

Evan passa sa main sur ses épaules et lui frotta le bras avec un geste si tendre qu'elle se sentit fondre. Une bécasse de première, Angela.

— Tu n'as pas à t'excuser, Liza. C'est l'une des choses que j'admire chez toi : tu es franche et sincère à propos de ce que tu veux. Nous savons tous deux à quoi nous en tenir. Entre nous, c'est sexuel.

Elle se força à sourire. Il avait raison sur toute la ligne. Mais alors, pourquoi se sentait-elle soudain si triste ?

De retour chez lui, Evan posa les clés sur le comptoir à côté du tas de courrier.

— Veux-tu quelque chose à boire, Liza ?

Sans qu'il ait eu le temps de se tourner vers elle, il sentit la chaleur de son corps tout proche, et la rondeur de ses seins lui caresser le dos. Elle l'enlaça par la taille et commença à défaire la boucle de sa ceinture.

— Oh, du calme, dit-il, se retournant pour intercepter les mains audacieuses.

— Pourquoi ?

Il lui prit le visage entre les mains et l'obligea à le regarder dans les yeux. Quelque chose n'allait pas, mais il n'arrivait pas à mettre le doigt dessus. Sur le trajet du retour, elle était restée étrangement silencieuse, et il s'attendait à ce qu'elle lui demande d'un moment à l'autre de la déposer à sa voiture.

— Oserais-je dire que nous avons toute la nuit ?

— Oh, non ! Merde, s'exclama-t-elle, commençant à faire les cent pas dans la cuisine.

— Qu'est-ce qu'il y a, Liza ?

— J'aurais dû prendre ma voiture.

— Je te ramènerai quand tu le voudras.

— Peut-être que je devrais partir tout de suite.

— Mais elle est sur le parking des studios, elle ne craint rien.

— On s'en fiche, de la voiture. Je n'aime pas me sentir coincée.

— Je vais essayer de ne pas prendre ce commentaire comme quelque chose de personnel. Je vais allumer un feu dans la chambre, viens discuter avec moi.

— Discuter, tu dis ?

— Ou faire ce que tu veux de moi.

Enfin un sourire. La Liza qu'il connaissait semblait de retour.

— T'attacher, par exemple ?

— Hum. Il faut que j'y réfléchisse…

— Je vois d'ici les titres, dit-elle marchant de dos dans le couloir pour continuer à le regarder. « Un célèbre médecin d'Atlanta… »

— Tu n'es pas crédible, là.

— Pourquoi ?

— Célèbre ?

— Ton nom figure au générique d'*Au cœur de l'action*, tu es célèbre.

— Oui, si tu parles du groupe de bridge de ma mère.

— Pas seulement, parce que… Aïe !

Elle venait de se cogner contre la porte d'un placard.

— Tu aurais pu me prévenir ! protesta-t-elle.

— Et gâcher ton merveilleux scoop ? dit-il, lui cédant le pas à l'entrée de la chambre.

— Maintenant, j'ai perdu le fil.

— C'est malheureux.

— Je crois qu'il s'agissait d'un célèbre docteur kidnappé par une nymphomane insatiable qui avait profité de lui pendant des heures.

— Nymphomane insatiable ? Ce n'est pas un pléonasme ?

— Je peux changer le scénario, si tu veux.

— Non, non, j'aime bien cette partie.

Il commença à déboutonner sa chemise qu'il jeta dans la corbeille à linge.

— Aujourd'hui, c'était la première fois que je te voyais sans cravate.

— C'est blessant, ça.

— Pourquoi ?

— Je travaille depuis trois ans sur la série, et j'ai rarement porté une cravate. Des blazers, des vestes, d'accord. Devine qui ne m'a pas regardé deux fois pendant tout ce temps ?

— J'avoue.

— Tu vas devoir te faire pardonner.

La moue coquine que Liza arbora lui dit qu'elle savait parfaitement ce qu'il avait en tête. Sans préambule, elle enleva son pull, laissant à découvert ses seins dressés dans un soutien-gorge en dentelle rouge.

— Et ce feu ? demanda-t-elle.

— Je m'en occupe, dit-il, envoyant valser ses mocassins.

En un clin d'œil, elle se débarrassa de la pièce de lingerie.

— Si tu ne comptes pas te laisser attacher, j'espère au moins que tu vas me laisser diriger les opérations.

La vision de ses seins, petits mais d'un galbe parfait, qui semblaient échapper à la loi de la gravité, l'empêchait de prêter attention à ses paroles. La phrase mit quelque temps à arriver à son cerveau.

— Il me semble que c'était le cas, la dernière fois, dit-il enfin.

— C'est un reproche ?

— Du tout.

— Viens ici, lui intima-t-elle.

Elle commença à baisser la fermeture Eclair de son jean, et il fit de même avec celle de son pantalon, ne gardant sur lui que son boxer bleu marine. Quant à Liza, elle se montra nue devant lui, à l'exception du petit triangle rouge du string qui couvrait son sexe. Elle se pencha pour retirer le couvre-lit, lui offrant une vue imprenable sur ses fesses. Très grande invention, le string, en effet.

Elle se retourna vers lui avec une impatience feinte.

— Je m'occupe du lit, qu'attends-tu pour faire le feu ?

— Bien sûr, murmura-t-il.

Sauf qu'il avait du mal à la quitter des yeux. D'ailleurs, il aurait pu passer des heures à la regarder. Même s'il se sentait à présent beaucoup trop à l'étroit dans son caleçon. Qu'y pouvait-il, si l'homme était un animal répondant aux stimuli visuels ?

— Attends. Enlève aussi ton boxer, dit-elle, le regard fixé sur le bas de son ventre.

— A vos ordres.

Il obtempéra et abaissa l'élastique le long de ses hanches. Son membre apparut, dur et puissant, et il joua la provocation en l'empoignant de sa main droite.

Liza s'humecta les lèvres du bout de la langue.

— Si tu triches, je vais devoir te punir.

— C'est une menace censée m'arrêter ? la nargua-t-il, en s'approchant d'elle.

Elle l'arrêta d'un geste impérieux.

— D'abord le feu.

Sur un côté du mur, il tourna le bouton du gaz, et les flammes surgirent aussitôt des brûleurs.

— Oh, l'arnaque ! Je croyais qu'on aurait un véritable feu.

— Pose ta main dessus, et tu me diras si c'est un faux.

— Au nom de certains intérêts plus pressants, dit-elle, les yeux toujours rivés à son sexe, je laisserai courir.

— Bébé, je n'ai aucune intention de me presser.

Elle réprima un sourire et lui tourna de nouveau le dos.

Ce qui lui convenait parfaitement. Il vint se coller contre elle, laissant son sexe se nicher entre les deux sphères parfaites de ses fesses. Quand elle se pencha à peine et, coquine, ondula des hanches, il tressaillit, les paupières serrées. Elle maîtrisait parfaitement la situation, sans avoir besoin de parler. Il avança ses mains pour couvrir ses seins. En tant que médecin, il en avait vu, des corps nus, mais en tant qu'homme, c'était la première fois qu'il caressait des mamelons aussi sensibles. Ils semblaient doubler de taille lorsqu'il les touchait, comme s'ils réclamaient toute l'attention de ses mains et de sa bouche. Il adorait sentir leur réaction lorsqu'il les roulait entre le pouce et l'index, et apparemment Liza aimait aussi, car les mouvements de son bassin devenaient de plus en plus suggestifs. Si elle continuait, il allait finir sur-le-champ.

Il l'obligea à se tourner vers lui et l'embrassa sans crier gare. Elle contre-attaqua en l'enlaçant par le cou pour mieux s'offrir à ses baisers, ses seins dressés contre son torse. Mais ce n'était pas assez près pour lui, et il lui empoigna les fesses à pleines mains pour enfouir son membre durci dans sa toison. Elle se trémoussa et laissa échapper un gémissement étranglé.

— Reste toute la nuit, murmura-t-il.

Mauvais calcul, comprit-il, sentant le corps de Liza se raidir.

— Ne perdons pas la tête, dit-elle, relâchant son étreinte.

— Il n'y a pas d'obligation, j'ai simplement envie de me réveiller à côté de toi.

— Pourquoi ?

Bonne question. Pourquoi, en effet ? se demanda-t-il, sans trouver de réponse. En temps normal, il avait plutôt envie du contraire. Après avoir couché, il avait plutôt envie de se retrouver seul. Il restait toujours poli, évidemment, mais dans le fond il se trouvait salaud. C'était comme ça.

— Je ne saurais pas te dire.

Elle le repoussa doucement, les yeux d'un gris orageux qu'il ne lui connaissait pas.

— Entre nous, cela reste une affaire de sexe, n'est-ce pas ?

Il opina, mais la conviction manquait.

Pourtant, il n'avait pas changé d'avis depuis tout à l'heure. La vie de célibataire lui convenait. Pas d'attentes, pas de promesses, pas de routine qui tue. Et Liza pensait pareil. Pourquoi alors n'arrivait-il pas à le dire à voix haute ?

Elle se hissa sur la pointe des pieds pour déposer un baiser tendre sur ses lèvres.

— Je te promets que je ne me sauverai pas sans te réveiller.

— Compte sur moi pour te faire tenir ta promesse.

— Ne t'inquiète pas. Le taxi jusqu'à chez moi coûte une fortune, charria-t-elle.

— Très aimable à toi, dit-il, lui pinçant une fesse.

Elle éclata de rire et le pinça à son tour.

— Assez chahuté !

Ce disant, il la souleva du sol et la jeta sur le lit.

Elle gloussa, enchantée et il se laissa glisser à ses côtés. Se penchant sur sa poitrine, il happa entre ses lèvres un tentant mamelon et la sentit s'arc-bouter contre le matelas. Il porta une main entre ses cuisses fuselées.

Parfait. Son sexe était aussi chaud et humide que le sien était dur et tendu.

Chapitre 10

Liza parcourut de ses mains le torse d'Evan, de ses larges épaules au bas de son dos, se régalant de la texture ferme de sa peau qui moulait des muscles bandés et des creux délicieux. Elle adorait pétrir entre ses mains les rondeurs fermes de ses fesses sous ses hanches étroites.

C'était la première fois qu'elle se retrouvait au lit avec un homme depuis qu'elle avait perdu tant de poids, s'aperçut-elle. Elle n'avait rien fait pour maigrir, mais le stress constant semblait avoir affecté son métabolisme.

Alors que, des mois durant, elle n'avait pas accordé la moindre pensée aux changements soufferts par son corps, elle se demanda si Evan la trouvait à son goût, avec sa petite poitrine et ses hanches saillantes.

— Tu as l'air bien pensive, dit-il. Que t'arrive-t-il ?

— Je me disais que tout ceci est bien étrange. Toi et moi, je veux dire.

Il porta une main sur son cœur et émit un gémissement étranglé faussement dramatique.

— Sérieusement ! Nous nous sommes croisés pendant près de trois ans aux studios, et rien ne s'est passé.

— Si je peux me permettre, je t'ai sollicitée et tu m'as éconduit, dit-il, mordillant le bout d'un de ses seins. As-tu oublié ?

— Moi ? dit-elle, emprisonnant entre ses doigts la base de son sexe.

— Tu ne t'en souviens pas ?

Elle hocha la tête. A quoi bon mentir ?

— C'était une période difficile pour moi.

— Rick ?

— Etais-tu obligé de le mentionner ? demanda-t-elle, roulant vers l'autre bout du lit. Tu gâches tout.

— Excuse-moi, je ne savais pas que c'était un sujet sensible pour toi. Je croyais qu'il était hors de ta vie.

— Et il l'est, affirma-t-elle.

Mais comment lui expliquer la situation inextricable dans laquelle elle s'était fourrée ?

— Je ne suis plus avec lui, mais il reste dans les parages.

— D'accord.

Le matelas se creusa sous le poids d'Evan, qui vint tout près d'elle pour caresser sa cuisse avec douceur.

— C'est dingue que tu te souviennes de lui, commenta-t-elle.

— En fait, c'est Eve qui l'a mentionné, hier.

Donc, ils avaient parlé de lui.

D'un geste brusque, elle s'écarta d'Evan et mit ses pieds à terre.

— De mieux en mieux, franchement.

— Je cherchais un moyen de te joindre, c'est tout.

Son soutien-gorge, son pull. Mais où diable était passé son jean ?

Evan contourna le lit pour s'approcher d'elle. Il bandait encore à moitié, observa-t-elle. Il la prit par les épaules.

— Ne t'enfuis pas, Liza. Je crois que je mérite qu'on discute franchement.

— Comme récompense pour parler de moi dans mon dos ?

— Ça ne s'est pas passé comme ça.

— Et comment se fait-il alors que Rick soit venu dans la conversation ?

— Eve a dit que si tu te trouvais dans le pétrin, il en était sans doute la cause.

— Elle ne l'a jamais aimé, dit-elle, sentant sa voix se briser. Jane non plus. Et elles avaient raison. Qu'elles s'en vantent autant qu'elles le veulent, je m'en fiche.

Elle le repoussa, il ne savait rien de sa vie, ni de l'enfer qu'elle avait traversé et traversait encore à cause de Rick.

— Où est mon jean ?

— Arrête, Liza.

— C'est à toi d'arrêter, lui décocha-t-elle avec un regard noir. Je ne te dois rien.

La douleur qui traversa les yeux châtains ne lui échappa pas.

— Tu as raison, mais je pensais que peut-être… Tant pis, tu as raison.

Il ramassa en même temps son jean et son pantalon.

— Tiens, le voilà.

Elle le lui prit des mains, mais fut incapable de l'enfiler. Qu'est-ce qu'il lui prenait, maintenant ? Evan s'était montré d'une gentillesse sans faille envers elle. C'était vraiment un chic type. Trop bon pour elle.

— Evan, je suis désolée.

— Ne t'excuse pas, dit-il, enfilant son boxer.

— Non, pas ça !

Quand il la regarda, les sourcils froncés, elle lui octroya son sourire le plus séducteur.

— Et maintenant, je vais devoir te l'enlever de nouveau.

— Le sexe n'arrange pas tout.

— Oh, mais qu'est-ce qu'il t'arrive ? Depuis quand les mecs parlent-ils comme ça ?

Au moins, elle avait réussi à lui décrocher un sourire.

— Ecoute, dit-il, il n'y a pas de raison pour que nous ne soyons pas sincères l'un avec l'autre. Tu ne me dois rien, d'accord, mais je ne fraye pas avec les femmes qui sont engagées ailleurs.

— Je te jure qu'il n'y a plus rien entre Rick et moi. D'ailleurs, je le méprise.

Quelque chose lui disait qu'Evan savait qu'elle cachait encore quelque chose. Elle soupira.

— Rick est un salaud. Il n'accepte pas que j'aie rompu, et parfois il me suit. C'est la raison pour laquelle tu as pu trouver que j'avais un comportement étrange.

Le visage d'Evan prit une expression inquiète qui la toucha au plus profond de son cœur. Il posa ses mains sur sa taille.

— Qu'a fait la police à ce sujet ?

Elle soupira. Un mensonge de plus ou de moins, peu importait. Elle ne pouvait pas tout lui raconter, mais il fallait absolument qu'il sache qu'elle n'avait plus rien à voir avec Rick.

— Je n'ai pas de preuves, il est très rusé.

— Je connais un inspecteur…

— Non, je t'en prie. Oublie. Cela ne ferait qu'empirer les choses.

Il l'enveloppa dans ses bras et la serra contre lui.

— C'est pour ça que tu as besoin de l'argent du Loto ? Pour te débarrasser de lui ?

C'était tellement bon de se blottir contre Evan. Trop bon, d'ailleurs. Il n'était pas la solution à ses problèmes. Et s'il découvrait l'affaire des journaux, elle pourrait s'en ressentir.

— Quelque part, oui.

— Comment puis-je t'aider ?

— Tu m'aides déjà.

Elle renversa la tête, et n'attendit qu'une seconde pour recevoir le baiser qu'elle attendait.

— Liza, je veux t'aider.

Elle pressa son index sur la bouche généreuse d'Evan pour le faire taire.

— Ne nous gâchons pas cette nuit.

Mais il ne semblait pas prêt à lâcher l'affaire, et sa détermination affaiblissait ses défenses. Elle avait tellement envie de tout lui avouer, de libérer sa poitrine de ce fardeau !

Sauf que c'était un luxe qu'elle ne pouvait pas se permettre.

Quand elle laissa tomber son jean et glissa ses mains dans le boxer, Evan ne protesta pas. Elle le prit par la main jusqu'au lit, s'y glissant en premier. Il la suivit, et lorsqu'elle porta la main à son sexe, il bandait déjà.

Elle aimait sentir contre ses doigts la texture soyeuse de sa chair en tension, qu'elle caressa doucement de bas en haut. Elle aimait entendre ses grognements de plaisir contre ses seins, qu'il cajolait avec la pointe de la langue. Elle relâcha sa prise, submergée par les sensations, et il en profita pour se faufiler entre ses cuisses.

— Dis-moi ce que tu aimes, murmura-t-il.

— Il me semble que tu as trouvé tout seul.

Il sourit, arrêtant son regard sur ses seins dressés dont la peau satinée brillait, humide à cause de ses baisers, avant de fixer son attention sur le triangle duveteux à la jonction de ses cuisses. De ses doigts adroits, il commença à explorer ses replis les plus secrets.

Elle s'agita, incapable de contrôler les mouvements de ses hanches. Pour ne pas perdre complètement la maîtrise de son corps, elle leva les bras et se cramponna à la tête de lit.

Evan poussa doucement ses cuisses pour l'obliger à les écarter davantage, de sorte que ses chevilles touchent presque les bords du matelas. Encore une fois, il se régala de la vue de son sexe offert, avant de séparer avec ses pouces les petites lèvres. Elle sentit la chaleur humide de sa langue tout près de son clitoris en même temps que deux doigts la pénétraient. Evan semblait retarder sciemment le moment où il viendrait titiller le point le plus sensible de son corps, embrasant son impatience avec de petites touches diaboliques qui l'aguichaient sans lui donner ce qu'elle voulait. Lorsqu'il lécha enfin le petit bouton de chair, elle sentit une décharge de plaisir qui la poussa à soulever haut les hanches. Comme s'il avait prévu sa réaction, il glissa les mains sous ses fesses, qu'il malaxa avec un mélange parfait de force et de douceur. Elle se cambra plus encore, en proie à un plaisir insoutenable.

Elle ne voulait pas jouir, pas encore, pas tout de suite. Elle voulait prolonger le jeu des préliminaires.

Elle prit appui sur ses bras pour se mettre hors de la portée de la bouche d'Evan.

Il la regarda, surpris.

— Quelque chose ne va pas ? demanda-t-il.

— Rien du tout, dit-elle, vérifiant que son érection persistait. Tant que tu n'oublies pas qui tient les rênes de la situation.

— Es-tu bien sûre ?

— Je me suis oubliée un petit instant…

Elle tapota un oreiller et s'écarta pour lui faire de la place.

— Viens là.

— Hum.

Il obtempéra, non sans profiter du passage au-dessus de sa poitrine pour lui mordiller le sein droit. Elle n'arriva pas à l'en empêcher, la sensation l'emportait sur l'envie de lui montrer qu'elle gardait la situation en main. Finalement, elle l'obligea à s'allonger à côté d'elle.

— D'accord, se résigna-t-il, étendu sur le dos.

— Pauvre petit, plaisanta-t-elle, glissant sa main ouverte le long de son torse vers son ventre, jusqu'à ce qu'elle frôle la pointe de son membre. C'est très dur pour toi, n'est-ce pas ?

— Non, répondit-il d'un ton de fausset feint.

— Je me suis toujours demandé à quel point ces choses-là sont sensibles, commenta-t-elle, tâtant ses testicules du bout des doigts.

Elle sentit la peau déjà en alerte se rétrécir davantage à son contact et ne manqua pas d'observer qu'Evan serrait les poings.

— Bonne idée. Garde tes mains là où elles sont, mais n'abuse pas.

— Ou alors ? dit-elle, ceignant sa verge dans une main.

Paupières closes, il étouffa un juron, suivi d'un râle éperdu au moment où ses lèvres prirent la place occupée par ses mains.

Elle prit son temps. D'abord, elle caressa toute la longueur de son érection avec des mouvements lents de sa langue, de la base à la pointe, s'attardant sur le bord de son gland jusqu'à le porter à un état d'excitation proche de celui qu'il lui avait infligé. Seulement alors, elle aspira son sexe tout entier dans sa bouche et le suça avec fougue. Evan tenta de contre-attaquer en caressant son derrière, mais elle se tint hors d'atteinte. A genoux entre ses cuisses, comme lui-même à l'instant d'avant, elle passa les mains sous ses fesses pour le positionner exactement à la hauteur qui lui convenait.

Mais elle se trouvait prise à son propre piège. Exciter Evan avec sa langue ne faisait que l'exciter elle davantage. Elle avait envie de le sentir en elle. Qu'il la comble, qu'il l'emmène dans ce lieu où rien ne pouvait l'atteindre. C'était insensé, elle connaissait à peine cet homme. Pourtant, c'était le sentiment qu'elle avait ressenti l'autre nuit dans ses bras, dans ce même lit.

Avec une lenteur délibérée, elle laissa glisser de sa bouche son membre dur et gonflé et roula sur le côté.

Il la regarda, les yeux mi-clos, la respiration lourde, à l'affût de son prochain mouvement.

Elle attrapa l'emballage argenté d'un préservatif sur la table de chevet, l'ouvrit et le déroula le long de son membre en s'aidant avec la bouche, avant de se redresser.

Evan laissa échapper un grognement frustré.

— Je vérifiais qu'il t'allait, le taquina-t-elle. Voyons maintenant si ça me va à moi…

Accroupie sur lui, elle s'aida d'une main pour placer sa verge à l'orée de son sexe, de sorte que son gland frôle à peine sa chair.

Elle brûlait d'envie de s'empaler sur lui et de le chevaucher jusqu'à ce qu'il crie grâce, mais ce serait précipiter la fin, ce qu'elle ne souhaitait pas. Pas encore. Elle comptait le porter au-delà des limites du plaisir et se perdre elle-même en chemin.

Evan souleva son bassin pour tenter de la pénétrer, mais elle l'en empêcha avec un sourire badin, ignorant ses gémissements d'impatience. Il devrait se plier à ses caprices, et pour l'instant, elle avait envie de se caresser avec le bout de son sexe, qu'il sente la chaleur humide de ses lèvres gonflées. Il n'avait qu'à prendre son mal en patience, car son bon vouloir maintenant, c'était de l'aguicher.

Sans lâcher sa prise de la main droite, elle étira son bras gauche en arrière. C'était une drôle de position, mais qui avait l'avantage de dresser ses seins dans un angle des plus seyants. Elle fit tambouriner ses doigts sur les cuisses d'Evan, qui comprit le message et écarta ses jambes. Elle caressa les poils soyeux de son entrejambe avant de malaxer doucement ses testicules.

Il poussa encore plus haut ses hanches pour essayer de nouveau d'entrer en elle, mais elle se refusa encore. Les muscles de ses cuisses brûlaient à cause de la tension que la position leur infligeait, cependant elle tenait à se garder hors de portée. Il jura quelque chose entre ses dents, ce dont elle ne s'offusqua pas. C'était un grand garçon, il survivrait. Elle continua à jouer avec ses testicules d'une main sans cesser de le masturber avec l'autre en saccades légères et perfides qui semblèrent porter Evan aux limites de sa résistance.

— Liza, grommela-t-il.

— Tiens bon, murmura-t-elle.

Avec un mouvement contrôlé, elle laissa son gland venir à l'entrée de son sexe et s'amusa à le torturer davantage avec un balancement insidieux du bassin.

Les jambes d'Evan tremblaient contre les siennes, et elle savait qu'il brûlait de désir de la pénétrer. Son vœu serait exaucé, mais pas tout de suite. Pour l'instant, elle avait une autre idée en tête.

Elle guida son membre le long de sa fente pour en frôler son clitoris. Elle commença à respirer avec difficulté, envahie par la myriade de sensations démentes qui irradiaient tout son corps. Elle décida alors de se priver d'une jouissance immédiate au profit d'une victoire plus profonde, et elle laissa le sexe d'Eric glisser en elle pour l'encercler avec les muscles souples de son vagin, sans pour autant lui permettre de la pénétrer pleinement.

Il agrippa le drap si fort qu'il laissa le bord du matelas à découvert.

— Bon garçon, murmura-t-elle.

— Tu vas me tuer.

— Jamais je ne ferais ça.

La vérité était que sa propre résistance flanchait. Elle sentait son propre sexe gonflé d'excitation à un point que c'en était douloureux, mais elle contint l'envie de s'empaler sur lui et se contenta d'onduler des hanches. Les yeux avides d'Evan sur son corps lui donnèrent une nouvelle clé pour le tourmenter davantage. Avec un regard de défi, elle commença à rouler ses mamelons entre ses doigts, comme il aimait à le faire. Non seulement la sensation était exquise, mais elle se doublait de la satisfaction de sentir Evan frôler la folie… Sauf que le plaisir devenait si puissant, qu'elle n'arrivait plus à contrôler le rythme affolé de ses mouvements.

Elle décida de changer la cadence pour éviter de basculer au-delà du point de non-retour. Plus lent, maintenant. Et plus profond.

Tout le corps en tension, elle fléchit les jambes, millimètre par millimètre, jusqu'à ce qu'Evan l'ait pénétrée complètement, et resta accroupie sur lui, immobile. Un filet de transpiration coula le long de sa nuque, et elle cessa de caresser ses seins. Pendant un moment, elle ne sentit que la vibration de leurs deux corps émus, n'entendit que leurs respirations emmêlées dans l'air chargé d'odeur de sexe.

Les gémissements d'Evan se muèrent en un râle guttural dans lequel elle eut du mal à distinguer son nom. Il était sur le point de jouir. Ou était-ce elle ?

Les muscles contractés autour de sa verge, elle remonta son bassin de nouveau.

— S'il te plaît…

C'était dit d'un ton si doux.

Elle plongea sur lui et se retira encore, sans pause. La chaleur de ses cuisses contre les siennes, la raideur de son membre au plus profond de son ventre… Cette étreinte inédite chamboulait tout ce qu'elle croyait savoir sur le plaisir.

Plus vite maintenant, plus loin, leurs deux corps en mouvement, trémulants, affamés.

Chaque poussée soulevait à l'intérieur de son sexe, contre son clitoris, des sensations nouvelles et différentes, qui se répercutaient sur chaque fibre de sa chair. L'orgasme monta, implacable comme la vague géante d'un tsunami. Derrière son propre cri qui déchira la nuit, elle entendit le grondement d'Evan lorsqu'il atteignit lui aussi la jouissance extrême.

Elle voulait le regarder, contempler son visage, mais elle n'arriva pas à desserrer ses paupières.

Peu à peu sa respiration s'apaisa, son cœur retrouva son tempo, et elle trouva enfin la force de rouvrir les yeux.

Elle n'y voyait rien.

Elle ne comprit pas tout de suite ce qu'il lui arrivait : ça faisait tellement longtemps qu'elle n'avait pas pleuré, qu'elle avait oublié que les larmes pouvaient aveugler.

Hypnotisée par les flammes, Liza détacha avec difficulté les yeux du feu.

Des ombres dansantes se dessinaient contre le plafond et les murs. La chaleur que dégageait la petite cheminée était si puissante qu'ils n'avaient pas besoin de se blottir sous les couvertures. Evan dormait à poings fermés à côté d'elle, allongé sur le ventre.

Il possédait le derrière d'homme le plus appétissant qu'elle n'ait jamais vu. Une véritable bombe, voilà ce qu'il était. Qui l'aurait deviné, à le voir toujours caché sous ses costumes sérieux de médecin ? Il fallait qu'elle le voie un jour en jean, décida-t-elle. Un bon vieux jean bien ajusté, qui ne laisserait rien à l'imagination.

Une flamme plus haute que les autres attira de nouveau son attention sur le feu.

Lorsqu'elle était jeune et confiante, avant que la vie ne lui montre son plus vilain visage, elle s'était imaginé vivre dans une belle maison où il y aurait un Jacuzzi géant dans la salle de bains. C'était un rêve qui datait de ses onze ans, quand elle avait déménagé avec ses parents à Jacksonville. Ils avaient réservé une chambre dans un motel, mais à leur arrivée, on leur avait annoncé que l'établissement affichait complet. Sous la pression des menaces alcoolisées de son père, le gérant avait fini par leur céder la suite nuptiale.

Elle ressentit une pitié rétrospective pour la petite fille émerveillée qui s'était crue arrivée au paradis, alors que, de sa perspective d'adulte, elle pouvait voir à quel point l'endroit était bas de gamme. Mais pour la Liza de onze ans qui portait des chaussures trop petites, les serviettes spongieuses, le savon parfumé et les petits flacons sur le bord de la baignoire représentaient le comble du luxe. Et surtout, c'était le Jacuzzi qui l'avait laissée sans voix. Il trônait au milieu de la salle de bains, et il fallait monter deux marches pour s'introduire dans son immense bassin étincelant. Elle s'était sentie transportée au septième ciel, submergée dans le bain de bulles après les dix heures de trajet sur la banquette arrière de la voiture.

Le rêve n'avait pas duré longtemps. Son père avait déboulé dans la salle de bains, furieux, et l'avait sortie sans ménagement du bain, avant de lui flanquer une fessée qui lui avait marqué la peau pendant plusieurs jours. A ce jour, elle ignorait encore les raisons de sa colère. Sa mère, à ce moment-là, s'était déjà écroulée sous l'effet de son cocktail de pilules, comme chaque soir. Le fait que ce soit son médecin qui les lui prescrive lui permettait de continuer à se droguer avec la caution d'une ordonnance signée par un praticien peu scrupuleux.

Le Jacuzzi, c'était ringard, en fait. Ce qui donnait vraiment du charme à une maison, décida-t-elle, c'était une cheminée.

— Mmm, quelle heure est-il ? demanda Evan d'une voix endormie, les yeux mi-clos encore.

— 1 h 30, répondit-elle, appuyant la tête contre l'oreiller pour s'installer face à lui.

— Dis-moi que tu ne vas pas partir.

Elle le devrait, pourtant. Si Rick se réveillait... Non, décida-t-elle. Ce saligaud lui avait déjà ruiné une bonne partie de sa vie, elle ne permettrait pas qu'il ruine aussi cette nuit. La peau d'Evan était chaude et douce, et la façon possessive dont il la serrait lui donnait une sensation de sécurité qu'elle n'avait jamais expérimentée auparavant.

— C'est moins tard que je ne le pensais, dit-il avec un sourire de mauvais garçon.

— Ça va, murmura-t-elle, l'embrassant sur une épaule. Je ne vais nulle part. Dors, maintenant.

Car si elle-même n'avait pas grand-chose à faire de sa

journée, elle savait qu'il était fatigué et que le lendemain, il attaquait de bonne heure.

— Toi aussi, tu vas dormir ?

Elle opina. Et tant pis si cette nuit lui coûtait un enfer le lendemain.

Chapitre 11

— Et si, la prochaine fois, tu me laissais venir te chercher chez toi ? demanda Evan en démarrant.

Le trafic infernal de l'heure de pointe, plus les dix minutes pour passer déposer Liza, il allait être en retard pour son premier rendez-vous, calcula-t-il.

Comme elle ne répondait pas, il se tourna vers elle et vit qu'elle fixait d'un air absent un groupe d'enfants qui attendaient le bus scolaire.

Craignait-elle que Rick ne les surprenne ?

Maintenant, au moins, il connaissait la raison de ses brusques changements d'attitude. D'ailleurs, il avait une méchante envie que ce salaud ose les suivre une fois, cela lui donnerait l'excuse parfaite pour lui planter son poing dans la figure. Comme ça, il verrait ce que ça faisait d'être la victime et non le bourreau.

— Liza, tu m'entends ? dit-il, lui posant une main sur le bras.

— J'aime bien ce quartier, répondit-elle.

Elle était très forte pour changer de sujet. Peut-être qu'il ferait mieux de lui laisser l'initiative de la conversation et d'oublier Rick pour l'instant. Après tout, c'était sa vie.

— La première fois que je suis venue, continua-t-elle, j'ai pensé qu'un médecin aurait pu choisir une zone avec plus de charme. Mais en fait, c'est très bien, par ici. C'est accueillant et chaleureux, même maintenant que les arbres ont perdu leurs feuilles.

— Je ne compte pas rester ici toute ma vie. Mais le prix me convenait, et le quartier aussi pour l'instant.

Mais il aimait bien lui aussi ce quartier un peu vieillot, avec ses arbres centenaires le long des trottoirs et ses maisons ornées de mangeoires pour les oiseaux.

— Ne sois pas si modeste, docteur. Tu gagnes de l'argent à la pelle, non ? Y a-t-il une raison qui t'empêche d'habiter un quartier chic comme Buckhead ?

Il adorait sa façon mordante de le charrier.

— Eric t'a dit, n'est-ce pas ?

— De quoi parles-tu ?

Il secoua la tête. Il devinait à son ton que son frère n'avait pas dû tenir sa langue. L'arrangement financier entre lui et son autre frère était censé rester secret, et pourtant toute la famille était au courant.

— Elton me rendra bien le service plus tard, lorsqu'il se chargera des procès que je ne manquerai pas d'avoir pour mes erreurs médicales.

— Des procès ? Toi ?

— Tu n'imagines pas la quantité de toqués prêts à aller en justice pour tenter de ne pas payer le médecin.

Son silence parlait de lui-même.

— Liza ?

— T'ai-je dit que j'avais la date de mon procès ?

— Quand est-ce ?

— Le 22.

— De ce mois ?

— Oui, dit-elle, enfilant ses lunettes de soleil.

— C'est une bonne nouvelle, non ? demanda-t-il sans trop d'enthousiasme.

— Pourquoi ai-je l'impression que tu n'es pas sincère, là ?

— Ce n'est pas ça…

Elle attendait ce jugement depuis des mois, et il était sincèrement heureux pour elle. Sauf que si elle gagnait ce procès, elle serait partie à Noël, et que même s'il se répétait que leur relation n'en était pas une, il n'avait aucune envie de la voir disparaître de sa vie.

Il n'avait jamais autant apprécié de voir un feu passer au rouge. Avec la file de voitures qui les précédaient, ils devraient attendre au moins deux changements de couleur avant de pouvoir décoller.

Il profita de cette pause pour passer son bras autour des épaules de Liza.

— Nous avons toujours été honnêtes l'un envers l'autre, n'est-ce pas ?

— Il me semble.

— En tout cas, je l'ai été.

Il s'attendait à entendre en écho les protestations de sincérité de Liza, mais il n'en fut rien. D'accord.

— Je t'avais dit que je ne portais pas de jugement sur ta demande de procès, cela ne regarde que toi. Si je n'ai pas l'air emballé, c'est parce que je voulais passer Noël avec toi.

— Noël ?

— Oui.

— Je croyais que tu détestais ces fêtes.

— Je n'en raffole pas, c'est vrai, mais ma famille donne toujours ce grand dîner…

Liza l'observa, attendant qu'il finisse sa phrase. Sauf qu'il n'en avait pas l'intention. Elle devrait la deviner toute seule comme une grande.

Finalement, elle lui posa la question, une mimique d'incrédulité peinte sur le visage.

— Et tu voudrais que je vienne avec toi ?

— Ce serait si terrible que ça ? Tu connais déjà un de mes frères.

— Mais je devrais rencontrer aussi tes parents, objecta-t-elle, fronçant le nez.

— Ils ne mordent pas, je dirais même qu'ils sont plutôt charmants. Ils pourraient te plaire.

— Je ne suis pas très forte pour rencontrer les parents. Sans parler de Noël, tu sais que j'ai du mal…

— Comme tu voudras.

Quelqu'un klaxonna derrière lui, et il retourna son attention sur la circulation. Ce n'était qu'un dîner, après tout. Et d'ailleurs, si elle avait d'autres plans, cela non plus n'avait aucune espèce d'importance.

— Je n'ai pas dit que je ne voulais pas y aller…

C'était ridicule à quel point cette femme pouvait le faire se sentir comme un adolescent. Complètement paumé une seconde, plein d'espoir la seconde d'après.

— C'est dans deux semaines, tu me tiendras au courant.

— Ecoute, ce n'est pas la peine de prendre la mouche.

— Je ne prends pas la mouche, dit-il, calme. La preuve, j'ai deux tickets pour un concert, lundi soir, si tu veux venir avec moi.

— Drôle de jour, pour un concert.

— Ce n'est pas un piège, je t'assure. J'ai déjà montré patte blanche, non ?

— D'accord. A quelle heure ?

C'était curieux qu'elle ne lui ait demandé ni le groupe ni le type de musique.

— Je ne m'en souviens pas exactement, je t'appellerai pour te le dire, mais n'oublie pas de me donner ton numéro.

Il la regarda en coulisse. Comment allait-elle réagir ?

— As-tu un stylo ? demanda-t-elle enfin.

Il en tira un de la poche de sa veste et le lui tendit.

— Tu peux aussi le programmer dans mon portable.

Elle réprima un sourire.

— Et si je n'aime pas le concert ? Je pourrais ne plus vouloir sortir avec toi.

— C'est vrai, ça ?

— C'est un risque que tu prends, dit-elle, lui tendant un bout de papier avec son numéro.

— Et moi qui croyais que tu aimais mon feu…

— Tu sais, bébé, j'adore ton feu, murmura-t-elle dans un susurrement torride.

— Tu ne manques pas de feu, toi non plus.

— C'est tellement facile d'être avec toi, soupira-t-elle.

— Je ne sais pas comment le prendre.

— C'est une question épineuse.

— Hum. Et c'est là que tu me dis que je suis un type adorable et que, un jour, je rendrai une femme très heureuse, n'est-ce pas ?

— Non. Là, c'est le moment où je te dis que tu es un mec incroyable, que j'aime passer du temps avec toi et que j'espère que tu ne vas pas partir en courant.

Liza se moquait-elle encore de lui ? Malgré l'abondance de circulation, il ne put s'empêcher de détourner les yeux de la route pour la regarder.

La sincérité de son regard lui indiqua le contraire.

— La prochaine fois, il faudra qu'on se lève plus tôt, comme ça je pourrai te préparer le petit déjeuner.

— Tu cuisines ? demanda-t-elle.

— Un peu.

— C'est déjà plus que moi.

— C'est bon à savoir.

Il avait failli rater la sortie et dut se concentrer pour slalomer entre les voitures sans provoquer d'accident.

— Je connais une petite trattoria qui prépare un gratin de lasagnes d'un autre monde, continua-t-il lorsque la voiture fut sur la bonne voie. On pourrait aller y dîner avant le concert.

— Hein ?

Liza le regarda, absente, comme si elle ne voyait pas de quoi il parlait.

— Rien d'important, répondit-il.

Quelque chose lui disait qu'elle n'avait aucune intention d'être au rendez-vous lundi soir.

Dieu, qu'elle était glauque, cette allée d'immeuble ! songea Liza en enjambant une guirlande de Noël déglinguée abandonnée au bas de l'escalier.

Ses clés à la main, elle monta les marches d'un pas lourd.

Sur le chemin du retour, elle s'était arrêtée dans une boutique discount pour s'acheter un pull. Rentrer à la maison avec les vêtements qu'elle portait la veille aurait été imprudent et stupide. Peut-être qu'elle poussait un peu loin la paranoïa, mais elle préférait ne pas prendre de risques.

Elle dépassa l'appartement de Rick en osant à peine respirer et s'engouffra dans le sien avec soulagement. Elle posa toutes ses affaires sur la table de la cuisine.

Sous la lumière blafarde, son sac à main lui sembla vieux et usé à un point déprimant, comme d'ailleurs ses chaussures et toute sa garde-robe.

Ce n'était pas tout à fait vrai, corrigea-t-elle. Il lui restait encore quelques jolies pièces qu'elle n'avait pas données aux œuvres de charité et qu'elle avait prudemment mises en sécurité dans un garde-meubles de banlieue. Elle n'avait pas eu le choix. Les frasques de plus en plus fréquentes de Rick les avaient obligés à déménager souvent, et elle était arrivée à la conclusion qu'il valait mieux voyager léger. Incroyable, quand même : un an plus tôt, elle travaillait encore pour *Juste entre nous*. Elle n'avait pas imaginé une seconde, lorsqu'elle avait quitté le plateau en colère, qu'elle n'y remettrait plus les pieds. Au début, elle voulait simplement leur donner une leçon, qu'elles cessent de croire que tout leur était dû. Et aussi, leur montrer qu'elles ne pouvaient pas mépriser Rick impunément.

A l'époque, elle se traînait sur les rotules. La nuit, elle festoyait avec Rick, tandis que la journée, elle devait suivre le rythme infernal qu'impose une émission télé. Sans parler de la rude déception qu'elle avait essuyée lorsque Eve et Jane avaient montré sans ambages qu'elles n'approuvaient pas sa relation avec Rick. Et si elle devait malheureusement leur donner raison maintenant, à l'époque, elle avait pris leur prévenance pour du dédain et n'avait pas voulu comprendre pourquoi elles la censuraient, au lieu de se réjouir de son bonheur — enfin, de ce qu'elle croyait être le bonheur.

Elle passa dans la salle de bains pour se rafraîchir, et son reflet dans la glace l'horrifia. Quelle sale tête ! Qu'est-ce qu'Evan pouvait bien lui trouver ? se demanda-t-elle, se laissant tomber comme un fardeau sur son lit. Elle ne ressemblait plus à rien et n'avait même pas de travail. Il devait appartenir à ce type d'hommes qui aime sauver les demoiselles en détresse. Mais elle n'en avait pas besoin, elle savait se débrouiller toute seule. Pour preuve, la situation brillantissime dans laquelle elle se trouvait…

Elle ferma les yeux et repensa, le cœur lourd, à ce week-end qui avait chamboulé son monde.

Elle était censée passer quatre jours à Atlantic City avec Rick, pour montrer à Eve et aux autres qu'elle n'avait pas besoin d'eux, mais qu'eux, en revanche, ne sauraient rien faire sans elle. L'idée était venue de Rick, bien sûr. Il avait des grands projets, avait-il dit, et elle — non, mais quelle cruche ! — avait imaginé qu'il projetait de la demander en mariage. La bonne blague. Très vite, elle avait compris que ses seules amours étaient le black jack et le poker. Sauf qu'il avait très peu de chance, et encore moins de jugeote. En deux jours, il avait vidé son compte. Son compte à elle, bien sûr, et lorsqu'elle avait refusé de lui donner l'argent de ses économies, il avait mis les journaux d'Eve sur le tapis.

Elle enfonça sa tête dans l'oreiller. La scène resterait gravée pour toujours dans son esprit.

Ils étaient à l'hôtel, dans la superbe suite d'hôtel qu'il avait choisie et payée avec sa carte de crédit à elle. Il s'était montré si arrogant, si insolent… Oh, elle l'aurait tué ! Mais la vérité, c'était qu'elle avait paniqué. Elle avait crié, hurlé, elle avait même menacé d'appeler la police. Avec un sourire rusé qu'elle n'oublierait jamais, Rick lui avait alors fait comprendre qu'à partir de là, c'était lui qui décidait. Et que si elle refusait de lui filer son fric, il comptait obtenir un joli magot en vendant les journaux aux tabloïds.

C'était juste au moment où l'émission commençait à décoller et devenait la coqueluche de CATL-TV. Elle savait que la carrière d'Eve n'aurait pas souffert du scandale. L'audience de l'émission, dont le succès dépendait en grande partie de discussions franches sur des sujets épineux, aurait même pu augmenter. En revanche, elle savait aussi que son amie aurait été démolie en voyant sa vie intime étalée à la une de la presse à scandale. Et Eve était sa meilleure amie. Non, plus encore : la sœur qu'elle n'avait pas eue.

Mais ce fumier de Rick s'en fichait royalement. Il se dopait à l'héroïne sous son nez depuis le premier jour sans qu'elle s'en aperçoive, aveuglée qu'elle était par le ressentiment qu'elle vouait à ses amies. D'ailleurs, comment aurait-elle pu imaginer un tel abîme de bassesse ? Il lisait son courrier et avait intercepté la lettre du notaire lui annonçant qu'elle était bénéficiaire de l'assurance-vie de son père. Après qu'elle avait épuisé ses économies, et quand elle imaginait que ce salaud n'avait plus rien à lui soutirer, il s'était fait un malin plaisir de lui montrer le document pour continuer à lui extorquer de l'argent.

Le plus cruel, c'était de comprendre maintenant qu'elle ne l'avait jamais aimé. Elle se serait certes mariée avec lui s'il le lui avait demandé, mais pas par amour. Par défi. Pour obliger Eve et Jane à l'accepter dans leur cercle social.

Sa propre stupidité l'accablait plus que tout. Ressasser inlassablement ses erreurs n'arrangeait rien, mais lorsque la fatigue s'emparait d'elle, son esprit y revenait encore et encore. Elle avait dû dormir à peine quatre heures la veille. Et ce pauvre Evan qui n'aurait pas le loisir de se reposer une minute dans la journée !

Un sourire lui vint aux lèvres, rien qu'à songer à lui.

Mais une idée déchirante vint soudain troubler ces pensées heureuses : s'il lui restait un minimum de décence, elle devait couper les ponts avec lui. Evan était un homme bien, il méritait mieux qu'une fille à problèmes comme elle.

Il pleuvait des cordes, et la visibilité était quasiment nulle. Sur la chaussée glissante, les voitures dérapaient à tout bout de champ. Le hululement des sirènes retentissait au loin. C'était un temps de chien pour une virée en Harley.

Rick essuya de sa manche l'eau qui ruisselait sur son visage. Il n'y voyait rien, il ne pouvait même pas calculer à quelle distance se trouvait ce satané virage, mais il connaissait assez bien ce carrefour pour deviner à quel moment il fallait diminuer la vitesse. Là.

Il actionna les freins, mais la moto ne répondit pas à ses ordres. Paniqué, il poussa à fond les manettes.

La moto patina sur le côté. Des lumières s'approchaient à toute vitesse de lui. Ce camion blanc ne semblait pas s'arrêter. Il tenta un virage à gauche, sans remarquer la présence d'un chêne massif, jusqu'à ce que son corps, éjecté de la moto, s'écrase violemment contre le tronc.

Elles étaient belles, ces gerbes de fleurs. De magnifiques compositions aux couleurs vives et brillantes. Rouge, orange, pourpre… Qui diable avait pu les envoyer ? Qui, sur terre, se souciait autant de Rick de son vivant, pour se donner autant de mal à sa mort ?

Liza regarda le cercueil s'enfoncer dans la fosse et lâcha un soupir de soulagement. Enfin. Elle n'aurait plus à regarder derrière son épaule avec crainte. Heureusement que…

Elle ouvrit grand les yeux. Ce n'était pas la teneur du rêve qui l'avait réveillée, mais quelqu'un qui frappait à sa porte.

Elle cacha la tête sous les coussins. Peut-être que si elle ne répondait pas, cette personne finirait par partir ? Sauf s'il s'agissait de Rick.

Elle sentit son estomac se nouer.

Non, ce n'était pas lui, il aurait cogné comme un malade, en criant des insultes. Mais si elle n'ouvrait pas, le bruit allait finir par attirer son attention.

— J'arrive, lança-t-elle sur le chemin de la salle de bains.

Elle se passa un peu d'eau fraîche sur la figure.

C'était la seconde fois qu'elle faisait ce rêve, dont les images fortes et précises lui donnaient l'illusion de la réalité. Et chaque fois, elle avait éprouvé le même soulagement infini. Sans même culpabiliser.

Son indifférence au sort de Rick n'empêcha pas sa main

de trembler en écartant les lames du store. Mais ce n'était que Mary Ellen.

Elle ouvrit la porte en contenant un bâillement.

— Je n'étais pas sûre que tu sois à la maison, murmura Mary Ellen. Oh, mais tu dormais ! Je suis désolée.

— Une petite sieste, ce n'est pas grave. Entre.

— Tu es sûre que je ne te dérange pas ?

En fait, si. Elle avait prévu de passer l'après-midi à prendre soin d'elle-même, de s'offrir même le luxe d'une manucure et d'une coupe de cheveux. Mais elle se résigna. Mary Ellen méritait qu'elle se montre gentille avec elle.

— Mais non, entre avant que Rick ne s'aperçoive que je suis à la maison.

— Je ne l'ai pas vu aujourd'hui, commenta sa voisine en se faufilant à l'intérieur.

— Et hier soir ?

— Il a recommencé son numéro, mais quelqu'un lui a balancé une bouteille depuis le quatrième, et il s'est calmé.

Un de ces jours, quelqu'un allait finir par appeler la police, et Dieu seul sait comment Rick réagirait alors.

— Assieds-toi. Coca ou jus d'orange, proposa-t-elle.

— Du jus d'orange, s'il te plaît.

— Et Freedom ?

— Elle joue dehors.

— Elle n'a pas école aujourd'hui ? demanda-t-elle, comme si elle ne connaissait pas déjà la réponse.

Elle ne saisissait pas pourquoi Mary Ellen se montrait si négligente avec l'éducation de sa fille. Freedom était une gamine très éveillée, et d'après son expérience, les études étaient l'un des rares moyens de s'en sortir avec une enfance désaxée. Elle-même avait été une élève brillante, sans trop savoir comment. Sans doute grâce à son amour des livres, son seul refuge lorsque la réalité devenait insoutenable.

— Non, répondit Mary Ellen sans plus d'explication.

Liza se servit du jus de fruits à son tour. Elle devait se nourrir correctement, son avocat avait raison, se présenter devant le juge avec cette tête de déterrée pouvait lui nuire.

— C'est une enfant très douée. Je parie qu'elle a de bonnes notes.

— Cette année, je ne l'ai pas inscrite, avoua Mary Ellen, les yeux rivés à son verre.

— Est-ce bien raisonnable ?

— N'appelle pas les services sociaux, s'il te plaît. Je lui donne des cours à la maison, du mieux que je peux.

— Je sais que cela ne me regarde pas, mais…

— De toute façon, tu t'en vas. Qu'est-ce que ça peut te faire ?

Le ton belliqueux de la jeune femme déconcerta Liza, et, à en juger son expression confuse, Mary Ellen elle-même.

— Je suis désolée, s'excusa celle-ci.

Liza n'avait pas envie d'entrer dans une discussion, elle avait d'autres soucis plus urgents à résoudre.

— Ecoute, dans deux semaines, je serai peut-être en mesure de vous aider, de te trouver un autre appartement et une bonne école pour Freedom.

— Pourquoi ferais-tu cela ? s'étonna sa voisine.

Bonne question. A une autre époque, elle n'aurait même pas parlé avec cette femme. Mais ainsi allait la vie.

— Il y a des chances que je touche une certaine somme.

Mary Ellen ne répondit pas, mais dans ses yeux s'éclaira une lueur d'espoir.

— Et je veux être gentille avec vous, c'est tout.

— Ah.

La jeune femme cligna des paupières plusieurs fois, comme si le concept de gentillesse lui était inconnu et qu'elle s'efforçait de comprendre.

Liza pouvait se mettre à sa place. Pour elle aussi, c'était une nouveauté. Elle venait de découvrir à quel point elle avait vécu absorbée par sa petite personne ces dernières années. Comme ses parents. Ne s'était-elle pourtant pas juré qu'elle ne deviendrait jamais comme eux ?

— Dis-moi, depuis quand tu ne t'es pas coupé les cheveux ?

— Je me suis coupé les pointes la semaine dernière.

— Non, je parle d'aller chez un coiffeur, avec shampoing et brushing et tout le reste ?

— Mais ça coûte une fortune !

— Viens, je t'invite. Je connais un salon pas très loin qui nous prendra sans rendez-vous.

— Je dois prendre Freedom avec moi, mais elle sera sage.

— Pas de souci. Nous irons ensuite manger un hamburger et des milk-shakes, d'accord ?

— C'est génial ! s'exclama Mary Ellen avec un sourire de fête. Je vais appeler Freedom.

— Surtout, ne crie pas, s'il te plaît.

Mary Ellen opina. Elle savait parfaitement que si Rick se réveillait, leur après-midi tomberait à l'eau.

Lorsqu'elle se retrouva seule, Liza vérifia l'argent qui lui restait. Payer deux coupes de cheveux et le dîner pour tout le monde signifiait qu'elle devrait se passer de la manucure, mais peu importait. Le sourire qu'elle avait vu sur le visage de Mary Ellen le valait largement.

Quand elle sortit dans l'allée pour aller rejoindre ses voisines, Freedom sautilla vers elle.

— Maman est en train de mettre du rouge à lèvres, annonça-t-elle, excitée comme une puce. Je ne l'avais jamais vu faire ça !

— T'a-t-elle expliqué pourquoi ?

— Nous sortons !

— Et je peux venir avec vous ? taquina Liza.

— Si Rick veut bien.

Elle regarda la gamine, ahurie.

— Je n'ai pas besoin de la permission de Rick.

— Bien sûr que si, déclara Freedom, apitoyée. Tu es une femme maltraitée, comme ma maman.

Chapitre 12

— Veux-tu déjeuner avec moi ? demanda la voix d'Evan aussitôt que Liza décrocha son téléphone.

— C'est qui ? s'amusa-t-elle, un sourire irrépressible aux lèvres.

— Le type avec la cheminée dans sa chambre.

— Ah, d'accord, je vois. Dans ce cas, oui, je suis intéressée.

Elle retourna dans la chambre et s'allongea sur le lit. En entendant cette voix, sa ferme résolution de garder les distances avec lui fondait comme neige au soleil.

— Es-tu à ton cabinet ?

— Oui. Quelqu'un vient d'annuler, donc je dispose d'une demi-heure supplémentaire. Ne quitte pas.

A travers l'appareil, elle l'entendit donner des instructions à son assistante à propos des analyses d'un patient et du spécialiste auquel elle devait l'adresser.

— Désolé. Donc, qu'en dis-tu ? Veux-tu me sortir un peu d'ici ?

— A quelle heure ? demanda-t-elle.

— Excuse-moi encore, deux secondes, promis.

Pendant l'attente, elle réfléchit, paupières closes. Quel cauchemar. Dès qu'elle mettrait les pieds dehors, Rick tomberait sur elle comme il l'avait fait deux jours plus tôt. Quand elle était rentrée de son petit tour avec Mary Ellen et Freedom, il s'était jeté sur elle comme une furie, lui réclamant des explications, et surtout de l'argent pour le tabac et l'alcool. Pourtant, au vu de son état, il avait plus que sa dose de substances illicites dans le corps. Le pire, ç'avait été la résignation qu'elle avait lue dans les yeux de Freedom. Elle s'était sentie aussi minable qu'un cafard. Qu'il ne soit même pas capable de se retenir en présence de l'enfant l'avait mise hors d'elle, et elle l'avait poussé pour l'écarter de leur chemin.

Depuis, elle n'avait pas quitté les quatre murs de son appartement, et la petite phrase de Freedom tournait en boucle dans sa tête. La vérité était sortie de la bouche de l'enfant, l'obligeant à affronter ce qu'elle refusait de regarder en face depuis des mois. La grande question était : que comptait-elle faire à ce sujet ?

Revoir Evan impliquait de le mettre au courant de la situation, donc de Rick et des journaux, ce qu'elle redoutait dans chaque fibre de son corps. Ce n'était pas le type de conversation qu'on pouvait avoir au téléphone, et elle avait prévu de le faire ce soir après le concert. Mais aborder le sujet pendant le déjeuner présentait quelques avantages. D'abord, elle en serait débarrassée, et ensuite, comme ils ne disposeraient que d'un laps de temps limité, elle pourrait couper court aux questions auxquelles elle ne souhaitait pas répondre. En même temps, elle ne savait pas encore ce qu'elle devait dire, et encore moins comment le dire. Dans deux semaines, sa vie entière allait basculer, quel que soit le verdict émis par le juge. Et si elle perdait le procès… C'était une possibilité à laquelle elle évitait de penser. Mais son déni commençait aussi à devenir un problème, et non des moindres, car elle devait se préparer aussi au pire. Se lancer dans une relation sérieuse avec Evan dans ces conditions n'était pas la chose à faire, pour elle déjà, mais surtout pour lui…

— Liza ?

— Je suis là.

— Je suis désolé, mais je dois revenir sur ma proposition. L'une de mes patientes n'a pas trouvé mieux que d'avoir besoin de moi de toute urgence.

— Quel manque de considération !

— Je ne te le fais pas dire. Mais j'espère pouvoir me faire pardonner ce soir.

— Pourquoi, ce soir ? Qu'est-ce qu'il se passe ?

— Le concert.

— Ah, j'avais oublié.

— Tu viens, n'est-ce pas ?

— Mais oui, je te charriais. A quelle heure ?

— Je passe te chercher à 18 h 30. Donne-moi ton adresse.

Très exactement ce qu'elle voulait éviter.

— Je te retrouverai sur le parking de la télé.

— Allons, Liza, c'est ridicule !

Ce soir, elle lui expliquerait tout, mais pas maintenant.

— Je croyais que tu avais une patiente en attente ?

— Elle arrive dans dix minutes.

— Tu devrais en profiter pour manger sur le pouce.

— Je préfère te parler, dit Evan d'un ton doux. Tu me manques.

Elle sentit son cœur s'arrêter de battre.

— Mais tu m'as vue avant-hier !

— Je sais, mais on dirait que ça fait un an.

C'était impossible. Quoique… Il lui manquait aussi. Dès qu'elle avait reconnu son numéro, son cœur s'était mis à battre comme un oiseau affolé.

— Arrête. Cela fait à peine deux semaines que nous sortons ensemble.

— Et alors ?

— Tu n'y vas pas de main morte…

— Débrouille-toi avec ça, ma grande.

Elle rit. Finalement, ils n'iraient pas déjeuner, mais elle était ravie qu'il le lui ait proposé. Ils n'auraient pas fini l'après-midi au lit car il devait travailler, donc il l'avait appelée pour discuter avec elle, pour partager un repas… Parce qu'elle lui manquait.

Pas bon du tout, ça. Pas du tout. Leur histoire était censée rester une affaire de sexe.

— Je dois te quitter, dit-il, alors, pour ce soir…

Elle chercha l'inspiration dans les fissures du plafond. Rien.

— Ce sera la dernière fois que je te donne rendez-vous dans un parking, Evan, finit-elle par dire avec un soupir. Promis.

— Es-tu sûre que tout va bien ? demanda-t-il.

Il était si gentil, si prévenant, que l'envie de tout lui raconter s'imposa comme une évidence. Elle allait enfin sortir du mensonge, pensa-t-elle, et la lourde charge qui lui pesait sur les épaules depuis un an sembla s'envoler. Elle allait tout lui raconter, tout. Il serait la seule personne sur terre à être dans le secret de ce qui s'était passé avec Rick et les journaux d'Eve. Elle n'accepterait pas son aide, même si elle était sûre qu'il tenterait d'apporter une solution, mais elle n'aurait plus à lui mentir.

— Mieux que depuis très, très longtemps, en fait.

— Liza…

— Tout va bien, vraiment. Ce soir, comment dois-je m'habiller ?

— Quelque chose de sexy ?

— Très bien.

— N'importe, tu es toujours superbe. A 18 h 30, alors.

— Oui. Non, attends… J'ai une question.

Elle marqua une pause. Elle aurait tellement voulu être une mouche, pour voir son visage à cet instant. Elle espérait seulement qu'elle n'était pas trop naïve d'y croire.

— Oui ?

— Quel est le menu, chez tes parents, pour le réveillon ?

Liza n'avait jamais été ce qu'on appelle une bête de mode. Lorsqu'elle travaillait pour la télévision, elle s'était bien acheté quelques jolies robes pour les grandes occasions, mais à vrai dire, comme son travail se déroulait en coulisses, elle vivait la plupart du temps en jean. Mais pour ce soir, elle avait envie d'autre chose. Elle voulait se sentir belle, laisser Evan bouche bée.

Combien de commentaires gourmands avait-elle entendu à propos de lui dans la bouche des assistantes et des habilleuses ? Chacune d'elles se serait damnée pour un dîner avec lui, et elle était assez certaine que Sally, la maquilleuse, avait pris les devants elle-même. Mais ça n'avait pas dû prendre, ou elle en aurait entendu parler. Tout le bâtiment en aurait entendu parler, et Evan n'aurait pas apprécié du tout, elle en était certaine.

Elle se rendit compte qu'elle avait ce sourire béat dès qu'elle pensait à lui. Pire qu'une midinette. A quel moment avait-elle commencé à songer à lui autrement que comme à un ninja du sexe ? Elle avait même accepté de dîner avec ses parents à Noël !

Cette seule pensée suffit à la dégriser. Elle n'avait même pas appelé sa mère pour les fêtes depuis deux ans, ni d'ailleurs reçu de nouvelles d'elle. Ainsi allaient les choses depuis que son père était décédé. Ce qui ne manquait pas d'être paradoxal, car elle avait toujours cru qu'il était la cause principale de leurs problèmes familiaux. Mais après l'enterrement, le ressentiment s'était emparé d'elle comme un ouragan dont la violence grandissante avait fini par briser la relation, déjà fragile et bancale, qu'elle avait toujours entretenue avec sa mère. Jusqu'à ce qu'elle ne supporte plus l'amère vision de la femme qui était censée la protéger et l'aider à grandir.

Soudain agitée, elle tourna en rond dans l'appartement, tentant de mettre de l'ordre dans ses idées. Si elle voulait porter quelque chose de joli, elle devait faire les boutiques. Ce n'était pas son passe-temps préféré, mais il fallait bien s'y résoudre.

Et ce sera une bonne manière de penser à autre chose qu'à l'opportunité de tout raconter à Evan. Depuis qu'ils avaient raccroché, elle avait changé d'avis deux fois. Dans moins de quinze jours, les dés seraient jetés, elle pouvait peut-être attendre de savoir à quelle sauce elle allait être cuisinée avant de tout lui avouer ?

Non, ce serait lâche. Elle l'appréciait beaucoup trop pour lui mentir, et elle voulait qu'il sache la vérité à propos de Rick et du procès. Quand il comprendrait qu'elle n'était pas mue par la cupidité, il ne pourrait que la respecter davantage, non ? Et, plus que tout, elle ne voulait plus être à la botte de Rick. Elle ne voulait pas devenir une autre Mary Ellen.

Avec un soupir, elle se mit à faire ses comptes.

Une fois qu'elle aurait retiré l'argent nécessaire pour subvenir aux frais du mois pour elle et Rick, et qu'elle lui aurait filé le fric pour drogue, alcool et cigarettes, son compte serait pratiquement vide. Quelle que soit l'issue du procès, elle devait se trouver un job avant le début de l'année. Et à vrai dire, elle était impatiente de réintégrer une vie de personne normale.

Ciel, c'était-elle, Liza Skinner, qui venait de penser *ça* ? Dingue, l'effet qu'Evan avait sur elle.

Il lui restait trois heures pour passer à la banque, se trouver une tenue et amadouer Rick. Avec les quarante dollars d'extra qu'elle comptait lui donner, ce ne serait pas difficile. Il courrait s'acheter sa dose, et elle pourrait partir tranquille au concert. C'était bas et méprisable comme manœuvre, elle en était consciente.

D'un geste décidé, elle se leva et attrapa son sac.

Et alors ? C'était le prix de la paix.

Le manteau était usé jusqu'à la corde, elle aurait dû s'en acheter un autre depuis longtemps, mais personne ne devait la voir quitter l'appartement vêtue de sa nouvelle tenue. Même pas Mary Ellen.

Quant à Rick, elle pensait être débarrassée de lui pour la soirée. Il était déjà dans un état lamentable lorsqu'elle lui avait apporté la vodka qu'il avait réclamée dans l'après-midi. De surcroît, elle savait qu'il gardait deux grammes d'héroïne dans sa cachette sous le canapé.

Dans le temps, elle les lui aurait confisqués, dans l'espoir fou qu'il en oublie l'existence et qu'il arrive à s'en passer, d'abord un jour, ensuite une semaine, et que de fil en aiguille, il se sèvre et redevienne l'homme dont elle était tombée amoureuse. Comme elle avait été naïve de croire qu'elle parviendrait ainsi à le tenir éloigné de la drogue et de l'alcool ! Il en trouvait toujours. *Toujours*. Même lorsque cela semblait impossible. Pourtant, elle aurait dû le savoir. Son père aussi trouvait toujours le moyen de s'acheter de la bière et du gin, même si sa mère et elle se nourrissaient pendant des semaines de soupe en conserve et qu'elle partait à l'école sans un triste dollar pour le déjeuner, ni même une pomme pour calmer les protestations de son ventre affamé. Mais maintenant, elle avait compris. Il était impossible de changer les gens qui n'avaient aucune envie de changer par eux-mêmes. Tout ce qu'elle pouvait faire, c'était garder ses distances pour préserver sa santé physique et mentale.

Une fois arrivée à la voiture, elle enleva le manteau qu'elle jeta sur la banquette arrière, et elle se retourna vivement, croyant entendre le vrombissement de la Harley. Mais la rue semblait vide. Elle avait les nerfs à fleur de peau, c'était tout.

Avec un soupir, elle démarra.

Elle avait décidé de partir un peu en avance, en prévision des embouteillages qui encombraient le centre-ville en début de soirée. Mais tout irait bien ce soir, elle voulait y croire. Déjà, elle avait eu une chance folle de tomber sur une boutique de soldes qui vendait des jolis vêtements. Elle y avait déniché cette tunique col bénitier, pile sa taille, dans un bleu nuit très seyant, et un slim en satin qui semblait taillé sur mesure pour elle. Elle arbora de nouveau son sourire de lycéenne en émoi. Elle était si impatiente de retrouver Evan que son cœur lui semblait sur le point d'exploser. Elle conduisit à travers les rues encombrées, essayant de ne pas perdre patience. Ces gens ne comprenaient-ils pas qu'elle avait hâte de retrouver Evan ?

Arrivée enfin à destination, elle trouva qu'il y avait beaucoup plus de voitures que d'habitude sur le parking de la station. Cela aurait-il un rapport quelconque avec *Juste entre nous* ? Avec une nostalgie soudaine, elle se rappela son ancien travail de productrice, quand elle était à l'origine de ces soirées spéciales que personne ne voulait manquer.

Le souvenir de la période la plus heureuse de sa vie la frappa comme un coup de poing, et elle lutta pour écarter la douleur comme une lionne qui protège sa portée. Non, elle devait rester calme, protéger son mental des émotions. Ce soir était un moment d'une importance cruciale.

Elle tourna un moment avant de trouver une place et dut se

résoudre à garer la voiture au fond du parking, très loin de la porte principale, si loin qu'il n'y avait aucune chance qu'Evan puisse la trouver. Elle n'avait pas d'autre choix que de marcher jusqu'à l'entrée, même si l'idée ne l'enchantait pas : elle risquait de croiser Eve ou Jane, ou n'importe quel autre membre de son ancienne équipe.

Après avoir vérifié son maquillage dans le rétroviseur, elle sortit de la voiture. Elle ne put s'empêcher de lancer une œillade inquiète par-dessus son épaule, même si elle était prête à parier sa voiture que Rick ne bougerait pas du canapé jusqu'au lendemain.

Au loin, en haut des marches, elle distingua Evan qui l'attendait déjà. Il portait une cravate rouge et un costume gris très élégant au lieu d'une de ses habituelles vestes sport. Heureusement qu'elle s'était mise sur son trente et un ! Il lui sourit, et elle sentit son cœur fondre. Il commença à marcher vers elle et, de loin, lui indiqua sa voiture garée trois rangées plus loin.

Ils se retrouvèrent à mi-chemin. Sans crier gare, ni apparemment se soucier de qui pouvait les voir, il la prit dans ses bras pour l'embrasser avec une avidité qui lui coupa le souffle.

— Salut, toi aussi, dit-elle, s'écartant d'un pas.

— Tu es ravissante.

— Ce vieux truc, tu veux dire ? dit-elle, avec l'accent traînant des gens d'Atlanta.

— Cela dit, tu me plais aussi beaucoup en jean, murmura-t-il en lui passant un bras autour des épaules.

— Quelque chose me dit que tu veux marquer des points, ce soir.

— J'ai déjà tout ce que je veux pour ce soir, murmura-t-il la serrant davantage contre lui.

— Doucement avec le sucre, Gann.

Il éclata de rire.

Qu'elle adorait ce rire franc et viril ! Elle respira avec délice son odeur d'homme propre, qu'elle aurait reconnu entre mille. Sa simple présence l'emplissait d'un contentement serein, un sentiment à la fois nouveau et effrayant, mais qu'elle n'aurait changé pour rien au monde. Oui, entourée par son bras protecteur, elle se sentait… Invincible. Une idée folle, songea-t-elle. Mais qui s'en souciait ?

Un groupe de personnes qui riaient bruyamment attira son attention, et elle se retourna pour les regarder.

— Une soirée de Noël, je crois, commenta Evan.

— Celle de *Juste entre nous* ?

— Non, c'est l'équipe du J.T., j'en ai entendu parler à la machine à café.

— C'est l'un des avantages du chômage : ne pas avoir à assister aux fêtes d'entreprise ni aux anniversaires des collègues.

— Mais quelle peau de vache !

— Et fière de l'être, figure-toi.

Ils passèrent à côté d'une voiture qu'elle reconnut comme celle d'Eve.

Bien sûr, elle devait se trouver encore dans le bâtiment. La joie de retrouver Evan lui avait fait oublier qu'elle pouvait la croiser à n'importe quel moment, elle ou Jane. Elle se tourna pour surveiller les alentours. La sensation d'être suivie persistait. La paranoïa avait une peau très dure.

— Qu'est-ce qu'il y a ? s'enquit Evan.

— Rien, je viens de voir la voiture d'Eve. Et j'ai pensé que… Peu importe. J'ai faim, j'espère que tu comptes me nourrir avant de m'amener à ce concert. D'ailleurs, je ne t'ai même pas demandé de quelle sorte de musique il s'agissait.

— C'est le spectacle de Noël de l'école de mon neveu, dit-il.

— J'espère que tu plaisantes.

— Je n'ai pas de neveu.

— Vilain, dit-elle, lui pinçant le bras sans ménagement.

— Aïe ! Sinon, j'aimerais en avoir, des neveux. Ainsi, ma mère cesserait de nous seriner avec ses « je devrais déjà être grand-mère » à longueur de repas.

— Elle a raison. C'est toi, l'aîné.

— Et toi, tu es un enfant unique. Toute la responsabilité pèse sur tes épaules.

— Pas vraiment, non. Ma mère n'a jamais été capable de s'occuper correctement de sa propre fille. Donc, les petits-enfants…

Evan la regarda, déconcerté, et elle souhaita de tout son cœur ne pas avoir prononcé cette dernière phrase.

— Qui s'occupait de toi, alors ? demanda-t-il.

— Moi-même. Je m'en suis bien sortie, tu ne trouves pas ? plaisanta-t-elle. Allez, n'y pense plus. Tout va bien.

Mais le mal était fait. Il la regardait avec une expression pensive, où elle ne décela heureusement pas une once de pitié. Et c'était tant mieux, car elle ne l'aurait pas supporté. Elle avait décidé depuis longtemps de ne plus s'attarder sur les manquements de ses parents et fait le deuil de la relation avec sa mère. C'était du passé, à quoi bon y penser ?

Dans le plus pur style Evan, il fit le tour de la voiture pour lui ouvrir la porte.

Elle ne se donna même pas le mal de protester ou de le railler. A vrai dire, d'une certaine façon, elle commençait à trouver cela plaisant, même si elle se serait laissée pendre plutôt que de l'admettre. Elle remercia avec un sourire.

Avec ce geste qu'elle lui connaissait si bien, il l'obligea à relever le menton avec son index pour l'embrasser sur la bouche. Ce ne fut pas un bécot amical, non, ce fut un baiser à pleine bouche, renversant. Elle céda sans résistance, surprise avant tout d'une démonstration si flagrante dans le parking de son lieu de travail. N'importe qui, à les voir, pouvait deviner qu'ils avaient une relation. Lorsqu'il relâcha son étreinte, elle s'engouffra dans la voiture sans oser regarder autour d'elle et attendit qu'il fasse le tour de la voiture.

A quelques mètres, elle observa un couple qui avait sans doute été témoin de la scène. Le lendemain, les rumeurs iraient bon train dans les couloirs. Avec un peu de chance, ils ne l'auraient pas reconnue…

La porte s'ouvrit soudain de son côté alors qu'Evan venait de prendre place derrière le volant. Elle se tourna, surprise.

Penché sur elle, un regard haineux dans ses yeux injectés de sang, Rick commença à hurler.

— Sors de là, espèce de sale menteuse !

— Que fais-tu ici ? demanda-t-elle, la voix étranglée. Va-t'en, fiche-moi la paix !

— Liza, que se passe-t-il ? demanda Evan.

Elle ne pouvait pas le regarder, encore moins lui parler. Pas maintenant.

— Reste-là encore une seconde, menaça-t-elle, avec un regard ferme qui cachait sa peur, et je te jure que tu ne verras plus un centime.

— Trop tard pour faire demi-tour, bébé, ricana-t-il, allongeant son bras pour l'attraper.

La gifle partit, violente, rapide. Elle l'avait frappé par instinct, comprit-elle. Au moins, cela l'obligea à reculer une seconde.

Le personnel du studio s'arrêtait pour regarder l'incident, et Evan sortit de la voiture comme un taureau furieux, lâchant des jurons qu'elle n'aurait pas imaginés dans la bouche d'un garçon aussi bien élevé.

— Non, Evan. S'il te plaît.

Comme elle ne pouvait pas l'arrêter, elle repoussa Rick de toutes ses forces pour s'extirper de la voiture. Elle ne supporterait pas qu'il se déchaîne devant ces gens, et surtout pas devant Evan.

— Evan, s'il te plaît. Laisse-moi faire, je peux régler ça toute seule.

Evan ne l'entendit même pas. La colère qui tendait ses traits ne présageait rien de bon.

— Eloigne-toi de la demoiselle, tonna-t-il.

— La demoiselle ? C'est la meilleure, ça ! hurla Rick.

— Arrête !

Elle le saisit par le bras, mais il ne bougea pas d'un pouce. Elle connaissait ses instincts bagarreurs, et ce regard vitreux qu'il fixait maintenant sur Evan. En désespoir de cause, elle changea de stratégie.

— Allons-nous-en d'ici, murmura-t-elle à l'oreille de

Rick. Partons maintenant, et cette nuit ce sera comme au bon vieux temps.

Elle avait bien joué, car Rick dévia son attention vers elle.

— D'accord, bébé, comme tu voudras, dit-il.

Avec un regard de mépris pour Evan, il l'enlaça par la taille et colla sa bouche répugnante contre la sienne.

Elle eut un haut-le-cœur, son estomac se noua, la nausée la gagna en respirant son haleine fétide. Mais elle ne pouvait plus se dérober, au risque d'empirer la situation. Elle connaissait trop bien l'animal, et la seule façon d'éviter la bagarre, malheureusement, était de jouer le jeu jusqu'au bout.

La mort dans l'âme, elle lui rendit son baiser et le poussa doucement pour l'éloigner d'Evan, essayant de ne pas regarder dans sa direction. Mais ce fut plus fort qu'elle, et à la dernière seconde ses yeux se tournèrent vers celui-ci.

La stupeur, la douleur qui figeaient ses traits lui transpercèrent le cœur.

Chapitre 13

Sans bouger un muscle, Evan suivit Liza du regard comme elle se faufilait entre les voitures, main dans la main avec le répugnant personnage.

Ce n'était pas du stoïcisme, mais de la stupéfaction. Elle lui avait juré que Rick n'était plus dans sa vie, et il l'avait crue. Mais au-delà du mensonge, c'était l'allure du mec qui rendait la chose encore plus dure à avaler. Ces cheveux filandreux et gras, ce jean infâme. Sans parler de ce que cachait la veste en cuir. A deux mètres de distance, il avait été écœuré par son odeur immonde.

Mais Liza l'avait embrassé.

L'image insoutenable traversa de nouveau son esprit. Comment avait-elle pu faire cela ? Devant lui ? Quelle sorte de prise avait ce type sur elle ? Ou peut-être avait-elle craint, se demanda-t-il soudain, qu'il ne puisse pas, lui, Evan Gann, régler son compte à un minable pareil ? C'était là la raison de sa sortie incongrue ? Car elle n'avait nulle envie de partir avec Rick, il en était convaincu. Alors, pourquoi ne pas appeler la police ? Rien de tout cela ne tenait debout. Et Liza était une femme beaucoup trop fière pour permettre qu'on la traite de la sorte.

Avec difficulté, il reprit son souffle. Il se sentait pitoyable. Il avait brisé la règle qu'il s'était fixée, et voilà le résultat. Comment avait-il pu tomber encore dans le piège des sentiments ? Cela dit, il ne pouvait s'en prendre qu'à lui. Leur accord était qu'il ne s'agissait que de sexe. Il devait maintenant se coucher dans le lit qu'il avait fait.

— Evan ?

Il mit quelques secondes à comprendre que la voix s'adressait à lui. Derrière lui se tenait Eve Best ainsi qu'une autre femme qu'il connaissait de vue, toutes deux en robe de cocktail, et toutes deux avec une expression choquée indiquant qu'elles avaient été témoins de la scène.

C'était le clou !

— Oui ?

— Evan, je voudrais discuter avec toi deux minutes, demanda Eve, avançant vers lui.

— Nous avons discuté l'autre jour.

— Je sais, dit-elle, s'interposant entre lui et la porte de la voiture. Je ne me suis pas montrée très coopérative, et je le regrette depuis.

— Ecoute, ce n'est pas le bon moment, là. Donc, si tu permets…

— S'il te plaît, Evan, pria la jeune femme.

A l'évidence, elle était déterminée à ne pas bouger, et il n'était pas dans ses habitudes de bousculer une femme.

— Tu connais Jane ? demanda Eve, désignant l'amie qui l'accompagnait. Elle travaille aussi pour *Juste entre nous*.

Il inclina poliment la tête à l'intention de la jeune femme, qui lui offrit un bref sourire en retour.

— Tu l'auras compris, c'était Rick.

— Ouais, j'ai compris, dit-il avec un rire amer.

— J'étais si contente quand Eve m'a dit que tu voyais Liza, intervint Jane. Nous l'étions toutes les deux, car cela signifiait que Rick était enfin sorti de sa vie.

— Nous espérions même que Liza recouvre la raison et qu'elle revienne travailler avec nous, ajouta Eve.

— Qu'elle revienne vers nous, soupira Jane.

— Il semblerait que ce ne soit pas le cas. Ecoutez, j'ai un concert ce soir…

— Est-ce que tu tiens à elle ? demanda Jane, avec un regard

si franc dans ses yeux bleus qu'il semblait impossible de ne pas lui répondre.

— J'y tenais. Ou je croyais que j'y tenais, en fait.

— C'est la faute de Rick, pas la sienne.

— Vous connaissez Liza bien mieux que moi, dit-il, conscient d'être écouté par chaque personne sur le parking. Vous semble-t-elle le genre de femme à supporter un mec qu'elle ne veut plus ?

— Mais, c'est que Rick…, commencèrent les deux femmes à l'unisson.

— Nous sommes amies depuis nos onze ans, expliqua Eve. Je venais de perdre mes parents, ma vie avait été chamboulée, je me sentais très malheureuse. Pour Jane, la période n'était pas facile non plus. C'est alors que Liza est entrée dans nos vies. Elle était drôle, pleine de vie, elle nous a fait faire les quatre cents coups, et elle se débrouillait toujours pour nous sortir des situations les plus délicates.

— Toujours, confirma Jane. Nous étions comme les Trois Mousquetaires. Une pour toutes et toutes pour une… Au lycée, j'étais très complexée par mon appareil dentaire. Il suffisait qu'un garçon me regarde de travers pour que Liza lui règle son compte.

Il fronça les sourcils. Charmante, cette virée par la Promenade des Souvenirs, mais qu'est-ce qu'il en avait à faire ?

— Nous sommes allées à la fac ensemble, nous avons créé l'émission ensemble, reprit Eve, une frustration lisible dans ses yeux. Rien ne pouvait nous séparer.

— A l'exception de Rick, finit Jane.

— C'est vrai que nous n'avons pas arrangé les choses en lui répétant que son mec était une ordure… Mais elle aurait dû le voir par elle-même ! s'impatienta Eve. C'est lui qui a eu l'idée de réclamer l'argent du Loto, j'en suis certaine.

Il haussa les épaules, excédé.

— Rien de tout cela ne me concerne. Au point où j'en suis, je me fiche de ce qu'elle fait et de ses raisons.

— L'argent, le procès, on n'en a rien à faire, déclara Eve

avec une sincérité patente. Liza est quelqu'un de très bien, mais ça tu le sais, sinon tu ne serais pas sorti avec elle. Tout ce qu'on te demande c'est de ne pas la juger trop vite.

— Ne la laisse pas tomber, pria Jane, posant sa main sur son bras. S'il te plaît.

Il regarda les deux femmes sans savoir que penser. Comment pouvaient-elles la défendre ? Comment était-il possible qu'elles s'inquiètent encore pour son sort ? Si lui, qui avait à peine connu Liza, se sentait trahi, elles, ses amies d'enfance, avaient dû souffrir d'autant plus de sa trahison atroce et incompréhensible.

Et pourtant, elles étaient là, à plaider sa cause. Que diable attendaient-elles qu'il fasse, d'ailleurs ? Liza était partie avec Rick de son propre chef. Il voulait bien croire qu'elle avait voulu éviter une scène, soit. Mais l'embrasser comme ça ? Ce fumier ?

La seule idée lui retournait l'estomac. C'était inexcusable. Il avait déjà pâti plus que son compte à cause d'une femme menteuse et infidèle. Cela faisait une femme de trop pour la vie d'un homme.

— Je dois vraiment aller à ce concert, dit-il, regardant Eve toujours debout devant la porte de sa voiture.

Celle-ci s'écarta, la déception lisible dans son visage. Il n'osa même pas regarder Jane, qu'il avait identifiée comme quelqu'un qui portait son cœur en bandoulière.

Elles ne réussiraient pas à le faire changer d'avis. Il en avait sa claque, de Liza Skinner.

— C'était qui, ce connard ? cracha Rick.

Liza ne savait pas ce qu'il avait pu s'injecter dans l'après-midi, mais c'était évident que la drogue commençait à faire son effet. Lâche comme il l'était, il n'avait pas osé piper mot avant de se trouver à plus d'un pâté de maisons des studios.

Heureusement qu'elle avait insisté pour prendre sa voiture malgré la réticence de Rick à laisser sa moto dans la rue.

— Personne, répondit-elle.

— Personne ? Et tu t'es sapée comme ça pour « personne » ? ricana-t-il, froissant dans son poing le bas de sa tunique bleue.

— Bas les pattes !

Il se saisit du volant sans crier gare, et elle le repoussa avec violence. Le mouvement lui fit perdre le contrôle de la voiture, qui fit quelques embardées vers le centre de la chaussée.

Les Klaxons hurlèrent et un passant les houspilla, mais par chance aucun véhicule ne venait en sens inverse.

— Refais ça, et je te conduis tout droit au commissariat, menaça-t-elle.

Sa voix était ferme, mais ses mains tremblaient tellement qu'elle se demanda si elle pourrait continuer à conduire. Etonnée de ne pas entendre Rick l'insulter, elle regarda vers lui.

La tête tombant sur la poitrine, il semblait lutter pour garder les yeux ouverts.

Avec une profonde inspiration, elle se concentra sur la route et conduisit en silence jusqu'à leur immeuble. Rick ne bougea pas de tout le trajet, et lorsqu'elle se gara, il semblait dormir profondément. Tant mieux, elle n'aurait aucun scrupule à le laisser passer la nuit dehors. En ce qui la concernait, il pouvait aussi bien geler sur place, ce salaud.

Avec le dos de la main, elle s'essuya les lèvres. Rien à faire. Le goût révoltant de Rick semblait s'être introduit dans sa gorge pour y rester, et elle ressentait le besoin de vomir. Son odeur avait aussi imprégné ses cheveux et ses nouveaux vêtements. Bon sang, quelle infection ! Il fallait qu'elle s'en débarrasse tout de suite, elle les balancerait à la poubelle. Non, elle allait les brûler. Encore mieux.

Les yeux fermés, elle pria pour que Rick reste dans le coltard. Ainsi, elle pourrait appeler Evan pour lui expliquer…

Elle étouffa un sanglot. Lui expliquer quoi ? Comment pourrait-elle trouver une explication convaincante de la dernière demi-heure ? C'était horrible. Jamais, jamais en un million d'années, elle ne pourrait oublier le visage choqué d'Evan lorsqu'elle était partie avec Rick, son bras hideux autour de sa taille. La désolation sur son visage lui donnait envie de pleurer.

Comment avait-elle pu se montrer aussi stupide ? Comment avait-elle pu, encore une fois, sous-estimer la bassesse de Rick ? Elle se jura qu'on ne l'y reprendrait plus. Sauf que cela n'y changeait rien, maintenant quelqu'un d'autre souffrait à cause de son manque d'intelligence.

Elle sortit de la voiture, et comme elle repoussait la porte, Rick remua. Elle se figea sur place, espérant qu'il se rendorme.

Il marmonna un juron et releva la tête, la lumière des lampadaires éclairant son visage hagard. Il regarda autour de lui comme s'il redoutait une entourloupe.

Pendant une seconde, elle fut submergée par la compassion. Quelle tristesse ! Le beau gosse qui l'avait charmée s'était transformé en vieillard lamentable en l'espace de quelques mois, ravagé par l'alcool et la drogue. Pourtant, il n'avait pas encore trente ans. Une autre vie ruinée par ces saletés.

— Qu'est-ce que tu regardes ? grogna-t-il.

La salive séchée formait des marques blanches aux commissures de sa bouche.

— Nous sommes arrivés.

D'un coup sec, elle claqua la portière et marcha vers l'immeuble. Qu'il aille crever en enfer ! Et tant pis si la voiture restait ouverte toute la nuit, elle n'en avait cure. L'avocat pouvait aussi bien lui annoncer demain qu'elle avait obtenu cent millions de dollars, elle n'en aurait rien à cirer. Après ce qu'elle venait de faire subir à Evan, elle ne méritait même pas de respirer.

Derrière elle, la porte de la voiture s'ouvrit et se referma, et Rick cria dans son dos, mais elle poursuivit son chemin, se préparant mentalement au cauchemar inévitable qu'allait devenir la soirée.

C'était l'heure du dîner et le calme régnait dans l'immeuble, ce n'était pas trop grave s'il lui faisait une scène maintenant. Elle avait évité le pire tout à l'heure, sur le parking. En présence d'Evan. Et d'Eve. Et de Jane. En partant, elle les avait aperçues dans leurs robes de cocktail.

Elle pressa l'allure. Ce que Rick avait à lui dire était certainement désagréable et pouvait attendre qu'elle soit arrivée chez elle. Comme elle atteignait le deuxième palier, elle se retourna. Il n'avait même pas réussi à atteindre l'escalier, il se traînait dans la zone de stationnement, tanguant d'une voiture à l'autre pour éviter de tomber. Quelle loque ! Elle ne comptait pas l'aider, en tout cas. Elle allait s'enfermer et le fuir jusqu'à ce que l'effet des drogues se soit estompé.

L'alarme d'une voiture retentit.

Elle sursauta, et des portes s'ouvrirent sur tous les paliers, mais elle ne s'arrêta pas. Rick avait sans doute heurté un véhicule au système de sécurité trop sensible. La stridence du bruit devint insupportable. Rick risquait de se prendre une raclée par l'un des motards du deuxième. Pauvre petit. Malgré tout, elle ne put s'empêcher de se pencher sur la balustrade avant d'entrer chez elle.

Rick était parvenu au pied des marches, mais butait sur la première. De l'intérieur, elle l'entendit crier quelque chose, du genre qu'il n'en avait pas fini avec elle.

Quel cauchemar, quel affreux cauchemar, pensa-t-elle, adossée à la porte verrouillée à double tour. Heureusement, dans deux semaines, tout serait fini. Mais qu'avait-elle fait dans une autre vie, pour mériter un karma si néfaste ?

Rick hurla de nouveau, et elle comprit qu'elle avait mal joué ses cartes. Si elle l'avait aidé à regagner son appartement, il se serait affalé sur le canapé et elle n'aurait plus eu à se soucier de lui jusqu'au lendemain. C'était son plan lorsqu'elle avait décidé de passer la soirée avec Evan. Mais il ne fallait pas qu'elle pense à lui maintenant. Le plus intelligent, c'était de s'armer de courage et de sortir filer un coup de main à Rick. Après tout, il ne tiendrait pas éveillé longtemps. A son réveil, il aurait des questions, et elle, elle aurait des mensonges.

Lorsqu'elle revint vers Rick, il était si mal en point qu'elle se demanda si elle parviendrait à le monter jusqu'au troisième étage. Mais aussitôt qu'il l'aperçut, il sembla reprendre du poil de la bête. Sans cesser de jurer entre ses dents, il se cramponna à la rambarde et se hissa à la force de ses bras.

— Tu essaies encore de me rouler, s'exclama-t-il, si empli de haine qu'il manqua encore de tomber.

— Je voulais t'aider, dit-elle, se penchant pour le soutenir.

Mais la seule idée de le toucher la rendait malade, et elle se ravisa.

— Vas-tu pouvoir monter l'escalier ?

— J'ai pu jusqu'ici, non ?

Son regard contenait toutes les menaces d'un orage de haine.

Une image surgie du passé revint la hanter : son père, la respiration lourde, la main brandie au-dessus de son corps d'enfant. Il ne la frappait que rarement, mais le geste était quotidien. Comme la peur.

Elle cilla et secoua la tête. Son père était parti, mais elle l'avait remplacé par Rick, comprit-elle avec un frisson.

Oscillant comme un culbuto, il se pencha vers elle.

— Dégage de là.

— Comme tu voudras.

Elle recula d'un pas et le regarda trébucher sur la marche suivante.

Malgré tout ce qu'il lui avait fait endurer, il y avait des moments, comme tout à l'heure dans la voiture, où elle éprouvait une peine sincère pour lui et regrettait amèrement de ne pas avoir les moyens de l'aider à lutter contre ses addictions. Mais là, en cet instant précis, il aurait pu tomber en arrière et se briser le cou qu'elle n'aurait pas versé une larme.

Incapable d'être plus longtemps le témoin de ce spectacle pathétique, elle remonta vers le deuxième palier. Lorsqu'il arriva vers elle, elle grimpa à leur étage et attendit qu'il ait gravi la dernière volée de marches. Avec étonnement, elle constata qu'elle ne ressentait plus rien en le voyant dans cet état. Ni pitié ni rage. Le néant.

Rick avait laissé son appartement ouvert, chose qui l'étonna, car il craignait toujours qu'on vienne lui voler sa dope. Elle poussa la porte et attendit qu'il entre. Son haleine fétide la frôla en passant. Elle tourna la tête pour cacher un haut le cœur.

— Pourquoi tu restes plantée là ? dit-il, se laissant tomber contre elle.

Elle le détourna d'un geste brusque de la main.

— Tu n'as pas oublié ce que tu m'as promis, hein, Liza ?

Comment pouvait-il se rappeler ça maintenant, dans son état ? Comment pouvait-il croire qu'elle passerait la nuit auprès de lui ?

— Vas-y, entre.

— Toi d'abord, dit-il, à peine capable de garder les yeux ouverts.

— C'est bon, Rick.

— Tu veux les journaux ? Bouge ton cul et entre.

Elle le défia un temps, puis elle comprit à quel point elle était bête. Le plus urgent, en ce moment, c'était qu'il pénètre chez lui. Il ne resterait pas debout longtemps.

— Très bien.

Elle franchit la porte la première, enjambant les mêmes bouteilles et les mêmes emballages graisseux qui jonchaient le sol depuis deux semaines. Sa tanière empestait autant que lui.

Il claqua la porte derrière lui et dégagea d'un coup de pied un verre, qui, heurtant un pied de la table, se brisa en mille morceaux.

Elle le regarda depuis un coin de la pièce, attendant qu'il s'affale sur le canapé. C'était sans compter sur l'obstination animale de Rick. Il avança vers elle d'un pas chancelant. La panique s'empara d'elle. Dans son état, il ne constituait pas une véritable menace physique, mais cela ne signifiait pas qu'il ne soit pas capable de lui faire mal. De plus, le seul fait de penser qu'il pouvait la toucher…

— Où est le reste de ma came ? demanda Rick.

— De quoi tu parles ?

— C'est toi qui l'as.

Elle prit une profonde inspiration. Ils étaient déjà passés par là, mais c'était à l'époque où elle croyait l'aider en lui escamotant sa drogue.

— Je n'en sais rien. Tu as dû la planquer, et maintenant tu as oublié où.

Il grogna, incrédule, d'abord. Ensuite, il cligna des yeux, l'air confus.

— Ce n'est pas toi qui l'as ?

— Non.

Il tourna la tête vers la cuisine, interloqué, et changea de pièce en trébuchant, marmonnant quelque chose entre ses dents. Elle entendit la porte du four s'ouvrir, suivie d'un bruit de papier déchiré.

Rick revint, un sac à la main, se laissa tomber sur le canapé, et commença à préparer la seringue sans même lui adresser un regard, comme s'il avait oublié sa présence.

Elle ne bougea pas pendant qu'il s'occupait à brûler la poudre qui l'enverrait dans une autre dimension pendant des heures. Avec ce qu'il avait déjà dans le sang, ça l'estourbirait en quelques minutes, et elle pourrait rentrer chez elle, libre.

Avec un long râle rauque, les yeux fermés, il jeta la tête contre les coussins miteux du dossier.

Elle recula à pas mesurés vers la sortie sans cesser de le surveiller. Quelque chose craqua sous son pied, et elle se figea jusqu'à s'assurer qu'il n'avait rien entendu. Elle se retourna pour marcher lentement jusqu'à la porte. Avec précaution, elle se saisit de la poignée.

La seconde d'après, la main de Rick agrippait son poignet.

Elle cria de surprise plus que de douleur et se débattit pour se dégager.

Il vacilla, trop faible et trop intoxiqué pour garder sa proie, mais essaya cependant de la frapper avec des mouvements aveugles de ses bras.

Elle le poussa de toutes ses forces et le regarda glisser sur une bouteille.

Il tomba par terre comme un fardeau, et dans sa chute, sa tête cogna contre le coin de la table basse. Il resta là, immobile, les jambes étalées, les paupières closes, le visage livide comme celui d'un mort.

Elle étouffa un cri avec sa main. Mon Dieu, l'avait-elle tué ?

— Rick ?

Pas de réponse. Aucun mouvement, même pas un tressaillement.

Elle courut et s'accroupit à côté de lui pour le secouer.

— Rick !

Rien. Que le silence. Un silence assourdissant.

Ses mains tremblaient tellement en tâtant le poignet de Rick qu'elle douta de trouver son pouls, si tant est que son cœur battait encore. La pièce devint floue. Sa bouche était si sèche qu'elle n'arrivait plus à avaler sa salive. Elle lâcha le bras inerte et serra ses bras autour de son buste, incapable de réagir.

Combien de fois avait-elle désiré sa mort ? Elle en rêvait, même. Qu'avait-elle fait ? Elle tenta d'inspirer à fond, mais elle avait la poitrine bloquée. Fermant les yeux, elle s'obligea à respirer. Désespérée, elle se rappela une technique de relaxation apprise à la fac, basée sur la visualisation d'un moment heureux. Mais cela ramena des souvenirs d'Eve, Jane et elle à la plage, et elle paniqua.

Les journaux. Si Rick mourait, saurait-elle les retrouver ? Pourraient-ils encore être une menace pour son amie ?

Elle rouvrit les yeux. Du calme, du calme. S'il était mort, elle aurait d'autres soucis que les journaux. Chacun allait penser qu'elle l'avait tué sciemment. Qu'elle l'avait assassiné. Personne ne la blâmerait, en tout cas personne dans le voisinage. Ils pensaient tous que Rick était une ordure. Ce qui l'accusait d'autant plus.

— Oh, Rick, espèce de salaud.

Elle serra ses bras encore plus fort, se berçant d'avant en arrière comme un enfant effrayé. Mais elle se ressaisit immédiatement. Elle devait vérifier que le cœur de Rick battait, et dans le cas contraire appeler le 911.

L'idée la terrifiait. Elle chercha avec angoisse le pouls dans le poignet exsangue. Là, peut-être ? L'avait-elle trouvé ? Ou était-ce qu'à tellement le vouloir, elle l'imaginait ?

Assise par terre, elle contempla le corps inanimé.

— Allons, Liza, pense ! s'intima-t-elle à voix haute.

Pas de blessure apparente. C'était un bon signe. Enfin, elle parvint à respirer. Peut-être que cela n'avait rien à voir avec la chute ? Le mélange d'alcool et de drogue qui coulait dans ses veines avait très bien pu suffire à le mettre K.-O.

Elle pouvait appeler Mary Ellen, elle saurait peut-être prendre le pouls correctement… Mais non, la pauvre, elle avait déjà assez avec ses propres problèmes. Si la police intervenait…

Evan. Il était médecin. Il saurait quoi faire.

Les jambes en coton, elle se releva pour chercher son sac, qu'elle trouva au sol à côté de la porte. Elle se rassit pour y prendre son téléphone. Elle sélectionna le numéro d'Evan.

— Evan ? S'il te plaît, Evan. J'ai besoin de ton aide.

Chapitre 14

Il avait failli ne pas répondre au téléphone, car il ne le faisait jamais lorsqu'il conduisait. Sauf s'il voyait s'afficher le numéro de son secrétariat, car on ne l'appelait qu'en cas d'urgence.

— Evan ?

Liza ? Le murmure au téléphone rendait la voix presque méconnaissable.

— Liza ?

— J'ai besoin de ton aide, je crois que j'ai…

Sa voix se brisa en un sanglot.

— Viens, s'il te plaît.

— Où ?

— Chez moi.

Il faillit heurter une autre voiture et réussit de justesse à prendre la sortie de l'autoroute.

— Mais qu'est-ce qu'il t'arrive ?

— Je ne peux pas te le dire au téléphone. S'il te plaît, Evan, s'il te plaît…

A son grand dam, il n'eut pas besoin d'en entendre plus. Il écouta attentivement Liza, tentant de compenser par son calme la nervosité qui rendait incohérentes les indications de la jeune femme. Il espérait seulement ne pas commettre une stupidité. Elle l'appelait à l'aide, et il accourait sans poser de questions. Pour sa défense, il devait admettre qu'elle semblait en proie à une crise de panique. Même si elle ne l'avait pas dit, il était sûr que la crise avait un rapport avec Rick. Si jamais ce salaud l'avait blessée... Il préférait ne pas y penser, comme il préférait oblitérer sa conversation avec Eve et Jane. Là, il fallait qu'il se concentre sur la route. La circulation était dense, et il ne connaissait pas le quartier qu'elle habitait.

Une demi-heure plus tard, après deux fausses routes, il arriva devant une résidence qui portait le nom qu'elle lui avait donné. Il eut du mal à le lire, car la plupart des lettres manquaient. Une fois à l'intérieur de la zone de stationnement, il mesura les grandes dimensions du complexe, rendu d'autant plus labyrinthique par le manque de signalisation.

L'endroit se trouvait dans un état déplorable, les ordures débordaient des poubelles. Les bâtiments ne présentaient pas mieux, et même sous la lumière insuffisante des quelques lampadaires encore en service, il pouvait distinguer les nombreux barreaux absents sur les rambardes.

Ce n'était pas possible, il s'était trompé ! Comment Liza pourrait-elle vivre dans un antre pareil ? Sans parler des considérations esthétiques, ce n'était pas un lieu sûr pour y habiter, encore moins pour une femme seule.

Il mit la voiture au point mort et relut l'adresse qu'il avait notée. Si, c'était ça. Il avait bien suivi les indications, et il devait maintenant trouver le bloc n° 3.

Il continua à tourner dans les allées jusqu'à ce qu'il tombe sur un numéro en relief aux bords cassés. Il pouvait s'agir d'un 3 ou d'un 8. C'est alors qu'il aperçut en bas du bâtiment la voiture de Liza. Il se gara n'importe comment et sortit.

Aussitôt, Liza surgit des ombres qui entouraient le bas de l'escalier. Sans manteau, encore épaules nues dans sa tunique bleue malgré le froid glacial de la nuit de décembre. Elle ne vint pas à sa rencontre mais resta où elle était, tremblante, les bras serrés autour du buste.

— Liza, tu vas bien ? demanda-t-il, pressant le pas vers elle.

Elle nia d'un geste muet.

— Es-tu blessée ? insista-t-il, se retenant pour ne pas la prendre dans ses bras pour vérifier par lui-même.

Il avait tellement envie de la serrer contre lui !

Elle nia de nouveau, pâle, le regard horrifié.

— Viens, murmura-t-elle d'une voix presque inaudible.

Elle monta l'escalier, la main courant sur la rambarde. Elle trébucha une fois, et il la tint par la taille jusqu'à ce qu'elle retrouve l'équilibre.

Au troisième étage, elle marcha sur le palier et s'arrêta devant la porte d'un appartement pour l'attendre.

— C'est chez toi ? s'enquit-il.

Elle se limita à rester debout devant lui, grelottant.

— Non, c'est chez Rick. Moi, j'habite là, répondit-elle enfin, tournant sa tête vers la porte d'à-côté.

Un mauvais pressentiment lui serra le cœur.

— C'est lui qui est blessé ?

Elle tenta d'articuler un mot qui refusait de sortir, et avec un sanglot contenu, elle se jeta dans ses bras, se cramponnant à sa taille comme si c'était son seul point d'attache au bord d'un précipice insondable.

— Je crois que je l'ai tué, murmura-t-elle. Il ne respire plus.

« Bonté divine. »

Il l'écarta doucement pour scruter son visage terrifié. Avait-elle commis l'irréparable ?

— Que s'est-il passé ?

— Je l'ai poussé, il s'est cogné la tête contre un coin de la table.

— As-tu la clé ?

— C'est ouvert.

Il poussa la porte. Au milieu des immondices, il découvrit le corps inerte de Rick, les jambes étalées, le visage blanc comme la craie.

— As-tu appelé le 911 ? demanda-t-il comme il se penchait sur le corps immobile.

— Non. Seulement toi.

— Fais-le. Maintenant, ordonna-t-il, sévère.

Elle hésita.

— Je n'ai pas fait exprès. Il voulait m'attaquer et je l'ai repoussé et…

— Liza, s'il te plaît, répéta-t-il d'un ton calme mais ferme. Appelle une ambulance.

Elle semblait incapable de réagir, comme en transe, les yeux fixés sur l'homme étendu à terre.

— Liza.

Elle opina et, d'une main tremblante, sortit son téléphone portable de sa poche.

Il chercha le pouls sur la jugulaire de Rick. Il y sentit une pulsation, faible mais régulière. C'était normal que Liza n'ait pas pu la trouver. Il lâcha un soupir de soulagement. L'homme était encore vivant. Avec précaution, il examina le crâne de Rick, pas de sang, pas de blessure extérieure. Ses bras et ses jambes ne présentaient pas de fracture non plus. Il écarta les paupières pour vérifier les yeux. Là, il semblait y avoir un problème.

— C'est ma faute, dit Liza. Il était déjà bien chargé et j'aurais dû l'empêcher de se shooter. Mais je ne l'ai pas fait. Je voulais qu'il se taise, qu'il s'endorme une bonne fois, pour pouvoir t'appeler et tout t'expliquer. Je voulais que… Qu'il meure.

Ces mots lâchés, elle porta une main à sa bouche, comme si elle venait de comprendre la portée de ce qu'elle venait de dire.

Evan s'efforça de garder toute son attention sur Rick. Il avait maintes questions à poser à Liza, mais ce n'était pas le moment. Le patient d'abord.

— As-tu appelé le 911 ?

— Oui, dit-elle, le souffle entrecoupé, le visage ruisselant de larmes. Qu'est-ce que j'ai fait, mon Dieu ?

— Il n'est pas mort.

Elle cilla, et le temps d'un instant, il crut percevoir l'ombre de la déception sur ses traits, aussitôt remplacée par le soulagement. Etait-ce sincère ?

Un frisson lui parcourut le dos. Liza était déçue, ses yeux ne l'avaient pas trompé. L'idée lui donna le vertige. Et si tout cela était un montage qu'elle avait ourdi pour mieux assurer sa défense ? Etait-elle si déterminée à se débarrasser de Rick qu'elle avait tenté de le tuer ? Il refusait de le croire.

— Sais-tu s'il a pris autre chose que de l'héroïne ?

— Il boit beaucoup. De la bière et de la vodka, principalement.

— C'est toi qui lui procurais la drogue ?

— Je lui donnais l'argent pour l'acheter, avoua-t-elle, réticente.

Il dévia son regard qu'il reporta sur Rick.

— Pourquoi m'as-tu appelé, moi ?

— Tu es médecin.

— Les secours seraient arrivés plus vite, argua-t-il, cherchant ses yeux.

— J'avais peur, Evan. Je ne savais pas quoi faire. Je croyais que j'avais tué un homme.

Il reprit le pouls de Rick. Liza n'était peut-être pas directement responsable de sa situation, mais le type se trouvait dans un sale état. Allait-il survivre ? Dans ces conditions, il se sentait incapable d'établir un diagnostic.

— Tu es en colère, dit-elle en même temps que des sirènes commençaient à s'entendre au loin. J'allais tout te raconter ce soir.

Bien sûr, elle allait tout lui raconter.

— Pour l'instant, occupons-nous d'emmener Rick aux urgences.

— Je te le jure, Evan, murmura-t-elle en un souffle désespéré. Je sais que tu ne me croiras pas, mais…

Il serra brièvement sa main dans la sienne avant de se relever.

Comment savoir si elle disait la vérité ? Si elle n'avait pas tout prémédité depuis le premier jour ? Eliminer Rick et se servir de lui, un médecin, pour étayer sa défense ? Il n'arrivait pas à trouver une seule réponse à toutes ses questions. Pour l'instant, décida-t-il, il allait se mettre en mode Dr Gann et oublier sa relation avec Liza Skinner jusqu'à ce que Rick soit pris en charge. On verrait le reste plus tard.

— Où vas-tu ? demanda-t-elle.

— Je descends pour guider les secours, dit-il depuis la porte. Ce bâtiment n'est pas facile à trouver.

— Je suis vraiment navrée, Evan. Je ne savais pas quoi faire, je ne voulais pas t'impliquer.

Malgré lui, son courroux s'adoucit à la voir si défaite,

assise par terre, tremblant comme une feuille. La moindre des choses était de lui accorder le bénéfice du doute. Il ne comptait cependant pas devenir son paillasson.

— Je n'ai aucune intention de m'impliquer, Liza.

Liza enfouit son visage dans ses mains.

C'était le moment de solitude le plus accablant de toute sa vie. Hier encore, elle avait osé croire au bonheur, elle avait commencé à espérer qu'Evan devienne quelqu'un d'important dans sa vie. Elle ne pouvait le blâmer si la situation avait tourné à la catastrophe, c'était elle qui avait tout bousillé. Sur toute la ligne. Pourrait-il un jour lui pardonner ?

Elle contempla Rick, sa bouche entrouverte, des croûtes de salive desséchées au coin des lèvres. Elle ne devrait pas le haïr, il méritait sa compassion. Et pourtant, elle le haïssait. Plus que personne auparavant. Encore plus que son père.

Le hululement assourdissant des sirènes lui indiqua que l'ambulance devait se trouver en bas de l'immeuble.

Elle fit un effort pour se relever mais n'osa pas sortir dans l'allée, de crainte de croiser les voisins qui seraient sans doute tous dehors, à jacasser et se demander qui l'ambulance venait chercher. Tout le monde avait pu être témoin à une occasion ou une autre des injures au vitriol de Rick. On l'avait entendu hurler comme un malade lorsqu'elle mettait le nez dehors. On l'avait vue, elle, tenter de lui échapper. S'il ne survivait pas, qu'allaient raconter tous ces gens à la police ?

Elle espérait que Mary Ellen et Freedom resteraient chez elles, qu'elles ne se mêleraient pas à ce grabuge. Impossible. Le bruit des sirènes devait s'entendre dans tout le complexe.

Angoissée, elle tenta de voir ce qui se passait et se pencha à la fenêtre.

Les infirmiers sortaient leur matériel de l'arrière du véhicule. Elle distingua la silhouette d'Evan qui discutait avec eux. L'un d'eux grimpa dans le véhicule pour en tirer une civière. Son collègue la saisit à l'autre bout, et ils se dirigèrent vers l'escalier à vive allure, suivis par Evan.

Les deux hommes entrèrent dans l'appartement et, sans poser de questions, commencèrent à examiner Rick.

Elle les observa depuis un coin de la pièce, incapable de contenir les secousses qui malmenaient son corps. Elle sentait une culpabilité affreuse à voir Rick inconscient et peut-être gravement blessé, mais ce n'était rien comparé aux remords qu'elle ressentait à l'égard d'Evan. Il était si entier, si droit. Elle ne le méritait pas, elle ne lui arrivait pas à la cheville. Mais cela n'avait plus aucune importance…

Cependant, elle tenait encore à s'expliquer avec lui. Elle voulait qu'il sache toute la vérité à propos de Rick, à propos du procès… A propos de tout. Même si, après, leurs chemins se séparaient pour toujours, elle ne pourrait pas vivre en sachant qu'Evan croyait qu'elle l'avait trahi. Mais comment lui parler de tout cela, s'il refusait désormais de la regarder dans les yeux ?

Les minutes passaient, longues comme des siècles, et la police ne venait toujours pas, s'étonna-t-elle. Les seules personnes qui vinrent sur le pas de la porte étaient des voisins curieux, avides de détails truculents. Evan les écarta d'une voix ferme afin de faciliter la tâche aux deux ambulanciers qui avaient déjà sanglé Rick sur le brancard et se disposaient à le transporter jusqu'à l'ambulance.

Ils partirent sans lui avoir adressé la parole.

Grâce à l'intervention d'Evan, déduisit-elle. Ce n'était que partie remise, et elle le savait, mais elle serait mieux disposée si on lui laissait un peu de temps pour se remettre du choc.

La tête enfoncée dans les épaules, elle gagna l'escalier, le regard fixé devant elle pour ne pas affronter les regards des curieux postés dans l'allée. Peu assurée sur ses jambes, elle prit appui sur la rambarde.

Freedom courut vers elle, et elle lui caressa les cheveux avant de la renvoyer gentiment vers Mary Ellen, qui la regardait avec des yeux plein d'angoisse. Elle tenta de la réconforter avec un sourire peu convaincant, avant de rejoindre Evan et les ambulanciers au pied de l'immeuble.

— Nous l'emmenons à l'hôpital du district, annonça le plus grand des deux infirmiers à son intention.

— Je… Je vous suis, dit-elle, sans être sûre d'avoir réussi à articuler quelque chose d'intelligible.

— Je t'y conduis, proposa Evan.

— Merci.

— Va dans la voiture, dit-il, actionnant l'ouverture à distance. Je te rejoins tout de suite.

Elle opina, sans pour autant obéir. A l'intérieur de l'ambulance, les infirmiers s'affairaient sur le corps de Rick, dont le visage disparaissait maintenant sous un masque à oxygène.

— Liza, vas-y.

Elle regarda vers Evan, implorante, espérant qu'il ait pour elle quelque parole rassurante. Elle se heurta à son expression insondable.

Evan devisa quelques minutes avec l'urgentiste afin de lui donner une explication sommaire des circonstances qui entouraient la chute de Rick et sa perte de conscience. Normalement, la tâche aurait dû incomber à Liza, mais au vu de son état, il avait préféré s'en charger. De surcroît, il était convaincu qu'elle n'était pas responsable de l'état de Rick. Donc, à quoi bon l'accabler davantage ?

Il retourna dans la salle d'attente où il lui avait demandé de l'attendre. Il la retrouva, assise sur l'une des chaises en plastique marron, la tête enfouie entre les mains.

Au moins, elle avait cessé de trembler, observa-t-il, soulagé de ne pas avoir à lui administrer un sédatif.

Il s'assit sur le siège à côté et attendit qu'elle se tourne vers lui.

— Comment va-t-il ? demanda-t-elle.

— Il va s'en sortir.

Cette fois-ci, l'expression de soulagement qu'elle arbora ne laissait pas de place au doute.

— C'étaient les drogues ?

— Oui. Il souffre peut-être d'une commotion, mais ce sont les drogues qui l'ont assommé d'abord.

— La police va intervenir ?

— Tu n'as rien fait de répréhensible, Liza.

— Tu n'en sais rien, murmura-t-elle.

— Tu m'as dit que tu avais agi en état de légitime défense.

— Et c'est vrai, dit-elle, osant enfin le regarder. Mais je ne parle pas de cela.

Il n'était pas d'humeur à jouer aux devinettes. La nuit avançait, cette salle d'attente était un cauchemar, il était éreinté, et par-dessus tout il n'était pas sûr de vouloir entendre ce qu'elle avait à dire.

Il consulta sa montre.

— C'est minuit passé, dit-il, en se relevant. Je te ramène chez toi.

— Et la paperasse administrative ? Je n'ai rien à signer ?

— Etes-vous mariés ?

— Bien sûr que non ! s'indigna-t-elle.

— Alors, tu n'as pas à t'en inquiéter.

Ses réactions étaient imprévisibles, comme toujours. Malgré lui, il se demanda encore comment et pourquoi diable Rick gardait la mainmise sur elle.

— Non, je sais, mais je me sens responsable de... Non, tu as raison, se ravisa Liza, secouant la tête avec énergie. Ceci ne me concerne plus.

Il la suivit à l'extérieur de la salle, sans pouvoir s'empêcher de remarquer à quel point elle était belle dans la tenue qu'elle avait choisie pour la soirée. Si tout s'était passé comme prévu, ils auraient écouté un concert, dîné à la lumière des chandelles, et ils seraient maintenant dans son lit. Mais le sort en avait décidé autrement. Ils ne dormiraient pas ensemble cette nuit. Ni aucune autre nuit.

Encore un sapin de Noël déprimant, nota-t-il en débouchant dans le hall de l'hôpital.

Liza s'arrêta pour lui parler.

— Merci, Evan. Merci d'être venu quand je t'ai appelé. Merci de m'avoir aidée et merci de m'avoir amenée ici. Je ne sais pas ce que j'aurais fait sans toi.

— Ce n'est rien, dit-il sans la regarder.

En ce qui le concernait, un silence réciproque était tout ce qu'il se sentait capable d'endurer sur le chemin du retour. Il aurait préféré qu'elle se taise, car il ne pouvait pas se débarrasser de l'impression d'être le dindon de la farce. Un pigeon, voilà. Elle pouvait lui fournir autant d'excuses qu'elle voudrait, elle s'était servie de lui.

— Je sais qu'il est tard…

— Justement, coupa-t-il. J'ai un rendez-vous demain à la première heure.

— Mais j'ai *besoin* de te parler.

Il s'arrêta, soudain fatigué comme s'il sortait d'une garde de vingt-quatre heures.

— Je doute qu'il y ait quoi que ce soit à dire, d'accord ?

Elle lâcha un éclat de rire amer.

— Pourtant, j'ai tellement de choses à te raconter que je pourrais parler toute la nuit.

Heureusement, sa voiture ne se trouvait pas loin. Il actionna l'ouverture à distance et, par habitude, contourna le capot pour ouvrir la portière côté passager. Il surprit sur le visage de Liza un demi-sourire plein de regret.

Il ravala sa salive. Le trajet de retour risquait de devenir un piège. S'il avait été plus alerte, il aurait appelé un taxi et lui aurait donné l'argent pour qu'elle paye la course.

Bon sang, qui voulait-il convaincre ? Jamais il n'aurait pu la laisser partir seule dans un taxi ! Pas ce soir, en tout cas. Demain, ce serait un autre jour.

Il démarra, à court d'idées pour endiguer la conversation. Aucune explication ne pourrait changer les événements des dernières heures. Le mal était fait.

Liza avait dû le comprendre, déduisit-il à son mutisme.

Au bout de dix minutes, cependant, elle se mit à parler.

— Je ne peux pas imaginer ce qui te passe par la tête en ce moment, et je n'espère pas qu'on reprenne où on en était…

« Bien vu, mademoiselle Skinner.»

— Je ne suis même pas sûre que tu me pardonnes, mais il faut que je t'explique comment j'en suis arrivée là.

— Non, il ne le faut pas.

— Evan…

— Tu sais ce qui m'a attiré chez toi en premier lieu ? répondit-il, le regard droit devant lui. Tu étais franche, directe. C'était nouveau pour moi, et ça m'a plu. Tu disais les choses sans ambages. Sans jeux à la noix, sans faux-semblants.

— Mais je *suis* comme ça, dit-elle faiblement. Ce truc avec Rick n'a rien à voir avec moi.

Une idée lui vint à l'esprit qui lui glaça le sang. Avec Rick hors-jeu, tout l'argent du Loto reviendrait Liza.

Quel con, mais quel con il faisait !

— S'il te plaît, Evan, je connais une cafétéria qui reste ouverte toute la nuit, non loin d'ici.

D'accord, comme ça elle pourrait lui raconter d'autres mensonges encore !

Ils ne se trouvaient plus qu'à un pâté de maisons de chez elle. Il prit le tournant et s'arrêta devant l'entrée.

— Bonne chance, Liza. J'espère que tu obtiendras ce que tu désires.

Il refusa de la regarder comme elle quittait la voiture, et lorsqu'elle eut fermé la portière, il s'éloigna à toute vitesse.

Chapitre 15

Vers 4 heures du matin, la fatigue physique et l'épuisement moral poussèrent enfin Liza dans un sommeil agité.

La journée avait été une horreur qu'elle revivait, amplifiée, dans les couloirs de son inconscient : Rick avec la tête ouverte, saignant à flots sur elle. La police qui frappait à sa porte. Des menottes autour de ses poignets, alors qu'au loin, Evan, Eve et Jane la pointaient du doigt avec des ricanements d'hyènes. Le plus terrifiant de tous ses cauchemars fut celui où Evan, hissé sur un trône de trois mètres de haut, la toisait. Elle, les joues ruisselantes de larmes, criait pour qu'il l'écoute, mais il restait impavide, une expression de dégoût figée sur le visage.

La lumière qui dardait à travers les lattes du store la réveilla. Elle comprit qu'elle s'était endormie habillée sur le canapé où elle s'était effondrée dès son arrivée. 9 h 45, lut-elle sur sa montre.

Quelqu'un frappa à sa porte. Peut-être un voisin, peut-être Mary Ellen.

Elle ignora les coups et dirigea vers la salle de bains ses membres lourds comme s'ils pesaient des tonnes. Elle ignora aussi son propre reflet dans le miroir. Elle semblait avoir vieilli de vingt ans. Elle passa la tête sous le robinet et se brossa les dents.

Dès qu'elle s'en sentirait capable, elle appellerait l'hôpital pour prendre des nouvelles de Rick. Peut-être que ce tragique épisode allait le ramener à la raison et l'aider à trouver le ressort pour décrocher des drogues ?

Elle ne l'aurait pas cru possible, mais tout le ressentiment qu'elle avait accumulé contre lui au cours des derniers mois s'était évanoui. A la place, une étrange sérénité s'était emparée de son esprit. Peut-être était-ce la fatigue qui anesthésiait ses émotions, ou peut-être la décision qu'elle avait prise la remettait-elle enfin en accord avec elle-même.

Elle allait annuler le procès et avouer toute la vérité à Eve et Jane, sans permettre que Rick brandisse les journaux sur sa tête comme une épée de Damoclès.

Ses amies allaient la croire devenue folle, à arrêter la procédure une semaine avant le procès. Quand elle pensait à tout ce qu'elle leur avait fait subir… Pourtant, il en avait fallu autant pour qu'elle ravale enfin sa fichue fierté et se décide à leur demander de l'aide. Un an de sa vie gâché à cause de son orgueil.

Ne jamais prendre le risque d'être déçue en demandant son aide à quelqu'un, c'était jusque-là sa devise. Ironie de la vie, la veille, elle s'était résolue à briser cette règle sacrée pour tout raconter à Evan. Mais c'était trop tard, maintenant. Où trouverait-elle encore le courage de lui demander pardon ? D'ailleurs, il ne voudrait jamais…

Elle éclata en sanglots.

Non, pas ça. Ce n'était pas le moment de pleurnicher comme une fillette. Une longue journée l'attendait, et aucune des tâches qu'elle s'était fixée ne serait une partie de plaisir. Mais une fois qu'elle les aurait accomplies, elle était certaine de se sentir mieux. Même si Eve et Jane continuaient à la détester, et Evan…

Elle préférait ne pas y penser. Elle allait faire du café et passer un ou deux coups de fil avant de prendre une douche.

Les coups à sa porte reprirent.

Bon sang ! Ne pouvait-elle pas disposer d'une minute de calme chez elle ?

Irritée, elle ouvrit la porte.

C'était Mary Ellen, mais Freedom ne l'accompagnait pas. Heureusement.

— Je me suis fait un sang d'encre ! s'exclama la jeune femme, entrant dans l'appartement sans attendre d'y être invitée. Que s'est-il passé, hier ?

Liza ferma la porte, sans pour autant lui proposer de s'asseoir.

— Rick a fait une overdose.

— Il va bien ?

— Hier, ça allait. J'étais sur le point d'appeler l'hôpital pour en savoir un peu plus.

— Tu avais l'air d'un zombie quand l'ambulance est arrivée. J'ai cru que tu l'avais tué.

— Je parie que tout le monde l'a cru.

Mary Ellen acquiesça en silence.

Curieusement, elle n'en avait cure. Ce qui la chagrinait, maintenant qu'elle y pensait, c'était qu'en arrêtant le procès, elle ne disposerait plus de moyens pour aider Mary Ellen et sa fille.

— Freedom va bien ?

— Oui, elle est dans le parc. Elle aussi a cru que tu avais tué cette ordure.

— J'espère qu'elle ne l'a pas dit comme ça.

— Non ! C'est une brave petite.

— Oui, elle l'est.

Elle soupira. D'une façon ou d'une autre, elle parviendrait à leur filer un coup de pouce. Bientôt elle retrouverait un emploi, et il lui restait encore quelques milliers de dollars sur un compte d'épargne qu'elle avait réussi à escamoter à la rapacité de Rick.

— Ecoute-moi, Mary Ellen. J'ai beaucoup à faire aujourd'hui, mais ce soir, j'apporterai des hamburgers pour le dîner.

— Tu n'es pas obligée.

— Je sais, dit-elle en lui ouvrant la porte. On se voit tout à l'heure.

— Bonne chance pour ta journée, dit Mary Ellen en sortant.

Elle se retourna soudain, la regardant d'un air curieux.

— Tu sembles différente, aujourd'hui, lança-t-elle.

Liza lui sourit.

— A vrai dire, je me sens moi-même pour la première fois depuis un an.

Ce petit restaurant italien en centre-ville, avec ses nappes à carreaux et ses bouquets de marguerites, avait été leur préféré par le passé à toutes les trois, Eve, Jane et elle-même.

Installée à une table au fond de la salle, Liza attendait l'arrivée de ses amies, se répétant inlassablement en son for intérieur ce qu'elle comptait leur dire.

C'était très simple, à vrai dire. Elle allait leur expliquer que Rick était en possession des journaux, qu'il s'en était servi pour l'obliger à entamer la poursuite judiciaire, et que trois heures plus tôt, son médecin pensait qu'il serait bientôt rétabli. Donc, qu'il voudrait encore de l'argent en échange des cahiers. Très simple, en effet.

Avec un soupir, elle forma un petit tas avec les bouts de la deuxième serviette en papier qu'elle venait de déchiqueter. Elle devrait se calmer. Après tout, elles avaient accepté de la rencontrer. Sans doute mues par la pitié, puisqu'elles avaient été témoins de l'affreux incident de la veille. Mais peu lui importait. Elle était prête à accepter la moindre miette qu'elles voudraient lui offrir. Elle leur devait plus qu'une simple explication.

Ce fut Jane qui arriva devant, les cheveux beaucoup plus blonds et beaucoup plus longs que la dernière fois qu'elle l'avait vue. Eve la suivait, toutes les têtes se tournant sur son passage.

Liza leur adressa un signe de la main, fébrile, regrettant de ne pas avoir un verre de vin ou autre chose pour calmer l'essaim de papillons qui tourbillonnait dans son ventre.

— Salut, Liza, dit Eve.

— Salut, Liza, répéta Jane, visiblement nerveuse.

— Merci beaucoup d'être venues, répondit-elle, regrettant aussitôt d'avoir choisi une phrase aussi formelle. Je suis sûre que vous aviez plutôt envie de m'envoyer sur les roses.

— Mais non ! Tu nous as manqué. A toutes les deux ! s'exclama Jane, cherchant l'approbation d'Eve.

Qui semblait de son côté très occupée à lisser la nappe devant elle.

Liza sourit. Jane n'avait pas changé, elle était restée la même femme douce qui arrondissait toujours les angles dès qu'une discussion risquait de tourner en dispute. Eve était moins fleur bleue. Toujours loyale et entière, mais toujours aussi bien campée sur ses pattes.

— Alors, qu'est-ce que tu voulais nous dire ? demanda enfin Eve, une certaine réserve dans la voix.

Liza s'éclaircit la gorge avant de se décider à parler.

— D'abord, je voulais m'excuser. Je sais, ça sonne ridicule après tout ce que… Vous avez le droit de m'en vouloir à mort, je comprends, mais je…

Sa voix se brisa. Elle toussota encore et but une gorgée d'eau.

Aucune des deux femmes ne parlèrent, mais la compassion et la bienveillance qu'elle décela dans leur regard lui redonnèrent du courage. Une serveuse arriva pour prendre leur commande, et elle lui fut reconnaissante de ces quelques secondes de répit.

— Eve, j'ai fait quelque chose de terrible, dit-elle. Je vais tout t'expliquer, mais s'il te plaît, laisse-moi tout te raconter jusqu'au bout avant de te fâcher. Ce que je dois dire est important. Pour toi.

— Je t'écoute.

Elle inspira profondément.

— Te souviens-tu qu'après la mort de ta grand-mère, je me suis proposée pour vider la maison ?

Eve opina.

— Tu m'avais demandé d'y aller sans Rick. Je lui ai dit de venir malgré cela.

Elle ne put pas continuer. Elle aimait Grammie autant que si elle avait eu un lien de sang avec elle. A sa mort, qui l'avait dévastée, elle s'était efforcée de cacher sa tristesse, si bien que personne n'avait pu imaginer à quel point sa disparition la rendait malheureuse. Mais lorsqu'elle était arrivée à la maison de son enfance, elle avait craqué. Et appelé Rick. Seulement, ce n'était pas une excuse.

L'expression d'Eve s'adoucit.

— Je n'aurais jamais dû te demander d'y aller, c'était très égoïste de ma part. Je n'ai pas été là pour toi.

— Non, nia Liza. C'était moi, l'égoïste. C'est moi qui n'ai pas été à la hauteur.

— Tu l'aimais autant que moi. Elle était ta grand-mère autant que la mienne. Tu vivais pratiquement chez nous.

Liza cligna des paupières pour chasser les larmes qui lui montaient aux yeux. Eve comprenait.

— S'il te plaît, dis-moi que ce n'est pas pour cela que tu nous as fuies pendant tous ces mois, pria Jane.

Le plus dur restait à dire.

— Non, malheureusement, il y a pire. Rick a volé quelque chose. Quelque chose qui t'appartient, Eve. Mais je ne l'ai su que plus tard, il y a un an.

Les deux femmes échangèrent un regard nerveux.

— Qu'a-t-il pris ? demanda Eve.

— Tes journaux intimes.

Eve se ratatina soudain sur sa chaise et attendit que la serveuse ait posé leurs boissons sur la table.

— Mes cahiers, murmura-t-elle, abasourdie. Combien en a-t-il ?

— Tous.

— Oh, mon Dieu, s'écria Jane, couvrant sa bouche d'une main.

— Il devait y en avoir au moins une douzaine, calcula Eva, saisissant son verre de thé glacé d'une main tremblante. J'ai commencé à la mort de mes parents et j'ai arrêté lorsqu'on est entrées à l'université.

— Je n'ai rien lu, la rassura Liza. Je ne savais même pas qu'il les avait.

L'expression paniquée d'Eve lui donnait envie de pleurer. Mais à quoi bon verser des larmes, maintenant ?

— Il veut de l'argent en échange.

Eve sembla déconcertée, et soudain elle comprit.

— Et c'est à cause de cela que tu as entamé la poursuite judiciaire…

Liza opina.

— Il t'a fait du chantage ? demanda Jane, comme si elle n'en croyait pas ses oreilles. Tout ce temps ?

— Mais pourquoi n'es-tu pas venue nous le dire plus tôt ? gronda Eve.

La surprise et la douleur qu'exprimaient ses yeux touchèrent Liza au plus profond du cœur.

— J'avais honte, expliqua-t-elle. Je pensais que je pourrais maîtriser Rick et que tu ne saurais jamais rien de tout cela.

— Donc, tu as choisi de disparaître sans dire un mot.

— Non, j'avais prévu de partir juste le temps d'un long week-end. A Atlantic City. Rick s'est mis à perdre de l'argent, c'était une hémorragie. Après avoir vidé mon compte, il en redemandait, et j'ai refusé de lui donner mes économies. J'allais le quitter et rentrer par le premier vol. C'est alors qu'il m'a menacée de publier les journaux.

— Tu aurais dû au moins nous appeler, fulmina Eve. Il n'y avait pas que notre amitié, tu as failli faire capoter l'émission.

— Tu as raison, je n'ai aucune excuse.

Aucune. Car c'était son orgueil qui l'avait empêchée de tout avouer. Et qu'Eve semble plus fâchée par son manque de confiance en elles que par le sort de ses journaux la rendait encore plus honteuse. Comment avait-elle pu douter de leur amitié ?

— Où se trouve Rick en ce moment ? demanda Eve.

— A l'hôpital.

— Qu'est-ce qu'il s'est passé ? s'enquit Jane.

— J'ai essayé de le tuer.

Ses deux amies continrent leur souffle.

Elle ébaucha un sourire forcé.

— Pas vraiment. Il a fait une overdose. Mais aussi, il a tenté de m'attaquer, je l'ai repoussé, et il s'est pris un coin de la table. Commotion.

— Mais tu n'es plus avec lui, dit Jane.

— Oh, non ! Dieu, non !

Encore une couleuvre à avaler, ou à cracher, plutôt.

— En revanche, il m'a tenue à sa botte pendant des mois

et je me suis laissée faire. L'émission décollait pour de bon, et lorsqu'il a menacé de vendre tes cahiers à la presse, je n'ai pas su quoi faire.

— Tu aurais dû venir vers nous, protesta Eve. Il me semble que c'est à ça que servent les amis.

La pointe de sarcasme dans son ton lui valut un regard réprobateur de la part de Jane.

— Je sais, admit Liza. Mais j'avais honte, honte, honte. Et j'ai été assez bête pour croire que je pouvais garder Rick sous contrôle. Mon père est mort, et j'ai perçu l'argent de son assurance, donc j'ai cru que…

— Ton père ? Je suis désolée, je ne savais pas. Quand est-ce que c'est arrivé ?

— Peu importe. Il ne me manque pas.

— Mais là encore, on aurait aimé être auprès de toi, murmura Jane.

Liza évita leurs regards. Elles avaient toujours été des amies à la vie à la mort pour elle. Sauf que de son côté, non seulement elle les avait trahies, mais au long de toutes ces années, trop fière pour reconnaître à quel point sa situation familiale lui pesait, elle leur avait caché des pans entiers de son existence.

— Mon père était un pochard fini, dit-elle. Il était soûl du matin au soir, parfois il battait ma mère. Pas moi, j'imagine parce que je n'étais presque jamais là. C'est pour cela que je ne vous invitais jamais à la maison.

— Nous avions compris, commenta Eve.

— C'était assez évident, ajouta Jane. Nous n'étions pas si aveugles.

Elles savaient ? Depuis toujours ?

— Et vous ne m'avez rien dit ?

— Puisque tu ne voulais pas en parler…

Les larmes lui brûlaient les yeux. Elle les ravala encore une fois.

— Donc, voilà mon idée. Je peux laisser tomber le procès et envoyer bouler Rick, mais j'ignore quelle sera sa réaction. J'ai cherché partout, mais je ne suis pas parvenue à trouver les journaux. Une autre option : nous attendons le verdict du procès, et s'il y a de l'argent à la clé, nous le lui donnons pour récupérer les journaux.

— Et si nous appelions la police ? proposa Jane.

— Nous n'avons aucune preuve qu'il les ait volés ni qu'ils soient en sa possession. Et une fois qu'il les aura vendus à la presse, il sera impossible de mettre la main dessus.

Comme elle, Jane attendait la réaction d'Eve, qui semblait réfléchir.

— Ce n'est pas juste pour les autres, dit la jeune femme finalement. Ils n'ont pas à payer ce maître-chanteur.

— Je veux bien lui donner ma part, offrit Jane. Et toi, Eve ?

— Merci, Jane, merci beaucoup. Mais je ne peux pas te laisser faire ça. Liza, penses-tu que ma part lui suffirait ? Il s'en contenterait ?

Liza la regarda, incapable désormais de retenir ses larmes.

— Je ne sais pas. Je crois. C'est autant que ce qu'on a exigé dans la demande.

— Liza, ne pleure pas, tout va bien, la consola Eve, venant s'asseoir sur la chaise à côté de la sienne pour la serrer contre elle. Ce n'est que de l'argent. Le fric ne peut pas ruiner notre amitié. Tu m'entends ?

On y était. Les grandes eaux, maintenant.

— Mais c'est ce que j'ai fait, sanglota-t-elle. J'ai ruiné notre amitié, j'ai tout gâché.

— Non, ce n'est pas vrai, répondirent ses deux amies à l'unisson.

— Vous m'aviez prévenue que Rick était une ordure, et je n'ai pas voulu vous écouter.

— Comme si on avait cru une seconde que tu nous écouterais, dit Jane.

Liza sourit.

— Vous auriez dû me frapper jusqu'à ce que j'entende raison.

— Nous y avons pensé, franchement, ajouta Eve en lui ébouriffant les cheveux. Quand Rick sort-il de l'hôpital ?

Liza hoqueta.

— Dans un bon moment. Il… il ira d'abord en cure de désintoxication.

— D'accord. Je pense qu'il faut que je parle à notre avocate avant de prendre une décision.

— Eve, écoute-moi, intervint Jane.

Liza se tourna vers elle, étonnée. Elle ne reconnaissait pas cette nouvelle Jane si affirmée.

— Nous sommes toutes dans le même bateau, déclara-t-elle. J'ai l'intention de mettre la moitié de ma part à contribution, et je ne prends pas un non comme réponse.

Eve roula des yeux.

Liza renifla. Sa seule contribution, songea-t-elle, c'était d'avoir créé le problème. Belle performance.

— Je tiens à vous dire, les filles, que ça m'a tuée de devoir vous porter en justice, murmura-t-elle. A l'époque, je croyais ne pas avoir le choix. Je suis tellement désolée.

— C'est déjà oublié, dit Eve avec un sourire. Puis, je ne suis pas si célèbre. Je ne suis pas sûre que la presse s'intéresse tant que ça à mes gribouillages d'adolescente.

Liza échangea avec Jane un regard plein de sous-entendus.

Déjà, d'une, elle était devenue *si* célèbre que ça, voire plus. Et de deux, quel tabloïd refuserait une exclusivité sur l'intimité la plus secrète de la nouvelle coqueluche de la télévision ?

— Te rappelles-tu ce que tu as écrit ? N'y a-t-il pas des trucs croustillants — pour la presse, je veux dire ?

Le sourire d'Eve s'évanouit.

— Après la mort de mes parents, j'étais bien remontée et pas vraiment prête à pardonner, comme vous le savez. Je ne vois rien de ce que j'ai pu noter qui puisse vraiment nuire à ma carrière, mais je serais humiliée de savoir mes pensées secrètes et mes remontrances d'adolescente étalées dans les journaux, je ne vous le cache pas.

— On ne permettra pas que cela arrive, la rassura Liza, consciente cependant d'avoir échoué jusque-là dans cette tâche. Dès que je rentre, je vais fouiller l'appartement de Rick de fond en comble. Sans lui sur le dos, peut-être que je vais finir par trouver sa fichue cachette.

— Je viens avec toi, proposa Jane.

— Malheureusement, je ne peux pas vous accompagner. J'ai un rendez-vous important avec le big boss dans moins d'une heure, expliqua Eve. Mais je serai libre ce soir.

— Ne vous dérangez pas, dit Liza. Je peux le faire seule.

L'idée même que ses amies découvrent le triste taudis dans lequel elle habitait depuis des mois lui donnait envie de se rouler en boule et pleurer tout son soûl.

— Mais je veux t'aider ! insista Jane.

— Je ne t'ai pas dit que tu es vraiment superbe ? Tes cheveux, ces fringues, tout. Tu es resplendissante.

Ce n'était pas seulement pour tergiverser, elle le pensait : Jane resplendissait. Et là, elle rougissait, aussi.

— J'ai rencontré quelqu'un…

— Je le connais ?

— Non, et j'ai hâte de te le présenter. Il s'appelle Perry.

— Mais c'est génial !

— Et toi, alors, Liza, intervint Eve, avec son ton des grandes interviews. Raconte-nous. Avec Evan.

Il n'en fallut pas plus pour qu'elle se mette à pleurer de nouveau comme une madeleine.

Chapitre 16

Après avoir retourné l'appartement de Rick dans tous les sens, Liza avait pris deux douches, mais elle avait toujours l'impression d'avoir sa sale odeur collée sur la peau. Elle avait rempli trois sacs-poubelles énormes de bouteilles vides et d'ordures. Le pire, cependant, avait été de devoir fouiller dans ses placards : ses vêtements semblaient ne pas avoir vu une paillette de savon depuis des mois. Mais elle n'avait trouvé aucune trace des journaux.

Elle y avait passé toute la soirée et le début de la nuit. Epuisée, elle s'était allongée sur son canapé, incapable même d'aller chercher dans le frigo quelque chose à manger. Quelques heures plus tôt, Mary Ellen lui avait proposé de dîner avec elle et Freedom des pâtes au fromage — elle avait oublié sa promesse d'apporter des hamburgers —, mais elle avait décliné l'offre. Elle avait besoin d'être seule. Toute la journée durant, elle n'avait pas cessé de réfléchir à tout ce qu'il lui restait à faire, et sa tête semblait sur le point d'exploser.

Le lendemain s'annonçait chargé. Elle comptait rendre visite à Kevin Wade pour lui annoncer qu'elle laissait tomber le procès. Ce qui ne serait pas une tâche aisée, car il lui poserait sans doute des questions dérangeantes auxquelles elle n'avait aucune intention de répondre. Elle devait le payer, aussi. De l'argent jeté par les fenêtres, mais elle n'était plus à cela près.

Ensuite, elle comptait parler à Rick.

Rien que d'y penser, elle en était malade. Elle répugnait à

le revoir, autant ou plus qu'elle répugnait à lui offrir l'argent qui revenait de plein droit à Eve et à Jane. Sauf qu'elle ne le ferait pas tout de suite. D'abord, elle allait tenter de l'intimider. Apparemment, il avait le cerveau tellement grillé par l'abus de substances de toutes sortes qu'il devait oublier constamment où il cachait sa drogue. Elle avait trouvé assez d'héroïne dans son appartement pour l'envoyer derrière les barreaux pour un bon bout de temps, et elle comptait utiliser cet argument comme arme de choc. Bien sûr, elle était consciente que l'affaire présentait un certain risque pour elle, puisqu'elle lui avait procuré l'argent pour l'acheter, mais elle n'avait plus rien à perdre : elle avait déjà perdu tout ce qui lui importait.

Eve et Jane l'avaient rassurée à propos de leur amitié, mais c'était trop beau pour qu'elle y croie. Elles étaient humaines, après tout. Qui savait comment pouvait tourner le vent du ressentiment ?

Quant à Evan, il la détestait. Forcément.

Elle repensa à la déception qu'elle avait vue sur son visage. Et il lui avait dit aussi d'une façon irrévocable que rien ne pourrait changer son avis sur ce qui s'était passé. Comment l'en blâmer ? C'était pourquoi elle ne comptait même pas tenter de le contacter.

Cependant, par moments, elle se rebellait contre cette idée. Une partie d'elle, la partie la plus fière, la plus opiniâtre, rechignait à lâcher l'affaire. Elle tenait à lui dire qu'elle n'était pas aussi mauvaise qu'il le pensait. La somme de ses erreurs débouchait sur un bilan désolant, mais ses motivations n'étaient pas moins nobles pour autant. Qu'il ne veuille plus lui adresser la parole, elle pouvait le supporter, mais qu'il la considère comme une personne capable de bassesse… Elle en perdait le sommeil.

Son portable se mit à sonner. C'était Eve.

— Salut ! salua son amie.

Le ton chaleureux de sa voix la toucha à un point tel qu'elle dut lutter pour ne pas fondre en larmes. Non, mais qu'est-ce qu'elle avait aujourd'hui ?

— Salut. J'aimerais bien t'annoncer une bonne nouvelle, mais je n'ai rien trouvé.

— Non ?

— Pourtant, j'ai cherché dans tous les endroits possibles et imaginables, certains même où l'on ne devrait pas s'aventurer sans être sûr d'avoir ses vaccins à jour. Je suis désolée.

La seconde de silence qui suivit lui indiqua qu'Eve accusait le coup. Mais ce ne fut qu'une seconde.

— Tu n'aurais pas dû te coltiner ça toute seule.

— Tu plaisantes ? Qui t'a mise dans cette mouise ?

— Oublie ! Nous sommes dans le même bateau, d'accord ?

— Attention à toi ! Si tu me fais encore pleurer, je vais me fâcher sérieusement.

Eve rit doucement.

— Es-tu allée à l'hôpital ? demanda-t-elle.

— Non. Demain.

— As-tu appelé Evan ?

Liza ferma les yeux. Il y avait certaines choses de sa relation avec ses amies, bien intentionnées mais franches du collier, qui ne lui manquaient pas. Mais pas du tout.

— Je ne compte pas le faire.

— Et pourquoi pas ?

— Parce qu'il ne veut pas me parler, et que je le comprends.

— D'accord, mais cela pose un problème. Ecoute, Nicole, la productrice qui t'a remplacée, quitte l'émission. Elle retourne chez elle en Californie après les vacances. Donc, si tu décides de reprendre ton ancien poste, tu risques de croiser un certain docteur…

— Attends. Attends.

— Oui ?

Son cœur venait de faire un bond dans sa poitrine.

— Es-tu en train de me proposer de reprendre mon ancien job ?

— Oui, tout à fait.

Elle pouvait entendre le sourire d'Eve au téléphone, et enfin elle commença à oser croire que celle-ci ne lui gardait aucune rancœur. En revanche, elle se sentait encore plus minable.

— J'ai entamé une procédure contre la moitié de l'équipe. Je crains que cela ne me mette dans une situation pour le moins délicate.

— Au début, sans doute. Mais tu vas annuler le procès, et tu es une sacrée bonne productrice.

Elle en resta muette, ce qui ne lui arrivait pas souvent. Elle ne méritait pas de revenir à son ancien poste. Même si elle le désirait de tout son cœur.

— En as-tu déjà discuté avec Jane et Cole et les autres ?

— Bien sûr, Jane est méga-hyper enchantée par l'idée. J'ai aussi consulté Cole. Il veut que tu reviennes.

Cole Crawford était le régisseur de l'émission, un type adorable avec lequel elles avaient travaillé dès le début. Mais il était aussi l'une des personnes visées par la procédure.

— C'est vrai ?

— Tu rends son travail plus aisé. C'est aussi le seul, en dehors de nous, à qui j'ai parlé des journaux. Il a même proposé de céder une part de son argent, ce que j'ai refusé bien sûr. Mais c'est tout Cole, ça.

Le nœud dans sa gorge commençait à pousser très haut les larmes dans ses yeux.

— Je ne vous mérite pas.

— Arrête avec ça. Dis-moi juste que tu acceptes.

— Je veux, bien sûr que je veux, mais…

— Vendu, alors.

— Mais si jamais cela pose des problèmes…

— On les résoudra en temps et en heure. En attendant, tu devrais appeler Evan.

— Mais pourquoi ?

Pourtant, elle connaissait la réponse. Si elle retournait à CATL-TV, elle ne manquerait pas de le croiser un jour ou l'autre.

Son pouls s'accéléra. Elle était folle d'espérer encore. Il devait la mépriser.

— Ce que tu peux être têtue, se moqua Eve.

— Il va m'ignorer, et je m'en ficherai. Point.

— Liza.

— Ecoute, Eve, je sais que tu veux bien faire, mais crois-moi, je suis la dernière personne au monde dont il a envie d'entendre parler. Lâche l'affaire.

— Si tu n'arrêtes pas de te juger si durement, Liza, tu ne sauras jamais, n'est-ce pas ?

Elle ravala une remarque acerbe.

— Je vais y réfléchir.

— Très bien. Mais fais-le. Je dois y aller, tu as de la chance. Sauvée par la cloche.

— File !

Après avoir raccroché, elle se laissa tomber de nouveau sur les coussins.

Il ne serait pas aisé de retourner à son ancienne vie. Les gens pouvaient lui en tenir rigueur longtemps. Sans parler de travailler en sachant qu'Evan se trouvait sur le plateau voisin. Une torture.

Mais pour rien au monde, elle ne manquerait ce cadeau que la vie lui offrait. Evan ne deviendrait pas un problème, il suffisait de le décider. Il se comportait toujours en parfait gentleman. Il lui dirait bonjour dans le couloir avec un sourire poli, elle en était certaine. Personne ne pourrait deviner qu'il y avait de l'eau dans le gaz.

La seule à souffrir, ce serait elle. Sa présence ne manquerait pas de lui rappeler chaque jour qu'elle avait gâché sa chance avec le meilleur homme qu'il lui avait été donné de rencontrer.

Elle soupira. Ce serait une torture quotidienne. Elle ne méritait pas mieux.

— Merci beaucoup d'être venu. Je t'en sais gré, crois-moi, salua Eve comme Evan entrait dans son bureau. Veux-tu fermer la porte, s'il te plaît ?

Il s'exécuta et prit place sur la même chaise qu'il avait occupée la semaine dernière, lorsqu'il était venu dans ce même bureau pour lui demander de l'aide. C'était bien la seule raison qui l'avait mu à accepter ce rendez-vous. Il était son obligé. Quant à lui, il ne voyait pas l'intérêt de parler de Liza. Le comportement de cette dernière, deux jours plus tôt, en disait bien assez long.

— Je peux t'offrir un café, un soda ?

— Non merci, je n'ai que quelques minutes.

— Bien sûr, dit Eve avec un sourire entendu. Je ne te prendrai pas beaucoup de ton temps.

— Si tu veux me parler de Liza, la conversation sera brève, en effet.

La jeune femme lui lança un regard peu amène.

— Je préfère ne pas imaginer ce que tu penses d'elle, mais…

— Pour te dire la vérité, j'ai cessé d'y penser. Il n'y a plus rien à en dire, et plus rien à en penser.

C'était son sentiment profond. Il s'était déjà assez tapé la tête contre les murs pour avoir joué encore une fois le dindon de la farce. Le pigeon.

— J'étais là l'autre soir, expliqua-t-elle. J'ai vu ce qui s'est passé.

— Toi et tout le monde.

— J'espère que ce n'est pas une histoire d'ego.

Il rit jaune.

— Liza m'a menti, elle s'est servie de moi. Ce n'est pas assez ?

Elle secoua la tête, impatiente.

— Comment ça, elle s'est servie de toi ? Elle n'a jamais rien fait de la sorte.

Il la regarda, confus.

— Tu es de son côté, maintenant ?

— Je connais Liza, et je sais qu'elle a commis quelques erreurs, et non des moindres, mais elle n'a jamais instrumentalisé qui que ce soit.

— Tu sais, dit-il en se relevant, cette conversation est une perte de temps absolue.

— Attends, s'il te plaît. Laisse-moi t'expliquer quelque chose d'abord. Et ensuite, je te promets de ne plus jamais t'en reparler.

La curiosité l'empêcha de partir, autant que le regard implorant de ses yeux verts. Comment Eve Best pouvait-elle défendre encore la femme qui l'avait trahie ?

— Tu as intérêt à avoir une bonne histoire.

— Oh, elle l'est, crois-moi, répondit-elle avec un sourire fatigué. Tout ce que Liza a fait depuis un an, y compris le procès contre l'équipe, elle l'a fait pour me protéger.

Son attention s'éveilla aussitôt, et il se rassit.

— Je t'écoute.

Evan balança ses clés sur le plan de travail et fila direct sur le frigo. Il espérait qu'il restait encore de la bière au réfrigérateur après la dernière visite d'Eric. Il avait vraiment besoin de boire un coup. Sa tête bouillonnait à plein régime depuis qu'il avait quitté les urgences.

Quelle journée ! pensa-t-il, décapsulant la canette. D'abord, la conversation avec Eve. Ensuite, l'appel de l'hôpital du district. Il se laissa échouer sur le canapé en cuir et prit une longue lampée du liquide ambré, sans cesser de penser à la clé que l'infirmière lui avait donnée une heure plus tôt.

Il la sortit de sa poche.

Elle appartenait sans doute à un coffre de sécurité. La femme lui avait expliqué qu'elle l'avait trouvée dans une chaussette de Rick, et qu'ayant vu son nom sur le dossier du malade, elle avait décidé de l'appeler.

Pourquoi avait-elle pris un si grand risque professionnel et éthique, il ne le savait pas. Il ne savait pas non plus pourquoi lui-même avait accepté de la prendre, en dépit du bon sens et de toute déontologie médicale. Mais la question maintenant était : que devait-il en faire ? La donner à Eve ? Appeler Liza ?

Il reprit une gorgée de bière. Depuis sa conversation avec Eve, il avait envie de lui parler. Il l'avait mal jugée. Mais tout l'accusait, se dit-il pour museler ses remords. Si elle s'était confiée à lui dès le début…

Bon, encore son fichu ego. Il avait voulu voler à sa rescousse, jouer le preux chevalier à l'armure étincelante. Il avait voulu la sauver. Mais pour qui diable se prenait-il ? Elle n'avait demandé de l'aide à personne, même pas à ses amies, des femmes qui avaient grandi avec elle. Elle voulait régler seule ses problèmes. On pouvait appeler ça de l'orgueil. Et alors ? C'était sa nature. A prendre ou à laisser.

Il ne connaissait Liza que depuis deux semaines, pensa-t-il. Deux semaines. Comment pouvait-il s'être épris à ce point ? Parce qu'il l'avait convoitée de loin si longtemps, ou pour avoir réussi à la séduire après s'être pris un râteau cuisant ?

Non, ce n'était pas cela. Ses sentiments n'avaient pas changé, même lorsqu'il croyait qu'elle l'avait abusé. Malgré la colère qu'il avait ressentie, avant tout envers lui-même, il n'avait pas cessé de la désirer, il restait en éveil tard la nuit, encore sous le charme des bons moments qu'ils avaient partagés. Qu'il se sentait idiot, alors !

L'histoire avec Angela lui avait appris une grande leçon : ne plus jamais engager ses sentiments, se montrer naïf. Prendre du plaisir, oui. Rien d'autre. Combien de fois se l'était-il répété ? Et pourtant, dès que Liza était entrée en scène, il avait oublié tout bon sens.

En même temps, ce qu'Eve lui avait expliqué le soulageait. Malgré ses faux pas répétés, Liza avait toujours agi par amitié. Eve et Jane lui avaient pardonné. Bientôt elle retrouverait son ancienne vie. Mais cela ne voulait pas dire que Liza et lui pouvaient recoller les morceaux. Il ne savait même pas si elle comptait rester sur Atlanta.

Bon, il fallait qu'il se décide. Appeler Liza ou appeler Eve ?

Il se moqua de lui-même. Encore une fois, qui voulait-il tromper ? Il ne résisterait pas au plaisir de délivrer la clé à Liza. Il voulait jouer encore au héros, voir l'expression de son visage lorsqu'il la lui donnerait et qu'elle comprendrait qu'il l'avait tirée d'affaire. Une deuxième fois.

Il finit sa bière et regarda l'heure. Il n'était pas si tard. Il pouvait aller chez elle, il l'appellerait lorsqu'il serait dans le voisinage.

Si tant est qu'elle décroche le téléphone ! Elle l'avait prié de l'écouter, et il ne lui avait même pas laissé une chance de s'expliquer. Et maintenant, peut-être ne voudrait-elle plus lui adresser la parole. Ce serait trop bête.

Il se releva d'un bond, récupéra ses clés et se dirigea vers le garage.

La porte automatique commença à s'ouvrir comme il s'installait dans sa voiture. Il embraya la marche arrière, et il vérifiait dans le rétroviseur que la porte avait fini de monter, quand il aperçut quelque chose d'imprévu.

Une voiture garée devant sa maison. Qui ressemblait à s'y méprendre à celle de Liza.

Elle aurait dû appeler, se répéta Liza une fois devant l'allée d'Evan. Il était tard, et ce qu'elle avait à lui dire pouvait attendre le lendemain, cela pouvait même attendre que Noël soit passé.

Mais elle voulait le voir. Elle *devait* le voir. Sinon, elle ne retrouverait pas le sommeil.

Elle se débattit avec un essaim de doutes : il ne voulait pas lui parler, déjà. Pourquoi lui ouvrirait-il la porte ? Au moins, elle pouvait compter sur son sens de la courtoisie, il ne la laisserait pas dehors par ce froid. Il serait obligé de l'inviter à entrer et devrait l'écouter. Ensuite, il pouvait très bien la mettre dehors avec ses bonnes manières coutumières. Ainsi, elle serait sûre et certaine qu'il ne voulait plus d'elle. Autant le savoir.

La porte du garage se mit à monter lentement.

Ha. Evan s'apprêtait à sortir, elle allait le croiser.

Se dire qu'il la repousserait était une chose. Affronter le moment de vérité, c'en était une autre. Elle prit une longue inspiration. Après tout ce qu'elle avait traversé, comment pouvait-elle trembler à la simple idée de parler à cet homme ?

La porte finit de se lever.

Le temps qu'elle décide quoi faire, Evan était sorti de sa voiture.

Elle l'imita. Ils marchèrent à la rencontre l'un de l'autre, mais elle n'arrivait pas à distinguer son visage, aveuglée par les lumières du garage.

— Bonsoir, dit-il. Je ne t'attendais pas.

— J'aurais dû appeler.

— Ce n'est pas grave.

Bizarre. Par ce froid, il sortait en manches de chemise.

— Mais tu partais, s'excusa-t-elle. Je peux... Je t'appellerai demain.

— Tu es là, maintenant. Que voulais-tu ?

Elle hésita. Sa gentillesse la prenait au dépourvu.

— C'est professionnel. Enfin, quelque chose comme ça.

— Et... ?

— D'abord, je voulais te remercier pour ce que tu as fait l'autre nuit. Après la scène sur le parking, n'importe qui m'aurait envoyée balader.

— Il n'y a pas de quoi. J'ai fait mon travail.

— Justement, à propos de travail...

Elle toussota. Ce serait un peu plus facile si au moins elle pouvait voir son expression.

— Eve m'a proposé de reprendre mon ancien poste, dit-elle.

— Ah ?

D'accord, il ne voulait pas lui faciliter la tâche. Soit.

— Je sais que tu peux difficilement me pardonner après tout ce qui s'est passé, mais j'espère que nous saurons nous comporter en adultes civilisés.

— Donc, tu restes à Atlanta ?

— Oui.

Il s'avança vers elle d'un pas. Son visage sortit de l'ombre, et la tendresse qui se dessinait sur son visage lui redonna un brin d'espoir.

— Seulement à cause de ton travail ?

— Je ne te mérite pas, Evan.

Si la peur et la surprise ne l'avaient pas clouée sur place, elle aurait pris ses jambes à son cou. Ce n'était pas possible qu'il veuille encore d'elle. Etait-ce une farce cruelle, une vengeance ?

— Et pourquoi pas ? demanda-t-il.

— Que veux-tu dire ?

— C'est un avis très tranché. J'aimerais savoir pourquoi tu en es si sûre.

Non, mais à quoi jouait-il ? C'était cruel !

— Je n'aurais jamais cru que tu puisses être aussi rosse.

— Dis-moi pourquoi tu crois que tu ne me mérites pas.

— Evan, tu joues avec moi.

— C'est moi ? Ou c'est que tu ne crois pas mériter l'amour ?

Il avait dû comprendre qu'elle était sur le point de partir, car il la saisit soudain par le poignet.

— Tu comptes continuer à fuir ? Et où cela te mènera-t-il ? On emporte toujours ses problèmes avec soi, tu sais ?

Elle tenta de se libérer de son emprise, mais il la tenait d'une main de fer.

— Ne tente pas de me psychanalyser, merci.

— Je n'en ai pas besoin, on lit en toi comme dans un livre, dit-il, l'attirant vers lui. Liza Skinner n'a besoin de personne, elle peut tout encaisser seule. Traduction : tant qu'elle garde ses distances avec les autres, elle ne craint pas de souffrir.

Il la prit dans ses bras.

— Eh bien, tu sais une chose, Liza Skinner ? Je n'ai pas l'intention de te laisser t'enfuir. C'est fini, ça.

Elle rejeta la tête en arrière pour le scruter.

Evan la fixait, les yeux emplis d'une détermination farouche : il prenait le risque de la garder dans sa vie.

Ce n'était pas le moment de pleurer, pensa-t-elle, battant des paupières à toute vitesse pour tenter de chasser les larmes. Elle avait beaucoup trop pleuré ces derniers jours, plus que dans toute sa vie d'adulte.

Il lui caressa la joue avec tendresse.

— Vas-y, lâche-toi, tu peux. Je t'ai percée à jour.

— Et gâcher le moment ? dit-elle en ravalant ses larmes. Nan.

Elle se hissa sur la pointe des pieds et posa ses lèvres sur celles d'Evan. Lentement, avec douceur, dans un baiser qui distillait toute sa gratitude et qui scellait une promesse : elle serait toujours à lui, et rien qu'à lui.

Ensuite, elle se laissa aller dans ses bras comme jamais elle ne l'avait fait auparavant.

Épilogue

Réveillon du jour de l'an

Liza entra au bras d'Evan dans la grande salle, où la fête battait déjà son plein. C'était une occasion très spéciale : on célébrait, en même temps que la nouvelle année, la récente distribution du prix du Loto. Eve, Jane et les autres membres de l'équipe festoyaient dans la joie.

Liza répondit aux sourires qui saluaient leur arrivée. Elle avait surmonté ses peurs des premiers jours. Très vite, elle avait compris qu'elles étaient infondées. L'attitude d'Eve et de Jane qui l'avaient accueillie à bras ouverts semblait avoir dicté sa ligne de conduite au reste du personnel. Quant au chantage, seuls les plus proches avaient été mis au courant.

Evidemment, des guirlandes de Noël ornaient la pièce du plancher au plafond.

— Ce sera un soulagement quand on n'aura plus ces trucs au-dessus de nos têtes, hein ? commenta-t-elle.

— Je n'en suis plus si sûr, répondit Evan, lui passant un bras autour des épaules. J'ai un regard différent sur Noël, désormais.

— Et il y a une raison particulière à ça ? l'aguicha-t-elle, lui frôlant nonchalamment le bas-ventre de la main.

— Tu me payeras ça !

Elle rit et l'enlaça pour s'avancer avec lui vers le groupe formé par Eve et Mitch et Jane et Perry, qui devisaient joyeusement en sirotant leurs flûtes de champagne.

Elle ne l'avouait pas, mais sa perception de Noël à elle aussi avait changé. Comment en serait-il autrement, après avoir passé le réveillon au lit avec Evan devant la cheminée ? Ils avaient même failli arriver en retard au déjeuner chez ses parents.

— Il était temps, vous deux ! salua Eve, toute excitée. Nicole va faire un toast d'adieu bientôt.

Dans son for intérieur, Liza remercia Nicole, qui partait si opportunément en Californie en lui laissant sa place.

Cole, le régisseur général, arriva avec Jessie, sa fiancée. Il embrassa Liza sur les deux joues et lui lança un regard suspicieux.

— Qu'avez-vous fait de Liza et où se trouve-t-elle ?

— Tu exagères ! Tu m'avais déjà vue en jupe.

— Peut-être une fois.

— Mais non ! protesta-t-elle.

— Si ! répondirent à l'unisson Eve, Jane et Cole.

— Du champagne ?

Zach Haas arrivait avec des flûtes pour tout le groupe, accompagné de Kelly, une actrice qu'il avait rencontrée au cours d'une émission. Il avait incorporé *Juste entre nous* comme caméraman peu de temps après que Liza soit partie. Et une fois, se rappela-t-elle, honteuse, elle avait tenté de lui soutirer des informations à propos du procès.

— Donc, demanda Evan, maintenant que vous allez tous être indécemment riches, que comptez-vous faire ?

Zach rit.

— Indécemment riches ? Je ne pense pas ! J'ai toujours voulu réaliser un film. L'argent du Loto va y passer !

— Non, je ne te crois pas ! s'écria Jane. Dis-moi qu'il exagère, Kelly.

Kelly sourit et regarda son amoureux, des étoiles plein les yeux.

— C'est un gros risque, mais c'est un réalisateur génial. Ce film va lui rapporter au moins dix fois plus d'argent.

Jane, toujours prudente, les regarda, quelque peu affolée.

Liza la comprenait. Miser une telle somme d'argent d'un

seul coup donnait le vertige. En revanche, elle trouvait adorable que Kelly soutienne avec tant de foi le rêve de son fiancé.

— Et toi, Cole ? demanda-t-elle. J'espère que tu ne comptes pas prendre ta retraite !

— Il n'a pas intérêt ! protesta Eve.

— Non, rassurez-vous. Je vais emmener mes filles pour un séjour de rêve à Disneyland.

Il enlaça Jessie par la taille.

— Ensuite, poursuivit-il, je laisse les petites avec mes parents et j'emmène cette beauté faire un voyage idyllique dans toute l'Europe. Le reste, c'est pour les études des enfants. Elles grandissent vite. Et toi, Eve, quels sont tes projets ?

Liza attendait avec curiosité la réponse d'Eve, mais elle ne déchiffra pas l'expression énigmatique qu'elle arbora.

— Evan, on peut te voler Liza un instant ?

Sans laisser à Evan le temps de répondre, elle et Jane l'entraînèrent vers un coin moins fréquenté.

— Nous avons quelque chose à te dire, commença Eve. Et je te préviens, ce n'est pas négociable. On ne te demande pas ton avis.

Liza acquiesça, interloquée.

Eve fouilla dans son sac de soirée, et Jane plongea sa main dans une poche de sa robe. Elles échangèrent un regard complice et, en parfait synchronisme, lui glissèrent chacune un bout de papier dans les mains.

Ce n'était pas que du papier. Elles lui avaient remis chacune un chèque.

— Qu'est-ce que c'est que ça ? demanda-t-elle en en dépliant un.

Elle faillit s'évanouir en lisant le montant inscrit.

— C'est pour toi, dit Eve. Jane et moi, nous avons décidé de partager en trois avec toi.

— Non, refusa-t-elle, tentant de leur rendre les chèques. Impossible. Non. Je suis sérieuse.

— Comment ça, non ? On t'avait bien prévenue : ce n'est pas négociable.

— Les filles…

Elle ne pouvait pas accepter leur argent. Ce n'était pas juste.

— Si je pleure et que mon maquillage coule, je vais me fâcher très fort. C'est un très beau geste, mais sérieusement…

— Sérieusement, tais-toi ! lui intima Eve. J'ai récupéré les journaux sans débourser un centime, grâce à Evan. Rick va rester derrière les barreaux un bon moment. La vie est belle. Profitez-en !

Liza ouvrit la bouche pour protester, mais Jane l'en empêcha.

— Si ça peut aider à te sentir mieux, tu n'as qu'à en donner une part à Mary Ellen.

L'argument fit mouche. Elle avait promis son aide à Mary Ellen, mais elle n'avait pas encore pu tenir parole, car elle-même ne nageait pas dans l'abondance. Sa fierté lui dictait de rendre ces chèques sur-le-champ. Elle fit appel à toute son humilité pour les garder dans ses mains.

— Merci, les filles, murmura-t-elle. Vous êtes les meilleures amies que…

— Assez avec ça, l'interrompit Eve. Alors, comment c'était, Noël chez les Gann ? As-tu aimé ses parents ?

— Et c'est reparti avec les questions ! Oui, ils sont adorables. Evan et moi avons parlé d'emménager ensemble.

Le cri d'excitation de Jane attira l'attention sur elles.

— Je suis désolée, s'excusa-t-elle, piquant un fard. C'est tellement génial !

— C'est un homme de qualité, affirma Eve, les yeux pleins d'allégresse.

— Je suis au courant, dit Liza en regardant vers Evan.

Qui lui rendit son regard avec un clin d'œil.

Ils se contemplèrent à distance, incapables de décoller les yeux l'un de l'autre.

Comment pouvait-elle avoir autant de chance ? Elle avait retrouvé ses amies et rencontré un homme qui dépassait ses rêves les plus fous. Elle ne l'avait dit à personne, mais elle avait commencé une thérapie de groupe pour adultes enfants d'alcooliques. Si on lui avait prédit qu'elle ferait ça un jour, elle aurait ricané, mais plus maintenant. Evan comptait beaucoup trop pour elle, elle voulait mettre toutes les chances de son côté pour que leur relation fonctionne.

Comme si elles avaient compris qu'elle avait besoin d'un moment d'intimité, Eve et Jane se faufilèrent discrètement vers leurs fiancés.

Elle regarda Evan venir la rejoindre.

Il prit sa main pour l'embrasser tendrement.

— Tu es la femme la plus belle de la fête, et je suis l'homme le plus chanceux.

Elle se glissa entre ses bras avec délice.

— Tu ne sais pas à quel point tu as tort, Evan, murmura-t-elle, renversant la tête en arrière pour qu'il l'embrasse. C'est moi qui ai le plus de chance, et de loin. De très, très loin.

JO LEIGH

Délicieux frissons

Traduction française de
ISABELLE DONNADIEU

Sexy

HARLEQUIN

Titre original :
SHIVER

Ce roman a déjà été publié en 2011

Prologue

De : fandaventure@vacancesdereve.com
A : amiespourlavie@egroups.com

Salut les filles ! J'ai la grande joie de vous annoncer la naissance de *Vacances de rêve*. Dès demain matin, je proposerai des destinations de rêve à des clients à la recherche d'expériences inoubliables. Et pourquoi pas à vous, mes amies ? Je sais combien vous avez besoin de vacances.

Pour celles qui auraient passé l'année sur une île déserte, à l'écart de tout moyen de communication, je rappelle que depuis que *Premiere Properties* m'a licenciée, je ne suis pas restée les bras croisés. J'ai utilisé mes indemnités pour créer ma propre entreprise dans le domaine du tourisme, une agence de voyages haut de gamme proposant des vacances uniques à des clients privilégiés.

Vous rêvez d'un massage sur une plage de Miami ? Je peux vous trouver le meilleur masseur de Floride.

Vous désirez faire du ski sur une neige totalement vierge ? J'ai ce qu'il vous faut dans mes tiroirs.

Vous rêvez d'une randonnée en vélo au sommet des montagnes hawaïennes ? Je peux vous promettre l'expérience de votre vie avec, en prime, un détour pour admirer le plus beau coucher de soleil du monde.

Mon amour de la perfection et mes compétences

sont la garantie que vous passerez les meilleures vacances de votre vie ! Des *Vacances de rêve*…

Alors, lorsque vous serez prêtes pour tenter la grande aventure, envoyez-moi un petit message et je m'occuperai de tout. Vous méritez ce qu'il existe de mieux, les filles… Surtout toi, Carrie Sawyer !

Un sourire amusé aux lèvres, Carrie referma le message de Marnie et, bien décidée à se mettre au travail, alla sur son propre site internet. Il était temps… Sa bande dessinée *Oh monde cruel !* avait besoin de nouveaux épisodes et elle n'avait que quelques planches d'avance.

En attendant l'inspiration, elle allait regarder les derniers messages laissés sur le forum de son site.

Mais à peine eut-elle ouvert la page que son esprit se mit à vagabonder et elle repensa à l'e-mail que venait de lui envoyer Marnie. Elle eut subitement envie de l'appeler. Cela faisait un siècle qu'elle ne lui avait pas parlé.

Elle était heureuse de savoir que Marnie s'était lancée, qu'elle avait créé sa propre entreprise. C'était une femme bien trop intelligente pour rester au service d'un patron autoritaire et elle avait besoin de liberté pour exprimer tout son talent.

C'est qu'elles en avaient passé, de bons moments ensemble, Marnie, Erin et elle, à l'époque de l'université !

Elles avaient fait connaissance au tout début de leur première année, lors du séminaire d'intégration et ensuite, leur amitié n'avait fait que grandir et se renforcer.

Malheureusement, après l'obtention de leurs diplômes, leurs relations s'étaient un peu distendues. Du moins avec Marnie… A cause de la distance, sans doute, car contrairement à Erin qui vivait tout comme elle au centre de Los Angeles, Marnie s'était installée à Miami.

Erin et elle se parlaient trois ou quatre fois par semaine, surtout par téléphone, mais elles se voyaient aussi très régulièrement en ville.

Le quartier dans lequel Carrie vivait n'était pas le plus chic de Los Angeles, mais elle adorait son appartement, la lumière qui entrait par les grandes baies vitrées, l'espace, le calme…

C'était le succès de *Oh monde cruel !*, venu très vite après sa sortie de l'université, cinq ans auparavant, qui lui avait permis de s'acheter ce loft immense.

Elle s'était lancée dans cette bande dessinée au cours de ses études, un peu à l'aveuglette, sans savoir où cette aventure la mènerait. Par un excès de modestie, peut-être aussi par manque de confiance en elle, elle avait commencé à écrire et à dessiner sous le nom de Carrie Price. Mais à sa grande surprise, le succès avait été immédiat. Si grand, même, que, lors de sa dernière année de fac, elle avait reçu les honneurs pour son site. De nombreux journaux avaient ensuite fait appel à elle et elle s'était très vite fait connaître sur le web, pas uniquement pour ses caricatures des lundis, mercredis et vendredis, mais aussi grâce au forum, à ses produits dérivés, à ses romans illustrés et à ses apparitions dans presque tous les séminaires et Salons destinés aux geeks et autres maniaques d'internet.

Ce qui voulait dire qu'aujourd'hui, elle ne s'arrêtait que très rarement de travailler. Si elle s'écoutait, elle pourrait rester chez elle pendant des journées, des semaines entières. Son travail était toute sa vie.

Quant à Erin, qui était venue à Los Angeles pour étudier l'architecture à l'université de Californie du Sud, elle s'était trouvé un appartement à quelques centaines de mètres du sien. Ce qui était parfait.

Carrie n'avait pas besoin de voir des gens pour être heureuse, d'autant qu'elle avait de nombreux amis sur la toile, d'autres dessinateurs humoristiques, des auteurs, des rédacteurs de blog… Ce n'était pas qu'elle refusait de sortir, mais à part Erin, elle ne voyait pas grand monde.

Surtout depuis sa rupture avec Armand.

Armand semblait parfait pourtant, lorsqu'elle l'avait rencontré. Musicien… Mystérieux… Et un dieu au lit ! Elle s'était malheureusement très vite aperçue qu'il faisait profiter de cette dernière qualité à beaucoup d'autres ; il la trompait, l'avait trompée dès le départ…

Mais même si elle savait qu'il n'était pas l'homme qu'il lui fallait, même s'il ne l'avait jamais rendue heureuse, il lui manquait terriblement. C'était stupide comme réaction, elle le savait, sa raison le savait. Il n'y avait rien à faire pourtant : il lui manquait.

Le téléphone sonna, la tirant de ses pensées, et elle décrocha sans même jeter un coup d'œil au numéro de son correspondant.

— Rendez-vous au bistrot du coin, dans dix minutes !

C'était Erin.

— A vos ordres, chef !

Elle raccrocha. De quoi diable Erin voulait-elle lui parler aujourd'hui ? Du message de Marnie, qu'elle avait sans doute reçu, elle aussi ? Elle était impatiente de le savoir.

Chapitre 1

Ma parole, il le faisait exprès ou quoi ! Ce n'était pas possible autrement ! Carrie observa discrètement l'homme assis à côté d'elle, qui venait de lui enfoncer une nouvelle fois le coude dans les côtes. Elle poussa un profond soupir qu'elle espérait éloquent. Mais non, apparemment, il ne faisait pas exprès. Il semblait même ne se rendre compte de rien.

Elle leva les yeux au ciel d'un air de martyr. Non seulement l'Auberge Crider se situait à plus d'une heure de car de l'aéroport de Denver, mais en plus, les voyageurs étaient si nombreux qu'elle n'avait même pas pu s'asseoir à côté d'Erin. Décidément, les vacances commençaient bien !

Enfin, elle ne devait pas se plaindre… Elle était mieux lotie que son amie, coincée en sandwich entre deux types, l'un qui passait son temps à remonter sur son nez ses lunettes à double foyer et l'autre, plutôt bien fait de sa personne, mais qui reniflait sans arrêt.

A cet instant, Carrie croisa le regard d'Erin. Cette dernière lui fit un sourire radieux, comme si elle passait le plus agréable des moments. Etrange…

Mais après tout, peut-être Erin s'amusait-elle vraiment ? A l'exception du conducteur et d'elle-même, tout l'autobus ne résonnait que d'histoires de fantômes et Erin adorait les fantômes.

« Allez, montre-toi fair-play »… , se dit-elle. Après tout, Erin ne l'avait pas menacée. Elle ne l'avait pas forcée à venir.

Non, c'était elle, toute seule comme une grande, qui avait accepté de son plein gré de dépenser un millier de dollars pour participer à ce séjour d'une semaine intitulé « A la recherche des fantômes ». Elle n'aurait jamais accepté, cependant, si cette semaine n'avait pas été leur dernier voyage ensemble avant très longtemps peut-être. Jamais de la vie ! Mais dans trois semaines, Erin allait déménager à New York pour travailler dans une grande agence d'architecture, alors…

Elles avaient pris l'habitude de partir en vacances ensemble chaque année depuis l'université. L'année précédente, leur randonnée dans le Grand Canyon avait été son choix à elle et même si Erin détestait le camping, elle l'avait suivie. En contrepartie, Carrie avait promis à son amie de partir où elle le voudrait, pour leur prochaine destination. La chasse aux fantômes, donc…

Lorsque Erin lui avait annoncé le thème, elle avait bien tenté de protester, de proposer autre chose, mais sans succès, surtout après avoir découvert qu'Erin avait réservé le voyage par l'intermédiaire de l'agence de Marnie.

C'était déjà une bonne raison en soi d'accepter. Ce qui avait fini de la convaincre, c'était la suggestion d'Erin d'utiliser ce séjour comme sujet d'étude. Après tout, une dessinatrice qui gagnait sa vie en se moquant des modes et travers de ses contemporains pouvait bien tirer quelques planches humoristiques intéressantes d'un séjour au milieu de chasseurs de fantômes.

— J'étais en train de dormir profondément, vraiment profondément, commença soudain une voix non loin d'elle, rien n'aurait pu me réveiller quand tout à coup, j'ai entendu un bruit… Un bruit assez fort, comme un…

Carrie n'était pas d'humeur à supporter le récit du voyageur. Malheureusement, ce dernier parlait très fort. Impossible d'y échapper.

— Le truc bizarre, continua l'homme, c'est que les personnes qui étaient dans la pièce, à quelques pas de moi, n'ont rien entendu. Pourtant je n'ai pas rêvé. L'aiguille de mon DCE était dans le rouge !

Erin lui avait donné quelques informations avant le départ, afin qu'elle puisse décoder les conversations et ne pas paraître entièrement novice en la matière. Elle n'avait pas tout retenu, mais elle se souvenait néanmoins qu'un DCE était un détecteur de champs électromagnétiques. Par contre, elle n'avait plus la moindre idée de ce à quoi pouvait bien servir cet appareil.

DCE, thermomètre infrarouge à visée laser, caméra infrarouge, pendule... Erin avait apporté avec elle toute la panoplie du chasseur de fantômes pour les vacances. Personnellement, Carrie n'avait apporté que son ordinateur portable et son scanner, ainsi que quelques dossiers et de quoi dessiner.

— J'ai fait trois rencontres...

La voix, féminine cette fois-ci, venait de quelques rangs derrière. Carrie se retourna. C'était une très jolie jeune femme qui parlait et qui ne ressemblait en rien à l'image qu'elle s'était faite des chasseurs de fantômes. Elle était élégante et tenait en main un ouvrage sérieux de philosophie. Elle semblait... éduquée. Plus éduquée que la plupart des autres personnes dans le car. Elle avait aussi un accent exotique. Sans doute venait-elle de Jamaïque.

— Lorsque j'étais enfant, poursuivit-elle, mon grand-père est revenu à moi après sa mort. Il s'est assis sur mon lit et m'a parlé aussi clairement que je suis en train de vous parler. Il m'a demandé de ne pas m'inquiéter, m'a dit qu'il était bien, en sécurité, et qu'il veillerait sur moi pour le restant de ma vie. Il m'a aussi conseillé de voyager, de parcourir le monde, mais de ne jamais oublier ma famille.

Son voisin fit un commentaire, mais Carrie n'y prêta pas attention. Malgré elle, elle se sentait entraînée par le récit de la jeune femme.

— Ma deuxième expérience a eu lieu de nombreuses années plus tard. J'étais dans un petit hôtel à Florence, en Italie. Je me suis réveillée de ma sieste pour découvrir une vieille femme debout, près de la porte-fenêtre qui donnait sur le balcon. Elle ne s'est pas retournée et je n'ai pu voir son visage, mais j'ai clairement vu son dos se soulever au rythme de sa respiration. Puis elle a disparu dans un souffle.

La jeune femme s'interrompit, remarquant soudain que Carrie la fixait, les yeux écarquillés, et elle lui sourit.

— Je garde pour moi seule ma troisième expérience, ajouta-t-elle enfin, le regard étincelant et l'air épanoui.

Carrie reprit place correctement sur son siège et fit une moue désolée.

Tout à coup, elle regrettait de ne pas faire partie de la communauté, elle regrettait de ne pas avoir la foi. Tous les participants semblaient en effet retirer quelque chose de leurs expériences. Y compris Erin. Sa croyance dans les phénomènes surnaturels et dans les esprits l'apaisait, lui rendait la vie plus facile et, malgré l'absence de preuves scientifiques, elle n'en démordait pas.

De son côté, Carrie n'avait pas cette chance, trop cartésienne, sans doute, pour se laisser aller, même si elle comprenait que certaines personnes puissent croire en l'existence de phénomènes surnaturels. Mais pas elle ; elle n'y parvenait pas ; elle n'avait tout simplement pas la foi !

Elle essayait autant que possible de garder ses opinions pour elle lorsqu'elle était avec les amis d'Erin, mais elle devait bien avouer que ce n'était pas toujours facile, car lorsqu'elle entendait des gens intelligents raconter leurs expériences, elle n'avait qu'une envie, soupirer de dédain ou lever les yeux au ciel.

Ce serait l'épreuve la plus difficile qu'elle aurait à affronter, durant la semaine : garder son opinion pour elle, éviter toute mimique qui pourrait trahir ce qu'elle pensait de tout cela. Elle avait de sérieux doutes sur sa capacité à tenir bon !

Refoulant ces questions pour le moment, elle laissa son regard glisser vers la fenêtre et s'intéressa au magnifique paysage des montagnes du Colorado.

Peu importait le thème des vacances, finalement, décida-t-elle soudain, elle allait profiter au maximum de cette semaine. Elle allait profiter de la présence d'Erin avant que celle-ci ne déménage, sans plus penser à rien.

Sam Crider, le propriétaire de l'Auberge Crider, jeta un coup d'œil à sa montre. Le car rempli de chasseurs de fantômes n'allait pas tarder à arriver.

Ce n'était pas une première pour lui. Sa famille avait l'habitude d'organiser de tels séjours depuis des années, depuis que le vieil hôtel avait été détruit par un incendie criminel. Il avait repris l'affaire quelques mois plus tôt et cette semaine d'Halloween était tout indiquée pour accueillir cette nouvelle convention de chasseurs.

Ces chasses aux fantômes l'amusaient beaucoup et il applaudissait des deux mains devant les émissions télévisées qui parlaient de phénomènes surnaturels. Ces légendes et croyances lui permettaient de remplir toutes les chambres de son auberge et aujourd'hui, de faire monter les enchères pour sa vente.

Deux entreprises étaient toujours en lice pour le rachat de la propriété. L'une désirait exploiter le filon des légendes, la seconde voulait juste récupérer les terrains. Il n'avait de préférence pour aucune des deux. Il désirait juste vendre l'hôtel et empocher le chèque le plus rapidement possible.

Rares étaient les employés au courant de ses projets. Les négociations se déroulaient en secret car l'établissement avait toujours été dirigé par un Crider et tout le monde pensait qu'il entendait perpétuer cette tradition. Mais la vérité était qu'il n'avait qu'un objectif, s'en débarrasser au plus vite et reprendre le cours normal de sa vie, interrompu lorsque son père était décédé, dix mois plus tôt.

Il soupira. Le temps passait vraiment très vite.

Et son père lui manquait.

Ils avaient toujours été proches, surtout après la mort de sa mère des suites d'un cancer du sein, lorsqu'il n'avait que treize ans. Son père n'avait cependant pas réussi à lui transmettre son amour pour l'hôtellerie et les particularités de l'auberge, puisqu'il avait décidé de vendre.

Grâce à cette vente, il pourrait continuer à faire des films documentaires sans s'inquiéter pour ses finances. Il aurait enfin assez d'argent pour embaucher un assistant et renouveler son équipement. Il pourrait arrêter de filmer à proximité de chez lui et voyager si nécessaire. Il pourrait également soumettre ses films à des festivals et même quitter son misérable studio de Brooklyn pour s'acheter un appartement décent.

Alors, si pour réaliser ses projets, il devait accueillir une énième convention de chasseurs de fantômes, il l'accueillait avec grand plaisir !

Il l'accueillerait en même temps que ses deux acheteurs potentiels.

Son avocat, son comptable et son agent immobilier lui avaient tous les trois affirmé que personne n'organisait habituellement de visites groupées. Mais il n'avait pas de temps à perdre.

Plusieurs représentants des deux entreprises avaient déjà visité les lieux et commencé les négociations. Aux directeurs généraux maintenant de prendre la décision finale.

Sam avait annoncé aux deux hommes que la visite serait commune et, à son grand soulagement, ces derniers avaient accepté. Se connaissant déjà, ils avaient même été ravis à l'idée de se revoir.

Mais maintenant, à quelques heures de leur arrivée, il commençait à craindre qu'aucun des deux ne fasse d'offre et qu'il se retrouve à la case départ.

Il jeta un coup d'œil à la réception de l'hôtel, comme s'il la voyait pour la première fois. Ce n'était pourtant pas le cas. Il avait grandi ici, il avait dormi dans chacune des trente-six chambres. Il avait mangé au restaurant, goûté la cuisine de tous les chefs, bons ou mauvais, qui s'étaient succédé devant les fourneaux, il avait appris à jouer au billard au bar, avait perdu sa virginité dans le vieil hôtel et avait eu le cœur brisé dans l'un des salons.

L'hôtel lui manquerait lorsqu'il l'aurait vendu, évidemment, mais la vie était ainsi faite.

Il s'était assuré, avant de pousser les négociations, qu'aucun des deux projets ne prévoyait de licencier le personnel, alors il ne ressentait aucun sentiment de culpabilité. Sans compter qu'il avait trouvé une agréable maison de retraite à Denver, pour sa tante Grace.

Grace était sa seule véritable inquiétude. La vieille dame avait toujours vécu à l'hôtel, dans un appartement situé à côté de celui de ses parents, mais elle était aujourd'hui très âgée. Vivre à Denver lui permettrait de bénéficier de soins médicaux. C'était la meilleure solution, il le savait, mais il avait des scrupules.

Il entendit soudain le bruit de la porte et, revenant à la réalité, il releva la tête et aperçut sa vieille amie Jody Reading qui s'approchait, une assiette à la main.

Jody était chef cuisinier, un excellent chef même, et elle avait accepté de venir travailler à l'hôtel durant la semaine. Avec elle, Sam n'avait aucune inquiétude, les hôtes sortiraient de table repus et heureux.

— Je pense que tu devrais goûter ceci pendant que le calme règne encore, lui dit-elle.

Il fixa le contenu de l'assiette, des macarons, et esquissa un sourire gourmand.

— Tu me gâtes trop, Jody ! Je vais finir par devenir un drogué des pâtisseries, obligé de vivre dans une ruelle sombre à l'arrière d'une boutique, dans l'espoir de récupérer quelques miettes.

— Du moment qu'il ne s'agit pas de ma pâtisserie…

Il jeta un nouveau coup d'œil vers l'assiette. Le car était censé arriver d'une minute à l'autre et il ne pouvait pas recevoir ses hôtes un macaron à la main, mais ils avaient l'air si appétissants qu'il ne put résister.

Les yeux brillants, il attrapa un gâteau, le porta à sa bouche et laissa échapper un soupir de ravissement.

— Mon travail est terminé pour le moment, l'interrompit Jody en reprenant le chemin des cuisines. Je te verrai plus tard !

Pour toute réponse, Sam se contenta d'un signe de la main, puis il se dépêcha d'avaler le reste des macarons. Il ne voulait pas être pris en flagrant délit de gourmandise par un des chasseurs de fantômes, surtout sous le panneau qui interdisait aux clients de manger dans le hall de réception.

Quelques minutes plus tard, la porte d'entrée s'ouvrit et une vingtaine de personnes excitées se précipitèrent à l'intérieur. Aussitôt, il appela Patrick, le gérant, pour qu'il l'aide à s'occuper des nouveaux arrivants.

— Vous êtes Sam Crider, le propriétaire des lieux ?

Il répondit d'un signe de tête à l'homme qui se tenait devant le comptoir. Il s'agissait sans doute de Liam O'Connel, l'un des organisateurs de la convention.

O'Connel attrapa un stylo et commença à remplir le formulaire.

— J'imagine que vous avez déjà vu quelques apparitions, monsieur Crider ?

— Quelques-unes, en effet. Le genre d'apparitions qui font se dresser tous les cheveux sur la tête.

— Racontez-moi la rencontre la plus effrayante que vous ayez faite.

— Non, non, ces rencontres sont secrètes ! Je vous dirai simplement une chose : vous trouverez ici tout ce que vous recherchez. A propos, j'espère que vous n'avez pas de soucis cardiaques ?

O'Connel secoua la tête avec le plus grand sérieux.

— Tant mieux, reprit Sam, se demandant s'il n'avait pas un peu exagéré. Les choses peuvent être un peu… effrayantes ici…

— Génial ! s'enthousiasma l'autre, avant de lui rendre son formulaire.

Sam se tourna alors vers Gianna Fiorello, une jeune femme qui avait réservé une chambre individuelle.

— Vous avez probablement rencontré de nombreux fantômes, lui dit-elle.

— J'ai vécu ici pendant dix-sept ans alors je vous laisse imaginer toutes les rencontres que j'ai pu faire.

Pendant que la jeune femme remplissait son formulaire, Sam s'intéressa au reste des hôtes, tous très chargés d'appareils et de sacoches en tout genre. Il n'était pas surpris par une telle quantité de bagages. Il savait que les chasseurs de fantômes voyageaient chargés. Le nombre de gadgets qu'ils transportaient était d'ailleurs un signe de leur dévouement à la cause.

L'hôtel ne possédait que quatre chariots à bagages et deux étudiants pour les mener dans les chambres. Peut-être devrait-il arrêter de bavarder et aider les vacanciers à transporter leurs bagages, songea-t-il tout à coup, avant d'apercevoir dans la file une jeune femme blonde. Une sublime jeune femme blonde.

Etait-elle seule ?

Il l'observa attentivement.

Non. Elle semblait accompagnée par une autre femme aux longs cheveux auburn.

Incapable de la quitter des yeux, Sam continua à la fixer. Il l'avait déjà vue, il en était sûr. Il ne se rappelait pas où, mais il se souvenait de la réaction qu'il avait eue alors à cet instant. Il avait retenu son souffle, et son cœur avait fait des bonds dans sa poitrine. Exactement comme maintenant.

Peu importait les circonstances de cette première rencontre. Il ne croyait pas en la réincarnation, il ne croyait pas non plus au destin. Il ne croyait qu'à une seule chose : il ne laisserait pas passer une autre chance de rencontrer cette femme.

Chapitre 2

— Tu as vu ?

Carrie se tourna vers Erin, debout à côté d'elle au bout de la file d'attente, et jeta un vague coup d'œil dans la direction qu'elle lui indiquait.

Bon, d'accord, elles n'étaient pas exactement à l'extrémité de la file, quatre personnes se tenaient encore derrière elles, mais elle était tellement fatiguée qu'elle avait l'impression que l'attente n'en finirait jamais. En plus, elle avait faim et elle était impatiente de vérifier si sa chambre bénéficiait d'une bonne connexion internet.

— L'hôtel est charmant, dit-elle, sans comprendre véritablement en quoi Erin recherchait son approbation.

— Non mais je rêve, Carrie ! Tu es impossible ! Je me demande vraiment pourquoi je continue à partir en vacances avec toi.

— A vrai dire, je n'en ai aucune idée…

Erin la saisit par les épaules et la tourna de force en direction du comptoir de la réception.

— Et maintenant, est-ce que tu vois ?

Tout ce que Carrie voyait, c'était deux hommes derrière le comptoir. Le premier avait les cheveux poivre et sel, mais elle ne distinguait pas son visage. Quant au second… Le second était bouche bée et regardait dans sa direction.

Elle examina discrètement les gens autour d'elle… Non… Pas d'erreur possible… C'était bien elle que cet homme regardait.

A cette idée, elle sentit ses joues s'empourprer, mais elle se reprit bien vite. C'était Erin qu'il regardait, pas elle. C'était forcément Erin, tous les hommes regardaient Erin !

— On dirait que tu as un admirateur, dit-elle.

— Moi ? Mais c'est toi, qu'il regarde, espèce d'idiote ! Tu es vraiment désespérante, tu sais ?

Perplexe, Carrie regarda de nouveau en direction de la réception.

Erin avait raison. C'était bien elle que l'homme fixait.

— Qu'est-ce qu'il lui prend ?

— Je me pose la même question.

— Peut-être qu'il me prend pour quelqu'un d'autre ?

— A moins que tu ne l'aies hypnotisé par ta beauté et ton charisme. Peut-être est-il tombé amoureux au premier regard.

— Les chances que tu aies raison sont aussi faibles, à mon avis, que celles que tu as de croiser ici un mort-vivant !

Elle avait à peine terminé, que les trois personnes devant elle se retournèrent et la fixèrent, l'air outré.

A l'évidence, elle avait mal choisi ses mots.

— C'était une blague…, fit-elle pour tenter de se rattraper. Je rigolais.

— Carrie…, se désola Erin.

Honteuse, elle baissa la tête. Elle s'était pourtant juré de faire attention et elle n'était même pas encore installée dans sa chambre qu'elle commençait déjà à railler ses compagnons de voyage.

Des *Vacances de rêve* qui partaient mal !

Se forçant à oublier son impair, elle observa discrètement l'homme qui l'avait dévisagée et essaya de saisir ce qu'il disait. Malheureusement, elle ne parvint à distinguer que quelques mots, et tous avaient un rapport avec les fantômes.

A l'évidence, il semblait convaincu que son hôtel était hanté.

A croire que personne, à part elle, n'avait échappé à la contagion ! Ni l'âge, ni la race, ni la richesse ne semblaient avoir d'importance. Tout le monde pouvait croire.

A sa grande surprise, cette découverte ne la désola pas. Au

contraire, elle la rassurait car cela voulait dire qu'Erin pouvait partager sa croyance avec de nombreuses personnes, dont des hommes bien faits de leur personne.

Par exemple l'homme au regard ténébreux de l'accueil.

Elle entendit soudain une voix derrière elle s'élever pour s'étonner que certaines personnes prennent la peine de venir à un tel séminaire si elles n'étaient pas prêtes à se confronter aux esprits. Comprenant que c'était elle qui était visée par ces paroles, elle se mordit la lèvre, mal à l'aise. Ses commentaires blasphématoires avaient déjà fait le tour de la petite compagnie et n'allaient pas tarder à lui attirer les foudres de tous.

Enfin… Ce qui était dit était dit. Elle ne pouvait plus rien y faire à part tenter, à l'avenir, de mieux se contrôler.

Au bout de quelques minutes, elle parvint à son tour au comptoir et, aussitôt, oublia sa mise au ban des vacanciers. Comme par magie, plus rien ne comptait à part l'homme devant elle, un homme d'une beauté à couper le souffle.

Il se présenta. Il était grand, il mesurait sans doute un mètre quatre-vingt-dix. Il portait un jean serré et une chemise de bûcheron en flanelle. Il ne ressemblait en rien aux hommes qu'elle fréquentait habituellement, des dessinateurs et autres cinglés d'internet portant T-shirts délavés, jeans trop larges et barbe de trois jours.

Ses cheveux étaient probablement un peu trop longs et il avait des yeux d'une profonde couleur chocolat.

A sa grande surprise, il fit le tour du comptoir avant même qu'elle ait fini de remplir le formulaire.

— Ce sont vos valises ? lui demanda-t-il.

Elle baissa la tête vers ses sacs et ouvrit la bouche, prête à lui expliquer qu'elle ne transportait aucun matériel de recherche de fantômes, mais se retint en se souvenant que lui y croyait.

— Oui, répondit-elle alors simplement.

— Ne bougez pas… Je vais chercher un chariot à bagages. Je reviens dans quelques secondes…

— Il est parfait, murmura Erin dans son dos, tandis qu'il se dirigeait vers l'ascenseur.

Carrie n'avait pas besoin de demander des explications. Elle savait de quoi son amie voulait parler.

Une des raisons pour lesquelles elle avait accepté ces vacances était aussi leur fameuse règle du jeu, établie lors de leur premier voyage ensemble. Elles avaient alors décidé que lors de ces parenthèses du quotidien, les hommes figureraient toujours au menu. Aventures d'un soir, de quelques jours, sans engagement, sans risque, sans complication. Juste le plaisir, la distraction…

Et justement, elle avait bien besoin de plaisir et de distraction, en ce moment !

— Tu crois ? demanda-t-elle tout en regardant le propriétaire de l'hôtel traverser le hall.

— Oui, je t'assure… Il est parfait. Mais attention à ne pas tout gâcher, il a la foi.

Carrie hocha la tête. Sam Crider semblait parfait, en effet, mais que savait-elle de lui ? Qu'il croyait aux fantômes, déjà, mais peut-être avait-il une femme et sept enfants, en train de jouer dans un jardin qu'elle ne voyait pas, derrière l'hôtel ?

— S'il porte mes bagages jusqu'à ma chambre, faut-il que je lui donne un pourboire ?

— Je ne suis pas la bonne personne à interroger, je donne toujours des pourboires.

— Tu ne m'aides pas beaucoup, Erin !

— Si tu ne t'étais pas déjà mis à dos tout le groupe, tu aurais pu poser la question à quelqu'un d'autre…

— D'accord, j'ai fait une gaffe, mais ce n'est pas la fin du monde, quand même ! De toute façon, je pense que je vais passer beaucoup de temps dans ma chambre.

— Sûrement pas ! Un dîner est organisé ce soir puis une réunion d'information pour faire connaissance et tu m'accompagneras. Point.

Carrie fusilla son amie du regard mais cette dernière se contenta de lui adresser en retour un sourire entendu. Elle semblait très sûre d'elle, très sûre de sa présence à ses côtés durant la soirée.

Elle allait lui lancer une remarque tranchante lorsque Sam revint avec un chariot.

Il attrapa sans attendre sa valise, mais elle l'arrêta.

— Vous devriez peut-être poser la malle de mon amie en premier, monsieur Crider.

La valise d'Erin était en effet si volumineuse qu'un corps aurait pu tenir dedans ! Son amie avait apporté une vingtaine de tenues différentes, chacune avec des chaussures assorties, des accessoires, des bijoux et tout ce dont elle pensait avoir besoin pendant les six prochains jours.

Cela faisait longtemps que Carrie ne faisait plus de commentaires à propos de ses bagages. C'était inutile. Même l'été précédent, lorsqu'elle avait dû marcher avec un sac à dos pesant une tonne, Erin était restée imperturbable.

— Appelez-moi Sam, répondit l'homme en attrapant l'autre valise, qu'il souleva sans aucune difficulté.

Fort et musclé avec ça ? Elle aurait bien aimé le voir torse nu pour vérifier.

Finalement, plus les minutes passaient, plus elle était convaincue que ces vacances au pays des fantômes lui plairaient. Cet homme ferait un partenaire idéal pour le petit jeu établi depuis si longtemps.

D'un autre côté, le fait qu'il porte leurs bagages jusqu'à leurs chambres était la preuve qu'il devait être très occupé par la gestion de l'hôtel. Elle était en vacances, mais pas lui.

Enfin… Peut-être cela ne poserait-il pas de problème…

Sam posa le dernier sac sur la pile, puis plaça machinalement une main dans le creux de son dos et lui sourit. Aussitôt, une vague de chaleur l'envahit et elle sentit ses joues prendre des couleurs.

Il ne lui parlait pas, ne la caressait pas et pourtant, elle n'avait plus qu'une envie, l'embrasser et se lover contre lui.

— Nous y allons, mesdemoiselles ?

Elle ne répondit pas, se contentant de baisser la tête. Elle aurait bien voulu répondre, mais elle ne pouvait pas. Elle n'en avait pas la force. Toute raison semblait l'avoir abandonnée.

Toutes ses terminaisons nerveuses semblaient s'être donné rendez-vous au creux de son dos, là où la main de Sam était encore posée, et son cœur s'emballait, cognant comme un fou dans sa poitrine.

« Stop ! lui ordonna alors une petite voix dans sa tête. Il est beaucoup trop tôt. »

Certes, il avait posé une main sur elle, mais cela ne voulait rien dire.

En plus, la règle du jeu ne sous-entendait pas qu'elle devait coucher avec le premier venu, ni dans les premières heures de son arrivée. Elle devait d'abord apprécier l'homme en question. Elle devait parler avec lui, discuter, faire connaissance.

Ils s'approchèrent de l'ascenseur puis, lorsque les portes s'ouvrirent, y montèrent tous les trois.

L'hôtel comprenait quatre niveaux, un parking au sous-sol, un étage avec des salons, la réception, le restaurant, le bar et enfin deux étages avec les chambres. Erin était dans la chambre deux cent six, elle dans la deux cent quatre.

Arrivée à l'étage, Carrie se força à ne pas dévisager Sam et étudia plutôt les lieux.

L'établissement ne ressemblait en rien à un château hanté, comme elle l'avait imaginé. Il semblait au contraire cosy, confortable avec son épaisse moquette violette décorée de motifs jaune d'or et ses photos en noir et blanc accrochées aux murs du couloir.

Elle s'arrêta devant la photo d'un aigle volant dans un ciel pur, sur un arrière-plan de sommets enneigés.

Se concentrant sur le cliché, elle parvint peu à peu à calmer les battements de son cœur.

— Cette vue a été prise à une vingtaine de kilomètres d'ici. Si vous voulez, je vous montrerai d'autres photos, proposa Sam.

Elle le regarda et, aussitôt, elle se sentit perdre de nouveau tous ses moyens. Sa gorge se serra, elle avait chaud, froid, elle frissonnait.

Elle n'était pas émotive d'habitude. Mais cela faisait si

longtemps qu'elle n'avait pas fait l'amour qu'elle perdait la tête devant cet homme plein d'attentions pour elle.

— C'est gentil, merci, répondit-elle enfin d'une voix aussi assurée que possible.

— Il n'y a pas encore assez de neige pour skier, mais le trajet est spectaculaire. De temps en temps, j'emmène des clients en randonnée. Si vous le désirez, je peux vous organiser une excursion…

— C'est très gentil de votre part, mais je ne suis pas une fille de la montagne. J'ai toujours habité en ville.

— C'est dommage. Personnellement, je n'ai rien contre la ville, j'y vis même lorsque je ne suis pas ici, mais découvrir la montagne à cheval est une expérience inoubliable.

— Excusez-moi…, lança soudain Erin.

Carrie se retourna. Elle ne s'était pas aperçue qu'Erin les attendait au bout du couloir, devant la porte de sa propre chambre.

— Ce n'est pas que je sois pressée, continua la jeune femme d'un ton insistant, mais j'ai un coup de fil à passer. Pourriez-vous me passer ma valise, s'il vous plaît ?

C'était un mensonge, et Carrie le savait. Erin n'avait aucun coup de fil à passer, elle voulait juste défaire sa valise et passer aux choses sérieuses, c'est-à-dire à la chasse aux fantômes.

A moins qu'elle ne veuille les laisser seuls, Sam et elle…

Oui, connaissant Erin, c'était sans doute cette dernière hypothèse qui était la bonne.

Sam apporta donc sa valise à Erin, puis revint ouvrir la porte de la chambre deux cent quatre.

Au centre de la pièce, se trouvait un large lit avec une tête de lit de bois sculpté et une couette qui donnait envie de se coucher dans l'instant. Surtout s'il s'agissait d'y rejoindre l'homme qui se trouvait à ses côtés ! La chambre comprenait également une table de taille raisonnable qui lui permettrait de travailler, un réfrigérateur et un four à micro-ondes.

— La chambre est très jolie…

Sam posa sa valise sur son lit.

— Voilà, dit-il, vous êtes installée. Prête à aller chasser les fantômes ?

Se souvenant soudain de son rôle, elle lui sourit.

— Je suis prête. Plus que prête même. J'adore les fantômes, tous les fantômes. Plus il y en a, plus je suis heureuse !

Il éclata de rire, d'un rire sexy, et elle en profita pour l'étudier.

Son nez était assez fort, mais cela lui allait bien. Il portait aussi une adorable petite fossette au menton.

En fait, il était magnifique.

Ce qui n'expliquait pas pour autant sa réaction ! Après tout, elle vivait à Los Angeles. Elle en voyait, des hommes beaux comme des dieux, à longueur de journée ! Elle aurait dû être capable de se maîtriser et non pas se comporter comme la première des midinettes.

— Los Angeles, donc…, fit-il soudain, la ramenant au présent.

— Oui… Comment est-ce qu…

— Votre formulaire d'inscription. Dans quel quartier habitez-vous ?

— Au centre.

Il posa son ordinateur sur la table.

— J'ai travaillé à Los Angeles pendant un moment, mais ça fait longtemps.

— Vous y faisiez quoi ?

— Des films documentaires. Alors dites-moi, est-ce que vous habitez dans un de ces gratte-ciel hypermodernes ?

— Non. Dans une ancienne usine aménagée en lofts. J'ai une belle vue sur le marché aux fleurs. Et vous ? Vous vivez ici, j'imagine.

Il se renfrogna légèrement avant de se reprendre et de lui sourire, comme si de rien n'était.

— Pas vraiment. J'ai hérité de l'hôtel à la mort de mon père.

— Je suis désolée…

Il installa son scanner sur la table, à côté de l'ordinateur, avant de poursuivre.

— J'ai grandi ici. Cet hôtel est ma maison.

— Il a l'air confortable.

— Il l'est.

Il restait d'autres sacs à enlever du chariot et il le fit en quelques secondes, puis il mit ses mains dans ses poches et laissa son regard vagabonder dans la pièce, comme s'il n'y était jamais venu.

Nerveuse, elle se mordit la lèvre.

Pourquoi réagissait-elle ainsi ?

Peut-être parce que la situation était nouvelle. Jusqu'à présent, elle avait rencontré ses amants de vacances dans des bars ou au bord de la piscine. Il s'agissait toujours d'autres vacanciers, d'hommes qui étaient dans la même situation qu'elle. Elle n'avait pas eu tant d'aventures que cela, mais une chose était sûre, jamais elle n'avait réagi ainsi après une rencontre. Jamais elle n'avait ressenti d'émotions aussi fortes.

Mais peut-être s'emballait-elle. Peut-être Sam souhaitait-il simplement lui donner quelques tuyaux ou…

Le pourboire ! Elle avait oublié le pourboire. Voilà ce qu'il attendait !

Gênée, elle attrapa son sac à main en vitesse et en sortit un billet de dix dollars.

— Merci, lui dit-elle en lui tendant le billet.

Il baissa les yeux sur le billet puis releva la tête et la fixa, interloqué.

— Non, ce n'est pas la peine.

— Si, j'insiste.

Il ne répondit pas, mais au regard noir qu'il lui lança, elle devina que ce pourboire était une mauvaise idée.

Le problème était que maintenant, elle ne savait plus que faire du billet. Devait-elle le ranger ? Le laisser tomber ?

Après réflexion, elle se contenta de le poser discrètement sur le bureau, comme si tout cela n'avait été qu'une blague.

Et maintenant ?

Sam ne bougeait toujours pas. Pourquoi ?

Depuis son arrivée, elle s'était conduite comme une imbécile alors, au point où elle en était, peut-être pouvait-elle jouer la carte de la franchise et l'interroger carrément ? Elle n'avait plus rien à perdre.

— Est-ce que je vous rappelle quelqu'un que vous connaissez ?

— Pardon ?

— Je vous demande ça parce qu'en bas, tout à l'heure, lorsque je faisais la queue à la réception, vous m'avez déjà regardée avec insistance.

— Non, pas du tout, je…

Il s'interrompit, à l'évidence gêné, puis soupira.

— Je crois que nous nous sommes déjà rencontrés, reprit-il. Mais je ne me souviens pas où et ça me rend fou. Vous ne me reconnaissez pas ?

— Non. Pas du tout.

Il fit une légère grimace de dépit. A l'évidence, ce n'était pas la réponse qu'il attendait.

— Etes-vous déjà allée à San Diego ?

— Oui, j'y suis déjà allée. Vous y avez habité ?

— Non, à New York. J'y habite toujours d'ailleurs.

Amusée par cet étrange dialogue et par son comportement de petit garçon gêné, elle lui sourit.

— Vous réalisez des films documentaires ?

— C'est ça, oui.

— Est-ce que j'en ai déjà vu un ?

— J'en doute. A moins que vous ne fréquentiez les festivals alternatifs. J'ai réalisé quatre longs métrages et quelques courts métrages, surtout en lien avec les droits de l'Homme.

— Des films pour de bonnes causes, donc. Pas d'histoires de fantômes ?

Il la fixa attentivement, comme s'il était surpris.

— Non. Pas d'histoires de fantômes.

Il sortit ses mains de ses poches, puis en posa une sur sa valise.

Un main longue et fine, qui semblait douce, parfaite pour les caresses…

Mais soudain il se redressa, ôta la main de la valise.

— Vous voulez sans doute ranger vos affaires, lui dit-il. Je vais vous laisser…

Pour toute réponse, elle se contenta de marmonner quelques mots en le regardant se diriger vers la porte.

— Je vous conseille le restaurant, ajouta-t-il avant de quitter la pièce, en particulier les desserts. En attendant, je vous souhaite un excellent séjour.

— Merci.

Il s'arrêta une nouvelle fois.

Son comportement était vraiment étrange, mais cela ne la dérangeait pas. Au contraire, elle était ravie. Elle l'aimait bien. Elle les aimait bien, lui et leur drôle de conversation.

Elle lui sourit.

Il lui sourit en retour de ce sourire à faire chavirer les femmes, puis sans un mot de plus, il sortit.

Elle se laissa tomber sur son lit, les yeux brillants, le cœur affolé.

Elle se sentait optimiste, tout à coup, optimiste et pleine d'espoir.

Elle se sentait heureuse.

Chapitre 3

Sam referma la porte de la chambre deux cent quatre derrière lui, mal à l'aise, mécontent. Il avait le sentiment de s'être conduit comme le dernier des idiots avec la jeune femme et pour tout dire d'avoir brûler tous ses ponts.

Il s'était déjà retrouvé face à des gens qu'il n'avait pas vus depuis très longtemps, sans se souvenir des circonstances exactes de leur rencontre, mais jamais cela ne l'avait amené à se comporter de manière aussi niaise. Aucun adjectif d'ailleurs n'était assez fort pour qualifier sa conduite ! Il aurait voulu effacer de sa mémoire et de celle de Carrie Sawyer les quelques minutes qu'ils venaient de passer ensemble.

Il fit un effort pour reprendre ses esprits. Il avait un hôtel à gérer, à vendre surtout, et pas le temps de jouer les jolis cœurs.

Le couloir étant désert, il vérifia que la moquette avait été correctement aspirée et qu'il n'y avait aucune trace de poussière sur les cadres. Mais tout était propre.

Rien de surprenant à cela. Il savait le personnel compétent, consciencieux et soucieux de petits détails comme ceux-ci. La majorité des employés travaillait à l'auberge depuis des années et faisait quasiment partie de la famille. Quant aux saisonniers, attirés par le salaire et les avantages, comme les forfaits de ski gratuits, ils étaient prêts à tout pour rester.

Sam s'arrêta devant l'ascenseur puis changea d'avis et décida de prendre l'escalier. Un petit temps de transition qui, espérait-il, lui changerait les idées.

Mais tandis qu'il descendait l'étage, ses pensées revinrent à Carrie.

Il aimait sa silhouette, son sourire, ses yeux, la façon qu'elle avait de parler…

Il était en outre persuadé d'une chose, elle n'était pas aussi mordue de fantômes qu'elle avait voulu lui faire croire. Mais dans ce cas, pourquoi s'était-elle inscrite à cette convention ? Il décida de mener sa petite enquête.

L'autre chose dont il était convaincu était qu'il l'avait déjà vue quelque part. Mais où ? Impossible de s'en souvenir, de visualiser le moindre lieu, la moindre circonstance…

Il essaya de l'imaginer avec des cheveux plus courts et d'une couleur différente dans l'espoir que cela lui ouvrirait une piste. En vain. Après réflexion, il fut certain qu'elle était coiffée de la même façon lorsqu'il l'avait croisée.

Mais ce n'était pas uniquement son aspect physique qui avait retenu son attention de cette manière, il y avait autre chose. Elle semblait posséder une aura. Une aura qui l'avait déjà frappé et captivé. Ailleurs…

Ce n'était pas inhabituel pour lui d'être en contact avec des personnalités fortes. Il avait l'habitude de filmer des gens qui, sans être forcément des célébrités, avaient un vrai caractère, de les étudier jusqu'à dépasser leur apparence physique et lire en eux.

Arrivé dans le hall de réception, il jeta un coup d'œil à sa montre. Les acheteurs potentiels ne seraient là que dans quelques heures. Cela lui laissait le temps de passer en cuisine, puis de jeter un coup d'œil dans la salle de réception pour vérifier que tout était en ordre avant la réunion du soir.

A moins qu'il n'envoie Beverly, la concierge, vérifier que les chasseurs de fantômes partis installer leur matériel dans le Vieil Hôtel ne faisaient rien de dangereux, comme essayer d'escalader jusqu'au toit.

Ce Vieil Hôtel était en ruine depuis des années, mais son père avait fait tout le nécessaire pour qu'il demeure accessible aux visiteurs, en toute sécurité. Une compagnie d'assurance visitait d'ailleurs les lieux tous les ans pour vérifier que tout était conforme.

Son père avait beaucoup travaillé pour cacher les équipements modernes, édifier deux nouveaux murs porteurs et aujourd'hui, seul un expert était capable de voir que ce qui ressemblait à une ruine était en fait un bâtiment stable et parfaitement sécurisé, capable de résister à un tremblement de terre mieux que n'importe quelle autre maison.

Son père avait toujours eu pour seul but que les chasseurs de fantômes passent un bon moment à l'auberge et ses alentours. Sous la lumière du jour, le Vieil Hôtel n'avait rien de plus effrayant que la maison hantée de Disney. Néanmoins, tous les visiteurs repartaient satisfaits, persuadés d'avoir été en contact avec des esprits venus d'outre-tombe.

Il ne se moquait pas d'eux. Il ne jouait pas avec leurs croyances en faisant apparaître de faux fantômes. Le vent et les planchers qui craquaient suffisaient à les persuader que le Vieil Hôtel était bel et bien hanté.

Peu à peu, Sam oublia ses clients si particuliers et repensa à Carrie. Il aurait aimé passer du temps avec elle et qui sait, peut-être entamer une relation. Ce qui constituait un problème car il était le propriétaire de l'hôtel et le règlement intérieur interdisait aux employés d'avoir la moindre relation privée avec les clients. Il savait que ce règlement n'était pas toujours appliqué à la lettre, mais ce n'était pas une raison pour l'enfreindre. Et puis les jours à venir allaient être cruciaux pour lui, s'il voulait réaliser la vente. Il devait rester concentré, être tout aux négociations, aux acheteurs potentiels.

D'un autre côté, un peu de distraction ne lui ferait pas de mal. Sans compter que les deux directeurs généraux qu'il attendait voudraient sans doute profiter de l'hôtel et des alentours en toute tranquillité.

Il soupira, ne sachant ce qui convenait de faire.

Il y avait si longtemps qu'une femme ne lui avait pas fait cet effet !

Elle semblait lui porter un certain intérêt, elle aussi. Il l'avait vu rougir, réagir, à sa présence. Il l'avait très nettement sentie frissonner, lorsqu'il avait posé sa main sur elle.

Se dirigeant vers la salle de réception, il esquissa un sourire rêveur.

Oui, assurément, elle aussi était intéressée.

Carrie finit sa poularde grillée et se força à ne pas lécher son assiette. Elle n'en revenait pas. L'hôtel était perdu dans les montagnes et elle venait d'y faire l'un des meilleurs repas de toute sa vie.

Le restaurant était meublé et décoré dans le style chalet. Ce n'était pas l'environnement qu'elle préférait, mais elle pouvait comprendre ce parti pris. Dans une auberge de montagne, les clients attendaient en général un décor rustique.

La salle comprenait une vingtaine de tables, chacune décorée d'un bouquet de fleurs. La vaisselle était élégante, les verres en cristal, l'éclairage subtil…

Mais ce qui constituait pour elle la meilleure chose, ce n'était pas le décor ou l'équipement, mais la qualité de la connexion internet. Une connexion très rapide. Pas aussi performante que chez elle, au cœur de Los Angeles, mais pour un établissement situé au milieu de nulle part, elle ne pouvait espérer mieux.

L'autre bon point du lieu était qu'en plus de la douche à l'italienne, sa salle de bains comprenait une très grande baignoire autour de laquelle étaient disposées des bougies parfumées.

— Mon Dieu ! lança soudain Erin en contemplant son assiette vide, ce repas était somptueux ! Je n'ai plus faim du tout, mais je crois que je vais tout de même me laisser tenter par un dessert, juste par gourmandise…

— Déjà ? Moi je pensais commander une deuxième poularde grillée avant de passer au dessert.

Erin éclata de rire puis jeta un regard circulaire sur la salle.

— La preuve que ce dîner était exceptionnel, c'est que personne ne parle. C'est… *surnaturel* pour des chasseurs de fantômes habituellement très bavards !

Surprise, Carrie s'adossa contre sa chaise et dévisagea son amie.

— C'est la première fois que je t'entends te moquer.

— J'ai pourtant un grand sens de l'humour. Pas comme certaines personnes que je connais…

— C'est de moi que tu parles ?

Pour toute réponse, Erin lui adressa un clin d'œil malicieux et Carrie haussa les épaules, amusée.

— A quelle heure as-tu l'intention d'aller te coucher ?

— Dès que j'aurai vu un fantôme.

— Dans ce cas-là, il va te falloir beaucoup de café !

— Pas sûr. Plusieurs apparitions ont été rapportées depuis le siècle dernier, surtout dans le Vieil Hôtel.

Le Vieil Hôtel, se rappela Carrie pour l'avoir lu dans la brochure de présentation, avait été construit aux débuts des années 1900 par la famille Crider. Les histoires de revenants avaient commencé à circuler peu de temps après l'incendie de la bâtisse. Quatre personnes, toutes membres de la famille, y avaient trouvé la mort et, selon la légende, leurs fantômes hantaient depuis les lieux.

— Tu as l'intention d'aller dans le Vieil Hôtel ce soir ? Tu es folle ! Il fait froid.

— Ça ne m'empêchera pas d'y aller, lui répondit Erin, le regard brillant. Après tout, nous sommes ici pour ça.

— Nous ?

— Oui, nous. Mike, Dean, Liam… Ce sont quelques-uns des participants à la convention.

— Je remarque que tu les appelles par leur prénom.

— Evidemment que je les appelle par leur prénom ! Je suis une jeune femme sociable, moi ! En plus, nous avons déjà correspondu par e-mail et via Facebook…

Carrie hocha la tête en soupirant.

— Ce qui veut dire qu'ils avaient tous vu ta photo avant aujourd'hui. Tout s'explique donc ! Erin, ma chérie, tu es bien crédule. La raison pour laquelle personne ne parle ici n'est pas la nourriture. C'est parce que tous les hommes présents dans cette pièce sont en train de chercher un moyen d'attirer ton regard et d'obtenir tes faveurs.

Erin promena son regard sur les autres clients et, aussitôt, Carrie vit la plupart des hommes baisser le regard, comme s'ils venaient d'être pris en faute.

— Tu racontes n'importe quoi, se défendit Erin. Personne ne regarde dans notre direction.

— Que tu es naïve ! Si tu ne changes pas, tu vas te faire dévorer toute crue à New York, crois-moi. Je suis prête à parier qu'au moins une dizaine d'hommes va te faire des avances ce soir.

— Non, c'est toi qui es naïve, Carrie ! Si quelqu'un regarde dans notre direction, c'est pour te fixer, toi…

Curieuse, Carrie suivit le regard de son amie, mais ne vit rien. Elle ne comprenait pas de quoi Erin voulait parler.

— Sam Crider ! Tu ne le vois donc pas ? Il te dévisage comme si tu étais une revenante.

Carrie parcourut la pièce du regard et aperçut enfin Sam. Mais il ne la regardait pas. Il était en train de remettre le couvert sur une table libre.

— Il est occupé et n'a pas du tout l'air de se préoccuper de moi… Par contre, je maintiens que tous les hommes dans la pièce sont bel et bien fous de toi, y compris les hommes mariés. Qui sait, peut-être trouveras-tu ici l'homme de ta vie ?

— Je ne suis pas contre, répondit Erin en attrapant le menu pour choisir son dessert. Je ne serais pas contre non plus d'un peu d'action au lit.

Carrie leva les yeux au ciel.

— Tu es vraiment pathétique !

— Non, je ne suis pas pathétique, je suis honnête. Et tu devrais l'être aussi. Tu as autant besoin de sexe que moi. La seule différence entre nous deux c'est que tu n'as pas besoin de chercher un partenaire. Tu as déjà Sam Crider à tes pieds.

— Rien n'est moins sûr. C'était… C'était étrange, tout à l'heure, lorsqu'il était dans ma chambre. Je ne suis pas certaine de bien le comprendre. Et puis c'est le propriétaire. Les propriétaires ne s'amusent pas avec les clients.

Erin éclata de rire.

— Qui est naïve maintenant ? Pourquoi posséder un hôtel, si tu ne peux même pas passer un peu de bon temps avec les jolies clientes ?

Carrie esquissa un sourire désabusé. Elle ne savait plus que penser et elle se dit qu'il valait sans doute mieux oublier le séduisant Sam Crider.

— Pour en revenir au dessert, je crois que je vais me laisser tenter par une crème brûlée à la citrouille, dit-elle.

— A propos de citrouille, tu as vu que demain a lieu un concours de sculpture de citrouille ? Je suis persuadée que tu vas gagner.

— Je n'ai pas l'intention d'y participer.

— Vous devriez pourtant, fit une voix masculine derrière elle.

Elle sursauta et se retourna.

Sam Crider…

Pour des raisons qu'elle ne pouvait expliquer, elle le trouvait encore plus sexy que lorsqu'il lui avait monté ses bagages. Peut-être était-ce sa tenue qui le rendait aussi désirable. Il ne portait plus de chemise en flanelle, mais une chemise bordeaux qui mettait en valeur son regard.

— Désolé, s'excusa-t-il, je ne voulais pas vous espionner. Je venais juste vérifier que le dîner se déroulait bien. Je vous ai entendu parler de citrouille et…

— Pas de problème, le rassura Erin. J'espère que vous réussirez à persuader Carrie de participer au concours. Elle est vraiment talentueuse. Ses citrouilles sont toujours très originales.

— Peut-être serez-vous convaincue, Carrie, si je vous dis que le premier prix est un massage aux pierres chaudes d'une durée de deux heures.

Carrie baissa la tête. Est-ce que Sam était en train de flirter ? Plus sûrement qu'il n'était à son travail. Comme tout bon responsable d'hôtel, son devoir était de se promener de table en table pour voir si les clients étaient satisfaits et pour échanger quelques mots avec eux. A propos… L'avait-elle entendu parler de massage ?

— Vous avez bien dit que le premier prix était un massage ? Comment puis-je m'inscrire ?

— Il te suffira de te présenter sur les lieux à l'heure dite, répondit Erin avant de sourire à Sam. Je dois vous dire, monsieur Crider, que ce repas était somptueux. Comment se fait-il que votre restaurant ne soit pas en couverture de tous les magazines de cuisine ?

— Nous avons un chef invité, cette semaine. Ce qui ne veut pas dire que notre chef habituel est mauvais, bien entendu, mais Jody est vraiment la meilleure. Nous avons beaucoup de chance de l'avoir avec nous.

— Vous essayez d'impressionner les chasseurs de fantômes ?

— Non, Jody est simplement une amie de la famille. Si je peux vous donner un conseil, gardez une petite place pour les desserts. Nous les servirons tout à l'heure dans la salle de réception et croyez-moi, les desserts de Jody méritent vraiment le détour !

— Merci pour le tuyau.

Sam leur sourit, accompagnant son sourire d'un regard à Carrie d'une intensité telle, qu'un frisson l'envahit. Gênée, elle tourna la tête.

— Je vous souhaite une bonne nuit, mesdemoiselles, reprit Sam. Si vous avez besoin de quoi que ce soit, faites-moi signe.

— Merci.

Carrie le suivit du regard et attendit qu'il soit loin avant de déclarer :

— Je crois finalement que je ne vais pas prendre de crème brûlée à la citrouille.

— Cet homme est fou de toi, ma belle !

— Arrête !

— C'est à toi d'arrêter de faire comme si de rien n'était, Carrie ! Tu le désires, ça crève les yeux. Quand il est à proximité tu rougis, tu te mords la lèvre, tu te touches les cheveux… Je ne t'ai jamais vu agir de cette façon sauf avec Armand.

— Sam n'est pas Armand.

— Tant mieux. De toute façon, ce n'est pas grave parce que…

— Parce que quoi ?

Erin était de toute évidence en train de manigancer quelque chose.

— Erin… Qu'est-ce que tu mijotes ?

— Rien.

— Menteuse !

— Je ne manigance rien du tout. Je n'ai pas besoin de manigancer quoi que ce soit. Tu vas avoir une aventure avec lui et je n'aurai même pas besoin d'intervenir pour forcer le destin.

Carrie regarda Sam se diriger vers les cuisines. Est-ce qu'Erin avait raison ? Se pouvait-il qu'elle lui plaise à ce point ?

Avant de sortir de la salle à manger, il se retourna et lui adressa un dernier regard. Un regard si brûlant qu'elle sentit tous ses sens s'éveiller et des dizaines d'étincelles de désir s'allumer en elle. A elle, en tout cas, il plaisait vraiment !

Sam ne fit que traverser les cuisines, se dirigeant d'un pas rapide vers la porte de derrière.

Il avait besoin d'être seul un moment.

Carrie était en train de le rendre fou ! Cela avait commencé dès qu'il était entré dans la salle à manger et qu'il l'avait aperçue, de dos.

Son dos, sa nuque… Il les aurait reconnus entre mille.

Le cœur battant à toute allure, il sortit sur la terrasse réservée aux employés. Cette terrasse était surtout utilisée aux beaux jours, mais même en hiver, certaines personnes venaient y fumer.

Il faisait déjà nuit, mais il passa néanmoins la barrière et sortit de la propriété. Il n'avait pas l'intention d'aller se promener dans la forêt à une heure aussi tardive, il voulait juste s'éloigner un peu de l'hôtel et de son tumulte.

Il marcha quelques minutes puis se retourna et contempla le

bâtiment, les fenêtres éclairées, imaginant Carrie qui l'attendait, dans un lit chaud.

Il la désirait.

Il ne pouvait plus se voiler la face, il désirait cette femme.

Et lui-même ne la laissait pas insensible, c'était évident. Il le devinait à la façon qu'elle avait de le regarder.

Il frissonna soudain et réprima un juron.

Quel idiot il était, il était sorti sans veste !

Voilà ce qui arrivait lorsqu'un homme célibataire depuis dix mois rencontrait une femme aussi envoûtante que Carrie, il perdait la tête.

Il n'y avait pas d'autre façon de dire les choses : il avait perdu la tête, tout simplement.

Chapitre 4

La salle de réception était très grande, bien plus qu'elle ne l'avait imaginé, et elle était pleine à craquer ! Carrie avait l'impression que plusieurs centaines de personnes étaient en train d'attendre près des tables où étaient présentés les desserts, dans l'espoir d'obtenir une part de gâteau. Bon, son estimation était peut-être un peu exagérée, mais c'était l'effet que cela lui fit, lorsqu'elle entra dans la pièce.

Elle détailla la salle du regard et reconnut quelques personnes aperçues dans le car, notamment son voisin et la jolie jeune femme à la voix si mélodieuse.

La plupart de ces gens portaient un T-shirt décoré d'un fantôme ou d'une citation humoristique, voire pour certains, des deux. Elle ne trouva pas cela ridicule. Elle-même dessinait des bandes dessinées et commercialisait des produits dérivés de ses personnages, dont des T-shirts.

Elle continua son inspection des lieux.

Deux bars avaient été installés de part et d'autre de la salle.

Tout comme elle, Erin avait acheté quelques tickets de boissons à la réception, ce qui ne l'avait pas empêchée d'apporter, en plus, une bouteille Thermos de café, du thé et, dans un sac presque aussi gros que sa valise, un Dictaphone, un carnet, deux pulls, un caleçon long, une écharpe, un oreiller ainsi que trois livres consacrés aux phénomènes surnaturels qu'elle espérait se faire dédicacer.

— Mon Dieu, tout ça a l'air absolument délicieux !

Erin avait raison, le buffet était digne de celui d'un hôtel de luxe.

Eclairs au chocolat, au café, petits fours variés, mousses, tartes… Rien qu'en regardant les assiettes, Carrie sentait déjà les kilos s'accumuler sur ses hanches. Mais sa gourmandise était telle qu'elle refoula sa crainte de grossir dans un coin de sa tête et tenta de se frayer un chemin vers le buffet, pour renoncer, quelques secondes plus tard.

— Il y a trop de monde ici, dit-elle. Je vais commencer par me chercher à boire.

— Peut-être devrait-on plutôt se trouver une table avant, non ?

Dans un même mouvement, elles se tournèrent vers la scène sur laquelle avaient été installés une estrade, un grand écran et des haut-parleurs.

— Pourquoi tout cet attirail ? demanda Carrie à Erin.

— Le Vieil Hôtel ne peut pas accueillir tout le monde en même temps. Ces écrans permettent aux autres de voir à distance.

— Voir quoi ?

A cette question, elle vit son amie lever les yeux au ciel, comme si elle venait de dire une énormité.

— Des apparitions, Carrie ! Des apparitions, mais aussi des fluctuations de température, de champs électromagnétiques. Il suffit d'être ouvert et de croire pour voir, pour percevoir, pour ressentir… Personnellement, j'ai déjà ressenti des choses.

— Tu as ressenti quoi ? Des mains sur tes fesses ?

— Carrie, arrête !

Amusée, elle éclata de rire. Elle ne pouvait pas s'empêcher de se moquer.

— Désolée, Erin, fit-elle ensuite en se forçant à redevenir sérieuse, je promets de mieux me tenir. Pour en revenir au Vieil Hôtel, quand comptes-tu y aller ?

— A minuit. Demain.

— J'espère sincèrement que tu observeras des apparitions, des squelettes, des esprits et tout ce que tu rêves d'apercevoir. Sincèrement.

— Ne le dis à personne, mais moi aussi, je l'espère.

Carrie lui sourit, heureuse d'avoir une si bonne amie qui ne lui en veuille pas de ses petites moqueries. Des bruits de chaises la ramenèrent à la réalité.

Les personnes qui n'allaient pas au Vieil Hôtel ce soir-là étaient en train de s'installer face à la scène.

— Je crois que je vais faire comme eux et poser mon sac, lui annonça Erin avant de s'éloigner.

— Attends moi.

Elle la rattrapa au pas de course.

— Pose-le où tu veux, du moment que nous ne sommes pas…

Au premier rang, allait-elle dire.

Trop tard. Erin venait justement d'y poser son sac.

— Ne t'inquiète pas, la rassura cette dernière comme si elle percevait ses craintes. Nous allons nous installer en bout de rang, comme ça, tu pourras t'échapper facilement dès que tu le voudras.

— Merci. Pour me donner du courage, je crois que j'ai besoin d'un verre.

— Moi aussi. Penses-tu que je puisse prendre un chocolat chaud avec de l'alcool ?

— Du moment que tu ne fais pas d'excès, je ne vois pas où est le problème. Personnellement, je boirais bien un punch.

Elle entraîna Erin vers le bar. Un punch bien corsé lui donnerait la force d'affronter la soirée.

— Est-ce que tu as eu le temps d'étudier le programme ? lui demanda Erin, tandis qu'elles prenaient place dans la file d'attente pour les boissons.

— Oui, je l'ai lu.

— Alors tu es au courant pour Marcia Williams ?

Carrie la dévisagea, le regard vide.

Marcia Williams ? Elle n'avait jamais entendu parler de Marcia Williams.

— Evidemment ! répondit-elle néanmoins.

— Permets-moi de te donner un conseil, Carrie… Si tu dois mentir, essaye de mentir un peu mieux.

— Bon, je l'admets, j'ai menti. Alors maintenant, dis-moi qui est Marcia Williams.

— C'est une voyante.

Une voyante ?

— C'est l'une des voyantes les plus célèbres du monde, précisa Erin, et elle est là, alors je t'ai acheté une heure avec elle.

— Erin ! Tu déménages dans quelques semaines ! Tu n'as pas les moyens de jeter de l'argent par les fenêtres…

Son amie lui lança un regard noir.

— Tu veux vraiment t'aventurer sur ce sujet, Carrie ? Dès le premier soir ?

Sentant les regards insistants de leurs voisins, elle baissa la tête, soudain mal à l'aise.

— Désolée, Erin.

— Je te pardonne pour cette fois, et j'avais pourtant le droit d'être en colère.

— Ne t'inquiète pas, tu trouveras bien une autre occasion de te fâcher contre moi. Allez, viens donc, on va se soûler.

Les acheteurs potentiels étaient sur la route à présent. Leur avion avait atterri à Denver une heure plus tôt et depuis ce moment, Sam ne contenait plus sa nervosité.

Il décida d'aller faire un tour dans la salle de réception pour se changer les idées.

Il fendit la foule, en profitant pour vérifier qu'il y avait assez de verres, d'assiettes et que tout le monde était content.

Il n'était pas particulièrement inquiet. Pas pour le déroulement de la soirée, en tout cas. Ses employés étaient de vrais professionnels. Cela faisait déjà une bonne dizaine d'années que Gene travaillait au bar.

Il repéra très vite Carrie, qui attendait pour une boisson et il sentit l'émotion le gagner. Elle portait un jean moulant noir et un adorable pull vert pomme qui semblait très douillet.

Elle tourna la tête dans sa direction et son cœur se mit immédiatement à battre à toute allure.

Cette femme... Cette femme le troublait, l'intriguait, le captivait. Il avait envie de la connaître mieux. Intimement, même.

Il se dirigea vers elle, tout en tremblant intérieurement.

Elle lui sourit et il sentit une vague de chaleur l'envahir.

Le sourire qu'elle lui adressait n'était pas de convenance, il était naturel. C'était bon signe.

— Avez-vous une astuce à nous donner ? lui demanda-t-elle lorsqu'il parvint enfin à sa hauteur. Nous faisons la queue depuis des heures !

— Des heures, vraiment ?

— Trois, peut-être cinq. Je suis trop épuisée pour savoir.

Il éclata de rire.

— Elle est tout le temps comme ça, expliqua Erin, toujours en train d'exagérer. Vous verrez, à la longue, c'est insupportable.

— Je crois que je pourrais faire face à ce petit défaut.

Il avait même envie d'y faire face. Très envie.

— Pouvez-vous nous trouver à boire ? reprit Carrie d'une voix faussement suppliante. S'il vous plaît !

— Oui, dès que nous atteindrons le bar.

— Décidément, vous n'êtes pas très drôle !

— Ce n'est que votre première journée ici, lui répondit-il sur le ton de la confidence. Je ne peux pas avoir déjà des chouchous. Pas encore.

Carrie éclata de rire en rivant son regard au sien et il se sentit vaciller. Elle était si belle lorsqu'elle riait.

— Le buffet a l'air fantastique, dit Erin en le sortant de sa réflexion. Qui est le chef ? Une star de Cuisine TV ?

— Elle a en effet participé au concours télévisé « Qui est le meilleur chef ? » et elle a gagné.

— Alors il faut à tout prix que je la rencontre. J'adore cette émission. Presque autant que « A la recherche des fantômes ».

Ignorant si elle plaisantait ou non, il se contenta de sourire. Puis il vit Carrie rire carrément et, se détendant enfin, il l'imita.

— Je vais voir ce que je peux faire.

— Merci, lui répondit la jeune femme. Merci du fond du cœur.

— Je vous en prie. Attention, vous êtes en train de perdre votre place dans la file…

Sans attendre, Erin joua des épaules pour rentrer dans le rang.

— Elle est architecte, lui expliqua alors Carrie, elle est même une bonne architecte lorsqu'elle n'est pas en train de regarder la télévision ou de chasser les fantômes.

— Vous aussi, vous êtes architecte ?

— Non, dessinatrice.

Erin donna un coup de coude à Carrie.

— Moque-toi de moi autant que tu veux, Carrie, ça m'est égal.

Sam regarda les deux jeunes femmes et il leur sourit de nouveau, regrettant de ne pas être en vacances, de ne pas être aussi libre et insouciant qu'elles.

Il ne se souvenait pas de la dernière fois où il avait passé un aussi bon moment, la dernière fois où il s'était senti aussi détendu. Carrie l'attirait tant qu'il ne parvenait pas à la quitter du regard.

Mais soudain, son téléphone sonna et, à regret, il se détourna pour répondre.

— Allô !

— Sam ? Où es-tu ? Ils arrivent !

Ils, les acheteurs. Il les avait complètement oubliés !

— Je dois y aller, s'excusa-t-il auprès des deux jeunes femmes, avant de se précipiter hors de la salle.

Il réajusta sa chemise, marqua un temps d'arrêt en arrivant à la réception afin de reprendre ses esprits et de se concentrer sur la partie qui allait se jouer, puis il se dirigea d'un pas décidé vers Ben Heartly et Kunio Mori.

Les deux hommes discutaient, apparemment très à l'aise. Ils semblaient ravis d'être arrivés et de pouvoir passer un moment dans le Colorado.

Tant mieux…

Mais il s'agissait pour eux d'un voyage d'affaires, se rappela Sam, pas d'un voyage d'agrément. Il devait donc se montrer professionnel, ne pas s'emballer et surtout, garder les pieds sur terre.

Il avait fait de longues recherches sur les deux hommes et sur leurs entreprises. Il savait que tous les deux avaient les moyens d'acheter l'hôtel. Il ne lui restait donc plus qu'à espérer qu'ils seraient séduits et que l'un d'eux lui ferait une offre.

— Messieurs..., lança-t-il en leur tendant la main. Avez vous fait bon voyage ?

— Parfait, répondit Heartly en lui serrant la main. J'aimerais voir demain à la lumière du jour s'il est possible d'établir une piste d'atterrissage.

— Pas de problème.

Sam se tourna ensuite vers Mori.

— J'ai hâte moi aussi de profiter du paysage à la lumière du jour, déclara ce dernier.

— Vous le verrez ! Et je pense que vous ne serez pas déçu. Les montagnes sont magnifiques. Souhaitez-vous monter dans vos chambres vous rafraîchir ou préférez-vous commencer par aller dîner ?

— Je ne serais pas contre un bon dîner dès maintenant, répondit Heartly, mais je veux bien attendre si M. Mori le désire.

— Non, non, répondit ce dernier. Je suis comme vous, je meurs de faim !

— Parfait. Dans ce cas, je vais faire le nécessaire pour que vos bagages soient montés dans vos chambres et nous pourrons y aller.

Quelques minutes plus tard, Sam accompagnait les deux hommes dans la salle à manger, profitant du trajet pour leur raconter l'histoire de l'hôtel.

Auparavant, il avait donné un coup de fil en cuisine pour vérifier que tout était en ordre.

Maintenant, il ne lui restait plus qu'à attendre.

A attendre et à espérer.

Ayant enfin obtenu une boisson, Carrie et Erin recommencèrent à faire la queue pour un dessert, leur verre à la main.

— J'ai bien envie de goûter à tout, annonça Erin.

— Et moi, j'ai bien envie de t'imiter.

— Tu crois qu'un buffet pareil sera installé lors de chaque conférence ?

— Sans doute pas.

Tant pis pour ses papilles mais tant mieux pour ses hanches !

— A mon avis, on ne nous proposera que quelques gâteaux secs. Sinon, jamais l'hôtel ne gagnera d'argent.

— Salut…

Carrie se retourna et se retrouva face à l'homme qui n'avait cessé de lui donner des coups de coude dans le car. D'après son badge, il s'appelait Elton.

— Oh ! bonsoir… Nous étions assis côte à côte dans le bus, je crois.

— En effet. Je suis Elton. Elton, comme le chanteur, mais nous ne sommes pas de la même famille.

Carrie se força à ne pas éclater de rire.

— Ravie de te rencontrer, Elton. Je m'appelle Carrie.

— As-tu déjà rencontré des fantômes, Carrie ?

— Pas encore, malheureusement. Mais Erin oui, répondit-elle en poussant son amie en direction de son interlocuteur.

— Ah bon ? Quel genre ?

— Rien de très effrayant, répondit Erin. Et toi ?

Carrie les abandonna à leur conversation et s'approcha un peu plus du buffet, impatiente de goûter à tous les délices préparés par le chef.

— Carrie ?

Erin la rappelait à l'ordre.

— Désolée, je ne t'ai pas écoutée, je choisissais mes gâteaux.

— Elton était en train de dire que c'est chouette que tout le monde ici croie aux fantômes parce que, lorsqu'il parle de ses expériences, personne ne le prend au sérieux. Tous les participants à la convention sont convaincus de l'existence des fantômes, n'est-ce pas Carrie ?

— Oui… Oui… Bien sûr.

Elle se retourna vers Elton et l'étudia.

Il était très jeune, vingt ou vingt et un ans, plutôt beau garçon, mais il se tenait légèrement voûté et son regard lui parut triste.

— J'aimerais beaucoup en savoir plus sur tes expériences, Elton, se força-t-elle à dire d'un ton aussi enthousiaste que possible.

Le jeune homme lui sourit et ne se fit pas prier.

— Il s'agissait plus d'un esprit que d'une véritable apparition, en fait… Un jour, il y a trois ans, un esprit a renversé une chaise et quelques vases chez mes parents. Le phénomène s'est ensuite reproduit plusieurs fois. Malheureusement, mes parents ne croient pas aux esprits et ils ont fini par m'envoyer chez un psychologue, parce qu'ils pensaient que je devenais fou. Pourtant, je n'avais pas rêvé. Il y avait bel et bien des esprits à la maison. Même mon chien les ressentait. La preuve, il passait son temps à aboyer dans le vide, comme après quelqu'un d'invisible !

Un bruit de verre brisé se fit entendre à ce moment-là. Carrie se retourna.

Un plateau rempli de verres venait apparemment de tomber d'une table. Pourtant, personne ne se trouvait à côté.

La personne la plus proche était une jeune femme aux longs cheveux noirs et encore se trouvait-elle à plusieurs mètres. Elle semblait aussi surprise que le reste des convives.

Quelqu'un avait dû trop charger le plateau et, le poids des verres ayant sans doute été mal réparti, il avait fini par tomber tout seul. Cela s'était déjà vu.

Mais cette explication rationnelle ne semblait pas s'imposer à tout le monde. Erin et Elton fixaient tous les deux le petit monticule d'éclats de verre, bouche bée et les yeux écarquillés.

— Mesdames et messieurs, lança à cet instant un homme sur l'estrade. Je crois que la fête vient de commencer !

Chapitre 5

La soirée s'était très bien passée, et Sam s'en réjouissait, confortablement installé dans le fauteuil de sa chambre. Il ne s'agissait pas de la chambre dans laquelle il avait grandi, juste d'une chambre de l'hôtel, celle qu'il ne louait qu'en dernier ressort en raison de sa trop grande proximité avec l'ascenseur.

Il s'y était posé à son retour à Crider, après la mort de son père, puisque sa tante Grace s'était installée dans l'appartement qui fut celui de ses parents.

Il aurait pu occuper sa chambre d'enfant, sa tante n'y aurait vu aucun inconvénient, mais il n'avait pas voulu la déranger. De toute façon, dormir dans une des chambres de l'hôtel ne le gênait pas. Il vivait à Brooklyn, il était habitué au bruit et les bruits, ici, étaient plus agréables que le vrombissement des moteurs, l'agitation permanente de la rue, qu'il entendait de chez lui.

De temps en temps, il s'installait dans le fauteuil, allumait un feu dans la cheminée et écoutait un disque de Miles Davis en buvant un verre de whisky pour se détendre.

Mais ce soir, il n'avait pas envie d'écouter de la musique. Il n'avait pas envie de boire. Il était fatigué. Pourtant, il ne se sentait pas encore prêt à aller se coucher.

Il jeta un coup d'œil à sa montre. 1 heure du matin.

Il ne pensait pas qu'il était aussi tard.

Ses acheteurs potentiels aussi devaient être exténués.

Comme il l'avait espéré, le repas les avait impressionnés.

Jody s'était tellement surpassée qu'Heartly avait même proposé de l'engager comme cuisinière personnelle ; elle avait poliment décliné l'offre.

Pendant le dîner, ils avaient parlé des chasseurs de fantômes, des légendes qui entouraient le Vieil Hôtel, des montagnes, de la pluie et du beau temps, mais pas de la vente. Cette rencontre était pourtant le dernier chapitre d'une négociation qui durait depuis bientôt six mois.

Bien sûr, les deux hommes avaient paru enthousiastes, mais Sam savait qu'il ne devait pas s'emballer. Rien n'était encore signé. Alors, au lieu de tout analyser, le mieux qu'il avait à faire pour le moment était de se coucher. Sa journée du lendemain s'annonçait chargée.

Il n'avait pas l'intention de suivre ses deux acheteurs comme un petit chien, évidemment, mais il désirait au moins savoir ce qu'ils faisaient et où ils étaient.

Soupirant, il se releva et fit quelques mouvements pour décontracter ses épaules nouées. Il commença ensuite à déboutonner sa chemise puis s'arrêta net.

Il devait encore y avoir du monde dans la salle de réception. Sam savait par expérience que certains chasseurs de fantômes restaient postés devant l'écran très tard dans la nuit, dans l'attente d'un signe de l'au-delà. Connaissant les employés de nuit, thé, café et eau devaient être disponibles en quantité suffisante, il n'avait aucune raison de s'inquiéter. Il n'avait même aucune raison d'y penser et pourtant, il ne pouvait pas s'en empêcher. Comme il ne pouvait pas s'empêcher de penser à Carrie.

Il se demandait si la jeune femme se trouvait encore dans la salle de réception, ou bien si elle était couchée depuis longtemps, et il fut tenté de redescendre pour voir. Oui, mais après ? Il n'allait sûrement pas lui proposer de la raccompagner dans sa chambre, même s'il la désirait et si elle semblait intéressée. Il la connaissait à peine !

Non, vraiment, redescendre était une mauvaise idée. Une très mauvaise idée...

Si mauvaise qu'à peine se l'être formulée, il sortait de sa chambre et se dirigeait vers l'ascenseur.

Carrie fixait la page blanche devant elle. L'inspiration ne venait pas. Elle ne manquait pourtant pas de matériau. Entre le trajet en car et tous les « témoignages » qu'elle avait entendus durant le transfert de l'aéroport à l'Auberge, le programme des festivités, les équipements aussi sophistiqués que ridicules, les commentaires des organisateurs, les sources d'inspiration abondaient pourtant ! Mais c'était peut-être cela le problème : elle avait trop d'informations à exploiter.

Et puis en dépit de ses moqueries incessantes, elle n'était pas aussi insensible à l'ambiance générale de cette convention qu'elle voulait le laisser croire. Or c'était son travail de se moquer et de manier l'ironie. Ses lecteurs fréquentaient son site pour ses romans illustrés et ses bandes dessinées sarcastiques. Le second degré, c'était justement ce qu'ils attendaient d'elle.

Elle avait su manier l'ironie dès son plus jeune âge, et elle était heureuse d'avoir pu en faire un métier. Comme son ami Jeffrey le lui avait dit une fois, elle portait des lunettes sarcastiques. Elle essayait de se conduire en femme attentionnée, mais elle devait bien avouer qu'elle n'y arrivait pas toujours. Pas très souvent, même. Son goût pour l'ironie finissait toujours par la rattraper.

Elle faisait des efforts pourtant ! La preuve ? Elle avait écouté sans broncher un discours pseudo-scientifique sur les esprits pendant plus de deux heures ce soir !

Tout à coup, elle posa son stylo et ouvrit son ordinateur.

Elle s'était retenue lorsqu'elle était revenue dans sa chambre mais maintenant, elle ne pouvait plus résister à la tentation.

Elle entra le nom du beau propriétaire de l'hôtel dans son moteur de recherche.

Les Sam Crider étaient nombreux. Elle trouva néanmoins le bon et se mit à lire quelques articles évoquant ses films documentaires sur la justice et les prisons. Les commentaires des journalistes étaient toujours les mêmes, les films de Sam étaient profonds, intelligents et remplis d'espoir.

Impressionnée, elle s'intéressa ensuite à sa biographie.

Sam avait quatre ans de plus qu'elle, il avait fréquenté l'université de New York et avait été assistant sur quelques films avant de se lancer seul.

Le site sur lequel elle avait trouvé ces informations ne faisait aucune mention de l'Auberge Crider. Aucune mention non plus d'une éventuelle femme, mais cela ne voulait rien dire.

Elle esquissa un sourire rêveur.

S'il était célibataire, elle l'inviterait bien dans sa chambre pour un petit moment de sensualité.

Est-ce qu'il avait un appartement dans le bâtiment ou bien logeait-il dans une des chambres de l'hôtel ? Peut-être avait-il l'habitude de coucher avec des clientes ?

Non, mieux valait ne pas penser à cela.

Mieux valait ne plus penser à Sam, tout simplement. Elle avait du travail, des dessins à faire et un site internet à gérer.

Mais avant de commencer, elle devait trouver un angle d'attaque car sans angle d'attaque, pas d'histoire.

Finalement, elle aurait mieux fait de rester dans la salle de réception avec Erin ! Elle y aurait sans doute trouvé un premier sujet…

Mais elle était épuisée et le plus sage serait de grimper dans ce grand lit confortable et d'essayer de dormir…

Mais Erin dormirait sans doute très tard le lendemain et elle serait seule une grosse partie de la matinée. Pas drôle… En plus, si elle voulait trouver l'inspiration, mieux valait rester au contact des chasseurs de fantômes, se fondre dans le groupe et faire croire qu'elle avait la foi, car ils la démasqueraient bien vite si elle allait se coucher tôt tous les soirs et ne se mêlait à aucune conversation.

Mais redescendre dans la salle de réception voulait dire passer la nuit sur une chaise inconfortable… A moins que…

Elle jeta un coup d'œil à l'épaisse couette et aux oreillers moelleux. Rien ne l'empêchait d'observer le spectacle tout en étant confortablement installée, n'est-ce pas ?

Elle attrapa son carnet, son stylo, les glissa dans son sac à main, puis elle plia la couette, la mit sous son bras et sortit, résolue à ne revenir dans sa chambre que munie d'un premier sujet. A partir de ce moment, décida-t-elle, ses journées commenceraient à 16 heures et se termineraient à 4 heures du matin. Après tout, les fantômes étaient des espèces nocturnes !

Elle monta dans l'ascenseur et oublia très vite chasseurs et fantômes. Des images de Sam venaient d'envahir son esprit.

Elle l'avait aperçu brièvement, un peu plus tôt dans la soirée, quittant la salle de réception. Elle avait espéré qu'il y reviendrait ; malheureusement, elle ne l'avait pas revu.

Mais avec un peu de chance, il y serait en ce moment.

Carrie n'était pas là. Un seul coup d'œil dans la grande salle suffit à Sam pour le constater.

La pièce avait bien changé depuis son dernier passage. Toutes les chaises avaient été repoussées contre les murs et les chasseurs de fantômes étaient désormais presque tous allongés dans des sacs de couchage, au centre de la salle, les yeux fixés sur l'écran.

Tous attendaient avec une patience incroyable d'apercevoir quelque chose, un signe, un bruit… N'importe quoi. Dans ce but, des caméras à visée laser, des détecteurs de champs électromagnétiques et des thermomètres infrarouges avaient été installés dans le Vieil Hôtel.

Il considérait tous ces efforts comme parfaitement inutiles, mais gardait cette opinion pour lui, car la boutique de l'hôtel proposait toute une gamme de gadgets destinés aux chasseurs de fantômes qui se vendaient presque aussi bien que les barres chocolatées et les magazines.

Comme dans tout rassemblement humain, songea-t-il, son regard professionnel aiguisé, des petits groupes s'étaient formés, des groupes de cinq ou six personnes.

S'il devait réaliser un documentaire, il s'intéresserait d'abord aux couples. Il leur demanderait pourquoi ils étaient ici, ce qu'ils espéraient voir, comment ils en étaient arrivés à croire que les fantômes n'étaient pas une illusion. Ensuite, il se concentrerait sur les familles. Car il y avait aussi des familles. Chose assez surprenante car Halloween ne tombait pas un jour férié. Mais peut-être ces enfants suivaient-ils l'école à la maison ? Il avait déjà rencontré certaines familles dans le passé, des familles entièrement dévouées à leurs recherches, prêtes à tous les sacrifices pour apercevoir un fantôme, y compris à priver leurs enfants d'une éducation normale.

Que se passait-il dans la tête de ces jeunes ? Avaient-ils la foi comme leurs parents ? Lorsqu'ils atteindraient l'adolescence, se rebelleraient-ils contre ces croyances qui les avaient privés d'une enfance ancrée dans un quotidien plus régulier ? Leur en voudraient-ils de…

Un frisson le parcourut soudain de la tête aux pieds.

Carrie…

Elle était là. Elle arrivait, disparaissant presque entièrement derrière la couette qu'elle portait.

— Tiens ? fit-elle en s'approchant de lui avec un grand sourire. Vous êtes revenu ?

Aussitôt, des voix dans la salle leur ordonnèrent de se taire.

— Je pensais que vous dormiriez à cette heure-ci, ajouta-t-elle alors en chuchotant.

Il la dévisagea. Elle était bien là, sublime, dans son jean et son pull vert pomme.

— Je devrais en effet être en train de dormir, mais je suis descendu vérifier que tout se déroulait bien, qu'il restait du café, de l'eau…

Elle lui fit un autre grand sourire et aussitôt, un frisson le traversa. Un frisson de désir. En un instant, sa température grimpa de plusieurs degrés.

Eprouvant l'impérieux besoin de la toucher, il posa une main sur son bras. Ce n'était pas là la conduite d'un responsable d'hôtel consciencieux, mais la tentation était trop forte. Il ne pouvait résister.

« Stop ! », lui intima la petite voix de la raison.

Il était en train de se ridiculiser !

— Où voulez-vous vous installer ? lui demanda-t-il alors pour donner le change.

Elle jeta un coup d'œil par-dessus son épaule avant de répondre :

— Je vois Erin, là-bas. Venez…

Heureux, il la suivit, enjambant quelques clients assoupis, jusqu'à un coin moins peuplé, pas très loin de l'estrade. Erin était là, en effet, installée au milieu de quatre jeunes hommes.

Ils ressemblaient à quatre guêpes autour d'un pot de miel. Sans doute n'avaient-ils pas la moindre chance, mais au moins, ils feraient de beaux rêves.

Sam esquissa un sourire désabusé.

Il ne devrait pas se moquer, il ne valait pas mieux. Carrie l'attirait comme un aimant. Une force contre laquelle il ne pouvait lutter le poussait vers elle. Cette attirance était même si forte qu'elle l'effrayait un peu.

— Que faites-vous ici ? leur demanda Erin en les apercevant.

— Chut, répondirent en chœur quelques aficionados.

Sam prit la couette des mains de Carrie et l'aida à l'installer par terre. Il n'avait plus sommeil. Il se sentait comme un adolescent, mal à l'aise, intimidé, un peu ridicule, mais il n'était plus fatigué. Plus fatigué du tout.

— Enfin, Erin, répondit Carrie d'une voix teintée d'ironie, je suis ici pour voir des fantômes. Salut Elton…

Sam regarda les badges des quatre jeunes gens et repéra le dénommé Elton. Il le salua d'un signe de la main.

Elton dévisageait Carrie d'une manière sans équivoque et aussitôt, la jalousie le gagna. Il le fusilla du regard et se rapprocha d'elle pour marquer son territoire.

Chasse gardée ! Qu'il s'occupe plutôt des fantômes et autres ectoplasmes !

— Avez-vous déjà repéré quelque chose ? demanda Carrie à Erin.

— Quelques variations de température, mais rien de plus.

— Il est encore tôt, ajouta Carrie avant de se tourner vers Sam. Vous restez un moment ?

Tous les sens en éveil, il approuva d'un signe de tête.

— Oui, je vais rester un moment.

— Super ! Je vais chercher du café, je pense que ça va être nécessaire.

— Je vous accompagne.

Il la suivit, un peu gêné, mais à son grand soulagement, personne ne le regardait. Personne ne semblait étonné de sa présence ici, à côté de Carrie.

Tant mieux.

Elle remplit deux tasses de café brûlant, lui en tendit une puis se tourna vers les desserts.

— Promettez-moi de ne jamais faire partir ce chef, lui murmura-t-elle, elle est incroyable. J'ai tellement mangé que je ne devrais même pas regarder ces desserts, mais je ne peux pas m'en empêcher.

— Il n'y a rien de mal à s'offrir un petit plaisir de temps en temps, vous êtes en vacances. Tout le monde est supposé se laisser aller pendant les vacances…

Elle lui adressa un regard en coin.

A l'évidence, l'allusion était un peu trop appuyée. Il s'en voulut de ce manque de subtilité. Mais aussi, elle lui faisait perdre tous ses moyens, toute sa raison ! Devant elle, il se sentait complètement désarmé.

— Malheureusement, même les écarts des vacances ont des conséquences, répondit-elle avant de choisir deux petits éclairs au chocolat et de les placer sur deux assiettes. Ceux-ci sont petits, ils ne comptent pas !

— Devant les plats de Jody, je suis incapable de me retenir. Elle le sait, d'ailleurs. Une fois, à son retour d'un voyage à Paris, elle m'a forcé à manger toute une bûche de Noël.

— Elle vous a menacé avec une arme ?

— Pire que ça ! Elle avait laissé la bûche sur la table sans surveillance !

Carrie éclata de rire et, envoûté par cette cascade cristalline, il l'imita, oubliant qui il était, où il était. Il avait l'impression d'être seul au monde avec elle. Malheureusement, des voix exaspérées leur rappelèrent très vite de faire moins de bruit et, à regret, il revint au monde réel.

— Allez…, lança-t-elle alors en direction des râleurs, la vie n'est vraiment pas drôle si on ne peut même plus rire !

Il aurait voulu rire avec elle, mais il se retint de peur d'avoir l'air de manquer de respect à sa clientèle. Après tout, il était le directeur de l'hôtel, il ne pouvait pas faire n'importe quoi.

— Vous avez dit qu'elle serait là tout la semaine, c'est bien ça ? reprit Carrie.

— Jody ? Oui, toute la semaine.

— Super. Mais il va falloir que je fasse des abdominaux supplémentaires lorsque je serai de retour à la maison.

— C'est à ça que sert la marche à pied. Je pourrais vous emmener faire quelques promenades, si vous voulez.

— Si j'aimais la randonnée, je sauterais sur l'occasion. Malheureusement, ce n'est pas le cas. En plus, si je me couche tard, je risque de dormir une bonne partie de la journée, or je dois travailler et…

Elle s'interrompit net, un peu gênée, comme si elle avait dit quelque chose qu'il ne fallait pas.

Il s'en étonna. De quoi s'agissait-il ? Il aurait bien voulu la questionner, mais il se retint. Il aurait tout le temps de le faire plus tard. Il ne voulait pas gâcher ce moment.

— Vous pourrez toujours profiter des couchers de soleil, répondit-il pour la rassurer. Et ne vous inquiétez pas pour les repas. Les horaires seront plus souples durant la durée de la convention. Vous pourrez prendre votre déjeuner jusqu'à 18 heures.

— Tous les clients de l'hôtel font partie de la convention ?

La bouche pleine, il se contenta d'un signe de tête pour toute réponse puis, après avoir avalé, il ajouta :

— Nous n'avons que trente-six chambres.

— Mais beaucoup de chambres doubles ou triples.

— Oui. Seulement, elles ne sont pas très grandes.

— Ce n'est pas un problème. Les hôtes sont jeunes pour la plupart et les jeunes ont l'habitude des petites chambres et des voyages en groupe. Lorsque j'étais étudiante, je passais toutes mes vacances de printemps à Daytona Beach. Je dormais sur des canapés, sur le sol. J'ai même dormi dans une baignoire une fois et je peux vous dire que j'ai souffert !

Il éclata de rire.

— Je compatis. J'ai un minuscule appartement à Brooklyn.

— Et vous dormez tous les soirs dans la baignoire ?

— Non, sur un canapé, un futon.

— Vous devez vraiment aimer Brooklyn pour dormir sur un futon, rétorqua-t-elle avant de mordre dans son éclair au chocolat.

Soulagé, il l'imita. Elle semblait se détendre de nouveau.

— Pour mon travail, il n'y a que deux villes, New York et Los Angeles.

Elle ne répondit pas. Elle se contenta de le regarder en se mordant la lèvre.

— Je vais vous avouer quelque chose, Sam, j'ai fait des recherches sur vous, sur internet.

— Et malgré ça vous me parlez toujours ?

— Je n'ai peut-être pas suffisamment bien cherché car je n'ai lu que des louanges.

Il ne put s'empêcher de se sentir flatté. Carrie avait fait des recherches sur lui ? C'était vraiment la preuve qu'elle était intéressée.

Mais qu'avait-elle appris, exactement ?

Soudain inquiet, il tenta de se souvenir des informations qui circulaient à son sujet sur la toile, des photos qu'elle avait pu trouver, mais rien ne lui venait en tête. Il avait l'impression que son esprit s'était vidé. Il n'était plus qu'une boule d'émotions, comme chaque fois qu'elle était à ses côtés.

— Je suis fier de mes films, choisit-il de répondre pour dire quelque chose, de certains plus que d'autres, bien sûr…

— Vos enquêtes ne vous dépriment pas ?

— Ce serait de ne pas faire ces films qui me déprimerait. Je ne suis pas particulièrement engagé mais je trouve ces questions importantes. J'ai pensé pendant un moment faire des films non documentaires, puis j'y ai renoncé. J'ai envie que mes œuvres fassent la différence.

Tandis qu'il parlait, Carrie fronçait les sourcils. Mais elle ne semblait pas le désapprouver, elle semblait plutôt réfléchir à ce qu'il disait.

— Comment arrivez-vous à mener de front vos deux carrières, les documentaires et l'hôtel ? l'interrogea-t-elle.

Il posa son assiette vide sur la table avant de répondre.

— Je n'y arrive pas, justement… J'aime beaucoup cet hôtel, mais ce n'est pas ma vie. En fait, je vais le vendre, continua-t-il sur le ton de la confidence.

— Vendre l'hôtel ?

— Ne le répétez pas, c'est encore un secret.

— Je ne dirai rien. Mais je suis surprise. L'hôtel n'est-il pas dans votre famille depuis plusieurs générations ?

— Si.

— Et ça ne vous dérange pas ?

Il haussa les épaules.

— A vrai dire, je ne suis pas très sentimental.

— Je ne l'aurais jamais cru.

— Vous êtes étonnée ?

— Oui, enfin non. Je ne suis pas très sentimentale non plus. Il n'y a que peu de choses dont je ne pourrais pas me passer. Et une de ces choses est ma meilleure amie, elle…

Elle s'interrompit et il la vit jeter un coup d'œil en direction d'Erin.

— Je me sens mieux lorsqu'elle est à mes côtés… Je passe la plupart de mon temps sur internet. C'est assez pathétique, mais sans Erin, je ne sortirais pas souvent. Elle m'aide à participer à la vraie vie, pour reprendre son expression. Mais assez parlé de moi. Allons retrouver les autres, nous sommes peut-être en train de rater les fantômes.

— Ah oui, les fantômes.

Il l'observa discrètement. Il avait l'impression qu'elle avait changé tout à coup, elle semblait soudain moins détendue, comme si le fait d'avoir parlé de son amie l'avait rendue triste. Il se demanda pourquoi.

Devait-il essayer de lui remonter le moral ou valait-il mieux laisser les choses en l'état jusqu'au lendemain ?

Il n'en avait aucune idée.

Elle lui prit son assiette des mains, la mit à la poubelle, mais ne le regarda pas. A l'évidence, elle ne voulait pas parler, alors mieux valait ne pas insister.

— Je crois qu'il est l'heure pour moi de vous souhaiter une bonne nuit, Carrie.

— Vous renoncez aux fantômes ?

— Ma journée de demain est importante. Je dois me lever tôt.

— En tout cas, j'étais contente de vous voir.

— Moi aussi. Peut-être nous verrons-nous demain ?

Elle le fixa de ses grands yeux gris et esquissa un sourire qu'il trouva un peu triste.

— Oui, murmura-t-elle sans le quitter des yeux, j'aimerais beaucoup.

Elle semblait vraiment avoir envie de le revoir. Une bouffée de joie presqu'enfantine l'envahit. Si elle voulait le revoir, cela voulait dire que tout n'était peut-être pas perdu.

En tout cas, il refusait de le croire.

Chapitre 6

Il était 4 h 30 du matin et Carrie ne parvenait pas à s'endormir. Une demi-heure auparavant, elle avait failli payer Erin pour que celle-ci porte sa couette jusqu'à sa chambre, tant elle était fatiguée. Mais elle y était finalement arrivée toute seule.

Une fois dans sa chambre, elle s'était brossé les dents, avait mis son pyjama puis s'était précipitée au lit.

Mais tout à coup, elle n'avait plus eu sommeil.

Impossible de s'endormir. Elle se sentait comme en ébullition.

Elle devait pourtant à tout prix se calmer, se reposer. Mais les pensées se bousculaient en elle, les questions tourbillonnaient dans son esprit, mêlées aux images de Sam.

Elle avait dit qu'elle était venue à la convention avec du travail à faire…

Ce qui n'était pas grave en soi… Tout le monde travaillait et pouvait avoir quelque chose d'urgent à terminer, même en vacances. Le problème était… Le problème était tout le reste ! Non seulement elle lui avait avoué qu'elle devait travailler, mais elle lui avait aussi affirmé qu'elle n'était qu'une fille asociale passant son temps devant un écran d'ordinateur.

Bel aveu ! Jusque-là, pourtant, elle avait réussi à donner le change, à avoir l'air d'une femme qui menait une vie à peu près normale, avec des amis, des vacances… Sam lui avait révélé son intention de vendre l'hôtel et, sans réfléchir, elle s'était elle aussi sentie en veine de confidences et lui avait à son tour dévoilé un secret.

S'il ne l'avait pas intéressée, si elle n'avait pas désiré coucher avec lui, cet aveu ne poserait aucun problème. Mais elle le désirait. Elle le désirait vraiment. Il lui avait suffi de discuter avec lui pendant quelques minutes pour comprendre qu'elle le désirait, corps et âme.

Or elle avait l'impression que par cet aveu, elle venait de ruiner toutes ses chances d'une aventure avec lui.

La règle du jeu des vacances stipulait qu'elle pouvait s'intéresser au gérant d'un hôtel si elle le désirait. Cette règle précisait également qu'elle pouvait se resservir des desserts sans limite, et même danser sur la table si le cœur lui en disait. Mais pour pouvoir profiter de cette règle du jeu, elle ne devait pas tout gâcher dès le premier soir !

Et le pire…

Le pire était qu'elle n'avait pas tout dit, à savoir qu'elle était là pour une mission secrète en quelque sorte, celle de ridiculiser les gens comme lui, les gens qui croyaient aux fantômes et aux esprits, ridiculiser ce qui était une partie de sa vie, de ce qui le constituait.

Elle pouvait déjà imaginer leur conversation, s'il venait à l'apprendre. Une conversation qui se terminerait lorsqu'il la jetterait dehors.

Elle ne pourrait pas lui en vouloir. Avec son caractère intransigeant, son goût pour l'ironie et les sarcasmes, c'était déjà un miracle qu'elle n'ait pas ruiné son amitié avec Erin.

Enfin…

Pour en revenir à Sam, il finirait tôt ou tard par apprendre la vérité. Il lui suffisait pour cela de faire exactement ce qu'elle-même avait fait à son propos, taper son nom sur internet. Elle signait ses caricatures Carrie Price, mais son pseudonyme n'était pas un mystère. Son véritable nom y était associé sur certains sites, dans quelques articles… Il découvrirait vite le pot aux roses.

Lasse, elle se retourna une fois encore dans son lit.

Après tout, songea-t-elle soudain, peut-être comprendrait-il ? Il venait de New York et la Grosse Pomme était une ville très libérale. Et puis, ce n'était pas parce qu'il croyait aux phénomènes surnaturels qu'il n'avait pas d'humour…

Oui, mais… même s'il avait de l'humour, voudrait-il coucher avec une femme qui se moquait de ce en quoi il croyait ? Sans doute pas. Elle-même ne coucherait pas avec un homme qui mépriserait ouvertement la bande dessinée.

Seule une minorité de gens croyait à la vie après la mort, aux esprits et aux revenants. Les autres refusaient de croire à un phénomène qu'aucune preuve scientifique n'étayait. Dans ce domaine, elle faisait donc partie de la majorité, mais pas pour le travail. Là, c'était l'inverse, elle faisait partie d'une minorité. Beaucoup de gens considéraient en effet la bande dessinée comme un art mineur et sûrement pas comme un métier.

Ce qui voulait dire qu'elle était hors-norme.

Ce n'était pas la première fois qu'elle se sentait différente des autres. Décalée. Elle regrettait juste d'avoir parlé à Sam et de lui avoir avoué cette différence.

Le seul point positif de la soirée était qu'elle avait acquis la certitude qu'elle lui plaisait. Elle l'avait vu sur son visage, à la façon qu'il avait eu de la déshabiller du regard, de la dévorer des yeux.

Elle voulait une aventure et lui aussi.

Une aventure…

C'était la première fois depuis bien longtemps qu'elle ne pensait pas à Armand au moment de se coucher, remarqua-t-elle, surprise.

Son attirance pour Sam était-elle uniquement du désir ?

Sans doute, mais où était le problème ?

Il n'y avait pas un problème. Au contraire. C'était très bien, le désir.

Il n'y avait rien de mal à désirer un homme, surtout un homme aussi séduisant que Sam.

15 h 50. La première activité de la journée allait bientôt commencer dans la salle de réception de l'hôtel pour les chasseurs de fantômes.

Sam avait passé la matinée avec ses deux acheteurs avant de les confier, quelques minutes plus tôt, à Beverly, pour qu'elle les emmène faire le tour des écuries et des jardins. Il avait, lui, à s'occuper à présent du concours de sculpture de citrouille.

Il réprima un bâillement.

Si seulement il avait mieux dormi… Malheureusement, sa conversation avec Carrie avait tourné en boucle dans sa tête. Il avait passé la nuit à tenter d'analyser chaque mot qu'elle avait prononcé, parvenant à des dizaines d'interprétations contradictoires, avant de décider que finalement, il n'avait peut-être pas perdu toutes ses chances.

Dès qu'il s'était levé, il s'était dépêché de parcourir tout l'hôtel et ses extérieurs pour l'apercevoir. En vain.

Mais il n'était pas surpris. Elle avait passé la moitié de la nuit debout, elle n'allait pas se lever à l'aube.

Plein d'espoir, il avait ensuite fait un tour dans la salle du restaurant à l'heure du déjeuner, mais la jeune femme n'y avait pas non plus fait son apparition. Alors, pour se changer les idées, il avait emmené Heartly et Mori visiter le village.

Cette promenade n'aurait pas pu mieux se dérouler, car les touristes étaient nombreux à se balader dans les rues décorées et illuminées. A Crider, Halloween était en effet une fête presque aussi importante que Noël car les légendes concernant les fantômes ne se limitaient pas à l'hôtel, mais touchaient toute la ville.

— Sam ?

Il releva la tête et se tourna vers Wendy, une jeune saisonnière chargée entre autre de la décoration de l'hôtel.

— Oui ?

— Nous n'avons qu'un seul lot pour le concours ?

— Pourquoi ? Vous pensez qu'il en faudrait plusieurs ?

— Je crois oui, car plusieurs enfants se sont inscrits.

Il réfléchit un instant.

— Bon... Une fois que les inscriptions seront closes, voyez combien d'enfants sont inscrits, puis allez acheter des cadeaux pour eux.

Pour toute réponse, la jeune femme lui sourit, puis se remit au travail. Sam se concentra sur les citrouilles, empilées à l'arrière de l'estrade.

Tout était en place dans la salle. Les tables avaient été disposées en ligne, protégées par des toiles cirées. Sur chacune d'entre elles, feutres, cutters, papier, ainsi que le règlement du concours étaient à disposition.

Les règles du concours étaient simples. Toutes les découpes dans les citrouilles seraient faites par l'un des employés, pour éviter tout accident. Les participants devaient simplement dessiner sur la pièce. A l'issue de la soirée, ils seraient départagés par les applaudissements du public et le grand gagnant repartirait avec un bon pour un massage aux pierres chaudes de deux heures.

Jody, qui poussait un chariot chargé de ses propres créations, passa derrière lui.

Il la rejoignit.

— Il paraît que tu as emmené tes acheteurs visiter la ville, tout à l'heure, fit-elle.

— Oui et pendant la promenade, ils m'ont encore reparlé de leur dîner d'hier soir. Tu les as vraiment impressionnés.

— C'était mon but. Je veux qu'aucun des deux n'oublie mon nom.

— Il ne te reste que quelques heures pour finir de les éblouir, ils repartent demain matin.

— Je sais, mais ne t'inquiète pas. Tout est sous contrôle.

La jeune femme installa une première citrouille sur la scène, puis balaya la pièce du regard.

— Elle n'est pas encore là ?

— Qui ?

— Ne joue pas les innocents, Sam ! Tout le monde est au courant. Même Mickey et pourtant, il ne sort jamais de la cuisine !

— Tout le monde est au courant de quoi ?

— De ton coup de foudre.

Il ouvrit la bouche pour répliquer et se défendre, mais se contenta de soupirer. A quoi bon nier l'évidence ? Jody le connaissait mieux que personne, il ne pouvait pas lui mentir.

— Peut-être est-ce à cause de la vente, du stress… Autrefois, je savais être discret et subtil, je n'avais aucun mal à séduire une femme, à l'attraper dans mes filets et…

— L'attraper dans tes filets ? Je te connais depuis des années, Sam, tu n'as jamais été très subtil avec les femmes. Désolée de te le dire, mais tu ne t'appelles pas James Bond.

— Tu dis ça parce que tu es jalouse. Tu regrettes de ne pas m'avoir épousé lorsque tu en avais la possibilité.

— Nous n'aurions pas été heureux ensemble, tu le sais bien. Mais ça ne nous empêche pas d'être les meilleurs amis du monde. Pas vrai ?

— Vrai…

— Pour en revenir à ton coup de foudre, j'ai entendu dire que tu traînais encore ici à 1 heure du matin alors que tu aurais dû être au fond de ton lit en train de dormir.

— Comment es-tu au courant ?

— Je travaille en cuisine. Nous sommes au courant de tout !

Il lui tendit la citrouille suivante avant de poursuivre sur le ton de la confidence :

— Le problème, c'est que je ne suis pas sûr d'avoir une chance.

— Arrête de te dénigrer, tu as tout pour toi ! Tu es beau, gentil… Comment pourrait-elle résister ? Mais si je peux te donner un conseil, remets ton jean et ta chemise à carreaux. Les femmes adorent les hommes des montagnes, le genre un peu sauvage, tu vois ce que je veux dire ?

— Ce serait de la publicité mensongère, je ne suis pas sauvage !

— Et alors ? Elle n'est là que pour quelques jours. En plus, tu es particulièrement sexy en jean.

— Est-ce que ton mari sait que tu penses ça de moi ?

Elle lui adressa un clin d'œil malicieux.

— Mon mari pense que je suis adorable.

— Il faudra que je lui dise deux mots.

— Tiens, en parlant du loup…

A ces mots, Sam se retourna, pensant que Jody lui annonçait l'arrivée de son mari. Mais non. C'était Carrie qui venait d'entrer, à l'autre bout de la salle.

— Alors comme ça, tout le monde parle de Carrie et moi ?

— Les cuisiniers adorent les ragots ! Pas autant que les femmes de chambre, mais presque.

— Si tu es tellement au courant de tout, peut-être peux-tu me dire lequel de mes deux acheteurs potentiels va faire une offre ?

Plutôt que de lui répondre, Jody lui mit une nouvelle citrouille entre les mains.

— Va donc lui parler, l'encouragea-t-elle, elle te regarde.

— Tu crois ?

— Sam…

Il étudia un instant le visage de son amie. Le mariage et la maternité l'avaient rendue encore plus belle.

Il espérait vraiment que si Heartly se portait acquéreur, Jody et lui parviendraient à un accord, car il désirait qu'elle reste travailler à l'hôtel. Avec elle aux fourneaux, l'avenir de l'établissement était assuré.

« Enfin ! », songea Carrie en apercevant Sam.

Il avait l'air en forme. La chemise couleur chocolat qu'il portait lui donnait un air très sérieux.

Anxieuse, elle réajusta son gilet, se recoiffa tant bien que mal avec les doigts. Au même instant, elle le vit l'étudier de la tête aux pieds et lui sourire. Il semblait approuver sa tenue, jean et ballerines. Ouf…

— Il est tôt, fit-il en la rejoignant, vous allez pouvoir choisir votre citrouille.

— Je vais prendre la plus belle… Je… Je voulais vous poser une question… Qui va se charger du massage du gagnant ?

Pour toute réponse, il posa sa main dans le creux de ses reins, comme le jour de son arrivée, et aussitôt, elle sentit tous ses sens s'éveiller et sa respiration devenir plus rapide. Ses mains semblaient posséder des pouvoirs magiques. Elles semblaient capables d'allumer un incendie de plaisir en elle, même à travers ses vêtements.

Etant donné l'effet que lui faisait ce simple attouchement, elle n'avait plus qu'une envie, qu'il se charge lui-même du massage.

— Nous avons un très bon masseur qui vient à l'hôtel, répondit-il enfin. Il s'appelle Michael et il a étudié en Inde et en Chine pendant plusieurs années. Il possède un salon au village. Si vous ne gagnez pas au concours, je vous conseille d'aller quand même lui rendre une petite visite.

Déçue, elle réprima un soupir.

— Vous avez l'air désappointée ?

Oui, elle l'était. Mais allait-elle oser lui ouvrir son cœur et lui avouer la vérité ?

Au moins, si elle le faisait, elle serait fixée sur les intentions de Sam à son égard.

Rassemblant son courage, elle prit une profonde respiration et riva son regard au sien.

— En fait, j'espérais que si je gagnais, ce serait vous, mon masseur.

A ces mots, elle vit les pupilles chocolat s'agrandir de stupéfaction et les joues parfaitement rasées s'empourprer.

— Je pense que je peux faire un effort pour vous, répondit-il d'une voix mal assurée.

— Mais si je ne gagne pas…

— Je pense tout de même pouvoir faire un effort.

Troublée, elle se mordit la lèvre puis s'absorba dans la contemplation des citrouilles. Elle devait à tout prix penser à autre chose car lorsqu'il la regardait ainsi, avec ce regard incandescent, elle n'avait plus qu'une envie, l'embrasser, l'enlacer, sentir sa peau brûlante contre la sienne. Or elle ne pouvait pas l'embrasser ici, maintenant. Ils étaient en public.

Mais elle en était désormais certaine, elle l'embrasserait bientôt. Quelque chose se passait entre eux. Il lui suffisait de le regarder pour sentir des milliers d'étincelles de désir crépiter en elle et de délicieux frissons glisser le long de son dos avant de remonter entre ses jambes.

— Les gens…

— Oui ?

— Les gens vont arriver pour le concours. Je devrais peut-être… Faire des choses…

Elle approuva d'un signe de tête, sans le regarder, souriant à sa gêne. Elle avait envie de se moquer un peu de lui, de rire de joie tout à la fois, mais elle se força à rester sérieuse. Après tout, elle était dans le même état que lui.

Et puis Erin n'allait pas tarder à arriver. Elle devait choisir sa citrouille, sa table…

Mais elle n'avait plus d'inquiétude désormais, plus d'interrogation sur la suite de son séjour. Un contrat tacite venait d'être établi entre eux, et une décision avait été prise.

Oui, ils se plaisaient. Oui, ils allaient faire l'amour.

Elle était impatiente.

— Avez-vous choisi ? lui demanda-t-il soudain, reprenant son rôle de directeur de l'hôtel.

— Oui, celle-ci.

Elle tendit la main vers une citrouille qu'elle trouvait parfaite. Elle avait déjà une idée très précise de ce qu'elle allait dessiner.

Sam alla chercher la citrouille, puis croisa son regard. Il semblait plus calme, plus détendu. Et encore plus sexy !

— Il ne reste plus qu'à vous trouver une table, maintenant…

Elle le suivit, sans dire un mot, jusqu'au fond de la salle. Il posa la citrouille sur une table puis, de sa main fine, effleura son bras.

— Savez-vous quel genre de citrouille préfère Erin ?

— Je dois avouer que nous n'en avons jamais discuté, mais je pense qu'une citrouille un peu asymétrique lui plairait.

— D'accord. Je reviens tout de suite.

Elle le regarda s'éloigner. Il avait de longues jambes et marchait avec grâce.

Elle se sentait fière.

Elle n'avait jamais été très douée pour séduire les hommes. Ses seules armes étaient son stylo et sa feuille de papier, mais elle ne les avait pas utilisées avec Sam. Quelques sous-entendus avaient suffi.

Quelques sous-entendus avaient suffi à la persuader que Sam et elle allaient partager une aventure.

Bientôt. Très bientôt.

Chapitre 7

Lorsque Erin arriva enfin, Carrie avait déjà terminé son premier dessin.

Les candidats continuaient à s'installer dans la salle, mais d'après ce qu'elle avait lu dans le programme, les organisateurs allaient bientôt donner le signal du départ.

— Tu as l'air bien heureuse, claironna Erin en s'asseyant en face d'elle, une tasse de café à la main. Tu as fait l'amour, cette nuit ?

Carrie baissa la tête, le rouge aux joues. Erin n'était pas très discrète et la jeune femme à la longue chevelure de jais assise à leur table leur souriait malicieusement.

— Non, répondit-elle néanmoins, mais j'ai dormi un peu plus que toi. A quelle heure t'es-tu couchée ?

— Trop tard, à moins que ce ne soit trop tôt… Je suis désolée de t'avoir ratée au petit déjeuner. Je viens de manger les meilleurs pancakes de toute ma vie. Je vais sûrement prendre une dizaine de kilos pendant mon séjour, mais peu importe.

Déçue par son dessin, Carrie chiffonna sa feuille puis se remit sans attendre au travail, sans relever les derniers propos de son amie.

— Si je comprends bien, reprit-elle au bout de quelques minutes, tu n'as toujours vu aucun fantôme.

— Pas encore, mais nous avons observé d'étranges variations de température. Je vais au Vieil Hôtel ce soir, j'ai hâte.

J'ai l'impression… J'ai l'impression que quelque chose va s'y passer. Comme une intuition. Pas toi ?

— Si. J'ai l'intuition que les fantômes t'attendent pour faire leur apparition. Après tout, quel esprit ne rêverait pas de faire ta connaissance ?

— C'est ça, moque-toi de moi !

— Oui, je me moque de toi, mais gentiment. Bon, plus sérieusement, que penses-tu de ta citrouille ?

Erin jeta un coup d'œil dessus et haussa les épaules.

— C'est une citrouille…

— Tu ne veux pas en changer ?

— Ça m'est égal. De toute façon, je ne vais pas la sculpter. Tu vas gagner, et je ne voudrais pas risquer d'assombrir ta journée de gloire.

— Je sais exactement ce que je veux. Malheureusement, je n'ai pas encore réussi à le dessiner. Je… J'ai la tête ailleurs.

— Oh ! Oh !

Erin lui adressa un coup d'œil coquin. Carrie la connaissait suffisamment pour savoir ce que ces « oh oh » voulaient dire. Elle voulait savoir s'il s'était passé quelque chose avec Sam.

— Alors raconte !

Hésitant, Carrie jeta un coup d'œil vers leur voisine. Ce n'était peut-être pas le meilleur endroit pour parler.

— Je te raconterai tout plus tard.

— Tu n'es pas drôle mais ce n'est pas grave, déclara Erin avant de s'affaler à moitié sur la table. Réveille-moi s'il se passe quelque chose d'intéressant…

Carrie la laissa se reposer et fixa sa feuille blanche, puis elle prit son crayon et releva la tête. Sam se tenait deux rangées plus loin, lui tournant le dos. Elle en profita pour détailler sa silhouette. Elle adorait le contraste entre ses épaules larges et puissantes et ses hanches fines. Avec ses cheveux qui descendaient sur sa nuque, un jean qui moulait parfaitement ses fesses, elle le trouvait beau comme un dieu.

Elle le trouvait parfait.

Et comme elle ne restait ici qu'une semaine, ils n'auraient

pas le temps de se connaître assez pour découvrir leurs défauts respectifs ; il resterait donc l'homme parfait.

De son côté, il ne saurait pas qu'elle aimait manger ses céréales avec du jus d'orange plutôt qu'avec du lait ou ses spaghettis froids avec du ketchup, ou encore qu'elle était parfois si absorbée par son travail qu'elle pouvait travailler des jours durant sans s'arrêter.

Il ne la connaîtrait qu'en surface.

Soudain, comme s'il avait deviné qu'elle l'observait, il se retourna. Il lui sourit et lui adressa un clin d'œil, comme pour lui rappeler qu'ils partageaient un secret et elle sentit une vague de désir l'envahir. Son cœur se mit à battre à toute allure, elle avait chaud, la peau hérissée par la chair de poule. Jamais un homme ne lui avait fait un tel effet.

Son désir était tel qu'une partie d'elle avait envie de tout abandonner sur place pour entraîner Sam dans sa chambre. Mais une autre partie d'elle avait plutôt envie de profiter de l'attente, de la savourer, car elle savait par expérience que l'attente elle-même pouvait parfois être plus agréable que ce que l'on attendait.

Un des enfants présents posa alors une question à Sam, qui se détourna pour lui répondre, et le lien invisible qui les reliait s'évanouit, mais elle en garda une impression de légèreté et de joie.

Elle se souviendrait de ce moment longtemps, elle en était persuadée. D'ailleurs…

Sans attendre, elle saisit son crayon et se remit à dessiner.

Il ne pouvait absolument pas se laisser distraire. Pas pour le moment. Aussi attirante fût-elle…

Pourtant, attablé avec ses acheteurs potentiels qui lui posaient des questions sur le domaine skiable, Sam parvenait à peine à rester concentré. Il le fallait pourtant ! Carrie n'était pas milliardaire et il avait besoin de vendre cet hôtel. Il avait besoin d'argent.

Mais il avait beau être conscient du caractère crucial et décisif du moment qu'il passait avec eux, il était obnubilé par la question futile du concours de sculpture sur citrouille et du gagnant. Il ne voulait pas que Carrie gagne. Il ne voulait pas qu'un autre que lui la masse, pose ses mains sur son corps, sur ses courbes parfaites, empoigne ses fesses sensuelles…

Il serra les poings et, se concentrant sur la conversation, parvint tant bien que mal à répondre à Mori sans se ridiculiser.

Quelques minutes plus tard, la serveuse leur apporta des desserts.

Encore une fois, Jody s'était surpassée. Ses deux hôtes semblaient repus et satisfaits. Et pas simplement à la suite de leur repas, ce qui était bon signe.

— Restez-vous ce soir pour la chasse aux fantômes ? leur demanda-t-il. Elle va se dérouler dans le Vieil Hôtel.

Heartly hocha la tête.

— Je pense que si une preuve tangible de l'existence des fantômes avait été trouvée, cette nouvelle aurait fait les gros titres des journaux, répondit-il. Alors pas de chasse aux fantômes pour moi, ce soir, je préfère me coucher tôt plutôt que d'attendre un phénomène qui ne se produira jamais !

— Le problème avec les croyances populaires, déclara à son tour Mori, c'est qu'elles sont difficiles à prouver, mais difficiles à démonter et récuser également. Mes parents ont toujours cru à la réincarnation. Personnellement, je n'y crois pas, mais j'espère tout de même un peu au fond de moi qu'ils ont raison car j'aimerais bien savoir ce qui se passe après.

— Ce qui se passe après pour moi, c'est une douche et au dodo ! reprit Heartly en pliant sa serviette. Vous avez une magnifique propriété, Sam… L'hôtel est bien tenu, vos employés comme vos clients semblent heureux. Je sais que votre père serait fier de vous.

— Il adorait l'hôtel, c'était toute sa vie.

— L'établissement ne vous manquera pas ?

— Sans doute que si, de temps en temps. C'est inévitable… Mais c'est la vie. Il faut aller de l'avant. J'ai gardé de nombreuses photos de mes parents ici, j'ai transféré quelques films en Super-8 sur des DVD, je les regarderai, les jours de nostalgie.

— Parfait, répondit Mori. Je vais moi aussi retourner dans ma chambre car j'ai du travail. Ce n'est pas la peine de vous lever pour nous demain, Sam. En cas de problème, vos assistants seront là.

Les deux hommes se levèrent, lui serrèrent la main, puis quittèrent la salle à manger.

Sam les regarda s'éloigner. Voilà… Maintenant qu'il avait fait tout ce qu'il devait faire, il ne lui restait plus qu'à attendre leur décision. Il en était soulagé mais aussi un peu déçu. Cette vente l'avait tellement occupé pendant des mois que sa vie lui sembla soudain très vide.

La meilleure chose à faire maintenant était sans doute de se changer les idées. Et pour ce faire, il avait une idée très précise.

— Mon Dieu ! s'écria Erin en contemplant sa citrouille. Vous avez fait l'amour ! Je le savais ! Allez, dis-moi tout…

— Tais-toi, répondit Carrie en tentant d'ignorer le sourire amusé de sa voisine. En plus, ce n'est pas vrai.

Erin se pencha vers elle et la regarda droit dans les yeux.

— Menteuse ! Je n'arrive pas à croire que tu me l'aies caché, Carrie.

Elle ne répondit pas, se contentant de retourner sa citrouille pour que personne ne voie son dessin de Sam. Il n'était pas nu mais tout de même ! Elle n'avait pas envie que qui que ce soit devine qui était son modèle. Enfin… Le risque était minime, elle n'avait dessiné qu'un dos et des hanches étroites.

Sa citrouille ne ressemblait à aucune autre. Elle n'était pas traditionnelle mais cela n'avait aucune importance. Elle voulait la sculpter pour graver dans sa mémoire cet instant d'intense émotion qu'elle venait de vivre, sous les yeux de tous, mais dans leur plus parfaite ignorance.

— Allez, raconte ! insista Erin en la sortant de sa rêverie. Tu n'as pas un petit quelque chose que je puisse me mettre sous la dent ? Je n'ai rien vu ici, pas de fantôme, pas d'esprit. Je ne fais que manger. J'ai besoin d'un peu de piment !

Carrie soupira.

— Nous avons fait des projets. C'est tout.

— Quel genre de projet ?

Carrie baissa la tête. Elle avait beau chuchoter, elle avait l'impression que tout le monde l'écoutait et la regardait.

— Des projets… Des projets pour plus tard.

— Je veux des détails !

— Il m'a promis un massage, avoua-t-elle alors, la main devant la bouche pour plus de discrétion.

— Quoi ? s'écria encore Erin d'une voix forte.

— Tais-toi ! Je vais me chercher du café. Toi, tu restes ici.

— Sûrement pas, répondit son amie en se levant et en la suivant vers le bar.

Mais Carrie n'avait pas envie de lui en dire plus.

Malheureusement, quelques secondes plus tard, Erin revint à la charge.

— Allez, Carrie, raconte. S'il te plaît !

Heureusement qu'elles ne connaissaient personne ici, car elle avait l'impression que d'ici dix minutes, tous les participants la prendraient pour une fille légère.

— Bon, si tu veux tout savoir, nous avons parlé, lâcha-t-elle pour tenter de satisfaire la curiosité de son amie. J'ai posé quelques questions sur le premier prix et il m'a répondu qu'un massage de sa part, même si je ne gagnais pas, était envisageable.

— Je le savais, je le savais ! Je te l'avais dit, n'est-ce pas ? Je suis tellement jalouse ! Sam est le seul type acceptable ici, à part peut-être Liam…

— L'organisateur ? Je croyais qu'il était marié.

— Je ne vais pas coucher avec lui, ne t'inquiète pas. Mais ne m'empêche pas de rêver un peu.

— Voilà ce qui arrive quand on passe trop de temps avec des chasseurs de fantômes, on perd le sens de la réalité !

— Je te rappelle que Sam aussi croit aux fantômes.

Elle le savait oui, hélas. Ce n'était pas la peine de lui rappeler.

— Il peut croire à ce qu'il veut… Du moment qu'il n'en parle pas lorsque nous sommes nus !

Tout à coup, quelqu'un se racla la gorge derrière elles et Carrie sursauta. Elle se retourna et se retrouva nez à nez avec la jeune femme qui partageait leur table. Elle les avait sans aucun doute entendues parler.

— J'aime beaucoup votre citrouille. Vous honorez bien votre modèle.

— C'est gentil, merci.

— Je suis persuadée que vous allez gagner le premier prix, ajouta-t-elle avant de s'éloigner.

Erin éclata de rire. Elle semblait amusée de voir Carrie démasquée. Il n'y avait pourtant pas de quoi. Au contraire, même ! Ce n'était pas drôle.

Elle allait répliquer lorsqu'elle aperçut Sam qui se dirigeait vers sa table. Aussitôt, comme par magie, comme hypnotisée par cette apparition, elle oublia les mots de la jeune femme et les moqueries d'Erin.

— C'est vrai qu'il est sexy, lui murmura cette dernière en lui donnant un coup de coude.

— J'ai honte…

— Il ne faut pas. Allez viens…

Aussi mal à l'aise qu'une adolescente fleur bleue dont le coup de cœur aurait été dévoilé à toute la classe, elle suivit Erin en silence.

— L'heure du résultat approche ? demanda Erin à Sam quand elles furent à son niveau.

— Je ne ferai qu'annoncer le résultat. Ce sont les spectateurs qui vont juger.

— Je suis persuadée que toutes les femmes vont voter pour Carrie, déclara Erin. Même si sa citrouille n'est pas effrayante.

— Vraiment ? s'étonna Sam, vous ne la trouvez pas effrayante ?

— Non, pas du tout. Je trouve que cette citrouille est la plus belle chose dans cette pièce… A part peut-être le modèle.

— Erin !

Cette fois, elle avait vraiment dépassé les bornes ! Il faudrait qu'elle lui dise deux mots une fois qu'elles seraient seules.

— Il faut que j'y aille, déclara soudain Sam en lui prenant la main et en la serrant doucement dans la sienne. Je vous vois plus tard ?

Elle approuva d'un simple signe de la tête puis le regarda s'éloigner en direction de l'estrade.

— Tu peux arrêter de sourire, j'avoue tout, dit-elle en se tournant vers Erin. Et vous aussi, vous pouvez arrêter de me regarder avec ces yeux malicieux, ajouta-t-elle à l'intention de leur voisine.

La jeune femme éclata de rire.

— Vous devez tout de même admettre que ce n'était pas très difficile de deviner, fit-elle.

— Je l'avoue.

— Je me présente, Lulu… Je suis ici avec mon mari. Il est au bar, en train de regarder une émission sportive à la télévision. Il ne croit pas aux esprits et n'avait pas le projet de m'accompagner, au départ, jusqu'à ce qu'il découvre que l'hôtel reçoit plus de chaînes câblées que la maison.

— Ravie de vous rencontrer, Lulu. Je m'appelle Carrie et voici Erin.

— Je suis désolée de ma remarque tout à l'heure, Carrie, mais la ressemblance est trop évidente.

— Sans doute…

— Je vous comprends, cela dit. Il est vraiment sexy.

A ces mots, Carrie sentit un frisson descendre le long de son dos. Oui, Sam était vraiment parfait.

Plus elle en parlait, plus elle y pensait, plus elle avait l'impression que cette histoire devenait réelle et plus son désir grandissait.

Elle but une gorgée de café et se mit à penser à la soirée à venir. Iraient-ils dans sa chambre à lui ? Ou alors dans la sienne ? Ils devraient décider.

Elle pourrait toujours insister pour qu'ils se retrouvent dans sa chambre car elle avait apporté quelques préservatifs. Elle en prenait toujours lorsqu'elle partait en vacances.

Cela ne faisait pas très longtemps qu'elle avait rompu avec Armand, pourtant elle avait un peu peur. Elle n'avait jamais eu de souci avec sa sexualité. Elle avait même toujours considéré le sexe comme quelque chose de naturel, mais avec Sam... Elle se sentait timide. Très timide.

— Carrie ?

Elle sursauta et fixa Erin.

— Quoi ?

— Tu n'es pas encore dans sa chambre alors fais attention.

— Désolée, j'avais la tête ailleurs.

Erin lui adressa un sourire entendu.

— C'est ce que je vois, mais pendant que tu rêvais, Sam vient de demander aux concurrents d'apporter leur citrouille sur la scène.

— Je n'ai plus envie de participer !

— Vous devez pourtant, l'encouragea Lulu. Votre citrouille est vraiment géniale, tout le monde va l'aimer. En plus, ce n'est pas comme si personne n'était au courant.

— A ce sujet, je vous remercie, les filles. Chapeau pour la discrétion !

— Allez, insista Lulu comme si elle la connaissait depuis des années, la moitié des clients ont commencé à parler de votre coup de foudre dès que vous êtes entrée dans l'hôtel. Certains ont également dit que vous ne croyez pas aux fantômes. D'autres que Sam et vous avez l'intention de faire l'amour derrière le comptoir de la réception.

Derrière le comptoir ? Elle blêmit.

— Les gens disent ça, vraiment ?... Mais c'est terrible !

— Je trouve ça plutôt mignon, la contredit Erin. Tu n'as aucune raison d'être gênée. Vous êtes deux adultes consentants, vous n'enfreignez aucune loi. Les autres sont juste jaloux. Je le sais car moi aussi, je suis jalouse. Alors un conseil, ne pense pas à eux et profite de la vie. Vis ta vie.

Carrie releva la tête.

— Vis ta vie ? De quoi parles-tu ?

— Je te parle de la nouvelle Carrie, celle qui devra être courageuse lorsque je serai à New York, celle qui ne devra pas rester enfermée dans son appartement pendant des jours, n'en sortant que pour aller acheter du lait.

A ces mots, Carrie sentit sa gorge se nouer et l'émotion la gagner. Sa vie allait en effet changer du tout au tout dans quelques semaines. Pendant un moment, elle l'avait oublié.

— Je ne devrais pas penser à faire l'amour avec Sam. Je devrais au contraire passer du temps avec toi pendant que c'est encore possible.

— C'est vrai que tu es ma meilleure amie et que je t'aime beaucoup, mais n'exagérons pas !

— Tu sais ce que je veux dire.

— Oui, mais je t'en supplie, ne pense pas à moi maintenant. Ne pense à personne d'autre qu'à toi et profites-en. Sam est un chic type. Si ça ne marche pas entre vous, ce ne sera pas grave. Tu rentreras à la maison et tu continueras ta route. Crider est l'endroit idéal pour tenter une nouvelle aventure.

— Comment en es-tu aussi certaine ?

Erin se tapa la tête avec son index.

— J'ai des pouvoirs, Carrie.

— Tu es surtout folle, ma vieille, répliqua-t-elle en faisant le même geste.

En les voyant jouer ainsi, Lulu éclata de rire.

— Je vous informe mesdemoiselles que j'ai bien l'intention de gagner le premier prix, déclara-t-elle ensuite, mais peu importe le résultat, car je sais que quelqu'un à cette table va être très heureux !

Carrie ne répondit pas. Elle se contenta de lever la tête et de fixer la scène.

Elle n'en revenait pas. Elle connaissait à peine Sam et pourtant, il la fascinait. Elle ne se souvenait pas de la dernière fois où elle avait été autant attirée par quelqu'un.

Quelque chose en cet homme lui plaisait, lui parlait fondamentalement. Beaucoup de choses, même, depuis son corps jusqu'à la façon qu'il avait de discuter avec les clients.

Les yeux brillant d'anticipation, elle esquissa un sourire de ravissement.

Elle n'allait pas chasser que des fantômes, ici…

Chapitre 8

Seize citrouilles se trouvaient en lice, finalement, dont quatre étaient l'œuvre d'enfants, nota Sam un peu désappointé. Il avait bien tenté d'attirer plus de participants, mais de nombreux clients avaient préféré attendre l'apparition d'hypothétiques fantômes.

Il avait beaucoup de mal à se concentrer sur le concours qui touchait à sa fin et dont il allait devoir animer la dernière phase. Son esprit le ramenait sans cesse à Carrie, la sublime Carrie. Elle lui faisait perdre la tête, à tel point qu'il avait failli égarer la citrouille d'un petit garçon.

Il prit une profonde inspiration et rassembla ses esprits, allumant le micro.

— Mesdames et messieurs, votre attention, s'il vous plaît, déclara-t-il. Il est l'heure pour vous maintenant de juger les magnifiques citrouilles qui se trouvent devant vous. Ce sont vos applaudissements qui les départageront. Le gagnant recevra un bon pour un massage et les enfants, de nombreux cadeaux !

Sans attendre, il présenta une première citrouille et le public applaudit.

— Et voici maintenant notre deuxième concurrente, la sorcière de Lulu Foster.

Le dessin en était très classique, mais il séduisit de très nombreuses personnes dans le public. Les applaudissements crépitèrent.

Sans doute Lulu Foster allait-elle gagner le premier prix, se dit-il tout en présentant les autres créations. Mais lorsqu'il parvint à la douzième citrouille, qui affichait un visage sanguinolent, le public se déchaîna. Elton, qui l'avait sculptée, fut déclaré vainqueur.

Appelé sur la scène, le jeune homme annonça, tout en dévorant du regard Erin, qu'il offrait son prix à une amie.

La jeune femme était en train de rire aux éclats avec Carrie.

Carrie…

Finalement, Sam était soulagé qu'elle ait décidé de ne pas participer au concours. Sa création était beaucoup trop personnelle, et il n'avait pas envie que qui que ce soit le reconnaisse.

Il réprima un soupir.

Jamais son père ne se serait conduit comme il le faisait avec une cliente de l'hôtel. Jamais. Enfin… Peut-être se trompait-il. Après la mort de sa mère, son père ne lui avait jamais parlé d'une autre femme, mais cela ne voulait pas dire qu'il n'en avait jamais regardé d'autre ni eu d'aventure. Si son père avait souhaité se remarier, il aurait été très heureux pour lui.

Mais cela ne s'était pas produit.

Refoulant ses regrets, il laissa son regard glisser vers Carrie. Elle lui sourit et aussitôt, un torrent d'émotions le traversa.

Il mourait d'envie de se trouver seul avec elle, de la serrer dans ses bras, de l'embrasser, de la déshabiller…

Vivement que le concours soit terminé, songea-t-il en regardant Wendy offrir aux enfants des crayons, des gommettes et des livres.

La distribution des cadeaux terminée, il se dépêcha de rendre le micro à l'organisateur de la convention. Son rôle d'animateur se terminait là pour la soirée. Tant mieux. Il n'en pouvait plus d'attendre. Il avait besoin de Carrie. Maintenant. Son sang bouillait dans ses veines. Un torrent de désir se bousculait en lui, annihilant le peu de raison qui lui restait.

Les yeux brillant d'anticipation, le cœur battant à toute allure, il dévisagea la jeune femme. Elle portait un jean et un haut bleu. Elle avait relevé ses cheveux, dévoilant à son regard une nuque élégante et fine, qu'il mourait d'envie d'embrasser, de lécher et de mordiller.

Mais ce qui attirait surtout son regard et sa convoitise, c'étaient ses lèvres pulpeuses, sensuelles, appétissantes, c'était sa bouche dont il rêvait de s'emparer pour un baiser passionné. Carrie lui faisait un tel effet qu'il avait l'impression d'être ivre, d'avoir perdu la tête. Il n'était plus qu'une boule d'émotions. Il n'était plus qu'un corps désirant un autre corps.

Il avait déjà passé un peu de temps à côté d'elle, mais il voulait maintenant la découvrir en détail, en profondeur. Il voulait découvrir la femme qu'elle était derrière sa façade ironique. Il voulait la toucher, la caresser. Il voulait la goûter, la posséder.

Un appel, lancé depuis la scène, le fit soudain sursauter. Quoi encore ? Ce soir, il en avait assez d'être le patron de l'hôtel, celui vers qui tout convergeait. Il en avait assez fait. Heureusement, il ne s'agissait que d'une question de logistique et qui ne lui était pas destinée.

Sans attendre, il ramena de nouveau toute son attention sur Carrie.

Malheureusement, elle n'était plus seule. Erin et le groupe de ses admirateurs étaient maintenant avec elle.

Dommage…

Il croisa son regard et d'un discret signe de la tête, elle lui indiqua qu'elle ne pouvait pas s'échapper tout de suite.

Tant pis. Il attendrait. Mais pas au milieu de la salle de réception. Il y avait trop de monde, trop d'excitation, trop de brouhaha. De plus, il n'était pas en état de mener une conversation sérieuse. Elle l'avait complètement hypnotisé.

Que pourrait-il faire, en attendant ?

Il pourrait appeler Patrick pour vérifier que tout se déroulait comme prévu, mais il n'avait pas envie de penser au travail. Il préférait s'installer dans un coin de la pièce, une bouteille d'eau à la main, et la regarder, la contempler, l'admirer.

Comment une femme aussi attirante et aussi sympathique pouvait vivre seule ? Comment pouvait-elle ne pas être constamment entourée de dizaines d'amis ?

Lorsqu'elle lui avait parlé de son appréhension à voir déménager Erin, elle lui avait semblé presque désespérée. Il avait trouvé cela étrange.

Du peu qu'elle lui en avait dit, il en avait déduit qu'elle n'était en contact avec les autres que par l'intermédiaire d'internet. Elle ne sortait de son appartement que pour faire ses courses, apparemment, ou pour accompagner Erin. Ce qui voulait dire que lorsque cette dernière serait partie à New York, le monde de Carrie, déjà restreint, le deviendrait plus encore.

Il avait déjà assisté à de tels comportements dans les grandes villes, des gens qui se renferment sur eux-mêmes, et ne conversent avec le monde que par l'intermédiaire de leur ordinateur. Mais Carrie ? Jamais il n'aurait imaginé qu'elle faisait partie de cette catégorie.

Non seulement elle était magnifique, mais elle était aussi joviale, enthousiaste, ouverte. Elle semblait bien dans sa peau, elle était drôle, intelligente. Il n'avait pas du tout l'impression qu'elle soit asociale. Au contraire. Il l'imaginait très bien faire partie d'associations, de clubs, aller au cinéma, au marché aux puces…

Quelque chose ne collait pas entre la description qu'elle lui avait faite d'elle-même et ce qu'il avait pu constater, percevoir de sa personnalité.

Il avait envie de comprendre.

Il avait toujours aimé faire cela, découvrir la face cachée de ses interlocuteurs. C'était d'ailleurs ce désir qui l'habitait lorsqu'il réalisait ses films documentaires. Percer la surface… Aller au-delà des apparences…

Malgré sa vie itinérante, ses horaires décalés, il avait beaucoup d'amis, des amis de milieux différents, des amis qui vivaient dans le Colorado, les Appalaches, ou dans des bidonvilles de Tijuana, des amis qui étaient réalisateurs, boulangers, ouvriers. Pourtant, malgré toutes ces expériences, tous ces gens qu'il côtoyait, Carrie restait un mystère pour lui.

Une chance encore qu'il aimât les mystères !

Carrie se débarrassa sans plus de manières des admirateurs d'Erin. Elle n'en pouvait plus d'attendre.

Voilà ce qu'elle aimait dans les salons professionnels et autres conventions : si la conversation ne l'intéressait pas, elle pouvait sans difficulté passer à la suivante, sans honte ni gêne. C'était comme appuyer sur la touche « supprimer » d'un clavier d'ordinateur, simple, sans douleur, sans conséquence.

Mais en dehors des salons professionnels, elle était très fidèle. Elle aimait sa vie régulière, sa routine. Elle se sentait sécurisée.

Sauf ce soir. Ce soir, elle ne se sentait pas sécurisée.

Elle ne se sentait pas en danger non plus car elle n'avait pas peur. Mais elle était dans l'expectative, sans aucune idée de ce qui allait se passer. Elle était sortie du cadre rassurant de sa routine.

Ce qui était sûr, cependant, c'est que chaque pas qu'elle faisait la rapprochait de Sam. La rapprochait du moment *critique*. L'attente en était effrayante et excitante tout à la fois. C'était le charme de l'anticipation.

Elle ferma les yeux un instant. Des images de Sam envahirent son esprit. Des images érotiques.

Elle avait envie de le connaître mieux, de parler avec lui avant de faire l'amour car une fois qu'ils seraient nus, peau contre peau, la conversation serait plus difficile.

Elle avait envie de savoir qui elle avait l'intention de mettre dans son lit. D'habitude, elle demandait à ses partenaires quel genre de bandes dessinées ils lisaient, depuis quand ils avaient leur carte du Geek Club…

Elle menait vraiment une vie bizarre ! Elle devait lui paraître une extraterrestre.

Tant pis. Il ne s'agissait pas non plus, pour l'un comme pour l'autre, de choisir quelqu'un pour la vie !

Impatiente, elle se dirigea vers lui, qui s'était installé dans un coin, ralentissant son allure au fur et à mesure qu'elle approchait pour savourer le moment et le faire durer le plus longtemps possible.

Il se tenait dos au mur, toujours aussi beau.

Il avait changé quelque chose dans sa coiffure. Elle ignorait quoi, mais cette nouveauté lui plaisait.

Elle laissa son regard s'attarder sur ses mains. Elle avait toujours eu un faible pour les mains masculines. Celles de Sam étaient longues, fines, racées, tout à fait à son goût. Elles allaient l'envoûter, lui faire toucher les étoiles, elle en était persuadée.

— C'est moi qui vous fais rougir ainsi ? lui demanda-t-il d'une voix sensuelle lorsqu'elle fut assez près.

— On dirait, répondit-elle en posant sa main sur l'une de ses joues.

A vrai dire, elle ne les avait même pas senties s'empourprer.

— Que diriez-vous d'un petit tour au bar, Carrie ? Personnellement, je pense qu'un verre me ferait du bien.

— C'est une excellente idée. Mais je dois vous prévenir, j'adore les cocktails pour les filles, les boissons bien sucrées, avec des petits parapluies en papier.

— J'ignore si nous avons des parapluies en stock, répondit-il en la prenant par le bras, mais nous trouverons bien de quoi décorer votre verre. Allez, venez.

Il ne touchait pas directement sa peau et pourtant, ce geste lui parut déjà très intime. Il la fit frissonner au plus profond de son corps.

— Il faut que je vous prévienne, continua-t-il en se penchant à son oreille, j'ai demandé à Wendy de prendre bien soin de votre citrouille.

— Oh…

La citrouille… Elle l'avait laissée sur la table et, obnubilée par Sam, l'avait complètement oubliée.

— J'aimerais bien en poursuivre la sculpture.

— Vous le ferez plus tard. Pour l'instant, nous allons nous installer dans un coin tranquille, j'ai des questions à vous poser. Je suis également prêt à répondre aux vôtres, si vous en avez.

Pour toute réponse, elle se contenta de sourire, heureuse, savourant les délicieuses odeurs qu'elle sentait s'échapper des cuisines. Elle n'avait pas faim, mais ces senteurs titillaient ses papilles.

Peut-être le bar servait-il des amuse-bouches ? Dans ce cas-là, elle aurait du mal à résister. Manger un peu tout en buvant serait même une bonne idée. Elle n'avait pas envie d'être soûle lorsqu'elle se retrouverait seule avec Sam. Elle voulait être consciente lorsqu'ils feraient l'amour, elle voulait se souvenir de tous les instants.

Sam l'entraîna vers une table au fond du bar, au calme. Elle s'assit ; il s'installa face à elle.

— Nous avons à peine eu le temps de parler aujourd'hui. Comment s'est passée votre nuit ? demanda-t-il.

— Bien. Je n'ai vu aucun fantôme. Seulement quelques variations de température, mentit-elle en répétant les mots d'Erin. Mais il est encore tôt.

— Irez-vous chasser les fantômes plus tard ?

— Ça va dépendre…

— De quoi ?

Elle lui adressa un sourire malicieux.

— Ne faites pas l'innocent, monsieur Crider !

— Innocent, moi ? Certainement pas ! Je vous ai promis un massage, ajouta-t-il en se penchant vers elle, et j'ai bien l'intention de tenir ma promesse. Je suis très doué en massage, imaginez-vous… Mais il en existe de nombreuses sortes, alors je vous laisse libre du choix.

Voilà une bonne nouvelle.

Elle allait répondre lorsque la serveuse arriva.

— Salut Sam. Que puis-je vous offrir ?

— Cette demoiselle aime les cocktails de filles, les cocktails bien sucrés. Que lui recommandes-tu ?

— Je fais une délicieuse tequila sunrise. Si vous voulez quelque chose de plus onctueux, je peux aussi vous préparer un milk-shake à la vanille.

— Je crois que je vais me laisser tenter par la tequila sunrise.

— Et pour toi, Sam ? demanda la serveuse.

— Un whisky, sec.

— Souhaitez-vous quelque chose à grignoter avec vos boissons ?

— Pourquoi pas.

— Je vous conseille les ailes de poulet grillées, même si tout est bon, ici. Je vais vous apporter le menu pour que vous puissiez faire votre choix.

La jeune femme s'éloigna et Carrie se tourna vers Sam. Aussitôt, elle sentit l'air lui manquer. Il la fixait d'un regard incandescent, un regard d'une intensité telle qu'elle parvenait à peine à respirer. Elle se consumait.

Comme hypnotisée, elle avala sa salive et se força à ne pas détourner le regard. Mais ce n'était pas facile car elle n'était pas habituée à être dévisagée ainsi par un homme, surtout par un homme qu'elle connaissait à peine.

Non, sa formulation était mauvaise. Ce n'était pas d'être dévisagée par un homme qui la troublait ainsi, mais d'être loin de son milieu habituel.

Lorsqu'elle ne sortait pas avec Erin, elle fréquentait des Salons professionnels pour vendre ses produits dérivés. Mais elle était alors en contact avec des gens comme elle, des geeks et autres maniaques d'informatique.

Ici, personne ne connaissait son site, personne ne connaissait son travail.

Heureusement d'ailleurs, car que penseraient-ils sinon ?

Mais puisque personne ne la connaissait, elle n'avait donc aucune raison d'être nerveuse.

Se forçant à se détendre, elle sourit à Sam et sentit peu à peu la tension quitter ses épaules. Le regard qu'il lui adressait était empli de tant de bonté qu'elle n'avait plus peur.

— Comment se déroule votre vente secrète, Sam ?

Il jeta un coup d'œil aux alentours comme pour vérifier que personne ne les écoutait.

— Ça y est, les dés sont jetés. Mes acheteurs potentiels ne partent que demain, mais j'ai fini mon show. La décision ne m'appartient pas.

— Vous devez être soulagé.

— Je serai soulagé lorsque j'encaisserai le chèque. Je dois admettre que j'étais très nerveux avant leur arrivée, je voulais que tout soit parfait. Mais j'ai finalement compris que l'hôtel était ce qu'il était, qu'il devait séduire tel quel et qu'aucun repas somptueux ne ferait à lui seul pencher la balance.

— Vous avez tout de même fourni beaucoup d'effort. Ce serait dommage qu'ils ne paient pas.

— Vous voulez parler de Jody ?

Elle répondit oui d'un signe de la tête.

— Non, Jody est un cadeau du ciel, pas une dépense. Nous nous connaissons depuis l'adolescence. Elle est restée sans travailler pendant un an, après la naissance de son bébé, et elle voulait se remettre doucement aux fourneaux avant de s'installer à New York. Sa présence ici cette semaine nous arrangeait tous les deux.

— J'imagine qu'elle n'aura aucun mal à trouver un restaurant. Elle est formidable, elle…

Debbi revint à cet instant avec leurs boissons, et Carrie s'interrompit sous le choc.

Son verre était immense. Jamais elle n'avait bu un tel cocktail.

Debbi lui tendit ensuite le menu qu'elle étudia en détail.

— Tout est si appétissant !

— Prenez votre temps pour choisir, lui dit la serveuse, je reviens dans quelques minutes.

— Merci Debbi, répondit Sam, puis il ajouta à l'intention de Carrie : J'ai beaucoup pensé à vous, vous savez…

— Est-ce bon signe ?

— Très bon signe.

Il plongea à son tour le nez dans le menu.

— Dites-moi, Carrie, est-ce que vous mangez des huîtres ?

— Et vous, vous mangez du lapin ?

Il éclata de rire.

— Oui, j'aime le lapin. Je vous posais cette question car j'ai bien envie d'en commander, mais je sais que beaucoup de gens ne les aiment pas, alors je voulais être sûr de ne pas commettre de gaffe.

— C'est gentil. Comme il est gentil de ne pas manger de lapin ! Mais pour tout vous avouer, je suis une hypocrite dans ce domaine. Je mange du poulet, du poisson et même du bœuf, de temps en temps. J'essaye régulièrement de me convaincre que je devrais être végétarienne, mais je ne résiste jamais plus de quelques jours.

— Je vous comprends. J'ai été végétarien pendant trois ans et puis j'ai recommencé à manger de la viande. J'étais en colère contre quelqu'un, contre la personne qui m'avait convaincu de devenir végétarien, alors j'ai décidé de manger de nouveau de la viande pour me venger. C'était un peu immature comme comportement, je l'admets, mais j'avais vingt-sept ans à l'époque.

Elle sourit, touchée par la confession qu'il venait de lui faire. Cet aveu était une preuve de la fragilité de l'espèce humaine. C'était de cela dont parlaient ses bandes dessinées et ses romans illustrés.

Son travail... Elle aurait eu envie d'échanger un peu avec lui à ce propos, malheureusement, elle ne pouvait pas. Il croyait aux fantômes.

Dans d'autres circonstances, cela ne l'aurait pas arrêtée, elle n'aurait pas réfléchi aux conséquences, mais son cœur était fragile en face de lui et elle n'avait pas envie de se livrer totalement.

Elle n'était là que pour cinq jours. Ensuite, ils ne se reverraient plus jamais alors pourquoi tout gâcher ?

— Que se passe-t-il ? lui demanda-t-il soudain.

— Quoi ?

— Vous venez de froncer les sourcils. Que se passe-t-il ?

— Rien, rien du tout. Je pensais juste à une chose à laquelle je n'aurais pas dû penser ici, alors que je suis en vacances. Ça n'a pas d'importance... Je crois que je vais essayer les ailes de poulet grillées avec la sauce piquante. Vous voudrez partager ?

— Volontiers.

Il se tut et prit sa main.

— Je suis très heureux que vous soyez là, Carrie. Cette année n'a pas été très bonne pour moi. J'ai perdu mon père, repris l'hôtel et la préparation de cette vente a englouti toute mon énergie. J'ai envie d'oublier tout cela et de vous écouter.

Je veux vous entendre parler de vous, de votre vie, du déménagement d'Erin, de votre loft, de tout ce que vous voudrez.

— Ça risque d'être long !

Il caressa la paume de sa main avec son pouce et elle sentit des frissons délicieux la parcourir.

— Vous m'attirez beaucoup, Carrie. Vous m'intriguez beaucoup aussi… Je sais que c'est un peu vieux jeu, et que si j'avouais ça à mes amis hommes, ils se moqueraient de moi, mais j'aime discuter avant de faire l'amour. J'ai besoin de connaître ma partenaire.

— Et moi qui n'étais intéressée que par le sexe !

Elle se tut et le fixa, sentant comme une ombre passer sur son visage. Il ne répondit rien, ne réagit pas à sa repartie.

A l'évidence, il n'avait pas compris que c'était de l'humour. Une gaffe de plus ! Si ça continuait, elle pourrait bientôt se prendre elle-même comme modèle pour le plus ridicule de ses personnages de BD !

— C'était une blague, fit-elle sans attendre pour tenter de rattraper le coup.

Il lui adressa alors un clin d'œil malicieux.

Il avait bel et bien compris, il jouait simplement avec elle.

Bon… Voilà qui la rassurait ! S'ils avaient le même genre d'humour, la soirée s'annonçait bien. Très très bien.

Chapitre 9

Sam avala une gorgée de whisky, qu'il savoura longuement. La petite repartie de Carrie sur le sexe l'avait terriblement excité, réveillant sa virilité qu'il sentait maintenant tendue dans son pantalon. Heureusement, il savait le dénouement proche. Il devait juste être patient.

— Comment se fait-il que vous n'ayez pas d'amis ? lui demanda-t-il pour ne pas trop précipiter les choses et surtout essayer de ne plus penser à son sexe.

— J'ai des amis. Simplement ce sont des amis avec lesquels je ne communique que via internet. Mais ce genre d'amitiés n'est pas secondaire, ni négligeable. Je crois même qu'elles sont les plus sincères car elles ne sont pas influencées par le physique.

— Je suis d'accord avec vous, mais selon moi, elles doivent venir en plus de relations classiques, les compléter pas les remplacer. La communication passe beaucoup par le corps, par la gestuelle, les mimiques. Avec une communication par internet, vous vous privez de toute cette partie signifiante.

— Vous avez peut-être raison, mais certaines personnes sont plus à l'aise dans la vraie vie que d'autres.

— Je trouve que vous vous en sortez magnifiquement bien.

Elle hocha la tête en faisant la moue, semblant en douter.

— Vous ne dites ça que parce que vous avez des vues sur moi, Sam.

— Ce qui ne veut pas dire que j'ai tort pour autant.

Il la vit se détendre et esquisser un sourire timide. Elle semblait un peu rassurée.

— Maintenant que vous le dites, reprit-elle d'un ton teinté d'ironie, je trouve que je m'en sors très bien avec vous. Mieux qu'avec les autres, même. Je me demande vraiment pourquoi.

— Peut-être parce que vous aussi, vous avez des vues sur moi !

— Non. Enfin… Si. Mais je ne pense pas que ce soit l'unique raison. Il m'est arrivé d'avoir envie de coucher avec des hommes, pendant mes vacances, mais honnêtement, si nous n'avions pas échangé un seul mot, je ne me serais pas sentie moins bien. Tandis qu'avec vous… J'ai envie de parler.

— Tant mieux.

— Je me suis tout de suite sentie à l'aise en votre présence, même au moment de mon arrivée, lorsque vous m'avez dévisagée avec autant d'insistance.

Il sourit au souvenir de son comportement de la veille. Mais il ne le regrettait pas. Au contraire même, puisque maintenant, elle était en face de lui.

— Je n'ai toujours pas trouvé où, ni en quelles circonstances, mais je suis persuadé de vous avoir déjà croisée.

— Peut-être ne nous sommes-nous pas rencontrés, répondit-elle d'une voix enjôleuse en se penchant vers lui. Peut-être est-ce seulement le destin qui nous pousse l'un vers l'autre. Le destin ou une force surnaturelle…

Incapable de s'en empêcher, il éclata de rire.

— Une force surnaturelle ?

— Oui, pourquoi pas ?

— Vous pensez qu'un esprit vous a emmenée ici car nous avons été amants dans une vie antérieure ? Je ne suis pas totalement convaincu par votre théorie, mais elle est intéressante !

Il s'interrompit pour boire une gorgée d'alcool avant de reprendre :

— Vous devriez en parler à … J'ai oublié son nom…

— La voyante ? Je croyais qu'elle était employée par l'hôtel.

— Non, elle donne juste des consultations dans sa chambre.

Carrie eut un sourire en coin, comme si elle doutait de la nature des prestations ainsi proposées.

— Non, non, se défendit-il aussitôt, pas ce genre de consultations ! En tout cas, je ne pense pas. Ce pourrait être une bonne idée, remarquez. Illégale, mais bonne.

— Vraiment ?

— Oui, pourquoi ne pas embaucher une prostituée pour un séminaire ? Certains des participants ont vraiment l'air en manque. D'ailleurs, j'ai de la peine pour Erin.

— Ne vous fiez pas à son air innocent. Vous savez d'ailleurs ce qu'on dit des geeks et autres mordus d'informatique ?

— Non.

— Eh bien qu'ils sont particulièrement inventifs au lit.

A ces mots, Sam réprima un fou rire.

Au même instant, Debbi revint avec les plats qu'ils avaient commandés, ainsi que plusieurs autres. Ce qui voulait dire que les cuisiniers étaient au courant de sa présence au bar avec Carrie.

C'était gentil, mais il n'était pas sûr d'avoir assez faim pour tout manger.

— Ces assiettes sont impressionnantes, fit remarquer Carrie. Comment arrivez-vous à gagner de l'argent en servant de telles portions ?

— Ce ne sont pas des portions classiques.

— Vous voulez dire que vous bénéficiez d'une attention particulière parce que vous êtes le patron ?

— Sans doute.

Elle attrapa une aile de poulet et la trempa dans la sauce avant de la dévorer, les yeux brillant de gourmandise et de plaisir.

Envoûté par cette image qu'il trouva d'une sensualité folle, Sam reprit une gorgée de whisky pour se contenir et ne pas risquer de l'embrasser devant tout le monde. Pourtant, il en mourait d'envie.

Mais le moment viendrait, il devait juste se montrer encore un peu patient.

— C'est la première fois que j'entends dire que les geeks sont bons au lit. Qu'est-ce qui vous fait croire que c'est vrai ?

— Les geeks pensent plus au sexe que n'importe qui d'autre et ce sont des gens très créatifs !

— Je ne pense pas que ce soit spécifique aux geeks. Tous les hommes pensent au sexe à longueur de journée, surtout les jeunes. Les hommes de trente ans y pensent autant que ceux de dix-sept, ils ont juste appris à être plus discrets ou le manifestent plus subtilement…

Carrie éclata de rire et, sous le charme, il l'imita.

— Et je suppose que c'est un homme de trente ans qui parle, n'est-ce pas ?

— Vous devriez savoir mon âge puisque vous avez fait des recherches sur moi.

— Est-ce que vous savez pourquoi j'ai fait ces recherches ?

— Parce que vous êtes curieuse ?

— Parce que je suis une geek moi-même, une maniaque de l'informatique, murmura-t-elle sans le quitter des yeux. Et si je ne peux pas prouver que ma théorie est valable pour les garçons, je n'ai pas le moindre doute pour les femmes.

A ces mots, il sentit un nouveau volcan de désir exploser en lui. Cette fois-ci, il ne pouvait plus patienter, impossible. Son sang rugissait dans ses veines, tous ses sens étaient en éveil. Son sexe en était douloureux tant il était tendu.

A bout, il reposa son verre sur la table d'un geste brusque.

— Je vais demander que notre repas soit mis dans des boîtes. Nous y allons.

— Je crois que j'ai gagné cette manche, monsieur Crider.

— Vous l'avez gagnée, mademoiselle Sawyer, et par K.-O. encore !

Le cœur de Carrie battait à toute allure, non pas parce qu'elle était essoufflée d'avoir couru avec Sam jusqu'au deuxième étage, mais en raison de ce qu'il allait bientôt se passer entre eux, en raison du moment de volupté qu'ils allaient bientôt partager.

Sam ouvrit la porte de sa chambre et elle le suivit à l'intérieur. C'était une chambre semblable à celle qu'elle occupait.

— Pourquoi cette chambre ? Vous n'habitez pas à l'hôtel ?

— Si, mais ma tante vit également ici. Elle est chez une amie en ce moment, en Floride, mais depuis le décès de mon père, elle occupe l'ancien appartement de mes parents.

— J'ignorais que vous aviez une tante ici. Où ira-t-elle lorsque l'hôtel sera vendu ?

Sam posa un sac à dos sur son lit puis disparut dans la salle de bains.

— J'ai trouvé une très bonne maison de retraite à Denver, dit-il en revenant dans la chambre avec sa brosse à dents. Je pense qu'elle y sera bien.

— Depuis combien de temps habite-t-elle ici ?

— Depuis toujours.

— C'est vrai ? Mais comment va-t-elle survivre à Denver alors ?

— Ce sera un gros changement, évidemment, mais ici, elle était un peu isolée. Elle est seule et le premier hôpital est loin. Elle sera plus en sécurité en ville.

Il se tut et elle en profita pour le dévisager. Elle n'avait jamais été très douée, n'avait jamais eu une intuition très développée, néanmoins, elle devinait que Sam se sentait coupable de mettre sa tante dans une maison de retraite.

— Vous voulez vous changer ? Mettre quelque chose de plus confortable ?

— Pourquoi ? demanda-t-il, soudain nerveux. Est-ce que j'ai fait une tache sur ma chemise ?

Carrie soupira. Décidément, elle n'était vraiment pas douée pour ces délicats moments de séduction !

— Désolée, j'essayais juste de vous séduire mais je crois que c'est raté.

Il lui sourit et s'approcha d'elle.

— Au contraire… Vous y arrivez très bien, Carrie.

D'un doigt, il lui souleva le menton et l'obligea à relever la tête. Elle ferma les yeux. Il effleura ses lèvres des siennes et, magiquement, elle sentit toute sa retenue la déserter, tout son malaise se dissoudre dans un bien-être incroyable. Son corps venait de prendre le pas sur son esprit. Il n'était plus temps de raisonner… Elle le saisit par le col de la chemise et l'attira plus près d'elle.

Comme s'il percevait son impatience, il approfondit leur baiser, insinua sa langue en elle et elle s'épanouit contre lui, écrasant ses mains contre son torse puissant, se lovant contre sa chaleur masculine.

Sam n'était peut-être pas un geek, mais une chose était sûre, il était très doué pour les baisers. Il semblait même posséder une connaissance intuitive de ses goûts et préférences.

Il continua son exploration, la faisant reculer jusqu'à ce qu'elle se trouve dos contre la porte, puis il lui caressa les bras à travers les manches de son vêtement et elle réprima un soupir de plaisir. Elle était en train de devenir folle. Elle voulait sentir sa peau brûlante contre la sienne. Tout de suite. Elle se sentait prête à exploser.

Mais elle devait se contrôler. Elle n'avait aucune raison d'être aussi pressée, ils avaient toute la nuit devant eux.

Elle sentit les doigts experts de Sam la décoiffer et, envoûtée, elle se cambra et se mit à onduler doucement contre lui.

Quelques secondes plus tard, il interrompit le baiser et, inquiète, elle rouvrit les yeux.

Que se passait-il ?

— Je veux que tu penses à ce baiser, se contenta-t-il de dire en plongeant ses yeux dans les siens.

Incapable de prononcer le moindre mot, elle le fixa, les yeux grands ouverts. Elle avait l'impression que son esprit s'était vidé.

Comme s'il devinait son trouble, il lui caressa tendrement la joue puis se remit à ses préparatifs.

Encore sous le choc du baiser, elle se contenta de le regarder enfouir dans son sac à dos quelques habits, le chargeur de son téléphone et quelque chose qu'il venait de sortir de sa table de chevet, sans doute des préservatifs.

Le souffle court, les seins tendus contre le tissu de son haut, le cœur battant à tout rompre, elle attendit. Des explosions de désir irradiaient ses cuisses, son entrejambe était humide. Elle avait hâte de faire l'amour avec lui. Mais elle n'attendait pas un simple corps à corps. Il y avait plus que de l'attraction physique entre eux.

Ils n'étaient pas restés longtemps au bar, mais cela lui avait néanmoins permis d'en apprendre beaucoup sur Sam. Elle avait ainsi découvert chez lui un incroyable sens de l'humour, admiré sa gentillesse et son attention à l'égard de tous les employés. Elle avait été émue lorsqu'il lui avait parlé de sa tante, laissait percevoir le sentiment de culpabilité qui le tenaillait.

— Carrie ?

Elle sursauta en entendant sa voix et se rendit compte qu'elle était perdue dans ses songes. Elle ne l'avait pas entendu.

— Excuse-moi…

Ils étaient passés tout naturellement au tutoiement.

— Tu es prête ?

Elle attrapa les provisions que leur avait emballées la serveuse, au bar, et il ouvrit la porte sur le couloir qui était désert, à son grand soulagement.

— Viens vite, dit-il, je n'ai pas très envie d'être pris en flagrant délit !

— Comme si quelqu'un dans l'hôtel ignorait ce que nous sommes sur le point de faire !

Riant comme deux adolescents, ils coururent jusqu'à la chambre deux cent quatre.

— La clé ? lui demanda-t-il lorsqu'ils atteignirent la porte.

Elle la sortit de sa poche, la lui tendit et il ouvrit.

Elle entra et posa leurs provisions sur la table pendant que Sam refermait.

L'instant d'après, elle était entre ses bras et l'embrassait avec gourmandise, comme si ce baiser était le dernier, ou comme si elle était une droguée en manque.

— Je n'aurais pas dû te décoiffer tout à l'heure, murmura-t-il soudain en rompant le baiser. Je voulais te demander de faire le coup des cheveux.

— Le coup des cheveux ? Tu m'inquiètes.

— Oui, le coup des cheveux, comme dans les films. « Mademoiselle Jones, vous êtes belle… » On dirait que tu n'as aucune idée de quoi je parle.

— Non, pas la moindre. Qui est Mlle Jones ?

— Peu importe, ça n'a aucune importance.

Elle le fixa attentivement, un peu honteuse de ne pas partager ces références culturelles avec lui. Mais elle voulait comprendre. Elle voulait partager plus qu'un corps à corps avec lui.

— Explique-moi, s'il te plaît.

— Tout à l'heure j'en serai ravi, mais pour l'instant…

Il promena un doigt sensuel sur ses lèvres et une vague de chaleur la submergea, brouillant le fil de sa pensée.

— Je crois que je t'aime beaucoup, parvint-elle néanmoins à murmurer avant de capturer sa bouche pour un nouveau baiser.

Lorsqu'elle le libéra, elle sentit ses mains aller et venir sur elle, le long de son dos et elle s'abandonna à cette douce torpeur, rejetant la tête en arrière.

Ces caresses étaient fantastiques, magiques, envoûtantes, mais elles ne lui suffisaient pas. Elle voulait plus. Elle voulait faire l'amour.

— Au lit ?

— Nus, ce serait même mieux.

Une force qui la dépassait lui faisait oublier toute timidité, et elle lui mordilla le lobe de l'oreille.

— Dans ce cas qu'attends-tu pour me déshabiller ?

— Que tu es autoritaire !

— Tu veux que j'arrête ?

— Jamais de la vie !

Elle éclata de rire.

Finalement, être autoritaire présentait quelques avantages.

Elle manœuvra jusqu'à trouver le premier bouton de sa chemise. En échange, il tenta d'ouvrir son gilet. En vain, alors elle l'encouragea à descendre vers la ceinture de son jean.

Tout en continuant à l'embrasser, elle parvint à se débarrasser de son jean. Aussitôt, Sam lui empoigna les fesses, les prit en coupe, les pétrit et elle réprima un soupir. Elle sentait son sexe dur frôler son ventre et son parfum musqué lui chatouiller les narines, donnant un coup de fouet supplémentaire à son désir, faisant monter sa température de quelques degrés supplémentaires.

— Tu es brûlante, lui susurra-t-il dans le creux de l'oreille avant de reprendre possession de sa bouche avec une gourmandise inouïe.

Un gémissement lui échappa et elle répondit à son baiser avec une fougue égale, mêlant sa langue à la sienne, la titillant, la mordillant.

Son corps était en feu, mais elle avait besoin de le voir. Elle voulait le voir.

Il essaya de l'empêcher de se redresser, mais elle parvint tout de même à river son regard au sien.

C'était étrange, tout à coup, ce besoin qu'elle avait de voir son visage, de même que son envie de parler et de l'embrasser à la fois. Jamais elle n'avait ressenti cela, pour aucune de ses aventures de vacances. Elle ne comprenait plus ses réactions.

Sans doute était-ce la conséquence de sa rupture récente avec Armand. Elle était encore fragile.

— Que se passe-t-il ? lui demanda-t-il soudain, arrêtant de la déshabiller.

Surprise, elle se figea. Elle avait dû froncer les sourcils ou faire quelque mimique sans s'en rendre compte.

— Rien. C'est juste que… Je ne m'attendais pas à ça…

— A quoi ?

— A toi.

Il déposa un baiser sur la pointe de son nez et l'émotion la gagna. Elle sentit sa gorge se nouer.

— Je me demande si tu n'as pas raison et si nous ne nous sommes pas déjà vus. Tu es déjà allé à Louisville ?

— Jamais.

— A Daytona Beach, pendant les vacances de Pâques ?

— Non plus.

Elle soupira tout en sortant sa chemise de son pantalon.

— Il va falloir que j'y réfléchisse.

— Penses-y à un autre moment, Carrie, car maintenant, je te veux concentrée. Mon objectif est de te faire perdre la tête, de te faire atteindre des sommets de volupté.

— Voilà qui est direct !

Il la fit basculer sur le lit puis s'intéressa à sa culotte blanche. Etait-il déçu qu'elle ne porte pas de string ? Elle avait toujours détesté les strings. Elle préférait les sous-vêtements confortables qui couvraient généreusement la peau, même s'ils faisaient une marque sous son pantalon.

Non. Finalement, sa culotte ne semblait pas déranger Sam, du moins si ses soupirs donnaient une indication sur son degré de contentement.

Il attrapa le fin coton blanc entre ses dents, le fit lentement glisser le long de ses jambes et elle retint son souffle. Ce mouvement était terriblement sexy. Elle se sentait belle, désirable. Elle se sentait libre, puissante et ivre de désir.

Il embrassa son intimité et elle laissa échapper un petit gémissement. Ce contact l'électrisait.

Mais soudain, elle le sentit sourire contre sa peau et elle sourit à son tour. Puis il éclata de rire.

Il avait remarqué.

— Tu as vu ?

— Difficile de ne pas voir. Mais… Pourquoi ?

— J'ai beaucoup de temps libre.

Un sourire amusé aux lèvres, il examina sa toison teinte couleur lilas.

— Ce jour-là, je me sentais très créative, lui expliqua-t-elle.

— J'adore ! J'ai bien l'intention de prêter beaucoup d'attention à ta création, mais il faut d'abord que je me débarrasse de mon pantalon. Il me serre un peu.

Il se redressa puis, lentement, traça un chemin de baisers humides jusqu'à ses seins. Là, il s'arrêta et laissa sa langue jouer avec la dentelle de son soutien-gorge. Puis il prit son sein gauche dans sa bouche et l'aspira jusqu'à la faire frissonner entièrement.

— Tu es très doué avec ta bouche, dit-elle en se cambrant au maximum, comme pour l'encourager.

Pour toute réponse, il se contenta de se concentrer sur l'autre sein et de l'aspirer de la même façon, la laissant faible, pantelante.

Elle parvint tout de même à se redresser et finit de déboutonner sa chemise. Elle caressa ensuite ses pectoraux bien dessinés.

Sam était encore plus beau torse nu. Il était musclé. Sa peau était ferme, brûlante, ses épaules semblaient encore plus puissantes.

— Tu n'aimais pas ce que j'étais en train de faire ? lui demanda-t-il, comme s'il regrettait cette interruption.

— Si, beaucoup, mais ce serait mieux si tu étais nu.

— Tu as raison.

Elle laissa son regard s'attarder sur l'impressionnant renflement de son pantalon pendant qu'il se débarrassait de ses chaussures et, émue, elle avala sa salive. Il enleva ensuite son pantalon et son caleçon et elle riva son regard à sa virilité puissante, ses cuisses musclées.

Sam était tout ce qu'une femme pouvait désirer. Et plus encore.

— Gilet ! lui ordonna-t-il ensuite.

Surprise, elle baissa la tête. En effet, elle portait toujours son gilet. Il était ouvert, alors elle l'avait complètement oublié.

Sans attendre, elle l'ôta et se débarrassa ensuite de son soutien-gorge.

Une fois nue, incapable d'attendre plus longtemps, elle le bascula sur le lit et le chevaucha. Son désir ne connaissait plus de bornes.

— Cette soirée est une merveilleuse idée, dit-elle avant de plaquer sa bouche contre la sienne et d'en prendre possession avec gourmandise.

— Je suis d'accord, répondit-il entre deux baisers.

Les bras noués autour de son cou, elle se blottit étroitement contre lui, se délectant du contact des muscles durs de son torse contre sa poitrine gonflée de désir. Un sentiment fabuleux !

Elle avait l'impression d'un lien spécial entre eux, d'une puissante attraction doublée d'une tendre confiance.

Les mains de Sam se mirent à aller et venir le long de son dos et elle se sentit fondre de plaisir. Un feu d'artifice de sensations l'enveloppait et la réchauffait.

— Je vais attraper quelques petites choses dans la table de chevet. Ne me laisse pas tomber, lui susurra-t-elle dans le creux de l'oreille.

Obéissant, il la tint fermement sur ses hanches et elle attrapa la boîte de préservatifs. Elle sortit un préservatif et ouvrit de l'emballage d'un geste puis elle se réinstalla ensuite sur ses genoux, déroula la protection sur son membre tendu à l'extrême, le saisit par les épaules et plongea dans le regard couleur chocolat.

— Prépare-toi.

— Dis donc, quand tu veux quelque chose, tu ne perds vraiment pas de temps !

— La première fois, nous allons devoir être rapides, Ensuite, tu auras tout le loisir de me montrer l'étendue de ton talent.

— Belle et futée ? La combinaison que je préfère !

— Je suis sérieuse, Sam, prépare-toi…

Il plaça une main au creux de ses reins et elle s'empala sur lui, fermant les yeux et se laissant glisser dans le plaisir en lâchant un long cri.

Chapitre 10

Sam ne bougeait pas. Pourtant, il en mourait d'envie. Il ne rêvait même que de cela. Mais avec Carrie qui le chevauchait avec une telle fougue, il peinait à respirer, au bord de la jouissance.

Il avait l'impression qu'il allait exploser. Même réciter le nom des capitales de tous les Etats ne l'aiderait pas à se retenir encore très longtemps, il le savait. Elle avait annihilé toutes ses forces.

Elle n'avait même pas besoin de le toucher pour le rendre fou. Il lui suffisait de la regarder, de s'imprégner de son parfum fleuri, d'admirer sa poitrine ronde et voluptueuse, de fixer sa bouche appétissante pour avoir l'impression de toucher les étoiles.

Il ferma les yeux et retint son souffle pour tenter de se maîtriser quelques secondes de plus.

— Sam, tu es tout rouge !

Il ouvrit la bouche pour répondre, mais au même instant, elle chaloupa et il se mordit la lèvre pour se retenir.

Si elle bougeait encore une fois, il allait exploser.

— Ça… Ça va…

— Je t'ai fait mal quelque part ?

— Carrie, je t'en supplie, ne bouge plus !

— Pourquoi ? Tu as une crampe ?

— Non, je n'ai pas de crampe, j'ai juste besoin que… Que tu arrêtes de bouger sinon…

— Oh…

Elle venait de comprendre.

Il ferma les yeux.

Si cela avait pu l'aider, il aurait même fermé les oreilles, mais tous ses efforts étaient vains. Rien ne pouvait éteindre le feu qui le consumait. Rien. Jamais il n'avait connu de sensations aussi intenses.

Il rouvrit les yeux et posa ses deux mains sur ses hanches voluptueuses, puis il la souleva, se retirant lentement, mais sans jamais rompre le contact, l'attirant de nouveau sur lui, la pénétrant encore plus profondément pour lâcher finalement un long gémissement de plaisir.

Carrie se mit alors à onduler des hanches, lentement, doucement, avec une sensualité extrême, et ses gémissements redoublèrent.

Les lèvres entrouvertes, le souffle court, il agrippa ses fesses, les pétrit et sentit des gouttes de sueur perler sur son front. La sensation était si forte que la tête lui tournait et son cœur battait à un rythme fou.

Sentant soudain tout son corps se mettre à vibrer, il l'attira à lui et plaqua sa bouche contre la sienne, l'embarquant dans un baiser ardent, puissant, tandis qu'elle continuait à le chevaucher frénétiquement, sans retenue, dans un abandon qui semblait total.

Tout en l'embrassant, il laissa ses mains courir en une course folle sur son corps, son désir parcourant ses veines comme un torrent impétueux.

Son baiser se fit bientôt plus insistant, dominateur et, comme un fleuve rompant ses digues, une vague de plaisir inouï déferla sur lui, son corps se convulsa en elle, encore et encore.

Une seconde plus tard, elle poussa un long cri et le rejoignit dans la jouissance.

Il reprit son souffle, les yeux toujours fermés, puis lorsqu'il les rouvrit, le visage de Carrie se pencha au-dessus de lui.

Elle lui souriait.

— Tu te sens mieux ? lui demanda-t-elle d'une voix moqueuse.

— Beaucoup mieux, merci.

— Parfait, répondit-elle comme si faire l'amour était l'activité la plus commune. J'avais peur de t'avoir blessé.

— Je suis désolé.

— Ne t'en fais pas, c'était bon. Très bon.

Amusé par cette franchise qu'il lui semblait si rafraîchissante, il éclata de rire.

— Tu m'as bien dit que j'aurais une autre chance ?

— Oui, nous avons toute la nuit devant nous.

— Et les fantômes ?

— Oublions-les. Ce soir, il n'y a que toi et moi.

Pour toute réponse, il se contenta de l'embrasser. Il avait l'impression d'être l'homme le plus heureux du monde.

Il lui donna un baiser tendre, cette fois, à la mesure des forces qui lui restaient. Peu importait. Il ne désirait qu'une chose, la sentir contre lui, vibrante, vivante, magnifique. Il ne désirait que la toucher pour s'assurer qu'il n'était pas en train de rêver.

— Et si nous prenions une douche ? proposa-t-elle soudain.

— Je constate que tu n'as que de bonnes idées !

Il déposa un dernier baiser sur sa bouche sensuelle avant de se redresser lentement. Il vacillait tant elle l'avait vidé de ses forces.

Jamais il ne s'était retrouvé dans un tel état, jamais une femme ne l'avait laissé à terre. Mais Carrie… Carrie était la meilleure chose qui lui soit jamais arrivé.

Il avait déjà fait l'amour, évidemment, déjà connu le plaisir. Il avait rencontré beaucoup de femmes, des femmes belles, des femmes intelligentes, des femmes drôles. Il avait même connu des femmes présentant les trois qualités réunies, mais une femme comme Carrie ? Jamais. Elle les surpassait toutes. Elle était différente.

Et ce soir, elle était à lui.

Sam ne semblait pas particulièrement pressé de passer à l'acte II. Tant mieux, car elle non plus ; elle était trop bien comme ça, lovée dans ses bras puissants, sous la couette, le sentant contre elle, leurs deux corps enlacés. Elle avait l'impression d'être au paradis. Elle avait l'impression de vivre un rêve.

— Raconte-moi ta première fois, lui demanda-t-elle tout à coup.

Elle ne lui posait pas cette question juste pour faire la conversation, ou pour meubler le silence, mais parce qu'elle désirait sincèrement le savoir. Elle désirait le connaître intimement. Elle voulait tout savoir de lui.

— J'avais dix-sept ans et elle dix-neuf, répondit-il.

— Une femme plus âgée, alors !

— Elle s'appelait Trish et habitait Toronto. Sa famille était en vacances à l'hôtel. Ils étaient venus pour voir des fantômes et skier. Un soir, elle m'a demandé de lui faire visiter le Vieil Hôtel.

— Elle était jolie ?

— Magnifique. C'est du moins le souvenir que j'en ai. Evidemment, j'étais encore puceau. Elle aurait pu avoir l'air d'une peinture de Picasso, ça ne m'aurait pas dérangé.

Carrie éclata de rire et se lova un peu plus contre lui. Elle n'avait aucun doute sur le fait que cette jeune fille avait dû être très belle. Tout comme elle était certaine que Sam avait dû être un jeune homme bien à dix-sept ans.

— Continue…

— C'était au milieu de l'après-midi. Honnêtement, je n'espérais que quelques caresses, mais elle m'est tombée dessus, m'a embrassé et… Elle avait tout prévu, y compris le préservatif. A l'époque, je n'étais pas très doué, alors ça n'a pas duré plus longtemps que ce soir, mais j'avais une excuse, c'était la première fois.

— Et quelle est ton excuse pour ce soir ?

— C'est toi mon excuse.

Elle lui prit la main et l'embrassa avant de nouer ses doigts aux siens.

— Bonne réponse, monsieur Crider. Est-ce tout ce qui s'est passé avec elle ou bien avez-vous recommencé l'expérience ?

— Non. Elle a quitté l'hôtel le lendemain et peu après, je

suis parti à l'université, à New York, je suis tombé amoureux de la ville, du cinéma, des documentaires… A la fin de mon premier semestre, je savais déjà ce que je voulais faire. Ensuite, ma vie est devenue assez simple. Je partageais mon temps entre les films et les femmes et quand je pouvais combiner les deux, j'étais le plus heureux des hommes.

— Y a-t-il une femme qui ait compté plus que les autres ?

— Non. Peut-être Jody, même si je savais que jamais je ne mènerai le genre de vie qui me permettrait une relation sérieuse avec elle. Dès que j'avais une minute à moi, je travaillais sur un film, le plus souvent bénévolement. Je dormais sur des canapés, dans des caravanes, je gagnais à peine de quoi vivre. Après mon diplôme, j'ai beaucoup voyagé.

— Tu n'as jamais été amoureux ?

Il fit mine de réfléchir quelques secondes.

— Non. Sans doute parce que je ne suis jamais resté assez longtemps pour éprouver de l'amour. Je crois que j'ai néanmoins aimé Jody, mais elle était trop intelligente pour tomber amoureuse de moi.

— Tu vois toujours tes amis de l'université ?

— Quelques-uns, mais j'ai rencontré la plupart de mes meilleurs amis après, sur des tournages. Nous sommes un petit groupe à travailler régulièrement sur les projets des uns et des autres. Je peux compter sur eux comme ils peuvent compter sur moi, en toutes circonstances. Mais je passe la plupart de mon temps en voyage, pour trouver le matériau de mes documentaires. Du moins, c'était le cas avant la mort de mon père.

— Je suis désolée pour ton père.

Elle l'était sincèrement. Elle devinait qu'il avait dû souffrir et elle était triste pour lui.

— A ton tour, Carrie. Parle-moi de toi, de ta première fois.

— Attends…

Ignorant le froid, elle se redressa, sortit du lit et, sur la pointe des pieds, alla chercher les restes des plats commandés au bar, ainsi que deux bouteilles d'eau.

Lorsqu'il vit ce qu'elle prévoyait de faire, il se redressa à son tour et disposa les coussins contre la tête du lit.

Quelques secondes plus tard, Carrie se réinstalla sous la couette, croqua dans une aile de poulet puis se lança.

— J'avais seize ans, lors de ma première fois. C'était à une fête. J'étais très timide à l'époque et tout le monde pensait que j'étais bizarre. Ce soir-là, j'avais trop bu et j'ai fini la nuit avec un garçon de mon cours de sciences. Nous étions tous les deux terrifiés, inexpérimentés et très mauvais. Cette expérience m'a dégoûtée du sexe pendant un bon bout de temps.

— Quand as-tu changé d'avis ?

— Lorsque j'ai rencontré Randy Oliver. J'étais en dernière année d'université. Il avait un an de plus que moi. C'était un artiste, et comme j'aimais la bande dessinée, je pensais que nous pourrions dessiner ensemble, créer ensemble, mais au bout de trois mois, il m'a laissée tomber. Grâce au soutien d'Erin, je me suis vite remise de cette première rupture.

Elle attrapa une huître, pressa quelques gouttes de citron dessus puis la dévora avec gourmandise.

— Je sais que son déménagement t'inquiète, dit-il.

— J'ai envie qu'elle soit heureuse, vraiment, je suis contente pour elle de cette opportunité à New York, mais j'ai peur de ce qui va se passer, lorsqu'elle ne sera plus là, car j'ai du mal à trouver ma place dans la société, du moins lorsque je ne suis pas avec d'autres dessinateurs ou d'autres maniaques d'informatique. C'est pour cette raison que je passe le plus clair de mon temps sur internet, à travailler, à discuter. Mon mode de communication préféré, c'est Twitter, ce qui te donne un indice sur mes compétences sociales.

Sam éclata de rire.

— J'ai déjà essayé Twitter, mais ce n'est pas mon truc !

— Je vois.

— C'est difficile pour moi de me contenter de quelques bribes d'informations lorsque je discute. Mais je dois t'avouer que je me sens particulièrement bien avec toi, comme si je t'avais connue… Attends, ça y est ! Je me souviens ! C'était à

San Diego, au festival de la bande dessinée ! Voilà où je t'ai déjà vue !

— C'est vrai.

— Je le savais ! Je savais que je n'avais pas perdu la tête. Tu étais en train de vendre des dessins. J'étais avec une équipe de tournage, mais je ne crois pas t'avoir filmée.

Tout en l'écoutant, Carrie sentit son cœur se mettre à battre à toute allure. Elle ferma les yeux, priant pour qu'il n'ait pas découvert qu'elle signait Carrie Price. Pas encore.

— Pourquoi m'aurais-tu filmée ? Je n'étais pas une personnalité importante.

— Je me souviens de toi avec précision, maintenant. Tu portais un drôle de T-shirt, un T-shirt à l'effigie de l'Organisation Mondiale de Catch, je crois.

Elle portait bien un T-shirt avec les lettres OMC, mais OMC comme *Oh monde cruel !*, le nom de son site, et non comme Organisation Mondiale de Catch.

— Je suis contente que tu aies retrouvé la mémoire, choisit-elle de dire, ignorant de quelle autre manière réagir. Je suis d'ailleurs épatée que tu te souviennes de moi.

— Tout me revient. J'étais là-bas pour aider un de mes amis réalisateurs. Nous avons réalisé quelques interviews, il faisait beau. J'ai d'ailleurs reçu un pied de caméra dans le dos à cause de toi !

— Comment ça ?

— En te voyant, je me suis arrêté net, pour te regarder. Le type derrière moi, qui portait la caméra, ne m'a pas vu m'arrêter et il m'est rentré dedans. Résultat, j'ai eu un énorme bleu.

— A cause de moi ?

Elle n'en revenait pas. Cette histoire était invraisemblable.

— Tu avais quelque chose, continua Sam. Je sais que tu vas me trouver fou mais… Tu resplendissais, tu brillais, comme hier lorsque tu attendais à la réception.

— Pourquoi n'es-tu pas venu me parler ? Au Salon, je veux dire ?

— Nous étions en retard. Ensuite, je n'ai pas eu le temps de faire des recherches pour savoir qui tu étais.

— Tu es absolument sûr qu'il s'agissait de moi ?

— Absolument.

Carrie se mordit la lèvre et baissa les yeux. L'émotion était trop forte. Elle sentait les larmes lui piquer les yeux. Elle devait être en train de rêver. Jamais personne…

Mais Sam…

Sam l'avait bel et bien regardée.

Bouleversée, elle rassembla le peu de force et de raison qui lui restait. Sam avait fait attention à elle et cela méritait une petite récompense.

La gorge nouée par l'émotion, elle rassembla toutes les boîtes en carton éparpillées sur le lit et les enfouit dans un sac en plastique, puis elle posa le tout par terre.

Sans dire un mot de plus, elle s'empara de sa bouche gourmande et l'embrassa avec fougue.

Des milliers de personnes avaient participé au festival de San Diego. Son stand était un des plus petits qu'on pouvait louer et pourtant, Sam l'avait remarquée. Elle n'était pas le genre de femme à attirer tous les regards, pourtant. Elle était plutôt jolie, elle le savait, mais aucun homme n'était jamais rentré dans un lampadaire, ni ne s'était fait harponner à coup de pied de caméra dans le dos, parce qu'il la regardait.

Mais Sam…

Elle n'avait même pas de mot pour décrire ce qu'elle ressentait.

Mieux que s'il lui avait offert la lune.

— Tout va bien ? lui demanda-t-il d'une voix douce, inquiet de son brusque silence.

— Oui. J'ai juste envie de toi.

Il lui sourit puis commença à lui caresser le dos. Sa peau était électrique, ses muscles de coton. Aucun homme ne lui avait procuré des sensations si puissantes, si violentes. Chaque caresse allumait en elle un nouvel incendie.

Frissonnante, elle promena une main sur son torse ferme, savourant le contact avec sa toison, puis descendit vers son ventre. Elle le vit sourire et elle l'imita. Il semblait apprécier la direction que prenait sa main. Le feu qu'elle voyait brûler dans ses prunelles en était la preuve.

Mais, malicieusement, elle changea d'avis, remonta ses doigts et les enfouit dans l'épaisse chevelure. Submergée par les sentiments qu'il lui inspirait et son désir pour lui, elle lui caressa ensuite la joue d'une main tendre.

Il était si beau.

— Pourquoi est-ce que tu souris, Carrie ?

Pourquoi ? C'était tout simple.

— Je suis heureuse…

— Moi aussi.

A ces mots, elle sentit l'intensité de son excitation grimper en flèche et ses joues rougir.

— Tu as l'air… excitée, continua-t-il d'une voix sensuelle.

— Je ne suis pas la seule, répondit-elle d'un ton coquin en sentant sa virilité tendue de nouveau contre sa cuisse, longue, puissante, gorgée de sève.

Elle le prit alors dans sa main et se mit à le caresser, allant et venant au rythme de ses soupirs. Elle aimait le plaisir qu'elle lui procurait, mais elle avait aussi envie de le sentir en elle, sans tarder.

Elle adorait la sensation d'un sexe d'homme en elle, mais pour une fois, elle rêvait d'imaginer qu'elle était un homme.

— Tu es encore en train de penser, lui fit-il remarquer en la sortant de sa réflexion.

— Désolée. Je suis toujours en train de penser. Je rends les gens fous, je m'arrête au milieu de mes phrases, je change de sujet sans prévenir… Je conçois que c'est énervant.

— Ça ne me dérange pas. J'adore te regarder, te toucher. J'ai l'impression d'avoir gagné le gros lot, ou un forfait pour la fête foraine et j'ai envie de profiter de toutes les attractions.

— Mes attractions adorent qu'on les caresse !

— Tu te souviens du massage que je t'ai promis ?

Si elle s'en souvenait ? Elle ne risquait pas d'oublier !

— Ma spécialité, c'est de me concentrer sur une seule

parcelle du corps, lui expliqua-t-il. Je trouve l'endroit qui a besoin d'être massé et puis j'utilise un doigt. Un seul.

Tandis qu'il parlait, elle sentit son pouce se positionner au-dessus de son clitoris et se mettre à le masser doucement. Envoûtée par la sensation, Carrie rejeta la tête en arrière et se laissa emporter, tout en continuant ses caresses, allant et venant le long du sexe de Sam, accentuant sa pression jusqu'à l'entendre gémir de plaisir.

Lui poursuivait l'exploration de son intimité et son souffle se fit soudain plus haletant, au fur et à mesure que le plaisir montait. Le corps vibrant, elle s'arc-bouta. Puis, impatiente de le sentir en elle, elle se mit à onduler des hanches.

Sans cesser ses caresses, il se concentra sur ses seins. Il referma sa bouche sur un mamelon et elle s'offrit à lui en se cambrant au maximum. Il passa d'un sein à l'autre, les agaçant de ses lèvres, de sa langue, et elle se mit à trembler de plaisir avant de lâcher un petit cri.

Il déposa ensuite un baiser sur son ventre puis descendit de plus en plus bas, léchant le moindre centimètre carré de peau, jusqu'à son intimité et, devinant ce qu'il avait l'intention de faire, elle sentit la chair de poule la gagner.

Il dessina sa fente du bout de la langue avant d'en écarter les replis, de la goûter à pleine bouche et elle sentit des larmes perler au coin de ses paupières. Jamais elle n'avait connu des sensations aussi fortes, aussi intenses, aussi puissantes. De violents frissons parcouraient maintenant tout son corps. Sa tête tournait, elle parvenait à peine à respirer. Elle se consumait.

Il s'enfonça en elle, accentuant sa pression et, incapable de se retenir plus longtemps, elle lâcha un long cri, basculant dans un autre monde, un monde d'une sensualité extrême.

Lorsqu'au bout de longues minutes, elle parvint enfin à retrouver son souffle et à ouvrir les yeux, elle le vit attraper un préservatif.

Sans attendre, il s'insinua en elle d'un mouvement souple, la remplissant de toute sa puissance et elle se mordit la lèvre pour réprimer un nouveau cri. Les vagues de son orgasme précédent continuaient, balayant tout sur leur passage. Elle frissonnait de tous ses membres.

Il imprima tout d'abord à leur étreinte un rythme lent, sensuel, délicieux, puis accéléra son tempo et elle souleva ses hanches pour l'encourager et l'accompagner.

Rien au monde ne pouvait se comparer à la sensation du sexe vigoureux de Sam en elle, à la sensation de ses bras puissants autour d'elle. L'espace et le temps étaient abolis. Elle se livrait corps et âme. Elle lui appartenait toute, ce soir.

Il se pencha vers un sein, en fit le tour avec sa langue. Lentement, puis de plus en plus vite, au rythme de ses soupirs, et elle se sentit perdre pied une fois encore. Plus rien n'existait à part eux deux, dans ce lit, ce soir. Rien n'existait à part son sexe puissant dans le sien, leurs respirations mêlées, leurs membres enlacés.

Il accéléra encore et elle ouvrit les yeux. Elle voulait le voir.

Il donna enfin un dernier coup de reins et ils atteignirent les sommets du plaisir dans un même cri.

C'était…

Elle ne pouvait même pas décrire ce qu'elle ressentait.

Chapitre 11

L'après-midi suivant, Carrie se présenta à la porte de la chambre deux cent six, une tasse de café brûlant à la main. Erin vint lui ouvrir, en pyjama, les cheveux en désordre et les joues maculées de traces de mascara. Au grand soulagement de Carrie heureusement, elle ne lui reprocha pas de la réveiller.

— A quelle heure est-ce que tu t'es couchée ?

— Je ne sais pas, répondit Erin en bâillant. Sans doute vers 7 heures. Quelle heure est-il ?

— 14 heures.

Erin but une gorgée de café puis considéra son amie.

— Tu as des choses à me dire ?

— Je viens de passer une nuit fantastique !

— Tu veux dire… avec Sam ?

— Avec Sam…

— Je veux connaître tous les détails, Carrie !

— Ne rêve pas, tu n'auras que les grandes lignes, lui répondit-elle en s'installant sur une chaise à proximité du lit.

C'était pourtant pour en parler qu'elle avait réveillé son amie. Mais l'émotion était encore si vive qu'elle avait du mal à organiser ses pensées. Elle ne savait pas bien par où commencer, ni comment formuler.

— C'était… Pas mal… Pas mal du tout…

— Ça devait même être mieux que pas mal du tout car aucun homme ne t'a fait perdre tes mots depuis ce type, à l'université.

— Le type dont tu parles n'était qu'un amateur comparé à Sam.

— Alléluia !

Carrie leva les yeux au ciel. La réponse d'Erin était ridicule et un peu exagérée. Tout comme étaient ridicules et exagérés les sentiments pour Sam qu'elle sentait naître en elle.

Ils venaient à peine de se rencontrer et l'idée de départ, était de s'offrir simplement une petite récréation de vacances. Mais tout cela prenait dans son esprit des proportions inimaginables et inquiétantes. Elle devait à tout prix se reprendre.

— Plus j'y réfléchis plus je crois que j'ai perdu la tête, lâcha-t-elle dans un soupir. Tout ça n'a aucun sens !

— Il va falloir que tu te montres plus explicite, Carrie, si tu veux que je t'aide à démêler les choses. Qu'est-ce qui n'a aucun sens ?

— Je le connais à peine !

— Je ne suis pas d'accord. Tu viens de coucher avec lui, quand même…

— Tu sais très bien ce que je veux dire. Mais lorsque nous parlons, c'est…

— Fantastique ?

Carrie approuva d'un signe de tête avant de boire un peu de café dans la tasse d'Erin.

— Je suis trop fatiguée pour terminer chacune de tes phrases, Carrie. Il va falloir que tu fasses un effort et que tu m'expliques un peu plus clairement.

— Bon, si tu insistes… Nous sommes allés au bar, où nous avons pris un verre et commandé quelques petites choses à grignoter, mais nous les avons à peine touchées. Ce n'est pas important en fait… Ce qui est très important pour moi, Erin, c'est qu'il a un grand sens de l'humour. Ses employés l'aiment beaucoup, c'est un signe, non ? Et puis… Il a été amoureux de Jody, le chef, lorsqu'il était jeune, mais il n'a jamais voulu avoir une relation sérieuse avec une femme, car il aime sa liberté. C'est du moins ce qu'il affirme, mais je pense qu'il y a une autre raison. Toujours est-il qu'il a étudié le cinéma à l'université, possède un appartement à New York alors si je viens te rendre visite, je pourrais…

Elle s'interrompit net.

Elle disait des énormités ! Pourquoi irait-elle à New York chez Sam ? Il n'était pas question de lui rendre visite, *à lui*, après ce séjour à l'hôtel. Elle devait arrêter de rêver. Elle le connaissait à peine !

— Il va vendre l'hôtel, reprit-elle, se forçant à ne pas extrapoler, mais c'est encore un secret. Peut-être te l'ai-je déjà dit, je ne me souviens plus.

Elle prit une nouvelle gorgée de café avant de poursuivre :

— Après le bar, il est allé prendre quelques affaires dans sa chambre, puis ensuite, nous sommes allés dans la mienne. Nous avons parlé, rigolé et il a fini par retrouver la mémoire. Il m'a vue au festival de bande dessinée de San Diego, l'année dernière. Tu te souviens ? Evidemment que tu te souviens, tu m'accompagnais. Donc c'est là qu'il m'a vue. Il travaillait sur un tournage, il interviewait des gens et il est passé devant mon stand. Il s'est arrêté et le cameraman, derrière lui, ne l'a pas vu, il lui est rentré dedans avec le pied de la caméra et…

— Attends ! l'interrompit Erin en levant une main. Arrête-toi s'il te plaît.

— Qu'est-ce qu'il y a ?

— Tu me donnes un peu trop d'informations d'un seul coup. Je ne suis pas en état de te suivre.

— Excuse-moi…

— Ce n'est pas grave. Reprenons dans l'ordre chronologique. Vous êtes allés dans ta chambre et ensuite ? Vous êtes passés tout de suite aux choses sérieuses ?

Carrie esquissa un sourire de ravissement au souvenir des événements de la nuit précédente et sentit sa peau se hérisser légèrement de chair de poule, comme si elle pouvait encore sentir les caresses de Sam sur elle.

— Oui… Plus ou moins.

— Il embrasse bien ?

— Merveilleusement bien. Il devrait même donner des cours.

— Carrie, fit Erin d'un ton soudain très sérieux, dis-moi la vérité…

Surprise par cette voix grave, Carrie se redressa et fixa son amie.

— Tu l'aimes bien, n'est-ce pas ? Je veux dire… tu l'aimes beaucoup ?

Carrie blêmit et baissa la tête. Erin avait le don d'aller droit au but. Oui, elle aimait vraiment beaucoup Sam, plus que de raison même, compte tenu des circonstances de leur rencontre. Ses vacances se terminaient dans quelques jours, elle reprendrait le fil normal de sa vie. Sam ferait de même de son côté. Elle savait donc qu'elle ne devait pas s'emballer et pourtant… Pourtant, c'était bien ce qui se passait : elle s'emballait.

— Oui, répondit-elle à Erin, tout simplement, je l'aime beaucoup.

— Mais… C'est génial !

— Non, ce n'est pas génial. Nous repartons dans quelques jours. Cette aventure est destinée à rester une aventure. Je ne suis venue ici que pour me changer les idées, après ma rupture avec Armand… Et pour trouver de l'inspiration pour mes dessins.

— Les dessins ne sont pas un problème. Tu n'as qu'à lui en parler, il comprendra.

— Non, il ne comprendra pas ! Comment te sentirais-tu, si quelqu'un venait chez toi et que tu découvrais que cette personne n'était là que pour te ridiculiser ?

Erin leva les yeux au ciel, comme si elle avait dit une bêtise.

— Tu exagères ! Je ne vois pas où est le problème. Tu fais ça tout le temps avec moi !

— Ce n'est pas vrai.

— Carrie !

— Bon, d'accord… Mais nous sommes amies, ce n'est pas pareil.

— Si, fais-lui confiance et dis-lui.

Carrie secoua la tête. C'était une mauvaise idée. Elle ne pouvait pas lui parler. C'était impossible.

— Je crois que je vais simplement profiter de lui tant que

c'est encore possible avant de rentrer à Los Angeles, dit-elle. Me faire plein de bons souvenirs. C'est ainsi que sont censées se dérouler les aventures de vacances, non ?

Erin hocha la tête. Elle ne semblait pas convaincue.

— On en reparlera, se contenta-t-elle de répondre. En attendant, il faut que je prenne une douche et que je m'habille. Nous devons aller manger à 16 heures.

— Tu as un rendez-vous ?

— Pas moi. Toi !

— Pas tout de suite, Sam n'est pas libre avant 20 heures, le soir.

— Ce n'est pas avec Sam que tu as rendez-vous, mais avec Marcia.

Comme si elle venait de recevoir une gifle, Carrie enfouit son visage entre ses mains.

— Non, non, non ! Hors de question ! Je n'irai pas voir une voyante, Erin. C'est ridicule ! Tu es en train de gaspiller ton argent.

— Tu iras la voir, à 18 heures, tu n'as pas le choix. Tu es obligée d'aller la voir car tu es ma meilleure amie et que je déménage à l'autre bout du pays dans quelques semaines.

Erin sortait l'artillerie lourde, et aucun argument qu'elle pourrait lui opposer ne ferait le poids maintenant. Elle pourrait évidemment essayer le chantage mais… Ce n'était sans doute pas une bonne idée.

— Combien de temps suis-je supposée rester ?

— Je t'ai réservé une heure.

— Une heure ? Mais c'est trop long !

— Absolument pas. Et n'imagine pas que tu vas pouvoir sortir plus tôt car j'ai pris rendez-vous pour moi juste après.

Carrie laissa échapper un soupir.

— Pourquoi est-ce que tu me fais ça ?

— Parce que tu es ma meilleure amie et que si tu arrêtais d'être aussi têtue, je suis persuadée que tu serais beaucoup plus heureuse !

— Il n'existe aucune preuve scientifique qu'il soit possible de voir dans le futur. Tout voyant est donc un charlatan et je ne peux pas…

Elle s'interrompit.

Il était vain d'avoir cette discussion avec Erin. Quoi qu'elle dise, quels que soient les arguments logiques qu'elle avancerait, son amie garderait la foi. Elle ne renoncerait jamais, alors pourquoi se fatiguer pour rien ?

— D'accord, j'irai la voir, mais laisse-moi te dire que tu gaspilles ton argent.

A bout, elle ferma les yeux quelques instants, pendant qu'Erin sortait quelques vêtements de la penderie.

— Tu crois que le fait que je déménage à New York alors que Sam y a un appartement est une coïncidence ? lui demanda soudain son amie, la sortant de sa réflexion.

Pour toute réponse, Carrie se contenta de hausser les épaules. Elle n'avait pas envie de se poser la question.

— Il y a des jours où je me demande vraiment comment nous pouvons être amies depuis si longtemps, alors que tu as l'esprit aussi obtus ! reprit Erin. Non seulement tu rates l'essentiel, mais en plus, tu ne t'amuses pas, tu ne profites pas de la vie. Pour cette histoire de New York, il ne s'agit pas d'une coïncidence. C'est le destin, j'en suis persuadée. Le destin, Carrie ! Le destin !

Carrie demeura interdite.

Erin avait raison, leur amitié était surprenante. Elles étaient si différentes l'une de l'autre… Malgré tout, cette amitié était une des choses les plus importantes et les plus structurantes de son existence.

Peut-être Erin n'avait-elle pas tort. Peut-être passait-elle à côté de l'essentiel. Peut-être existait-il bien une vie après la mort…

Non. Même si elle avait envie de partager plus de choses avec son amie, elle ne pouvait pas croire ces bêtises. Jamais de la vie.

Un stylo à la main, Sam fixa la pile de chèques à signer devant lui. Mais il ne pensait ni aux factures, ni aux menus, ni à sa réunion de 17 heures. Toutes ses pensées étaient centrées sur la chambre deux cent quatre et son occupante.

Carrie était-elle déjà dans la salle de réception ou était-elle encore en train de dîner avec Erin ?

Ils s'étaient donné rendez-vous à 20 heures mais malheureusement pas dans sa chambre car elle avait accepté de passer la soirée avec son amie dans le Vieil Hôtel.

Cette perspective n'était pas des plus excitantes car cela voulait dire rester assis dans l'obscurité, des heures durant, en silence, à attendre qu'un fantôme qui n'existait pas apparaisse… Mais avec Carrie à ses côtés, il était prêt à tout. En plus, cela ne pouvait pas faire de mal à son image de passer pour un aficionado auprès de ses clients. Et puis, avec un peu de chance, Carrie ne voudrait pas rester très longtemps et ils rentreraient vite à l'hôtel.

Il n'en revenait pas qu'une femme comme Carrie, rationnelle, avec les pieds sur terre, croie aux fantômes.

Ce n'était pas non plus à ce point étonnant, d'un autre côté, car tout le monde dans sa propre famille y croyait, la grande majorité des clients de l'auberge également. Plus de la moitié de l'humanité, en fait, croyait à l'existence d'une vie après la mort. Lui se situait dans l'autre moitié. celle qui n'y croyait pas. Une fois qu'on était mort, on était mort.

Il était juste un peu déçu que Carrie y croie.

Enfin… Tout cela n'avait pas beaucoup d'importance. Ce n'était pas comme s'il devait partager sa vie avec elle. Elle repartait dans quelques jours et ses chances de la revoir, après, étaient très minces.

Cette idée l'attrista. Il en fut à la fois étonné et contrarié. Que lui arrivait-il ?

Il avait toujours préféré les relations à durée déterminée. Et pour tout dire, chaque fois, il avait même été soulagé que la liaison se termine. Il avait passé toute sa vie à chercher des moyens de fuir, mais après dix mois dans cet hôtel, il commençait à se comporter de façon différente. De même qu'il réagissait vis-à-vis Carrie d'une façon bien différente de celle qu'il avait eue avec les autres femmes.

Il ne pouvait pas l'aimer autant. C'était impossible. Il ne croyait pas plus aux coups de foudre qu'aux fantômes.

D'ailleurs, il ne s'agissait pas d'amour entre eux. L'amour, le véritable amour, était très rare.

Il avait toujours pensé que ses parents étaient fous l'un de l'autre, mais en grandissant, en faisant le deuil de sa mère, il s'était rendu compte que les histoires que lui racontait son père n'étaient que… Que des histoires et que la perfection n'existait pas.

Personnellement, il était plus à l'aise dans la vraie vie. C'était souvent moins agréable, mais au moins, c'était la réalité. Et la réalité était que Carrie et lui s'entendaient bien, qu'ils étaient compatibles sexuellement, mais qu'il n'était pas question d'amour entre eux.

Il avait juste envie de la revoir. Il en mourait d'envie, même.

Passeraient-ils une autre nuit ensemble ? Sans doute. Lui ferait-elle le même effet ? Il l'espérait. Mais ce n'était pas une raison pour s'emballer, pour tout confondre. Tout pouvait changer, tout pouvait arriver.

En attendant, lui rappela la voix de la raison, il était dans son bureau, avec devant lui une pile de factures à payer. Et ça, c'était la réalité !

Au moins, avec les factures, il n'y avait pas de surprises…

La chambre de Marcia William ressemblait à n'importe quelle autre chambre de l'hôtel. Elle était juste un petit peu plus grande, puisqu'elle comportait un coin salon.

Contrairement à ce que Carrie imaginait, aucune boule de cristal n'était posée sur la table, aucune nappe de dentelle, aucun jeu de tarot.

— Je vais me préparer du thé, vous en voulez une tasse ? lui proposa Marcia.

— Vous lisez l'avenir dans le thé ?

— Non, je le bois juste.

Honteuse de sa réflexion, Carrie sentit ses joues prendre des couleurs.

— Je ne vous en veux pas, reprit la voyante comme si elle devinait sa gêne. J'ai du thé vert, du thé à la cannelle et du thé à la pomme.

Carrie haussa les épaules. Elle allait passer une heure dans cette pièce, une tasse de thé ne lui ferait sans doute pas de mal.

— Je veux bien un thé à la pomme, merci.

Pendant que Marcia faisait chauffer de l'eau, elle l'étudia. Elle ne ressemblait pas à l'image qu'elle se faisait d'une voyante. Elle ne devait avoir qu'une trentaine d'années. Elle portait des cheveux courts et un gros pull marron sur un jean.

Quelques secondes plus tard, Marcia posa une tasse fumante devant elle ainsi qu'un plateau contenant des sachets de thé et de sucre.

— Merci.

Elle prit son temps pour préparer son thé. Quand elle releva la tête, Marcia la dévisageait, comme un psychiatre le ferait.

— De quoi voulez-vous parler ? lui demanda sans attendre la jeune femme.

Carrie avait envie de parler du fait qu'elle ne croyait pas aux voyantes, ni à quelque phénomène surnaturel que ce soit, notamment les fantômes, mais elle se retint. Ce serait sans doute très malvenu.

Elle ne comprenait d'ailleurs toujours pas pourquoi Erin lui avait offert cette séance. Son amie connaissait pourtant bien son avis sur la question.

— Ne vous en faites pas, ajouta Marcia, percevant ses hésitations, je sais que vous ne croyez pas à la voyance.

— Erin vous l'a dit ?

— Je n'ai jamais rencontré Erin.

— Oh…

— Ce n'était pas un message de l'au-delà non plus, rassurez-vous. Simplement, c'est évident. Vous cachez très mal vos convictions.

— C'est vrai, admit Carrie, je n'y crois pas. Les personnes que je côtoie savent en quoi je crois et en quoi je ne crois pas.

— Et vous ne croyez pas aux voyantes ni aux fantômes…

Elle hésita avant de confirmer. Elle pourrait toujours faire marche arrière, dire que les fantômes étaient une exception mais…

— Ce que je vous dis ici restera confidentiel ? Vous savez, comme ce que je pourrais dire à un avocat ou un médecin ?

— Pas exactement. Je ne serai pas chassée de la profession si je répète ce que j'ai pu entendre de la bouche d'un client mais oui, tout ce que vous me direz restera confidentiel. Les gens ont tendance à s'ouvrir à moi, surtout lorsque je leur dis des choses proches de la vérité, justement parce qu'ils savent que je ne répéterai rien.

— Depuis combien de temps exercez-vous ?

— Longtemps. Suffisamment longtemps pour reconnaître toutes les tactiques d'évitement.

Marcia but une gorgée de thé puis lui sourit gentiment.

— Je vais vous faire une proposition, Carrie.

— Laquelle ?

— Je comprends, et je respecte, votre refus de croire au destin ou à n'importe quel autre phénomène non rationnel. Mais il y a une chose à laquelle vous pouvez croire : c'est au fait que je suis douée pour percer à jour mes interlocuteurs.

— Je vous crois.

— Parfait. C'est un bon début. Il est toujours bénéfique d'écouter ce que peut dire quelqu'un qui ne connaît pas votre histoire et n'a aucune idée de qui vous êtes. Je ne suis pas une thérapeute et je promets de ne vous donner aucun conseil, mais si vous me posez des questions, je peux vous proposer quelques réponses d'après vos gestes, vos attitudes, vos silences. Il n'y a rien de mystique dans cette expérience, il ne s'agit que de neurolinguistique. Vous êtes ici pour une heure et je n'ai même pas un jeu de cartes alors…

— Je peux déjà vous dire que vous êtes douée.

— Est-ce que ça veut dire oui ?

Une partie d'elle avait envie de répondre non, de dire qu'il ne s'agissait que de bêtises, d'une perte de temps, mais…

— Pourquoi pas…

— Super !

Marcia but quelques gorgées de thé puis posa ses mains à plat sur la table.

— Quelle est la première question qui vous vient en tête ? lui demanda-t-elle.

— Je… Je pensais à Sam. Je me demandais si je le reverrai lorsque tout sera terminé ?

— Lorsque cette séance sera terminée ou bien parlez-vous de la convention ?

— Les deux, j'imagine.

— Je sais que vous aimeriez le revoir, plus que vous ne l'admettez. Je sens que Sam et vous êtes devenus très proches et…

— Stop !

Cette réponse était trop facile, trop vague. N'importe qui aurait pu la faire.

— C'est bien joli, tout ça, mais je n'ai aucun moyen de vérifier vos dires.

— Bien sûr que si, rétorqua Marcia. Rien ne vous empêche d'enregistrer notre conversation et de voir ensuite ce qui se passe.

— Je n'ai pas de cassette.

— J'en ai une. Je vous la vends un dollar. Vous pouvez commencer à enregistrer dès maintenant si vous le souhaitez.

— Un dollar ? Est-ce la seule chose que vous allez tenter de me vendre ?

— Oui. Votre séance est déjà payée et je vous offre le thé.

Carrie attrapa son sac et tendit un billet à Marcia.

— Dans ce cas-là, allons-y.

— Parfait.

Marcia prit quelques minutes pour tout installer puis commença par répéter ce qu'elle avait déjà annoncé à Carrie.

— Vous avez quelque chose à ajouter ? lui demanda-t-elle ensuite.

Carrie secoua la tête.

— Non, mais j'ai une autre question. Si tout ce que vous me dites est faux, que se passera-t-il ?

— Dans ce cas-là, vous aurez eu raison à mon propos, à propos des voyantes et du surnaturel en général et vous pourrez triompher auprès de tous vos amis.

— Si je comprends bien, dans les deux cas, je suis gagnante ?

Marcia fit oui de la tête, un sourire malicieux aux lèvres, comme si tout cela n'était qu'un jeu pour elle.

Eh bien, si c'était un jeu pour elle, alors elle aussi allait s'amuser !

— Bien, reprit-elle déterminée, dites-moi maintenant si je vais me marier, avec qui, quand, et si j'aurai des enfants. J'ai aussi des questions concernant Erin. Je voudrais savoir si notre amitié va survivre à son déménagement et…

— Doucement, Carrie. Commençons par la première question : allez-vous vous marier ?

Soudain anxieuse, Carrie serra les poings et se força à se calmer, se força à garder le visage impassible. Elle ne croyait pas à la voyance et pourtant, elle avait envie que Marcia lui donne des réponses, elle désirait même des réponses précises, pas des généralités.

Elle ne fut pas déçue. Lorsque Marcia se lança enfin, elle obtint ses réponses.

Chapitre 12

Le grenier était grand, plutôt propre pour un grenier. Des chaises empilées étaient rangées le long du mur, à côté de tableaux qui devaient autrefois orner les murs de la salle à manger du Vieil Hôtel. Des tables avec de la nourriture avaient été installées dans un coin, et dans un autre, deux caméras, l'une à infrarouge, l'autre thermique. Mais aucun canapé pour les dix personnes qui allaient passer la nuit à y attendre des fantômes, juste quelques coussins et couvertures apportés par les heureux élus.

Ce n'était pas le lieu idéal pour un rendez-vous romantique, songea Carrie, son inspection terminée, mais Sam et Erin seraient là alors elle était tout de même contente.

Sam l'avait chargée des coussins tandis que lui apportait duvets et couvertures, ainsi qu'un panier rempli de victuailles et deux bouteilles Thermos de café, pour compléter le buffet qu'il avait fait préparer pour les autres clients. Le café serait bienvenu si elle voulait rester éveillée toute la nuit, ou au moins jusqu'au matin, car il était déjà minuit passé !

Erin arriva, accompagnée de ses admirateurs, toujours aux petits soins pour elle, et de deux autres personnes qu'elle ne connaissait pas.

Les yeux brillant d'impatience, elle esquissa un petit sourire coquin. Elle avait l'intention de profiter de Sam autant que possible, ce soir, à la faveur du noir complet que nécessitaient les installations des chasseurs de fantômes.

Apparemment, Sam pensait à la même chose, car elle le voyait étaler les duvets au sol dans un coin à l'écart, isolé du reste des participants.

Parfait !

Ils seraient tranquilles dans leur petit nid. Ils ne verraient peut-être pas l'écran, mais ce n'était pas grave. De toute façon, il n'y aurait rien à voir, ni esprit ni mort-vivant.

— Pourquoi vous installez-vous tout là-bas ? lui demanda soudain Erin. Vous ne voulez pas être avec nous ?

— Non, c'est juste toi que je fuis.

— Très drôle !

— Je croyais que les chasseurs de fantômes avaient beaucoup d'humour ?

Pour toute réponse, Erin se contenta de hausser les épaules avant de repartir discuter avec ses admirateurs.

— Si j'ai bien compris, demanda Carrie en les rejoignant, il ne faut pas parler pendant la séance ?

— Non. Lorsque les lumières rouges sont allumées, les bouches doivent être fermées, lui expliqua Elton.

— Et nous sommes là jusqu'à…

— 3 heures du matin, répondit Erin. Ou 4 heures, tout dépend…

— Tout dépend de quoi ?

— Des fantômes.

— Ah, oui.

Les fantômes… Evidemment.

A vrai dire, elle commençait à se lasser de ces histoires de fantômes. Elle voulait juste passer du temps avec Erin et Sam.

— Allez, l'encouragea ce dernier, comme s'il devinait ses réticences. Viens t'installer sur le duvet et si tu es sage, tu auras une récompense…

Elle s'approcha, impatiente, les yeux pétillant d'admiration. Sam était magnifique ce soir avec sa chemise de flanelle et ses bottes de cow-boy. Plus beau et plus sexy que jamais.

Sous le charme, elle s'allongea sur le duvet et se mit à fredonner la chanson du générique de *Macadam Cow-boy.*

— Je t'entends, Carrie, fit-il.

— Je sais.

— Si tu n'arrêtes pas de te moquer de moi, je crois que je vais manger les cookies tout seul.

— Les cookies ? intervint Erin depuis l'autre côté de la salle, d'une voix sourde. Ai-je bien entendu parlé de cookies ?

Carrie sursauta. Elle reconnaissait à peine la voix d'Erin. C'était étrange. Comme si… Non. Elle rêvait… Le grenier de la vieille bâtisse n'était pas hanté. C'était simplement la hauteur sous plafond qui créait un effet d'écho.

Sam vint s'installer à côté d'elle et elle oublia Erin.

Il n'y avait plus que lui, désormais. Tout ce qu'elle voulait, tout ce dont elle avait besoin, pour les heures à venir, c'était de cet homme.

Brûlant d'une impatience presque insoutenable, son cœur battant à toute allure, elle sentit son visage s'empourprer.

— Tu vas bien, Carrie ? Tu as l'air nerveuse, tout à coup. Je croyais pourtant que tu étais un vétéran des chasses aux fantômes.

— Je… J'ai une longue expérience des chasses, en effet, mentit-elle, honteuse de le faire, mais je n'ai encore jamais rien vu.

— J'imagine alors que tu es très excitée par cette soirée ?

Elle ferma les yeux. A son ton enjôleur et à ses yeux brillants, elle devinait qu'il ne parlait pas des fantômes, c'était évident.

— Très excitée, oui…, répondit-elle en le dévorant du regard.

— Moi aussi.

— Pourtant tu as grandi ici, Sam. Tu as déjà dû rencontrer de nombreux fantômes. Tu dois même les connaître par leurs prénoms.

Sam lui sourit, prit sa main et noua ses doigts aux siens.

— Tu veux connaître l'histoire du fantôme du grenier ? lui demanda-t-il.

Toutes les personnes présentes dans le grenier répondirent en chœur un « oui » enthousiaste à sa question, comme si le simple fait de mentionner le mot « fantôme » les avait hypnotisées.

Il se pencha un peu en avant et, impatiente, Carrie l'observa avec attention. Elle voulait le voir en action.

— C'était en 1939, commença-t-il, pendant un long et chaud été. A l'époque, c'étaient mes grands-parents qui géraient l'hôtel. La maison était pleine de visiteurs venus à Crider pour pêcher, pour se baigner dans les lacs ou se promener en forêt. Parmi tous ces gens se trouvait un jeune couple, Thomas et Constance Mapleton et leur enfant de deux ans, Francis.

Carrie le dévisageait, impressionnée par le naturel avec lequel il racontait cette histoire. Il savait vraiment captiver son audience, trouver le bon mot, le détail pour l'intéresser.

— Francis n'était pas très en forme, poursuivit-il. Il avait mal aux dents. Il pleurait beaucoup ce qui empêchait ses parents de dormir, mais aussi les autres clients de l'hôtel. Un jour, mon arrière-grand-mère, Eleanor, envoya mon arrière-grand-père Robert dans le grenier. Robert y conduisit Constance. Il y avait une grande commode de bois, là où tu es assise, Erin, une commode remplie de jouets. Le but officiel de cette excursion était d'y trouver un jouet pour distraire Francis, même si, selon mon père, Eleanor avait surtout le projet de profiter de l'absence de Constance pour tremper un doigt de Francis dans le whisky pour l'endormir.

Personne ne semblait s'être aperçu que Sam parlait plus doucement, plus lentement.

Elle avait déjà écouté des contes dans des librairies, mais Sam était le meilleur conteur qu'elle ait jamais entendu. Il parlait d'un ton très naturel, comme s'il croyait dur comme fer à chacun des mots qu'il prononçait.

— Lorsque Robert et Constance arrivèrent dans le grenier et se retrouvèrent devant les jouets de bois, continua Sam, une femme que personne n'avait jamais vue à l'hôtel apparut. Toujours courtois, Robert lui demanda alors s'il pouvait l'aider. « Je l'ai laissée ici », lui répondit-elle. Robert lui demanda de quoi elle parlait. « J'ai laissé la poupée de Sarah », lui expliqua la femme. « Elle la réclame. »

Robert et Constance se mirent à chercher la poupée dans le

coffre à jouets, continua Sam. En vain. Lorsqu'ils relevèrent enfin la tête, la femme leva la main puis s'évanouit, juste devant leurs yeux, sans un mot de plus.

Carrie retint son souffle. Elle ne voyait rien, mais devinait que tout le monde avait la chair de poule. Comme elle.

— Elle n'est pas partie loin, reprit Sam. Elle rôde toujours dans le Vieil Hôtel. Des gens entendent régulièrement le plancher du grenier grincer ou le bruit tout doux de ses pantoufles sur le sol. Certains disent même qu'ils l'ont entendue crier et appeler Sarah.

— Et vous, l'avez-vous vue ? lui demanda Elton.

— Bien sûr !

— Raconte-nous ! le pressa Erin, suspendue à ses lèvres.

— Je ne peux pas, la séance va commencer d'une minute à l'autre…

Trop troublée pour parler, Carrie ne dit rien. Elle se contenta de se lover contre lui. Elle avait pourtant envie de revenir sur le récit qu'il venait de leur faire. Elle avait envie qu'il lui fasse un signe de connivence, qu'il lui indique que ce n'était qu'une affabulation, mais aucun mot ne lui venait.

Il lui sourit, mais ce sourire ne lui donna aucun renseignement. Il augmenta simplement son désir et fit abdiquer sa raison. Elle n'avait désormais plus qu'une envie, l'embrasser avec fougue et sentir sa peau brûlante vibrer sous ses caresses.

Ils s'étaient retrouvés comme promis un peu plus tôt dans la soirée. Elle se trouvait alors dans la salle de réception, n'écoutant pas un mot de la conférence sur les moyens scientifiques de recherche à laquelle elle assistait. Erin était à côté d'elle, elle prenait des notes, mais semblait regretter de ne pas avoir eu le temps de l'interroger sur sa séance avec Marcia.

Personnellement, elle n'était pas pressée de le faire. Elle parlerait à Erin des révélations de Marcia mais plus tard, une fois qu'elle les aurait digérées. Pour le moment, elle ne se sentait pas prête.

Ce n'était pas surprenant que Marcia jouisse d'autant de notoriété dans son domaine. Ses prédictions étaient si précises, si personnelles, qu'il était facile de se laisser berner et d'y croire. Elle avait déjà rencontré des personnes capables de la percer à jour, mais à ce point, jamais.

Marcia avait notamment deviné qu'elle vivait en ermite, qu'elle n'avait pas beaucoup d'amis, qu'elle préférait les relations virtuelles aux relations réelles et qu'elle avait peur de finir sa vie seule.

— Tu vas bien ? lui demanda soudain Sam, la sortant de sa réflexion.

— J'ai hâte que la séance commence !

— Tu ne m'as jamais dit ce qui t'a conduite à chasser les fantômes ?

— Erin.

Au moins, cela n'était pas un mensonge.

— Erin adore les vieux bâtiments et passe son temps à y chercher des trésors, que ce soit un détail architectural caché sous un vieil enduit ou un fantôme. Elle m'a expliqué une fois qu'elle sentait que des gens vivaient dans les bâtiments abandonnés. Quand je suis avec elle, je le sens moi aussi.

Ce point-là n'était pas non plus un mensonge, car elle percevait ces esprits dans le regard et la ferveur d'Erin. Les histoires que son amie lui racontait semblaient si vraies, si… D'ailleurs, elle espérait pour la santé mentale de son amie qu'elles étaient bel et bien vraies.

— Si j'ai bien compris, tu as toi aussi rencontré quelques fantômes…

Sam se pencha un peu plus vers elle, comme s'il s'apprêtait à lui répondre en confidence, mais il ne dit rien car au même instant, la femme qui se tenait près des caméras demanda le silence.

— Nous sommes prêts, déclara-t-elle avec une solennité qui faillit faire pouffer Carrie. Les lumières vont s'éteindre dans quelques minutes alors je vous demande de vérifier que vous avez bien à proximité tout ce dont vous pourriez avoir besoin. Dans une heure, George et moi reprendrons la parole pour une petite conférence mais en attendant, je vous demande le calme le plus absolu de façon à ce que nous puissions apercevoir quelque chose. Je vous rappelle enfin que nous ferons des pauses toutes les deux heures pour vous permettre d'aller aux toilettes alors profitez-en, car c'est embêtant d'être dérangé lorsque quelqu'un doit se lever pour une urgence. Avez-vous des questions ?

Personne n'avait de question.

En fait, tout le monde semblait au courant, tout le monde semblait avoir l'habitude de ce genre de séance.

Tout le monde, sauf elle.

Les lumières s'éteignirent, à l'exception des petites lampes de contrôle sur les moniteurs. Quelques secondes plus tard, Carrie sursauta en sentant quelque chose effleurer sa cuisse.

Heureusement, il ne s'agissait pas d'un insecte effrayant ni d'un fantôme, juste de la main de Sam. Soulagée, elle la prit dans la sienne.

Elle le sentit se pencher doucement vers elle, perçut son souffle chaud dans le creux de son oreille et, aussitôt, un délicieux frisson d'anticipation la traversa.

— Je vais nous cacher, lui murmura-t-il dans le creux de l'oreille.

Pour toute réponse, elle se contenta de serrer plus fort sa main dans la sienne et de poser la tête sur son épaule.

Dans ce silence, dans l'obscurité, dans les bras de cet homme, elle se sentait bien. Elle se sentait même si bien qu'elle ne pouvait s'empêcher de sourire et de sentir son cœur palpiter à toute allure dans sa poitrine.

Elle ferma les yeux. Aussitôt, les souvenirs de la nuit qu'elle avait passée entre ses bras revinrent à sa mémoire. Leurs deux corps s'accordaient si bien qu'elle avait l'impression qu'ils étaient faits pour s'entendre éternellement.

Les minutes passaient et, peu à peu, elle se sentit s'assoupir, glisser vers le sommeil, mais elle se força à rester éveillée de peur de ronfler. Malgré tous ses efforts, elle finit néanmoins par s'assoupir, mais pas pour longtemps car une voix masculine la réveilla après ce qui lui avait semblé quelques secondes à peine de somnolence. Il s'agissait du dénommé George.

Sans doute était-il l'heure de la petite conférence.

A vrai dire, elle ne comprenait pas le but de cette conférence. S'il y avait des fantômes dans le grenier ou autour, ces derniers devaient savoir qu'ils étaient attendus, ils n'avaient pas besoin d'une invitation ! Mais peut-être s'agissait-il d'un rituel ?

Les gens aimaient les rituels car les rituels créaient des liens.

Un bruit métallique résonna soudain derrière George et, surprise, Carrie sursauta.

— Qu'est-ce que c'était ?

Une lampe de poche s'alluma et, aveuglée par cette lumière, elle cligna des yeux.

— C'est le détecteur de champs électromagnétiques, annonça George. Il a repéré quelque chose et il est tombé.

— Je le savais ! s'exclama une certaine Ann. J'étais sûre que nous observerions un phénomène ce soir ! Est-ce que quelqu'un a senti quelque chose ?

Carrie leva les yeux au ciel.

— Rien d'autre qu'une apparition ne peut en effet expliquer la chute d'un détecteur, fit-elle d'un ton sarcastique, incapable de tenir sa langue. Un détecteur posé en déséquilibre ne tomberait jamais tout seul d'une chaise !

— Chut ! fit Sam.

Elle se tourna vers lui. Il n'avait pas parlé sur le ton du reproche. Au contraire. Même sans le voir très nettement, elle devinait qu'il était en train de sourire, comme si toute cette scène l'amusait autant qu'elle.

— Il y a un coin froid ! cria soudain Erin.

— Je le sens moi aussi ! s'exclama Elton.

— Mais c'est fabuleux, s'enthousiasma George. Je suis persuadé que nous avons tout enregistré. Où est le relevé de température ?

A ces mots, Carrie sentit le fou rire la gagner. Elle mit sa main sur sa bouche pour tenter de se retenir. En vain. Elle n'y arrivait pas. Elle se sentait prête à exploser.

Sentant tous les regards se tourner vers elle, elle se racla la gorge.

— Arrête ! lui chuchota Sam, feignant la colère.

— Je ne peux pas m'en empêcher !

— Doucement ou nous allons nous faire chasser d'ici.

— Que se passe-t-il vers vous ? leur demanda Erin, très sérieusement. Vous avez repéré quelque chose ?

Carrie se mordit le poing ; elle n'en pouvait plus.

— Hélas non, répondit à sa place Sam, d'un air faussement contrit. C'est juste Carrie qui a renversé la bouteille Thermos. Elle est un peu nerveuse.

— On le serait à moins, répondit George sévèrement, il faut faire attention ! Ce n'est que le début de la nuit et nous avons déjà repéré des mouvements très intéressants. Que tout le monde se calme, sans quoi, la nuit sera perdue. Nous allons faire une petite pause. Pendant ce temps, je vais voir si le détecteur a capté quelque chose lorsqu'il est tombé.

Incapable de se retenir plus longtemps, Carrie se releva d'un bond, courut vers l'escalier et le dévala en quatrième vitesse. Elle devait à tout prix arrêter de rire ou elle allait se faire chasser du grenier et de la conférence.

Riant encore toute seule, elle entra dans les toilettes.

A sa grande satisfaction, elles étaient vides.

Elle se força à respirer profondément pour tenter de se calmer. Pour tous les autres, la séance était sérieuse, passionnante même, elle ne devait pas se moquer d'eux.

Sam avait souri, lui aussi, se souvint-elle tout à coup. Elle n'avait pas rêvé, il avait bel et bien souri.

Mais peut-être se moquait-il simplement d'elle ?

A moins qu'il croie vraiment aux fantômes, mais pas aux discours de George.

En tout cas, une chose était sûre, elle allait devoir faire très attention à se maîtriser, si elle ne voulait pas tout gâcher avec Sam.

Elle repensa une fois encore à Marcia.

La voyante l'avait impressionnée lorsqu'elle avait parlé de sa vie. Par contre, ses prévisions… C'était n'importe quoi.

Oui, Erin allait lui manquer, mais elle n'avait pas l'intention de quitter son loft, ni maintenant ni jamais. Elle adorait son appartement, il était parfait pour elle. Cela ne l'empêcherait évidemment pas d'aller de temps en temps rendre visite à son amie. Mais « rendre visite à Erin », ne voulait pas dire « quitter définitivement Los Angeles » !

En fait, Marcia n'avait pas exactement dit qu'elle quitterait L.A. Non, elle lui avait juste annoncé qu'elle suivrait quelqu'un de très important pour elle, quelqu'un qui compterait pour le reste de sa vie.

Carrie avait envie de croire que son amitié avec Erin serait éternelle, mais elle savait que les gens changeaient. Erin n'était plus la fille qu'elle était à l'université, elle non plus.

Elle se lava les mains puis releva la tête.

Le miroir était recouvert de buée.

Peut-être y avait-il un problème avec le robinet d'eau chaude ? Elle le referma, mais la buée continua à se développer, comme si quelqu'un était en train de prendre une douche brûlante dans la pièce. Bizarre…

Elle se rinça les mains puis recula. La buée était toujours là. Quelque chose n'allait pas, c'était évident.

En regardant mieux, elle remarqua que la buée n'était pas répartie de façon égale sur le miroir. Elle s'effaçait au milieu pour former le mot RESTE.

Reste ?

Soudain un peu inquiète, elle laissa échapper un petit rire nerveux.

Quelqu'un avait dû tracer ce mot d'un doigt légèrement graisseux un peu plus tôt, et la buée s'y fixait moins bien que sur le reste de la surface, c'était aussi simple que cela. Il n'y avait rien de surnaturel dans ce phénomène. Ce n'était pas la peine qu'elle se mette dans tous ses états !

Elle se promit néanmoins d'en parler à Sam. Il y avait peut-être un problème de plomberie.

Encore perplexe, elle sortit des toilettes et se retrouva justement nez à nez avec lui.

— Carrie. J'étais inquiet, tu es partie si vite…

— Je devais aller aux toilettes. A propos, il y a un problème de plomberie.

— De quoi s'agit-il ?

Elle l'entraîna sans attendre pour lui montrer le miroir. Mais il était parfaitement propre et net.

— Quel est le problème ?

— Le miroir… Il était recouvert de buée, il n'y a pas deux minutes encore.

— De la buée ? Sur le miroir ?

Elle fit signe que oui.

— C'est bizarre, parce qu'il y a un ventilateur. Je vais de ce pas appeler l'équipe de dépannage pour vérifier. Je n'ai pas envie que tout l'hôtel explose. Ce serait dommage.

— Très dommage, en effet, répondit-elle tout en s'intéressant de nouveau au miroir.

Elle s'en approcha et souffla dessus pour recréer de la buée, mais aucun mot n'apparut. Rien du tout. Elle répéta l'expérience à un autre endroit du miroir. En vain.

— Carrie ?

— Oui ?

— Qu'es-tu en train de faire ?

Soudain mal à l'aise, elle recula.

— Je… Rien.

Elle n'allait sûrement pas lui avouer ce qu'elle avait vu. Elle ne voulait pas se ridiculiser. En plus, il devait y avoir une explication logique à tout cela.

Il y avait forcément une explication logique.

— Nous devrions remonter. Tu es sûre que tu vas bien, Carrie ? Peut-être devrions-nous abandonner l'expérience si tu veux t'allonger.

— Je ne suis pas folle, je te le jure, quelque chose ne marchait pas dans ton installation de plomberie. Tu regretteras de t'être moqué de moi lorsqu'une autre femme, qui ne couche pas avec toi, portera plainte contre l'hôtel et te demandera des millions de dollars de dommages et intérêts.

— Des millions de dollars ? Pour un malheureux problème de plomberie ? Tu n'exagères pas un petit peu ? Quoi qu'il en soit, je te promets qu'un plombier viendra demain dans la matinée et je vais faire en sorte que ces toilettes soient condamnées pour le moment.

— Merci.

— De rien.

Elle se mit sur la pointe des pieds et l'embrassa.

Aussitôt, elle oublia le miroir. Elle se pressa contre lui et sentit des étincelles de désir crépiter en elle. Elle explora sa bouche comme elle entendait le faire avec son corps dès qu'elle en aurait l'occasion.

— Vous ne pouvez pas aller ailleurs pour faire vos cochonneries ?

C'était Erin.

— Désolé Erin, s'excusa Sam. Il y a un problème de plomberie. Tu ne peux pas utiliser ces toilettes.

— Quant à toi, Carrie, je t'ai entendue pouffer là-haut. Ce n'est donc pas la peine de remonter. Je préfère que tu ailles t'amuser ailleurs.

— Je suis désolée, Erin. J'ai juste eu un coup de fou rire, mais je peux me contrôler, je te le promets.

Erin la dévisagea, et elle se força à demeurer sérieuse, impassible, pour montrer sa bonne volonté.

— Tu promets de bien te tenir ?

— Juré, promit-elle en levant la main.

Erin se tourna alors vers Sam.

— C'est toi le responsable ! l'accusa-t-elle.

— Moi ? Mais qu'est-ce que j'ai fait ?

— Tu l'as distraite ! Mais vous promettez tous les deux de bien vous tenir ?

Ils répondirent en même temps, d'une même voix désolée, mais Carrie se mordit ensuite la lèvre pour ne pas éclater de rire.

Malgré sa promesse, elle devinait qu'elle aurait du mal à rester sérieuse.

Chapitre 13

Sam en serait bien resté là de cette soirée de chasse aux fantômes dans le grenier, mais pour être avec Carrie, il était prêt à tout. D'ailleurs, il lui suffisait d'être assis à ses côtés pour être… Pour être heureux, c'était le seul mot qui lui venait à l'esprit.

Oui, Carrie le rendait heureux.

Ils en étaient toujours à la pause. George et Ann vérifiaient le bon fonctionnement de leurs détecteurs, les admirateurs d'Erin étaient en train de boire des boissons énergétiques, tout le monde semblait occupé, c'était donc le moment idéal pour surprendre Carrie avec quelques douceurs, songea-t-il en se réinstallant sur leur petit campement.

Dans l'après-midi, Jody lui avait préparé le meilleur cheesecake qu'il ait jamais mangé et lui en avait donné deux parts en prévision de leur longue attente.

— Surprise !

— Du cheesecake ?

La voix de Carrie était plus faible qu'un murmure, mais il lui suffisait de regarder son beau visage pour savoir qu'elle était contente. Il la connaissait maintenant assez pour savoir qu'elle était très gourmande.

Il lui tendit une assiette, une fourchette et une serviette avant de préparer deux tasses de café. Les lumières allaient s'éteindre d'un instant à l'autre et il voulait être prêt.

Au même instant, George annonça la reprise des festivités et la lumière s'éteignit.

Sam ferma les yeux et dégusta le gâteau, le savoura.

Aux petits soupirs de bonheur que poussait Carrie, il comprit qu'elle aussi se régalait. Il avait même l'impression qu'elle était en train de connaître un orgasme gustatif !

Ils finirent leur gâteau en même temps et il rangea les assiettes. Puis, sans attendre, il se colla contre elle. Il voulait sentir sa chaleur, depuis ses jambes jusqu'à ses épaules. Il éprouvait un besoin impérieux de la sentir tout contre lui.

Il enfouit son nez dans sa douce chevelure, s'enivra de son parfum fleuri. Il sentit l'émotion le gagner, et une vague de désir grandit en lui, lui faisant abandonner le continent de la raison.

Il devrait sans doute placer la couverture au-dessus d'eux, ce serait plus prudent mais… Ils étaient dans le noir, personne ne pouvait les voir…

La main douce de Carrie s'échappa de la sienne et vint se poser sur sa cuisse. Son souffle chaud s'approcha de son oreille, mais pas pour lui murmurer des mots doux. Non. Elle se mit à lui mordiller le lobe avec une sensualité inouïe.

Elle voulait donc jouer, ici, au milieu de tous ces gens ?

Pas de problème, il en était tout à fait capable !

Il tourna légèrement la tête et trouva sa bouche, sensuelle, voluptueuse. Il en prit possession avec gourmandise, l'explorant sans retenue.

Ce baiser était magique, enivrant, mais comment rester silencieux alors qu'il mourait d'envie de murmurer son nom et tout un tas de petits mots tendres ?

Elle approfondit le baiser et, réprimant un soupir de plaisir, il laissa une main glisser le long de son bras, en direction de sa poitrine ronde et parfaite, en direction de ces seins qu'il rêvait de prendre en coupe, de caresser, d'empoigner, de lécher…

Est-ce qu'il perdait la tête ? Il devait à tout prix sortir de la pièce et maintenant ! Il était en public. Il ne pouvait pas agir comme s'il était seul dans une chambre avec Carrie, alors que des clients se trouvaient à quelques mètres d'eux seulement.

Il sentit soudain la main enchanteresse remonter le long de sa cuisse et, le souffle court, il la stoppa en chemin. Si Carrie continuait, il allait perdre le contrôle de ses sens. Il fallait à tout prix qu'il l'arrête ou alors qu'un fantôme apparaisse et fasse fuir tout le monde, sinon il risquait de lui faire l'amour, au milieu des clients.

Carrie traça un chemin de baisers humides dans le creux de son cou. Son sexe était déjà si dur, si tendu, qu'il en était douloureux. Sa raison lui criait de s'arrêter, mais le désir le paralysait.

Il secoua la tête comme pour rompre le lien magnétique qui les attirait l'un vers l'autre. En vain. Il ne parvenait pas à se calmer. C'était impossible, toute volonté semblait l'avoir abandonné.

Carrie laissa échapper un nouveau soupir puis elle rompit leur étreinte. Il la sentit se retourner et, percevant un mouvement derrière eux, il l'imita.

Quelqu'un était en train de parler à Carrie.

Sans doute Erin. Comment avait-elle réussi à venir jusqu'ici sans déranger personne ? Que diable se passait-il ?

Quelques instants plus tard, Carrie se pencha de nouveau vers lui.

— C'était Erin. Elle voulait nous prévenir que quelques personnes portent des lunettes de vision nocturne. Elles peuvent nous voir nous embrasser.

Il ferma les yeux et réprima un juron.

La meilleure solution pour lui était de ne plus bouger du reste de la nuit.

Carrie se força à reprendre son souffle. Sam venait de lui offrir un orgasme ravageur, un orgasme d'une intensité telle qu'elle n'en revenait pas.

Ce qui la surprenait, ce n'était pas le fait qu'il lui ait fait toucher les étoiles, mais le fait qu'il l'ait menée à des sommets pareils aussi rapidement.

— Tu vas bien ? lui demanda-t-il, lui aussi essoufflé.

— Aussi bien que toi.

— Je crois que j'ai besoin d'être ressuscité.

— Tu n'es pas le seul.

Le souffle encore court, elle ferma les yeux. Elle avait soif et savait qu'il y avait une bouteille sur la table de chevet, mais elle n'avait même plus la force de tendre le bras. Leur corps à corps avait annihilé toutes ses forces.

— Ce doit être l'amour, fit-il soudain.

Qu'avait-il dit ? Avait-il bien parlé d'amour ?

C'était une blague. C'était forcément une blague, il n'y avait pas d'autre explication possible.

Abasourdie, elle se leva en silence et se dirigea vers la salle de bains. Elle avait besoin de bouger, de sortir de la chambre. Elle étouffait.

Pourquoi réagissait-elle ainsi ?

C'était sans doute une conséquence du manque de sommeil ; elle n'était pas habituée à se coucher tous les soirs à 4 heures du matin.

Quant aux mots de Sam, ils ne voulaient rien dire. Lui aussi était fatigué.

S'il avait été sérieux alors là, oui, elle aurait eu des raisons de s'inquiéter, mais ce n'était pas le cas et elle ne devait pas accorder à ces propos plus d'importance qu'ils n'en avaient réellement. Elle devait respirer lentement, profondément et tout irait bien.

Elle referma la porte derrière elle et fixa son reflet dans le miroir. Ses cheveux étaient en désordre, son maquillage avait coulé, elle n'avait pas l'air très fraîche.

Elle allait se rafraîchir un peu et oublier ce qu'il avait dit. Ensuite, elle retournerait au lit avec lui. Elle avait besoin de dormir, Sam aussi, car il devait être à pied d'œuvre à l'hôtel dans trois heures.

Mais elle fit couler l'eau dans la douche et sans réfléchir, entra dans la cabine.

Maintenant qu'elle y était, autant en profiter, se dit-elle.

Mais elle ne resterait pas longtemps. Elle avait juste besoin d'une minute pour reprendre ses esprits.

Quoi qu'elle ressente pour Sam, ce n'était pas de l'amour.

Elle n'avait pas une grande expérience en la matière, mais elle savait néanmoins qu'il fallait du temps pour tomber amoureux. L'amour était une question de confiance, de respect mutuel, de connaissance intime de l'autre... Les coups de foudre n'existaient pas plus que les fantômes. Et ce n'était pas parce que de nombreuses personnes confondaient amitié sexuelle et amour qu'elle devait elle aussi tomber dans le panneau.

Elle était sexuellement compatible avec Sam, bien sûr, mais elle ne l'aimait pas. Elle n'était pas amoureuse de lui. L'émotion qu'elle ressentait lorsqu'il s'approchait d'elle, les battements de son cœur... Il ne s'agissait que d'une réaction physique, la conséquence du besoin primaire qu'avaient les humains de se reproduire. Cela ne voulait pas dire qu'ils étaient faits pour vivre ensemble, heureux, pendant les cinquante prochaines années !

Et même si elle espérait se marier un jour et avoir des enfants, elle n'était pas, pour le moment, à la recherche du prince charmant.

A ce sujet, elle avait lu récemment une étude expliquant que le nombre de mariages d'amour heureux était aussi élevé que celui des mariages arrangés heureux. C'était bien la preuve que l'amour n'était qu'une vision de l'esprit.

Son cœur battant enfin à un rythme plus régulier, elle attrapa le savon et commença à se laver.

Au même instant, Sam entra dans la salle de bains, puis vint la rejoindre dans la cabine de douche.

L'air lui manqua de nouveau ; elle parvenait à peine à respirer.

Sans dire un mot, il plaqua sa bouche contre la sienne et aussitôt, des frissons de plaisir la traversèrent.

Comme par magie, elle oublia toutes les questions qui se bousculaient dans sa tête quelques minutes plus tôt.

Elle était trop fatiguée pour refaire l'amour, mais cela importait peu. Elle avait envie de l'embrasser. Elle voulait le sentir près d'elle.

Elle le serra alors très fort entre ses bras pour lui faire comprendre qu'il s'agissait plus que d'une aventure d'un soir pour elle, même si elle ignorait comment appeler ce qu'elle ressentait à son égard. Puis elle reprit le savon, lui mit dans la main et sortit de la douche avant de se rouler dans une serviette.

— Carrie ?

Elle lui sourit à travers la porte vitrée.

— Lave-toi, Sam. Tu dois être debout dans trois heures.

La journée allait être longue. Très longue…

Sam n'avait pas assez dormi et il avait quitté le monde des tournages depuis tellement longtemps que son corps avait perdu l'habitude des longues journées. Mais cela valait le coup.

La seule chose qu'il regrettait était d'avoir embrassé Carrie dans le grenier. Il n'avait pas envie que cet épisode ait une conséquence négative sur la réputation de Carrie. Il n'avait pas envie que les autres hôtes la considèrent comme une fille facile.

Pendant qu'il s'habillait, il avait pensé à des dizaines de prétextes pour ne pas aller travailler, certains très plausibles, mais… Peut-être plus tard, lorsqu'il aurait vérifié que tout était prêt pour la prochaine soirée, lorsqu'il aurait parlé à Jody, pourrait-il retourner dans la chambre de Carrie, mais pas avant.

Il avait eu du mal à la quitter tandis qu'elle dormait encore, alors comment réagirait-il lorsqu'elle quitterait l'hôtel ? Rien que d'y penser, il avait l'impression de se noyer.

C'était Halloween et plusieurs animations étaient prévues dans le jardin et dans les écuries durant la journée, avant le grand bal costumé qui serait donné dans la salle de réception et pour lequel il avait engagé un groupe de musiciens de Denver.

Les heures à venir seraient si chargées qu'il n'était même pas sûr d'arriver à voir Carrie avant le bal. Or le lendemain était le dernier jour complet qu'elle passait à l'hôtel, car elle repartait très tôt le mardi matin. Cela ne lui laissait pas suffisamment de temps.

Peut-être, une fois qu'il aurait vendu l'hôtel, pourrait-il

passer quelques semaines à Los Angeles ? Il pourrait se le permettre, il aurait les moyens. Il pourrait en outre en profiter pour s'acheter une nouvelle caméra.

A condition qu'elle veuille bien qu'il lui rende visite…

Il n'était pas exclu que Carrie souhaite rompre tout lien avec lui, lorsqu'elle monterait dans l'avion. Elle avait sa vie, elle devait faire face au déménagement d'Erin, elle n'avait peut-être pas le temps pour lui.

Les relations à distance ne duraient jamais bien longtemps, il le savait. Il avait d'ailleurs utilisé cette excuse à de nombreuses reprises pour rompre avec d'autres femmes.

Soupirant, il se servit une tasse de café puis se dirigea vers son bureau, se forçant à se concentrer sur le travail.

Une grosse pile de courrier l'attendait sur sa table.

Certaines lettres étaient destinées à sa tante. Il décida d'aller les porter dans son appartement et d'en profiter pour vérifier que tout était en ordre.

Il avait la clé.

Quelques minutes plus tard, il ouvrit la porte de l'appartement et aussitôt ferma les yeux pour tenter de retrouver l'odeur qui régnait ici autrefois, quand sa mère portait son parfum Boucheron. Le souvenir de l'odeur, seulement, tant il y avait longtemps…

Chaque fois qu'il sentait ce parfum quelque part ou sur une passante, les souvenirs de son enfance lui revenaient. Ce ne fut pas toujours une période agréable. Il y avait eu des jours et des nuits passés à veiller sa mère sur son lit de malade puis de mort.

Il posa le courrier destiné à sa tante sur une table puis fit un tour rapide de l'appartement.

Rien n'avait bougé depuis sa dernière visite.

Il s'arrêta devant une porte et hésita quelques instants avant de la pousser.

Sa chambre n'avait pas changé. Il était parti de la maison à dix-sept ans et pourtant, les murs étaient encore revêtus de posters de *Star Wars*.

Son père lui avait un jour avoué qu'il espérait qu'il reprendrait l'hôtel et que ses enfants pourraient à leur tour occuper cette chambre.

A cette pensée, l'image de Carrie s'imposa à son esprit. Pourquoi ?

Il fit le tour de la pièce.

Il avait de bons souvenirs ici. Des souvenirs de parties de cache-cache avec ses amis, des souvenirs de construction de maquettes avec son père.

Il revit sa mère en train de rire, en train de raconter des histoires de fantômes aux clients.

Il avait envie de partager ces souvenirs avec Carrie. Il avait envie de lui montrer les endroits où il jouait lorsqu'il était enfant, là où il avait appris à faire du cheval, là où il avait fait des bonshommes de neige… Malheureusement, il n'aurait pas le temps de le faire car elle allait bientôt repartir.

Soupirant, il fit demi-tour puis il s'arrêta net. Il venait de marcher sur quelque chose. Il se baissa et ramassa une figurine. C'était un chevalier, un modèle D20, comme celui avec lequel il avait tant joué autrefois, mais qu'il n'avait pas touché depuis ses treize ans.

Comment cette figurine s'était-elle retrouvée par terre, sous ses pieds ?

Il ouvrit le placard et en sortit la boîte dans laquelle il savait qu'étaient rangées toutes ses figurines.

Il la posa sur le lit. Toutes ses figurines s'y trouvaient à l'exception du modèle D20.

Qui diable était venu dans cette chambre ? Personne n'avait de raison de sortir ces vieilleries du placard. Sa tante Grace ? Et pourquoi donc ? Il aurait pu comprendre si quelqu'un avait décidé de tout vendre sur ebay, mais sortir un seul chevalier ? Cela ne tenait pas debout.

Enfin…

Il rangea les différentes pièces dans la boîte, à l'exception du chevalier, puis, laissant son passé derrière lui, il retourna dans son bureau.

Quelques minutes plus tard, son téléphone sonna.

— Sam Crider à l'appareil…

— Bonjour Sam. C'est Kunio Mori.

— Comment allez-vous, monsieur Mori ? Etes-vous bien rentré chez vous ?

— Oui, merci. Je voulais juste vous dire que j'ai été très impressionné par votre propriété. Vous devriez recevoir une offre de notre part, par fax, d'ici quelques minutes.

Sam leva un bras en signe de victoire.

— Je ne pensais pas recevoir votre offre aussi vite.

— Etudiez-la, parlez-en à votre avocat et rappelez-moi en début de semaine prochaine.

— Merci. Je vous tiendrai au courant.

— Vous avez un magnifique hôtel, Sam.

— C'est gentil.

Il raccrocha, pressé de découvrir l'offre.

Elle serait sans doute basse, comme toutes les premières offres, mais ils pourraient toujours négocier, surtout si Heartly faisait lui aussi une offre.

Ensuite, il n'aurait plus de souci à se faire pour son avenir.

Il s'installa confortablement dans le fauteuil de son père et sortit le chevalier de sa poche.

Pourquoi l'avait-il gardé ? Il l'ignorait.

Il jouait souvent avec autrefois. Il invitait ses amis à dormir, le week-end, et ils jouaient ensemble.

Ils passaient des heures à imaginer des chasses aux trésors, des aventures magiques, avec, en arrière-plan, le parfum Boucheron qui le rassurait.

Chapitre 14

Une tasse de café dans une main, son carnet dans l'autre, Carrie avait le plus grand mal à se concentrer sur sa tâche.

Elle s'était mise au travail tôt. Elle n'avait pas le choix, elle devait avancer. Elle repartait dans moins de quarante-huit heures et elle n'avait dessiné que neuf planches. C'était assez pour l'introduction d'un nouveau roman illustré ou pour trois jours de caricatures sur son site, mais elle aurait dû produire au moins quatre fois plus de dessins depuis qu'elle était arrivée. Sans compter que cette maigre production ne la satisfaisait pas entièrement.

Elle avait bien réussi à rendre à grands traits les silhouettes des chasseurs de fantômes croulant sous les équipements, mais ses textes… Quelle platitude ! Où était passée sa causticité légendaire ?

Elle se passa une main lasse sur le visage. Non seulement elle avait gâché ses dernières vacances avant longtemps avec Erin en la négligeant, mais au lieu de travailler comme elle aurait dû, elle s'était entichée d'un homme dont toute la vie était liée aux fantômes.

Il aurait été plus logique qu'Erin s'enflamme pour Sam. Ils auraient pu vivre ensemble à New York jusqu'à la fin de leurs jours, chassant les fantômes de concert. Mais elle ?

Elle ferma les yeux.

Elle était perdue. Elle ne savait plus qui elle était, où elle en était, ni ce qu'elle devait faire.

Elle pensait sans arrêt à l'incroyable moment de sensualité et de douceur qu'ils avaient partagé sous la douche.

Elle n'aimait pas Sam, ce n'était pas possible. Elle le connaissait à peine et pourtant, jamais elle n'avait ressenti quelque chose de si… De si intense et de si rassurant à la fois.

Les émotions qu'il faisait naître en elle étaient si puissantes qu'elle avait l'impression de ne plus s'appartenir, que son esprit s'était vidé, que toute raison l'avait désertée.

Elle avait vingt-six ans, elle avait vécu des relations sérieuses et avait eu quelques aventures qui l'étaient moins. Elle avait connu des émotions dans les bras d'autres hommes, et pouvait se targuer d'une certaine expérience. Mais avec Sam, tout lui semblait nouveau, inédit, tout lui semblait différent et beau.

Heureusement qu'elle partait bientôt. En restant plus longtemps, elle aurait risqué de commettre l'irréparable, à savoir tomber amoureuse d'un homme qui habitait à l'autre bout du pays et rêver qu'elle pouvait avoir une relation suivie avec lui.

Elle avait plus de chance d'être touchée par la foudre que d'instaurer une relation durable avec Sam !

Certes, Marcia lui avait annoncé que sa vie était sur le point de prendre un virage à quatre-vingt-dix degrés, mais elle faisait référence au déménagement d'Erin. Interpréter ses paroles autrement serait aussi fou que de penser que les fantômes existaient bel et bien.

Elle réprima un soupir et contempla ses dessins.

Décidément, ça n'allait pas du tout ! Ses lecteurs ne venaient pas sur son site pour voir des dessins aussi insignifiants, sans la moindre ironie, le moindre mordant. Il fallait qu'elle trouve une meilleure idée et qu'elle recommence.

Elle était tellement en retard dans son travail qu'elle allait sans doute devoir travailler jour et nuit lorsqu'elle rentrerait à Los Angeles, mais ce n'était pas plus mal. Cela lui permettrait de penser à autre chose qu'au départ d'Erin, de se concentrer sur un autre sujet que sa future solitude.

Une idée inquiétante la traversa soudain. Et si elle s'accrochait comme ça à Sam uniquement parce que le départ d'Erin lui faisait peur ?

Elle était pourtant trop vieille pour s'inquiéter du départ d'une amie. Et Erin ne partait pas sur la lune, elle allait simplement travailler à New York. Elles pourraient toujours se parler au téléphone, et se voir de temps en temps.

Le problème était qu'avec Erin à l'autre bout du pays, elle avait peur de se transformer en une femme qu'elle ne voulait pas être.

Quelle femme voulait-elle devenir ? Elle l'ignorait, elle savait juste qu'elle voulait être une femme capable de tomber amoureuse, d'avoir une relation saine avec un homme bien.

Elle avala une gorgée de café et fit une grimace en le trouvant froid. Elle alla placer sa tasse au four à micro-ondes en se disant qu'elle ferait mieux de se recoucher. Elle n'était même pas sûre de pouvoir voir Sam en tête à tête. Il était très occupé par la préparation des festivités d'Halloween et de la soirée costumée.

Le micro-ondes sonna et elle récupéra sa tasse avant de se réinstaller sur son lit.

Là, elle enfouit son visage dans l'oreiller et aussitôt, y retrouva le parfum de Sam.

Si seulement elle l'avait rencontré à Los Angeles… Elle aurait pu lui faire visiter la ville, lui montrer ses dessins, lui faire partager sa vie et…

Mais à quoi bon songer à tout cela ? Elle devait arrêter de rêver. Il ne servait à rien d'imaginer des choses qui jamais ne se produiraient. Elle perdait son temps.

Se forçant à se reprendre, elle ouvrit son carnet, attrapa son crayon et se remit au travail. L'inspiration était enfin là. Elle se mit à dessiner, mais pas des fantômes, et à écrire sur Erin, sa meilleure amie qui allait bientôt la quitter. Erin et elle apparaissaient en effet régulièrement dans ses dessins, sous des pseudonymes.

Ses bandes dessinées étaient sarcastiques, mais elles parlaient avant tout de la vie, des bons moments comme des mauvais.

D'ailleurs, Sam ferait sans doute lui aussi son apparition dans ses dessins.

Elle avait déjà dessiné plusieurs planches et commençait à avoir des crampes dans la main, lorsqu'on gratta à la porte.

— Une minute ! cria-t-elle avant de se lever laborieusement.

Elle était restée trop longtemps dans la même position, elle avait mal partout.

Elle leva les yeux vers la pendule. 17 heures ? Elle n'avait pas vu le temps passer !

Elle ouvrit et trouva Erin déguisée en squelette, perruque noire, faux-cils, un bouquet de fleurs fanées à la main.

— Tu es encore en pyjama ? s'exclama cette dernière.

— On dirait…

— Tu devais pourtant être prête il y a quinze minutes, Carrie !

— Je suis désolée, je travaillais. Attends, j'ai une idée… Je pourrais me déguiser en une personne qui sort du lit et…

— Non, non, non, pas besoin. Je t'ai apporté le costume parfait.

Erin sortit un large sac de derrière son dos et en extirpa une paire de bottes plateformes.

— Erin… Je t'ai dit que je ne voulais pas me déguiser !

— Pourquoi ? Sam va devenir fou lorsqu'il va t'apercevoir.

— Je n'ai pas envie de rendre Sam fou. En plus, il ne sera pas déguisé.

— Comment le sais-tu ?

— Je le sais, tout simplement.

— Arrête de discuter, c'est Halloween, nous sommes dans la capitale des fantômes, tu dois te déguiser !

— Tu as raison, lui répondit Carrie, prenant soudain son parti, nous allons nous amuser. Montre-moi le costume que tu m'as préparé.

— Est-ce que vous êtes en train de me dire que je ne peux pas travailler ?

Incrédule, Sam fixa Beverly et Patrick qui lui bloquaient le passage et l'empêchaient d'entrer dans son bureau.

— Ne soyez pas ridicules, j'ai du travail !

— Pas ce soir, lui répondit Patrick. Tu n'as pas besoin de travailler, nous nous occupons de tout.

— Tout ce que tu as à faire, ajouta Beverly, c'est t'habiller.

— Je n'ai pas encore vérifié que tout était en ordre dans la salle de réception, il faut aussi que je parle à Jody, que je rédige mon discours…

Patrick lui posa une main sur l'épaule. Il avait une quinzaine d'années de plus que lui, des cheveux poivre et sel et, par son autorité naturelle, lui rappelait beaucoup son père.

— Prends ta soirée, Sam… Pour une fois… Et amuse-toi.

— Oui… Passe la soirée avec ton amie et ne te lève pas avant 10 heures demain matin, renchérit Beverly.

— Mon amie ? Je vois que vous avez discuté avec les cuisiniers !

— C'est plutôt l'inverse, mais ne nous en veux pas, nous sommes tous curieux.

— Vous pouvez dire adieu à votre bonus de Noël ! rétorqua-t-il sur le ton de la blague.

Puis, souriant toujours, il fit demi-tour et se dirigea vers l'escalier.

A vrai dire, il n'avait pas envie de travailler. Le problème était qu'il ne voulait pas non plus se déguiser. Il désirait juste passer du temps avec Carrie pendant que c'était encore possible.

Cette nuit aurait dû être une nuit de fête. L'offre de Kunio Mori était plus élevée qu'il ne le pensait. Et pourtant, il n'arrivait pas à se détendre et à s'en réjouir.

Il enfouit sa main dans sa poche et serra la figurine qui s'y trouvait encore.

Peut-être que quitter cet hôtel serait plus difficile qu'il ne l'imaginait.

Mori prévoyait de démolir l'auberge et le Vieil Hôtel, de créer un terrain de golf et un centre de thalassothérapie, avant de reconstruire un hôtel plus vaste et plus moderne. Ce projet ambitieux ne lui déplaisait pas et pourtant…

Il ferma les yeux et aussitôt, il se vit à proximité de l'hôtel, dans une maison construite au bout du chemin, près de la forêt, une maison qu'il partagerait avec Carrie, deux petites filles et un chien, une maison qui comprendrait une salle de montage au sous-sol.

Cette image était si claire, si nette devant ses yeux, qu'il avait l'impression qu'elle était réelle. Malheureusement, elle ne l'était pas. Il était juste en train de rêver. Il n'était pas le genre d'homme à se marier et à avoir des enfants.

Refoulant ces images dans un coin de sa tête, il ouvrit sa penderie.

Il sortit son smoking noir et se laissa tomber sur le lit, fatigué.

Il était presque 18 heures lorsqu'il pénétra dans la salle de réception. Un sentiment de satisfaction le gagna lorsqu'il aperçut les décorations couleur citrouille et les guirlandes de petits fantômes de papier. A l'évidence, Wendy et ses autres employés s'étaient surpassés.

Quant aux clients, déguisés en vampires, en momie ou en monstres, ils avaient dû passer beaucoup de temps à se préparer. Tous semblaient passer un bon moment. Tant mieux.

Tout se déroulait bien, il pouvait donc partir tranquillement à la recherche de Carrie.

Quel costume portait-elle ? Il ne savait même pas si elle s'était déguisée car elle avait menacé de ne pas s'habiller.

A vrai dire, il espérait que ce soit le cas, car il était le seul pour le moment à ne pas porter de costume.

Sans doute aurait-il suffi de quelques gouttes de sang au coin de la bouche pour qu'il passe pour un vampire, dans son smoking, mais il n'en avait vraiment pas envie. Cela ne lui ressemblait pas.

Il aperçut soudain Erin dans la foule et il sourit.

Il ne savait pas que les squelettes pouvaient avoir des courbes aussi féminines... Puis il vit Carrie qui arrivait derrière son amie. Plus sexy que jamais.

Elle portait de hautes bottes de cuir lacées jusqu'aux genoux, des bas noirs et une robe rouge très courte qui dévoilait ses magnifiques jambes de ballerine.

Elle avait choisi un rouge à lèvres rouge sang qui mettait particulièrement bien en valeur sa bouche sensuelle et sa peau laiteuse.

Elle était si belle, ce soir, que même les admirateurs attitrés d'Erin la dévoraient du regard.

Carrie minimisait toujours son sex-appeal, mais elle n'avait aucune raison. Elle était dotée d'un corps de rêve qui, ce soir, avec ce costume affriolant, allait attirer tous les hommes présents. D'ailleurs, il était prêt à se battre en duel si l'un d'eux s'approchait un peu trop près d'elle !

Elle sourit en l'apercevant et, aussitôt, son rythme cardiaque accéléra.

— Salut, beau gosse, lui lança-t-elle d'une voix à la sensualité folle. J'ai l'impression que tu t'es trompé de fête. Tu devrais plutôt être au casino, une coupe de champagne à la main.

— J'ai entendu dire que tu avais besoin d'un garde du corps.

Elle approcha son visage du sien, les yeux brillants et la bouche entrouverte, comme pour l'embrasser, mais elle se reprit, comme si elle venait juste de se souvenir qu'ils étaient en public.

— Désolée, bafouilla-t-elle, un peu gênée.

— Ce n'est pas grave. Je crois de toute façon que notre secret est éventé.

— Ce n'est pas un problème pour toi, j'espère ?

— Selon mes employés, non. Au contraire, même. Ils m'ont forcé à sortir de mon bureau pour profiter de la soirée avec mon amie.

— Qui est cette amie ? rétorqua-t-elle en levant les deux poings, comme pour se battre. J'ai deux mots à lui dire !

Envoûté par son charme et son humour, il éclata de rire et l'attira entre ses bras.

— Je ne risque pas d'abîmer ton déguisement si je t'embrasse ?

— Aucun risque, répondit-elle en battant des cils. Alors qu'attends-tu ?

Il avala sa salive. Elle était si sexy… Mais même sans ce costume, il la trouvait sexy.

Il se pencha vers elle et effleura sa bouche couleur cerise. Il la caressa tout d'abord de façon sensuelle avant de titiller ses lèvres du bout de la langue.

Ce baiser alluma instantanément un feu en lui. Des ondes brûlantes lui parcouraient tout le corps.

Malheureusement, Carrie le repoussa doucement.

— Nous devrions peut-être nous calmer…

— Ça m'est égal si nous sommes en public, Carrie. Je te désire trop !

Les yeux rivés aux siens, elle effleura sa bouche d'un doigt coquin et, s'abandonnant les yeux fermés, il crut chavirer.

— Je sais, répondit-elle, et je te promets que nous quitterons la fête le plus tôt que nous pourrons. Mais c'est une grande soirée pour Erin et je voudrais rester un peu avec elle.

— Je comprends. En plus, le dîner va bientôt commencer alors nous devrions…

Il se racla la gorge, soudain conscient que son sexe s'était réveillé et se dressait dans son pantalon.

D'accord, tout le monde était au courant. D'accord, ses employés l'avaient encouragé à profiter de la soirée, mais ce n'était pas une raison pour oublier toute retenue, toute bienséance.

— Que dirais-tu d'un verre en attendant ?

— Bonne idée.

— Tu aimes le melon ?

Elle approuva d'un signe de tête.

— Dans ce cas, je te propose un Midori Colada. Et pour Erin ?

— Un bourbon, ce sera parfait.

— Ne bouge pas, je reviens vite…

Il était 22 heures à présent et Carrie était prête à partir. Le dîner avait été une splendeur gastronomique, la conversation drôle et agréable et les musiciens très doués, mais elle avait envie d'être avec Sam. Seule.

— Allez, l'encouragea Erin, vas-y.

— Je ne veux pas te laisser ici toute seule.

— Seule ? Mais je ne suis pas seule, et puis je m'amuse comme une folle ! Regarde tous ces messieurs ! Ils ne rêvent que de danser avec moi.

Carrie serra son amie dans ses bras pour la remercier.

— Joyeux Halloween, Erin !

— Allez, va retrouver ton James Bond.

— Il est sexy, n'est-ce pas ?

— Très !

Carrie lui sourit puis se retourna, bien décidée à trouver Sam et à l'entraîner dans son lit sans plus attendre.

La dernière fois qu'elle l'avait vu, il dansait avec Marcia. Malheureusement, il ne semblait plus être sur la piste de danse. Ni au bar. En fait, elle ne le voyait nulle part.

Peut-être était-il reparti travailler ?

Déçue, elle continua néanmoins ses recherches et l'aperçut enfin avec Marcia, dans le couloir. La jeune femme avait sa main sur son bras et semblait lui parler sérieusement.

De peur de les déranger, elle fit demi-tour et retourna dans la salle de réception, où elle se joignit à un petit groupe sur la piste de danse.

Au bout de quelques minutes, Sam apparut.

Il lui adressa un large sourire et, aussitôt, elle sentit sa gorge se nouer. Il était si beau dans son smoking !

— A quoi penses-tu ma beauté ? lui murmura-t-il en la rejoignant.

— Je pensais aux projets diaboliques que j'ai pour toi, ce soir.

— Diaboliques ? Fichtre ! Allons tout de suite voir ça !

Et sans attendre, il la prit par la main et l'entraîna hors de la salle.

Dès qu'il ouvrit la porte de sa chambre, elle le poussa contre la porte, s'empara de ses lèvres et l'embrassa avec fougue, libérant tout le désir qu'elle contenait depuis des heures.

Toute pensée rationnelle l'ayant désertée, elle redoubla l'ardeur de son baiser et, impatiente de plaquer ses mains contre son torse brûlant, essaya fébrilement de déboutonner sa chemise.

Il lui attrapa doucement les mains.

— S'il te plaît, murmura-t-il entre deux baisers, laisse-moi m'en occuper.

Sans doute voulait-il se déshabiller seul.

Mais c'est elle qu'il se mit à déshabiller.

Il la débarrassa de son châle de dentelle, le posa sur la commode puis, sans jamais cesser de la dévorer du regard, l'attira près du lit.

Même si elle avait d'abord refusé de se déguiser, elle était finalement contente d'avoir cédé à Erin, car quand elle le voyait la regarder ainsi, elle se sentait la femme la plus belle du monde, la plus désirable.

Il promena son doigt le long de son décolleté et un frisson la secoua aussitôt. Il suffisait à Sam de la toucher pour qu'elle s'embrase. Une vague de chaleur la parcourut tout entière, puis vint se concentrer au niveau de son intimité et elle serra les jambes pour tenter de la maîtriser. Elle ne voulait pas que les choses aillent trop vite. Elle voulait en profiter au maximum. Les heures avec Sam lui étaient maintenant comptées…

Elle ferma les yeux, savourant la sensation de son souffle chaud dans son cou. Son cœur tambourinait si vite dans sa poitrine qu'elle sentait qu'elle allait bientôt perdre tout contrôle.

Il la débarrassa prestement de sa robe et referma sa bouche sur ses seins aux pointes offertes. Envoûtée par cette délicieuse torture, elle poussa un petit gémissement de volupté, puis inclina la tête en arrière et, sans retenue, s'abandonna toute à ses caresses.

Quelques secondes plus tard, il s'agenouilla devant elle, délaçant lentement ses bottes et elle esquissa un sourire gourmand. Les bottes appartenaient à Erin, mais peut-être les lui racheterait-elle, car elles n'allaient pas tarder à acquérir une valeur sentimentale.

Elle ne portait plus maintenant que ses bas et sa culotte et pourtant, elle se sentait nue, plus que nue, même.

Avec une lenteur calculée, Sam fit glisser sa culotte le long de ses jambes, laissant son regard s'attarder sur ses seins et, sentant mille sensations exploser en elle, elle se cramponna à ses épaules.

Chaque endroit d'elle que Sam regardait s'embrasait immédiatement.

Lorsqu'elle rencontra enfin son regard, elle en demeura abasourdie. Ce n'était pas simplement du désir qu'elle voyait miroiter dans ses prunelles grises, c'était... Elle n'avait même pas de mot pour décrire ce qu'elle voyait.

Ni ce qu'elle ressentait.

Il se déshabilla enfin et plaqua son corps nu contre le sien. Alors elle s'agrippa à lui comme une naufragée, pour le garder plus longtemps contre elle, avec elle. Elle ne voulait pas penser à son retour à L.A., si proche. Au fait qu'ils ne se verraient plus jamais. Elle voulait simplement lui appartenir, comme si ce moment devait être le dernier du monde.

La respiration saccadée, sans plus aucune conscience du temps ni de l'espace, elle se laissa alors porter par la jouissance, s'arc-boutant sous ses caresses, submergée par les vagues de plaisir qui se succédaient, d'une intensité inouïe.

Chapitre 15

Sam promena une main sur le ventre chaud et soyeux de Carrie puis remonta vers ses seins ronds, en baisa délicatement la pointe durcie, la savoura, mais il s'interrompit, en l'entendant soupirer.

— Que se passe-t-il ?

— Je dois me lever. Je n'en ai pas envie, mais je le dois.

— J'aimerais pouvoir le faire à ta place.

Elle éclata de rire.

— Il y a malheureusement certaines choses qui ne peuvent pas être déléguées !

Sans attendre, elle se leva et il regretta de ne pas avoir laissé la lumière allumée. Ainsi, il aurait pu la regarder traverser la chambre et l'admirer. Elle était si belle, si désirable.

Il était fatigué, mais n'avait pas envie de dormir tout de suite. Il voulait profiter de chaque minute qui lui restait avec elle.

Elle ressortit de la salle de bains et revint vers le lit en courant, comme si elle avait hâte de le retrouver, mais elle trébucha.

— Aïe, cria-t-elle.

— Qu'est-ce qui t'arrive ?

Elle se baissa et attrapa un objet sur le sol.

— J'ai marché sur quelque chose de pointu…

— Qu'est-ce que c'est ? lui demanda-t-il et, curieux, il alluma la lumière.

— C'est une figurine de chevalier. On dirait un jouet pour les enfants. Comment est-elle arrivée ici ?

Incrédule, Sam la lui prit des mains. Il ne comprenait pas plus qu'elle ce que ce chevalier faisait dans la chambre deux cent quatre. Il était persuadé de l'avoir laissé dans son jean, lorsqu'il s'était changé pour la soirée costumée.

— Il a dû tomber de ma poche, mais je ne me souviens pas l'y avoir mis…

— Tu as joué aux chevaliers et tu ne m'as même pas invitée ?

Il sourit, amusé.

— Je n'y ai pas joué depuis au moins dix-huit ans !

— Mais depuis, tu gardes cette figurine comme porte-bonheur ?

Il la lui rendit et elle la posa sur la table de chevet, puis elle éteignit la lumière et se lova contre lui.

Ses mains et ses pieds étaient froids mais peu lui importait. Il était heureux de la tenir entre ses bras pour quelques heures encore.

— J'ai moi aussi marché sur ce chevalier, lui dit-il soudain. J'étais chez ma tante, je vérifiais que tout était en ordre dans son appartement et…

— Elle joue avec des figurines ?

— Elle a quatre-vingt-deux ans, jure comme un charretier et préfère le poker !

— J'aimerais bien la rencontrer.

— Vous vous entendriez très bien, j'en suis persuadé.

Submergé par les sentiments qu'elle lui inspirait, il caressa sa joue d'une main tendre.

— J'ai reçu une offre.

— Une offre pour…

— Pour l'hôtel.

— C'est formidable, Sam ! Je pensais que tu n'aurais pas de nouvelles avant des mois. Je suis vraiment heureuse pour toi. Est-ce Mori ou Heartly ?

Il esquissa un sourire. L'enthousiasme de Carrie lui réchauffait le cœur et lui donnait envie de chanter, de danser, de crier au monde entier son bonheur.

— Rien n'est encore signé, il ne s'agit que d'une première

offre de la part de Mori, mais je suis persuadé qu'Heartly ne va pas tarder à faire une offre à son tour.

— Mori veut démolir l'hôtel pour le reconstruire, c'est bien ça ?

— Oui, il a de grandes ambitions. Les travaux seront longs, mais le résultat devrait être magnifique.

— C'est déjà magnifique !

Elle aimait donc son hôtel ?

Emu par cette nouvelle, il prit son visage entre ses mains et lui caressa les cheveux.

— Ce sera un hôtel de luxe avec un spa, une piscine ouverte toute l'année, plusieurs restaurants… Mori envisage même de construire un parcours de golf et une piste d'atterrissage pour les avions privés.

— C'en sera alors fini des chasses aux fantômes…

— Nous ne pourrons plus non plus nous embrasser dans le grenier du Vieil Hôtel.

— Peut-être y aura-t-il un grenier dans le nouveau bâtiment?

— Tu reviendrais, si c'était le cas ? demanda-t-il soudain, sans réfléchir.

Elle leva la tête vers lui, surprise par sa question.

— Sans doute, répondit-elle d'une voix un peu hésitante. Mais seulement si tu étais encore là.

Heureux de cette réponse, il lui sourit puis, les pensées se bousculant dans sa tête, il redevint sérieux.

— J'imaginais que je serais plus excité que ça par cette offre.

— Tu as des doutes ?

— Je ne sais pas, mais je n'arrête pas de penser à l'hôtel. C'est ma maison, c'est là que mes parents ont vécu, c'est là que j'ai grandi, que j'ai joué avec mes figurines. C'est là que ma mère est décédée…

Elle lui prit une main et la porta à sa bouche, caressant sa paume de ses lèvres chaudes et il sentit l'émotion le gagner.

— Je ne t'ai pas posé la question, murmura-t-elle d'une voix douce. Tu avais quel âge ?

— Treize ans. J'ai grandi en entendant les histoires de

fantômes et j'y croyais comme on croit au progrès technique, comme quelque chose d'évident. Je n'avais jamais questionné leur présence, ni l'existence d'une vie après la mort. J'étais persuadé que les gens qu'on aimait revenaient toujours.

Il enfouit son visage dans le creux de son cou délicat avant de poursuivre :

— Lorsque ma mère est morte, je pensais donc qu'elle reviendrait. C'était la dernière chose à laquelle je pensais avant de m'endormir le soir, la première à laquelle je pensais en me réveillant le matin. Lorsqu'elle n'est pas revenue, juste après sa disparition, j'ai cru que j'avais fait quelque chose de mal, comme si je lui avais jeté un mauvais sort. J'aurais voulu interroger mon père, mais il souffrait tellement que je n'ai rien dit et puis je pensais que si elle revenait, ce serait plus logique qu'elle aille d'abord le retrouver lui. Il m'a fallu une année entière pour comprendre qu'elle ne reviendrait pas et encore une année pour l'accepter. J'ai compris à ce moment-là qu'il ne s'agissait que d'histoires, que de mensonges. Certains jours, j'ai honte de perpétuer ce mensonge et à d'autres, je me dis que je n'ai aucun droit d'imposer aux autres ma façon de voir.

Carrie ne répondit pas, elle se contenta de promener une main sur son torse puis de nouer ses jambes aux siennes et de le câliner.

Il n'avait jamais avoué sa désillusion à personne, même si c'était en grande partie cette découverte qui avait forgé sa personnalité d'adulte, qui avait développé son cynisme.

Il n'avait pas prévu non plus d'en parler à Carrie mais, finalement, il ne le regrettait pas. Au contraire même, il se sentait bien après cette confidence, il se sentait soudain plus libre, soulagé. En paix.

Il ferma les yeux et repensa à sa brève conversation avec Marcia, lors de la soirée.

Elle lui avait proposé une séance de voyance, mais il avait refusé. Le regard perçant, elle l'avait alors dévisagé, puis lui avait conseillé d'arrêter de se battre et d'enfin dire oui, ajoutant que ce oui l'apaiserait.

Dire oui l'apaiserait ?

Encore une idiotie de voyante ! Cette phrase voulait dire tout et son contraire. Elle pouvait s'appliquer à tout le monde, à toutes les situations…

Et pourtant… Oui était le seul mot qui lui venait en tête lorsqu'il serrait Carrie dans ses bras, contre son cœur.

Oui, Carrie lui appartenait.

Oui, il voulait qu'elle reste.

Oui, c'était la deuxième fois que sa vie était bouleversée.

Carrie n'avait jamais prié aussi fort pour que les fantômes soient une réalité. Elle avait tellement de peine en pensant à la douleur que Sam avait dû ressentir, adolescent, en comprenant que toutes ces histoires n'étaient que des illusions.

Sa famille à elle croyait à d'autres mythes et, en grandissant, elle avait découvert que le monde n'était pas aussi beau qu'on le lui avait affirmé. Mais elle n'avait jamais souffert comme Sam avait dû souffrir. Elle n'avait jamais eu le cœur brisé comme lui.

Après ces révélations, elle comprenait mieux certains de ses choix de carrière. S'il avait choisi de réaliser des films documentaires, c'était pour révéler la vérité, la réalité de la vie, faire tomber les masques.

— Il est tard, lui murmura-t-il dans le creux de l'oreille. Tu devrais dormir.

— Je n'ai pas envie. Et je… J'ai quelque chose à t'avouer…

Encore cette foutue réciprocité, songea-t-elle en se mordant la lèvre. Il lui avait fait une révélation et, maintenant, elle se sentait obligée de faire de même.

— Je ne crois pas aux fantômes non plus, avoua-t-elle enfin.

— Je m'en étais aperçu.

Elle releva la tête pour le regarder mais, dans l'obscurité, elle parvenait mal à distinguer son visage.

— Vraiment ?

— Je le sais depuis le premier jour. Ne le prends pas mal, mais tu n'es pas une très bonne comédienne.

— Alors tout le monde…

— Tout le monde, oui.

— Mais ce n'est pas le pire…

— Le pire ?

Elle prit une profonde respiration pour se donner du courage.

— A San Diego, je ne portais pas un T-shirt avec le logo de l'Organisation Mondiale de Catch, mais un T-shirt siglé OMC comme *Oh Monde cruel !* C'est le titre de ma série de romans illustrés et le nom du site internet sur lequel je publie mes dessins.

— Pourquoi est-ce pire ? Je trouve au contraire ça génial ! Je suis désolé de ne pas l'avoir su plus tôt. Comment se fait-il que je ne l'ai pas découvert, lorsque j'ai fait des recherches sur toi ?

— Tu as fait des recherches ?

Il avait fait des recherches ! Elle n'en revenait pas.

— Oui, répondit-il, mais c'est un détail. Continue…

— Je signe mes dessins et mes romans sous le pseudonyme de Carrie Price. Je ne te l'ai pas avoué plus tôt car je suis venue ici chercher l'inspiration, me moquer des chasseurs de fantômes et…

— Je pensais que tu étais ici pour passer du temps avec Erin.

— C'est le cas également.

Elle mit sa main sur son torse et enfouit ses doigts dans sa fine toison brune.

— Ce voyage était l'idée d'Erin, continua-t-elle. Elle pensait vraiment qu'elle verrait des fantômes. Elle m'a souvent avoué qu'elle avait des visions, qu'elle percevait des esprits, mais sans jamais en avoir aucune preuve.

Il éclata de rire.

— Je ne suis pas surpris !

— Moi non plus, continua-t-elle, mais malgré ça, sa foi reste inébranlable.

— Le monde est ainsi fait. Les gens qui viennent à Crider y trouvent toujours ce qu'ils recherchent. Toujours.

— C'est sans doute une bonne chose.

— Tu crois que je serais plus heureux si je croyais toujours au retour de ma mère ?

— Je ne sais pas. Et toi ?

Il ne répondit pas.

Elle ferma les yeux pour tenter de graver dans sa mémoire tous les détails de cette soirée. Elle voulait se souvenir de tout lorsqu'elle rentrerait à Los Angeles, de la chaleur de son corps, de la façon dont il l'envoûtait, dont il lui réchauffait le cœur, dont il lui faisait toucher les étoiles. Malheureusement, la honte de son mensonge l'entêtait, l'empêchant de se détendre complètement.

— Je ne dis pas qu'il s'agit de l'auberge Crider…

— Comment ça ?

— Dans mes caricatures… Je ne critique pas ton hôtel ou cette convention de chasseurs de fantômes en particulier. Je te montrerai les planches.

— J'ai très envie de voir ton travail. Je suis persuadé que ça va me plaire.

— Ce n'était pas une très bonne idée de venir ici pour me moquer. En fait, je ne suis pas une fille très gentille, je me moque beaucoup, c'est mon mode de fonctionnement, mais je le regrette.

— D'accord, se contenta-t-il de dire, comme s'il attendait qu'elle continue.

Peut-être n'avait-elle pas été suffisamment claire ?

— Je t'ai menti, Sam. J'ai menti à tout le monde ici et je le regrette.

— Tu es trop dure avec toi-même, Carrie. Ce n'est qu'une réunion de fans. Et personnellement, je suis heureux que tu sois venue ici pour t'en moquer car sinon, je ne t'aurais jamais revue.

Elle secoua la tête. Les émotions se bousculaient en elle. La honte, la peur, la joie…

— J'avais peur de te l'avouer, je pensais que tu m'en voudrais. Moi-même, j'aurais été en colère si la situation avait été inversée. Est-ce parce que nous couchons ensemble que tu me pardonnes ?

— Non, pas du tout. Je suis heureux que nous couchions ensemble, mais ça n'a pas d'influence sur ce que je pense. Et puis, je ne suis pas mieux, tu sais. Depuis dix mois, je mens à tout le monde pour gagner de l'argent. Je n'ai eu aucun scrupule à développer le business des fantômes, alors que j'aurais pu leur avouer la vérité.

Oui, il avait lui aussi menti.

— Attend une minute, Sam… Ça voudrait dire que si nous avons pu nous rencontrer, c'est parce que nous sommes deux menteurs ?

— Non. Nous nous sommes trouvés car nous partageons beaucoup de choses. Par exemple, nous aimons tous les deux beaucoup le violet !

Elle sourit. Elle était contente qu'il ait changé de sujet car elle allait enfin pouvoir se détendre.

— Tu es créative, continua-t-il. Tu es une artiste et moi aussi.

Refoulant ses scrupules, Carrie savoura alors l'étrange sensation de calme qu'elle ressentait soudain.

— J'espère que tu aimes la bande dessinée.

— Beaucoup. D'ailleurs j'ai quelques vieilles bandes dessinées dans ma chambre d'enfant. Je te les montrerai.

Des flammes de désir dans les yeux, tous ses sens en émoi, elle laissa sa main vagabonder sur son torse puissant jusqu'à sentir son sexe dur et palpitant.

— Carrie… Je t'aime bien…

— Je t'aime bien également. Beaucoup…

Il s'allongea sur elle et riva son regard au sien. Malgré l'obscurité, elle devinait que ses yeux brillaient et elle parvint à se noyer dans leur chaleur, dans leur bonté.

— La vie est trop injuste, murmura-t-il. Je viens juste de te trouver et tu dois déjà repartir.

Elle toucha sa joue, promena son pouce le long de sa bouche, dessina les lignes de sa mâchoire, mais cela ne lui suffisait pas alors elle parcourut le même trajet avec sa bouche, l'embrassant avec gourmandise, s'enivrant de son parfum, de sa douceur, de sa sensualité.

— Que nous arrive-t-il, Sam ?

Elle était amoureuse de lui, voilà ce qui, pour sa part, lui arrivait !

Mais lui ?

Qu'allait-il se passer maintenant ? Elle ne voulait pas vivre à trois mille kilomètres de lui. Elle le voulait dans son lit, leurs jambes emmêlées. Elle voulait se réveiller tous les matins dans ses bras.

— Si j'avais la foi, répondit-il enfin, je dirais que c'est magique.

Puisque ce n'était pas logique, songea-t-elle, alors peut-être était-ce magique ? Peut-être Sam avait-il raison ?

En tout cas, elle savait une chose avec certitude : elle le désirait, pour toujours.

Chapitre 16

L'omelette avait l'air délicieuse, mais Carrie repoussa son assiette.

— Pourquoi ne manges-tu pas ? Tu es malade ? lui demanda Erin, la bouche pleine.

— Je n'ai pas faim.

— Tu es déprimée parce que tu ne veux pas quitter Sam ?

Carrie releva la tête et regarda son amie.

Elle aurait aimé tout lui avouer, mais elle hésitait encore. Elle se sentait perdue. Elle ne savait plus quoi penser, elle ne savait plus que croire. Elle ne savait même pas comment expliquer ce qu'elle ressentait.

Elle soupira.

— Je crois que je suis amoureuse de lui… Mais je ne peux pas, c'est de la folie pure. Je crois qu'entre ma rupture avec Armand et ton prochain départ, mon cerveau me joue des tours. Il essaye de compenser le manque. Je crois que c'est pour cette raison que je me suis autant investie dans ma relation avec Sam. Je ne vois pas quoi d'autre pourrait expliquer pourquoi j'ai envie qu'il fasse partie de ma vie, alors que je ne crois ni au destin ni au coup de foudre. Mais c'est de la folie. Il vit à trois mille kilomètres de Los Angeles, il a son travail, j'ai le mien… Je crois que j'ai complètement perdu la tête !

— Tu n'as pas perdu la tête, Carrie, tu es simplement tombée amoureuse. Tu ne compenses rien du tout, tu as de vrais sentiments pour lui. Peu importe comment c'est arrivé, peu importe les circonstances de votre rencontre. Les faits sont là, c'est tout. Je t'ai observée avec tous tes petits amis, depuis l'université, et je peux te dire qu'avec Sam, c'est du sérieux.

— Tu ne me dis pas ça parce que tu te sens coupable de déménager ? Je sais que tu t'en veux de m'abandonner et…

— Evidemment que je m'en veux, mais pas parce que je pense que tu vas dépérir sans moi ! Simplement parce que nous sommes amies depuis des années et que tu vas me manquer. Ça n'a rien à voir avec tes sentiments pour Sam.

Erin avait sans doute raison. Cette histoire avec Sam n'avait rien à voir avec son départ, mais cela n'expliquait pas pourquoi elle se sentait aussi perdue.

— Tout est allé tellement vite, Erin. Une histoire comme celles qui arrivent seulement dans les films !

— Pas seulement. La preuve ? Ma mère savait qu'elle allait épouser mon père le jour où elle l'a rencontré.

— Tu te moques de moi.

— Pas du tout. Tu peux même l'appeler pour vérifier. Ils se sont mariés cinq mois après leur rencontre et ils sont toujours heureux ensemble. C'est la preuve que l'amour fou existe, non ?

Peut-être, mais elle n'avait jamais été très douée pour l'amour. Cela ne pouvait pas lui arriver à *elle* !

— L'amour existe, y compris pour ceux qui n'y croient pas, reprit Erin, devinant ses doutes.

— C'est comme les fantômes?

Erin sourit.

— C'est exactement comme les fantômes, répondit-elle avec un sourire de fierté.

— A propos de fantômes… Je suis désolée, Erin. Cette semaine n'a pas été très bonne pour toi.

— De quoi parles-tu ? J'ai passé une semaine fabuleuse, au contraire. J'ai adoré les conférences et les fêtes. J'ai adoré passer du temps avec mes jeunes admirateurs. Je n'ai pas besoin du même genre de preuve que toi, Carrie, pour sentir les esprits et percevoir leur présence.

— Tu n'as pas envie de les voir ? Ça te suffit de les sentir ?

— Oui. Par exemple, j'ai passé mon temps à sentir ce parfum fabuleux. J'ignore de quel parfum il s'agit alors je ne peux pas me l'acheter, mais il était partout ici. Je suis sûre que c'est un fantôme qui le porte.

Carrie sourit et garda ses remarques pour elle. Si Erin pensait qu'elle sentait un fantôme parfumé, qu'elle y croie, cela ne la dérangeait pas.

Elle regarda son amie dévorer sa gaufre et peu à peu l'appétit la gagna. En fin de compte, elle finit par l'imiter.

— Marcia m'a annoncé que j'allais être heureuse à New York, reprit Erin. Elle m'imagine avec un homme qui me surprendra.

— Elle m'a dit que ma vie allait prendre un virage à quatre-vingt-dix degrés.

Erin tendit sa tasse de café.

— Je propose que nous trinquions à nos vies nouvelles et aux hommes.

Carrie trinqua, refoulant tant bien que mal la petite voix dans sa tête qui lui rappelait qu'elle allait bientôt quitter Sam.

Le fax lui semblait affreusement lent, mais Sam se dit que c'était sans doute parce qu'il comprenait de nombreuses pages.

La première lui avait appris que le message venait d'Heartly et qu'il s'agissait d'une offre d'achat. Une offre moins élevée que celle de Mori.

Heartly voulait plus ou moins faire la même chose que son concurrent, mais sans démolir l'hôtel actuel.

Quelques jours plus tôt, la décision lui paraissait simple à prendre. Il comptait récupérer le plus d'argent possible, mais maintenant, il n'était plus aussi sûr de lui. Il s'en voulait d'être aussi indécis, d'être aussi sentimental. Lui qui avait planifié toute sa vie, cela ne lui ressemblait pas.

Ces projets étaient si précis, qu'il avait eu l'impression qu'ils étaient gravés dans la pierre. Vendre l'hôtel, rentrer à New

York et réaliser des films. C'était simple. Mais aujourd'hui… Il ne savait plus.

Il adorait son travail de réalisateur, mais maintenant que les offres d'achat étaient fermes, que ses rêves allaient pouvoir devenir réalité, il avait l'impression d'être de plus en plus attaché à son ancienne maison.

Et puis il y avait Carrie.

Carrie dont il était tombé amoureux.

Le fax s'arrêta et il rassembla les pages, puis il s'installa à son bureau, mais il ne les étudia pas. Ses pensées étaient concentrées sur son passé, sur son futur.

Il plongea la main dans sa poche et en sortit la figurine.

Il ne croyait pas aux signes du destin. Pourtant, il ne pouvait nier que cette découverte l'avait secoué.

De la même façon, il ne croyait pas aux fantômes et pourtant, il était en colère parce que sa mère n'était pas revenue. Tellement en colère, même après toutes ces années, qu'il avait reporté cette rage sur l'hôtel.

C'était une erreur. Il avait été heureux ici. Il y avait tout appris et il continuait à apprendre, il continuait à grandir.

Il désirait que l'hôtel reste dans la famille, il désirait continuer à faire des films documentaires mais surtout, il voulait être avec Carrie.

Il savait qu'il était impossible de tout avoir et pourtant, il se sentait prêt à se battre pour l'obtenir.

Il jeta un coup d'œil rapide à sa montre. Il était presque 15 heures. Il voulait voir Carrie. Mais d'abord, il voulait réfléchir et il n'y avait pas mieux que le Vieil Hôtel pour cela.

Il était presque 17 heures et Sam ne s'était toujours pas manifesté.

Déçue, Carrie rangea ses vêtements dans sa valise, à l'exception de ceux qu'elle porterait le lendemain. Chaque minute passée sans Sam lui faisait mal et pourtant, elle savait que pour lui, la vente de l'hôtel était plus importante que passer du temps avec elle, même pour leur dernière nuit, même s'il trouvait leur relation magique.

— Magique… Et puis quoi encore, murmura-t-elle en levant les yeux au ciel. La magie n'existe pas !

Comment avait-elle pu croire aux mots de Sam ?

Au moins, elle n'avait pas ce genre de problème avec ses amis virtuels. Peu importait où ces derniers vivaient, ils étaient toujours là. Ces relations-là étaient magiques, oui, réellement magiques.

Ses amis virtuels la rendaient heureuse et avoir Erin à ses côtés était un bonus. Une fois que celle-ci aurait déménagé, elles pourraient toujours se téléphoner, s'écrire… Les moyens de rester en contact étaient nombreux.

Quant à Sam et elle…

Elle sentit les larmes lui piquer les yeux et elle enfouit son visage dans l'oreiller.

Elle ne voulait pas d'une relation virtuelle avec Sam ! Elle voulait pouvoir le toucher, le caresser, l'embrasser dès qu'elle le désirerait, elle voulait lui faire l'amour jusqu'à ce qu'elle soit vieille et ridée. Etait-ce trop demander à la vie ?

A l'évidence oui.

Elle avait fini par accepter l'idée que ses sentiments pour Sam n'étaient pas une manière pour elle de compenser le prochain départ d'Erin. Elle aimait Erin et elle aimait Sam, mais il s'agissait de deux genres d'amour différents. Il ne s'agissait que d'une coïncidence s'ils se trouvaient tous les trois au même endroit, au même moment. Des coïncidences se produisaient tous les jours et cela ne voulait rien dire. Ce n'était pas le destin car le destin n'existait pas.

Mais l'amour lui existait, elle en était désormais convaincue car elle aimait. Elle aimait Sam.

Elle entendit soudain un bruit derrière la porte.

Le cœur battant à toute allure, elle bondit sur ses pieds, se précipita vers la porte et l'ouvrit sans même regarder par le judas.

Sam !

Il lui sourit et elle sauta dans ses bras, le serrant fort contre elle, puis elle l'embrassa goulûment.

Il s'agissait de sa dernière nuit avec lui et elle voulait profiter de chaque seconde.

Approfondissant ses baisers, elle s'agrippa à lui, comme à une bouée de secours. Elle ne voulait plus le lâcher.

Hélas, il finit par rompre leur étreinte et la déposer sur le sol.

Aussitôt, elle détourna le regard. Elle ne voulait pas qu'il voie qu'elle avait pleuré.

— Tu as reçu l'offre d'Heartly ? lui demanda-t-elle.

— Oui, elle est moins élevée que celle de Mori.

— Ça te facilite les choses, comme ça, au moins, répondit-elle tout en continuant à préparer sa valise.

— En fait, ma décision a été très facile à prendre…

Blessée, elle ferma les yeux. Pourtant, elle aurait dû s'y attendre.

— Je suis heureuse pour toi, répondit-elle d'une voix mal assurée.

— Vraiment ?

Elle renifla puis se tourna vers lui.

— C'est ce que tu voulais, non ? Grâce à la vente de l'hôtel, tu vas avoir les moyens de faire tous les documentaires que tu désires. Tu n'auras plus aucun souci d'argent, c'est génial.

— J'ai refusé l'offre de Mori.

— Pourquoi ?

— Parce que je préférais celle d'Heartly, avec quelques changements néanmoins.

Surprise, elle le fixa.

— Quel genre de changements ?

— Premier changement, je reste propriétaire de l'hôtel.

— Mais…

— C'est ma maison, je suis chez moi ici. C'est ici que j'ai fait l'amour pour la première fois.

Tout en parlant, il s'approcha d'elle. Il était maintenant si proche qu'elle pouvait l'étudier en détail. Elle pouvait voir qu'il était tendu, nerveux.

— C'est ici que j'ai joué au chevalier pour la première fois, poursuivit-il. C'est ici que je suis tombé amoureux pour la première fois.

— Je…

Elle retint son souffle. Elle n'avait pas dû bien comprendre…

— Carrie, je t'aime, poursuivit-il sans attendre. Je comprendrais que tu dises non, mais j'espère vraiment que tu diras oui.

— Dire oui ? bafouilla-t-elle.

— Je veux que nous construisions une maison, je veux te construire un studio pour que tu dessines, pour que tu communiques avec des amis virtuels. Je veux que tu vives ici avec moi, à côté de la forêt. Je veux aménager également un studio de montage au sous-sol de la maison. Je veux rester propriétaire de l'hôtel, mais en déléguer la gérance à Patrick de façon à avoir le temps de faire des films. Et je veux t'accompagner à tous les festivals de bande dessinée et autres rassemblements de geeks. Je sais que tout ça est rapide, mais je sais aussi que c'est réel. Je t'aime. Tu as bouleversé ma vie. Je ne veux plus de mon ancienne vie, je te veux toi, tous les jours, toutes les nuits.

Il fit un pas en avant.

— Reste, murmura-t-il.

Reste ?

Il venait de dire « Reste ? » Reste, comme la buée, sur le miroir ? Elle était tellement émue qu'elle avait envie d'éclater de rire et de pleurer tout en même temps. Elle tremblait de la tête aux pieds.

— Je…

Il la fit basculer sur le lit et s'attaqua à sa bouche, puis il se redressa soudain, comme piqué au vif.

— Qu'est-ce que…

Il se retourna, comme si quelqu'un se dressait derrière lui, mais il ne vit personne.

Pourtant, il venait de sentir quelque chose. Carrie aussi l'avait senti. Un parfum merveilleux qui embaumait maintenant la chambre, un parfum qu'elle n'avait jamais senti auparavant.

— Mon Dieu, murmura-t-il, sous le choc.

— Je sais, c'est étrange… Marcia m'a dit qu'une force nous poussait l'un vers l'autre. Je n'arrive pas à le croire. Ça va à l'encontre de toute raison, de tout ce sur quoi reposent mes convictions…

Il éclata de rire sans la quitter du regard. Carrie n'avait toujours pas donné sa réponse.

Elle lui sourit, puis dit alors le seul mot possible. Le plus honnête de tous les mots qu'elle avait prononcés dans sa vie.

— Oui.

Épilogue

Halloween, l'année suivante.

Les chasseurs de fantômes étaient de retour à Crider, aussi nombreux que l'année précédente malgré les importants travaux qui se déroulaient sur la propriété.

Tant mieux, songea Carrie en pénétrant dans le studio baigné de lumière, aménagé au dernier étage de leur nouvelle maison.

En prévision du bal donné dans la soirée, elle s'était déguisée. Elle avait remis la robe rouge qu'elle avait portée au premier bal. Quant à Sam, de retour de Denver, il était parti mettre son smoking.

Elle s'assit à son bureau et composa un numéro à New York.

Quelques secondes plus tard, Erin apparut sur l'écran de son ordinateur, un large sourire aux lèvres.

— Tu es magnifique, lui lança tout de go son amie.

— Merci, Erin. Tu as changé de costume ?

— J'ai aussi décidé de faire quelques changements dans ma vie. Qu'en penses-tu ?

Erin se leva et Carrie admira son costume de pirate.

— Il te manque juste un bandeau sur un œil.

— Tu as déjà passé toute une soirée avec un bandeau sur l'œil ? Ce n'est pas pratique, alors j'y ai renoncé. Tout comme j'ai renoncé à la jambe de bois. Alors, où est ton chéri ?

— En train de se changer. Sam et moi regrettons vraiment que tu ne sois pas là.

— J'ai trop de travail pour prendre des vacances en ce moment et pour une raison que je ne comprends pas, Halloween n'est toujours pas un jour férié. Elton est à l'hôtel cette semaine ?

— Oui et il regrette que toi tu ne sois pas là.

— Dis-lui que je pense à lui.

— Tu crois que c'est une bonne idée ? Si je lui répète, il risque d'être dans le prochain avion pour New York.

Erin éclata de rire avant de redevenir sérieuse.

— Tu me manques, Carrie.

— Toi aussi, mais nous venons dans deux mois.

— Je n'arrive toujours pas à croire que vous venez passer Noël à New York !

— Ça te fait plaisir au moins ?

— Oui, mais je suis jalouse. Tu es bien sûre que Sam n'a pas de frère ?

— Rappelle-toi les mots de Marcia. Un homme t'attend et il te surprendra.

— Depuis quand crois-tu aux prédictions d'une voyante ?

— Je n'y crois pas. Je pense simplement qu'une femme aussi formidable que toi ne peut pas rester seule aussi longtemps.

— Elle a raison, lança soudain une voix masculine derrière elle.

Carrie se retourna et regarda Sam entrer. Il était magnifique dans son costume de James Bond.

Elle ne l'avait pas avoué à Erin, mais il le portait pour elle, de temps en temps, même quand ils n'étaient pas invités à une fête costumée.

— Heartly t'a appelée ? demanda Sam à Erin.

— Oui, il m'a appelée. Je ne sais pas si nous obtiendrons le chantier, mais ça m'a tout de même permis de me faire bien voir de mon nouveau patron. Je te remercie, Sam…

— De rien. Je n'ai pas eu de mal à le convaincre, il adore la maison que tu nous as dessinée.

— C'est une maison magnifique.

Carrie noua ses doigts à ceux de Sam.

— Nous devons y aller, Erin. Jody ne va pas tarder à servir le dîner et je ne veux pas en rater une miette.

— Vous ne voulez pas lui demander de m'envoyer un petit quelque chose par avion ?

Carrie se mit à rire.

— Je ne pense pas que ce soit possible, mais je suis sûre que tu seras heureuse lorsque je t'apprendrai que c'est elle qui sera aux fourneaux pour notre mariage.

— Pour votre mariage ? Alors ça y est, vous vous êtes décidés ? Avez-vous déjà fixé une date ?

— Pas encore. J'attends que tu me dises quand tu pourras prendre une semaine de vacances. Bon, il faut vraiment qu'on y aille, Erin, sinon, nous allons être en retard. On se parlera demain. Bonne soirée !

Elle lui fit un signe et raccrocha.

Ensuite, elle se retourna vers Sam et plongea ses yeux dans les siens.

— Tu es particulièrement sexy, ce soir. Et si nous n'allions pas à la fête ? Nous pourrions rentrer juste après le dîner et…

— On dirait que tu aimes encore plus la nourriture de Jody que moi !

Elle le serra dans ses bras avant de répondre.

— Non, c'est impossible.

Il l'embrassa et elle frissonna de la tête aux pieds.

— Je t'aime.

— Je t'aime moi aussi.

— Allez, allons-y…

Elle le suivit dans l'escalier, traversa leur immense cuisine, leur magnifique salon. Elle souriait.

Elle finirait sans doute par s'y habituer mais pour le moment, elle avait toujours l'impression de vivre un rêve.

Elle était ravie de savoir que les chasseurs de fantômes continuaient à venir, que l'hôtel continuait d'exister et que le Vieil Hôtel tienne encore debout. Il faudrait attendre une année avant que les bungalows de luxe soient achevés, et plusieurs années avant que tous les appartements soient terminés, mais les travaux avançaient bien.

Depuis les fenêtres de leur nouvelle maison, ils ne voyaient rien. Leur monde secret était préservé. Dans son studio face à la forêt, elle était libre de dessiner pendant que Sam travaillait sur ses films.

Jamais elle n'avait imaginé sa vie ainsi. Jamais elle n'avait imaginé qu'elle puisse aimer autant.

Sam lui tendit son manteau et elle le suivit dehors, remerciant en silence un certain fantôme au parfum délicieux du petit coup de pouce au destin qu'il avait donné.

Composé et édité par HarperCollins France.

Achevé d'imprimer en novembre 2020.

BLACK PRINT

Barcelone

Dépôt légal : décembre 2020.

MIXTE
Papier issu de
sources responsables
FSC® C108412

Pour limiter l'empreinte environnementale de ses livres, HarperCollins France s'engage à n'utiliser que du papier fabriqué à partir de bois provenant de forêts gérées durablement et de manière responsable.

Imprimé en Espagne.